LE BERGER DES NUAGES

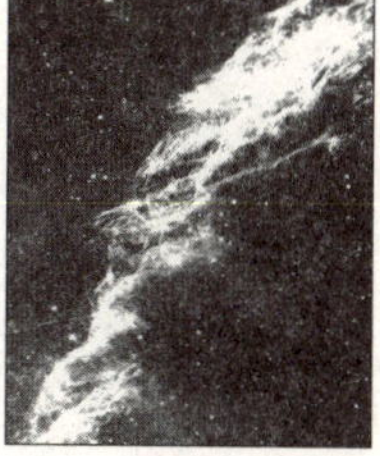

LA DENTELLE DU CYGNE

DU MÊME AUTEUR
CHEZ LE MÊME ÉDITEUR

Le frère initié

Aux éditions Mnémos

LA GUERRE DES CYGNES

Le royaume unique
La rivière aux esprits
L'île de la bataille

Sean Russell

LE BERGER DES NUAGES

TRADUIT DE L'ANGLAIS
PAR PIERRE GOUBERT

L'ATALANTE
Nantes

Illustration de la couverture : Beet

GATHERER OF CLOUDS

ISBN 2-84172-303-8

Librairie L'Atalante, 11 & 15, rue des Vieilles-Douves, 44000 Nantes

À S. J. R. pour une grâce et un humour auxquels je serai toujours sensible.

Merci à tous ceux qui m'ont apporté soutien et encouragements, suggestions et conseils, dans l'écriture de ces livres : Don et Michael, Ian Dennis, John H., Ellen B., Jan, Jill et Walter, Margo, Kim E., Dame Murasaki, Bella Pomer, Stephan W., Betsy et Peter Lang, Ted, Dave, Duncan, Sei Shonagon, Erin, Sam, Shelley, Bob M. et David Hinton pour ses belles traductions du *Tu Fu*.

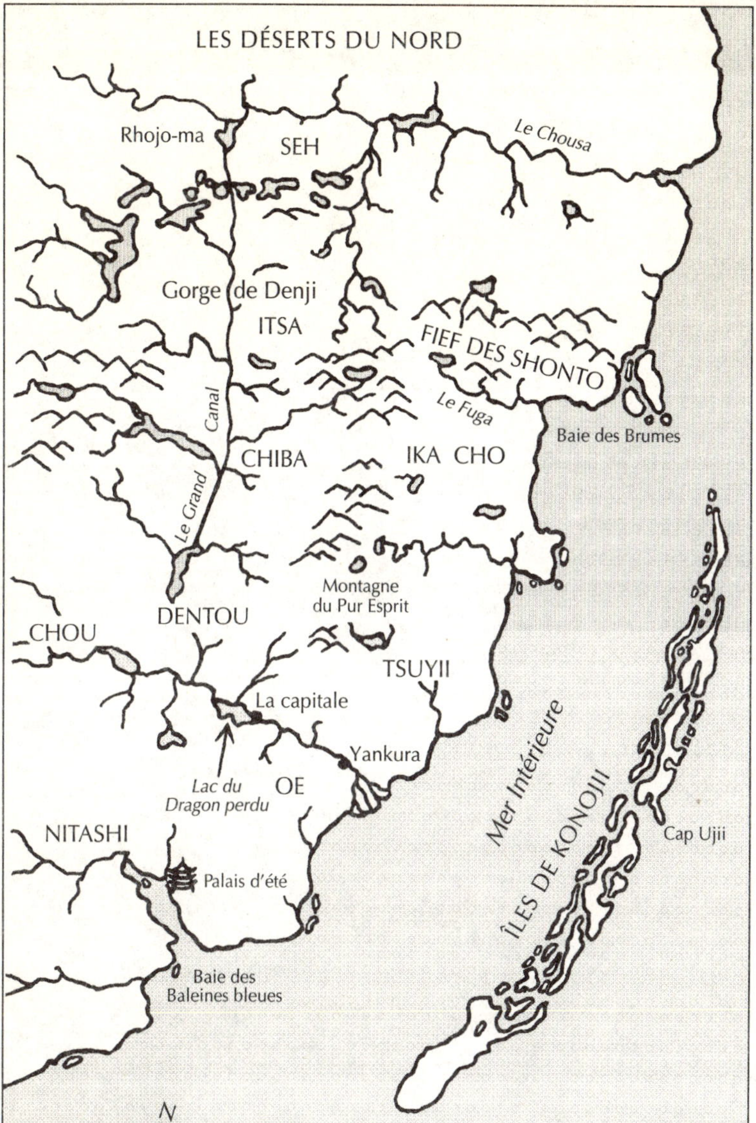

L'EMPIRE DE WA
sous le règne d'Akantsu II

La pluie,
Glacée par un hiver interminable,
Coule sur les tuiles bleues
Pour former un rideau de perles
Entre notre chambre et le monde extérieur.
La cour à présent n'est plus qu'un petit lac.

Les routes s'effacent comme des taches d'encre.
Les nouvelles nous parviennent au compte-gouttes.
Dans Oe la lointaine, les gens disent
Que les fleuves ont perdu la boussole.
Ils divaguent çà et là dans la province
Devenue une mer ponctuée d'îlots,
Ce qui reste des collines.
Les fermiers se sont construit des sampans
Avec les planches de leurs charrettes.
Les yeux rouges d'avoir cherché partout,
Ils scrutent l'horizon : où est passée leur vie ?

C'est un spectacle, dit-on, à vous fendre le cœur.

En réponse à l'empereur
Qui lui demandait
Ce qu'il fallait faire,
Le ministre de la Droite répondit :
« Une génération qui n'a pas connu de désastre
Ne comprendra jamais ce que coûte une guerre. »

Sagesse
Difficile à entendre,
Mais sagesse à coup sûr.

La complainte d'une dame de la cour,
extrait du *Livre du Palais*, de dame Nikko.

1

Le vent connu sous le nom de Nagana soufflait comme habituellement en cette saison, transformant la capitale de la province de Seh en cité des murmures et des plaintes. Les avenues quasi désertes se soumettaient à l'invasion du Nagana s'insinuant parmi les maisons inhabitées, tirant sur les volets et emplissant les rues des échos d'une vie défunte, celle qu'on menait par là avant que la peste se fût abattue sur le Nord. Rhojo-ma était une ville pour moitié peuplée de Nordiques alertes, et pour moitié aussi le domaine des ombres des victimes de la peste. Dix ans seulement s'étaient écoulés : les morts continuaient à hanter les mémoires.

En cette fin d'après-midi, le Nagana venait par le nord ranimer dans la capitale les voix du passé, et les gens dans les rues hâtaient le pas en tâchant de s'abstraire de ce qu'ils entendaient. Pas une famille n'avait été épargnée par la maladie, et les chuchotements des fantômes ne laissaient personne indifférent.

Au bord de la chaussée, dans une rue de moindre importance, assis sur le parapet d'un pont enjambant le canal, on voyait un moine novice de l'ordre botahiste. Apparemment dédaigneux de l'agitation de la ville, il psalmodiait; son chant modulé à voix basse, presque sans mélodie, se mêlait au bruit du vent, un bruit qui s'engouffrait dans la spirale vide d'un escalier de pierre et se répercutait sur un mur voisin.

S'il ne prêtait pas attention à la ville autour de lui, elle aussi, pouvait-on dire, ou du moins les usagers de ses rues, ne se montrait guère plus intéressée par sa présence. Pour déceler qu'ils l'avaient bien vu, il n'était que le signe de Botahara qu'ils faisaient au passage par simple réflexe. Rares étaient ceux qui détournaient leur regard pour s'inquiéter de l'origine de ce chant. Un moine assis attendant une obole offrait un spectacle aussi banal qu'un batelier penché sur ses rames.

Une pièce tomba dans la sébile de cuir du moine avec un discret cliquetis. Il s'inclina vite, par deux fois, sans interrompre sa psalmodie ni lever les yeux pour voir qui était son bienfaiteur.

Sans qu'on eût pu le prévoir, l'air, déjà frais, se refroidit encore, et le vent s'apaisa. Le murmure des esprits se tut. Il n'y eut plus, semble-t-il, que la mélopée du jeune novice pour troubler le silence. Les piétons marquèrent un temps d'arrêt, comme si brusquement ils ne se souvenaient plus de ce qui avait motivé leur promenade.

Ce calme insolite se prolongea longtemps, puis un roulement de tonnerre ébranla les murs de Rhojo-ma, donnant à s'y méprendre l'impression qu'il sortait des entrailles de la terre tant il avait de force et de puissance.

L'air se condensa, blanchit, tandis que tombait une furieuse averse de grêle. Le vacarme des grêlons tambourinant sur les tuiles noya tout autre bruit. Quelques instants plus tard, le grain perdit sa violence et la grêle se changea en pluie.

Dès le premier coup de tonnerre, les habitants de Rhojo-ma coururent se mettre à l'abri, laissant le moine seul sur son muret, toujours chantant et apparemment insensible au déchaînement de l'averse en dépit de la minceur de sa robe.

L'homme qui venait de lui faire l'aumône se tenait sous l'arche du pont. Il espérait que l'ondée serait de courte durée et songeait à la façon dont son offrande avait coïncidé avec l'ouverture des vannes célestes. Ce n'était pas la grâce qu'il avait attendue de la part de Botahara. Il secoua les grêlons qui s'attachaient à sa robe, nettoyant ainsi de ces petits cailloux blancs la fleur de *shinta* et le cheval ailé dont les emblèmes étaient brodés sur sa poitrine.

Plusieurs personnes comptant parmi les moins fortunés des habitants de Seh partageaient le refuge qu'il avait gagné, tout en s'y tenant à l'écart. Elles s'étaient inclinées profondément avant de pénétrer sous cet abri, dans l'attente d'une invitation à entrer. Le caporal Rohku avait beau n'être qu'un très jeune homme, il appartenait à la garde privée du gouverneur Shonto et, pour cette raison, en dépit de sa jeunesse et de la médiocrité de son grade, méritait de la considération.

Le père du caporal n'était autre que le capitaine de cette garde privée, et le jeune homme en secret caressait l'espoir d'accéder un jour lui-même à cette dignité.

Il allait jusqu'à rêver pour le nom des Rohku d'une association à celui des Shonto en vertu de services de qualité rendus sur plusieurs générations, de la même façon que jadis les Shigotu avaient atteint à la célébrité pour avoir pendant sept générations appartenu à l'élite de la garde des empereurs Mori. En attendant, force lui était de se contenter d'un poste moins reluisant, car il n'était même pas certain que le seigneur Shonto fût au courant de son existence.

Au-delà de l'asile offert par le pont, les grêlons formaient de petites rigoles qui coulaient entre les pavés et se dérobaient à la vue avant de gagner le canal au terme d'un parcours tortueux. Le caporal Rohku se surprit à suivre leur cheminement et à essayer de décider du moment où la grêle cessait d'être de la glace pour se confondre avec l'eau. Un nouveau roulement de tonnerre ébranla le sol et, comme en réponse à un signal, une barge luxueusement ornée surgit de la brume qui enveloppait le canal. Avant que Rohku eût pris clairement conscience de cette apparition, elle n'était déjà plus qu'un souvenir. Puis elle reparut pour disparaître encore, tout à fait cette fois, dans les nuages, comme si elle n'avait été qu'un spectre nébuleux façonné par l'errance d'un tourbillon de vent.

Sans davantage se préoccuper de la pluie et de la grêle, quatre à quatre le garde remonta les marches qui conduisaient à l'avenue et courut sur le pont. Il mettait tant d'ardeur à percer la brume du regard qu'il ne remarqua pas que le moine novice avait maintenant choisi de se placer à l'extrémité du pont et fixait le brouillard devant lui avec une intensité égale à la sienne.

Ils n'eurent pas longtemps à attendre : la barge réapparut, cette fois sous une forme moins fantasmagorique. Elle était richement sculptée et peinte en or et en rouge vif. Ses enseignes pendaient lamentablement sous le poids de l'averse.

Il n'était pas nécessaire à l'une des oriflammes de se déployer dans le vent pour être identifiable, car sa couleur était la pourpre impériale. Un dragon à cinq griffes symbolisait le pouvoir souverain, entourant un soleil au cœur de ces plis de soie. Les autres étendards n'étaient pas reconnaissables.

Le caporal Rohku attendit en s'armant de toute la patience que permettait son ardeur juvénile. Une deuxième barge, typique des embarcations fluviales, apparut dans le sillage de la barge impériale (car il ne faisait pas de doute qu'il s'agissait bien de cela). Juste au moment où le jeune garde pensait qu'attendre était au-dessus de ses forces, une petite brise, un souffle, secoua les oriflammes et, se détachant sur un fond d'obscurité, un faucon choka étendit ses ailes. Elles semblèrent ne battre qu'une fois, puis s'affalèrent, victimes des caprices du vent.

Le garde au trot prit la direction du palais du gouverneur. Lorsqu'il traversa le pont, un jeune moine botahiste le croisa qui se dirigeait bien vite dans l'autre sens, mais le soldat ne prêta pas attention à la courbette de ce moine et bien sûr ne lui rendit pas son salut. Le temps lui manquait pour se montrer poli envers les étrangers. Jaku Katta était arrivé, et ce plusieurs jours avant la date prévue.

Le caporal Rohku continua son chemin sans ralentir l'allure avant d'atteindre sa destination. Une fois arrivé, il consacra plusieurs instants à reprendre son souffle, ce qui était nécessaire avant de faire son rapport avec un minimum de dignité.

Le général Hojo Masakado, qui tenait le rang le plus élevé parmi les conseillers militaires du seigneur Shonto, s'était agenouillé de façon à être placé entre son seigneur lige et les deux ouvertures que possédait la salle, avec des écrans donnant accès à une pièce extérieure et au balcon. C'était une vieille habitude acquise au service du père du gouverneur pendant les guerres de la Période intérimaire. Hojo tirait beaucoup de fierté d'avoir servi deux générations de Shonto, et il se trouvait souvent amené à comparer ses deux maîtres successifs. Au physique, la ressemblance était frappante : le grand front apparemment ne sautait guère de génération, et les deux hommes avaient exactement la même taille et le même poids, un peu supérieurs à la moyenne. La personnalité par contre n'était pas la même. Le père avait été plus réservé et plus cérémonieux, connu pour ses travaux de biographe et d'historien ; son humour était caustique et d'ordre purement intellectuel. Motoru attachait beaucoup moins d'importance à sa dignité. Il était plus attiré par la vie en société et prenait plaisir à fréquenter beaucoup plus vieux et nettement plus jeune que lui. Il possédait le talent qu'ont les grands chefs à mettre chacun à l'aise en sa présence.

Shonto était assis à une table basse en face d'Hojo et du conseiller spirituel de la famille, le frère initié Shuyun. Tour à tour, ils se penchaient sur cette table afin d'examiner trois petites pièces de monnaie posées sur le bois finement veiné, des pièces d'or carrées percées d'un trou rond en leur milieu.

« Pas de doute, monseigneur, dit le général Hojo. Ce sont les mêmes. »

Shonto se tourna vers le frère botahiste en haussant les sourcils d'une manière caractéristique. Shuyun tenait une pièce dans la paume de sa petite main ; le regard de ses yeux sans âge, qui retenait l'attention de quiconque le rencontrait pour la première fois, fixait l'objet sans vaciller. Hojo se remit en mémoire que ce petit moine, qui n'était pas plus gros et guère plus âgé que dame Nishima, avait un jour défait le combattant de kung-fu le plus réputé de l'empire. Malgré les apparences et en dépit de son humeur paisible, on avait là un guerrier aussi redoutable qu'un général Hojo, peut-être plus redoutable encore.

« Je suis tout à fait de cet avis, seigneur Shonto, dit Shuyun. Il est même possible qu'elles sortent du même moule. On sent une légère irrégularité en bordure de la cavité centrale. »

Il retourna la pièce et promena le bout de son index le long du trou. Hojo et Shonto l'imitèrent avec application. Shonto regarda le général, qui secoua la tête de manière quasi imperceptible.

« Je ne mets nullement en doute votre affirmation, Shuyun-*sum*, dit Shonto, bien que mon sens du toucher ne me permette pas de percevoir quoi que ce soit. »

Il passa à l'autre face de la pièce et comprit qu'il tenait en main de l'or qui avait été saisi sur le guerrier barbare venu faire une razzia. L'étrange dragon gravé sur cette surface brillante paraissait lui jeter un regard soupçonneux.

« Le fils dépravé du seigneur Kintari, reprit-il, un pillard du désert, et maintenant le trésor que dame Nishima nous apporte de la part de Tanaka et dont il dit qu'il provient d'une malle embarquée en secret par la garde impériale. Un bateau faisant voile vers le nord. Là se limite notre information. »

Chacun se tut. Un nuage creva subitement, libérant un torrent de grêle qui martela le toit de tuiles dans un vacarme rendant impossible toute conversation tranquille, tout échange. Shonto étendit le bras et poussa l'écran, juste assez pour permettre aux autres de profiter du spectacle.

La grêle fit place à la pluie. Shuyun rompit le silence.

« Une des leçons administrées à qui reçoit une éducation botahiste est que parfois il ne sert pas à grand-chose de se livrer à des suppositions, seigneur Shonto, général Hojo, si vous me permettez cette remarque. Si tant est que nous ayons fait le tour des hypothèses possibles, il nous faut admettre que notre information demeure insuffisante. Des pièces de monnaie arrivent de Yankura et trouvent le moyen de pénétrer dans le désert : à dire vrai, nous n'en savons pas plus. Par contre, dans d'autres domaines, nous avons la possibilité d'agir. Mes maîtres nous enseignaient que nous devions commencer où nous pouvions et pratiquer la patience quand il n'y avait rien d'autre à faire.

— Vos maîtres étaient des sages, Shuyun-*sum* », dit Shonto, à la surprise du général Hojo. Il n'avait jamais entendu quiconque, en dehors de leur ancien conseiller spirituel, le frère Satake, prononcer des paroles s'apparentant à ce point à une critique de son seigneur lige. Cela prouvait l'étendue de la confiance que Shonto avait fini par placer en ce moine, en dépit du peu de temps qu'il avait passé dans sa maison. Le gouverneur retourna la pièce dans sa main une dernière fois et la reposa sur la table.

On frappa à l'écran intérieur, un bruit presque imperceptible. Hojo alla l'entrebâiller. Il écouta une voix que ni Shuyun ni Shonto ne purent entendre, fit signe qu'il avait compris et referma le *shoji*.

Son seigneur haussa les sourcils, geste qui pour ses gens ne nécessitait pas d'explication.

« Jaku Katta est arrivé à Rhojo-ma, monseigneur. »

Sans l'avoir voulu, Shonto allongea une main en direction des pièces, mais il se retint. « Ah ! » Son regard revint se poser sur l'entrebâillement entre les *shojis*. « Il serait intéressant de savoir ce que le commandant de la garde impériale pourrait dire de ces pièces de monnaie. »

Hojo acquiesça.

« S'il vous plaît, mettez sur pied une rencontre avec le général Jaku aussitôt que cela pourra se faire sans incommoder personne. Nous verrons si c'est vrai ce que l'on dit, que dans le noir les tigres ont une meilleure vue que les hommes. »

Même en fonction des critères botahistes, le préfet de Seh était quelqu'un de très vieux, et son âge se voyait d'une façon qui n'avait rien d'habituel chez ceux qui avaient bénéficié de l'entraînement dispensé dans les monastères. Les moines d'ordinaire gardaient une souplesse et un air de jeunesse longtemps après que ceux qui n'avaient pas eu leur chance eurent été la proie d'infirmités, si tant est qu'ils fussent encore en vie.

Le frère Nyodo, maître de l'ordre botahiste et préfet de Seh, se déplaçait si difficilement qu'il semblait toujours vouloir terminer trop tôt un enchaînement dicté par le rite.

Il posa une feuille de papier roulée très serré sur son bureau et très lentement se tourna vers son hôte, le frère Sotura, maître de *chi-quan* au monastère de Jinjoh et là au sommet de la hiérarchie.

« Je ne vois pas de frère de ce nom dans notre registre, dit-il. Hitari, oui, mais pas de Hitara. Le frère Shuyun était-il sûr de son fait ?

— Je ne crois pas possible, préfet, qu'il puisse commettre ce genre d'erreur.

— Vous avez une haute opinion de ce jeune initié, frère Sotura. Vous me donnez envie de faire sa connaissance.

— Peut-être cela sera-t-il réalisable dans l'avenir, préfet. Pour l'instant, le maître suprême souhaite que nous limitions nos rencontres avec le frère Shuyun. Il importe que le seigneur Shonto sente que son conseiller spirituel lui appartient véritablement.

— J'espère que cela ne conduira pas à… (le moine chercha ses mots) à l'indocilité dont nous avons souffert avec le frère Satake.

— Je l'espère aussi, préfet.

— Hitara ? dit malaisément le préfet. Il ne peut pas s'agir d'un imposteur. »

Comme cela ne paraissait pas être une question, Sotura ne réagit que par le silence.

« N'y a-t-il pas un Hitara dans le livre de l'Illusion, Sotura-*sum* ? Il me semble me souvenir… »

Sa voix se perdit dans l'hésitation. Son visage exprima l'embarras puis la consternation devant cette défaillance de la mémoire. Sotura vint à son aide.

« J'avais oublié. *Hitara,* celui qui est mort et est ressuscité. Celui qui servit le Maître parfait avec fidélité, alors que tous les autres s'étaient enfuis par crainte de l'empereur. Hitara surgit des flammes de son bûcher funèbre. *On eût dit qu'il sortait d'une brume; la fumée et les flammes menaçaient de le consumer, mais Hitara n'en avait cure. Il était tel un homme qui a dormi d'un sommeil sans rêve. Quand on lui dit que sept jours durant il était demeuré sans vie, tandis que sa famille le pleurait, il tomba à genoux et rendit grâce. Ses funérailles devinrent la célébration de sa renaissance, et cette célébration celle de son existence future, car nul homme avant lui n'avait connu pareil miracle.* »

Les deux moines là-dessus cessèrent de parler. La pluie tombait sur les tuiles dans la cour intérieure, entraînant la grêle qui s'y était amassée. Le *shoji* intérieur vibra. Un visiteur.

« Entrez, je vous prie », dit le préfet, surpris de constater que les mots lui venaient presque dans un murmure.

L'écran glissa, laissant voir un initié de son ordre, courbant la tête jusqu'au sol.

« Qu'y a-t-il, initié ? » demanda le vieillard en retrouvant quelque peu sa voix.

Le jeune moine s'avança et plaça un petit guéridon, sur lequel était posé une lettre pliée avec soin, à portée de main de son supérieur, puis il battit en retraite et attendit sans mot dire.

« Ayez la bonté de m'excuser, frère Sotura. Je dois m'occuper de ceci. »

Le préfet déplia le papier dans un craquement et se hâta de lire. Il hocha la tête, comme en réponse à des paroles qui lui auraient été adressées, et en revint à l'initié qui n'avait pas quitté la pièce.

« Il faut observer ses mouvements partout où ce sera possible. Je veux un rapport quotidien. »

Le messager acquiesça, salua et partit à reculons. L'écran se referma derrière lui. Le préfet se tourna vers le maître de *chi-quan.*

« Le général Jaku Katta est entré dans Rhojo-ma ; il vient sur une barge de l'empereur, ce qui surprend après les nouvelles récemment communiquées par le frère Hutto. »

Sotura réfléchit un instant avant de répondre. « Le Fils du Ciel n'a rien fait d'officiel qui donne à penser que Katta ait cessé d'être bien en cour. Mais je me suis aperçu qu'on courait de grands risques à négliger les renseignements fournis par le frère Hutto. »

Le vieillard opina du bonnet. « Je suis d'accord avec vous, mon frère. Les apparences ne signifient pas grand-chose dans le monde où vit l'empereur. Il traite le seigneur Shonto en favori très estimé, mais il n'y a que les sots pour y croire.

— Jaku Katta dans Seh… Il y a de quoi se faire du souci. Si vous voulez mon avis, cela ressemble trop à l'ouverture d'une partie de *gii*. Les pièces sont trop nombreuses pour qu'on y voie clair. Les choses se compliquent encore davantage avec ce que l'on raconte sur l'existence d'armées barbares. Tout se passe comme si, d'une minute à l'autre, un nouvel ensemble de pièces était prêt à déferler sur le plateau de jeu. » Il croisa le regard du préfet. « Le maître suprême doit être informé sans délai du tour nouveau pris par les événements.

— Certainement, frère Sotura. La question ne se pose pas. Je n'hésitais qu'avant de décider du crédit qu'il nous faut accorder au rapport de votre jeune protégé.

— Le frère Shuyun n'a pas de ses yeux vu le nombre de guerriers que le campement supposait, je le reconnais, mais à mon sens il ne s'agit pas d'une ruse de la part des Barbares. Comme le dit Shuyun-*sum*, on ne s'attend pas là-bas à voir surgir des cavaliers venus de Seh. Je crains fort, préfet, que ce qu'il nous apprend ne corresponde à une affreuse vérité. Je propose que nous en informions le frère Hutto et le maître suprême sans attendre, en apposant nos deux signatures au bas du document.

— J'hésite, frère Sotura. » Le plus âgé des deux hommes parut retomber dans le même embarras que précédemment. « C'est si difficile à croire, reprit-il. Une armée de cette ampleur. Comment cela se peut-il ? Même les Barbares ne viennent pas au monde d'une poignée de sable. On nous prendrait à tout le moins pour des alarmistes si cette armée n'existait pas. J'ai scrupule à mettre mon nom au bas d'un rapport fondé sur une information aussi maigre.

— Pardonnez-moi, préfet, mais puis-je vous rappeler que le seigneur Shonto ne doute pas de ce que Shuyun-*sum* lui a rapporté ? »

Le vieil homme secoua la tête. « On ne sait jamais quel sens donner aux paroles ou aux actes du seigneur Shonto, mon frère. Il se bat pour sauver sa vie et pour le salut de sa maison. Si le Fils du Ciel envoyait une armée dans Seh pour protéger son empire des Barbares et si le seigneur Shonto avait tout pouvoir sur cette armée, songez-y… L'équilibre de l'empire pourrait être remis en question. » Le préfet eut un geste vague en direction des murs, comme s'ils enserraient la totalité de Wa.

« Je ne prétends pas connaître les secrètes pensées du Shonto, préfet, répondit Sotura, mais je ne prends pour argent comptant rien de ce qu'il peut dire ou faire. Malgré tout, nous avons un frère dans sa maison, un conseiller en qui le seigneur lui-même place toute sa confiance. »

Les gestes du préfet soudain perdirent leur aisance et devinrent presque tendus. « Nous avons déjà eu un conseiller estimé dans la maison Shonto, excusez-moi de vous le rappeler, mon frère, et il s'est montré plus loyal envers son maître qu'envers son ordre. Nous ne possédons pas de preuve facile à vérifier de la taille de cette armée du désert. Laissez-moi vous dire que ce n'est pas le premier rapport qui nous est fait sur l'existence de hordes barbares. »

Sotura prit cela en considération pendant un moment. « Si j'envoie une mise en garde à mes supérieurs signée de mon nom, quelle sera l'attitude du préfet ?

— Je me sentirai obligé de faire savoir que je ne suis pas convaincu par le témoignage du frère Shuyun.

— Des rapports contradictoires auront sûrement pour effet d'empêcher toute initiative. Or, si les renseignements de Shuyun sont exacts, nous n'avons guère le temps de tergiverser. Guère le temps de chercher à mieux nous informer.

— Pardonnez-moi de vous le dire, frère Sotura, mais le conseiller spirituel du seigneur Shonto, quels que soient ses talents, est encore jeune et ne connaît rien du Nord. Après toutes ces années passées ici dans Seh, rien dans l'expérience que j'ai acquise ne suggère l'existence de pareille armée dans les steppes. Je ne pense pas que j'agirais comme le demande ma fonction si j'attachais une valeur au rapport de Shuyun-*sum.* » Le vieillard parut s'affaisser quelque peu sur son siège, comme si cette dénégation avait épuisé toute l'énergie dont à son âge il disposait encore.

« J'ai peur de vous avoir fatigué, préfet. Pardonnez-moi, je vous prie, si j'ai troublé votre sérénité. » Le maître en *chi-quan* s'inclina. Lentement, il reprit appui sur ses talons tandis que son visage trahissait sa préoccupation. Désolé, mon vieux, se dit-il, mais je ne puis laisser tes craintes m'empêcher de faire ce qui doit être fait. L'enjeu dépasse la question de ton confort. Puisse Botahara me pardonner !

Dame Nishima était assise à une table basse, l'œil fixé sur un modèle de robe que ses domestiques allaient devoir broder. Quelques instants plus tôt seulement, comme cela lui arrivait souvent, elle avait eu une mélodie en tête, un air populaire dont un auteur de talent de la cour impériale s'était servi pour écrire une composition musicale destinée à la troupe Sonsa du souverain. Mais la personne qui lui rendait visite avait troublé en elle l'harmonie, et la musique s'était envolée comme si les musiciens auxquels elle songeait étaient partis pour un lointain voyage.

« Je n'y attache aucune importance, ma cousine, dit-elle en s'efforçant de parler d'une voix tranquille. Jaku Katta en personne pourrait se présenter à ma porte que je continuerais à peindre. »

La seule mention du nom de Jaku raviva des souvenirs qu'elle aurait mieux aimé laisser dormir en paix. Elle craignit de rougir d'embarras, peut-être même de honte, à la pensée de ce qui s'était produit lors de leur dernière rencontre. Je suis allée chez lui, se dit-elle tout bas.

Dame Kitsura Omawara réagit par un hochement de tête. « Je ne voulais pas suggérer que… la nouvelle vous plairait, ma cousine. Je ne suis que la messagère. » Et elle sourit, du sourire désarmant qui avait raison des cœurs les plus endurcis.

« Et moi, je ne voulais pas vous répondre sèchement, Kitsu-*sum.* Excusez-moi, s'il vous plaît. Je vous sais gré du tact dont vous avez fait montre. »

Elle s'efforça de sourire à sa cousine. Kitsura, après tout, n'avait pas cherché à la mettre mal à l'aise. Elle ne savait rien de ce qui s'était passé entre elle et Jaku. Jugeant préférable de changer de sujet, elle dit : « Vous me paraissez très bien informée, dame Kitsura. Le seigneur Shonto sait-il déjà ce dont vous me parlez ou dépend-il de vos lumières ?

— Je ne doute pas un seul instant que votre estimé père ne soit en possession de tout ce que je sais et de bien davantage. »

Kitsura baissa les yeux sur ses mains croisées sur ses genoux et se mit à faire tourner à son doigt une bague en or finement ciselée, jusqu'à ce qu'elle eût accompli un tour complet. Quand Kitsura ne regardait pas Nishima en face, c'était le signe qu'elle s'était livrée à certaines activités qui, croyait-elle, ne recevraient pas l'approbation de sa cousine.

« Je cherche seulement à recueillir des informations utiles à l'une comme à l'autre. J'ai montré de la sympathie à certains membres du personnel de votre père, et souvent je leur sers de confidente. Après tout, à qui pourraient-ils parler qui serait plus intéressé à la prospérité des affaires de leur maître, sinon peut-être à dame Nishima ?

— Je ne suis pas certaine que ce maître aurait tout à fait la même indulgence que vous pour ces manquements à la sécurité. »

Nishima faisait semblant d'exprimer sa désapprobation tout en contenant un embarras qui faisait battre son cœur. Elle craignait que malgré ses efforts son émotion ne se lût sur son visage et tentait de la masquer par des mots.

« Cela n'empêche pas, reprit-elle, qu'il est important pour nous de nous tenir au courant le plus possible de ce qui se passe.

— J'en suis tout à fait d'accord, ma cousine. Tant de choses nous sont cachées alors que nous sommes en danger de perdre tout ce qui compte le plus à nos yeux. » Elle passa à la bague suivante, en lui imprimant un mouvement de rotation un peu plus rapide. « Croyez-vous possible que le seigneur Shonto soit dans l'erreur ? Se pourrait-il que le général nommé par l'empereur fût mal en cour ? »

Nishima jeta un dernier coup d'œil à son modèle et se mit à nettoyer son pinceau. « Je ne sais pas d'où à la cour le seigneur Shonto tire les renseignements qu'il détient. Je ne puis donc en décider.

Mais mon père est doté d'un mystérieux pouvoir qui lui permet de peser l'information qu'il reçoit dans la balance de la vérité. Il est à noter qu'il refuse de se prononcer clairement sur la situation présente de Jaku.

— C'est bien ce qui me préoccupe, ma cousine. Si le seigneur Shonto est dans le vrai, la disgrâce et le bannissement de Jaku ne sont qu'un stratagème pour inclure le commandant de la garde impériale au nombre des gens qui ont notre confiance. Mais, si Jaku a réellement perdu les bonnes grâces de l'empereur – et cela guette à coup sûr quelqu'un d'aussi ambitieux –, alors le seigneur Shonto doit désespérer d'obtenir le soutien du Fils du Ciel par son intermédiaire pour combattre les Barbares. La situation est très embarrassante. Comme vous le dites, nous dépendons pour beaucoup de maigres renseignements.

— Si Jaku se cache derrière la tentative faite dans la gorge de Denji d'éliminer mon père sans avoir reçu pour cela la sanction de l'empereur, ainsi que le soupçonne le seigneur Shonto, alors il est possible que notre beau général soit en disgrâce. » Nishima repoussa la table. « On s'y perd, reprit-elle. Qu'il ait été envoyé dans le Nord pour rétablir l'ordre sur le canal s'interprète difficilement comme un signe de discrédit.

— Mais qu'on vous envoie dans Seh pour y être le gouverneur de la province ne me paraît pas non plus annonciateur d'une disgrâce, Nishi-*sum.* » Kitsura tendit sa bague vers la lumière pour l'examiner attentivement. « Comme le dit le frère Shuyun, la tactique au *gïi* de votre adversaire n'a pas besoin d'être particulièrement habile si vous êtes incapable de la déceler.

— Je ne savais pas que vous parliez de *gïi* avec le frère Shuyun, répliqua Nishima d'une voix qui dénotait un sentiment proche de la désapprobation.

— Shuyun-*sum* a eu la bonté de m'instruire dans les subtilités du jeu… ainsi que de s'entretenir avec moi de la vie spirituelle. »

Les deux femmes se turent. Le tonnerre gronda dans le lointain comme aurait pu le faire un dragon. La pluie crépita au-dehors sur le gravier en bordure du jardin.

« Nishima-*sum*, dit Kitsura avec calme, il faut que nous sachions avec certitude quelle est la situation de Jaku Katta à la cour. »

Nishima acquiesça. Oui, pensa-t-elle, et il importe que je sache ce que cet homme attend de moi. Elle se souvint de ses dernières paroles à Jaku, la nuit où elle était allée le trouver sur son bateau : ils devaient se parler à nouveau, une fois dans Seh. À présent, elle ne voyait pas ce qu'ils pourraient se dire.

« Je crois avoir trouvé le moyen d'y parvenir, ajouta tranquillement Kitsura, même si cela, j'en ai peur, ne recueille pas votre approbation. »

Sœur Yasuko souleva le papier et souffla doucement sur l'encre en faisant attention à ce qu'elle ne coule pas. L'humidité du soir pénétrait dans ses appartements, et elle se pelotonnait tout près du brasero et de son unique lampe. Elle souffla encore en prenant soin de ne pas gâcher le beau travail de son pinceau. « Là ! » murmura-t-elle, et elle rapprocha le papier de la lampe. C'était une lettre adressée à sa supérieure, la prieure Saeja.

> *Honorée sœur,*
>
> *En ces temps de grande incertitude, je voudrais avoir de meilleures nouvelles à vous communiquer. La santé de notre chère sœur Morima-sum n'a guère donné signe de devoir s'améliorer depuis la dernière fois où j'ai pris mon pinceau pour vous écrire. Il arrive que ses crises semblent en voie de disparition, mais les rouleaux des frères continuent à hanter ses rêves. Nous ne perdons pas espoir, ma sœur. Nous ne perdons pas espoir.*
>
> *La jeune novice qui accompagnait Morima-sum a suivi une mauvaise pente. Je regrette d'avoir à vous dire qu'elle nous a quittées il y a trois jours. C'est dramatique, bien sûr, mais ce n'est rien en comparaison de la perte d'une sœur ayant les qualités de Morima. La foi de cette jeune acolyte a été ébranlée par les crises dont souffre Morima et, pour citer ses paroles, « si la Voie s'avère trop difficile pour quelqu'un du mérite de sœur Morima, comment puis-je oser prétendre pouvoir suivre ce chemin ? ».*
>
> *La rumeur selon laquelle le conseiller spirituel du seigneur Shonto est allé dans le désert en compagnie du seigneur*

Komawara, contre toute attente, paraît fondée. L'amie que nous avons au palais du gouverneur nous rapporte que Shonto est convaincu de l'imminence d'une attaque d'une grande armée barbare dirigée contre Seh au printemps prochain. Impossible pour nous de confirmer ou d'infirmer cette hypothèse à l'heure qu'il est, mais, si le gouverneur Shonto et son état-major y croient, mon avis est que notre ordre devrait prendre les mêmes mesures que si aucun doute n'était permis.

Quand je pense aux souffrances consécutives à une guerre et à l'effet qu'elle aurait sur nos entreprises, j'ai le cœur gros. Nous espérons toujours que le malheur ne nous rattrapera pas en cette vie, un peu comme les enfants qui cherchent à se soustraire à de pénibles leçons. Mais il nous faut apprendre et, si ce n'est pas maintenant, ce sera plus tard.

Jaku Katta est arrivé aujourd'hui. Il sera difficile de placer quelqu'un auprès de lui, mais soyez certaine que nous ne relâcherons pas nos efforts. Nous avons une amie sûre proche de dame Nishima, cependant, et ne manquerons pas de savoir si elle continue à correspondre avec le commandant de la garde impériale.

Présentement, la fille du seigneur Shonto recherche la compagnie des dames Kitsura Omawara et Okara Haroshu, même si le conseiller spirituel du Shonto figure aussi parmi ses visiteurs attitrés. Il lui arrive de rester chez elle plus longtemps que ne le voudrait la stricte bienséance. Pour l'instant, je n'en sais pas plus.

À l'heure où je vous écris, on ne signale pas de cas de peste dans Seh depuis plusieurs mois, ce pour quoi nous pouvons remercier les frères botahistes, même s'ils n'ont pas fait grand-chose d'autre qui mérite notre éloge. Chiba n'a pas eu la même chance, à ce qu'on dit. Les nombreux adeptes de Tomso dans cette province ont souffert considérablement.

On n'accorde aucun crédit dans Seh à la rumeur selon laquelle l'Udumbara a fleuri – Botahara en soit loué, ma sœur ! – sous le prétexte que tout le monde a déjà entendu cela bien des fois. Comme vous l'aviez prévu, les frères l'ont démenti. Je ne vois rien dans la longue suite de félonies qui a marqué l'histoire de leur confrérie qui soit plus déconcertant que cette dénégation. Si un maître illuminé marche au milieu de nous, pourquoi le nier ? J'en ai froid dans le dos quand j'y pense.

Les travaux entrepris au prieuré se poursuivent favorablement et à un moindre coût que nous n'osions l'espérer : Botahara nous protège. Je voudrais prendre des nouvelles de votre santé, prieure, mais je connais d'avance la réponse que me fera votre politesse. Moi aussi, je vais assez bien pour servir son Dessein.

Puisse Botahara célébrer votre nom !

Sœur Yasuko.

2

Au loin les collines
Montent dans une mer
De lambeaux de nuages
Dispersés par le vent.

Les pics se changent en îles
Au milieu d'un amas
De vagues aux crêtes pâles.

Peu à peu, le bruit de la neige fondant en gouttes éparses sur la végétation du sous-bois parut enfler. Le seigneur Komawara tira sur les rênes de sa jument et la fit entrer dans la brume de vingt pas supplémentaires. Il s'arrêta et tendit l'oreille pour la centième fois.

Après qu'on se fut enfoncé dans ce brouillard enveloppant depuis des jours et des jours les collines de Jai Lung, impossible de savoir d'où venaient les sons. Ils se répercutaient, se déformaient et semblaient jaillir de tous les côtés à la fois.

Komawara fit un tour complet sur lui-même. Sa rotation fut presque aussi lente que celle de Shuyun méditant sur le mouvement. Rien ne lui apparut, si ce n'est l'indice de formes mystérieuses : à droite, une branche torse pointée vers l'inconnu, appartenant peut-être à un pin délabré ; derrière, une saillie de rocher suggérant le faciès d'un dieu de la montagne à l'air réprobateur.

Faisant passer de l'autre côté l'arc qui reposait sur sa monture, Komawara fit jouer les doigts de sa main gauche, gourds d'avoir beaucoup trop longtemps tenu une flèche encochée. Puis il remit son arc en position d'attente et avança encore de dix pas, l'oreille aux aguets.

Cela faisait des années qu'il n'avait pas chassé dans les collines de Jai Lung. C'était alors en compagnie de son père. Le vieil homme avait eu la force d'enfourcher un cheval. Bien des choses avaient changé depuis, plus qu'il n'aurait jamais cru. Il y avait des bandits dans ces collines à présent. Ils avaient piétiné des barrières de fermes la nuit. On ne s'aventurait plus sur les chemins qu'en groupes armés.

Komawara s'arrêta encore, tendant l'oreille comme Shuyun lui avait appris à le faire quand ils voyageaient ensemble dans le désert. Son armure lui brûlait l'omoplate, là où la chemise de cuir s'était trouée ; sa main gauche recommençait à s'engourdir ; l'eau giclait de ses bottes quand il marchait, et son cheval prenait appui de préférence sur sa jambe antérieure gauche. Comme si cela ne suffisait pas, il avait perdu définitivement ses compagnons et n'avait plus qu'une vague idée de l'endroit où il se trouvait. Une pluie fine tombait, imprégnant peu à peu les lacets de son armure légère. Il écoutait.

Un paquet de neige alourdi par la pluie glissa d'une branche et s'écrasa en tas à ses pieds. La jument se cabra, signe certain selon lui du trouble de son cavalier. L'animal l'avait senti. En fait, il lui avait transmis son mal. Sans cesse le même bruit mou se reproduisait quelque part dans la brume.

Il avança puis marqua un temps d'arrêt en redoublant d'efforts pour mieux entendre. Un cheval au loin ? Le craquement d'un arbre déformé par la distance, transmué par l'imagination ?

Komawara s'efforça par des étirements d'éliminer la tension dans son dos et dans ses épaules. Le brouillard dissimulait d'autres périls que les brigands. Il avait confiance en ses hommes, mais les gens du pays qui s'étaient joints à la poursuite des bandits souffraient dans un silence qui cachait mal leur anxiété. On avait vite fait de perdre son sang-froid dans un brouillard aussi dense. Shuyun le disait bien : quand on est privé du bénéfice de la vue, tous les bruits prennent allure de danger, même un bloc de neige qui glisse d'une branche risque de déclencher l'envoi d'une flèche. Au combat, les projectiles amis font plus de victimes qu'on ne veut bien le reconnaître.

Dix pas en avant. Puis arrêt. Il écouta.

Alors, parmi tous les bruits nés de son imagination, sans erreur possible, un martèlement de sabots sur de la pierre. La jument dressa l'oreille. Komawara tira sur le mors pour caler les naseaux contre sa propre joue.

« Chut ! » murmura-t-il comme si elle pouvait comprendre. Trois pas de plus les amenèrent au cœur d'un bouquet de pins aux longues aiguilles. Il fit passer les rênes par-dessus la tête de l'animal et l'obligea à se coucher, sans pour autant enlever la selle ni les sacoches. Machinalement, il vérifia si son épée glissait bien dans le fourreau et se tapit pour faire corps avec le bois environnant.

Des chevaux, des pierres qui roulaient, le craquement du cuir : Komawara entreprit de tendre son arc. Un cheval trébucha. Son cavalier lui parla, des paroles rassurantes ; impossible de les distinguer clairement.

Où cela se passait-il ? Komawara tourna la tête de côté et d'autre, certain d'abord que le bruit lui parvenait d'en haut, puis toujours aussi sûr qu'il lui arrivait par sa droite. Il guetta une voix identifiable. Tiens-toi tranquille, se dit-il, laisse-les passer. Ils seront faciles à repérer dans cette neige. Ils bivouaqueront à la nuit tombée. Il sera simple alors de savoir qui ils sont. Mais, alors qu'il se donnait ce conseil, il vit quelque chose remuer dans la brume à moins de vingt pas. Une forme noire sur fond de blancheur éblouissante. Approchait-elle ? S'éloignait-elle ? Il s'efforça de saisir une tache de couleur, la familiarité d'une silhouette. Un homme à pied, marchant lentement. Komawara faillit se relever pour mieux voir tant il était surpris. Une barbe noire sur un visage tanné comme du cuir à force d'exposition au vent et au soleil, un gilet de daim passé sur une cotte de mailles légère. Un Barbare ! Un guerrier barbare menant un cheval par la bride dans les collines de Jai Lung !

Komawara se terra un peu plus tandis que l'homme escaladait la pente, montant vers lui en cherchant où poser le pied. D'autres le suivaient. Le brouillard les faisait paraître plus grands. Sachant qu'on pouvait regarder dans sa direction sans rien voir avec cette brume épaisse, Komawara n'esquissa pas le moindre geste. Sa jument remuait, il la sentait presque trembler. Ne bouge pas, lui ordonna-t-il mentalement, ne fais pas de bruit. Attentif à éliminer tout mouvement, il se surprit à contrôler sa respiration, à forcer ses muscles à se détendre.

Les Barbares tournèrent à sa droite et traversèrent la pente, conduits par l'homme à pied qui cherchait un passage entre les rochers et les arbres. Seize hommes armés, et qui n'avaient pas l'air d'être traqués. Comment font-ils pour ignorer que nous sommes à leur poursuite ? se demanda-t-il. Il ne se sentit plus sûr de rien. Puis la lucidité reprit le dessus. Non, il n'y avait pas là de blessés, pas de chevaux démontés. S'ils avaient croisé sa garde, ils n'auraient pas pu le faire sans dommage. De cela il était certain.

Le dernier membre du groupe disparut dans le brouillard à moins d'un jet de pierre. Komawara respira longuement. Des Barbares dans les collines de Jai Lung ! La menace incarnée par les bandits tout à coup perdait de son importance, devenait un simple désagrément. Dire qu'il y avait des Barbares dans les collines de Jai Lung !

Il resta en attente, l'oreille tendue, pendant que s'effaçaient le craquement du cuir et le bruit des sabots. Il regarda autour de lui cette lumière sans ombre : combien de temps lui faudrait-il attendre encore avant la tombée de la nuit ? Souvent il pensait à ses compagnons, vingt hommes de sa garde personnelle et moitié autant d'auxiliaires recrutés sur place, tous déboussolés dans la brume. Ils étaient convenablement armés, comme on pouvait l'espérer d'habitants de Seh, mais non pourvus d'une armure complète.

Komawara avait consciencieusement passé en revue ces hommes que le brouillard avait engloutis : ils n'avaient qu'un équipement léger, apparemment seulement des pièces d'armure, et ils n'étaient munis que de petits arcs et de sabres. Ils portaient aussi des couteaux à dépouiller le gibier, cela ne manquait jamais. C'était un armement bien adapté au combat rapproché dans les collines. Il regretta de ne pas avoir Shuyun à ses côtés. On ne pouvait surestimer le secours qu'auraient apporté ses capacités d'observation.

Il saisit les rênes et cajola la jument pour qu'elle se remît debout. Il lui emboîta le pas. Dans la neige fondante, les semelles de cuir risquaient de déraper, mais le jeune seigneur choisit quand même de marcher. La jument pouvait le porter, il le savait ; elle avait le courage nécessaire. Mais il préférait lui laisser une chance de se remettre, et marcher lui permettait d'examiner de près les traces des Barbares dans une lumière qui donnait tous les signes de faiblir.

Parfois, difficile à distinguer, un bruit de chevaux montait du brouillard. Bientôt Komawara découvrit que la piste menait à une route étroite serpentant sur les premières pentes de la colline. Le relief lui parut vaguement familier. Tout de même, il n'était pas sûr de l'endroit où il se trouvait.

De temps à autre, les traces de pas restaient bien visibles dans la neige, et tout à coup un examen plus attentif le cloua sur place. Il avait vu passer les Barbares sans même noter que c'étaient des chevaux qu'ils montaient, et de beaux chevaux par-dessus le marché. Ils chevauchaient comme des natifs de Seh, comme des bandits ou des chefs de tribu ! Or le cheval n'était pas adapté à la vie dans la steppe et le désert. Il y était remplacé par le poney, plus résistant.

« Des Barbares ! » murmura-t-il. Et lui, le conseiller du gouverneur, il était là, séparé de ses compagnons et perdu dans les collines ! Quelle belle prise pour un de leurs petits seigneurs ! S'ils soupçonnaient que seul dans ces parages errait un homme parfaitement averti des projets du gouverneur de Seh, ils escaladeraient les montagnes pour le capturer, même à une heure aussi tardive !

Le Komawara qui conseillait un personnage aussi éminent savait qu'il se conduisait imprudemment, mais le jeune aristocrate qui était né dans cette province et avait été initié à ses mœurs ne pouvait faire comme si elle ne courait aucun danger. Des occasions de ce genre, les hommes de Seh en rêvaient. On composait des poèmes sur de pareils exploits, on les chantait dans le palais du gouverneur et jusqu'à la cour de l'empereur.

Dans la brume, on entendit le bruit d'une cascade. À quelle distance se trouvait-elle ? Impossible de se prononcer. Le chemin suivi par les Barbares brusquement déboucha hors du couvert et devint un large sentier entre de grands pins et de grands cèdres dont le brouillard cachait presque entièrement les silhouettes.

Voilà que je marche dans les nuages ! se dit Komawara. Il se vit alors soudain face à un pont de bois jeté au-dessus d'un ruisseau. Une petite retenue s'était formée en amont, alimentée par un ruban sinueux d'eau blanche tombant en cataracte et donnant l'impression d'une brume qui aurait acquis de la densité et du poids.

Une petite brise se mit à déranger la crinière de sa jument et à rompre l'unité du brouillard alentour, morcelé en des amas divers. Une paroi de granit surgit au-dessus de lui, tandis que l'odeur des chevaux semblait se mêler à celle d'une végétation pourrissante et aux effluves particuliers qui se dégagent d'une neige en train de fondre.

Le jeune seigneur arrêta net sa jument avant que ses sabots eussent pu battre du tambour sur les planches du petit pont. Les Barbares allaient-ils bivouaquer près de l'eau ? Il fit reculer sa monture de cinq pas et laissa pendre les rênes à même le sol. La faible brise perçait la brume, de petits trous qui s'ouvraient comme des yeux puis se refermaient dans des remous. C'était comme si on avait devant soi un rideau soulevé par le vent : une vision fugitive parfois, puis plus rien.

Komawara retourna vers le pont en cherchant à distinguer quelque chose de plus fort que le bruit de la chute d'eau. Les traces laissées par les Barbares s'enchevêtraient. Il comprit qu'ils avaient fait halte à hauteur de la retenue pour permettre à leurs chevaux de s'abreuver. Il traversa le pont aussi silencieusement que possible, pour s'apercevoir que la piste ne s'arrêtait pas là : l'endroit n'était pas propice à un campement.

Prenant exemple sur les nomades, il fit boire son cheval, puis but lui-même et remplit son outre. La visibilité maintenant avait beaucoup diminué et, malgré la brise qui agitait la brume, toute vue serait bientôt le fruit de l'imagination. Il n'y aurait plus de piste à suivre. Komawara comprit qu'il lui fallait réduire la distance qui le séparait de sa proie ou la perdre dans l'obscurité.

Je dois abandonner l'espoir d'être rejoint par mes compagnons, se dit-il. Cela me ralentit et favorise l'indécision. Il se remit en route, imposant une allure plus rapide à sa monture. L'arc reprit place sur la selle, et il garda sa main droite libre d'empoigner son épée. Au train où il avançait maintenant, il allait tomber sur le dos d'un Barbare avant même de s'y être attendu.

Ah ! si le frère Shuyun était là, se dit-il, comme plus tôt dans la gorge de Denji et dans le désert ! Le moine botahiste ne semblait pas dans le noir avoir besoin de ses yeux, et Komawara était sûr que la brume où il se trouvait n'opposait pas de défi plus redoutable que la nuit là-bas dans la solitude. Il avait le sentiment que Shuyun possédait, outre un sens mystérieux de l'ouïe, la capacité de détecter la proximité d'autres créatures, de sentir leur présence. Il est sensible au *chi*, pensa-t-il, quelle que soit la signification que l'on attache à ce mot.

Malgré l'imminence du danger, Komawara s'aperçut qu'il avait peine à se concentrer. Il se surprit à s'interroger sur dame Nishima et sur sa cousine, dame Kitsura Omawara. Depuis leur arrivée dans Seh, il ne leur avait parlé qu'une seule fois, mais il en avait gardé une forte impression. En comparaison de ces femmes distinguées de la capitale, même les plus courtisées des filles de Seh paraissaient aussi frustes que des enfants de paysans. Après avoir été le témoin d'une vraie culture et de tant de beauté, quel espoir lui restait-il de vivre heureux avec l'épouse qui vraisemblablement l'attendait ?

La chute d'un autre paquet de neige le ramena à la réalité. Impossible à présent de voir les traces des Barbares. L'obscurité était totale. En se courbant sur le sol et en tâtant avec la main, il découvrit que la piste n'était pas simplement dissimulée par la nuit : elle s'était volatilisée !

Un hibou hulula dans la brume. Le bec d'un pic noir crépita. Ils n'ont pas dû abandonner la piste loin d'ici, pensa-t-il. « Par Botahara ! marmonna-t-il, presque tout haut, et si j'étais passé à côté d'eux dans ce brouillard ? » Il pivota sur lui-même, faillit d'instinct dégainer son épée, persuadé que des Barbares le filaient. S'efforçant de calmer les battements de son cœur, il tendit l'oreille pour capter les bruits qu'il redoutait le plus, ceux d'hommes en armes cherchant à avancer sans donner l'éveil.

Il attendit sans se permettre le moindre mouvement, jusqu'à en durcir douloureusement ses muscles, puis en fin de compte décida que les soldats barbares n'avaient pas repéré sa présence. Il commença à revenir en arrière, comptant ses pas avec soin : cinq pas, un temps d'arrêt, un temps d'écoute. Il inspecta le terrain du mieux possible, avec des doigts qui se mettaient à souffrir du froid de la neige molle et de l'eau glacée du dégel. Après cinq pas de plus, les empreintes réapparurent. Il sentait dans la boue les cavités creusées par de nombreux sabots. En suivant avec soin leur direction, il aboutit à un sentier qui bifurquait vers le bas et disparaissait dans des spirales de brume.

À tâtons, il chercha dans l'obscurité et finit par trouver un arbrisseau auquel il attacha sa jument, tout en formant des vœux pour qu'elle ne se mît pas à taper du pied quand il la quitterait. Par précaution, il enleva les sacoches et les posa hors de portée de ses sabots. Pourvu que je puisse les retrouver ! se dit-il. En ouvrant l'une d'elles, il découvrit du pain qui n'était pas trop humide. Il mangea, recroquevillé dans l'ombre et sous le crachin. Les Barbares, se dit-il, seront bien obligés de bivouaquer près d'ici. Ils sont aussi désorientés que moi dans ces ténèbres et dans ce brouillard.

Il tendit l'oreille. Des alentours lui parvenaient les bruits ordinaires des collines de Jai Lung, craquements d'arbres, glouglous de ruisselets après la fonte des neiges. Le hibou renouvela son cri, et Komawara se demanda s'il s'agissait bien d'un rapace. Mais rien ne semblait hors du commun, tous ces bruits restaient en accord avec le milieu, et aucun silence n'éveillait le soupçon. Les hommes des tribus se sentent chez eux même ici, pensa-t-il.

Il finit son pain puis se remit en mouvement pour suivre la piste, tantôt à croupetons, tantôt à quatre pattes, réprimant une peur ridicule de se heurter à un homme endormi dans l'obscurité et de s'apercevoir trop tard qu'il s'était par erreur introduit dans le camp adverse. Mais rien de tel ne devait se produire.

Des voix puis, sans aucun doute possible, une odeur de fumée. Il s'arrêta de nouveau. Que faire à présent ? Si le brouillard se levait le lendemain matin, il pourrait alors se mettre à la recherche de sa garde personnelle, mais pendant ce temps-là les Barbares risquaient de disparaître. Il n'était pas sûr d'être en mesure avec ses hommes de traquer les habitants du désert, en particulier s'ils s'arrangeaient pour n'être pas suivis. Bandits ! pensa-t-il. Ah oui ! quels affreux gredins ! Il se rapprocha des voix qu'il percevait. Pour le moment, je vais les surveiller, se dit-il, et je prendrai une décision quand je saurai au lever du soleil à quoi ils s'apprêtent.

Les Barbares avaient dressé leur camp dans une clairière au milieu des pins. D'un côté, un promontoire rocheux les protégeait des vents dominants. Même avant le jour, il entendit siffler le bois humide qui fumait sur le feu. L'odeur des aliments qui cuisaient réveilla son appétit. Ils chassent les cerfs de l'empereur, se dit-il, et il faillit sourire de sa réaction.

Dissimulé derrière des blocs de pierre, il prit appui sur le sol humide en se préparant à une attente qui menaçait d'être longue, mais sans s'asseoir si bien qu'il lui serait impossible de se relever précipitamment. Le camp des Barbares à présent se découvrait entièrement. Il y avait deux feux allumés, et devant chacun on était occupé à la cuisson du repas. Des abris sommaires avaient été constitués à partir de ce qui vraisemblablement était les toits des tentes que les nomades appelaient leurs maisons. Komawara connaissait bien le matériau dont ils étaient faits. Il était résistant et, traité avec la sève bouillie de la racine de tekko, pratiquement imperméable.

Ces hommes buvaient une boisson qui fumait dans leurs bols et, s'ils gardaient leur maîtrise de soi, Komawara comprit qu'ils étaient pour le moins un peu gris. Personne ne montait la garde, du moins pas encore, alors que tout le groupe avait les yeux ouverts. Plus tard, sans doute, on posterait des sentinelles mais, à ce stade, il était clair que ces bandits ne se savaient pas poursuivis. Le chasseur qui était sur leurs talons les regardait, caché par l'obscurité, et il n'était pas qu'un peu jaloux de les voir ingurgiter un alcool brûlant et se préparer à se restaurer.

Il faut que je reste immobile, se dit-il, ou c'est moi bientôt qui de chasseur vais devenir chassé. Il s'obligea à un exercice respiratoire sans difficulté que Shuyun lui avait enseigné, mais son cœur refusait de battre calmement, et il s'aperçut que ses muscles demeuraient noués.

La pointe d'un couteau s'enfonça dans sa nuque, et une voix rauque, avec l'accent du désert, lui souffla à l'oreille : « Pas un cri, seigneur, et pas un geste. »

La scène que Komawara avait devant les yeux parut s'effacer, et il ne resta plus qu'une sombre silhouette à la limite de son champ de vision. Une flamme jaillit. Le jeune seigneur sentit la sueur perler sur son front. Ils utilisent le feu pour interroger leurs captifs, se dit-il, avant de les laisser mourir.

Brusquement, la pression du couteau disparut.

« Le frère Shuyun vous envoie le Kalam avec un message, ami », susurra la voix, et le serviteur du moine, l'homme des tribus qui les avait guidés dans le désert, se laissa tomber aux côtés d'un Komawara abasourdi.

Ce dernier poussa un soupir de soulagement et, presque aussitôt, sentit la colère bouillonner en lui. « Mais pourquoi ? »

Il mit la main dans son cou pour y tâter le sang. L'homme des tribus haussa les épaules. « Dans la nuit, vous voir un homme du désert. Comment vous savoir que c'est le Kalam ? Vous prendre votre épée, moi mourir, et eux… (il fit un geste en direction des hommes agglutinés près du feu) eux entendre et pourchasser le seigneur Komawara. » Il haussa encore les épaules, donna son attention aux nomades et cessa de parler pendant quelque temps.

« Comment as-tu fait pour me trouver ? demanda Komawara.

— Garde s'est perdue. » Il montra l'obscurité puis, désignant les Barbares : « Moi les trouver. Trouver vous.

— Qui sont-ils ? Que font-ils ici ? »

Le Kalam parut prêt à répondre, mais il secoua la tête, et Komawara comprit qu'il se débattait contre les difficultés de la langue. Il lui manquait son traducteur, le frère Shuyun. « Dans désert… os de dragon. » Il secoua la tête encore. Les mots ne venaient pas.

« Ama-Haji ? » suggéra Komawara.

L'homme des tribus acquiesça. Il paraissait surpris de voir que le seigneur se rappelait, comme si la séparation des langues devait se répercuter sur leur expérience commune. « Ama-Haji, oui. Hommes du Dragon. » Il retomba dans le silence, toujours à la recherche de ses mots.

« Les partisans du khan », proposa Komawara.

Le jeune Barbare secoua la tête, l'air frustré. « Non, non. Hommes du Dragon… ces gens-là, dit-il en les montrant du doigt. Ils viennent pour trouver… pour regarder. Les yeux du Dragon, reprit-il en les montrant encore.

— Ah oui ! »

Komawara s'entendit répondre « ah oui ! » bien qu'il ne fût pas très sûr de saisir ce que son compagnon avait à l'esprit. Ils se turent à nouveau et fixèrent leur attention une fois encore sur les Barbares, qui avaient entamé leur repas et continuaient à boire. Les bruits de leur conversation étaient toujours aussi indistincts et, si un rire parfois venait l'interrompre, il restait modéré.

« Le message, murmura Komawara, le message de Shuyun. »

Le Kalam acquiesça. « Oui. » Il marqua une pause comme s'il cherchait à se souvenir. « Un guerrier… grand guerrier arrive. Daku Kaita.

— Jaku Katta, rectifia Komawara, le général Jaku Katta.

— Oui, approuva le Kalam. Général signifier grand guerrier ?

— Oui, très grand guerrier. Est-il là maintenant ? Dans Seh ? »

Des éclats de rire ramenèrent leur attention sur le groupe devant eux. « Dans Seh, oui.

— Ah ! »

Si Komawara avait voulu réagir plus abondamment, le temps lui aurait manqué. Une clameur sauvage s'éleva, et des hommes en armure jaillirent de l'épaisseur du fourré, sabre au clair. Ils s'élancèrent sur les Barbares. Komawara bondit et dégaina son épée, puis s'arrêta et empoigna son compagnon. « Tu restes ici, hurla-t-il au nez et à la barbe du Kalam. Mes hommes ne te reconnaîtraient pas. »

Le jeune nomade acquiesça, mais Komawara le vit quand même dégainer son sabre.

Plus de temps à perdre. La bataille était engagée et, si la surprise jouait en sa faveur, il apparut très vite que la petite troupe de Seh avait le désavantage du nombre. Dix pas séparaient Komawara du théâtre des combats. Il les franchit au pas de course et abattit un Barbare qui s'apprêtait à achever un soldat tombé. Sans attendre de savoir si ce dernier se relevait, Komawara bondit sur un autre nomade. Les lames s'entrechoquèrent brièvement, et ce Barbare s'effondra à son tour.

Un combattant revêtu d'une armure complète de cavalier lacée de vert s'en prit à Komawara, et celui-ci dut parer un coup de sabre avant que l'agresseur comprît qu'il n'avait pas affaire à un Barbare. Cependant, le jeune seigneur ne s'était pas encore trouvé un nouvel adversaire qu'il eut l'impression que sa tête explosait. Il se retrouva à genoux, manipulant malaisément son épée, se blessant au tranchant de la lame. Le guerrier aux lacets verts l'évita d'un bond. Komawara le vit combattre un nomade brandissant un gourdin. Il n'eut que le temps de se relever tant bien que mal : il lui fallait détourner le coup que lui destinait ce grand gaillard.

Komawara se retrouva repoussé en arrière. Les réflexes et le sens tactique pour lesquels il était réputé pâtissaient du coup qu'il avait reçu à la tête. À sa droite, un deuxième Barbare se joignit au combat, et il dut parer son attaque. Le plus gros de ses deux adversaires y vit une ouverture et se prépara à frapper. Komawara se raidit, dans l'attente de la pointe du sabre. Mais la douleur ne vint pas. Au lieu d'allonger le bras, le Barbare parut se figer, et ses genoux fléchirent comme s'il était transpercé par l'arme d'un de ses compagnons.

Komawara vit le Kalam dégager sa lame, mais ce rapide coup d'œil faillit lui coûter un bras. L'homme avec lequel il se battait avait compris qu'il était diminué et voulait l'achever avant qu'il eût le temps de récupérer.

Le jeune seigneur ne voyait plus très clair. Il secouait constamment la tête dans l'espoir d'éclaircir sa vue. La lueur du feu ne paraissait pas de nature à lui venir en aide. Parfois elle illuminait l'arme de son adversaire puis, tandis que celle-ci bougeait et offrait un autre plan à la lumière, elle faisait d'éphémères apparitions, jetant le trouble dans l'esprit du jeune homme. « Regarde ses mains », se dit-il à haute voix en se remémorant les leçons données par son père. *Dans une demi-obscurité, il faut regarder ses mains. Elles te renseigneront sur les mouvements de l'épée.*

Puisant au plus profond de son expérience, Komawara chercha quel moyen pourrait encore le sauver, car dans une situation comme celle-là il était condamné à brève échéance. Son adversaire aurait tôt fait de trouver la faille dans sa défense. Il prend des risques, se dit-il, et il modifia son désengagement. Il recula en premier la jambe gauche. Le Barbare para et porta une attaque, la pointe du sabre cherchant la poitrine de son ennemi. Komawara pivota et voulut esquiver, mais il ne fut pas assez rapide : il sentit l'extrémité de la lame s'enfoncer par un défaut de l'armure sous son bras gauche. Cependant, au moment même où l'acier le glaçait, sa propre épée trouva le menton du Barbare, et ce fut la fin. L'homme s'affaissa tandis que sa lame s'arrachait au flanc de Komawara.

Celui-ci pouvait à peine tenir sur ses jambes. Devant lui, il ne voyait plus qu'un sombre tunnel. Ne restaient debout que quelques combattants épars dans le campement, mais tous de Seh et portant les mêmes lacets verts que l'homme qui lui avait sauvé la vie. Ils paraissaient le fixer des yeux sans qu'il sût pourquoi. Peu à peu, il prit conscience d'un bruit de lames s'entrechoquant à sa gauche, et il tourna la tête de ce côté avec horreur : le Kalam était aux prises avec deux soldats en vert, et un troisième accourait les aider.

« Non », fit-il, mais son cri ne produisit qu'un murmure. Il voulut s'interposer et faillit tomber. « Non », murmura-t-il encore. Le sang affleura sur l'épaule du Kalam et vite colora son bras en rouge. Komawara leva son épée. Les images étaient floues. En y mettant toute la force dont il disposait encore, il tournoya et fit sauter le sabre entre les mains de l'un des agresseurs. Puis, tout en cherchant à se protéger, il se plaça entre la troupe de Seh et son ancien guide.

« Non, dit-il, faiblement, il est à moi. »

Devant lui, on hésita. Personne n'abaissa son arme. On le dévisageait. Il était incapable de déchiffrer les questions que posaient leurs regards.

« Et vous, qui êtes-vous, demanda quelqu'un, pour oser prétendre avoir cet assassin pour serviteur ? »

Komawara se tourna vers ces hommes, et il comprit que le coup qu'il avait reçu à la tête avait endommagé son jugement. Ces gens-là n'étaient pas des volontaires recrutés dans le pays, qui s'étaient joints à sa garde privée. Ils portaient une armure de bonne qualité, qui avait beaucoup servi et qui était lacée de vert. Aucune famille dans les environs n'arborait cette couleur. Le Kalam étendit le bras pour agripper son épaule.

« Mon nom est Komawara Samyamu, et cet homme est à mon service. »

D'autres soldats se regroupèrent devant lui. Il n'y avait aucune issue maintenant du côté des arbres, et il pouvait à peine se tenir debout. Face à lui, on se regardait. Il y eut des protestations, des invectives à voix basse. Quelqu'un jura.

« Seigneur Komawara, dit son vis-à-vis, vous avez de bien étranges fréquentations. » Il tira sur son masque, s'inclina sommairement et ôta son casque. L'homme qui se trouvait derrière lui s'avança.

« Lieutenant, dit-il, j'ai vu un Barbare abattre un de ses congénères qui attaquait le seigneur Komawara. Il n'y a pas à s'y tromper. C'était lui. »

Celui dont on avait fait un lieutenant hocha la tête. « Pardonnez mes mauvaises manières, seigneur Komawara. Mon nom est Narihira Chisato. J'appartenais à la cavalerie du seigneur Hajiwara Harita. »

Par Botahara, se dit Komawara, les lacets verts… Oui, ce sont bien des Hajiwara. Une maison que j'ai aidé à ruiner à la gorge de Denji. Involontairement, il abaissa son épée, car il sentait que ses bras commençaient à trembler. Le sang se répandait partout d'un côté de sa poitrine, et un bref coup d'œil lui apprit que le Kalam n'avait rien à lui envier.

Komawara répondit d'un simple signe de tête au salut de son interlocuteur. « Lieutenant, dit-il, je ne sais pas quel but vous poursuivez, mais, quant à moi, mes hommes sont tout proches. Nous sommes à la recherche de brigands dans ces collines, des collines qui réservent apparemment de nombreuses surprises. Je tiens à vous remercier pour votre aide dans la défaite de nos ennemis.

— Comme vous avez aidé à la chute de la maison de notre seigneur », dit une voix pleine d'aigreur.

Le lieutenant leva la main, et le silence se rétablit. « Seigneur Komawara, il vous est facile de l'imaginer, la chute des Hajiwara a laissé parmi nous… des ressentiments à l'encontre de ceux qui ont causé notre malheur. Mais, bien que le seigneur Shonto et… ses alliés aient joué un rôle dans ce désastre, nous comprenons que la mort de notre maître est en définitive imputable à la trahison d'autres que lui. Nous honorons sa mémoire.

» L'opinion de ceux qui ont de l'expérience en la matière est que notre seigneur n'a pas fait le meilleur choix en acceptant de s'opposer au seigneur Shonto. Veuillez considérer que d'autres que vous font en l'espèce l'objet de notre colère. Le seigneur Shonto n'aurait pas pu avoir un comportement différent – vous non plus, comme vous étiez son fidèle allié. Vous êtes blessé, monseigneur, et, bien que nous ne comprenions pas comment cet homme peut être à votre service, de toute évidence cela vous regarde. » Il s'inclina de nouveau, plus bas cette fois. « Nous allons rengainer nos sabres et nous occuper de nos blessés. J'aimerais prendre soin de vos blessures moi-même, seigneur Komawara. Je m'y connais un peu. »

Il y eut bien quelques regards noirs dans la troupe des Hajiwara, mais on rengaina les sabres et retourna près du feu. Komawara et le Kalam les imitèrent, s'entraidant pour faire les quelques pas qui les séparaient de la flamme. Le jeune seigneur s'effondra non loin de la source de chaleur, heureux d'y être car il se sentait frigorifié. Ses oreilles bourdonnaient encore du coup qu'il avait reçu à la tête. Il était étourdi et sans forces.

À côté de lui, il entendit que son compagnon respirait avec peine. Il a perdu du sang, pensa-t-il cependant que des mains commençaient à délacer son armure puis à découper un pan de sa chemise de cuir. Il sentit qu'on l'emportait. C'était comme si tous les bruits et toutes ses sensations lui venaient de très loin. Vaguement, il saisit qu'on parlait de deux morts. Il espéra que ce n'étaient pas des membres de sa garde.

Dormir. C'était son souhait le plus cher. Il essaya de remuer la tête, mais ses muscles parurent refuser de répondre. À côté de lui, le Kalam semblait si lointain qu'il se demanda comment cela se faisait alors qu'un moment plus tôt ils auraient pu se toucher. Puis tout se couvrit d'obscurité.

Quand il se réveilla, impossible de savoir où il était ni combien de temps avait duré son sommeil. La couche sur laquelle il était étendu était molle et sentait bon la forêt. Des branches de pin, comprit-il, et il tira à lui la couverture en peau de daim. Les feux n'avaient pas cessé de brûler. Des hommes s'y chauffaient toujours, le visage tourné vers la nuit, leur sabre à portée de main.

Il se souvint : les Hajiwara, les soldats Hajiwara. Livrés à eux-mêmes à présent que leur maison n'existait plus. Marqués par le conflit avec les Butto. Il hocha la tête. En se tâtant le flanc, il trouva un pansement de soie, humide d'un petit écoulement de sang. Pas sérieux, pensa-t-il, mais les oreilles lui tintaient encore, et les silhouettes devant le feu continuaient à danser et à se dédoubler. Des brigands, pensa-t-il, des brigands dans les collines de Jai Lung ! Il sombra dans un sommeil troublé.

Quand il revint à la réalité, la brume avait la même épaisseur que lorsqu'il pourchassait les Barbares. On s'affairait dans le camp. Komawara respira une odeur de thé et de cuisine. Le bourdonnement dans ses oreilles avait presque complètement disparu, remplacé par de fortes palpitations dans une moitié du crâne, qui se communiquaient jusqu'à l'épaule. Il resta sans mouvement tout d'abord, puis se contraignit à s'asseoir. Du coup, il s'ouvrit un tunnel devant ses yeux, mais il se ressaisit et ce symptôme s'effaça. Quelqu'un s'approcha et se pencha pour l'aider à se lever : le Kalam affichait un grand soulagement lorsqu'il lui prit le bras. Il vint à son secours quand il s'agit d'enfiler ses bottes de cuir souple. Komawara dut le repousser pour faire seul les quatre pas qui le séparaient du foyer. « Vous allez bien, hein ? Bien ? » ne cessait de répéter le nomade en lui souriant.

Komawara acquiesça et s'assit avec peine sur une pierre installée à proximité des flammes. Seul avec les Hajiwara, le Kalam de toute évidence n'avait pas été mis dans une situation confortable, et même maintenant on lui décochait des regards qui n'avaient rien d'amical.

Le lieutenant était penché sur l'un des blessés. Quand il vit Komawara, il se redressa et traversa la clairière pour venir le trouver. « Seigneur Komawara ! » Il s'inclina et proposa une tasse de thé que son patient accepta avec reconnaissance. « Nous espérons que vous allez un peu mieux maintenant, dit-il. Votre blessure au côté ne me semble pas bien grave, mais ce qui m'inquiète est le coup que vous avez reçu à la tête. Y voyez-vous bien ? Tenez-vous debout ? Êtes-vous souffrant ? »

Il regardait Komawara d'un air préoccupé, et celui-ci vit son œil s'égarer dans la direction de ses cheveux coupés court, souvenir du temps qu'il avait passé en compagnie de Shuyun comme novice botahiste. Mais, si le Hajiwara se posait des questions, il les garda pour lui.

« Je suis sûr d'être bientôt guéri, lieutenant, répondit Komawara. Merci pour vos bons soins et votre sollicitude à l'égard de mon guide. » Des bandits, pensa-t-il encore. Des brigands.

Le lieutenant fit signe à l'un de ses hommes, et l'on apporta à Komawara quelque chose à manger. Il mastiqua avec lenteur. Quand il eut fini et fut en train de boire son thé à petites gorgées, son protecteur revint. « Nous nous demandions, monseigneur, ce que vous pouviez savoir de ces Barbares, de leur objectif. »

Komawara hocha la tête mais resta muet. Il s'interrogeait. Que se passe-t-il donc ici ? Que faisaient ces hommes du désert dans les collines de Jai Lung ? Le Kalam avait parlé des yeux du Dragon. Que voulait-il dire par là ?

« Ces Barbares font partie d'une secte, je crois, lâcha-t-il enfin, d'une secte qui vénère le Dragon. »

Il en resta là, dans l'expectative, espérant que le lieutenant l'aiderait d'un mot ou deux susceptibles de l'éclairer sur le sens de ce qui se passait. Mais le Hajiwara préféra se taire.

Komawara fit une nouvelle tentative. « Sur leurs corps, vous trouverez de l'or avec un dragon gravé… »

Il s'arrêta. Le lieutenant lui tendait une petite figurine en or au bout d'une chaînette. « Comme ceci ? » demanda-t-il.

Le Kalam fit signe à Komawara de se méfier et s'écarta.

« Oui. » Komawara prit l'objet en main malgré les protestations de son guide. Ce n'était pas la pièce d'or gravée qu'il connaissait déjà, mais un petit pendentif finement ouvragé. Le même dragon, à coup sûr, celui d'Ama-Haji, mais non la représentation grossière que le voleur barbare avait eu en sa possession.

Le lieutenant s'éclaircit la voix. « Seigneur Komawara, il ne vous échappe certainement pas que notre présence dans Seh s'explique par le désir d'échapper aux Butto. Nous n'avons pas agi par peur mais parce que par serment nous nous étions engagés à faire quelque chose. Ne me demandez pas en quoi consistait cet engagement. Je n'ai pas le droit de vous le dire.

» Nous étions onze quand nous avons passé la frontière. À présent nous sommes neuf. » Il regarda ses compagnons qui commencèrent à se rapprocher.

« Cela fait quelques semaines que nous sommes dans ces collines et, comme vous l'aurez sans doute deviné, nous n'avons pas toujours eu pendant ce temps une conduite honorable. Nous n'en sommes pas plus fiers pour autant. »

Il marqua une pause comme pour juger de la réaction de son interlocuteur. Celui-ci ne dit rien. Le lieutenant poursuivit.

« Nous sommes tombés sur les Barbares il y a de cela quelques jours », commença-t-il. Un gémissement venu de l'un des blessés retint son attention. Quelqu'un se leva aussitôt pour aller voir. « Nous sommes tombés sur eux par hasard, et depuis nous ne les avons pas quittés des yeux quand ils bivouaquaient.

» Nous ne les avons pas suivis dans l'espoir d'un profit quelconque, mais seulement parce que les Barbares sont traditionnellement l'ennemi de notre peuple et parce que le bruit court qu'ils se renforcent. Pourtant, à présent, nous nous retrouvons dans une situation des plus délicates, monseigneur. »

Il fit signe à ses hommes, qui avaient fait cercle autour d'eux. Deux d'entre eux s'avancèrent, porteurs d'une lourde sacoche de cuir. Ils la déposèrent aux pieds de Komawara et l'ouvrirent. Des pièces de monnaie étincelèrent dans la faible lumière comme seul l'or peut briller. La sacoche en était pleine à ras bord.

Komawara se pencha et prit l'une de ces pièces : elle était carrée, bien frappée, avec un trou rond en son milieu.

« Il y a là plus d'argent, reprit le lieutenant, que tous nous aurions pu rêver d'en voir au cours de nos vies. Il est bien dommage, hélas, que nous fassions maintenant cette découverte, car nous sommes des soldats perdus d'honneur, des hommes pourchassés, et pas uniquement par la famille qui a tué notre seigneur… » Il haussa les épaules, hocha la tête, voulut dire quelque chose, hésita. Après un nouveau hochement de tête, il poursuivit. « Cet or ne nous profitera jamais, seigneur Komawara. Partout où nous irons, notre passé nous suivra. Et il ne nous est pas possible d'échapper à la connaissance de nos dernières erreurs. Le karma…

» Non, cet or ne pourra que nous tenter de nous écarter de la route que nous avons choisie.

» Ce qui ferait notre affaire, ce serait que vous preniez ce trésor et dédommagiez ceux auxquels nous avons fait du tort. » Il baissa les yeux sur la sacoche. « Si ce n'est pas trop vous demander. »

Un sac comme on en voit partout, se surprit à penser Komawara. « Et que comptez-vous faire maintenant ? » demanda-t-il sans quitter l'or des yeux, une fortune plus considérable que ce que valaient toutes ses propriétés, bien plus considérable.

« Pendant que vous dormiez, répondit le lieutenant, nous y avons réfléchi. Il est clair qu'en toute autre circonstance nos actions d'hier auraient été tenues pour un service rendu à l'empire. Je ne crois pas me tromper en supposant que, après la découverte de pareil pactole, nous aurions été généreusement récompensés. Mais les circonstances ne le permettent pas. N'y a-t-il pas là-dedans une certaine ironie ? On pense au malheureux destin de Shubuta quand il fut dupé par la déesse de la cupidité. » Il eut envie de rire. « Donc il ne nous reste plus en définitive que le serment que nous avons fait lors de la chute de notre maison. Il nous servira de guide. »

Komawara prit son temps pour réfléchir, l'œil fixé sur la flamme. « J'ignore en quoi consiste précisément votre serment, encore que cela ne semble nullement mystérieux. Désirez-vous tirer vengeance de mon allié, le seigneur Shonto, ou de personnes de son état-major ?

— Non, seigneur Komawara.

— Mais qui va vous prendre à son service, lieutenant, sachant que ce serment risque de mettre sa maison en danger ?

— Une famille qui a les mêmes ennemis que nous, monseigneur.

— Ah ! » Komawara rejeta les pièces dans la sacoche. « Il n'est pas en mon pouvoir de rendre sa liberté à quiconque enfreint les lois de notre empire mais, comme vous dites, vous avez rendu un service, et cela devrait être payé de retour. Pouvez-vous me jurer qu'en accomplissant votre vœu vous n'irez pas compromettre l'exécution des projets de ma maison ou de ceux de mes alliés ? »

Le lieutenant consulta son groupe du regard. « Nous sommes patients, seigneur Komawara. Nous pouvons attendre le moment où nous ne ferons courir aucun risque à votre maison. »

Le jeune seigneur signifia son approbation, et son attention se reporta sur le feu. Sa blessure lui causait des élancements dans la tête. Il s'obligea à rester assis bien droit et fit face au lieutenant. « Accepteriez-vous en ce cas d'échanger vos couleurs contre celles de la maison Komawara ? »

Un murmure courut dans les rangs des Hajiwara. Ils se pressèrent autour du seigneur et du lieutenant.

« Nous offririez-vous cela, sachant que les Butto nous traquent et indépendamment des forfaits que nous avons pu commettre ces jours derniers ?

— Lieutenant Narihira, j'ai vu des hommes combattre les ennemis de notre empire, sachant qu'ils n'en tireraient aucun profit. Vous auriez fort bien pu passer en fermant les yeux : que devez-vous à l'empereur ? Quand on est capable d'une action comme celle-là, on est un homme d'honneur. Je n'en doute aucunement. »

Le lieutenant se retira pour tenir un conciliabule avec ses subordonnés, laissant le Kalam et Komawara partager leur repas. Ils ne furent pas longs à se décider.

« Seigneur Komawara, dit le lieutenant, nous avons examiné votre offre et savons qu'elle dépasse tout ce que, l'un ou l'autre, nous étions en droit d'espérer. Nous nous étions résignés à vivre sans maître et sans honneur. Il reste cependant à régler la question des Butto. Ils ont fait serment de poursuivre tous les partisans de mon seigneur sans en épargner un seul. Vous vous retrouveriez en porte-à-faux entre les Butto et nous. Nous ne pouvons le permettre. »

Komawara sourit. « Lieutenant, dit-il, les Butto considèrent qu'ils ont envers la maison Komawara une dette dont en une centaine d'existences ils ne pourraient pas s'acquitter. Je pense pouvoir négocier une partie de cette dette en échange de vos vies… à condition, bien sûr, que vous vous engagiez à me servir.

— Si telle est la vérité, seigneur Komawara, je suis autorisé à parler au nom de tous pour vous dire que nous serions honorés de porter vos couleurs. »

Les Hajiwara s'agenouillèrent devant le jeune seigneur et tour à tour déposèrent leurs armes à ses pieds. Quand ce fut fait, péniblement, celui-ci se leva.

« Il est heureux que vous ayez donné la preuve de vos capacités à combattre nos ennemis, car une guerre nous attend. N'en doutez pas. Dans cette guerre, il nous faudra lutter épaule contre épaule avec ceux que nous serions tentés de considérer comme d'un camp opposé, sinon nous serons vaincus. Et Seh ne sera pas la seule province à tomber. »

Il regarda les hommes devant lui. Croient-ils ce que je leur dis ? se demanda-t-il. Mais quelle importance ? Bientôt ils ne pourront pas faire autrement que d'y croire.

« Ce qui s'est passé dans cette clairière, reprit-il, ne devra jamais être mentionné. Vous n'avez pas vu de Barbares dans ces collines. Il ne faudra jamais être d'un autre avis. Je vais vous avoir récompensés pour service rendu au Komawara en me débarrassant des bandits qui nous menaçaient, et aussi pour m'avoir sauvé la vie. Nul n'en doutera. Mais vous devrez dissimuler les fosses pour que jamais on ne soupçonne quelque chose ou n'émette une autre hypothèse. Rien aussi à propos de l'or. Je ne me l'attribuerai pas. Je le remettrai au gouverneur impérial, car ces Barbares en étaient porteurs à des fins dont je ne dois pas parler. Lorsque nous serons sur mes terres, on vous honorera pour votre victoire sur les brigands dans ces collines, et en un sens la vérité sera sauve. » Il sourit. « Maintenant, il nous faut partir d'ici. Bien des tâches nous attendent. »

3

Les navires s'éloignèrent sous une pluie battante. Un vent d'est glacial leur donnait de la gîte. On avait tant diminué la voilure qu'il paraissait impossible pour eux de doubler le promontoire. Pourtant ils avançaient, sinon vite, du moins régulièrement.

Le seigneur Shonto Shokan arrêta son cheval au sommet d'une haute falaise pour regarder passer ces bateaux. Il leva la main une fois, nullement assuré d'être vu, et l'agita lentement. Puis il fit tourner sa monture et précautionneusement descendit le sentier qui longeait le précipice. Il voulait éviter à Tanaka de rester sur le pont par un temps aussi exécrable, car le vieillard était tenu de ne pas quitter la lisse aussi longtemps que le fils de son seigneur n'aurait pas disparu à l'horizon ; se contenter de moins aurait passé pour un impardonnable outrage. Après tout, Shokan était allé jusqu'au bout du promontoire pour assister au départ de cet homme plus âgé que lui, lui faisant ainsi beaucoup d'honneur. Tanaka méritait cet hommage, non d'être exposé longuement à subir le froid et la pluie.

Si Shokan avait su, il aurait été moins pressé de partir, car Tanaka, appuyé au bastingage, suivait des yeux le cavalier arrêté dans le lointain, et les plis qui barraient son visage n'étaient pas tous dus à l'averse ni aux embruns. Il ressemble beaucoup à son père au même âge, se disait le marchand, et il occupe la même place dans mon cœur.

Il ne perdait pas de vue cet homme vêtu du bleu des Shonto qui lui faisait un signe de la main avant de revenir en arrière le long de la falaise, suivi de trois gardes. Seulement trois, pensa Tanaka, c'est comme s'il ne courait aucun danger.

Le jeune seigneur gagna une portion du sentier plus plate et plus large, où il poussa sa monture pour un petit temps de galop.

Comme toujours, il était ravi de l'allure de son étalon. Il l'avait ramené lui-même de Seh, et le cheval avait bien supporté le voyage, d'abord sur le fleuve puis sur la mer, sans en souffrir apparemment ni dans son organisme ni dans son ardeur à courir.

Seh… Les pensées de Shokan revenaient sans cesse à cette province et à la situation qu'y connaissait son père. La visite de Tanaka l'avait beaucoup perturbé. Elle avait ajouté à la sourde crainte qui le tourmentait depuis la dernière lettre de Shonto. Comme il n'avait cessé de le redouter, le désert recelait une menace plus considérable que les fiers habitants de Seh n'étaient prêts à le reconnaître. Et puis maintenant ces nouvelles de Tanaka.

Une pente à gravir, un peu plus raide : il éperonna sa monture ; des mottes de terre humide volèrent à leur passage. Il tira sur les rênes pour arrêter à nouveau son regard sur la mer. Il lui fallut plus de temps qu'il n'avait prévu pour trouver la flottille au travers des rideaux de pluie qui voilaient la totalité de la baie des Brumes. Plus un seul bateau maintenant ne s'aventurerait dans ces eaux avant le retour du printemps. Ceux-ci défiaient déjà suffisamment les divinités des tempêtes.

Il était tard, bien tard dans la saison, pour de pareilles folies. Shokan dirigea son cheval vers le palais des Shonto. En fait de folie, pensa-t-il, on en a beaucoup trop vu ces temps-ci. Ses gardes du corps, devinant son humeur, demeuraient en arrière autant que le devoir le leur permettait, laissant leur jeune maître à ses réflexions.

Une rafale de vent emmêla la crinière de l'étalon qui n'était pas nattée. Shokan, d'une main lourdement gantée, flatta l'épaule de sa monture. Le seigneur Shonto, son père, ne croyait pas que Seh pouvait tenir. Shokan eut un frisson bien qu'il ne sentît pas le froid.

Si Shonto abandonnait le Nord pour se replier vers le Sud, pendant combien de temps pourrait-il garder le contrôle de l'armée qu'il lèverait ? Assurément, le Fils du Ciel lui ordonnerait de se démettre honteusement de son commandement dès l'instant où il franchirait la frontière de Seh. Shokan n'avait pas aimé le ton de son père dans sa dernière lettre. Maintenir sa mainmise sur l'armée assez longtemps pour battre les envahisseurs paraissait être son seul souci.

> *Wa est en danger comme jamais au cours de son histoire; nous ne devons pas succomber à un désir de revanche sur ceux qui ont permis ce genre de situation; ce qui nous menace n'est pas la perte de notre fief ni celle de l'honneur des Shonto : nous courons le risque de perdre l'empire tout entier.*

C'était ainsi que son père s'exprimait, et Shokan ne mettait pas en doute ses affirmations un seul instant.

Il ne fallait pas attendre de soutien de la part de l'empereur. Quant aux habitants de Seh, ils paraissaient tout aussi aveugles à leur péril et ne donnaient pas signe de devoir évoluer avant qu'il fût trop tard. Mon père a besoin d'une armée, pensait Shokan, la plus grande qu'on puisse lever dans Wa. Pourtant, c'est irréalisable. Il combattit une amertume et une colère qui n'avaient fait que croître depuis la visite de Tanaka.

Il tenta de substituer à cette aigreur les sentiments d'affection que lui inspirait leur marchand vassal. Tanaka allait se trouver en butte à des périls plus redoutables que les tempêtes hivernales. Si Shonto était destitué du commandement de son armée, ce serait toute sa maison qui serait emportée dans sa chute. Tanaka, en charge de toutes les participations familiales à des entreprises commerciales, serait la troisième personne liée au nom des Shonto que rechercherait la garde impériale, après Shokan et dame Nishima.

Tanaka était persuadé que l'empereur inviterait le jeune héritier du nom à venir dans la capitale pour les mondanités de la saison d'hiver, et Shokan n'hésitait pas à lui donner raison. Il attendait la convocation impériale depuis des jours et des jours. Bien sûr, il essaierait de gagner du temps le plus possible, mais cela ne pourrait durer toujours : l'empereur ne brillait pas par la patience.

Au moins, dame Nishima maintenant était hors de portée du Fils du Ciel. Un sourire effaça l'anxiété sur le visage du jeune seigneur. Comment l'empereur allait-il réagir à ce camouflet? Nishima partie, et en compagnie de la femme qu'il avait lui-même désignée pour l'instruire dans la connaissance des arts! Bien qu'impressionné par le charisme de celle que son père avait adoptée, Shokan ne parvenait pas à s'imaginer comment Nishi-*sum* avait pu faire pour inspirer à dame Okara la tentation de quitter le sanctuaire de son île.

Il aurait aimé voir comment l'empereur réagissait à cette nouvelle. Le Yamaku n'était pas quelqu'un de patient et détestait passer pour un sot. Shokan éclata de rire. Il y avait donc au moins de petites victoires à se mettre sous la dent. Ah ! Nishi-*sum*, comment avez-vous réussi pareil exploit ? Il en rit encore et poussa son cheval à galoper librement au sommet des falaises. En dessous, la mer battait le pied de la roche d'un mouvement incessant. Eau molle contre pierre dure : un combat inégal.

4

Jaku Tadamoto s'efforçait de rester tranquillement assis, sans rien laisser paraître de la peur qui l'assaillait. C'était un exercice difficile. L'empereur était connu pour ses accès de rage, mais l'expérience avait appris à Tadamoto que le souverain pouvait être le plus à craindre quand il se taisait, qu'il tentait de réfréner des emportements épouvantables. Il se tenait pour l'instant immobile, examinant en apparence un personnage dans un triptyque représentant la bataille de Kyo. Il empoignait à deux mains devant lui l'épée engainée symbolique de son pouvoir, et Tadamoto voyait sa main droite la serrer comme s'il cherchait à en faire usage.

La sérénité de Jaku Tadamoto était davantage ébranlée de savoir que l'objet de la colère du Yamaku était son propre frère, Katta. Il se demandait ce qui lui causait le plus d'appréhension, de la pensée que la méfiance proverbiale de l'empereur allait maintenant se reporter sur lui en raison de la dernière trahison de son frère ou des craintes qu'il nourrissait sur le sort réservé à ce dernier. Indéniablement, Katta était parti pour le Nord en lui tournant le dos, mais cela ne l'empêchait pas de demeurer son frère.

L'empereur brusquement se tourna et jeta un regard furieux au garde agenouillé. « Ainsi la fille de Shonto est de connivence avec l'ancien commandant de ma garde, maudite soit son arrogance ! »

Il se remit à contempler la figure du triptyque, comme s'il y trouvait de l'apaisement. Ce personnage, Tadamoto ne put ne pas le remarquer, était empalé sur une lance. Très calmement, il se hasarda à parler. « C'est difficile à dire, Votre Majesté. On ne peut écarter l'hypothèse qu'ils se soient rencontrés simplement par hasard.

— Je ne crois pas au hasard, pas quand il s'agit de votre frère. » L'empereur reprit lentement le chemin de son estrade, s'y arrêta pour réfléchir puis, d'un coup de pied, envoya promener un oreiller garni de soie au travers de la salle d'audience. « Et c'était dame Okara ? Pas de doute là-dessus ? »

Tadamoto baissa les yeux sur le sol devant lui.

« Cela en a tout l'air, Votre Majesté. Ses domestiques répondent qu'elle est malade et ne reçoit personne, la même explication qu'on nous a donnée chez Shonto. Le portrait qui m'a été fait apparemment ne permet guère d'hésiter. »

L'empereur se laissa de nouveau choir sur ses coussins et fixa les nattes d'un regard qui avait la même intensité que celui de Tadamoto. « Et vous persistez à penser qu'il n'est pas secrètement passé du côté du Shonto ? »

Le jeune colonel secoua lentement la tête. « Cela ne lui ressemblerait aucunement, Votre Majesté. Mon frère a de l'ambition, je n'en disconviens pas, mais il est persuadé que la loyauté qu'on prête au Shonto est une façade. Il est d'avis que ce grand seigneur n'est fidèle qu'à sa soif de pouvoir et que toute autre alliance sert uniquement son dessein. Katta-*sum*, à mon sens, n'a pas varié dans sa méfiance à l'égard du Shonto. »

L'empereur hocha la tête. « Il est votre frère, colonel. Il est naturel que vous soyez disposé plus que d'autres à vous fier à ses raisons. » Il leva les yeux sur le jeune officier devant lui. « Vous, cependant, devez décider d'où va votre loyauté. Vous ne pouvez servir deux maîtres à la fois, Tadamoto-*sum*, ne vous y trompez pas. »

Tadamoto toucha la natte de son front et lentement se remit à genoux. « Mon frère et moi, Votre Majesté, avons choisi des chemins divergents. Katta est allé vers le nord sur le Grand Canal, tandis que, moi, je restais… Je suis le serviteur de mon empereur. J'espère que ce que je pense de mon frère n'a pas pour origine un attachement à ma famille mais ne provient que d'une réflexion attentive et d'un souci de remplir mes obligations envers mon souverain. S'il en va autrement, Sire, veuillez me démettre de mes fonctions et permettez-moi de vous servir d'une autre manière. » Il s'inclina de nouveau.

L'empereur se caressa le menton. Si son regard ne quittait pas le jeune Jaku, son attention était requise ailleurs. Quand il reprit la parole, sa voix était calme, moins bourrue. « Non, Tadamoto-*sum*, je vous fais confiance. Je vois bien que la conduite de votre frère vous navre et que vous gardez l'espoir d'une explication qui le montre toujours loyal envers le Trône. Je partage cet espoir, car Katta est cher à mon cœur. » Il marqua une pause. « Mais je ne puis laisser l'affection m'aveugler complètement. Si votre frère n'agit pas bientôt de façon à justifier nos espoirs… »

Il laissa planer la menace et commença à s'intéresser au fourreau de son épée. Au bout d'un moment, son regard de nouveau s'appesantit sur le jeune homme à genoux devant lui. « Votre rapport contient-il autre chose, colonel, ou les mauvaises nouvelles s'arrêtent-elles là ? »

Tadamoto hésita tout en adressant une prière muette à Botahara. « Il y a autre chose encore, Votre Majesté. » Sa bouche était sèche. Il s'efforça de l'humecter d'un brin de salive. « Il semble que dame Nishima et dame Okara aient quelqu'un en leur compagnie.

— Ah ! »

La voix de Tadamoto devint presque inaudible. « Il est possible que cette personne soit dame Kitsura Omawara, Votre Majesté. »

Les yeux de l'empereur restèrent rivés à son épée. « Ce sera tout, colonel.

— Bien, Votre Majesté. »

Jaku Tadamoto toucha le sol de son front et, sans se relever, à reculons sortit de la pièce, aussi vite que le permettait son souci de sauvegarder la dignité impériale.

Akantsu II resta assis longtemps à contempler son épée de fonction. On ne se rendait pas coupable d'insultes de ce genre envers un empereur. Sans doute Omawara pensait-il que son nom et sa santé chancelante pouvaient le protéger. Le Fils du Ciel tira l'épée à moitié hors de son fourreau et l'y replongea avec fureur. Certes, il n'y avait rien que l'empereur pût faire ouvertement, en cela Omawara ne se trompait pas. Mais cela ne suffirait pas à préserver ce vieillard et n'empêcherait pas de souffrir le reste de sa maison.

Soudain Akantsu évoqua l'image de Kitsura. Sa beauté de légende maintenant l'outrageait. Quelle arrogance ! Il serra son épée davantage. Jamais ces vieilles familles n'accepteraient les Yamaku sur le trône. Cet exemple en apportait la preuve absolue. Aucune autre ligne de conduite ne s'offrait à lui s'il devait maintenir l'autorité de sa maison. Qu'elles attendent seulement la fin des Shonto, ces vieilles familles, se dit-il, et elles comprendront leur erreur, leurs multiples erreurs.

Il se tourna et plaça son épée sur son support avec un soin exagéré, en contraignant ses mains à ne plus trembler. Il inspira longuement et lentement expira. Cet affront, bien sûr, on ferait comme s'il n'existait pas. Il enverrait même dès aujourd'hui une lettre au seigneur Omawara pour s'inquiéter de sa santé. Il demanderait aussi des nouvelles du voyage de sa fille. Ce serait une lettre pleine de sollicitude. Le vieillard moribond saurait quel sort il avait réservé à sa famille. Mais l'empereur ne pouvait aussi facilement trouver à se consoler. Même la pensée des souffrances que grâce à lui endureraient les Omawara ne lui apportait aucun réconfort.

Il prit à nouveau une bonne respiration et frappa doucement dans ses mains. Un domestique parut.

« Fais venir Osha-*sum*, dit-il. Son empereur désire sa présence. »

Quand Osha reçut la convocation de l'empereur, l'idée lui traversa l'esprit de brûler les lettres de son amant. Mais ce serait un coup d'épée dans l'eau, se dit-elle. S'il est au courant, les lettres n'y changeront rien. Choisir quelles robes porter en présence de son souverain aurait pu demander à beaucoup de femmes des journées entières. Cela ne lui offrit guère de difficultés. Retrouver le calme, en revanche, lui fut impossible.

Si l'empereur était au courant de ses rendez-vous avec Tadamoto-*sum*, il importerait peu qu'il eût précédemment cessé de lui porter intérêt, qu'il ne l'eût pas demandée depuis des semaines. Il oublierait vite l'avoir rejetée sans un mot. Qu'on eût osé lui faire la cour le rendrait fou furieux, elle en était sûre.

Pourtant ils s'étaient montrés si prudents ! La peur lui coupa les jambes. Elle s'assit. Et Tadamoto-*sum* ? Est-ce que l'empereur ?... Elle refusa d'y penser. Un instant, elle se prit la tête dans les mains et s'efforça de se maîtriser. Ce ne pouvait être ce qu'elle craignait. Plus vraisemblablement, il s'agissait d'un adieu. *Votre présence au palais impérial n'est plus nécessaire. Voici un cadeau du Fils du Ciel qui admire vos talents. On dit que Chou a besoin de danseuses, et l'air là-bas est si pur et si propice à la santé…*

Mais lui demanderait-on pour recevoir un tel message d'aller trouver l'empereur ? Non, ce n'était guère plausible. Peut-être alors allait-il vraiment lui offrir quelque chose ! Peut-être lui permettrait-il de continuer à danser au sein de la troupe Sonsa patronnée par le souverain ?

La pensée de Tadamoto éveilla sa tendresse. Il avait paru si confiant de pouvoir amener l'empereur à la laisser se produire dans la capitale. Elle sourit en se levant et jeta un coup d'œil à son image dans un miroir de bronze. Mais, alors qu'elle se rendait à la salle d'audience au sortir de sa chambre, chaque pas parut ébranler davantage son assurance. Quand elle arriva devant les doubles portes gardées par des sentinelles, elle était pâle et tremblante. Il lui fallut faire appel à une maîtrise acquise au bout d'années passées à devenir une Sonsa pour contraindre ses genoux à ne pas fléchir.

Elle remarqua à peine les deux gardes qui lui ouvrirent les portes. Elle s'agenouilla sur le seuil, gardant les yeux baissés, même une fois à genoux. Elle resta ainsi, sous l'emprise d'une terreur comme elle n'en avait jamais connu.

« Je vous en prie, Osha-*sum*, entrez, dit la voix familière. Soyez à l'aise. »

Elle ferma les yeux et salua encore. Que reconnaître dans cette voix ? Il n'excellait pas à dissimuler sa colère, mais elle l'avait vu y réussir, jouer avec sa proie au point de créer chez elle un sentiment de sécurité. Et puis sa colère avait débordé, comme cela lui arrivait souvent. Elle se redressa et, toujours à genoux, avança jusqu'à se trouver à distance respectueuse de l'estrade. Ses mains bien posées l'une contre l'autre dans le creux de son ventre, elle s'efforça de se calmer mais sans pouvoir soutenir son regard.

« Comment va la danse ? demanda-t-il.

— L'empereur est bien bon de s'en inquiéter. La danse va très bien.

— Je suis heureux de l'entendre, bien que le colonel Jaku Tadamoto me l'ait déjà assuré. »

Elle ferma les yeux et refoula ses larmes. Même sans le voir, elle savait que l'empereur était assis avec son épée en travers de ses genoux. En proie à des craintes grandissantes, l'envie lui prit de se prosterner et d'implorer son pardon.

« J'ai de l'estime pour le jugement du cadet des frères Jaku, dit-il comme s'il s'adressait à quelqu'un d'autre. Je suis content d'apprendre que la danse continue à vous donner satisfaction. Vous avez choisi une carrière difficile, et je comprends pourquoi il vous reste si peu de temps pour les simples mondanités. Les exigences d'une carrière, un empereur ne les connaît que trop bien. Celles dont il souffre ne lui laissent pas le temps qu'il faudrait pour s'occuper de ce qui lui tient le plus à cœur. Je ne crois pas qu'une Sonsa soit handicapée de la même façon. »

Osha entendait les pulsations du sang dans ses oreilles, rythmant sa peur de manière incessante. « Pardonnez-moi, s'il vous plaît, dit-elle d'une voix entrecoupée, je ne suis pas sûre de comprendre ce que veut dire l'empereur.

— La danse n'est-elle pas ce qui tient le plus à cœur à une Sonsa ?

— Ah oui ! » Elle sourit comme à un trait d'esprit.

« Je comprends que vous soyez ainsi victime de cette passion, Osha-*sum*. Parfois cela me rend jaloux, mais un empereur ne doit jamais se laisser dominer par de pareils sentiments. » Il marqua une pause. « Il vous revient le soin de danser, à moi celui de passer mes journées à écouter ministres et conseillers, même si ce n'est pas ce qui est le plus cher à mon cœur. Êtes-vous jalouse de voir le souci de l'empire me prendre une aussi grande part de mon temps ?

— Moi… L'empire, Votre Majesté, cela ne peut être comparé à la danse. La danse est peu de chose quand on la met en balance avec les affaires de l'État.

— Ce serait l'opinion de beaucoup de gens, bien que je ne sois pas certain d'être de cet avis. Disons que, l'un et l'autre, nous sommes accaparés par les choses sérieuses. Mais c'est sans importance. »

Elle savait qu'il avait les yeux fixés sur elle, et elle s'efforçait de rester calme.

« Cela me réchauffe le cœur de vous voir, Osha-*sum*. Ces derniers mois vont ont rendue encore plus belle.

— C'est un honneur pour moi de vous l'entendre dire, Votre Majesté.

— Nous devons apprendre à vivre avec les contraintes qui sont les nôtres, Osha-*sum*, et trouver le plaisir dans les rares moments qui nous appartiennent vraiment. »

Une main tendue surgit devant elle. Son cœur se serra. Il ne savait rien de Tadamoto ! Ce n'était pas la raison pour laquelle on l'avait convoquée. Il la désirait ! Après l'avoir ignorée et soumise à la pire des humiliations, il la voulait !

Elle ferma les yeux et retint ses larmes. L'empereur la recherchait de nouveau. N'était-ce pas une satisfaction ? Sa pensée alla à Tadamoto, et elle s'aperçut qu'elle était terrifiée à l'idée d'éveiller les soupçons de l'empereur. Elle n'osa pas se refuser.

« Des pleurs, Osha-*sum* ? demanda-t-il. Quelque chose ne va pas ? »

Secouant la tête, elle essaya de sourire. « Les pleurs ne sont pas toujours un signe de tristesse, Votre Majesté. »

Au prix d'un véritable effort, elle tendit une main que l'empereur saisit. Elle avait oublié à quel point il était fort. Alors qu'elle avançait, il la tira vers lui, presque brutalement, pour la faire monter sur l'estrade. Un de ses genoux heurta le châssis, mais il parut ne pas s'en rendre compte.

Son baiser, qui auparavant lui aurait semblé passionné, elle le reçut comme grossier. Ses mains la touchèrent sans se soucier de son plaisir, n'éveillant en elle aucun désir, à la différence d'autrefois. Il cafouilla au moment de dénouer sa ceinture : ce n'était pas un nœud d'amoureux, il n'était pas facile d'en venir à bout. Elle dut faire le travail à sa place et l'aider à dérouler tout le brocart.

Il la fit basculer au milieu des épais coussins de soie, ouvrit ses robes. Nul mot d'amour, pas de murmure à l'oreille. Elle ne sentit que de la révulsion. Du fond du cœur, elle aurait voulu fuir. Jusque-là, elle n'avait pas mesuré la force du sentiment qui la portait vers Tadamoto-*sum*. L'empereur pesa sur elle de tout son poids en collant son visage contre le sien. Il haletait.

5

Peu de gens étaient aussi experts dans l'art d'attendre que le frère Sotura. Il aurait pu sans mentir affirmer qu'il avait connu l'impatience deux fois dans sa vie, peut-être trois, et qu'en chacune de ces occasions il avait maîtrisé son émotion presque de suite. La chambre dans laquelle il s'exerçait à la patience contenait à un mur, dans une niche, une statuette de Botahara et, adossé à l'autre, un petit guéridon garni d'un bouquet artistement composé de branches de cèdre et d'érable d'automne. Ces deux objets en eux-mêmes auraient pu lui suffire à focaliser utilement son attention pendant bien des jours passés à méditer, si le frère Sotura n'avait eu par ailleurs amplement de quoi solliciter son attention. Mais c'est à peine s'il se souvenait d'un temps où elle n'avait pas été requise par autre chose.

Il était plus que préoccupé par le fait que le seigneur Shonto n'avait pas permis à cette deuxième entrevue avec le frère Shuyun de se dérouler dans le temple de l'Air pur. Le dignitaire avait insisté pour que la rencontre eût lieu dans le palais du gouverneur, afin qu'il ne fût pas « privé des avis de son conseiller à une période aussi critique ». Bien sûr, le frère Sotura avait aussitôt donné son accord – on ne discutait pas avec un gouverneur impérial, en particulier du nom de Shonto – mais cela ne l'empêchait pas d'être troublé.

Le seigneur Shonto était connu pour être quelqu'un de très persuasif, et Sotura craignait son influence auprès de son ancien élève. Shuyun était trop utile à la communauté botahiste pour qu'on le laissât suivre le même chemin que son prédécesseur dans la famille du gouverneur de Seh. La congrégation ne pouvait se permettre un nouveau renégat. Il sourit du mot qui lui était venu. Peut-être « renégat » était-il exagéré, mais le frère Satake avait certainement choisi la voie de l'indépendance, et l'indépendance n'était pas une chose que les botahistes encourageaient ou admiraient.

Un entretien avec le frère Shuyun à l'abri des oreilles indiscrètes était ce dont le maître de *chi-quan* avait besoin, et il n'était pas persuadé que le palais du gouverneur pût le lui offrir. Son regard se porta sur des murs épais comme du papier. Le seigneur Shonto n'était pas homme à dédaigner de faire écouter les conversations de son conseiller spirituel; cela, il en était sûr. Il va de soi que Sotura n'avait pas l'intention de demander à Shuyun ce à quoi en conscience il n'aurait pu se résoudre, aussi n'était-ce pas la raison de la gêne qu'il éprouvait à être entendu. Non, ce qui l'incommodait, c'était l'occasion donnée à Shonto de recueillir des renseignements sur l'ordre botahiste. Une information sur les schismes qui divisaient la congrégation pouvait se révéler fort utile à certaines cabales dans l'empire.

C'est pourquoi Sotura devait s'entretenir avec Shuyun en privé, sans aucun doute. Le jeune moine avait de ses yeux vu les indices irrécusables de la présence d'armées dans le désert, et c'était un élément déterminant. Il fallait à Sotura le soutien de Shuyun dans ce qu'il s'apprêtait à faire, même si on pouvait lui épargner de savoir exactement pourquoi et dans quelles conditions : l'initié serait sûrement navré d'apprendre que son information servirait à détruire la crédibilité d'un membre important de leur communauté.

Le frère Sotura reporta son regard sur la statuette de Botahara dans sa niche, sous son assortiment de feuilles et de branches. Il fut un instant décontenancé quand il eut l'impression que la statue le regardait à son tour, d'un œil qui n'indiquait pas une parfaite bienveillance. Il ne tarda pas à se reprendre.

Des pas se firent entendre dans un des nombreux couloirs sillonnant le palais.

C'était Shuyun. Le maître de *chi-quan* reconnut son pas aussi facilement qu'il aurait identifié sa signature ou sa façon de pratiquer le *chi-quan*. Il sourit tant que le *shoji* ne s'écarta pas. Le sourire alors fit place au calme indéchiffrable d'un maître botahiste.

Shuyun s'inclina profondément devant son supérieur en entrant dans la pièce. Il existait peu de gens pour qui il eût plus de respect et, si les frères botahistes ne manifestaient guère d'émotion et n'en éprouvaient pas davantage, Shuyun ressentait pour l'homme qui l'avait instruit une inclination proche de l'affection.

« La maison de mon maître, dit-il, s'honore de votre présence, frère Sotura.

— De même que je m'honore de la considération du seigneur Shonto. »

Les deux moines s'agenouillèrent non loin l'un de l'autre sur de minces coussins disposés sur un sol couvert de nattes de paille. Un bref silence suivit, tandis que Shuyun, parce que le plus jeune, attendait que Sotura voulût bien engager la conversation. Sa patience paraissait n'avoir rien à envier à celle de son ancien maître.

« Il y a bien des choses dont je dois discuter avec vous, frère Shuyun, dit Sotura, mais je me suis trouvé si souvent enfermé ces jours-ci que je me demandais… Nous serait-il possible de converser dehors sans que cela empêchât votre seigneur de bénéficier, le cas échéant, de vos conseils ? »

Shuyun réfléchit un instant. « Je vais envoyer un message à Kamu-*sum* pour lui dire qu'on pourra nous joindre sur la terrasse de la Vue sur le soleil levant. Cette terrasse sera des plus agréables en ce moment de la journée. Cela correspondra-t-il à vos besoins, mon frère ?

— Tout à fait, Shuyun-*sum*. Je vous remercie de votre prévenance. »

Un domestique fut dépêché avec le message, et les deux frères botahistes partirent pour la terrasse. Chemin faisant, leur conversation resta strictement limitée aux échanges polis de mise entre professeur et élève. Sotura posait des questions auxquelles Shuyun répondait de manière concise. Ils rirent même d'une plaisanterie. Quiconque les aurait entendus n'aurait décelé dans leurs propos aucune trace de crispation.

La terrasse de la Vue sur le soleil levant constituait un excellent choix, car elle était habilement située de façon à ce qu'on pût profiter du soleil autant que possible, tout en garantissant une certaine protection contre le vent. Les rafales glacées venues du nord et caractéristiques de la saison accordaient un peu de répit ce matin-là, faisant place à une brise marine qui parlait plutôt du printemps que de l'hiver du calendrier. La conversation, toutefois, restait marquée par un certain froid.

Dame Kitsura était suivie d'une soubrette et de la fille d'un des militaires du rang le plus élevé (Kitsura ne pouvait se souvenir ni de son nom ni de son grade). Sa fille donc jouait les dames d'honneur et, si Kitsura avait d'abord été agacée par cette comédie, elle reconnaissait maintenant que cette jeune demoiselle l'avait charmée. Il y avait dans sa naïveté quelque chose que, vivant dans la capitale, elle trouvait très séduisant, surtout peut-être en un moment où tout paraissait si compliqué et où l'on pouvait taxer tant de gens d'hypocrisie. Que la jeune fille en question admirât Kitsura presque au point de la vénérer risquait aussi de peser lourd dans la balance.

Ce jour-là, il semblait que la jeune provinciale fût transportée d'aise à la perspective de rencontrer Sa Seigneurie Nishima Fanisan Shonto. Kitsura fut très surprise de s'entendre dire à ses compagnes que dame Nishima en fin de compte n'était qu'une femme comme les autres. La pointe d'humeur dans sa voix la déconcerta un peu : elle croyait ses façons moins rudes.

Dame Kitsura marchait aussi vite que le permettait le décorum. Elle ne voulait pas, certes, donner l'impression qu'elle courait, mais en esprit c'était ce qu'elle faisait. Sa cousine, dame Nishima, devait sans plus attendre être mise au courant des dernières nouvelles reçues.

Les trois femmes arrivèrent devant une porte donnant sur l'extérieur. Kitsura avait voulu qu'on s'aventurât au-dehors afin de profiter de la clémence du temps. Cette suggestion s'était heurtée à une faible résistance, mais ses compagnes s'étaient refusées à manifester un désaccord. Il était vrai que de passer par l'extérieur leur ferait gagner une minute ou deux. Une fois qu'elles furent au soleil, les visages des deux jeunes filles de Seh s'éclairèrent de jolis sourires. Non seulement la lumière était belle, mais il faisait presque doux. Une petite brise marine tirait sur les pans de leurs robes d'une élégance raffinée et tentait d'améliorer l'ordonnance minutieuse de leur chevelure.

Kitsura dut forcer ses compagnes à aller de l'avant ou elles se seraient arrêtées pour jouer au jeu des nuages, chercher des formes dans le ciel, espérer peut-être que la dame de la capitale au nom célèbre composerait un poème, émues, si cela les inquiétait un peu, à la pensée qu'elle pourrait attendre la même chose d'elles en échange.

Pour sa part, il en coûtait un peu à ladite dame de ne pouvoir faire une pause, jouer au jeu des nuages ou simplement se promener au soleil en n'abordant que des sujets triviaux. Le mal était plus profond, cependant. Elle regrettait, de manière inexplicable, que ces plaisirs ne lui fussent plus accessibles. Et elle en éprouvait du chagrin.

Communiquer des nouvelles à Nishima-*sum* revêtait beaucoup trop d'importance pour qu'elle perdît son temps à des considérations aussi égoïstes. C'est pourquoi, à la déconvenue des deux jeunes filles de Seh, Kitsura fit avancer son monde sous le portique couvert.

Les trois femmes furent très surprises de trouver deux hommes en grande conversation sur une terrasse. Si ce n'avaient été deux frères de la Vraie Foi, leur embarras eût été considérable. Comment réagir à une situation de ce genre ? Trois jeunes femmes seules rencontrant des hommes au-dehors par une journée d'hiver ! C'était des plus inconvenants.

On racontait que les dames de la capitale se permettaient de telles libertés, mais les femmes de Seh n'avaient assurément rien vu leur donnant à penser que dame Nishima ou dame Kitsura pouvaient se conduire de cette façon-là. De toute manière, elles n'avaient pas vraiment cru les ragots, se disaient-elles pour masquer leur désillusion.

Les moines s'inclinèrent brièvement par deux fois selon leur coutume. Les dames aussi s'inclinèrent, à l'exception de Kitsura qui fit la grâce aux deux frères d'un signe de tête distingué quoique discret. La jeune demoiselle de Seh se surprit à mémoriser ce geste et se retint à l'instant de l'imiter.

Il y eut quelques questions posées de simple politesse, puis dame Kitsura suggéra que le mieux à faire en ce qui les concernait était de poursuivre leur chemin car, assura-t-elle, le but de leur promenade n'était pas la terrasse de la Vue sur le soleil levant et, si c'était très aimable à eux de le proposer, il n'y avait nulle raison pour les honorés frères de leur céder la place. Il leur fallait continuer.

Elles partirent donc, même si la fille de l'officier de Seh ne put s'empêcher de remarquer que dame Kitsura regardait en partant par-dessus son épaule et cherchait à retenir l'attention du jeune moine d'une manière qui ne pouvait être qualifiée que d'enjôleuse. La jeune femme détourna les yeux en essayant de ne pas y faire attention. Mais elle avait tout vu et n'en était pas que peu déconcertée. Durant quelques secondes, elle eut du mal à reprendre sa respiration. Elle accéléra l'allure en espérant que le rouge de ses joues serait attribué à la fraîcheur du vent.

Les appartements de dame Nishima manquaient de l'élégance à laquelle elle était accoutumée, mais en riant elle dit à Kitsura qu'ils représentaient une grande amélioration par rapport à leurs cabines sur la barge du fleuve. En réalité, ils offraient un cadre de vie fort agréable, même si Kitsura et Nishima trouvaient toutes les pièces du palais du gouverneur un peu froides en comparaison de ce qu'elles avaient dans la capitale. Quand arrivèrent ses visiteuses, Nishima s'exerçait à la harpe, si bien que Kitsura et ses suivantes eurent l'agrément d'une ancienne mélodie dont les accents s'envolèrent par-delà les écrans comme un écho du passé. La fille de l'officier parut sur le point de fondre en larmes, mais Kitsura ne put décider quelle en était la cause, d'entendre cette musique ou de se trouver dans une société dont elle rêvait depuis longtemps.

Quand elle sut qu'elle avait de la visite, Nishima mit de côté son instrument et arrangea sa robe pour que le motif parût avec le plus d'effet. Les jeunes femmes de Seh avaient l'air ravies, car elles étaient là dans la compagnie de deux des dames les plus en vue de leur génération. Comme leurs amies allaient les envier !

Elles furent quelque peu déçues de se retrouver seules à boire du thé tandis que les dames de la capitale se retiraient sur le balcon. C'était à peine si elles apercevaient les deux jeunes aristocrates assises sur la balustrade et engagées dans une conversation qui paraissait beaucoup trop sérieuse pour des femmes qu'on disait courtisées par tous les jeunes gens de bonne famille de la capitale, y compris les fils de l'empereur ! Comment pouvait-on être autrement que folâtre quand on menait une vie aussi parfaite ?

« Il nous serait difficile d'entrer inopinément dans une salle où le gouverneur donne audience, Kitsi-*sum*. Nous devons imaginer autre chose », disait Nishima. Elle laissa son regard se perdre sur les toits couverts de tuiles de la cité.

« Compte tenu de l'enjeu, ma cousine, expliquait Kitsura, je crains que vous n'accordiez trop d'importance aux bienséances. Nous nous trouverons *accidentellement* face au gouverneur impérial.

— Je ne suis pas très sûre que ce genre de combinaison corresponde au domaine où vous êtes le plus à l'aise, ma cousine. Il nous faut une raison pour pouvoir entrer. Je ne veux pas laisser croire à mon père que j'essaie de voir les gardes impériaux. Ce serait inacceptable. »

Kitsura se détourna pour ne pas qu'on vît son désappointement. Afin de ne pas paraître impolie, elle se pencha et affecta de vérifier à quoi s'occupaient ses compagnes. Elles essayaient de ne pas trop montrer leur frustration en buvant leur thé et en menant la conversation de femmes distinguées.

« Je crains, dit Kitsura, que ma dame d'honneur ne soit très déçue de ne pas avoir été invitée à nous rejoindre. »

Nishima haussa les épaules. « C'est le lot des suivantes. S'imaginait-elle qu'il pouvait en être autrement ?

— Peut-être. Vous connaissez ces affreux romans que lisent les jeunes filles et où la véritable amie de la princesse est la plus jeune et la moins bien née de ses dames d'honneur.

— Ah oui ! comme ma dame Kento ? proposa Nishima.

— Tout à fait. » Kitsura éclata de rire. « Bien sûr, dit-elle, vous avez voulu vous conformer aux usages du roman, ma cousine. C'est pourquoi on vous adore. »

Nishima, pourtant, ne se mit pas au diapason de Kitsura. Elle resta songeuse et absorbée dans ses pensées. Son regard ne cessait de s'égarer par-dessus l'épaule de son interlocutrice, si bien que finalement celle-ci se retourna pour voir ce qui avait le pouvoir d'accrocher le regard de l'artiste. La vue était magnifique à n'en pas douter : des toits de tuile d'un bleu azuréen, des panaches de fumée jaillissant au milieu des maisons et, plus loin, Seh étendant ses collines d'un bleu vert en direction de l'occident. C'était beau, certes, mais Kitsura recherchait une composition moins banale ou des jeux de lumière remarquables au milieu d'une beauté attendue, quelque chose d'assez exceptionnel pour pouvoir sans désemparer retenir l'attention de Nishima. Elle était sur le point de poser la question quand elle aperçut les deux moines toujours occupés à converser sur la terrasse de la Vue sur le soleil levant. Retour à Nishima, qui regarda dans une autre direction. Une légère rougeur empourprait son cou et ses joues.

« Il ne faut pas les décevoir, Kitsu-*sum*, vos jeunes dames d'honneur. Après tout, pendant les longues journées d'hiver, elles pourraient bien devenir nos amies les plus sûres. » Elle s'efforça de sourire. « Je vais leur jouer de la harpe, et vous les réjouirez, au-dessus d'une coupe d'alcool de prune, du récit d'une histoire scandaleuse arrivée dans la capitale.

— À laquelle en particulier songez-vous ? » Kitsura soudain battit des mains.

« Mais comme je suis sotte ! Cela va de soi. Ce soir, au dîner, lorsque le seigneur Shonto me proposera comme à son habitude de me prendre pour concubine ou pour servante, je lui répondrai que, quand ce ne serait qu'en raison de mes talents musicaux, je me fais forte de prouver qu'on peut songer à moi pour épouse. Il vous faudra, évidemment, m'appuyer. Nous ferons valoir qu'il nous est nécessaire de répéter, ce qui donnera à notre gouverneur plus d'une occasion de se livrer à des commentaires sur les talents douteux d'instrumentistes qui, voyez-vous ça, éprouvent le besoin d'une répétition.

» Ensuite, demain nous arriverons dans la salle d'audience avec nos instruments. Quel homme bien élevé pourrait en refuser l'entrée à deux jeunes demoiselles dans des circonstances semblables ? Ils se diront honorés à coup sûr que nous soyons venues jouer. Quant à Jaku Katta, je vous le garantis, il va se trouver mal. »

Kitsura sourit largement tant elle était contente d'elle-même. « Alors ? demanda-t-elle en ne recevant aucune réponse.

— Ce n'est pas entièrement à écarter, même si cela nous met, vous et moi, sans parler de mon oncle, dans une situation un peu embarrassante.

— Il se peut que nous ayons à souffrir d'embarras, ma cousine, pour venir à bout des hordes barbares. »

Cette fois, Nishima se mit à rire. « Si c'est pour l'empire de Wa, je me risquerai à subir cette gêne », dit-elle. Puis, après une seconde de réflexion : « Peut-être existe-t-il une méthode moins évidente pour aboutir au même résultat.

— Sûrement non. Mon plan opérera parfaitement. Allons, ma cousine, si vous jouez de la harpe pour mes jeunes compagnes, je consens à oublier ce que vous avez insinué, que l'intrigue ne figurait pas au titre de mes multiples talents. Allons, allons, suivez-moi. »

Shuyun ne l'ignorait pas, l'instinct de la vérité n'était pas infaillible et, après tout, il n'était qu'un initié de premier rang. Le jeune moine se frotta la tête comme si elle avait été mystérieusement meurtrie.

Il n'avait posé qu'une innocente question comme on en pose dans un échange de simple courtoisie ou presque. Le bruit courait dans Seh que l'Udumbara avait fleuri, accomplissant ainsi une prophétie du Maître parfait selon laquelle les arbres de Monarta ne seraient pas en fleur avant que se trouvât un maître pour dispenser aux hommes ses leçons. Sotura avait haussé les épaules, disant que pareille rumeur ressortait tous les dix ans. Et, bien que ce frère au sommet de la hiérarchie eût soigneusement choisi ses mots, le sens qu'avait Shuyun de la vérité aussitôt avait été mis en alerte : *il ment,* lui disait-il tout bas.

Pourtant, même au sommet de la hiérarchie, un moine ne pouvait se vanter de toujours savoir si l'on disait vrai. Shuyun donc s'efforça d'oublier l'incident, malgré le mal que cela lui donna.

Après cela, il y avait eu la requête du frère Sotura en faveur d'un compte rendu écrit de son voyage dans le désert, et là encore il avait été bizarrement impressionné. Non pas tant à cause de la demande elle-même, qui sortait à peine de l'ordinaire, mais du ton employé pour la présenter, qui dénotait un certain sentiment de culpabilité. Décidément, cette entrevue avec Sotura-*sum* avait paru à Shuyun très déconcertante.

En marchant, il en avait conçu de la tristesse. Sotura-*sum* avait toujours été l'homme qu'il admirait le plus, le frère qu'il cherchait à imiter, le Sotura du « coup de poing au papillon ». Et voilà qu'il doutait de son ancien mentor, que même il envisageait de parler de cette rencontre au seigneur Shonto. Il y avait là aussi de quoi vous troubler. C'était comme si un glissement subtil s'était opéré dans son loyalisme, et sans qu'il en prît conscience. Le frère Satake avait-il connu la même évolution ? La peur le saisit. Était-il engagé sur le même chemin que son prédécesseur ? Satake, disait-on, était allé jusqu'à demander que son service funèbre fût confié à la famille qu'il servait et non aux frères botahistes ! Du jamais vu. Je dois faire attention à tout ce qui se passe en mon âme, se dit-il.

Il ment. Ces mots lui revenaient comme un murmure. Peut-être devait-il en parler au seigneur Shonto ? Il en évacua l'idée. Mais qu'y avait-il donc de si particulier chez cet homme pour le pousser à aller le consulter plutôt qu'un supérieur de son ordre ? Il n'en savait rien. Pour le moment du moins.

Le jeune moine monta les larges marches d'un escalier qui partait des grilles du palais. En ne ralentissant qu'à peine son allure, il admira au passage les chevaux ailés sculptés aux murs du premier palier, puis se retrouva devant les énormes portes donnant accès à l'intérieur du bâtiment. La sentinelle s'inclina : il ne serait pas venu à l'esprit d'un habitant sérieux de Seh de poser des questions au conseiller spirituel du gouverneur.

Ce que Shuyun se proposait de faire était de gagner sa chambre et de s'installer à son bureau. Le compte rendu demandé par le frère Sotura, il lui fallait le rédiger presque de suite parce que son visiteur voulait l'inclure parmi des documents destinés au frère Hutto à Yankura. Cependant, comme Shuyun avait déjà détaillé par écrit son voyage dans le désert pour le bénéfice de Shonto, il pensait achever cela rapidement.

Après plusieurs détours dans le labyrinthe qu'était le palais du gouverneur, il passa dans un couloir étroit qui raccourcissait considérablement son trajet. Devant une porte qui ouvrait sur un nouveau couloir, il s'arrêta net. Des voix, de l'autre côté, confirmaient ce que son sens du *chi* lui avait déjà appris : trois femmes, dame Kitsura et deux autres personnes, venaient d'arriver devant cette porte. Il la leur ouvrit et s'effaça pour leur permettre de passer commodément par l'étroite ouverture.

« Ah ! mon frère, dit Kitsura, notre karma ne cesse de nous ramener en votre charmante compagnie. De toute évidence, il s'agit d'un bon karma. » Elle adressa un sourire à sa soubrette et à sa suivante, qui acquiescèrent aussitôt.

« Mes maîtres m'ont enseigné, dit Shuyun, à rester sourd à la voix de la flatterie, dame Kitsura, mais ils ne m'ont pas prévenu de son authentique pouvoir. Je me reconnais donc flatté. »

Il s'inclina. Kitsura fit signe à ses compagnes qui passèrent la porte devant elle. Elle prit la suite à petits pas pressés, trébuchant quelque peu contre Shuyun, qui tendit un bras pour la rattraper. Elle rétablit presque aussitôt son équilibre et, avant que Shuyun se fût excusé, elle était déjà loin, sa main toutefois s'attardant sur la sienne jusqu'à la dernière seconde.

Le jeune moine resta un moment à tenir la porte ouverte sans objet, avant qu'il s'aperçût du ridicule de son geste et reprît son chemin, manquant le couloir qui donnait à ses appartements et s'arrêtant un bref instant, perdu. Il ne s'était jamais trouvé aussi près d'une femme, n'avait jamais touché l'une d'elles, si ce n'est pour soigner une maladie, et le choc qu'il éprouvait était dû en partie à sa réaction.

La tentation de la flatterie ne méritait guère d'être prise en considération à côté de la douceur d'un corps féminin. Non sans peine, il se refusa à en garder le souvenir, mais ce qui ne cessait de lui revenir en mémoire était l'assurance que ce faux pas n'était pas dû au hasard. On ne pouvait en douter.

De le savoir était aussi troublant que son entrevue avec son ancien maître.

6

Le jardin des sculptures dans le palais du gouverneur impérial n'était pas l'œuvre d'un artiste de renom, mais cela ne comptait guère. Le matériau était à l'état naturel d'une telle qualité qu'il prenait une forme agréable presque sans aide extérieure.

Shuyun traversa la terrasse, dessinée à l'imitation de la fleur de lotus, à l'extrémité du jardin puis s'arrêta pour admirer la façon dont le soleil en cette fin d'après-midi abaissait ses rayons, créant des ombres qui donnaient de l'intérêt aux surfaces les plus insignifiantes. Déjà il sentait que les pierres dans l'air frais libéraient leur chaleur. Le vent marin tomba pour devenir une brise puis reprit de la vigueur, avant de mollir à nouveau, selon un rythme que nul ne pouvait définir. Avant longtemps, la nuit claire du Nord commencerait à empiéter à l'est sur les confins du ciel.

Shuyun était venu en ce jardin méditer sur les sculptures et se purifier de certaines émotions. Il s'arrêta devant le Dragon de la Montagne et laissa son regard errer sur le grès cannelé. L'ouvrage de la nature lui inspirait un certain respect. Il pensait aux générations durant lesquelles les éléments avaient creusé et sculpté cette pierre. Un travail patient, dans l'attente du jour où un artiste la découvrirait.

Cet artiste, une dame d'honneur d'une ancienne impératrice Mori, avait assemblé les trois pierres de telle sorte que, vues du nord, elles faisaient penser à un animal prêt à fondre sur sa proie. Vues du sud, cependant, la bête paraissait au repos. La faible lumière conférait à l'œuvre un pouvoir bien plus grand qu'à toute autre heure de la journée, et Shuyun se découvrait en mesure de s'imprégner du génie de l'artiste comme s'il voyait son ouvrage pour la première fois.

La voix de la cascade l'attira. Il s'engagea dans les méandres de l'étroit sentier et négligea les pierres placées à l'intention du promeneur afin de se diriger vers le bruit. Il s'était promené bien des fois dans ce jardin et savait qu'on y entretenait parfaitement l'illusion d'une chute d'eau dévalant à flanc de montagne. La pierre était fendue et sculptée pour faire croire à une immense paroi montagneuse, et l'effet accentué par des arbres savamment atrophiés dont la culture avait demandé trente années ou plus, poussant sous des protubérances rocheuses ou dans des fissures.

Il traversa le dernier bosquet avant la cascade et là tomba sur dame Okara, qui avait sur les genoux un papier tendu sur une planche à dessin et à la main un pinceau négligemment tenu. Elle sursauta en l'apercevant.

« Excusez-moi, je vous prie, dame Okara, dit-il, je ne savais pas que vous étiez là. Je ne voulais pas interrompre votre travail. »

L'artiste avait revêtu des robes de coton d'une grande simplicité, et Shuyun la croyait très embarrassée d'être découverte en cette tenue. Il s'inclina, vite, et se prépara à faire demi-tour.

« Ne vous excusez pas, frère Shuyun. On ne peut pas dire que je travaille vraiment. En réalité, depuis un bon moment, je suis assise là à me confectionner des souvenirs. » Il eut droit à son chaleureux sourire. « S'il vous plaît, joignez-vous à moi. La lumière change de couleur à chaque seconde. Avez-vous remarqué ?

— Pardonnez-moi, dame Okara, qu'y avait-il à remarquer ?

— Ah ! vous n'avez rien vu ! Allons, asseyez-vous si vous en avez le temps. Cela vaut la peine d'attendre un peu. »

Shuyun se trouva un deuxième siège sur une pierre près de dame Okara et s'assit comme on le lui avait demandé. L'artiste n'était pas quelqu'un qu'il connaissait bien, mais elle lui plaisait infiniment. Il se figurait souvent que l'absence de toute gêne qu'il ressentait en sa compagnie ressemblait à ce qu'il aurait éprouvé face à sa propre mère s'il avait pu bénéficier de sa présence.

Le soleil couchant éclairait la surface de l'escarpement miniature, donnant du relief à chaque lézarde. Les ombres s'allongeaient avec la venue du crépuscule. L'écume de la chute d'eau emprisonnait cette lumière. Un arc-en-ciel parut.

« Regardez, dit-elle, le rose foncé commence à changer. »

Shuyun fit durer le temps pour tenter de voir ce que recherchait l'œil du peintre : l'eau tomba plus lentement, chaque goutte d'écume captant la lumière du soleil de manière propre et produisant une couleur originale. À vrai dire, la roche elle-même était légèrement rosée. Il ne s'en était jamais aperçu.

« Cela va du rose au pourpre, mais admirez le nombre des nuances intermédiaires, mon frère. C'est un miracle quotidien, je trouve.

— Je n'avais pas remarqué, et je viens ici souvent. »

Les aiguilles des pins bruissaient dans le vent. La lumière jouait parmi les verts et projetait des ombres étonnamment longues.

« Dans bien des cas, l'art de manier le pinceau et les pigments s'apprend plus facilement que l'art de voir, de véritablement voir. C'est beaucoup pour cela que j'ai fait le voyage de Seh. Oh ! non pas pour voir ce jardin-ci précisément, quelle que soit sa beauté, mais pour réapprendre à voir.

— Dame Okara, objecta Shuyun en désignant d'un signe de tête son tableau à moitié fini, pardonnez-moi de vous le dire, mais j'ai peine à croire que vous ayez oublié cet art de voir.

— Ah ! frère Shuyun, c'est aimable à vous de faire cette remarque, mais un bon peintre, un artiste, ne perçoit pas seulement le monde avec son œil. Un artisan habile pourra apprendre à rendre cette scène, avec la lumière et le reste. J'ai toujours la main à cela. Mais ce qu'un artiste doit chercher à saisir est, dans un décor comme celui-ci, ce qui se situe au fond de lui. Qu'est-ce que cette beauté fait dire à mon cœur ? Et à mon âme ? Ces questions, un peintre se les pose. Le véritable talent, celui qui distingue un artiste d'un bon ouvrier, c'est la capacité à trouver et à exprimer ces choses-là, ce qui dans cette scène existe au fond de nous. »

Elle se tut, comme si elle avait commencé cette exploration alors même qu'ils parlaient.

« Voyez-vous, mon frère, jusqu'à ce que Nishi-*sum* vienne chez moi me rendre visite, j'ignorais que j'avais perdu cette capacité. Jusqu'au moment où je me suis trouvée en présence de sa merveilleuse ouverture d'esprit, je considérais que mes pouvoirs n'avaient pas changé. Or en réalité ils avaient disparu. Je les avais perdus en prenant des habitudes, des habitudes de voir et aussi de sentir. Cela vient vite. On se laisse aller à une routine dans son cœur aussi facilement que dans sa vie de tous les jours : thé le matin, promenade solitaire au coucher du soleil, méditation sur la pleine lune… nostalgie, deuil, amertume, confort. Toutes ces habitudes nous protègent d'autres facettes de l'existence : voyages dans des pays nouveaux, rencontres, recours à des idées neuves, paysages inconnus, risques, excitation, joie… déception… douleur.

» Sur la grande palette de la vie, j'avais choisi mes couleurs, bonnes certes, mais peu nombreuses, et j'avais vécu avec elles pendant bien des années. Lentement, mon âme s'est étiolée à l'ombre de ses habitudes. Quand Nishima-*sum* a visité ma maison, j'ai compris l'étendue du dommage dont mon art avait souffert.

» C'est un drôle de choix que l'on fait en consacrant sa vie à un seul but, mais, quand on a fait ce choix, ce serait folie de borner ce qu'on peut accomplir, simplement en cédant à la force de l'habitude. » Son pinceau s'agita. « Regardez disparaître cet arc-en-ciel. N'est-ce pas merveilleux ? On croirait qu'il n'a jamais existé. » Elle abaissa le bras et, durant quelques secondes, trempa le bout de son pinceau dans l'eau vive.

« C'est ainsi que je suis venue en Seh, dans l'espoir de trouver le moyen de rouvrir mon cœur et mon âme au monde, de raviver mon art. Je ne sais pas si c'est possible : je n'ai pas l'âge de dame Nishima, après tout. Mais, s'il existe un moyen, mon devoir est d'essayer de le trouver. »

Ils retombèrent dans le silence en regardant les derniers rayons du soleil illuminer le mont miniature, en écoutant le bruit de l'eau qui tombait dans la retenue puis coulait parmi les pierres du gué. Dame Okara brusquement se leva.

« Mon frère, je sais bien que vous aviez vos raisons pour venir ici. Je me refroidis facilement. Il faut que je rentre. Mais, j'y insiste, je n'ai pas besoin d'escorte pour trouver mon chemin. »

Malgré cela, Shuyun quitta son siège et l'aida à passer parmi les pierres, avant de faire droit à ses protestations et de lui permettre de continuer seule. Elle disparut au bas du sentier, la banalité de ses robes formant contraste avec sa grande distinction naturelle.

Shuyun retourna à la chute d'eau et s'assit là où Okara avait pris place. Il faisait presque nuit maintenant, les premières étoiles brillaient au ciel. Il réfléchissait aux paroles du peintre. Il se rappelait aussi le contact de la main de Kitsura, et cela troublait plus ou moins ces sages paroles, comme s'exprimant dans un autre langage. Sa pensée alla à dame Nishima, à la façon dont il avait rêvé d'elle dans le désert, rêvé qu'elle l'étreignait, comme le Maître parfait était étreint par son épouse dans la sculpture sur la paroi rocheuse au-dessus de la gorge de Denji.

Toutes ces choses-là lui parlaient, chacune à sa manière. Des mots lui vinrent : *C'est un drôle de choix que l'on fait en consacrant sa vie à un seul but, mais, quand on a fait ce choix, ce serait folie de borner ce qu'on peut accomplir, simplement en cédant à la force de l'habitude.*

Le trompe-l'œil de la cascade dans la montagne était voilé de nuit à présent, mais sa voix restait toujours audible et lui rappelait qu'Okara avait ouvert son âme à cette merveille.

Elle explore la nature de l'illusion, se dit-il, c'est là son but, tandis que le mien consiste à la refuser. Pourtant, quelle est la nature de cette illusion que je refuse ? Dame Okara ouvre son âme au monde alors que je lui ferme la mienne. Qui dira lequel de nous deux tirera le plus de profit de cette expérience ? Le seigneur Botahara n'a pas atteint l'Illumination par le refus mais par l'exploration, comme disait dame Okara, une exploration à la fois intérieure et extérieure.

Cette pensée le perturba, et toutes ces voix dans sa tête ajoutèrent à sa confusion. Il entama un exercice respiratoire en psalmodiant paisiblement puis s'absorba dans la contemplation, chassant toute intervention adventice et concentrant son attention sur les paroles de ses maîtres.

C'était l'habitude d'une vie.

7

Le domestique s'était noyé dans le canal le matin précédent, et presque une journée s'était écoulée avant la découverte du corps. Le petit sampan qu'il avait emprunté avait été retrouvé plus tard, flottant quille en l'air parmi les détritus dans un petit tourbillon, sous un pont rarement utilisé. Personne ne savait exactement comment l'accident s'était produit, mais il était bien connu que ce garçon ne savait pas nager.

Le général Jaku Katta, son maître, s'étonnait de l'effet que cette mort avait sur lui. Ce jeune serviteur, un certain Inaga, ne remplissait pas dans sa maison une fonction majeure. Il était attaché à sa personne, s'acquittait bien de ses tâches, certes, mais rien de mieux que ce qu'on attendait au service d'un homme aussi puissant. Pourtant tout le monde autour de lui était touché de cette disparition.

Seul dans sa cabine sur la barge impériale, Jaku pensait à la manière dont il réagissait à cette mort. Le fleuve coulait sous ses yeux, paisiblement, en clapotant au contact de la coque, le faisant ressouvenir de tous les poèmes jamais écrits sur la fuite de l'eau symbolisant l'écoulement de la vie. Les appels et les cris des bateliers brisaient le silence, et ce bruit paraissait au général insulter à son deuil. Bien sûr, officiellement il n'était pas en deuil – cela n'accompagnait pas la perte d'un domestique – mais dans son âme Jaku Katta ressentait un véritable chagrin, et cela le troublait car c'était un soldat pour qui la mort n'avait rien d'inhabituel.

Inaga était jeune. Cela suffisait pour expliquer au moins en partie la réaction de Jaku, mais il y avait dans cette affliction davantage que l'effet produit par le décès d'un enfant. Inaga possédait des qualités peu communes et, même si Jaku n'y avait pas fait attention, des qualités qu'il estimait beaucoup.

Dans un effort pour chasser sa tristesse, le garde trempa son pinceau dans l'encre et en tint l'extrémité en équilibre au-dessus du rapport qu'il était censé écrire. Mais les mots ne vinrent pas. Il s'aperçut qu'il était complètement déconcentré lorsque l'encre coula sur le papier de riz, le rendant inutilisable. Il nettoya son pinceau, le mit à sécher sur son support et abandonna complètement l'idée de s'occuper l'esprit par le travail.

Il avait beau se dire qu'il n'avait pas de temps à consacrer à la mélancolie, il ne parvenait pas à penser à autre chose. C'est qu'Inaga se recommandait par des qualités comme il en avait trop rarement vu. Il n'était pas courant de trouver quelqu'un d'un dévouement sans partage et, pour Inaga, le doute n'était pas permis, ce garçon appartenait à cette espèce rare. Jaku n'avait jamais hésité là-dessus du jour où Inaga avait pris son service. Autre point fort : il ne dissimulait rien, il était d'une certaine manière incapable de cacher quoi que ce soit, et d'instinct chacun paraissait s'en rendre compte.

Katta mit le papier sur lequel il écrivait au contact de la flamme d'une lampe et le laissa se consumer en le tournant pour éviter de se brûler. Il attendit jusqu'au moment où il n'osa plus le tenir, et alors lui permit de tomber sur sa pierre à encre où il acheva de se détruire.

Ce n'était pas la mort de ce garçon. Non, c'était plus grave. L'intrigue dans le palais impérial et dans l'empire tout entier, Jaku l'avait toujours trouvée stimulante, comme le kung-fu ou comme les duels. On passait là une véritable épreuve, et ne pas la réussir avait d'autres conséquences que la perte d'une partie de *gii*. Un échec, et l'on pouvait tout perdre. Or, mystérieusement, la mort de ce serviteur avait affecté le goût que Jaku prenait à ce jeu. Cette mort n'avait pas de sens, elle ne servait à rien. Brusquement, s'adonner au plaisir d'intriguer à la cour paraissait aussi futile que… Jaku cherchait quoi. Et pourtant c'était la passion de l'intrigue qui l'avait amené là où il était, dans Seh, où l'empereur complotait contre la famille Shonto.

L'empereur conçoit-il mon bannissement comme une leçon, se demanda-t-il une fois de plus, ou cherche-t-il à ce que j'accompagne Shonto dans sa chute ? À coup sûr, le Fils du Ciel savait que le Shonto n'accepterait pas de s'allier avec Jaku, et Jaku n'était pas prêt à collaborer avec un homme sur le point de tomber, et pas seulement de tomber en disgrâce.

Un dernier rougeoiement, et la flamme du papier qui brûlait s'éteignit, laissant un tas de cendres fumantes sur la pierre à encre. Ce rapport aurait été inutile de toute façon, se dit Jaku, une simple succession de mots couchés sur un rouleau, dans une bureaucratie croulant déjà sous le poids de la paperasse.

Dans quelques heures, il rencontrerait Shonto. Il n'y avait pas d'honnêteté à attendre de ce côté-là, et certainement aucune fidélité à l'empereur. Jaku joignit l'extrémité de ses doigts comme s'il s'apprêtait à méditer. Les mensonges s'étaient multipliés au point que même lui commençait à s'y perdre.

Il avait consacré des heures à fouiller parmi toutes les impostures du passé, et il était assuré de si bien s'y reconnaître que Shonto serait incapable de le faire trébucher. Il évoqua dame Nishima, dont il n'avait rien reçu depuis son arrivée à Rhojo-ma. Elle aussi avait choisi la voie du mensonge, encore qu'il eût l'impression que c'était par accident et non en vertu d'un choix délibéré. Il ne pouvait songer à personne sur la probité de qui il pût compter en toute circonstance. Tadamoto-*sum* ? La colère qu'il lui inspirait faisait place à une profonde tristesse.

Un batelier héla un camarade. Tous deux éclatèrent de rire. Souplement, Jaku quitta son coussin et se mit à arpenter la cabine. Six pas d'un côté à l'autre. On frappa à l'écran. Jaku dit d'entrer.

« Votre audience chez le seigneur Shonto, général », murmura un domestique.

Jaku acquiesça. Il ne devait pas obliger à l'attendre le gouverneur impérial. Non, pas question de faire l'économie d'un seul acte dans cette farce. L'audience d'un gouverneur appelé à passer sous peu dans le royaume des ombres paraissait tout à fait appropriée à cette pièce de théâtre. Jaku n'entretenait pas le moindre doute sur le sort qui attendait le Shonto. Nul répit pour l'aristocrate, ni pour ses gens, ni pour son fils. Jaku en était sûr.

Et maintenant l'architecte de la chute du Shonto était sur place pour tenir son rôle dans le sort réservé au haut dignitaire. Le garde hocha la tête. Du beau travail, il fallait l'avouer. Il n'aurait pas cru l'empereur capable de pareil coup de maître. Il se demanda si le Fils du Ciel le croyait honoré de se trouver en aussi bonne compagnie : une audience chez un cadavre. Une tenue de cérémonie était nécessaire à semblable occasion.

Son armure légère la mieux ouvragée, celle où l'épervier choka apparaissait dans le laçage noir le long de l'épaulière. Un liseré violet avec de petits éperviers d'argent. Il n'était pas impossible qu'on n'eût pas fait mieux au cours de cette génération. Certes Shonto avait son jardin, mais Jaku n'était pas sans moyens d'existence, comme le prouvait ce produit de l'atelier d'un armurier. Et puis le gouverneur saurait reconnaître le travail d'un artiste ; Jaku y comptait bien.

Le commandant de la garde impériale consacra plus de temps que d'habitude à soigner sa tenue. C'était presque comme s'il se préparait à combattre en duel. À n'en pas douter, Shonto était un adversaire digne d'autant de considération. Peut-être cette pensée fut-elle déterminante dans le choix que fit Jaku de sa Mitsushito parmi les différentes épées avec lesquelles il voyageait. Il ouvrit l'étui en bois de rose avec beaucoup de déférence et examina l'arme avec le plus grand soin avant de la fixer à sa ceinture. Elle était très vieille, presque une relique, et pourtant le nom de l'artisan qui l'avait forgée aurait suffi à ôter leurs moyens à la plupart de ses adversaires. Jaku, bien sûr, était trop pragmatique pour se reposer sur la réputation d'autrui : l'épée était un bel objet, mais qui n'était pas destiné à la parade.

Cela ressemblait tant à se rendre au rendez-vous fixé pour un duel qu'il eut brusquement envie de jeter un coup d'œil du côté de son témoin quand il prit place sur le sampan. Il éprouva même ce sentiment bizarre de vivre à l'écart de la réalité dont on lui avait parlé, ce que ses maîtres appelaient « flotter à la surface de l'illusion ».

Les bateliers éloignèrent l'embarcation du rivage et commencèrent à ramer de manière régulière. La gorge de Denji : Shonto avait trouvé le moyen de s'en extraire ; il avait soudoyé des gens, cela ne s'expliquait pas autrement. Jaku se sentit flotter davantage et résista par sa seule volonté. Pour bénéficier de pareilles complicités dans l'armée Hajiwara, il avait fallu une longue préparation. L'impression d'irréalité prévalut encore. Depuis quand au juste, se demanda-t-il, Shonto savait-il qu'il serait envoyé dans Seh ?

À supposer qu'il ignorât dans quel guêpier il s'était fourré, il ne lui échappait certainement pas que Jaku avait tenu un rôle dans la débâcle de la province d'Itsa. Faisant appel à la maîtrise de soi du combattant de kung-fu, il se contraignit au calme. Shonto, après tout, n'allait pas dévoiler son jeu, on le connaissait pour un maître de *gïi*. Non, cette entrevue risquait fort de ne pas servir à autre chose qu'à montrer à Jaku que le gouverneur de Seh n'entretenait aucun doute sur le nom de l'homme impliqué dans la tentative de la gorge de Denji. Cette éventualité serait plus en rapport avec les mérites du grand stratège.

Le commandant de la garde impériale saisit toute l'ironie contenue dans le plan du Fils du Ciel. Assurément, il avait subodoré les projets de Jaku concernant Nishima, ou peut-être était-il plus juste de dire qu'il n'avait eu nul besoin de se livrer à la divination : Tadamoto avait rempli son office. Mais que craignait-il au juste, cet empereur ? La réponse était : que Jaku Katta s'allie au Shonto. Or le Yamaku avait envoyé Jaku au palais du Shonto en sachant fort bien que le gouverneur ne s'associerait jamais à un homme qui avait tout fait pour le prendre au piège dans la gorge de Denji.

Jaku comprenait que, pour la première fois depuis longtemps, très peu de possibilités s'offraient à lui. Il suivait à présent un sentier à une seule issue, un chemin qui se rétrécissait à chaque pas. Cela faisait qu'il jouait à fond chacun des actes de la farce comme s'ils avaient un sens. Mais quel choix lui était laissé ? Il s'était même acquitté de manière exemplaire de la tâche qui lui avait été confiée de débarrasser le Grand Canal des parasites qui l'encombraient. Il eut un petit rire : à défaut de mieux, il demeurait le meilleur soldat de tout Wa.

« Ou il est en disgrâce, ou on l'a envoyé dans le Nord pour veiller au bon déroulement de votre chute, seigneur Shonto. S'il est en disgrâce, nos efforts pour convaincre l'empereur de la réalité de la menace sont voués à l'échec. Par contre, si le général Jaku a été dépêché dans le Nord pour s'assurer qu'aucune erreur ne serait commise et que mon gouverneur serait bien mis à bas, alors il y a une petite chance pour qu'on arrive à lui faire comprendre la réalité du danger… une toute petite chance. » Le général Hojo s'inclina.

Shonto acquiesça. Machinalement, il déplaça son accoudoir tandis qu'il réfléchissait aux paroles de son aide de camp. Ce n'était pas à cause de leur nouveauté, mais il croyait que les idées, même mauvaises, mystérieusement donnaient naissance à d'autres idées et que l'une d'elles pouvait correspondre à la vérité ou à un début de sagesse. Son ancien conseiller spirituel avait une maxime qu'il aimait à répéter : *Dans un mensonge, cherche la vérité.* C'est pourquoi Shonto cherchait, non qu'Hojo eût menti, bien sûr, mais le principe était le même.

Dans une salle sans fonction particulière étaient réunis le général Hojo, le seigneur Komawara, Kamu, l'intendant de Shonto, le seigneur Taiki et le frère Shuyun.

L'espace d'un instant, les peintures sur le mur retinrent l'attention du gouverneur ; d'un côté, une scène de la grande guerre avec les Barbares dans laquelle son propre ancêtre avait tenu un rôle important ; de l'autre, on voyait représenté, parmi les pruniers au printemps, Genjo, le grand poète de Seh, qui déclamait devant un public ravi. Après quoi Shonto rendit son attention à ses conseillers.

« Nous ferons ce que nous avons dit, conclut-il. Peut-être ce garde va-t-il nous en apprendre plus qu'il ne le veut bien. Seigneur Komawara, êtes-vous prêt à tenir votre partie ? »

Komawara acquiesça en s'inclinant sommairement. Ses cheveux n'avaient toujours pas repoussé depuis ses voyages en tant que moine botahiste itinérant, et il se félicitait du bandage qui entourait sa plaie à la tête, qu'il portait plus grand que nécessaire dans un effort pour dissimuler sur son crâne le plus possible de peau nue. Lorsqu'il voulait donner à croire que cela ne l'embarrassait pas, on en était parfois gêné.

« En ce cas, je ne vois rien d'autre », dit Shonto.

Un garde entrebâilla un *shoji*, comme en réponse à un signal, et Kamu fut invité à aller s'informer.

« Il est à notre porte », fit savoir l'intendant, et toutes les personnes présentes se mirent en devoir d'attendre.

Jaku arriva en compagnie de deux de ses gardes impériaux en uniforme noir. Ceux-ci se postèrent, ainsi que le propre garde de Shonto, au-dehors devant l'entrée de la salle. Jaku s'agenouilla sur un coussin placé à son intention et s'inclina profondément. Shonto le salua d'un signe de tête puis sourit.

« Est-ce que le buisson de chako prospère, général Jaku ? »

Jaku rassura son hôte. « Je suis sûr que mon jardinier prend plus de soin de cet arbre que de ses propres enfants. Le chako se porte à merveille, et il est incontestablement le fleuron de mon jardin. Je suis en dette envers le gouverneur après la réception d'un pareil cadeau.

— Il n'y a pas de dette entre amis. C'est ce que disait Hakata, et je crois qu'il avait raison.

» J'ai l'honneur de vous présenter mes hôtes. »

Les présentations furent faites. Shonto examina avec soin la manière dont le garde réagissait mais, même lorsqu'on lui nomma Shuyun, il ne trahit rien de ses pensées ni de ses sentiments. Bien joué, Katta, songea Shonto. Gracieux, même avec l'homme qui t'a vaincu sur le ring de kung-fu.

« Pouvons-nous vous offrir des rafraîchissements, Katta-*sum* ? »

Avant que Jaku eût pu répondre, ils furent interrompus par l'ouverture de *shojis* à la droite de Shonto, suivie d'un frou-frou soyeux, et ils perçurent les voix de deux femmes. Tous les regards convergèrent sur l'entrée de dame Kitsura et de dame Nishima, précédant leurs dames d'honneur, et des domestiques portant une harpe et une flûte. Elles s'inclinèrent devant Shonto et ses hôtes.

« Veuillez nous excuser, mon oncle. » Nishima rougit. « Nous ne voulions pas vous déranger, mais Kitsura vous avait promis un concert… Excusez-nous, s'il vous plaît. » Elle se prépara à partir.

« Nishima-*sum*, je vous en prie, ne vous excusez pas. » Shonto sourit pour la rassurer. Il n'aurait jamais songé à embarrasser sa fille et Kitsura en les éconduisant. « Je suis sûr que nos hôtes seront heureux d'entendre de la musique. En particulier jouée par des instrumentistes aussi renommées. Joignez-vous à nous, s'il vous plaît. »

Les dames s'inclinèrent, et l'on disposa des coussins pour elles devant l'estrade. Leurs toilettes ne correspondaient pas à ce que demandait le protocole, comme elles étaient en présence d'invités ; néanmoins, leurs robes étaient faites de belles étoffes et s'harmonisaient merveilleusement avec celles qu'elles portaient en dessous. Le kimono de Nishima était agrémenté d'un motif représentant des fleurs de prunier chargées de neige sur fond bleu ; celui de Kitsura était de couleur rouge foncé, avec un vol de grues en automne.

Si les cheveux de Nishima étaient coiffés de manière traditionnelle, Kitsura faisait preuve de beaucoup de liberté : sa chevelure cascadait le long de son dos. Ses suivantes prirent le temps d'arranger ses tresses, car elles touchaient presque le sol quand elle était debout. Il n'était pas courant pour des femmes de se coiffer ainsi en dehors du secret de leur chambre, à moins que ce ne fût en famille, ou occasionnellement en recevant des amis intimes. L'effet produit sur les messieurs n'échappa à personne.

« Vous connaissez le général Jaku, je crois ? demanda Shonto. Dame Kitsura Omawara et ma fille, dame Nishima. »

Des serviteurs arrivèrent avec du vin et des tables. On mit à proximité les instruments des dames.

« Êtes-vous satisfait de ce qu'ont produit vos efforts sur le canal, général Jaku ? » demanda Nishima. Shonto admira la rapidité avec laquelle elle retrouvait son assurance.

« C'est aimable à vous de vous en inquiéter, dame Nishima. Je crois que désormais des femmes et des enfants non accompagnés peuvent suivre le Grand Canal d'un bout à l'autre sans avoir rien à craindre. »

Ce soldat est d'une modestie exemplaire, pensa Shonto.

« Voilà une excellente nouvelle », dit Nishima avec un sourire un peu forcé.

Elle se tourna aussitôt vers Komawara qui, peu à peu, s'était renfermé en lui-même depuis l'entrée des deux jeunes femmes. « Et, seigneur Komawara, je crois savoir que vous aussi avez contribué à débarrasser l'empire de ses brigands ?

— Un petit accrochage dans les collines, dame Nishima. Rien d'important. » Shonto nota que Komawara ne soutenait le regard de sa fille qu'un court instant.

Elle se tourna vers Jaku. « Les hommes du seigneur Komawara étaient deux fois moins nombreux que leurs adversaires, et pourtant ils n'hésitèrent pas. Au prix de quelques pertes et de beaucoup de blessés, y compris notre brave seigneur ici présent, ils ont permis à la traversée des collines de Jai Lung de s'effectuer à nouveau en toute quiétude. » Elle récompensa Komawara d'un sourire qui paraissait dénoter une grande admiration.

« Nishima-*sum*, dit Kitsura, jouerons-nous pour laisser ensuite le seigneur Shonto et ses hôtes reprendre leur conversation ? »

Nishima y consentit, et elles prirent leurs instruments. La mélodie qu'elles avaient choisie pour la circonstance n'était pas dans le style moderne qu'elles préféraient d'habitude, mais d'une forme ancienne connue sous le nom de « chant poétique ». *L'Automne sur la montagne du Pur Esprit* rappelait les bruits de la nature, et l'on en faisait l'un des airs les plus évocateurs jamais composés. La flûte ouvrait la voie à la harpe dans tout le premier mouvement, qui donnait une idée de ce que le cœur éprouve quand commence la chute des feuilles.

Il n'était pas impoli de fixer du regard des musiciens à leurs instruments, ce qui faisait que les messieurs là rassemblés étaient libres de donner leur attention aux deux femmes d'une manière qui en d'autres circonstances eût été inacceptable. Dans la chaude lumière diffusée par les lampes, Kitsura et Nishima semblaient deux personnages descendus des peintures murales pour s'insérer dans une époque où tout était plus banal et plus terre à terre. Les yeux clos, le visage plus rose de souffler dans sa flûte, Kitsura offrait plus que jamais l'image d'une beauté parfaite. Ce fut avec difficulté que Shonto détacha son regard de cette femme, et il découvrit, tant chez Jaku Katta que chez Komawara, tous les signes d'une fascination. Au même moment, Shuyun fermait les yeux comme s'il méditait. Était-ce dû à la musique ou pour une autre raison ? Shonto ne put en décider.

La mélodie accompagna les feuilles dans leur chute jusqu'à une petite cascade, qui se transforma en un torrent serpentant parmi les pins à flanc de montagne. On entendit tinter les cloches des temples à travers les notes de la harpe, tandis que le cours d'eau côtoyait l'un des nombreux sanctuaires disséminés dans les bosquets.

Le morceau n'était pas long et, quand il s'acheva, l'assistance pendant quelques instants garda le silence. Comme en réponse à un signal, Kitsura et Nishima se levèrent, et leurs domestiques enlevèrent leurs instruments.

« Excusez, s'il vous plaît, cette interruption », dit Kitsura presque dans un murmure et, avant que les hommes eussent pu émettre une protestation, les deux femmes avaient battu en retraite par le chemin qui les avait vues entrer.

La salle parut aussi creuse qu'une cloche qui a fini de tinter. Les hommes demeurèrent silencieux, chacun d'eux perdu dans ses pensées et livré aux émotions que la musique et la présence des deux femmes avaient fait naître. Shonto finalement rompit le silence. « Toutes les réceptions de caractère officiel devraient s'interrompre de cette façon-là. On voit mieux ainsi dans quelles perspectives on doit s'engager. »

Il regarda tour à tour chacun des assistants, arrêtant à chaque fois leur regard un bref instant, puis fit un signe de tête. C'était le début de l'audience.

« Général Jaku, puis-je avant toute chose vous exprimer la gratitude du gouvernement de Seh pour ce que vous venez d'accomplir sur le Grand Canal ? Nous vous sommes tous redevables et dans la dette du Fils du Ciel qui vous a confié une aussi noble entreprise. » Nouvelle inclination de tête en direction de Jaku. « Votre intention est-elle de rester longtemps dans Seh, général ? Nous pourrions mettre sur pied de belles parties de chasse et autres amusements, auxquels vos officiers aussi pourraient prendre part. »

Jaku marqua une pause avant de répondre. « J'ai terminé mon travail sur le canal plus tôt que je ne le pensais, seigneur Shonto. Comme je n'ai jusqu'à maintenant reçu aucune directive, j'avais espéré contribuer dans la mesure de mes faibles moyens aux efforts que vous déployez dans le domaine militaire. Ce serait un honneur pour moi de servir sous les ordres d'un général aussi renommé.

— Ces nouvelles, général, dépassent mes espérances. Ce serait un honneur pour moi de bénéficier de vos conseils. Si telle est réellement votre intention, Katta-*sum*, j'aurais plaisir à partager avec vous le peu d'information que j'ai recueilli sur notre situation ici. »

Jaku ne dit rien mais se prépara à entendre.

« Seulement ce matin, j'ai fini un long rapport à notre empereur détaillant ce que nous avons trouvé dans Seh. Bien que ce rapport soit destiné à notre souverain, il me semble qu'en votre qualité de commandant de sa garde je puis m'adresser à vous sans aucune retenue.

» Comme vous le savez sans doute, il existe un désaccord parmi les seigneurs de Seh concernant les Barbares, leurs desseins et aussi leur nombre. Des deux côtés de la question, on trouve des hommes riches d'une longue expérience et d'une sagesse éprouvée. Vous n'aurez donc aucune peine à imaginer qu'il était difficile en l'occurrence de donner raison aux uns plutôt qu'aux autres. J'ai toujours été d'avis qu'il valait mieux quand c'était possible se renseigner par soi-même. Nous avons donc décidé d'envoyer des émissaires dans le désert pour y découvrir tout ce que nous pouvions.

» Les seules personnes dans l'empire auxquelles un accès soit permis au nord de la frontière de Seh sont les frères guérisseurs. Le frère Shuyun, en conséquence, accompagné du seigneur Komawara déguisé en moine botahiste, a pénétré dans le désert. » Il se tourna vers Komawara. « Peut-être, seigneur Komawara, devriez-vous raconter la suite de cette histoire. »

Le jeune seigneur acquiesça et, comme il était entendu, fit un récit abrégé de son voyage dans le désert, sans mentionner ni le Kalam, ni le culte du Dragon, ni son sanctuaire. Pendant tout ce temps, Shonto ne quittait pas des yeux le commandant de la garde impériale, mais Jaku ne trahit aucune émotion. Lorsque Komawara en eut terminé, il se contenta de s'incliner devant le gouverneur.

« Je vous l'assure, général, dit celui-ci, tant Shuyun-*sum* que le seigneur Komawara sont prêts à répondre à toutes vos questions.

— J'ai besoin de temps pour réfléchir à cette information, seigneur Shonto. Continuez, s'il vous plaît. Cette histoire est des plus intéressantes. »

Shonto but une longue gorgée de son vin comme si de parler du désert lui avait donné soif. « Comme vous voyez, général, je suis beaucoup plus inquiet de ce qui se passe dans le Nord qu'à mon départ sur le Grand Canal. » Un hochement de tête. Il leva les yeux et força Jaku à soutenir son regard. « Savez-vous quelque chose du culte du Dragon chez les Barbares, général Jaku ? »

La réaction fut minime, mais Shonto fut certain d'avoir vu l'homme hésiter comme s'il était pris de court. « Je n'en ai jamais entendu parler, seigneur; cependant le culte des dragons n'est pas rare, même en deçà des limites de l'empire.

— Bah! » Shonto prit un air dubitatif. « On pourrait trouver là une explication. » Il resta un moment sans rien dire. « Je crois que nous allons devoir faire face à une menace comme nous n'en avons pas connu depuis le temps de l'empereur Jirri. Et ce ne sera pas un péril qui se limitera à Seh, car, si les habitants de Seh sont braves et versés dans l'art de la guerre, ils sont peu nombreux, la peste y ayant anéanti presque toute une génération.

» La situation se complique en raison de l'existence d'autres facteurs. Je suis persuadé que les attaques dirigées contre Seh par les Barbares entrent dans les plans d'une certaine personne et que cette personne se trouve dans notre empire. Le but poursuivi, je le laisse à votre imagination. À cause de cela, la véritable menace ne sera pas comprise avant qu'il soit trop tard. » Il s'interrompit et regarda Jaku, dans l'expectative.

« Seigneur Shonto, je ne suis pas sûr de saisir ce que vous insinuez, mais à n'en pas douter nul dans l'empire ne serait assez fou pour nous livrer à la merci des Barbares. Pourquoi le ferait-on ?

— J'espérais, général, que vous pourriez me le dire. »

Jaku se redressa de toute sa hauteur. « Seigneur Shonto, lança-t-il, sa voix marquant un effort certain pour se contrôler, vous voilà près de suggérer que je joue un rôle dans une trahison. »

Attention, général, pensa le gouverneur, n'oubliez pas que vous parlez au seigneur des Shonto. Je suis libre d'accuser qui me plaît. Il fit un signe à Kamu, qui alerta un serviteur invisible. Un écran glissa, et deux des soldats Hajiwara, maintenant vêtus de la livrée des Komawara, entrèrent avec une malle noire cerclée de fer, portée à l'aide d'une perche. Ils la placèrent sur une natte devant l'estrade et, à un signal de Komawara, soulevèrent le couvercle et en répandirent le contenu sur le sol aux pieds du commandant de la garde impériale. Une cascade de pièces d'or roula comme un éboulis, puis tout s'arrêta, scintillant dans la clarté des lampes. La rançon d'un empereur, payée en espèces sonnantes et trébuchantes !

Les deux gardes Komawara se reculèrent et, à leur sortie, un troisième homme fit son entrée : le Kalam, habillé comme dans le désert, vint s'asseoir entre Komawara et Shuyun.

Lorsque Jaku quitta des yeux la fortune répandue à ses pieds, il avait changé de visage. Peut-être fallait-il en attribuer la cause à la lumière reflétée par les pièces d'or, mais il avait pâli et sa peau semblait s'être tendue sur des muscles rigides. Il s'apprêtait à parler quand il aperçut le Barbare.

Une nouvelle fois, Shonto le força à le regarder en face. Tu te demandes maintenant ce que je sais vraiment, pensa-t-il. Tu t'interroges même pour savoir si je connais la part que tu as prise au complot de notre empereur bien-aimé.

« À la mi-été, dit-il d'une voix plus sévère, sur l'empire de Wa aura déferlé une armée d'une ampleur jamais vue depuis plus de cent ans. Tout ce pour quoi nous luttons sera réduit à néant. Tout ce qui donne un sens à la vie du général Jaku Katta aura perdu sa signification. Tout ce qui a pour vous de la valeur, famille, pouvoir, maîtresses, propriétés, tout sera remis à la discrétion d'un khan assis sur le trône de notre empire. Il distribuera les vestiges de ce qui vous était cher parmi ses lieutenants et ses chefs de tribu. » Il s'arrêta pour laisser à ses paroles le temps de produire leur effet.

« Akantsu, reprit-il en excluant tout titre honorifique, n'a pas conscience de ses actes. Dans sa folle tentative pour abattre la maison des Shonto, c'est son empire qu'il va ruiner, et il ternira à jamais le nom des Yamaku.

» Je suis prêt à mettre une escouade à votre disposition pour vous accompagner dans le désert, général Jaku, afin que vous puissiez de vos yeux voir ce dont le seigneur Komawara et le frère Shuyun ont été les témoins. Je n'épargnerai aucun effort pour vous convaincre de la réalité de la menace barbare car, si nous n'obtenons pas de soutien du côté de l'empereur avant le printemps, nous ne pourrons pas résister à l'armée qui surgira du désert. Sans votre influence à la cour, général Jaku, l'empire de Wa tombera. »

Jaku se pencha pour prendre une poignée de pièces, mais sans manifester de cupidité ni de crainte, comme si c'était du sable qu'il avait en main. Il laissa l'or filer entre ses doigts. Celui-ci résonna en retrouvant sa place dans le tas, et le bruit se répercuta dans le silence de la salle. Jaku choisit alors une pièce, la retourna, l'examina comme si sa valeur lui apparaissait soudain clairement, et cela sans le réconforter. Puis il se tourna vers le conseiller spirituel du gouverneur. « Frère Shuyun, dit-il, sur l'âme de Botahara, pouvez-vous jurer que le récit de ce que vous avez vu dans le désert est conforme à la vérité ? »

Komawara faillit bondir. « Vous ne pouvez lui demander de blasphémer ! C'est contraire à… »

Shuyun agrippa le bras du jeune seigneur, qui s'arrêta au milieu de sa phrase. « Je ne puis souscrire à ce que vous me demandez, général Jaku, dit-il, mais puisse mon âme être éternellement liée à la Roue des renaissances si ce que vient de dire le seigneur Komawara n'est pas l'exacte vérité. Je n'en doute guère, le tableau qu'a dressé le seigneur Shonto se montrera fidèle à son attente si l'empire ne vient pas au secours de Seh. L'armée que nous avons vue dans le désert était aussi réelle que l'or que vous avez sous les yeux, et les guerriers étaient en nombre plus considérable. »

Jaku inclina la tête devant le moine et se remit à examiner la pièce qu'il avait en main, la retournant lentement dans tous les sens. « Je ne puis vous garantir, dit-il, que le Fils du Ciel portera attention à mes paroles, seigneur Shonto. En ce qui concerne certains de ses projets, notre empereur n'écoute pas la voix de la raison. Je ferai cependant ce que je pourrai. À coup sûr, notre souverain pensera qu'il s'agit seulement d'une ruse pour que vous ayez à votre disposition une grande armée, et que j'ai succombé à votre rouerie. J'ajoute que, si je me dis convaincu par votre récit, cela peut aussi faire croire à une trahison davantage qu'à une évaluation d'effectifs d'une parfaite exactitude. »

Il replaça la pièce avec soin dans sa pile. « Nous pourrions donner plus de force à notre argumentation en persuadant un certain seigneur de Seh du danger que court l'empire. » Il hésita. « Cependant, je crains que la révélation de son nom n'entraîne pour lui une mise à mort, et cela certainement nous priverait de manière définitive de l'espoir d'obtenir le secours du Fils du Ciel. »

Shonto à nouveau remua malaisément son accoudoir. « Si je devais inviter ce seigneur au palais et lui montrer le contenu de cette malle, pensez-vous que vous pourriez nous aider à le convaincre d'où se trouve pour Seh le véritable danger ? »

Jaku acquiesça. « Je crois que je pourrais aider à rendre vos arguments convaincants. Mais j'y insiste encore : si je découvre son identité, il ne faudra pas chercher à se venger de cet homme. Notre cause en souffrirait au point de ne nous laisser aucun espoir.

— Général Jaku, dit Shonto, le péril dans lequel a été mis notre empire est dû à la rivalité entre ses grandes familles. Si Wa peut être sauvé, ce sera en oubliant de pareilles mesquineries. » Il se tourna vers son intendant. « Kamu-*sum*, invite le seigneur Katari et ses deux fils aînés à venir entendre jouer les dames de la capitale. »

Il se retourna vers Jaku avec un regard interrogateur. Le Tigre noir fit oui de la tête.

À chaque coup de rame donné en cadence, la belle embarcation filait plus vite dans le silence du canal. Souvent, Jaku tirait beaucoup de satisfaction de la rapidité de son bateau. Quand il apercevait devant lui une grande étendue d'eau et rien dessus, il incitait ses rameurs à forcer l'allure toujours davantage, simplement pour le plaisir. Ce soir-là, pourtant, il paraissait insensible aux efforts de son équipage.

Jaku Katta était intimement persuadé que le grand maître de l'ordre botahiste aurait pu le regarder droit dans les yeux et mentir avec la même aisance que lorsqu'il chantait le nom de Botahara. Mais il ne doutait pas davantage que le frère Shuyun en fût aussi incapable que le serviteur qu'il avait perdu.

En dépit de tous les sentiments que lui inspirait la congrégation botahiste et ses menées en sous-main, il savait que ce petit moine était mystérieusement resté pur, que n'avait pu l'atteindre l'hypocrisie de son ordre. Quelle autre explication pouvait-on donner à l'exploit dont il avait lui-même été le témoin sur le ring de kung-fu ? Ce gamin avait écarté le poing qui venait le frapper sans aucun contact physique ! Il avait éprouvé cela dans son corps.

Même si Jaku avait longtemps souffert de l'humiliation de cette défaite et connu le ressentiment pendant des années, il savait que le frère initié Shuyun n'était pas un botahiste hypocrite de plus. Ce qu'il était, Jaku ne pouvait l'affirmer avec certitude, mais ce qu'il soupçonnait engendrait chez lui à la fois du respect et de la crainte. Shuyun, parfois il en était convaincu, était un enfant touché par la grâce de Botahara.

Il revint en pensée sur ce qu'il avait entendu durant son audience chez le gouverneur. Les Barbares n'étaient plus des pions avancés par l'empereur selon un plan concerté. Les tribus avaient leurs propres ambitions, à ce qu'il semblait, n'obéissaient plus à personne sinon peut-être à ce khan aux mains d'or. Allait-il confier à Shonto ce qu'il savait de cet homme-là ? Peut-être. Il aviserait.

Il regarda l'avenue qui bordait le canal. Comme dans la plupart des rues de Rhojo-ma, la circulation y était quasi nulle. Par tous les dieux, s'il s'alliait au Shonto, ce serait la guerre avec l'empereur. Impossible de convaincre Akantsu que son chef barbare avait repris son indépendance. Jamais, au grand jamais.

Il se frotta la tempe. Faire cause commune avec le Shonto équivalait sans doute à un suicide, il était sans illusion là-dessus. Pourtant, seul Shonto pouvait sauver l'empire. Là encore, le doute n'était pas permis. Et, si l'empire était sauvé, que se passerait-il ensuite ?

Il évoqua Nishima assise devant sa harpe. Existait-il donc une autre solution ? Et s'il devenait vraiment digne de la fille du Shonto ? Si celui-ci gagnait la guerre qui s'annonçait, ce serait la fin des Yamaku. Qui le vainqueur mettrait-il sur le trône ?

Peut-être, peut-être. Peut-être Shonto pourrait-il échapper au piège tendu par l'empereur. Jaku commençait à le croire capable de tout. Il songea à la malle remplie d'or, et cela le ramena à la question qu'il s'était précédemment posée : depuis quand Shonto était-il au courant ?

Le canal défilait. Avant que Jaku en eût pris conscience, il était arrivé devant la barge impériale. Tout à ses pensées, le commandant de la garde restait assis dans son sampan. Ses rameurs attendaient sans manifester d'impatience.

Le chemin qui s'ouvre devant moi est devenu trop étroit, se dit-il. Je n'ai plus le choix. Si Wa tombe aux mains d'un chef de tribu barbare, ce sera comme le dit Shonto : le Jaku perdra tout. Il secoua la tête. Quand ne s'offre aucun choix, il ne sert à rien de demeurer figé dans l'indécision. L'empire doit être défendu. On ne peut pas jouer au *gii* sans un plateau pour y poser les pièces.

Il bondit presque sur le pont de la barge. Les gardes qui le saluaient, surpris, eurent un mouvement de recul. Leur commandant rit de cette réaction. Il monta les marches menant au pont supérieur, tout occupé de la manière dont on pourrait lever une armée. Il passa en revue un certain nombre de fabulations susceptibles d'abuser l'empereur. Toutes étaient plus plausibles que la vérité. Mais quelque chose en lui s'opposait à cette solution, et il trouva ce scrupule bien étrange, comme s'il appartenait à quelqu'un d'autre et se découvrait chez lui de manière purement accidentelle.

8

Osha s'agenouilla devant une table basse et, dans la lumière tamisée de la lampe, procéda aux gestes rituels qui accompagnaient le choix entre deux parfums. Après avoir débouché chacun des flacons, elle prit grand soin de bloquer sa respiration tandis qu'elle mettait une goutte du précieux liquide sur son avant-bras. Cette goutte fut laissée à s'évaporer le temps qu'il fallait avant qu'elle en respirât la délicate essence. Tout se passa les yeux clos dans une apparente concentration, mais en réalité il s'agissait d'un faux-semblant. La jeune femme se trouvait dans l'incapacité de fixer son attention sur les odeurs, et elle laissa pendre ses bras de part et d'autre de son corps dans un soupir de résignation ou de désespoir.

Avant d'ouvrir les flacons, Osha avait congédié toutes ses femmes de chambre sous prétexte de ne pas être distraite, mais, à vrai dire, ce qu'elle voulait, c'était être seule pour nouer sa ceinture. Elle regardait le brocart à fils d'or sans pouvoir se résoudre à s'en saisir.

Ses femmes s'étaient éloignées non sans réticence, peignant une dernière fois sa longue chevelure, réarrangeant le liseré d'un troisième sous-kimono pour qu'on le vît clairement. Osha veillait à ne rien révéler de ses sentiments à ses domestiques, mais cela l'attristait de voir à quel point elles se méprenaient sur sa situation. Le regain d'intérêt manifesté par l'empereur pour leur maîtresse les émoustillait car elles l'imaginaient ravie.

Arrêtant son choix en définitive sur un mélange de conque broyée, de musc et de tulipe, la danseuse Sonsa élimina sur son bras toute trace de l'autre parfum avant de s'asperger de fines gouttelettes derrière les oreilles et sur les poignets. À la différence de beaucoup de femmes à la cour, Osha usait du parfum avec circonspection. En tant que danseuse, elle croyait que la beauté résidait dans le mouvement ; le reste comptait pour rien.

Le rite achevé, Osha prit la longue ceinture de brocart qu'elle avait choisie pour mettre en valeur le vert pâle de ses robes et la plaça sur ses genoux. Jusque-là, tout s'était bien passé, mais brusquement son courage l'abandonna comme une pierre coule au fond de l'eau. Respirant profondément, elle se remit de cet instant de faiblesse. Les danseuses Sonsa étaient entraînées à garder ainsi leur maîtrise de soi. Lentement, elle enroula le long ruban d'étoffe autour de sa taille en imaginant qu'à chaque tour elle emprisonnait davantage ses émotions.

Quelque part au fond du couloir, un *shoji* glissa, et l'on entendit des bruits de pas au travers des écrans de papier de riz. Les servantes d'Osha n'élevaient pas la voix, mais la tension était vive. Osha cessa d'enrouler sa ceinture et tendit l'oreille. Ce ne fut pas de l'anxiété qu'elle saisit mais une protestation. Les pas étaient ceux d'un ou de plusieurs hommes.

Aussitôt la danseuse imagina le pire. Un empereur furibond venait la mettre face aux preuves de son infidélité. Le *shoji* de sa chambre s'ouvrit avec bruit. Elle sursauta comme si on l'avait frappée. Tadamoto se tenait sur le seuil, dépassant de la tête des domestiques indignées.

Osha se ressaisit. Elle fit signe aux servantes de sortir, et Tadamoto entra. Il tomba à genoux à quelques pas de là où elle se trouvait. La détermination avec laquelle il avait forcé le passage l'abandonna, et il s'effondra, les yeux fixés sur le sol. Puis il releva la tête comme s'il voulait dire quelque chose, mais il ne trouva pas ses mots et s'absorba de nouveau dans la contemplation du plancher.

Osha aussi ne parvenait pas à exprimer le trouble dans lequel l'avait jetée l'arrivée de Tadamoto. Ils restèrent quelques instants silencieux avant qu'elle réussît à articuler des bribes de phrase.

« Tadamoto-*sum*, murmura-t-elle, il ne faut pas, vous... nous faites courir un grave danger. »

Tadamoto secoua la tête. Un chagrin fruste se peignait sur son visage de fin lettré. Il restait pourtant muet.

« Tado-*sum*, reprit-elle à voix basse, je n'ai pas pu vous tenir au courant. »

Elle fit un geste pour prendre ses mains dans les siennes, mais il les retira et la laissa au milieu d'une vaine tentative. Elle se couvrit le visage, et des larmes silencieuses brillèrent sur ses doigts délicats.

« Je croyais qu'il en avait fini avec moi. C'était mon rêve qu'avec le temps il… nous laisserait tranquilles. » Elle enfonça ses petits poings dans ses orbites. *Nous avons été si loyaux.*

Tadamoto se rapprocha, comme s'il s'apprêtait à la réconforter, mais il s'arrêta en chemin.

« Je voulais vous tenir informé, Tadamoto-*sum*, mais il n'existe pas de mot pour décrire le désordre en mon cœur.

— Comment ? répliqua finalement Tadamoto, comment avez-vous pu permettre ? »

Osha ôta ses mains de devant ses yeux. Des larmes y brillaient toujours. « Tado-*sum*, dit-elle si faiblement qu'il faillit ne rien entendre, qu'imaginiez-vous ? Que j'étais libre de choisir ? Qu'un choix nous est laissé ? »

Il ne répondit pas. Elle voulut à nouveau lui prendre les mains, mais une fois encore il se déroba. « Vous auriez pu dire non », lança-t-il avec plus de dureté qu'il n'aurait voulu. Sa voix ressemblait à un sifflement.

Quand Osha parla à son tour, c'était en apparence avec calme, mais aussi un certain recul. « Que se serait-il passé alors ? »

Il resta sans réponse. Elle reprit :

« Un membre de la famille Jaku aurait-il été autorisé à me rendre visite secrètement dans un monastère de Chou ou d'Itsa ? Quelle aurait été la réaction de l'empereur ? J'aurais tout perdu, Tadamoto-*sum*, la danse, le genre d'existence que je mène ici dans la capitale, et vous aussi, je vous aurais perdu. C'en est fini de nous. Nous ne pourrons nous cacher nulle part. Vous savez que je dis la vérité. »

Elle voulut lui prendre les mains, et cette fois il ne s'y opposa pas. « Que pouvons-nous faire d'autre ? » Elle l'attira lentement vers elle. Il refusait toujours de la regarder en face. « Parlez-moi.

— Osha, Osha-*sum*. Vous ne pouvez pas… Vous ne pouvez pas. » Il ne finit pas sa phrase.

« La seule issue possible serait de ne jamais nous revoir. Tado-*sum*, mon amour, je ne puis m'y résoudre. Et vous ? »

Il ne dit rien. Elle poursuivit.

« Il aura tôt fait de se lasser de moi, j'en jurerais. Dès qu'il sera remis de l'affront que cette Omawara lui a infligé, il ne cherchera plus à me revoir. Si vous voulez contribuer à une solution, tâchez de trouver une fille de haute naissance qui ait de l'ambition pour sa famille et naturellement soit très belle. Je ne représente rien pour lui, j'en suis sûre. » Elle marqua une pause.

« Et il compte encore moins pour moi, Tado-*sum.* » Il la regarda cette fois. « Je sais que c'est terrible mais… Croyez-le bien, je ne le ferais pas si ce n'était pas pour nous. »

Elle se blottit dans ses bras. Il réagit, la serra contre sa poitrine. Il la sentait se débattre pour ne pas éclater en sanglots. La vie était si injuste avec elle, cette petite mignonne victime de son talent, de sa beauté et, il fallait l'avouer, de son ambition aussi. Tadamoto enfouit sa tête dans ses cheveux. La subtile odeur de son parfum était ce qu'il y avait de plus difficile à supporter.

Lui parti, Osha resta à contempler la lampe qui brûlait sur la table où reposaient les flacons. La flamme vacillait et dansait au caprice de courants d'air imperceptibles qui passaient au travers de la chambre. Elle prit le brocart, acheva de l'enrouler et noua le nœud d'amoureux sans une seconde d'hésitation, ou presque.

Plus tard, dans les appartements de l'empereur, elle voulut fixer son attention sur une image de Tadamoto. L'empereur s'abandonnait à son désir et la tenait étroitement serrée tout en s'agitant. À son grand désarroi, Osha sentit qu'elle commençait à haleter. Elle entendit un gémissement de plaisir, et la bouche qui l'avait laissé échapper était la sienne !

Non, pensa-t-elle, *Jenna, Jenna, je t'en prie… Lâche-moi.*

Mais la même bouche poussa encore un cri, tout à sa volupté.

« Non, Jenna, murmura-t-elle dans un souffle, oh non ! oh !… »

Sa protestation fut noyée dans un cri passionné sourd à tout le reste.

9

De plus en plus étroit,
Loin au-dessus de la gorge du Singe-qui-hurle,
Le sentier s'enfonce
En zigzag dans les montagnes sacrées.

Quand on marche dans les nuages,
Le chemin devient aussi irréel
Qu'un rayon de lune.

Poèmes d'un pèlerinage,
par le frère initié Shinsha.

Sans difficulté, Shuyun en arriva à la cinquième phase de l'exercice et en modifia les dispositions. Cela faisait plusieurs semaines maintenant qu'il le pratiquait, et toujours sans atteindre au résultat escompté. Voyons, se dit-il, c'est ainsi que Jaku avait essayé de me frapper. Il passa à nouveau par tous les coups et toutes les esquives d'un enchaînement complexe, comme si le Tigre noir était venu recommencer leur combat. Il ferma les yeux et se concentra sur ses souvenirs en essayant de retrouver en lui la même réaction, de reproduire le même état.

Une fois de plus, il eut l'impression de toucher au but, mais sans y parvenir vraiment. Sans hésiter, il entama la cinquième partie de l'exercice et continua, élargissant son domaine de concentration pour englober en fin de compte la totalité de ses muscles, ses mouvements dans toute leur souplesse et leur précision, sa respiration et son état de méditant. On frappa au *shoji*, un coup apparemment lointain qui entra dans le champ de sa conscience. Une pause, et le coup se répéta deux fois. Trois trous dans sa méditation, qui se répercutèrent indéfiniment dans un temps modifié.

Il interrompit son exercice et resta un instant immobile, occupé à ajuster sa perception de la durée. On frappa encore ; cette fois, cela prit la forme de petits coups discrets.

« Entrez, je vous prie. »

Le *shoji* s'ouvrit pour révéler la présence d'un garde des Shonto à genoux dans l'entrebâillement.

« Caporal ? » Shuyun se rapprocha de l'écran pour rendre la conversation aussi peu bruyante que possible. Les murs du gouverneur avaient des oreilles, et beaucoup trop, hélas.

« Excusez le dérangement, mon frère, mais vous avez donné des ordres au cas où cette situation se présenterait. Kamu-*sum* me l'a confirmé. »

Shuyun balaya tout cela d'un geste de la main. « Je vous en prie, caporal, ne vous excusez pas. »

Le garde s'inclina. « Sur le Grand Canal, reprit-il, vous avez reçu la visite d'une jeune nonne botahiste, sœur Tesseko ? »

Shuyun fit signe que oui.

« Une jeune femme est à notre porte qui prétend être cette sœur Tesseko, bien qu'elle ne soit pas habillée comme on l'est dans son ordre. Elle voudrait vous voir, frère Shuyun. Kamu-*sum* m'a assuré que vous accepteriez d'être dérangé si cette jeune femme se présentait encore. Elle vous attend dans la salle d'audience du Printemps. J'espère que nous avons agi correctement en la circonstance. »

Shuyun dissimula sa surprise. « Vous avez bien fait, merci, caporal. S'il vous plaît, dites à sœur Tesseko que je la rejoins dans un moment. »

Le temps dont il disposait ne lui permettait pas de prendre un bain. En conséquence, il choisit de se laver à l'eau froide et de se changer. Tesseko, la novice… Il se souvenait bien d'elle, jeune, grande, porteuse de nouvelles embarrassantes. Il s'était souvent demandé ce qu'était devenue la personne qu'elle servait, sœur Morima. Avait-elle surmonté la crise d'ordre spirituel qu'elle traversait ? Ce qui était en cause ne se bornait pas à la tranquillité de la nonne dans ce domaine. Il y allait de sa propre sérénité, et le moine ne l'ignorait pas.

Il finit de s'habiller et quitta ses appartements. Il fit vite à enfiler les couloirs, mais tout en ne donnant pas l'impression de se hâter. La salle d'audience du Printemps était une petite pièce toute simple, avec une estrade basse, des écrans peints représentant la venue du printemps dans la montagne et, dans une niche minuscule taillée dans le mur, une sobre statuette de Botahara. Cette image sacrée était sans doute ce qui avait conduit le garde, ou peut-être Kamu, à choisir cette salle comme lieu de réception, cela et le fait qu'elle était rarement utilisée.

D'autres gardes étaient agenouillés de chaque côté des doubles portes de bois qui donnaient accès à la pièce. Ils s'inclinèrent en voyant arriver Shuyun et, après avoir discrètement frappé pour prévenir, ils poussèrent les portes.

Sœur Tesseko leva la tête à l'entrée du moine. La fatigue sur ses traits montrait qu'elle avait subi une lourde épreuve. S'il n'avait pas eu derrière lui l'acquis d'une vie passée à s'entraîner, l'intensité frappante de la douleur de cette femme aurait mobilisé l'attention de Shuyun mais, adepte de Botahara, il fut davantage sensible au fait qu'elle *tournait le dos* à l'image sacrée du Maître.

Il s'arrêta et salua par deux fois, à la manière de ceux qui avaient bénéficié de l'enseignement botahiste. « Novice Tesseko, dit-il, votre visite m'honore comme elle honore la maison de mon seigneur. » Il s'agenouilla à la distance requise par la politesse.

La nonne s'inclina. « Je n'ai plus droit au nom de sœur Tesseko, mon frère. Je suis Shimeko à présent. » Elle s'inclina de nouveau. « Je vous remercie de vos paroles aimables, reprit-elle, même si je comprends bien qu'en réalité j'ai enfreint toutes les règles du savoir-vivre et fait montre des pires manières qui soient en me présentant ici sans m'être annoncée.

— Shimeko-*sum*, cela m'honore que vous placiez en moi assez de confiance pour me visiter sans prévenir, ainsi que je vous avais prié de le faire lorsque nous naviguions ensemble sur le Grand Canal. S'il vous plaît, soyez à l'aise. »

Il s'interrompit pour juger de sa réaction, mais elle refusa de soutenir son regard.

« Puis-je vous demander comment se porte notre sœur, Morima-*sum* ? »

La jeune femme haussa les épaules. « Son état s'est quelque peu amélioré, mon frère, mais pas autant que les sœurs l'espéraient. »

Nouveau haussement d'épaules. Il y eut un silence, qui permit à Shuyun de mieux l'étudier tandis qu'elle s'absorbait dans la contemplation des nattes végétales. Elle était vêtue de robes de coton d'une grande simplicité, comme en avaient les femmes des pauvres marchands, et couvrait sa tête d'un châle de laine grossière. Le visage était creusé. Shuyun trouva qu'elle avait l'air plus âgée que lors de leur dernière rencontre. D'autres signes montraient qu'elle avait souffert, car elle était maigre, son teint apparaissait pâle et brouillé, comme si depuis quelque temps elle n'avait pas eu grand-chose à manger. Il s'inquiéta.

« Allez-vous bien, ma sœur ? » demanda-t-il calmement.

Elle parut y réfléchir un court instant, et un sourire triste se dessina sur ses lèvres. « Je ne suis plus une sœur, frère Shuyun. Je… Je vois qu'il me faut me le rappeler sans cesse. » Elle retomba dans le silence, puis leva les yeux et le regarda en face une seconde ou deux. « La Voie, dit-elle en baissant les yeux à nouveau sur le sol, est difficile. Je… Je n'ai pas eu la force. »

Shuyun hocha la tête. « Ah ! fit-il, presque dans un murmure. Y a-t-il pour moi une façon de vous aider ? Je vous en prie, n'hésitez pas à demander. »

Leur conversation fut ponctuée d'un long silence.

« Mon frère… frère Shuyun, je suis venue solliciter la permission de me mettre à votre service. » Elle se couvrit la bouche de la main comme pour l'empêcher de l'embarrasser davantage.

Shuyun joignit le bout de ses doigts à la manière des méditants. « Shimeko-*sum*, ce que vous me demandez là est impossible, je m'en excuse. La décision ne m'appartient pas, et certainement il ne serait pas convenable qu'une jeune femme me serve. C'est hors de question. »

Tout en parlant, il l'observait, mais sans pouvoir s'assurer de la nature de sa réaction, car son visage était en partie caché par le châle.

« Shimeko-*sum*, pourquoi cette requête ? »

Elle haussa les épaules tout en tirant d'une main sur un brin d'herbe de la natte végétale. « Ma conviction, frère Shuyun, est que vous êtes un pur esprit, que vous n'avez subi aucune souillure de… de l'état dans lequel se trouvent les ordres botahistes.

— Vous pensez que la congrégation des nonnes est corrompue, Shimeko-*sum* ? »

Elle cessa de jouer avec son brin de paille et le couvrit de sa main comme si son geste allait pouvoir réparer les dégâts. « Je crois que nos deux ordres sont dépravés, frère Shuyun. Pardonnez-moi de vous le dire.

— Je vois. Cette conviction a-t-elle un lien quelconque avec la crise religieuse de sœur Morima, Shimeko-*sum* ? »

Elle souleva les mains pour découvrir que la magie n'avait pas opéré : la paille était restée dans le même état. Elle acquiesça. « Oui, mon frère. Cela et d'autres choses.

— Je ne voudrais pas me montrer trop curieux, Shimeko-*sum*, mais, à la vérité, je me demande ce qui s'est passé qui vous a fait tourner le dos à Botahara. »

Elle haussa les épaules. « Je… Je ne lui ai pas tourné le dos, mon frère. » Elle parut chercher ses mots. « Je ne sais plus trop comment servir le Maître parfait. J'ai le sentiment que ces choses qu'on m'a apprises au monastère étaient… perverties, dénaturées en quelque sorte. Rendre un culte au Maître parfait de cette façon-là… »

Elle eut un frisson.

« On fait sûrement fausse route alors, mon frère, dit-elle d'une voix soudain plus claire. Oui, sûrement.

— Vous vous exprimez avec force, Shimeko-*sum*. Sœur Morima parlait-elle précisément de ce qui la gênait ? Une fois de plus, je ne voudrais pas me montrer indiscret.

— Comme vous le savez, mon frère, la foi de Morima-*sum* a été soumise à rude épreuve. Elle est persuadée que les textes qu'elle a vus lors de la cérémonie du Renouveau divin n'étaient pas de la main de Botahara. Je ne sais pas exactement sur quelles preuves elle a fondé son opinion, mais la science de Morima-*sum* est bien connue, mon frère. Je ne mets pas en doute ses affirmations. » Elle croisa les mains sur ses genoux et ferma les yeux comme si elle cherchait dans ses souvenirs. « La crise que traverse sœur Morima a fait qu'elle m'a entretenue de sujets dont je n'aurais sinon jamais entendu parler. Elle avait l'air de ne pas s'en préoccuper. Je crois savoir que les sœurs possèdent le moyen de rassembler des informations, même sur ce qui se passe dans votre ordre. Elles paraissent penser que les rouleaux sacrés ont disparu, que votre congrégation les recherche en secret. » Elle ouvrit les yeux et croisa le regard du moine. « Il est vrai que selon sœur Morima ces rouleaux n'étaient pas tombés entre leurs mains depuis très longtemps, quelques centaines d'années peut-être.

— Je vois, dit Shuyun dans un murmure. Les rouleaux de Botahara sont placés nuit et jour sous la protection de la garde sacrée du monastère de Jinjoh. Il est inconcevable qu'on puisse les dérober, ma sœur.

— Shimeko, mon frère, Shimeko. Apparemment, les sœurs sont de cet avis, frère Shuyun. Certaines ne croient pas qu'une main humaine ait pu s'en emparer. Elles attribuent la disparition à une intervention divine.

— Shimeko-*sum*, je vois mal comment les sœurs les plus respectables pourraient soutenir cette opinion. »

Elle haussa les épaules. « C'est pourtant le cas, mon frère. Morima-*sum* m'en a parlé comme d'une opinion répandue. Et ce n'est pas tout. » Elle se remit à tourmenter le brin de paille à moitié sorti de la natte. « Vous êtes sûrement au courant du bruit selon lequel l'Udumbara a fleuri ? »

Le brin de paille se détacha. Elle se mit à l'enrouler autour de son doigt.

« Ce n'est pas une simple rumeur, frère Shuyun. Des sœurs ont été les témoins de la floraison avant la fermeture par votre ordre du domaine de Monarta. Le doute n'est pas permis, mon frère, le Maître dont il a été parlé est parmi nous.

— J'ai évoqué cette rumeur avec une personne parmi les plus écoutées de mon ordre, dit calmement Shuyun. Elle m'a assuré qu'elle était sans fondement, Shimeko-*sum*. Pourquoi me mentirait-elle ? Pourquoi mon ordre s'attacherait-il à démentir ce bruit ?

— Les sœurs se posent la même question, mon frère. C'est un problème qui les inquiète beaucoup. On pense que jusqu'à maintenant votre congrégation a été incapable de se prononcer sur le nom du Maître et qu'elle ne peut le proclamer. Si elle venait à reconnaître que l'Udumbara a fleuri, comme annoncé dans les prophéties, et dans l'impossibilité de produire ce Maître… Vous le voyez, frère Shuyun, les activités des ordres botahistes semblent témoigner d'un égoïsme qui me répugne. Je regrette l'affront que cela suppose, mais je ne puis m'empêcher de dire la vérité. Pardonnez-moi, mon frère, s'il vous plaît.

— J'attache aussi de la valeur à la vérité, Shimeko-*sum*, mais elle n'est pas toujours facile à discerner ou à admettre. »

Il resta longtemps silencieux et ne fut ramené à la réalité que lorsque Shimeko s'éclaircit la voix.

« Excusez-moi, s'il vous plaît, dit-il, mais vos paroles m'ont donné matière à réflexion. » Il ébaucha un sourire. « J'en reviens à la question de savoir de quelle façon je puis vous servir, Shimeko-*sum*.

— Mais c'est moi qui veux vous servir, frère Shuyun. » Brusquement, elle se jeta à ses pieds. « Je vous le demande très humblement, mon frère.

— Je vous en prie, Shimeko-*sum*, rasseyez-vous. Ne faites pas cela. » Il promena autour de lui des regards extrêmement gênés, comme s'il craignait l'irruption de qui pourrait les voir. « C'est très inconvenant. Pourquoi cette attitude ? »

Shimeko restait prostrée sur les nattes. « Frère Shuyun, certaines parmi les sœurs pensent que vous êtes le Maître attendu. Je désire vous servir. »

Shuyun bascula sur ses talons. Qu'est-ce qui pouvait bien leur faire croire une chose pareille ? « Shimeko-*sum*, je vous l'assure, si j'étais le Maître, je ne le garderais pas pour moi.

— Les actes précèdent souvent la prise de conscience, mon frère.

— À vrai dire, Shimeko-*sum*, ma propre foi n'est pas à l'abri des questions et des doutes. Shimeko-*sum*, relevez-vous », ordonna-t-il.

La jeune femme obtempéra. Elle se remit à genoux, le dessin de la natte de paille imprimé sur son front dans ses multiples contours.

Elle obéit à son maître, se dit Shuyun, et cette découverte le troubla plus que les paroles de la jeune femme. *Tu as arrêté une main sans qu'elle te touche.* Il entendit cela dans sa tête comme un murmure. *Le frère Sotura ignorait même que cela fût possible, un frère aussi savant !* Impossible que cela soit vrai, se dit-il, ma foi est si vite ébranlée, les doutes foisonnent dans ma tête comme de la mauvaise herbe. Je ne puis être le Maître, ni même un frère parmi les plus révérés si je continue sur ma lancée.

« Mon frère, dit Shimeko d'une voix neutre qui le ramena à la réalité, je n'ai rien, ni argent, ni toit, ni murs pour m'abriter, ni métier, ni famille. Si vous ne voulez pas de moi, je devrai vivre dans la rue et, si je n'ai pas de scrupule à mendier, il me manque l'expérience de ce genre de vie. Je resterai devant vos grilles, mon frère, jusqu'à ce qu'on me confie un travail ou qu'on me chasse. Je ne vois pas que faire d'autre. »

Shuyun soupira. Il était sûr qu'elle ferait ce qu'elle disait, point par point. Puisse Botahara avoir pitié d'elle, pensa-t-il. Elle a perdu ses repères. « Votre écriture est-elle présentable ? demanda-t-il.

— On me disait qu'elle était suffisante, mon frère. Il m'est souvent arrivé de tenir lieu de secrétaire à Morima-*sum*.

— Verriez-vous une objection à servir une dame de haute naissance dans la même fonction ?

— Si elle appartient à la maison qui est la vôtre, mon frère, j'accepterais avec reconnaissance.

— Je sers dans sa maison, Shimeko-*sum*. » Il réfléchit. « Je ne puis rien promettre, Shimeko-*sum*, mais je me renseignerai. » Il secoua la tête. « Et, je vous en prie, plus de démonstrations de… de ce genre. Je ne suis pas le Maître, je vous le garantis.

— Si tel est votre souhait, frère Shuyun.

— Venez. Je vais vous trouver une domestique qui, pour le moment, vous conduira aux cuisines. Cela fait quelque temps que vous n'avez rien mangé ?

— Trois jours seulement, mon frère. » Elle tenta de lui faire la grâce d'un sourire. « Je… Je vous remercie, frère Shuyun.

— Oui, mais plus de ces simagrées. J'ai votre parole. »

Elle esquissa un salut qui se termina en acquiescement muet.

10

L'intendant de Shonto, Kamu, suivait le couloir devant lui d'un pas chancelant. Il tenait une lanterne pour s'éclairer de son unique main et parfois prenait appui sur une colonne avec son coude pour assurer son équilibre. Les gardes s'inclinaient profondément à son passage. Malgré son apparence, ses cheveux gris emmêlés, des robes à l'évidence passées à la hâte et serrées à la taille de manière très approximative, Kamu avait jadis été un épéiste de renom, et les jeunes gens de la garde de Shonto le révéraient comme s'il était un personnage de légende descendu des cieux pour un bref séjour parmi eux.

Le vieil intendant tanguait dans le couloir comme un bateau dont le gouvernail se serait rompu et dont le fanal de proue ballotterait. Quatre hommes de la garde personnelle de Shonto veillaient sur les portes donnant accès aux appartements de leur maître, des portes pleines, non des écrans. Ils s'inclinèrent à l'approche de Kamu, et leurs mains se crispèrent sur la poignée de leur épée.

Après avoir donné le mot de passe, Kamu fut contraint de poser sa lanterne pour le signal manuel qui allait de pair avec lui. La force avec laquelle ladite lanterne prit contact avec le sol était à la mesure de l'agacement de celui qui la tenait.

Le chef des gardes frappa à la porte. Un guichet s'ouvrit. Quelques mots furent calmement échangés, et la sentinelle en faction la nuit, l'une des rares personnes admises dans la chambre du gouverneur pendant son sommeil, referma la petite ouverture.

Kamu laissa la lanterne à terre pendant qu'il attendait. Le guichet se rouvrit, le chef des gardes signifia son accord et s'écarta tandis que la porte livrait passage au visiteur.

Par la petite entrée faisant office de salle des gardes, Kamu gagna une pièce à usage privé. La lueur d'une lampe vacillait sur une petite table, projetant une maigre lumière dans un appartement presque vide. Kamu eut à peine le temps de s'agenouiller que Shonto entra, à peine moins ébouriffé que son intendant. Il répondit par un signe de tête au salut de son serviteur, mais sans utiliser le deuxième coussin. Au lieu de cela, il s'adossa à l'une des colonnes copieusement laquées et croisa les bras, dans l'attente.

« Pardonnez à ... »

Shonto leva une main. Kamu s'arrêta au milieu de sa phrase. « Malgré notre aspect juvénile, Kamu-*sum*, je nous crois trop vieux pour ce genre de salamalecs étant donné les circonstances. Je t'en prie, droit au but. »

Sans l'ombre d'un sourire, Kamu obtempéra. « Les Kintari, monseigneur... Ils ont pris la fuite.

— Bah ! » Shonto se caressa le menton.

« Je me suis permis, reprit Kamu, de réveiller et d'informer vos conseillers, monseigneur. J'ai aussi triplé la garde autour du palais. »

Shonto voulut répondre, mais la sentinelle parut sur le pas de la porte. « Le général Hojo et le seigneur Komawara, monseigneur. »

D'un signe, Shonto leur permit d'entrer. On entendit un bruit de portes et un froissement d'étoffes. À leur tenue, on devinait que les deux hommes aussi avaient été pris de court. Ils s'inclinèrent devant Kamu et leur seigneur lige. Shonto dit : « Les Kintari ont décliné notre invitation, général Hojo. »

Hojo hocha la tête. « C'est bien dommage, dit-il. Tous, je suppose ?

— Apparemment, monseigneur, répondit Kamu. Nous le saurons plus précisément dans quelques heures.

— Il faut nous entourer de précautions, mais je ne crois pas que l'empereur se prépare à intervenir contre nous », dit Shonto. Il rajusta sa robe. « Son plan est plus subtil. »

Kamu, de son bras unique, eut un geste large qui semblait englober l'ensemble de Seh. « À mon sens, monseigneur, les Kintari n'ont pas l'importance que cet incident leur accorde. On les a prévenus, sans aucun doute. »

Shonto arpenta la pièce jusqu'à la colonne en face de lui puis fit demi-tour. Il regarda Hojo.

« Je suis du même avis, monseigneur, dit ce dernier. Ils devaient avoir un informateur à l'intérieur du palais. À moins qu'ils n'aient subitement perdu leur sang-froid, ce que je considère comme peu probable. Même l'empereur ne choisit pas des poules mouillées pour l'exécution de ses fourberies.

» Je tiens aussi un renseignement de ceux qui surveillent notre nouvel allié. Un messager est venu sur la barge de Jaku à peu près au moment où nous apprenions ce qui se passait pour les Kintari. Apparemment, cela a causé beaucoup de remue-ménage à bord du bateau du commandant de la Garde. Jaku actuellement est en route pour le palais. »

Shonto hocha la tête. « Seigneur Komawara, si vous étiez le seigneur Kintari, où iriez-vous ? »

Komawara pressa l'arête de son nez long et mince. « Le plus rapide pour échapper aux poursuites serait de descendre le fleuve mais, une fois au bord de la mer, ils trouveraient peu de navires qui accepteraient de braver les tempêtes hivernales. Il semble peu probable qu'ils fassent un tel choix, à moins d'être à bout de ressources. Le Grand Canal est le champ le plus approprié pour nos investigations, malgré le nombre des embarcations qui seraient nécessaires. »

Son regard fit le tour de la pièce. Il n'hésita pas à fixer droit dans les yeux ceux que ce regard rencontrait, ce qu'il n'aurait sûrement pas fait quelques mois plus tôt. « Si tout ce que nous croyons savoir du seigneur Kintari est vrai, je les chercherais du côté du désert, monseigneur.

— Ah ! » Shonto faillit s'esclaffer. « Quelle avance croyez-vous qu'ils possèdent sur nous ? »

Kamu et Hojo échangèrent un regard. « Nous n'avons encore rien de sûr, monseigneur, dit Kamu. Leurs gens peuvent avoir donné le change pendant plusieurs jours, mais trois au maximum, quatre peut-être.

— Excusez-moi, monseigneur, intervint calmement Hojo, mais nous devrions aussi prendre en compte ce que cela peut nous apprendre sur notre ami de la garde impériale. Jaku était tout à fait au courant de nos intentions. Il a reçu un message, tout comme nous. Ne pourrait-il pas être le délateur que nous cherchons ?

— La loyauté de Jaku sera toujours un problème, répondit le gouverneur. Il n'en reste pas moins consolant de garder en mémoire que l'empereur n'échappe pas aux mêmes questions que nous. » Il s'étira. « L'aube est trop proche pour songer à se rendormir. S'il vous plaît, partagez mon petit-déjeuner. »

Shonto frappa dans ses mains. Un domestique parut. Son maître lui donna des ordres brefs puis se remit à faire les cent pas, ce que ses gens n'avaient pas l'habitude de le voir se permettre.

Avant qu'on servît le repas, la sentinelle se manifesta de nouveau. Elle murmura quelque chose à l'oreille de Kamu.

« Le frère Shuyun et le général Jaku viennent d'arriver, monseigneur, dit celui-ci.

— Ah ! fit Shonto. Tout se passe comme dans les romans bien ficelés : on appelle le fantôme par son nom, et il apparaît. » Il gagna la petite estrade où son épée reposait sur son support et prit place sur le coussin en rapprochant un accoudoir d'un geste familier.

Shuyun parut, sa tonsure et la simplicité de sa mise lui permettant de se montrer tel qu'il était d'ordinaire. Curieusement, Jaku, qui avait le plus de chemin à faire, affichait une tenue impeccable dans son bel uniforme noir. Tant le moine que le général s'inclinèrent ainsi que le demandait leur rang.

« Je me suis mis en route dès que j'ai su, seigneur Shonto », dit Jaku.

Shonto le trouva très calme bien que se doutant certainement qu'il éveillerait les soupçons : quelqu'un avait prévenu les Kintari. Le regard du maître des lieux fit le tour du groupe. « Je suppose, général Jaku, que la nouvelle vous est parvenue autrement que par notre intermédiaire ? »

Jaku acquiesça. « Je ne sais pourtant pas, dit-il, où les Kintari ont trouvé refuge ni quand ils se sont évaporés. Apparemment, seigneur Shonto, ils ont été renseignés par quelqu'un du palais ou par un membre de ma garde. Or, parmi mes officiers, la sécurité est sans faille, monseigneur.

— Je n'en doute pas, général. Il n'y a pas que les courants d'air froid pour trouver le moyen de passer à travers les murs de ce vieux labyrinthe. On ne peut l'éviter dans une situation comme la nôtre. »

Des serviteurs apportèrent de quoi faire un repas frugal, et l'on disposa des tables pour Shonto et ses hôtes. Comme si l'on n'avait pas abordé de sujets plus graves, la conversation jusqu'au départ des domestiques sans jamais dévier se composa de politesses. Shonto donna alors à la sentinelle l'ordre de ne plus laisser entrer personne, et l'on discuta, non plus du meilleur moment de l'année pour chasser les oiseaux mais, sans transition aucune, des problèmes qui se posaient maintenant.

Shonto but son thé à petites gorgées puis reposa la tasse en la faisant tourner lentement entre ses doigts. « Le palais, dit-il, selon toute vraisemblance ne risque pas d'être attaqué par des forces armées au service de nos ennemis. Que les Kintari aient été prévenus ne fait guère de doute. Peut-être nos espoirs de les convaincre de s'allier à nous pour obtenir le soutien de l'empereur étaient-ils vains. »

Shuyun s'inclina avant de parler. « Si nous avions pu persuader les Kintari de nos bonnes intentions, une chance s'offrait à nous de posséder avec eux l'aide espérée. Il est peu probable désormais que nous sachions jamais si nos espoirs étaient fondés ou non. Nous devrons trouver ailleurs l'appui nécessaire. Il reste à convaincre tant les habitants de Seh que l'empereur lui-même de la valeur de nos découvertes dans le désert. Il est dommage que n'en ayons pas ramené d'autres preuves que des mots.

— Le frère Shuyun a raison, intervint Jaku. Si, pour ma part, j'ai été convaincu par des mots et par l'assurance manifestée par les témoins, tout le monde ne réagira pas comme moi. J'ai rédigé mes lettres à l'empereur et à certains de ses conseillers. Vous le savez, la cour fonctionne selon un système compliqué de réciprocité dans les services rendus, pour lequel n'existe aucun texte de référence écrit. La monnaie d'échange est la faveur. Si l'on comprend comment il faut opérer et si l'on s'est procuré de nombreuses créances, on touche les bénéfices. Au palais, l'on dit : "Il n'y a rien à espérer d'une supplique adressée au Grand Conseil de l'empire pour obtenir l'autorisation d'ajouter une aile à votre maison, mais il est tout à fait possible de s'arranger pour que le Grand Conseil s'offre à vous la bâtir."

» Je ne suis pas un grand seigneur, je n'occupe pas de hautes fonctions, mais je ferai valoir les créances que je crois posséder. Nous verrons bien. » Il tira sur un coin de sa moustache. « Si aucun soutien ne nous est apporté par l'empereur ou par les habitants de Seh, que ferons-nous ? »

Hojo hocha la tête. « C'est précisément ce qui a fait l'objet de nos débats ces derniers mois, général Jaku. »

Un gong résonna. Quelque part dans l'obscurité, on changea la garde. La sentinelle apparut sur le seuil et fit signe à Kamu : tout allait bien.

« Notre espoir était de persuader d'autres que nous de la réalité de la menace, général Jaku, commença Shonto, mais, comme vous l'avez dit, il se peut que ce ne soit pas possible. Lorsque les Barbares passeront la frontière au printemps prochain, dans Seh on se ralliera à l'idée de nous soutenir… trop tard, hélas. » Il changea de place plusieurs objets sur la table tout en rassemblant ses idées. « Nous ferons d'ultimes tentatives pour obtenir l'appui de Seh et celui de l'empereur, mais nous ne pouvons pas tabler sur leur succès. Il faut aussi tenir compte du fait que le soutien de l'empereur sans celui de Seh, ou l'inverse, ne suffira pas. Nos besoins sont considérables.

» Si nous n'obtenons pas les renforts nécessaires, notre souci cessera d'être la défense de cette province pour devenir celle de Wa. Nous essaierons de lever une armée en descendant vers le sud. La question qui se posera alors sera : combien des hommes de Seh accepteront de nous suivre, car ils formeront le cœur de cette armée ? »

Komawara explosa. « Mais, monseigneur, vous comptez donc abandonner Seh ?… » Il prit soudain conscience de la naïveté de ce qu'il disait et rougit, ce qui ajouta à son embarras. Shonto garda son calme.

« Mon souhait n'est pas d'abandonner Seh, seigneur Komawara, mais lancer quelques hommes à l'assaut d'une vaste armée barbare ne nous rapportera rien. Si nous adoptons une tactique prudente et si notre courage ne faiblit pas, nous pourrons retarder l'avance de nos ennemis assez longtemps pour nous permettre de lever une armée dans le Sud. Je suis le gouverneur de Seh, seigneur Komawara, et n'envisagerais pas une telle solution sans le grand péril qui menace l'empire tout entier. Si les gens de Seh, si l'empereur ne font rien pour la sûreté de nos frontières ou la défense de Wa, il nous faut nous substituer à eux.

» Ma conviction, seigneur Komawara, est que les habitants de Seh échapperont dans une large mesure au danger que leur font courir les Barbares si nous battons en retraite. Ce khan ne peut pas disposer d'une armée assez nombreuse pour tenir Seh et nous pourchasser vers le sud en direction des provinces centrales. Si Botahara nous sourit, les forces barbares passeront à travers votre pays comme un ouragan, n'arrachant au passage que quelques feuilles aux arbres. »

Pendant le long silence qui suivit, nul ne regarda le jeune seigneur. « Pardonnez cette sortie, dit-il calmement, je fais honte à la maison des Komawara. S'il vous plaît, pardonnez-moi. » Il tripota l'épée à sa ceinture. « Il y a une autre question que je dois poser, au risque à nouveau de paraître naïf. Que se passera-t-il si les Barbares souhaitent seulement se rendre maîtres de Seh et si nous leur permettons de la prendre sans combat ? »

Shonto hocha la tête. « Nous nous sommes souvent interrogés là-dessus, seigneur Komawara. Cela arrangerait probablement certaines personnes. En ce cas, eh bien, Shonto et tous ceux de son parti sombreraient sans rémission. Nous persistons à penser que si les Barbares n'avaient que Seh pour objectif, ils s'en seraient emparés à l'automne, alors que l'effet de surprise jouait en leur faveur. Tous, nous risquons notre vie sur cette hypothèse… Je vous engage à vous persuader qu'elle est bonne. »

Komawara acquiesça. « Je vais risquer ma vie pour sauver l'empire tout en regrettant que ce ne soit pas Seh que j'aie l'espoir de sauver. Mais pour moi il n'y a pas de choix. »

Hojo vint à son aide. « À la vérité, seigneur Komawara, il n'y a de choix pour aucun d'entre nous.

— Kamu-*sum*, dit Shonto, il faut commencer à réunir les bateaux nécessaires pour nous emmener vers le sud et nous préparer à détruire tous les autres. Aucun ne doit être laissé à la disposition des Barbares. Dresse dès aujourd'hui un inventaire de tout ce qui navigue sur le fleuve. » Kamu acquiesça. « Nous devons songer à des moyens de recruter des hommes dans notre retraite vers le sud. Qui pouvons-nous gagner à notre cause ? Une fois que nous aurons franchi la frontière de Seh, le Fils du Ciel essaiera de me démettre de mon commandement. Qui enverra-t-on pour l'exécution de cet ordre ? Général Jaku, peut-être votre expérience et vos contacts à la cour pourraient-ils fournir une réponse ? »

Jaku acquiesça.

« Il reste beaucoup à accomplir, conclut Shonto. Nous ferons notre ultime tentative pour rallier les seigneurs de Seh lors de la célébration de la Première Lune. Seigneur Komawara, je vous demanderai de raconter une fois de plus votre voyage chez les Barbares. »

Dans le matin de Seh, les premiers rayons d'un froid soleil rougeoyaient au travers de l'écran de papier et projetaient sur la lettre qu'il écrivait l'ombre de la main puissante de Jaku Katta. Son pinceau resta suspendu dans les airs, comme souvent au cours des dernières heures. Des poils soyeux, il parut ne devoir sortir que de l'encre et pas de mots.

Une fois de plus, Jaku humecta son pinceau.

> *Mon cher frère,*
>
> *Ce n'est pas sans difficulté que je me décide à vous écrire, non seulement en raison des circonstances de notre séparation, que je regrette profondément, mais parce qu'à mon arrivée dans Seh j'ai trouvé une situation que ni l'un ni l'autre nous n'aurions pu prévoir. Je ne sais pas comment vous convaincre que ce que j'écris est bien vrai, mais il faut que j'y réussisse, Tadamoto-sum. Sur l'âme de notre père et de notre mère, je jure que tout est fidèle à la vérité. Le sort de Wa dépend de votre capacité à le reconnaître. Rarement on aura vu tant de choses reposer sur la sensibilité d'un seul homme.*

11

C'était un petit divertissement conçu à l'intention des personnes de haut rang qui résidaient au palais du gouverneur et pour le bénéfice de ceux qui fréquentaient la cour de Seh – en tout peut-être soixante-dix invités.

Le spectacle de la soirée était assuré par un homme d'un certain âge, ridé comme une vieille pomme, qui allait d'un endroit à un autre en courbant le dos, comme s'il avait passé sa vie à trimer dans une rizière. Ses robes élimées, cousues à la manière de celles des paysans, ne contribuaient pas à dissiper cette fâcheuse impression, alors qu'en réalité ce rustre avait autrefois été un lettré inspirant le respect et occupant de hautes fonctions à la cour des Hanama, où il était renommé pour la qualité de ses vers. Depuis longtemps déjà, il s'était retiré dans l'extrême Nord où il vivait en reclus, et il avait fallu la promesse d'un concert donné par les dames Nishima et Kitsura pour le tenter de venir ce soir-là ; peut-être aussi avait-on laissé entendre que le gouverneur lui offrirait un fût d'un vin rare et précieux.

Ce vieux birbe, un certain Suzuku, avait pris place sur une estrade censée figurer un balcon. Derrière cette estrade, une tenture de soie représentait un coucher de soleil avec, dans le lointain, un vol triangulaire d'oies se dirigeant vers le sud au milieu de nuages d'un rouge cuivré. Des feuilles séchées et des branches de cèdre adroitement mêlées symbolisaient l'automne, de la même manière que les oies en vol étaient la métaphore communément utilisée pour signifier des lettres ou des messages.

La voix du récitant avait au fil des ans beaucoup perdu de sa puissance et de son timbre, mais la grande distinction de son élocution ainsi que la beauté et la richesse de sa langue faisaient mieux que compenser cette perte. Il parlait avec douceur, la cadence de ses vers égalant en subtilité les modulations du chant de la pluie ; après quoi, il se lançait dans une mélopée dont le rythme saccadé libérait des images comme le tambourin déchaîne les pas des danseurs.

Plus tôt dans la soirée, dame Kitsura avait joué sans être accompagnée par sa cousine, qui n'était pas venue, mais, si au début on avait regretté cette absence, ç'avait été de courte durée. Kitsura Omawara pouvait retenir l'attention du public le plus difficile sans le secours de quiconque. Elle avait pris place maintenant dans l'auditoire et semblait tout autant ou presque focaliser l'attention de tous. À côté d'elle, l'assemblée des aristocrates de Seh, des officiers de la garde, des dames d'honneur, des membres de la haute administration, semblait avoir rameuté ce qui n'avait ni charme ni couleur. Et il n'y avait pas que le raffinement de sa toilette et de ses manières pour ainsi distinguer dame Kitsura. C'était comme si la vie coulait dans ses veines avec plus de force qu'ailleurs et lui donnait la possibilité de trouver joie et plaisir là où les autres ne devinaient rien. Elle n'avait aucune difficulté à prendre leur cœur à tous les messieurs ici présents et à obtenir des dames l'aveu réticent de leur admiration.

Dans l'assistance, c'était le général Jaku Katta qui avait le plus de mal à se laisser fasciner par la poésie qui lui était offerte. Il avait espéré parler à une certaine dame, et dans sa manche il avait glissé un poème dont il pensait qu'il pouvait faire fondre un peu de la glace qui caractérisait son comportement. Il savait bien que c'était stupide de sa part, mais il se sentit tel un soupirant éconduit en découvrant que Nishima n'était pas venue. Il essaya de penser à autre chose et redoubla d'efforts pour se concentrer, lorsque Suzuku entama la lecture d'un nouveau poème.

L'automne dans les collines de brocart de Tu :
Les feuilles y trouvent une mort si belle
Qu'en comparaison pâlit la triste fin humaine.

Les vers cherchent la main qui tremble,
Les mots qui tombent du pinceau,

Telles des feuilles.
Toujours vigilants dès l'aube,
Les yeux, rouges comme le soleil levant,
Se repaissent de toutes ces feuilles mortes.

L'encre aussi tombe, goutte à goutte,
Jaune comme le bouleau pleureur,
Rouge comme la feuille couleur de sang.
Mes vers, je les envoie vers le sud comme les oies qui passent.
Mais qui restera pour les recevoir ?
Tant de feuilles se dispersent,
Portées par le vent glacé.

Ici mieux vaut oublier les jours anciens.
C'est déjà beaucoup de souffrir des matins humides.
Souffrir aussi de son passé,
C'est plus qu'on ne peut supporter.

Devant ma porte ouverte,
Un petit nuage
Se pend aux branches du ginkgo,
Si blanches sur l'azur sans fin.
Cherchant dans le bric-à-brac de ma vie,
Je trouve ma pierre à encre usée.

Quels mots vont me venir à présent ?
Quelle sagesse vais-je prêcher
À des arbres pris de frayeur ?

Une fois lu le dernier poème de la soirée, l'assemblée se divisa en toute liberté, et l'alcool de prune coula aussi généreusement que flot des commérages. Jaku se retrouva en compagnie de plusieurs des jeunes demoiselles les mieux nées de la province.

« Comme c'est dommage, dit la plus jeune, que dame Nishima ne soit pas de la partie ! Je me faisais un tel plaisir de l'entendre jouer de la harpe, et j'avais espéré qu'elle engagerait une joute poétique avec Suzuku-*sum.* »

Jaku était bien de son avis, même s'il restait silencieux.

« Général Jaku, dit une autre, vous devez avoir entendu jouer dame Nishima à la cour ? » Elle voulut, quand il répondit, qu'il soutînt son regard, mais elle eut la déception de le voir détourner les yeux.

« Oh oui ! répondit-il, plus d'une fois. Il y a de cela moins de quatre jours, j'ai entendu dame Nishima et dame Kitsura jouer ici au palais. Elles se complètent parfaitement, comme vous pourriez vous en douter. » Il se sentit aussitôt gêné : après si peu de temps passé dans le Nord, il se livrait déjà au jeu dérisoire qui consistait à essayer d'impressionner les provinciales.

Tout en parlant, il eut son attention attirée par Kitsura qui se séparait d'un groupe de jeunes gens fort désappointés pour venir traverser la salle. Pas de doute, pensa-t-il, depuis qu'on raconte qu'elle a dédaigné un empereur, elle est encore plus désirable. S'il avait répondu à l'invitation qui lui avait été faite, c'était dans l'espoir de rencontrer quelqu'un d'autre, mais il ne pouvait s'empêcher d'être ému de la présence de Kitsura.

Dame Kitsura s'arrêta un instant pour parler au seigneur Komawara. Jaku secoua la tête. Ce Komawara, pensa-t-il, s'est rendu ridicule hier matin chez Shonto. C'était déjà gênant de ne pas comprendre que le général pourrait être contraint d'abandonner Seh, mais dévoiler son ignorance aussi ouvertement démontrait un grave défaut de jugement. Jaku était surpris que Shonto admît ce blanc-bec dans ses conseils. Bizarre !

Son attention fut ramenée à la conversation lorsqu'on lui demanda son avis sur ce qui se portait à présent dans la capitale. Il fut forcé de décevoir ses interlocutrices en expliquant que dame Kitsura dans sa façon de s'habiller marquait une certaine distance à l'égard des modes et ne suivait pas leur dernier caprice. La conversation alors prit la forme d'une discussion des mérites comparés des soies d'Oe et de Nitashi. Kitsura à nouveau arrêta le regard du commandant de la garde. Elle avait fini de s'entretenir avec Komawara et, quand Jaku leva les yeux, elle lui fit signe avec son éventail de venir la rejoindre.

Il attendit une pause propice dans l'échange de propos avant de s'excuser et d'infliger aux jeunes femmes de Seh une deuxième déconvenue. Kitsura avait cherché refuge dans un coin tranquille et s'y éventait avec lenteur, bien que la chaleur dans la pièce n'eût rien d'accablant.

Jaku salua en s'approchant. Elle inclina la tête en réponse, à l'abri de son éventail en forme de feuille de ginkgo, le jade et l'argent de ses peignes reflétant la lumière tandis qu'elle se penchait.

« J'espère, dit-elle, que les vers de Suzuku ont su échauffer votre imagination, général. Ses poèmes n'étaient-ils pas exquis ?

— Certainement, dame Kitsura, mais ils ne m'ont pas plus enchanté que votre exécution. Me voilà doublement porté aux nues. »

Elle s'inclina devant cette flatterie et abaissa suffisamment son éventail pour qu'il pût profiter d'un éclat de son célèbre sourire. « Je suis navrée, reprit-elle, que Nishi-*sum* n'ait pas pu venir. Mon médiocre compte rendu ne fera pas justice à cette soirée.

— Dame Nishima va bien, j'espère ? dit-il d'un accent aussi neutre que possible.

— Je suis sûre que nous ne devons pas nous inquiéter outre mesure. C'est aimable à vous de vous mettre en peine. » Elle ne proposa pas de transmettre l'expression de sa sollicitude à la dame elle-même, comme il l'avait espéré.

Un gong retentit, marquant l'heure du héron. La foule en réponse parut s'éclaircir sensiblement.

« Je n'ai pas vu le temps passer, dit Kitsura. Je dois vous dire bonsoir. Si ce n'est pas trop vous demander, général… » Elle sortit une petite main de derrière son éventail, et dans la paume de la sienne il trouva un bout de papier plié. « Voudriez-vous lire ceci avant votre départ ? reprit-elle. Je vous en serais reconnaissante. » Son regard semblait plaider au-dessus de la feuille de ginkgo.

« Je suis votre serviteur, dame Kitsura.

— Vous êtes très aimable, général. »

Un instant, sa jolie main effleura le poignet de Jaku, et elle disparut, le laissant reprendre son souffle. Il lui fallut attendre plusieurs minutes avant de se retrouver seul. Il ouvrit la lettre, qui était pliée et repliée, en proie à une impatience fébrile. Ainsi, elle n'avait pas pu en définitive l'exclure de ses pensées ! La malencontreuse entrevue sur le Grand Canal lui revint en mémoire et un bref instant le mit mal à l'aise, mais il obligea ses doigts à ne pas interrompre leur besogne. Pourquoi Nishima eût-elle choisi d'appliquer sa belle main à cet ouvrage si sa curiosité n'était pas toujours piquée ?

Il lut :

> *Mon cher général Jaku,*
>
> *Je me trouve dans la situation embarrassante d'avoir à solliciter de vous une faveur. Est-ce abuser que de vous demander de me rencontrer ce soir ? Ma femme de chambre vous attendra jusqu'à l'heure du hibou à la porte de la grand-salle. En cas d'impossibilité, je préfère, s'il vous plaît, que vous ne donniez pas d'explication.*
>
> *Dame Kitsura Omawara.*

Dame Kitsura ! Jaku prit appui sur le pilier qui le dissimulait. Quelle déception ! Il avait tant compté sur un poème de Nishima-*sum*. Dame Kitsura ! Impossible d'imaginer le service que cette demoiselle Omawara pouvait attendre de lui ! Il n'allait pas tarder pourtant à le savoir. Au moins serait-il en bonne position pour lui demander de transmettre sa lettre. Elle aurait du mal à le lui refuser.

Il tira sa révérence aussitôt que l'occasion se présenta.

Comme Kitsura l'avait annoncé, une domestique l'attendait devant la grand-salle, une femme assez âgée dont l'accent, même à son peu de mots, la désignait comme originaire de la capitale de l'empire. Jaku ne pouvait s'y tromper. Il avait mis du temps lui-même à acquérir cet accent. Elle prit un chemin qui la fit passer par des couloirs rarement utilisés, avant de parvenir enfin à une porte qui ressemblait à beaucoup d'autres.

Un coup discret. Ce fut une voix de femme qui répondit et, l'espace d'une seconde, Jaku put espérer que tout cela relevait d'un stratagème compliqué imaginé par Nishima pour leur permettre de se rencontrer en secret.

Ce n'était pourtant rien de tel. L'ouverture de la porte lui découvrit une Kitsura assise dans la clarté d'une seule lampe, dont l'éclat ambré mettait en valeur la blancheur de son teint.

« Général, je suis honorée de votre venue. » Elle sourit. Pas d'éventail à présent pour masquer les attraits de son visage.

« Dame Kitsura, c'est à moi que revient tout l'honneur. » Il s'agenouilla sur le second des coussins disponibles, plus près de celui de la jeune femme qu'il n'aurait cru.

« Puis-je vous offrir de l'alcool de prune, général ?

— Merci, dame Kitsura. Si ce n'est pas trop présomptueux de ma part, appelez-moi Katta-*sum*, je vous prie. »

Kitsura remonta sa longue manche en versant l'alcool dans les petits récipients. « J'en serai honorée. » Elle lui tendit sa coupe. « Appelez-moi Kitsura-*sum*, je vous prie, quand les circonstances le permettront. »

Jaku s'inclina brièvement. S'engagea alors une conversation polie, avec discussion de la poésie de la soirée, des us et coutumes de Seh. Il y eut même quelques commérages. Plus d'une fois, l'occasion leur fut donnée de rire. Après ces formalités, Jaku voulut passer au véritable motif de leur entrevue, dans l'espoir d'épargner de l'embarras à la jeune fille.

« Si vous voulez bien excuser mon audace, dame Kitsura, y a-t-il un service que je puisse vous rendre ? Ce serait un honneur pour moi de vous obliger. »

Kitsura prit une petite gorgée d'alcool. « C'est aimable à vous de le demander, Katta-*sum*. » Elle replaça sa coupe sur la petite table et la fit pivoter entre ses doigts comme pour examiner la qualité de la porcelaine. « Comme cela ne vous échappe sans doute pas, j'ai laissé en partant une situation des plus gênantes dans la capitale. À la différence de ce qu'auraient fait bien des familles, la mienne n'a pas voulu discuter ma décision… »

Elle leva les yeux vers lui, soudain troublée. « Maintenant pourtant, je redoute les conséquences de ce choix, oh ! pas pour moi, général, mais pour les miens. Peut-être ai-je été trop égoïste.

— Vous avez obéi à votre cœur, Kitsura-*sum*. Une femme intègre ne pouvait faire moins. Voyez-vous une commission dont je me chargerais qui ôterait un peu à vos appréhensions ?

— C'est vraiment aimable, dit-elle avec chaleur, sa voix laissant apparaître quelque soulagement. Mon inquiétude est que ma famille puisse se trouver dans une situation délicate. Je ne suis pas sûre… » Sa voix s'étrangla au point de ne plus permettre aucun son.

« Peut-être, proposa-t-il, pourrais-je faire appel à mes amis dans la capitale, en particulier à la cour, pour découvrir s'il y a lieu de se tourmenter, Kitsura-*sum*. Est-ce que cela vous aiderait ?

— Oh oui ! Katta-*sum*, beaucoup ! » Elle tendit le bras pour presser sa grosse main. « Mais, je vous en prie, on a déjà pris trop de risques pour me venir en aide. Ne faites rien qui mette en danger votre position. Je ne le supporterais pas. Voulez-vous me promettre ?

— Dame Kitsura, ce serait un honneur de prendre un risque pour quelqu'un comme vous, mais, avec ce que vous me demandez là, vous n'avez pas sujet de vous tracasser, je vous en donne l'assurance.

— Vous êtes bien bon, mais il vous faudra être prudent. Je ne me le pardonnerais pas s'il en résultait des conséquences fâcheuses.

— Vous avez déjà suffisamment de soucis, Kitsura-*sum*, dit-il en effleurant son bras. N'y ajoutez pas encore. » Il ôta sa main et but une petite gorgée de son alcool. « Y a-t-il autre chose que je puisse faire ? »

Elle marqua une courte hésitation avant de lever la tête, son beau visage couvert d'une faible rougeur. « J'aimerais faire parvenir un message à ma famille, mais je crains qu'il ne soit intercepté. Je suis sûre que le seigneur Shonto s'en chargerait, mais…

— Dame Kitsura, n'en dites pas plus. Je puis envoyer un message à votre famille dans le secret le plus complet. Dès demain, si c'est votre désir.

— Katta-*sum*, répondit-elle avec un léger tremblement dans la voix, je vous suis très obligée de votre bonté. Je ne sais comment je pourrai m'acquitter de ma dette.

— On ne peut parler de dette en la circonstance. Je vous en prie, ne vous préoccupez pas de ces choses-là.

— Katta-*sum*… (elle prit sa main dans les siennes) dette il y a sûrement, et je ne l'oublierai pas. Voyez-vous comment je pourrais vous remercier ? »

Il sentit sur sa main une faible pression, si faible qu'il se demanda s'il n'était pas le jouet d'une illusion. Elle garda cette main prisonnière. « Si je puis vous demander une faveur comme celle-là, Kitsura-*sum*, dit-il, visiblement embarrassé, accepteriez-vous de remettre une lettre à votre cousine, dame Nishima ? »

Comme si chacun de ses traits s'était figé, Kitsura resta sans voix, mais, presque aussitôt, elle se ressaisit. Elle se redressa avant de se pencher pour prendre sa coupe, sans toutefois y boire, se contentant de la tenir à deux mains, comme si soudain elle ne savait que faire de ces deux mains-là. « Certainement, général... bien que cela semble si peu de chose.

— On pourrait le penser, mais c'est moi maintenant qui vous suis redevable. »

Il tira la lettre de sa manche. Le papier avait quelque peu souffert des heures passées là dans l'oubli. Kitsura le glissa dans sa propre manche et se pencha à nouveau pour servir de l'alcool.

« Excusez-moi, Kitsura-*sum*, mon devoir m'attend.

— Pardonnez-moi, général, je ne voulais pas vous retenir. »

Avec une inclination de la tête et la promesse d'envoyer un garde très sûr chercher la lettre de la jeune femme, Jaku Katta s'esquiva aussi discrètement que le chat auquel il devait son nom.

Kitsura resta quelques instants pétrifiée. Jamais on ne l'avait pareillement rembarrée. Elle l'avait soumis à une épreuve dans l'attente qu'il succomberait, avait désiré cette défaillance. Et il lui demandait de remettre une lettre à sa cousine !

« Un rustre, un vulgaire soldat ! » murmura-t-elle.

Une seconde durant, elle ressentit de la colère à l'égard de sa cousine, avant de comprendre à quel point c'était absurde. Par Botahara, se dit-elle, il doit vraiment être toqué de Nishi-*sum*. Cela pouvait se révéler désastreux.

Le bout du canal :
Nous avons traversé l'incertitude.

Une de ses domestiques interrompit Nishima alors qu'elle s'apprêtait à écrire la suite de ce poème. « Pardonnez-moi, dame Nishima, le frère Shuyun demande des nouvelles de votre santé.

— Ah ! comme c'est aimable à lui ! » Elle plongea son pinceau dans l'eau. « S'il te plaît, offre-lui du thé. »

Elle repoussa sa table et s'empressa de rajuster ses robes. La domestique reparut.

« Le frère Shuyun, dame Nishima. Le thé sera servi tout de suite. »

La servante s'inclina à l'entrée du moine. Il s'inclina à son tour, à la manière des botahistes, devant la fille de son seigneur. Nishima savait pertinemment qu'il était de petite taille, à peine plus grand qu'elle, mais elle était toujours étonnée en le voyant. Elle l'imaginait plus imposant. Elle sourit.

« Frère Shuyun, je vous en prie, soyez à l'aise. C'est un plaisir de pouvoir profiter de votre compagnie.

— Je suis venu demander comment vous vous portiez, dame Nishima, non pour vous déranger. » Il montra la table de travail.

« Des notes personnelles. Je m'occupais, mon frère, rien de plus. »

Il s'agenouilla sur le coussin placé à son intention. Un bref instant, son regard croisa celui de la jeune femme, et elle se demanda, comme cela lui arrivait souvent, si c'était d'une grande sagesse ou d'une grande naïveté que brillaient ses yeux noirs. Plus d'une fois, elle s'était interrogée pour savoir si c'était cette ambiguïté qui la touchait.

« Allez-vous bien, dame Nishima ? demanda-t-il de sa voix pleine de douceur, une voix qui toujours lui semblait suggérer la familiarité. Je me suis fait du souci lorsque la poétesse n'est pas venue écouter Suzuku-*sum*.

— Je vais bien. Quelle que soit la réputation de Suzuku-*sum*, on n'éprouve pas toujours l'envie de voir du monde. » En fait, elle estimait que la réputation dont jouissait Suzuku dépassait quelque peu son talent.

Shuyun fit signe qu'il comprenait. Des domestiques arrivèrent avec un service à thé et en disposèrent les éléments avec soin. Leur maîtresse était pointilleuse et ils n'aimaient pas la décevoir.

« Et comment va le conseiller spirituel des Shonto ? demanda Nishima dans un sourire.

— Il se porte relativement bien, Votre Seigneurie. Dans mon ordre, on dit "assez bien pour servir ses Desseins". Qui a bénéficié d'une formation botahiste n'en souhaite pas davantage. »

Nishima hocha la tête et vérifia la chaleur dégagée par le brasero qui chauffait la bouilloire. « Peut-être, mon frère, devrions-nous tous apprendre à demander moins pour nous-mêmes et davantage pour les autres. Dans mon ordre à moi, on dit : “Je vais bien, merci”, ce qui signifie “assez bien pour apprécier toutes les activités qui me sont chères, quelles qu’elles puissent être”. » Elle gardait les yeux baissés en s’affairant à la préparation du thé.

Shuyun parut réfléchir un instant à ce qu’elle lui avait répondu. « Excusez-moi de vous le dire, dame Nishima, mais on trouve chez beaucoup de gens de votre ordre un sens aigu du devoir qui mérite d’être reconnu et glorifié. Les Shonto sont réputés le posséder. »

Nishima acquiesça. « On le trouve plus rarement qu’on ne le voudrait, mon frère, bien qu’assurément, dans le cas de mon oncle, cela ne se discute pas. » En y apportant beaucoup de soin, elle versa à la cuiller du thé dans des bols et offrit le premier à son hôte. « Celui-ci vous revient, mon frère, dit-elle, en accord avec le protocole.

— Je m’en voudrais, dame Nishima. Je vous en prie, c’est vous qui devez le prendre. »

C’était la réponse attendue, mais la sincérité qu’il y mit la déconcerta. Elle se surprit à le regarder dans les yeux une fois de plus, en essayant d’y lire ce que cachaient ses paroles. Il tourna la tête. Elle se ressaisit. « Votre présence m’honore. S’il vous plaît, frère Shuyun. »

Elle lui tendit le bol, qu’il prit avec une étonnante douceur. Comme s’il y avait eu une entorse faite aux bienséances, un moment d’excessive familiarité, il changea pour un ton plus protocolaire. « Un problème s’est récemment présenté, dame Nishima, au sujet duquel je souhaiterais avoir votre avis. » Il but son thé à petites gorgées, les yeux perdus dans le lointain.

« Mon frère, s’il m’est possible de m’acquitter un tant soit peu de la dette que je nous sens devoir à notre conseiller spirituel, je n’hésiterai pas à faire quelque chose. S’il vous plaît, de quoi s’agit-il ? »

Elle le vit respirer calmement avant de parler. « Pendant mon voyage avec le seigneur Shonto sur le Grand Canal, une jeune nonne botahiste est venue me consulter. Une sœur qu’elle accompagnait était souffrante, et il n’y avait à bord personne de son ordre à qui en référer. Je partageai avec elle le peu de savoir dont je dispose et lui dis qu'elle pouvait demander à me voir à tout moment. Cette sœur s'est-elle rétablie ? Je me suis souvent posé la question, mais sans savoir comment y répondre. Aujourd'hui, la même jeune novice s'est présentée à notre porte. Elle voulait me parler. Comme j'avais donné ordre de la laisser passer et que Kamu-*sum* s'en souvenait, on ne l'a pas chassée. » Il s'interrompit pour une gorgée de thé.

« Son attitude me semble faire peu de cas de la règle, Shuyun-*sum*. Continuez, je vous prie.

— Cette jeune femme a quitté l'ordre des sœurs botahistes. Elle me paraît ne plus savoir très bien où elle en est dans le domaine de la foi. J'espère qu'elle retournera dans sa congrégation mais, jusque-là, elle a besoin d'un moyen de gagner sa vie. Elle a reçu une formation botahiste, dame Nishima, et a servi de secrétaire à un membre éminent de son ordre. Il m'est venu à l'esprit qu'on pourrait lui trouver une place dans la maison des Shonto. Plus exactement, je me demandais si vous ou dame Kitsura, dame Okara peut-être, auriez éventuellement l'usage des talents de quelqu'un comme elle. »

Nishima versa du thé sans rien dire, réfléchissant visiblement avant de répondre. « Il m'est difficile de me prononcer, Shuyun-*sum*. Incontestablement, notre fuite nous a laissées ici dans Seh avec fort peu de personnel et pas de secrétaire. Cette fille est-elle intelligente ?

— Je dirais que oui, dame Nishima.

— Bien. N'est-il pas étonnant qu'elle se soit adressée à vous, mon frère ? Comment l'expliquer ?

— Peut-être ce qu'elle considérait comme un geste charitable, mon assistance sur le canal, s'est-il gravé dans sa mémoire, dame Nishima. Selon toute vraisemblance, en dehors des sœurs botahistes, elle ne connaît personne.

— Les sœurs en question s'intéressent à tout ce qui se passe dans l'empire, Shuyun-*sum*. N'est-ce pas votre avis ?

— Certes, Votre Seigneurie.

— Ne peut-on envisager que cette jeune femme nous ait été envoyée dans cette perspective, mon frère ? Les Shonto font souvent l'objet de pareille curiosité.

— Je suis persuadé qu'en l'espèce, dame Nishima, cette jeune femme est réellement ce qu'elle prétend être. »

Nishima but un peu de thé et regarda Shuyun, assis les yeux baissés, comme l'exigeait la politesse. « Vous savez reconnaître l'accent de la sincérité, frère Shuyun ?

— C'est ce que pensaient mes maîtres, dame Nishima. Encore faut-il se souvenir que cette capacité n'est jamais infaillible.

— Quel dommage ! » Nishima remua l'eau du thé comme si elle voulait changer le message inscrit dans les feuilles. « Je serais heureuse de venir en aide à un pèlerin en quête de vérité qui a perdu sa route, dans la mesure de mes moyens. Envoyez-la-moi, s'il vous plaît, et je verrai à quoi elle paraît bonne.

— Merci, dame Nishima. Je ne crois pas qu'elle vous déçoive. »

Nishima sourit. Il y eut un silence gêné. Shuyun finit son thé mais, avant qu'il s'excusât, la jeune femme avait repris la parole. « Comment faites-vous pour reconnaître l'accent de la vérité, Shuyun-*sum*, qu'est-ce qui vous en informe ? Encore du thé ? » Tout en parlant, elle remplit son bol.

« Eh bien, peut-être... certainement. Merci. » Il prit la tasse pleine et but. « Je suis incapable de vous expliquer, dame Nishima, je m'en excuse. Je sais, c'est tout.

— C'est donc une impression ?

— Peut-être. On ne peut la décrire, seulement la nommer.

— C'est extrêmement curieux. Mais, dites-moi, frère Shuyun, est-ce que les hommes formés à la pratique de la Voie botahiste connaissent les sentiments ? Ne font-ils pas partie de l'Illusion ? »

Elle découvrit un petit pli à sa robe, qu'elle défroissa. Shuyun réfléchit un instant. « Botahara enseigne que les sentiments sont illusoires, c'est vrai. Il est écrit que nos désirs nous piègent dans le monde de l'Illusion.

— En ce cas, aucun sentiment ne vous trouble, frère Shuyun.

— Je n'ai pas atteint ce degré de l'Illumination, dame Nishima. » Il sourit, un petit sourire presque embarrassé. « Même ceux qui ont bénéficié d'une formation botahiste éprouvent des sentiments. Nous ne leur permettons pas néanmoins de gouverner nos actes. »

Avant qu'il eût pu protester, Nishima avait rajouté au contenu de son bol. « Vous leur résistez donc ?

— Je ne suis pas sûr que *résister* soit le mot juste, dame Nishima.

— Vous ne leur résistez pas ?

— Ceux qui suivent la Voie ordonnent leur vie en fonction des vertus cardinales et non de leurs désirs.

— Mais, mon frère, lorsqu'un pratiquant de la Voie éprouve un désir, ou toute autre émotion, est-ce qu'il s'y oppose ? Botahara n'enseigne-t-il pas que c'est folie de résister ? Je trouve le principe difficile à comprendre. »

Shuyun posa sa tasse sur la table, réunit ses deux paumes et mit les doigts sous son menton pour réfléchir. « Quand on a voyagé assez longtemps sur le Septuple Sentier, on cesse d'éprouver des désirs, dame Nishima. En attendant, nous pratiquons la méditation, nous psalmodions et nous apprenons à bien nous concentrer. À coup sûr, le devoir et le désir ne sont pas toujours compatibles, dame Nishima, mais, comme vous disiez, les Shonto ont fait le choix du devoir. »

Nishima hocha la tête. « Je me demande souvent quel prix il leur faut payer, Shuyun-*sum* », dit-elle doucement.

Shuyun porta son attention ailleurs, comme si elle était réclamée par un détail de la pièce et qu'il n'avait rien entendu. « Cela fait plusieurs jours que je n'ai pas vu dame Okara, dit-il d'une voix égale. Va-t-elle bien ? »

Nishima sourit de ce passage du coq à l'âne. « Assez bien pour servir les desseins de son art, mon frère. Je voudrais souvent pouvoir en dire autant.

— J'ai entendu dame Okara parler de votre art dans les termes les plus élogieux, dame Nishima, dit-il d'une voix se dépouillant de sa sécheresse en même temps que de son ton cérémonieux. Elle admire aussi votre âme d'artiste. Mon impression est qu'elle vous envie un peu.

— Oh ! certainement pas ! » Nishima se sentit rougir de plaisir devant les compliments de Shuyun. Même un éventail ne pouvait le dissimuler.

« Récemment, reprit-il, elle évoquait ses recherches en vue de réapprendre à voir. Elle est persuadée qu'au fil du temps elle a succombé à des habitudes dans sa manière de vivre et de sentir, qui font office de rempart dressé contre le monde extérieur et l'empêchent d'avoir une vision claire de la réalité. Mais il ne semble pas qu'elle entende par là une vision de ce qui l'entoure, seulement de ce qui se passe en elle. "De ce qui, dans une scène, se situe en nous-mêmes", tels sont les mots dont elle s'est servie.

» Okara-*sum* croit que vous avez l'ouverture d'esprit du véritable artiste, dame Nishima, et elle vous a suivie jusqu'ici dans une tentative pour retrouver cette ouverture d'esprit. Peut-être êtes-vous son maître, dame Nishima.

— C'est elle qui est mon maître, Shuyun-*sum*, ne vous y trompez pas. J'ai eu la chance d'avoir des maîtres éminents.

— On dit qu'un enfant apprend la sagesse de ses parents mais que, s'ils sont véritablement sages, les parents apprennent la joie de leur progéniture. Ne vous laissez pas duper par les apparences : un maître avisé toujours reçoit de celui qu'il enseigne.

— Et qu'est-ce que les estimés frères ont retenu du frère initié Shuyun ? » demanda-t-elle de but en blanc en observant de près sa réaction.

Il haussa les épaules. « Je ne sais pas, Nishima-*sum*, je ne sais pas. » Il ouvrit les mains dans un geste qui semblait indiquer l'ignorance.

« Nous ne savons que ce que nous nous autorisons à connaître », dit Nishima.

Le moine grimaça d'un sourire gêné. « C'est ce que l'on apprend chez les botahistes, Nishima-*sum*. »

Nishima eut un geste large, comme si elle prenait en compte toute sa vie, et sa longue manche décrivit une courbe gracieuse. « J'ai eu la chance d'avoir des maîtres éminents.

— Comme le frère Satake ? »

Elle fit signe que oui. Il y eut un silence embarrassé, tandis qu'elle remuait les charbons dans le brasero, qui dans des étincelles renaissait à la vie.

« Mon ordre veille sur le secret de ses enseignements avec un soin jaloux, Nishima-*sum* », dit enfin Shuyun.

Elle acquiesça encore, en tisonnant distraitement. « Donnez-moi votre main, Shuyun-*sum* », lança-t-elle brusquement.

Elle lui prit la main et la colla à la sienne, paume contre paume. Réglant adroitement sa respiration, elle poussa. Shuyun résista une fraction de seconde puis recula légèrement. Quand il poussa à son tour, ce fut pour ne rencontrer aucune opposition. Il sentit couler le *chi*. Le *chi*, chez une femme non initiée de l'aristocratie de Wa !

Elle emprisonna sa main dans la sienne. « Aussi invraisemblable que cela paraisse, nos expériences, nos vies, ont beaucoup de choses en commun, Shuyun-*sum*.

— Le frère Satake a rompu son serment sacré », dit-il. Il sentit en le disant qu'il ne parvenait plus à se concentrer. Il avait certes soupçonné Satake d'avoir fait cela, mais l'administration de la preuve était difficile à supporter.

« Il était fidèle à ses propres engagements, Shuyun-*sum*. Les maîtres auraient pu apprendre beaucoup du frère Satake, mais ils étaient prisonniers de leur mode de vie, de leurs habitudes. »

Avec douceur, Shuyun retira sa main. « S'il vous plaît... Excusez-moi... Je dois partir. »

Sans plus de cérémonie, il se leva et sortit, comme hébété. Longtemps, Nishima resta les yeux fixés sur la porte par où il avait disparu. Puis elle secoua la tête comme pour clarifier ses idées. Elle se dirigea vers son bureau où elle prépara son pinceau avec un excès de minutie. Elle lut les vers qu'elle avait déjà confiés au papier puis poursuivit son ouvrage.

Le bout du canal.
Nous avons traversé l'incertitude
Pour arriver ici,
Pureté et désir
Mêlés.

Elle ne trouva pas de mots pour exprimer le fond de sa pensée.

Shimeko était assise, les yeux baissés, tandis que Nishima examinait son ouvrage au pinceau dans la faible lumière du matin filtrant à travers les écrans de ses appartements. La jeune femme qui avait été une nonne botahiste maintenait une complète immobilité comme on lui avait appris à le faire, et rien sur son visage ne trahissait l'embarras qui était le sien. Lui fallait-il vraiment passer du service d'une sœur éminente et respectée à celui de cette aristocrate gâtée par la vie et à peine plus âgée qu'elle ?

« L'écriture est belle, Shimeko-*sum*, dit Nishima, bien dessinée sans cesser d'être gracieuse. » Elle inclina la tête dans la direction de sa future secrétaire en ébauchant un salut. Puis elle mit le papier de côté et adressa à la jeune femme assise devant elle un sourire aimable. Shimeko s'était enveloppé la tête de son châle pour cacher des cheveux coupés court.

« Vous pardonnerez à ma curiosité, Shimeko-*sum*, mais je ne puis m'empêcher de me demander ce qui vous pousse à venir servir les Shonto. Je ne voudrais pas me mêler de vos raisons pour quitter les sœurs, mais la vie qui vous attend dans la maison des Shonto sera tout autre. »

Shimeko ne leva pas la tête. « Désirez-vous connaître la vérité, Votre Seigneurie ?

— Toujours. » Ce fut dit nettement et délibérément.

« Je n'ai pas frappé à votre porte pour servir les Shonto, mais pour proposer mes services au frère Shuyun. » Elle gardait les yeux baissés, sans changer d'expression ni faire varier le ton de sa voix.

« Je vois. Puis-je vous demander pourquoi ?

— Je crois que le frère Shuyun est un pur esprit, dame Nishima, que les sombres machinations de son ordre n'ont pas réussi à souiller.

— Ah ! donc vous prenez votre service chez moi à contrecœur ?

— Non, Votre Seigneurie, c'est avec plaisir que je servirai dans une maison où le frère Shuyun travaille lui aussi.

— Je vois. Mais serez-vous capable de procéder aux ajustements nécessaires, Shimeko-*sum* ? Vous n'avez pas à observer la même déférence, je ne suis pas une sœur à un haut niveau de responsabilité qui réclame des autres un comportement des plus humbles.

— Pardonnez-moi, s'il vous plaît, dame Nishima. » Elle leva les yeux et croisa le regard de Nishima une seconde durant. L'esquisse d'un sourire sembla prometteuse. « Si l'on veut bien me guider, reprit-elle, je suis sûre de pouvoir apprendre.

— Nous pourrions vous trouver ce guide, Shimeko-*sum*. » Nishima jeta un nouveau coup d'œil à la page d'écriture. « Êtes-vous quelqu'un d'instruit ?

— Je n'étais qu'une novice, Votre Seigneurie. Une novice ne peut pas être considérée véritablement comme instruite. Mes talents étaient modestes en comparaison de ceux des sœurs que je servais.

— Je vois. Pourriez-vous visiter les archives du palais et y trouver des renseignements dont j'ai besoin ?

— Si ces renseignements s'y trouvent, classés au moins d'une certaine manière, je pense y réussir, dame Nishima.

— Bien. Voici ce que je voudrais savoir. Sur le canal, avez-vous vu le sanctuaire des frères vaincus dans les combats ? Celui qu'on appelle *Les Amants* ?

— Votre Seigneurie, l'âme court un risque quand on regarde ces choses-là. » Elle baissa de nouveau les yeux.

« Vous n'avez donc pas regardé ? »

Shimeko hésita un instant, puis haussa les épaules en rougissant un peu.

« Bon, ce n'était pas indispensable. Je cherche à savoir ce que les lettrés ont écrit sur la secte qui habitait ce sanctuaire. Je dis bien "lettrés", et non "membres d'un ordre botahiste". À coup sûr, les historiens de l'empire n'ont pas pu laisser passer cela sans un mot de commentaire. Croyez-vous pouvoir vous acquitter de cette tâche sans heurter vos convictions ?

— Mes convictions, dame Nishima ? » Elle dessina un cercle sur le sol. « Oui, je pense.

— Parfait. J'aimerais avoir ces renseignements le plus tôt possible. Merci. »

Shimeko conservait la même attitude et la même expression sur son visage.

« Vous pouvez partir, Shimeko, dit Nishima.

— Merci, Votre Seigneurie. » Elle s'inclina à la manière des botahistes et recula vers la porte sans se relever.

« Shimeko.

— Oui, Votre Seigneurie ?

— Vous n'ignorez pas qu'on utilise rarement le *sum* pour s'adresser à des serviteurs ? »

L'ex-novice cessa de reculer. « Le frère Shuyun m'appelle Shimeko-*sum*, Votre Seigneurie », dit-elle simplement.

Nishima y réfléchit. « En ce cas, dit-elle, j'en ferai autant. »

12

Sœur Sutso précipitamment s'engagea dans ce qui semblait être un interminable couloir, où elle finit par trouver la porte qu'elle cherchait. Elle tira sur sa robe pour bien la fermer à hauteur du cou, puis poussa cette porte qui donnait sur une cour obscure. Un vent froid tourbillonna autour d'elle, s'emparant d'un pan de ses vêtements et sifflant parmi les piliers. Parfois une goutte de pluie s'étalait sur son front si, avec le vent qui soufflait, l'eau paraissait ne pas descendre du ciel. Presque au pas de charge, la secrétaire de la prieure en dépit de l'obscurité atteignit une seconde porte et passa dans un autre couloir.

Remontant le bas de sa robe, elle courut de palier en palier dans un escalier où elle surprit un groupe de novices qui n'avaient jamais encore été confrontées à pareil manque de dignité chez une sœur aussi respectée.

Un long couloir, un raccourci par les archives de l'Inspiration divine, un autre couloir encore, puis le grand escalier. Un étage au-dessous s'avançait la prieure, sœur Saeja, son palanquin porté par quatre novices.

Sutso la rejoignit à cet étage, ne ralentissant son allure que lorsqu'elle arriva à hauteur de la litière. Elle contrôla alors sa respiration, si efficacement qu'on aurait pu croire qu'elle ne s'était nullement pressée, peut-être même qu'elle avait rencontré la prieure par le plus grand des hasards.

« Prieure », dit-elle en s'inclinant aussi profondément que le permettait la situation.

Les pupilles de la vieille femme semblèrent émerger de l'amas de rides qu'étaient devenues ses paupières. Elle hocha la tête et referma les yeux, comme pour ménager ses forces.

« Y a-t-il quelque chose que je puisse faire, prieure ? » demanda Sutso en haussant la voix suffisamment pour que la supérieure pût l'entendre.

La réponse vint dans un murmure. « Il n'y aura rien de changé à ce que nous avons prévu. Poursuivez vos préparatifs. Le temps nous est compté.

— Avez-vous des engagements que je ne connaîtrais pas ?

— Non, mon enfant. » La tête branla de gauche à droite et de droite à gauche. « Mais, reprit la vieille femme, cela n'a rien d'inattendu. Depuis les épreuves qu'a connues Morima-*sum*, elles se rassemblent comme les charognards qu'elles sont devenues. Je reste passive, comme vous voyez, mais uniquement pour retenir leur attention et les empêcher de penser à ce qui compte. » Sa bouche se plissa dans un sourire, et ses yeux s'éclairèrent, des yeux pleins d'humour.

« Pourquoi réunissent-elles un conseil aujourd'hui ?

— Elles espèrent me fatiguer, mon enfant, c'est leur véritable but. » Elle sourit encore. « La lettre de sœur Yasuko. Elles ont appris que des événements se préparaient en dehors de leur petit univers, qui pourraient avoir sur leurs projets les plus chers un effet malencontreux. Brusquement, Seh est sur toutes les lèvres, prenant la place de Monarta. »

La litière vacilla un peu, mais les novices qui la portaient rétablirent la situation. La prieure tendit une main décharnée. « Donnez-moi votre main, mon enfant. Je ne voudrais pas glisser toute seule dans le grand escalier. »

Sutso prit cette frêle main dans la sienne. Que Botahara la protège ! pria-t-elle mentalement. Tant de choses dépendent de cette femme, tant de choses vraiment.

Elles arrivèrent enfin au bas des marches, au grand soulagement de sœur Sutso, avant de gagner les chambres du Conseil. Un gong résonna à l'approche de la prieure, et les grandes portes s'ouvrirent largement, les gardiens de ces portes, sculptés dans les panneaux, paraissant inviter à entrer. Une dernière pression de la main de la prieure, et Sutso s'arrêta. Les novices qui portaient la litière revinrent presque aussitôt sur leurs pas, et les portes se refermèrent, personne ne devant pénétrer à l'intérieur de la salle avant la fin de la séance. Sutso resta un instant à contempler les sculptures puis vite reprit son chemin. Il y avait tant à faire.

Les lampes suspendues aux poutres laquées du plafond par des chaînes d'or brillaient d'une lueur intense, projetant des ombres dans les coins les plus reculés de la salle et sur ses plus hauts sommets. Le parquet, fait de bois cirés, réfléchissait la lumière comme un miroir de bronze, et les douze sœurs aux échelons supérieurs de la hiérarchie qui étaient là agenouillées semblaient mystérieusement presque faire partie du décor, alignées comme elles l'étaient sur deux rangs.

La prieure était assise dans sa litière, soutenue par des oreillers, face au conseil. Les deux rangées de nonnes ne reflétaient pas précisément la véritable séparation, car sur les douze sœurs quatre, y compris leur inspiratrice, étaient de la faction de sœur Gatsa. Cinq, dont la nonne qui remplaçait Morima, appuyaient la prieure. Quant aux cinq autres, on les appelait en leur absence les Girouettes. Elles penchaient tantôt d'un côté, tantôt de l'autre, selon la direction du vent. Comme on aurait pu s'y attendre, les Girouettes étaient à la fois courtisées et méprisées.

Les sœurs s'inclinèrent jusqu'à terre et se relevèrent pour attendre sans trahir d'émotion.

« Qui a convoqué ce conseil ? »

La prieure posait là une question rituelle. Sœur Gatsa y répondit de sa voix d'aristocrate distinguée. « Ce conseil a été réuni par la volonté de l'ensemble des Douze, prieure.

— En ce cas, que la volonté de notre seigneur Botahara s'accomplisse à travers nos actes et nos paroles ! »

On fit le signe de Botahara et le silence s'établit, tandis que chacune des femmes présentes priait le Maître parfait de bien vouloir la guider. Un gong résonna d'un bruit sourd, et la séance fut ouverte.

« Qui parlera au nom des Douze ? murmura la prieure.

— Sœur Gatsa », répondit-on d'une seule voix.

La prieure fit signe à sœur Gatsa qu'elle lui cédait la parole. Celle-ci se redressa de toute sa hauteur avant de commencer à parler.

« Prieure, honorées sœurs, des nouvelles nous parviennent de la province de Seh qui sont inquiétantes pour notre ordre. On rapporte qu'une grande armée barbare s'apprête à donner l'assaut aux frontières nord de notre empire. Notre ordre a-t-il reçu des informations concernant cette situation ? »

Il y eut un silence. La prieure regardait les membres de son conseil qui, comme le voulait la bienséance, ne soutenaient pas son regard. Seule Gatsa aurait osé se le permettre. Qui, se demanda la supérieure, a bien pu se procurer une copie de la lettre de sœur Yasuko ? Particulièrement contrariant.

« Les informations qui me sont parvenues de Seh semblent indiquer que telle est la vérité, sœur Gatsa », dit-elle enfin.

Dans l'assemblée, ici et là, on remua malaisément.

« Pardonnez à ma présomption, prieure, reprit Gatsa, mais le conseil n'aurait-il pas dû être tenu au courant ?

— En temps de guerre, répondit la prieure, si doucement qu'on dut se pencher pour l'entendre, la supérieure du monastère a autorité pour agir sans consulter le conseil. Il en a toujours été ainsi. »

Gatsa acquiesça sans pouvoir dissimuler entièrement sa satisfaction. Le piège avait fonctionné. « En temps de guerre, prieure, c'est vrai. Mais la guerre n'a pas encore éclaté, et il y a beaucoup à faire si nous devons être victimes d'une telle calamité. Beaucoup à faire pour chacune d'entre nous.

— Bien raisonné, ma sœur, dit la prieure. Soumettrons-nous cela à un vote ? »

Sœur Gatsa marqua une hésitation. Elle avait prévu de le demander elle-même. « Si le conseil le souhaite, prieure. »

La prieure sourit, d'un sourire béat qui eut le don de perturber sœur Gatsa davantage encore. Bien sûr, la supérieure savait que ce vote lui serait défavorable : elle connaissait son conseil assez bien pour n'en pas douter. Mais, après que les Girouettes se seraient prononcées une fois contre elles, chacun des problèmes suivants les verrait moins portées à recommencer, surtout quand la situation leur apparaîtrait sous son vrai jour. Aujourd'hui, elles se laisseront influencer par mes paroles, songea-t-elle. La vieille femme n'en doutait pas.

« Procédons au vote », murmura-t-elle.

Oui, engageons la procédure. Trois heures plus tard, elle aurait l'approbation de toutes les mesures qu'elle avait commencé à appliquer. C'était un os à ronger pour les vautours. Elle sourit encore et ferma les yeux, dans l'attente.

13

La grande salle d'audience de l'empire de Wa était la pièce la plus vaste du monde connu, et on la considérait comme une merveille de l'art comme de l'architecture. Les rangées de piliers qui bordaient le couloir central avaient été sculptées chacune dans un seul iroko et laquées de façon à briller de mille feux. Les poutres montaient en longues courbes se fondre dans les nervures superposées de la charpente, et la lumière filtrait de lointaines hauteurs sans qu'on pût en identifier la source. Quant au marbre du sol, il était si poli qu'il reflétait images et luminosité aussi fidèlement que l'eau limpide et calme d'un étang.

Tout au bout de la salle, l'estrade semblait flotter sur cette surface égale. Trois marches du jade le plus pur y donnaient accès, les dalles ayant été jointes si étroitement qu'on les aurait crues taillées dans un même bloc d'un bleu vert. Derrière l'estrade, sept panneaux peints représentaient le Grand Dragon volant parmi des nuages stylisés, au-dessus d'un paysage d'une sauvage beauté, le Cho-Wa au temps des Sept Princes. Les princes eux-mêmes chevauchaient leurs destriers gris au pied de la montagne du Pur Esprit, à la veille de créer les Sept Royaumes qui un jour constitueraient l'empire de Wa.

Sous le panneau du centre, on voyait le trône du Dragon de Wa, issu d'un seul bloc de jade vert de la plus belle eau.

Sur ce trône siégeait Akantsu II, empereur. Ses amples robes de cérémonie débordaient la pierre taillée et touchaient presque le sol, là où un petit tabouret garni d'un coussin empêchait le contact des pieds avec la terre. Son épée de fonction était maintenue verticale sur un support d'argent à côté de lui, et il était évident à qui le connaissait qu'il regrettait de ne pouvoir la palper et savait à peine que faire de ses mains en son absence.

Les ministres de la Gauche et de la Droite s'étaient assis aux places qui leur revenaient devant l'estrade, de part et d'autre, tandis que sur toute la longueur de la salle d'audience s'était réparti le Grand Conseil d'État : assistants de la mémoire impériale, grands et petits conseillers, administrateurs principaux des différents ministères. Ils s'alignaient scrupuleusement sur plusieurs rangs, vêtus de leurs robes d'apparat, ce qui créait un agencement de couleurs et de formes des plus agréables à l'œil, chaque individu formant un îlot s'imbriquant dans une mer sans faille.

Derrière les administrateurs venaient les fonctionnaires de grade supérieur, les greffiers et les bureaucrates. Plus loin encore, les gardes des cérémonies officielles, en général des fils cadets d'aristocrates bien en cour, sous leurs armures chargées d'ornements.

Sur la première marche de l'estrade se tenait agenouillé le Grand Chancelier, qui dirigeait toutes les opérations. Il écoutait avec soin les observations données à voix basse par le Fils du Ciel et les proclamait au Conseil. Présentement, tous prêtaient l'oreille à un conseiller de première classe qui parlait avec émerveillement des efforts récemment consentis pour débarrasser des brigands les canaux et les routes. Plusieurs décrets subsidiaires, qui avaient été pris presque une fois les interventions opérées, étaient choisis pour illustrer la remarquable prévoyance dont on avait fait montre. Le grand conseiller s'inclinait devant les administrateurs responsables de ces dispositions, des membres de son parti, comme chacun dans l'assistance ne pouvait l'ignorer.

Tandis que les hommes d'État les plus éminents de l'empire s'impliquaient dans cette activité, celui qui avait convaincu l'empereur de s'embarquer dans cette aventure restait paisiblement assis au milieu des petits fonctionnaires. Il était hors de question pour un colonel Jaku Tadamoto de prendre la parole dans une occasion pareille, face à une assemblée aussi auguste. Pourtant, dans sa manche, il y avait une invitation à venir s'exprimer dans les appartements de l'empereur. Il devait y rencontrer en privé le Fils du Ciel plus tard le soir même, ce qui avait été dénié à plus d'un haut personnage de l'administration présent dans la salle.

La séance se poursuivait, faite pour une large part d'un cérémonial protocolaire, car en réalité c'était ailleurs que se gouvernait le pays, dans un décor moins impressionnant, avec un personnel beaucoup plus restreint. Jaku Tadamoto attendait patiemment son tour en essayant de maintenir son attention sur les propos échangés, non en raison de leur contenu mais de ce qu'ils lui apportaient sur l'évolution des alliances au sein de l'assemblée. Malgré tout, ses yeux s'égaraient, et il se retrouvait à contempler le trône du Dragon en se rappelant l'histoire, à moins que ce ne fût le mythe, de ce vénérable symbole du pouvoir. Il détourna son regard en temps voulu pour ne pas attirer l'attention de l'empereur, mais ce fut une image qui resta gravée dans sa mémoire.

On racontait que Fujimi, le sculpteur, avait purifié son âme par le jeûne et la prière sept jours durant avant de s'enfermer dans son atelier avec la pierre à dégrossir.

Ses élèves s'étaient rassemblés devant les portes pendant que le maître était à l'ouvrage. Le bruit du jade qu'on taillait se répercutait au loin dans la nuit et, dès qu'il s'arrêtait, on entendait Fujimi psalmodier dans une langue inconnue. À l'aube du douzième jour, tout bruit cessa : plus de signe qu'on polissait, plus de voix, le silence. À midi, l'inquiétude avait tant grandi parmi les disciples qu'ils désignèrent leur chef de file pour frapper au vantail et crier le nom du maître. Ce fut fait, trois fois, mais il n'y eut pas de réponse, et l'atelier demeura désespérément silencieux. Ils attendirent.

Le soir venu, on décida d'enfoncer les portes. Cela demanda un certain nombre d'efforts. Elles s'ouvrirent, ou ce qui en restait, et le soleil couchant illumina un trône qui brillait comme s'il possédait au-dedans sa propre source de lumière. Un dragon courait autour du siège et du dossier, un dragon si vrai, si vivant, qu'il semblait avoir été pétrifié en plein vol.

L'admiration et l'étonnement tinrent les élèves de Fujimi sous le charme tant que la nuit ne fut pas tombée. Alors, se souvenant du but de leur visite, ils allumèrent des lanternes et commencèrent à fouiller la maison. Pas de trace du maître. Toutes les portes avaient été fermées de l'intérieur, et pourtant Fujimi n'était pas là. Parti, pour ne plus jamais revenir.

Certains dirent qu'il avait été emporté pour prendre place parmi les dieux, d'autres qu'il avait été tué par le Grand Dragon pour lui avoir volé son âme et l'avoir sertie dans la pierre.

Quand le cérémonial eut pris fin, que l'empereur et les hauts fonctionnaires furent partis, Tadamoto se leva et retourna dans ses appartements, sans fanfare ni escorte. Dans le secret de sa chambre, il prit dans une boîte fermée à clef une lettre qu'il tint un moment sans l'ouvrir, comme s'il souffrait à la seule idée d'en prendre connaissance. Avec soin, il déplia le papier sur lequel il avait copié une version décodée, l'écriture offrant visiblement plus d'élégance que l'original de la main de son frère.

Il entrebâilla un écran tout proche pour pouvoir profiter du soleil pâle de l'hiver qu'une couche de nuages s'évertuait à vouloir cacher.

Mon cher frère,

Ce n'est pas sans difficulté que je me décide à vous écrire, non seulement en raison des circonstances de notre séparation, que je regrette profondément, mais parce qu'à mon arrivée dans Seh j'ai découvert une situation que ni l'un ni l'autre nous n'aurions pu prévoir. Je ne sais pas comment vous convaincre que ce que j'ai appris est bien vrai, mais il faut que j'y réussisse, Tadamoto-sum. Sur l'âme de notre père et de notre mère, je jure que tout ce que je vous écris est fidèle à la vérité. Le sort de Wa dépend de votre capacité à le reconnaître. Rarement on aura vu tant de choses reposer sur la sensibilité d'un seul homme.

Il ne fait aucun doute qu'au-delà des frontières de Seh une armée barbare d'une ampleur jamais vue attend le printemps pour nous envahir. Je comprends bien que cela contredit la sagesse populaire, qui veut que les tribus aient perdu de leurs effectifs, mais cette sagesse se trompe, soyez-en sûr. Seh n'est pas prête à subir un tel assaut et tombera en quelques jours.

Le chef barbare qui a rassemblé les tribus et les mènera par-delà nos frontières est quelqu'un de redoutable, qui connaît bien ce qui se passe dans Seh et a même quelque idée de ce qui se manigance dans notre propre cour. Il ne vous échappe pas, j'en suis certain, que l'empereur n'enverra pas de troupes au secours du Shonto. Le commandant barbare le sait lui aussi, j'en suis convaincu.

Les envahisseurs ne s'arrêteront pas, une fois Seh conquise. Ils disposent de forces qui leur permettront de pousser plus loin dans Wa. Si nous commençons aujourd'hui à lever une armée, on peut imaginer que l'avancée des Barbares sera contenue aux limites de la province d'Itsa, peut-être de celle de Chiba. Si le Fils du Ciel ne le comprend pas, il perdra son trône au bénéfice d'un chef barbare, et ce ne sera qu'un des moindres maux engendrés par une pareille défaite.

Ce n'est pas simple pour moi d'être ici dans le Nord, sachant le rôle que j'ai tenu dans tout ceci. Si les habitants de Seh imaginaient de quels ravages cette rivalité de clans va être la cause, on ne me permettrait certainement pas de demeurer en vie. Pourtant ils ne se mettent même pas en tête que l'ennemi est à leurs portes, et leur arrogance est telle qu'ils se refusent à écouter le seigneur Shonto Motoru. On croirait que les Shonto n'ont jamais consenti de grands sacrifices pour sauver leur pays des Barbares.

Je sais bien que l'empereur pensera que j'ai rallié le camp du Shonto, mais il faut trouver un moyen de le convaincre. Surtout veillez à ne pas perdre la place que vous occupez auprès de lui, sinon on n'entendra plus la voix de la raison dans toute la cour.

Tadamoto-sum, c'est une tâche énorme que je vous confie, et j'avoue ne pas voir comment elle peut être menée à bien, mais l'avenir de notre empire est désormais entre vos mains. Tout ce que nous pouvons espérer faire dans le Nord est ralentir l'invasion. Il n'y a pas dans tout Seh assez d'hommes pour obtenir davantage.

Je demeure votre serviteur.

Katta.

Tadamoto laissa tomber la lettre sur la natte où il était à genoux. C'était inimaginable. Si Katta disait vrai – et il avait du mal à s'en convaincre –, alors l'empire était presque certainement perdu. Tadamoto connaissait bien son Akantsu, et il ne croyait pas un seul instant qu'on pût le persuader que Katta ne s'était pas rangé aux côtés du Shonto. Cette fille des Fanisan, que Katta eût l'idée de s'occuper d'elle scellait son destin. Ah ! tout cela dépassait l'imagination.

Tadamoto reprit la lettre, lut quelques lignes et la laissa retomber. Il secoua la tête. Katta, pensa-t-il, a l'art de trouver les mots qu'il faut ; ç'a toujours été un de ses points forts. Tadamoto n'avait jamais entendu son frère jurer sur la mémoire de leurs parents ; même dans les situations les plus désespérées, il ne l'avait jamais fait. Il avait dû sentir que c'était le seul moyen pour lui d'ébranler les convictions de son cadet. Se pouvait-il qu'il dît la vérité ?

Jaku Tadamoto s'affaissa contre le cadre de l'écran ouvert et tenta de pénétrer du regard les gracieux remous de la brume en laissant l'air froid courir sur sa peau. Cela ne ressemblait-il pas à son frère de se fourrer dans un pareil pétrin pour ensuite attendre de lui qu'il l'en sortît ? Puisse Botahara le sauver – nous sauver tous ! C'était vraiment quelqu'un d'impossible. Mais disait-il vrai ? À supposer que oui et que lui, Tadamoto, refusât d'y croire, ne porterait-il pas sa part de responsabilité dans le désastre qui ne manquerait pas de s'ensuivre ? Tout cela parce qu'il n'aurait pas voulu faire confiance à son propre frère ? Il roula son front sur le bois frais de l'encadrement. Ah ! Katta, pourquoi toujours attendre de moi des miracles ? Comment puis-je être loyal envers toi et remplir loyalement les obligations auxquelles je me suis astreint par serment ?

Un gong résonna. On changeait la garde. Il lui fallait se préparer pour l'audience de l'empereur. Alors qu'il s'habillait, en pensée il revint à Osha. Osha dans les bras du Fils du Ciel. Tant sa vie que celle de la jeune femme étaient maintenant en grand danger, elle avait raison sur ce point. La même question cependant ne cessait de le tarauder : quel homme était-il donc pour pouvoir continuer à conseiller cet empereur ? À le conseiller, mais aussi à le réconforter, en sachant qu'il permettait à celle qu'il aimait de se conduire avec ce maître en vulgaire prostituée ? Oui, quel homme était-il ?

Tadamoto ne portait jamais une armure en présence de l'empereur, pas même la plus légère, destinée aux missions les moins périlleuses. Il considérait que c'était ridicule de se donner ainsi en spectacle, et que Katta l'eût souvent fait l'avait toujours agacé –

« embarrassé » était peut-être plus proche de la vérité. Tadamoto mettait son uniforme noir avec l'emblème du dragon et les insignes de son grade, mais c'était tout. Et même cette mise en valeur avait plus de simplicité qu'on n'aurait pu en attendre.

C'était cette obsession des courtisans pour les signes extérieurs d'élévation sociale et de faveur impériale qui exaspéraient le jeune Jaku. Quelle mesquinerie ! *Était-il permis aux fonctionnaires de troisième catégorie de porter une ceinture dorée ? Et aux personnes en charge d'une haute fonction au ministère du Protocole de se munir d'une casquette à visière ?* Il ne faisait pas de doute pour Tadamoto que les honorables serviteurs de l'État qui gouvernaient l'empire de Wa se souciaient beaucoup plus de la hiérarchie existant au palais et de la manière dont le rang s'extériorisait que de la gestion des affaires du pays.

Prenant conscience de la montée de sa colère, Tadamoto tenta de se calmer. C'était cette situation impossible avec Osha et l'empereur qui le mettait dans cet état. Il conseillait le Fils du Ciel : il lui fallait s'abstraire de ses émotions.

En tant que commandant de la garde impériale, il eut droit avant son entrevue avec le souverain à passer plus rapidement les obstacles du protocole que même les responsables les plus éminents de l'administration. Après la matinée au Grand Conseil, c'était un motif de satisfaction. Il s'agenouilla devant l'entrée des appartements de l'empereur et attendit d'être annoncé.

Une fois à l'intérieur, il s'inclina jusqu'au sol et demeura dans la même position, aussi longtemps que le Fils du Ciel n'eut pas daigné reconnaître sa présence.

« Colonel Jaku, dit l'empereur, soyez à l'aise. »

Tadamoto se mit à genoux et s'avança jusqu'à se trouver à une distance encore respectueuse de la petite estrade. « Merci, Votre Majesté. »

L'empereur consentit un petit hochement de tête. Il étudiait un rouleau de papier, et c'est à peine s'il paraissait s'apercevoir de sa présence. « Vous avez reçu une lettre de votre frère, colonel ?

— Oui, Sire.

— Mais rien de la part du seigneur Shonto ?

— Rien, Sire. »

L'empereur leva les yeux de sur son rouleau et saisit une lettre sur une petite table. Il la mit devant l'estrade, la désigna sommairement et reprit sa lecture.

Tadamoto se pencha autant qu'il était possible. Il accrocha la lettre du bout des doigts et la récupéra. Ainsi, pensa-t-il en commençant à la lire, c'est là l'écriture du fameux dignitaire. Elle dénotait de la fermeté dans le coup de pinceau, comme cela se pratiquait autrefois.

Sire,

Comme je l'ai récemment écrit, le passage dans Seh d'une administration à une autre est maintenant achevé, et j'ai pu me consacrer au problème des incursions barbares. La situation que j'ai trouvée s'est révélée plus complexe qu'on n'aurait pu l'imaginer.

Comme apparemment il n'existait aucune communauté de vues entre les seigneurs de Seh sur l'importance du problème, comme aussi des rumeurs ne cessaient de circuler concernant la venue au pouvoir d'un nouveau khan parmi les tribus, il me sembla que le mieux pour moi était de prendre directement mes renseignements. Dans ce but, j'ai envoyé dans les steppes des hommes qui avaient toute ma confiance, en m'entourant du plus grand secret. Au terme d'un voyage qui les conduisit aux confins du désert, ils tombèrent sur un campement récemment abandonné qui avait servi à soixante-dix mille guerriers. Les agents à qui j'avais confié cette tâche n'étaient pas sans posséder l'expérience voulue, et je ne mets pas en doute l'exactitude de leur dénombrement. Cette armée depuis a levé le camp, mais on a pu en observer une partie. Elle consistait en quarante mille hommes en armes, dont beaucoup à cheval.

Il est clair qu'une invasion se produira dès la fin des pluies de printemps. Je suis persuadé que Seh n'est pas seule à être menacée par cette offensive. À l'heure qu'il est, je suis sûr que dans toute la province que je gouverne, il n'y a pas vingt mille hommes en âge de combattre, et que sur le nombre la moitié seulement a été instruite dans l'art de la guerre. Il est possible que tout l'empire coure un danger.

Je suis persuadé, Sire, que Wa n'a pas connu pareille menace depuis le temps de l'empereur Jirri. Si au printemps nous n'avons pas levé une armée, Seh tombera, et les forces barbares s'engouffreront dans la brèche offerte par le Grand Canal.

J'ai parlé au général Jaku Katta de ce problème, et je crois qu'il est de mon avis concernant l'évaluation du danger. Je ne puis suffisamment insister sur le péril qui guette l'empire.

Je demeure votre serviteur,

Shonto Motoru.

Tadamoto leva les yeux vers son empereur. Il continuait à lire.

« Que dites-vous de cela, colonel ? demanda-t-il sans abandonner sa lecture.

— Cette lettre ressemble à celle que j'ai reçue de Katta-*sum*, Votre Majesté, même si l'appel à l'aide est moins chargé d'émotion. » Tadamoto pesait ses mots avec soin. « Il est difficile à cette distance, reprit-il, de savoir précisément ce qui se passe à l'autre extrémité de l'empire. Pour cette raison, j'hésite à rejeter entièrement l'information qu'elle contient. »

L'empereur leva la tête. « Que conseilleriez-vous, colonel ?

— Le plus prudent, semble-t-il, serait de faire vérifier cette information par quelqu'un d'autre. Nous devrions envoyer dans Seh une personne dont la loyauté serait au-dessus de tout soupçon, Votre Majesté.

— J'avais les gens qu'il fallait sur place, colonel Jaku.

— Pardonnez-moi, Sire ?

— Ils ont disparu à peu près au moment où votre frère est arrivé dans le Nord. Partis. Évaporés. »

La gorge de Tadamoto se serra.

« Partout où il va, votre frère produit ce genre de coïncidences, colonel. Ma confiance en souffre. »

Tadamoto resta sans voix. L'empereur le dévisagea un bref instant. Tadamoto ne le voulait pas, mais il détourna les yeux.

« Écrivez à votre frère. Dites-lui que nous en ferons le gouverneur intérimaire de Seh à la chute du Shonto. Mais, s'il prend fait et cause pour lui… il n'en réchappera pas. Dites à Katta-*sum* que ma colère est passée. Il peut revenir, une fois son travail terminé. Mais surtout trouvez la vérité sur ce qui se passe dans le Nord : votre frère saura sûrement. » L'empereur mit de côté son rouleau de papier et fit face à Tadamoto. « Nous répondrons à la demande d'aide du gouverneur Shonto. J'enverrai mon fils, le prince Wakaro, dans le Nord et la province de Seh avant le printemps, en même temps qu'une compagnie de mes gardes impériaux. Ce sera un geste purement symbolique, mais il n'est pas nécessaire de le préciser. Nous confierons au prince le soin d'assister le seigneur Shonto dans sa tâche. »

Il joua avec une pile de rapports. « Cela me désole, colonel. Mon propre fils. Mais il n'est pas fait pour régner. » Il secoua la tête lentement. Un coup d'œil rapide à Tadamoto, qui laissa celui-ci songeur. Était-ce de l'angoisse qu'il avait décelée dans ce regard ? « Il n'est pas à la hauteur... Si peu de gens sont à la hauteur. » Sa tête tomba, et il resta ainsi de longues minutes, le visage caché.

« J'ai un rôle difficile, Tadamoto-*sum*, quelquefois... très délicat. »

Tadamoto acquiesça. « Hakata disait que les empereurs sont toujours seuls, Votre Majesté. Quand vient l'heure de prendre de graves décisions, c'est vrai, hélas. »

L'empereur approuva. « Oui, dit-il, presque dans un souffle. Ce sera tout, colonel. Merci. »

Tadamoto s'inclina et commença à battre en retraite mais, quand il atteignit la porte, l'empereur l'interpella.

« Tadamoto-*sum*.

— Sire ?

— S'il vous plaît, envoyez-moi Osha. Merci. »

Tadamoto acquiesça et sortit, toujours à reculons. Une fois dehors, il se releva et très calmement s'engagea dans le couloir.

Pourquoi est-ce que je ne sens rien ? se répétait-il. Pourquoi ? Il lui paraissait marcher sans toucher terre, dans un lieu d'où toute émotion serait bannie, le séjour de l'intellect à l'état pur, où toute pensée serait froide et désintéressée. De quoi trembler, s'il avait été accessible à la peur.

Il n'y a pas d'espoir pour mon frère, rêva-t-il. Gouverneur ! Ah oui, vraiment ! S'il rentre à la capitale, Akantsu vivant, son sort est jeté. Quant à Osha… L'empereur détruisait tous les sentiments qui les avaient unis aussi sûrement qu'il veillerait le jour venu à se débarrasser de Katta. Et lui, Jaku Tadamoto, était le plus loyal de ses conseillers ! Il s'entendit rire, d'un rire aigu, à moitié étouffé. Cela non plus ne lui inspirait aucune crainte.

14

L'archiviste responsable de la conservation des documents anciens de la province de Seh fut surpris de se trouver face à une jeune femme sollicitant l'accès à son domaine, qui était la secrétaire de la fille du gouverneur, rien de moins. Il fut plus étonné encore de découvrir que cette jeune personne, Shimeko-*sum*, était non seulement quelqu'un d'instruit mais admirait beaucoup l'ordre qu'il faisait régner dans les archives de Seh. Il avait rarement eu l'occasion de recevoir de tels compliments et en vint à se demander pourquoi ses propres filles ne manifestaient pas la même heureuse curiosité.

Shimeko se mit au travail avec méthode et efficacité, décidée à faire bonne impression à sa nouvelle maîtresse, mais aussi confrontée à une tâche qui lui était familière et trouvant là, dans un milieu aussi différent du sien, de quoi se réconforter. C'était une chance, car il n'y avait pas grand-chose de réconfortant dans l'histoire de la secte du Sentier octuple.

Elle trouva le récit fait par les historiens attitrés de l'empire très différent de ce qu'on lui avait enseigné au cours de ses études. Elle eut beau vouloir rester objective, la disparité lui parut affligeante. Et maintenant cette jeune dame si bien élevée allait lui demander de lui communiquer tout ce qu'elle avait appris. Comment faire ?

Rassemblant soigneusement ses rouleaux et ses feuillets, Shimeko se dirigea vers les appartements de dame Nishima. Les couloirs du palais constituaient un impressionnant labyrinthe, mais pour qui comme elle avait bénéficié des exercices de mémorisation des botahistes, la difficulté n'était pas considérable. Plusieurs des prieurés où elle avait vécu offraient une complexité au moins égale à celle-là.

Chemin faisant, elle s'aperçut qu'à son passage on se tournait souvent pour la regarder. Elle supposa que les sœurs botahistes dont les projets avaient avorté s'engageaient rarement au service de grandes maisons, quoique à vrai dire elle n'en sût rien et que cela ne lui parût pas important.

Pour se faire admettre dans l'aile du bâtiment où se trouvaient les appartements de Nishima, Shimeko dut donner le mot de passe, accompagné d'un signal manuel. Cela lui rappela que sur le Grand Canal elle avait cherché à se souvenir du même geste dans la famille Shonto. Mais c'était loin déjà.

Une domestique partit annoncer son arrivée à sa maîtresse. En attendant, Shimeko s'efforça de maîtriser sa nervosité.

Nishima était encore troublée par la conversation qu'elle avait eue avec Kitsura. Jaku Katta n'avait pas hésité à utiliser ses sources de renseignements à la cour impériale pour découvrir si la famille de la jeune femme courait un danger. Au grand étonnement de Nishima, il avait même accepté de faire tenir secrètement une lettre à la famille Omawara. C'étaient là deux initiatives que l'empereur trouverait particulièrement suspectes s'il venait à en être informé, et il y avait toutes les chances pour qu'il le fût.

Cela signifiait-il que Jaku était réellement tombé en disgrâce à la cour ? En ce cas, croire comme le faisait son oncle que cet homme était capable de l'aider à obtenir le soutien de l'empereur se révélait une lourde erreur et s'accompagnait de grands risques.

Ces nouvelles la perturbaient. Elle palpa la lettre pliée que Kitsura lui avait remise de la part de Katta et lutta pour dominer sa colère. Quelle présomption ! Ainsi il avait fait des avances à sa cousine pour ensuite demander à celle-ci de lui remettre une lettre ! On s'attendait à mieux, même de la part d'un soldat de la garde impériale. Elle eut un frisson. Certes, elle avait été à deux doigts de faire une sottise. Il s'en était fallu de peu.

Point de doute là-dessus : Jaku Katta était un opportuniste de la pire espèce. Et maintenant on pouvait légitimement supposer qu'il avait perdu la faveur de l'empereur. Il ne restait plus qu'à attendre un message de la famille de Kitsura pour savoir s'il avait bien pris le risque de faire parvenir la lettre en question. S'imaginait-il que

Kitsura Omawara n'avait aucun moyen d'envoyer secrètement un courrier à sa famille ?

Il nous sous-estime, se dit-elle, une fois de plus. Il lui en coûta un peu, mais elle réussit à évacuer Jaku de ses pensées.

Cela faisait trois jours qu'elle avait demandé à l'ancienne sœur botahiste, Shimeko, d'effectuer des recherches sur le culte qu'on avait rendu à Botahara dans la gorge de Denji, trois jours durant lesquels sa curiosité n'avait pas faibli, et maintenant cette jeune femme allait venir avec le fruit de ses travaux. Nishima avait du mal à préserver sa sérénité. Par chance, elle n'eut pas longtemps à attendre : une domestique frappa à la porte et annonça Shimeko.

« Ah oui ! S'il te plaît, fais entrer. »

On introduisit l'ancienne novice. Elle s'agenouilla en saluant, Nishima le nota, plutôt de la façon dont cela se pratiquait d'habitude que de celle de son ordre.

« Shimeko-*sum*, je suppose qu'on vous a logée et quelque peu mise au courant, comme je l'avais demandé ?

— Oui, merci, dame Nishima.

— Est-ce plus difficile que vous ne pensiez, la vie au-dehors du prieuré ? »

Shimeko haussa les épaules. « Ce n'est pas aussi différent qu'on pourrait le croire, Votre Seigneurie. Le prieuré est un petit univers enserré entre ses quatre murs, sans contact ou presque avec le monde extérieur. Sous cet angle, la ressemblance est grande. Mais sous d'autres rapports (elle haussa les épaules encore), ce n'est pas tout à fait la même chose. »

Nishima acquiesça. « Comment se sont passées vos recherches dans nos archives ?

— Ce sont de modestes archives, dame Nishima, comme on en attendrait dans une province limitrophe. Les références à la secte du Sentier octuple s'en trouvent en conséquence limitées. »

Elle commença à disposer sa documentation sur les nattes devant elle. « La plupart des textes écrits de la secte du Sentier octuple ont disparu au cours de ce que les historiens appellent “les guerres entre temples”. Beaucoup de ce qui aujourd'hui passe pour avéré se réduit en réalité à des suppositions. Comme vous le suggériez, les hommes chargés à l'époque d'écrire l'histoire de l'empire

– sous le règne de l'empereur Chonso-Sa – ont consigné ce qu'ils savaient scrupuleusement.

» Les sanctuaires que l'on voit au bord du lac des Sept Maîtres ont été instaurés après la mort de notre seigneur Botahara. Les références à ces sanctuaires dans les récits de voyage du seigneur Bashu indiquent que les adeptes du Maître parfait en avaient fait leurs habitations, cent soixante années seulement après son passage dans l'au-delà. Il se peut qu'à l'origine les excavations n'aient pas été conçues pour abriter des fidèles, mais qu'on les ait converties à cet usage quand les sectes botahistes commencèrent à se faire la guerre. Excusez-moi, dame Nishima, mais peut-être connaissez-vous déjà tout ce dont je vous parle ?

— J'avoue n'avoir guère de mémoire pour tout ce qui touche à l'histoire, Shimeko-*sum*. Continuez, s'il vous plaît. »

Shimeko retourna à ses documents. « Après le Passage, l'enseignement de la doctrine de Botahara se développa dans plusieurs directions, et ces écoles prospérèrent en fonction du soutien qui leur était accordé, soit par différentes familles, soit par l'empereur lui-même. Les temples se virent souvent octroyer la possession de vastes étendues de territoire qui, dit-on, furent à l'origine de richesses considérables. Cette opulence suscita la convoitise de certains aristocrates ou de sectes rivales – jusqu'à celle de l'empereur en certains cas. D'où l'attrait exercé sur les botahistes par la science des combats. Ils furent sans pitié quand il s'agissait de défendre leurs biens.

» Les moines alors ne se déplaçaient qu'armés. Certains temples entretenaient des troupes nombreuses. Ils détenaient un pouvoir comparable à celui de l'empereur et souvent étaient en mesure d'adresser des requêtes au Grand Conseil d'État que le gouvernement n'osait pas refuser. Mais les temples se faisaient la guerre entre eux et, durant cette période, bien des sectes botahistes furent anéanties, y compris celle du Sentier octuple. »

Elle leva les yeux.

« Cela ne concorde pas avec ce qui m'a été enseigné, dame Nishima. On me disait que les sectes avaient été détruites par l'excès de zèle des adeptes des temples rivaux, et aussi par l'empereur. »

Cette précision apportée, elle consulta de nouveau ses documents.

« S'il faut en croire les historiens, les temples botahistes s'affaiblirent au cours de ces guerres fratricides. Finalement, l'empereur Chonso-Sa, saisissant l'occasion qui lui était offerte, écrasa les sectes qui restaient. Il assigna des limites aux terres que pouvaient posséder les botahistes et interdit aux moines de porter les armes. »

Elle marqua une pause et désigna trois rouleaux. « Tout est consigné là-dedans, dame Nishima, si vous désirez en prendre connaissance par vous-même.

— J'y jetterai peut-être un coup d'œil plus tard, Shimeko-*sum*. Mais, dites-moi, je suis curieuse, en quoi croyaient ces frères ? Quelle était leur doctrine ? »

Shimeko retourna à sa documentation. D'après ce que Nishima savait de l'entraînement imposé aux sœurs, ce recours à des textes écrits était entièrement superflu : la mémoire de la novice aurait dû être quasiment infaillible. Ce manège la surprenait beaucoup.

« Ils croyaient qu'il existait sept voies vers l'Illumination, dame Nishima. » Elle hésita. « Ils croyaient aussi que l'acte sexuel offrait la huitième… Vous parlez de frères, dame Nishima, mais il semble qu'il y avait aussi des sœurs. »

Nishima prit un ton désinvolte. « Comme c'est bizarre ! Et connaissons-nous le détail de ces croyances, Shimeko-*sum* ?

— Les spécialistes ne s'accordent pas là-dessus, dame Nishima. Ce qui paraît probable est que la doctrine de la secte s'apparentait à l'ancien dogme des ermites Shodo, pour lesquels la Voie qui permet de dissiper l'Illusion passe par une victoire sur les sens. À la différence de la secte du Sentier octuple, pourtant, les ermites Shodo choisissaient la pratique de la souffrance physique. » Shimeko sans l'avoir voulu expira longuement. « On raconte qu'ils parvenaient à une certaine concentration en méditant, tout en subissant ce qui ne peut être défini que comme une torture. Ils ne criaient pas, ne laissaient paraître aucun signe de douleur, quelle que fût la nature de ce qu'on leur faisait endurer. On prétend même que les maîtres Shodo pouvaient changer leur tourment en une sensation d'une autre sorte, celle qui leur convenait, et que cette sensation avait la même acuité que leur martyre. Les adeptes du Sentier octuple ont pu obéir à une croyance du même ordre, mais en substituant le plaisir à la douleur. »

Nishima réprima un frisson. Shimeko du regard montra ses rouleaux. « Tout est écrit là-dedans, Votre Seigneurie.

— Bien. Vous disiez que les experts n'étaient pas tous d'accord ? »

Shimeko le confirma. « Il existe des théories différentes. Certains pensent que, pour la secte, l'âme se divisait en deux moitiés qui ne pouvaient se rejoindre que dans l'acte d'amour. D'autres considèrent que la secte du Sentier octuple jugeait futile le refus de l'Illusion : on trouvait son chemin à travers elle comme on avance à tâtons dans le brouillard. Ils écrivent que pour les adeptes il fallait faire l'expérience de la fausseté de l'Illusion si on voulait la transcender, et que le désir est l'essence même de l'Illusion. D'autres historiens proposent d'autres explications, mais celles que j'ai énoncées représentent les principales écoles, dame Nishima.

— Je vois. » Nishima était perdue dans ses pensées. Elle fit face à sa secrétaire. « Et que vous enseignait-on au monastère, Shimeko-*sum* ? »

Shimeko baissa les yeux. « Seulement que le Sentier octuple était une hérésie, Votre Seigneurie. Une novice n'avait pas besoin d'en savoir davantage. »

Nishima hocha la tête. C'était sans doute la vérité.

« Est-ce que cela vous suffit, dame Nishima ? » demanda Shimeko avec flegme.

Nishima sourit. « Je vous remercie de votre travail, Shimeko-*sum.* » Elle défroissa un pli de sa robe. « Autre chose encore… Avant mon départ de la capitale, j'ai eu l'occasion de me rendre compte qu'une sœur parmi les plus haut placées de votre ordre… de l'ordre que vous avez quitté… s'était intéressée à l'une de mes femmes de chambre. Avant que je m'en aperçoive, cette sœur avait réussi à apprendre une chose ou deux sur mon compte et sur celui de ma maison. Pourquoi se préoccuper ainsi de moi, Shimeko-*sum* ? »

Shimeko eut un geste évasif. « Vous êtes une Shonto, Votre Seigneurie.

— Pas d'autre explication ?

— Je ne sais pas, dame Nishima, mais celle-là suffit certainement.

— Vous ne savez rien des efforts déployés par les sœurs pour espionner les Shonto ? »

Shimeko resta un moment sans répondre. « Il y a une chose que je sais, Votre Seigneurie, c'est que sœur Morima, l'une des plus respectées et avec laquelle j'ai fait le voyage de Seh, se proposait en s'y rendant d'observer votre conseiller spirituel.

— Le frère Shuyun, précisa Nishima sans nécessité aucune.

— Oui, Votre Seigneurie.

— Pourquoi ? »

Pendant quelque temps, Shimeko ne quitta pas ses souliers du regard. « Chez les sœurs, dit-elle à voix basse, certaines pensent que le frère Shuyun est le Maître annoncé. L'Udumbara a fleuri à Monarta. Je sais qu'on prétend que ce n'est qu'un bruit, mais ce n'est pas vrai. Des nonnes l'ont vu.

— Ah oui ? » fit Nishima, surprise de l'indifférence dans sa voix. Elle regarda la jeune femme assise devant elle, baissant les yeux, presque recroquevillée, incapable même de lever la tête. Elle est en proie à une crise qui la bouleverse, se dit-elle.

« Croyez-vous que Shuyun soit le Maître, Shimeko-*sum* ? »

Shimeko parut rentrer en elle-même encore davantage. « Le frère Shuyun prétend que non, dame Nishima. » Elle haussa les épaules, voulut parler. Ses épaules bougèrent encore, comme sous l'effet d'un spasme. « Peut-être… peut-être que non. Je ne sais pas. »

Les deux femmes se turent un moment. Tout les séparait, expérience, convictions, désirs.

« C'est bien, Shimeko-*sum*, dit enfin Nishima. Je vous remercie. »

15

La neige tombait sur la nuit de la célébration de la Première Lune. La substance même des nuages descendait sur la terre, couvrant Seh d'une blancheur comme pouvaient en donner les vents du printemps éparpillant les fleurs de prunier. La neige dans cette province n'était ni fréquente ni drue et, pour cette raison, était accueillie comme une agréable nouveauté, un répit au milieu des ondées de l'hiver. La fête de la Première Lune continuait de se dérouler, indifférente aux intempéries.

Les habitants de Seh se rassemblaient dans les villages et les manoirs de leurs seigneurs, où s'observaient les rites et avaient lieu les réjouissances. On trouvait de loin le plus de raffinement, sinon l'affluence la plus considérable, dans la cour centrale du palais du gouverneur impérial. Beaucoup des nobles de la province avaient accepté une invitation et, plusieurs de ces seigneurs représentant le bras armé de Seh, leur présence n'était pas le fait du hasard.

Le gouverneur assistait en spectateur au déroulement des festivités du haut de l'escalier couvert qui menait de la grand-salle à la cour intérieure. Remuant malaisément parfois sous des robes de cérémonie qui ne lui étaient pas familières, il était assis à la place d'honneur et s'arrangeait pour paraître séduit par le spectacle. Plus bas sur les marches se tenaient les dames Nishima et Kitsura, les hauts fonctionnaires du Conseil de Seh, plusieurs aristocrates bien nés et différents invités de renom, parmi lesquels dame Okara. Ceux qui, comme le gouverneur lui-même, n'occupaient pas des places assises relativement confortables s'étaient regroupés sous des parasols disséminés dans la cour. Au-dessus de leurs têtes, une file de lampions projetait une belle lumière sur les longues robes de soie et illuminait la neige qui tombait lentement.

Costumés en renards, en ours, en hiboux, des enfants exécutaient une danse au son des flûtes et des tambours. Les pas et les figures étaient plus compliqués que ce à quoi on se serait attendu, eu égard à leur âge, leurs gestes apparaissaient raides et stylisés, et pourtant aucune erreur ne venait en gâter le charme. Les danseurs tenaient leurs rôles avec le plus grand sérieux, sans apparemment se rendre compte que leur spectacle constituait sûrement la partie la plus frivole de la solennité.

Plus tôt dans la soirée, des moines botahistes avaient procédé à une cérémonie rituelle en l'honneur de la Première Lune, afin d'assurer abondance et harmonie au cours de l'année à venir. Ils avaient brûlé de l'encens aux quatre vents et psalmodié la prière destinée à faire tomber la pluie au printemps. Après cela, la célébration avait pris un tour plus festif. Des bannières de soie aux multiples couleurs flottaient au gré du vent, de même que les belles robes des hommes et des femmes. La senteur des parfums se mêlait à celle des huiles en combustion et à l'odeur piquante du charbon de bois. Tout cela se confondait, comme si la cour était l'alambic géant d'un parfumeur.

La danse des enfants prit fin et Shonto, en sa qualité de gouverneur, félicita les exécutants comme s'ils étaient les meilleurs Sonsa de tout l'empire. On distribua des cadeaux, et les jeunes danseurs s'inclinèrent pour remercier avec beaucoup de grâce.

Les serviteurs couraient çà et là, porteurs de chaudrons remplis d'alcool de riz fumant, car nul ne pouvait se passer d'alcool de riz pour le premier clin d'œil de la lune. Des regards curieux ne cessaient d'inspecter le ciel, dans l'espoir qu'en se trouant comme ils le faisaient occasionnellement les nuages se montreraient propices. Leur attention toutefois ne pouvait être retenue là indéfiniment.

Un flamboiement soudain signala l'entrée du dragon, et l'un des meilleurs danseurs de Seh parut dans un costume très élaboré. Okara avait participé à sa conception, et ses efforts, s'ajoutant au talent de l'interprète, donnaient un résultat surprenant. Longue queue, écailles bleues, le monstre rampait efficacement d'ombre en ombre à la joie de tous, petits et grands. Après plusieurs tentatives infructueuses, le dragon captura la lune, disque argenté, illuminé par la lueur des lampions. Des accessoiristes alors éteignirent beaucoup des lumières, plongeant la cour dans une demi-obscurité.

Au loin, une conque fit entendre un bruit, une longue note solitaire, assourdie par la neige. Le dragon continua son chemin, ravi de son trophée. Le même son se reproduisit, plus proche cette fois. L'animal dressa les oreilles puis recommença à explorer la cour. Subitement, il se précipita sur un groupe d'enfants qui s'enfuirent en hurlant.

Une note encore suivit, longue, soutenue, poussée de l'autre côté d'un mur voisin. Le dragon s'arrêta net puis se tourna. Angoisse. Une langue de flamme jaillit d'un récipient adroitement situé, donnant à croire qu'elle était le souffle de l'animal. En ombre chinoise, sous un grand arceau, Yoshinaga, le Septième Prince, parut, menant son cheval gris par la bride. La queue du dragon se mit à s'agiter frénétiquement tandis que son corps était pris de soubresauts.

Abandonnant sa monture, le deuxième danseur tira son épée et entra dans la cour. Ce fut le début d'un combat, la ruse et les griffes du dragon contre le courage et l'acier du cavalier. La chorégraphie était ancienne, quoique parmi les connaisseurs venus de la capitale on s'étonnât de voir que Seh s'autorisait certaines libertés.

Les tambourins précipitèrent leur cadence. Le combat atteignit son sommet quand Yoshinaga, s'enveloppant de la queue du dragon, lui planta son épée dans la poitrine. La bête s'effondra sur le jeune prince, qui trouva encore la force de jeter le disque lunaire au loin dans les ténèbres.

Chacun alors tourna les yeux dans une autre direction car, si tout était bien réglé, le moment était venu pour le croissant de lune de se lever au-dessus du mur. Une pâle lueur sous un nuage se mit à croître et, par un faible interstice, l'astre parut au milieu de soupirs de soulagement. On leva les coupes d'alcool de riz en son honneur. Les regards se portèrent à nouveau sur la terre, à temps pour voir l'esprit de Yoshinaga, revêtu maintenant d'une robe blanche flottante, enfourcher son cheval gris et disparaître dans la nuit. Fin du dragon.

Le spectacle étant terminé, la foule commença à se diriger vers l'intérieur de l'édifice, à l'exception de quelques-uns qui restaient à l'affût dans l'espoir d'une étoile filante (supposée être Yoshinaga chevauchant dans les nues), ce qui était de bon augure pour les témoins de la scène. Le public se scinda en de nombreux groupes qui se répandirent dans trois salles différentes. Au programme de la soirée, musique, danse, poésie et bavardages sans fin. Nul ne se plaignit de la diversité de ce qui était proposé.

Nishima avait planifié ses activités de façon à éviter le général Jaku Katta, et elle était si forte à ce jeu qu'il dut commencer à admettre qu'en matière de stratégie elle démontrait une subtilité plus grande que tout ce à quoi il avait jamais prétendu. En une occasion, alors qu'il était sur le point de pouvoir lui parler, elle l'engagea dans une discussion avec plusieurs des moulins à paroles les plus ennuyeux de Seh, pour ensuite l'abandonner à son triste sort sans l'ingéniosité dont elle disposait pour se tirer d'affaire poliment.

Le regard exercé de la jeune femme lui permit de noter qu'un certain nombre de puissants seigneurs avaient pris le large, de même que la plupart des conseillers de son oncle les plus écoutés. Elle se tourna vers l'estrade du gouverneur et le vit s'esquiver par l'ouverture d'un écran, suivi de ses gardes du corps et du frère initié Shuyun. Elle adressa une prière muette à Botahara.

Il y avait dans la pièce peut-être quelque vingt personnes, vêtues de leurs plus belles robes et assises sur des coussins de soie. Shonto avait pris place devant elles sur une estrade basse. À sa droite et à sa gauche se tenaient agenouillés le grand chancelier, le seigneur Gitoyo, ainsi que le ministre de la Guerre, un homme d'un certain âge, le seigneur Akima. Kamu, le général Hojo et le frère Shuyun, les principaux conseillers du maître des lieux, étaient à proximité, tandis que Jaku et Komawara ne se trouvaient guère plus loin.

Face à l'estrade, on voyait les chefs des plus importantes maisons de Seh, chacun d'eux étant venu avec ses parents et les plus considérables des membres de son personnel. Le plus en évidence était l'aristocrate à la tête du clan des Toshaki. Il s'était fait accompagner de son fils aîné et de Toshaki Shinga, général commandant la garnison. Shonto ne connaissait le seigneur Toshaki que par ouï-dire et fut surpris de son air juvénile. L'homme avait assisté dans sa vie au moins à soixante-dix fêtes de la Première Lune, et pourtant il semblait que ses cheveux et sa barbe grisonnaient très prématurément. Ce seigneur Toshaki avait conscience de la position prééminente qu'il occupait dans Seh et, bien que théoriquement rien ne le séparât des autres, cela ne l'empêchait pas de ne pas s'asseoir parmi eux. Pour autant que Shonto se sentît capable de juger de ces choses-là, ce seigneur allait laisser le soin à son parent, Toshaki Shinga, de parler en son nom.

Parmi ceux qui appartenaient aux autres grandes maisons de la province, il y avait le seigneur Taiki Kiyorama. Il était venu accompagné seulement de l'officier à ses ordres le plus gradé. Il s'inclina plus bas qu'il n'était nécessaire devant Shuyun et Kamu en reconnaissance des services rendus à son fils, qui avait failli perdre la vie dans les jardins du palais.

Pour le seigneur Ranan, il en allait tout autrement. Les Ranan avaient été le bras droit des empereurs Hanama pendant deux siècles et s'étaient enrichis en conséquence. Dire qu'on leur en gardait rancune dans le Nord serait rester très en dessous de la vérité. Néanmoins, ils étaient fortunés et n'avaient pas perdu toute influence dans la province, même si la faveur de l'empereur était nominalement passée aux Toshaki.

C'étaient là les gens qu'il fallait à Shonto rallier à sa cause s'il devait lever une armée. Le seigneur Taiki préparait déjà ses troupes, mais la rivalité entre Toshaki et Ranan n'augurait pas favorablement de la constitution d'une alliance.

Shonto fit signe à Kamu. Celui-ci se tourna vers les dignitaires et les hauts responsables réunis devant lui et les salua. « Le seigneur Shonto Motoru, gouverneur impérial de la province de Seh. »

Toute l'assistance s'inclina, chacun selon son rang, et l'on reprit une position assise. Shonto salua à son tour et pendant un moment resta muet, à examiner son public.

« La maison des Shonto s'honore de votre présence, seigneurs de Seh. L'ancêtre auquel je dois mon nom est allé au combat avec vos aïeux et vos bisaïeux. » Il chercha derrière lui et ôta une épée de son support. « Ceci est l'épée que mon aïeul présenta à l'empereur Jirri, personnages de légende à l'heure qu'il est. Cette épée, la main d'un empereur la tint dans les combats, et Seh garda ses frontières. » Il s'interrompit pour regarder à nouveau l'assemblée. « Mon empereur m'a confié le soin de mettre un terme aux incursions des Barbares sur le territoire de Seh, et j'y ai consacré tous mes efforts. Il m'est apparu que nous devions nous informer de ce qu'était la situation dans le désert. Pour y parvenir, nous avons choisi la méthode la plus simple : nous avons envoyé des hommes sur place afin qu'ils soient les témoins oculaires de ce qui se passait. »

On remua un peu dans la salle, des regards furent échangés, puis le gouverneur eut droit de nouveau à l'attention de tous.

« Ce que nous avons appris vous sera rapporté, et sans nul doute le trouverez-vous aussi troublant que moi. Nous entrons dans une période de grandes décisions, où c'est tout le cours de l'histoire de notre empire qui sera affecté par nos actes. Faites en sorte que les futures générations puissent dire qu'alors nous avons été remplis de la sagesse d'Hakata et animés du même courage que l'empereur Jirri.

» Il nous faut parler ouvertement, messeigneurs, car, si nous réfrénons notre audace et dissimulons nos intentions, nous tomberons aussi sûrement que sous les coups d'un sabre barbare. Je voudrais connaître votre opinion, seigneurs de Seh, si vous voulez bien me faire l'honneur de me la donner. »

Il se tut l'espace d'un instant mais, avant qu'il pût poursuivre, un cousin du seigneur Ranan s'inclina devant lui et prit la parole. « C'est dans cet esprit, seigneur gouverneur, que je voudrais savoir quelle vérité renferment les bruits qui circulent dans Seh. »

C'était un homme d'un certain âge, choisi à l'évidence pour son élocution, car on croyait entendre un vieux lettré s'il avait l'air coriace d'un vieux paysan. « Les gens se demandent où sont passés les Kintari, et l'on raconte qu'un Barbare est à votre service. »

C'était une interpellation audacieuse, formulée avec une brutalité qui n'était pas de mise quand on s'adressait à un gouverneur impérial, de surcroît homme de haute naissance et de grand renom. Pourtant, Shonto vit qu'elle avait l'approbation des autres habitants de Seh.

« Seigneur Ranan, répondit-il en baissant la voix, j'aimerais poser la question aux Kintari eux-mêmes. » Il posa l'épée sur ses genoux. « Quant au Barbare, nous allons parler de lui maintenant, si vous voulez bien entendre ce qu'a donné cette expédition dans le désert. »

Les auditeurs approuvèrent. Il continua.

« Comme il est difficile pour des gens de Seh d'entrer en pays barbare, il n'était pas sans risque d'entreprendre ce voyage. Les seuls sujets de notre empire qui puissent s'aventurer dans le désert avec une chance de survie s'ils rencontrent des indigènes sont les frères guérisseurs. Pour cette raison, c'est mon conseiller, le frère Shuyun, qui a passé la frontière. Il était accompagné du seigneur Komawara, lui aussi portant la robe des moines botahistes. »

Shonto se tourna vers Komawara et lui fit signe. Celui-ci s'inclina. Sa blessure ne nécessitait plus de bandages, et tout, à l'exception d'une petite tache violette sur la tempe, était dissimulé par des cheveux fraîchement repoussés.

« Le frère Shuyun et moi, commença-t-il d'une voix embarrassée mais ferme, nous avons voyagé dans la steppe à l'époque de la fête des Brûlis. Bien qu'il nous fût donné de voir de plus en plus de signes de la présence de patrouilles barbares à mesure que nous avancions dans les terres incultes, pendant de nombreux jours nous n'avons rencontré personne. À la source des frères, des indices annonçaient que les hommes des tribus avaient campé là, même s'ils étaient absents à notre arrivée. Où étaient-ils passés ? Je le laisse à votre imagination.

» Nous avons continué à l'intérieur de la steppe, nous nous sommes même approchés des limites du désert proprement dit. En chemin, nous avons été pris au piège dans une ravine par une bande de nomades mais, grâce aux talents du frère Shuyun, nous avons pu venir à bout de ces brigands. Nous avons interrogé l'un d'eux – le frère Shuyun parle leur langue – et découvert qu'ils appartenaient à une tribu qui se cachait du khan, refusant de rejoindre son armée.

» Comme nous étions persuadés que ces hommes ne se livraient pas à des vols par-delà nos frontières, nous sommes tombés d'accord pour que l'un d'eux nous serve de guide. En échange, nous garantissions la vie sauve au reste de la bande. »

On échangea des regards significatifs dans les rangs des seigneurs, mais sans rien dire.

« Ce guide est le Barbare dont vous avez entendu parler, seigneur Ranan. Notre connaissance des coutumes des tribus laissait à désirer, si bien qu'il nous échappa que cet homme nous avait abandonné sa vie et son honneur en contrepartie de la liberté rendue à ses parents. Cela explique pourquoi il ne nous a pas quittés. En honneur, il s'est engagé à servir le frère Shuyun, et rien ne peut le relever de sa promesse. »

Le général Toshaki se mit à ricaner. « L'honneur d'un Barbare ! Il vaut sans doute mieux parler d'un espion admis dans vos rangs, seigneur Komawara.

— J'ai remis ma vie entre les mains de ce Barbare en plus d'une occasion, général, et je suis toujours vivant. Dans l'esprit de ces gens, il est plus que tenu par sa parole. On ne peut douter de la peur que lui inspire le chef qu'on appelle le khan aux mains d'or. Il croit que cet homme sera la ruine des tribus et de leur mode de vie.

— Là-dessus au moins, on ne peut lui donner tort », dit le général Toshaki, amenant des sourires amusés sur les lèvres des autres seigneurs.

Komawara poursuivit son récit, en taisant ce qu'il savait sur le sanctuaire du dragon et les pièces d'or. On l'écouta avec un semblant de politesse jusqu'au moment où il entreprit de décrire le campement de l'armée qu'ils avaient trouvé dans le désert. Akima l'interrompit.

« Pardonnez-moi, seigneur Shonto, seigneur Komawara, mais il est difficile d'imaginer une armée barbare avec plus de soldats que n'en a jamais compté leur nation dans son ensemble. Comment l'expliquez-vous ?

— Je ne connais pas la dernière estimation impériale du nombre des Barbares, rétorqua Komawara avec aigreur, et ne puis vous répondre, seigneur Akima. Quand a-t-on abouti à ce résultat ?

— Messeigneurs, intervint Kamu, avant de nous mettre à discuter de ce qui est possible et de ce qui ne l'est pas, mieux vaudrait sans doute entendre ce que le seigneur Komawara et le frère Shuyun ont vu de leurs propres yeux. »

Tant Akima que Komawara s'inclinèrent en direction de l'estrade. « Nous avons laissé le camp derrière nous, reprit ce dernier, et suivi les traces de l'armée qui se dirigeait vers notre frontière. Il nous a fallu une journée pour la rejoindre. Du sommet d'une colline, nous avons vu avancer plus de quarante mille hommes. Il faisait grand jour. Toute erreur était impossible. Cette armée a bifurqué vers l'est, à ce que l'on croit pour prendre ses quartiers d'hiver au sein des tribus de la steppe. Après avoir vu cela, nous avons rebroussé chemin vers Seh, aussi vite que le permettait l'état de nos montures. » Il s'inclina devant Shonto et devant l'assemblée, puis se mura dans le silence.

« Je vous remercie, seigneur Komawara, dit le gouverneur. Je vous honore, le frère Shuyun et vous, pour avoir entrepris ce voyage en un moment critique pour nous. » Il se tourna vers ses hôtes. « Comme vous le voyez, la situation est de celles qui demandent une action rapide. L'instant est venu de poser vos questions et d'engager les débats, messeigneurs. »

Tout le monde se tut. Shonto se demandait qui serait choisi pour être le porte-parole du groupe et suivait avec intérêt la façon dont s'opérait silencieusement ce choix. Finalement, le général Toshaki Shinga s'inclina devant le gouverneur. Ainsi, pensa Shonto, ce sont les Toshaki qui mènent le jeu.

« L'affaire est délicate, gouverneur Shonto, dit le général. Il nous a été demandé de donner notre sentiment mais, pour ma part, je ne voudrais pas offenser quiconque ici présent en contestant ce dont il est persuadé… ou en laissant planer un doute sur la validité de son jugement.

— Général Toshaki, dans les conseils des Shonto, nous n'avons pas scrupule à dire ce que nous pensons ; un autre comportement nous mènerait à la catastrophe. Je vous ai demandé à tous de nous faire profiter de l'expérience et de la sagesse que vous avez acquises. Si cela vous conduit à ne pas être du même avis que moi ou que l'un des membres de mon entourage, tant pis. S'il vous plaît, parlez comme vous le feriez dans votre propre conseil. »

Toshaki s'inclina. « L'évaluation qui a été faite, dit-il, de l'importance de cette armée semble défier les limites du possible… même s'il me faut hésiter avant de mettre en doute ce que le seigneur Komawara et le frère Shuyun ont vu de leurs propres yeux, se dépêcha-t-il d'ajouter. Ne pourrait-on pas envisager que les Barbares se fassent la guerre entre eux ? »

Shonto se tourna vers Shuyun. Celui-ci salua par deux fois. Le ton qu'il adopta surprit son auditoire. Il parlait doucement et sans forcer la voix, comme s'il n'éprouvait pas le besoin d'obliger qui que ce soit à partager son opinion. « Le nomade dont a parlé le seigneur Komawara est d'avis que le khan est résolu à envahir Seh au printemps prochain. Les tribus qui ne le suivent pas sont en petit nombre, seigneur Toshaki, et dispersées. Elles ne représentent pas pour lui une menace. Je n'imagine pas d'autre raison pour rassembler une armée de cette importance que le projet de faire la guerre à notre empire.

— Pardonnez-moi, mon frère, dit calmement le général Toshaki, mais j'ai peine à ajouter foi aux paroles d'un Barbare. »

Shuyun ne se troubla pas, si le visage de Komawara parut s'empourprer. Le parent du seigneur Ranan s'inclina. Kamu l'invita à parler.

« Seigneur, dit le jeune homme d'une voix empreinte de respect, il est encore une question que nous voudrions poser. » Il chercha dans sa manche, d'où il tira un sachet de cuir qu'il ouvrit précautionneusement. Il y trouva quelque chose qu'il remit à un officier des Ranan, qui à son tour s'avança vers Kamu pour le lui donner. L'intendant de Shonto déposa l'objet sur l'estrade devant son maître. Celui-ci consentit à peine à baisser les yeux.

« Oui, seigneur Ranan ? » demanda-t-il. Bien des regards s'évertuèrent à distinguer ce qui brillait sur l'estrade.

« Des pièces du même genre, répondit le jeune Ranan, ont été saisies sur un Barbare venu voler dans le fief que possède mon seigneur dans l'Ouest. Vous verrez une sorte de dragon bizarre gravé sur une de ses faces. Que signifient ces pièces ? Mon seigneur se le demande. À notre connaissance, on n'avait jamais trouvé d'or sur des Barbares jusqu'à maintenant. »

Shonto se pencha et poussa la pièce du bout de son épée. « Fais voir cela aux autres », dit-il calmement. Kamu reprit l'objet, qu'il tendit à Akima. « Ce que vous voyez, seigneurs de Seh, poursuivit Shonto, est le talisman d'un culte lié à ce khan qui a fait son apparition au milieu des tribus.

— Vous avez déjà vu de ces pièces, seigneur Shonto ? » demanda Akima.

Shonto fit signe que oui. « D'autres bandits en avaient sur eux, dit-il.

— Vos connaissances semblent très approfondies, seigneur Shonto. » L'intervention était celle du chef des Ranan. La voix était sonore, bien timbrée, et faisait contraste avec les précédentes. « Les Barbares extraient-ils de l'or ? reprit-il. Ou devrons-nous admettre que cet or a été volé dans un lieu ignoré de tous ? Quelque trésor jalousement gardé par un noble seigneur ? »

Shonto parut y réfléchir un bref instant. « L'or vient de Yankura, seigneur Ranan, là se borne notre information. Comment il est acheminé dans le désert demeure mystérieux. Quant aux desseins qu'il sert, cela aussi est une énigme. »

On aurait presque pu entendre tomber la neige dans la cour intérieure. Le chef des Ranan regarda dans la paume de sa main comme s'il pouvait y lire les mots qu'il allait prononcer. Une lampe se mit à crachoter, la condensation ayant touché la flamme.

« Voulez-vous dire que quelqu'un dans l'empire paie aux Barbares une sorte de tribut, seigneur gouverneur ? » La voix de Ranan avait perdu toute trace d'ironie.

« C'est une explication plausible », répondit calmement Shonto, comme s'il n'était pas en train de lancer une accusation de haute trahison. L'objet de cette accusation ? Nul n'éprouvait le besoin de se le faire préciser.

Ranan hocha la tête. La pièce de monnaie était passée entre les mains du général Toshaki.

« Pourquoi ce culte ? dit celui-ci. Le sait-on ?

— Il semble légitimer le pouvoir du khan, général.

— Comment avez-vous fait pour savoir tout cela, seigneur Shonto ? » demanda Toshaki.

Shonto fit signe à Komawara, qui s'inclina avec raideur. « Le Kalam, le Barbare qui sert Shuyun-*sum*, il nous a parlé du culte du dragon. Et puis, en voyageant dans le désert, nous avons vu le sanctuaire de ce dragon. »

Le général Toshaki se tourna vers le chef de sa maison, qui lui donna son aval d'un geste presque imperceptible. « Seigneur Komawara, dit le général en réponse à ce signal, on murmure autre chose dans Seh. » Un léger sourire apparut aux commissures de ses lèvres. « On raconte que, lors de votre voyage, vous auriez vu les restes d'un dragon. Cela peut-il être vrai ? »

Hojo intervint. Sans un regard pour le général, il s'adressa directement à son maître. « Les rumeurs, monseigneur, sont souvent de la fumée sans feu. » Lui aussi se mit à sourire.

Toshaki soutint le regard d'Hojo un bref instant puis, visiblement se désintéressant de lui, se retourna vers Komawara.

« Seigneur Komawara, sur l'honneur de votre famille, croyez-vous pouvoir affirmer avoir vu les restes d'un dragon dans le désert ? »

Komawara hésita. Il lança un coup d'œil furtif à Shonto. « J'ai vu le squelette d'un très gros animal, seigneur Toshaki.

— Un très gros animal, dites-vous, seigneur Komawara ? » Il lui parlait comme à un enfant. « Mais quelle sorte d'animal ?

— Un animal ressemblant au dragon qui figure sur la pièce, seigneur Toshaki. »

Komawara ne prononçait pas un mot plus haut que l'autre. Le général hocha la tête. Il baissait les yeux comme pour dissimuler un sourire. Puis il lança : « Un seul dragon, seigneur Komawara, ou quarante mille ? »

Il y eut des rires étouffés au travers de la pièce.

« Une bête, une seule, seigneur Toshaki. » La voix était exagérément calme.

Le général inclina légèrement la tête en direction de Komawara. C'était presque par dérision. Le chef de sa maison lui intima l'ordre de se tenir tranquille.

« La situation, dit-il, telle que nous l'avons entendu dépeindre, porte à conséquence pour l'empire tout entier. Général Jaku, à l'heure où nous parlons, le Fils du Ciel rassemble-t-il une armée ?

— C'est notre espoir, seigneur Toshaki, même si nous n'en savons rien encore. » Jaku le fixait de son regard froid.

« Ah ! fit Toshaki en détournant les yeux. Seigneur Shonto, l'affaire est grave… Je souhaite en délibérer avec mes parents et mes conseillers. » Il s'inclina devant le gouverneur.

Brusquement, Taiki prit la parole. « Seigneur Toshaki, et vous messeigneurs de Seh, je vous le dis tout net : si nous ne commençons pas dès maintenant à lever une armée, nous choisissons d'abandonner notre pays à l'ennemi ancestral. Ce n'est pas le genre d'épitaphe que je souhaite pour mon tombeau. »

Court silence.

« Mon seigneur lui aussi désire consulter ses conseillers, seigneur Shonto », dit le jeune Ranan au milieu de cette pause.

Cela clôtura la séance. Très dignement, Shonto inclina la tête en direction de tous ceux qui l'entouraient, puis il se leva et sortit, emportant son épée.

Peu après le départ des seigneurs de Seh, Shonto revint s'entretenir avec son entourage. Jaku et Akima étaient absents, Komawara, Taiki et le grand chancelier Gitoyo les seules personnes étrangères admises. Shonto prit place sur son estrade, et son regard survola l'auditoire.

« Aveugles ceux qui voient, dit-il, *sourds ceux qui entendent… Seuls trouveront la vérité ceux qui cherchent au-dedans. »*

Devant cette citation, Shuyun fit le signe de Botahara. Shonto hocha la tête. « Général Hojo ? demanda-t-il.

— Il apparaît que, pour les seigneurs de Seh, vous êtes la victime désignée d'une armée de mercenaires barbares, des mercenaires payés en or par notre empereur révéré. Sans aucun doute, ils croient que c'est pour vous défendre que vous tentez de rassembler des hommes. Ils se refusent à penser que leur souverain mette en danger une partie de son empire afin d'abattre les Shonto. Il n'y a pas de soutien à attendre de la part de ces gens-là. Toshaki, à mon sens, ne fera rien qui n'ait été ordonné par l'empereur. Quant à Ranan, il a beau détester les Yamaku, il ne prendra pas de risques inutiles pour contrecarrer leurs ambitions. Pour les maisons de moindre importance, quand bien même on parviendrait à les convaincre, cela ne changerait pas grand-chose. »

Shonto acquiesça. Il se tourna vers les autres participants, qui l'un après l'autre signifièrent leur accord. Il frappa alors dans ses mains avec vigueur. « Et le soutien de l'empereur ? En toute franchise ?

— Il dépend entièrement de Jaku Katta, répondit Hojo. Mais, honnêtement, je crois qu'il ne faut rien attendre de ce côté. Après ce qui s'est passé dans la gorge de Denji, il semble que l'empereur ait des raisons de se méfier du commandant de sa garde. Les bruits qui courent, selon lesquels Jaku serait tombé en disgrâce, peuvent être fondés. Katta-*sum* a peut-être même sujet de craindre pour sa propre personne. »

Shonto consulta Kamu.

« C'est aussi mon avis, monseigneur. Nous pouvons espérer obtenir le soutien de l'empereur, mais il nous faut commencer à prendre les mesures que nous prendrions s'il nous était refusé. Attendre serait imprudent. »

Shonto, face à cette situation, avait l'air d'un joueur de *gii* réfléchissant à son prochain coup et, tel un maître à ce jeu, il ne donnait aucun signe d'en être préoccupé. Cela rendit l'espoir à ceux qui dépendaient de lui.

« Seigneur Komawara, dit-il avec chaleur, vous ne pouviez rien faire d'autre que rester fidèle à la vérité. C'était inévitable. Je le regrette profondément mais, dès demain, nous nous réunirons pour prévoir comment nous allons nous retirer de Seh. » Il tira partiellement de son fourreau l'épée que l'empereur lui avait donnée. « Kamu-*sum*, à partir d'aujourd'hui, nul en dehors des personnes ici présentes n'assistera à nos conseils, à moins que je n'en donne l'ordre. Nous renonçons à garder cette façade ; le gouvernement de Seh semble n'être composé que de délateurs. Pas d'hommes en faction autour de nos appartements, uniquement nos gardes du corps. » Il ne cessait de sortir la lame et de la remettre en place. « Il y a un autre coup qui nous est permis dans ce jeu avant de battre en retraite et de nous mettre à couvert. Kamu-*sum*, donne à savoir que le gouvernement de la province de Seh offre de l'or à tout homme en armes acceptant de s'engager. Ils ne se présenteront peut-être pas en temps voulu, mais ils viendront quand nous ferons route vers le sud. »

Le grand chancelier Gitoyo inclina rapidement la tête. « Seigneur, seigneur gouverneur… L'empereur nous réclame ses impôts. Nous n'osons plus remettre davantage. Nous n'avons sûrement pas assez d'or pour lever une armée.

— Bah ! » Shonto regarda le métal sans défaut de sa lame. « Il ne faut pas que l'empereur attende ses impôts. Ce serait impensable. » Il sourit à ceux qui l'entouraient. « Tout à fait impensable. »

Komawara s'inclina profondément. « Il y a autre chose que nous pourrions faire, seigneur Shonto. »

Shonto attendit.

« Les sources de la steppe les plus proches de notre frontière… on pourrait les empoisonner à la fin de l'hiver. »

Komawara retourna se mêler à la fête, bien qu'en son cœur il eût préféré s'en aller. Il lui prit envie de faire courir un cheval ardent au travers des collines, comme s'il pouvait en galopant se défaire de ses soucis. Ainsi ses compatriotes, des hommes du Nord, livraient leur pays aux Barbares ! Lorsque le khan et son armée déferleraient sur Seh, alors et alors seulement ils seraient prêts à prendre les armes, tandis que la seule solution de bon sens consistait à battre en retraite, comme l'envisageait Shonto. Ils mourront tous, pensa-t-il, pourvu qu'on puisse dire qu'ils n'ont pas abandonné leur terre, malgré le peu de chances qu'ils auront de s'en sortir. La bravoure des sots…

Il s'arracha à la pensée de ce casse-tête et scruta la foule à la recherche de dame Nishima. Elle lui avait auparavant adressé la parole, et depuis il était passé par une alternance de joie et de désespoir. Sa robe d'un bleu vif dont le motif montrait la neige tombant sur la montagne du Pur Esprit n'apparaissait nulle part. Navrant.

Le fils aîné du seigneur Toshaki, Toshaki Yoshihira, qu'entourait un groupe de parents hilares, était assis à une table basse. Il aperçut Komawara alors qu'il s'apprêtait à se lever et s'immobilisa. Son visage s'éclaira d'un sourire, il fit une courbette ridicule, se mit debout. Sa tête était congestionnée par l'alcool.

« Seigneur Komawara, dit-il avec la précaution d'un homme qui a trop bu, j'espère qu'à l'avenir, lors de la célébration de la Première Lune, au lieu du prince Yoshinaga tuant le dragon, nous verrons le seigneur Komawara découvrant cet animal. »

Les cousins de Toshaki ne furent pas sans s'inquiéter de cet affront, et ils rirent du bout des lèvres. Komawara s'était taillé une réputation à l'épée qui lui valait le respect.

« Peut-être cela sera-t-il remplacé par le seigneur Toshaki découvrant la témérité au fond de sa coupe de vin », répondit Komawara avec calme.

En un éclair, Shuyun et le fils de Gitoyo se retrouvèrent à ses côtés. « Il existe des querelles plus dignes de votre attention, seigneur Komawara, dit le capitaine Gitoyo d'une voix posée.

— Écoutez votre ami, seigneur Komawara, bredouilla le jeune Toshaki. Réservez votre courage pour les hordes barbares. »

Komawara sentit sur chacun de ses bras peser les mains qui le retenaient.

« Je ne voudrais pas salir mon épée du sang d'un benêt, chuchota Gitoyo. Laissez cela. Moins que d'autres, vous avez besoin de prouver votre bravoure. »

Komawara céda à la pression de ces mains et se prépara à s'en aller. Toshaki se pencha sur la table voisine et y trouva une baguette laquée. Il la brandit comme une épée et se mit en garde.

« Seigneur Komawara, dit-il, il vous faut une arme adéquate pour tuer les dragons et anéantir les Barbares. Vous me ferez honneur en prenant la mienne. »

Komawara se libéra de l'emprise de ses compagnons. Tournant sur lui-même, il s'apprêtait à affronter Toshaki quand, inexplicablement, ce fut Shuyun qui fit face à ce dernier, son dos s'interposant entre les deux hommes.

« Seigneur, dit-il à Toshaki sans s'émouvoir, voilà une arme dangereuse à manier dans le palais d'un gouverneur. »

Toshaki avait sa baguette devant lui en guise d'épée, ne manifestant plus la même assurance. Un noble ne se mesurait pas à ce genre d'adversaire. L'instrument disparut de sa main tandis que le bras de Shuyun s'abattait à une vitesse vertigineuse. Toshaki fut repoussé parmi les siens. « On ne devrait jamais brandir une telle arme dans la bonne société », s'entendit-il dire.

À nouveau, Shuyun fit si vite qu'il fut impossible de suivre ses mouvements. Le bois frappa le bois, un bruit qui n'avait pas de volume mais était bizarrement aigu. Le moine s'inclina bien bas devant Toshaki, qui ne pouvait détacher les yeux de la baguette que Shuyun avait fichée dans la table. D'une voix à peine audible, celui-ci dit : « Puisse votre voyage de retour vous apporter la sagesse, monseigneur. »

Toshaki resta quelques instants interdit devant le jeune moine, les traits crispés, le visage indéchiffrable. Puis, comprenant que ses amis battaient en retraite, il s'éloigna et se perdit dans la foule.

Shuyun le regarda partir, puis il fit face à ses compagnons. Komawara avait les yeux fixés sur l'endroit où Toshaki avait disparu. Soudain il se tourna vers le moine et secoua la tête. « Vous n'auriez pas dû, mon frère, murmura-t-il. Ces choses-là sont au-dessous de vous. »

Un petit salut à Gitoyo, et il s'en alla dans une direction opposée à celle qu'avait prise Toshaki. Les gens devinrent à ses yeux un magma confus de soie colorée, les bruits un grondement indistinct. Il tremblait de colère.

Je suis devenu, se dit-il, un objet de ridicule au milieu des miens, et j'ai eu beau faire, ma province sera livrée aux flammes, et l'on passera ses habitants au fil de l'épée.

D'un pas hésitant, il se glissa entre les piliers d'une colonnade pour gagner les portes. Là, il vit dame Nishima en grande conversation avec le général Jaku Katta de la garde impériale. Tout en parlant, elle se tourna dans sa direction, mais assurément sans le voir.

Il resta un petit moment à les regarder puis franchit le portail pour passer dans la cour intérieure. Tel Yoshinaga, il se fondit dans la nuit.

Il n'avait pas été facile pour Nishima de s'esquiver. Après tout, elle était la fille du gouverneur. Toutefois, elle finissait par acquérir de l'expérience. Les bruits qui lui parvenaient de la musique et des conversations étaient légèrement assourdis par le pilier derrière lequel elle se tenait. Il n'en restait pas moins qu'il ne serait pas simple de sortir de cette grande salle sans avoir à affronter le froid de la nuit.

Elle tapa dans le creux de sa main avec un éventail fermé. On aurait pu croire à de l'impatience, mais cela servait en réalité à tromper son anxiété. Elle avait réussi à éviter Jaku Katta toute la soirée, et puis il lui avait envoyé un poème qu'elle savait ne pouvoir ignorer.

Elle avait eu du mal à le lire dans cette faible lumière.

Saison des cœurs transis,
Nulle chaleur dans la robe blanche,

Neige sur les feuilles de shinta.
Qui sait jusqu'où le gel se fera sentir ?

Il est une chose dont il faut que je vous parle.

Le cœur de Nishima battit la chamade. En un coin de ce cœur, elle espérait que Jaku se montrerait quelqu'un d'honorable, et cet espoir la perturbait. C'était assurément la pire des sottises. Il suffisait de voir comment il s'était conduit si récemment encore avec Kitsu-*sum* !

Elle était sur le point de rejoindre les autres quand une sombre silhouette émergea de l'enfilade des colonnes. Il lui en coûta un peu, mais elle attendit en s'efforçant de paraître calme.

Jaku se dirigeait vers elle, la grâce et la force de cet homme tour à tour visibles et invisibles alors qu'il passait de la lumière à l'ombre et inversement. Finalement, il pénétra dans le même coin obscur où se trouvait Nishima. Ses yeux gris semblaient presque briller sous le faible éclairage. Il s'inclina profondément.

Nishima salua d'un signe de tête. « Général… » Elle s'apprêtait à engager une conversation de simple politesse mais s'en empêcha. « À propos de quoi m'avez-vous écrit, général Jaku ? »

S'il prit cela pour une insulte, il n'en montra rien. « Il s'agit de quelque chose dont on ne peut parler qu'en un lieu plus secret. » Il étouffait sa voix.

« Peut-être ne peut-on en parler qu'en présence de mon oncle, répondit-elle sèchement.

— Mon information vous est destinée, dame Nishima. Elle doit attester de l'honorabilité de mes intentions, même si je crains qu'elles ne soient mal comprises, comme cela leur est arrivé par le passé.

— Vous me faites tort, général. Je ne savais pas m'être trompée sur vos intentions. » Elle ouvrit son éventail. « En quoi consiste cette information ? La nuit commence à être bien froide, général Jaku. »

Jaku acquiesça. Il jeta un coup d'œil par-dessus son épaule. « Je suis inquiet, Nishima-*sum.* » Il soutint son regard un bref instant mais, comme elle ne réagissait pas à cet élan de familiarité, il se hâta de poursuivre. « Je crains que l'empereur ne donne aucune suite à ma demande instante de renforts. Les intrigues de la cour défient l'imagination et sont difficiles à débrouiller, même pour qui habite le palais. On y tend des pièges si insidieux qu'il était très risqué pour moi d'écrire comme je l'ai fait, tant pour ma sécurité que pour celle de ma famille.

— Voulez-vous dire, général, que l'empereur ne fournira pas à vos lettres la réponse que vous espériez ? »

Il hésita. « C'est à envisager, dame Nishima.

— Ah ! »

Elle attendit. Quand il fut acquis qu'elle n'en dirait pas plus, Jaku reprit : « Le soutien de l'empereur nous est absolument nécessaire, je le sais, mais, si nous ne pouvons l'obtenir, dame Nishima, je ne rentrerai pas benoîtement dans la capitale. » À nouveau, il chercha à croiser son regard. « Je mettrai les miens en garde et resterai dans Seh pour y faire ce que je pourrai. Je sais qu'on dit de Jaku Katta qu'il choisit toujours le parti qui présente le plus de chances de succès, mais je combattrai aux côtés du Shonto, même si cela me vaut l'hostilité du Fils du Ciel. »

Nishima détourna les yeux. Quelqu'un surgit de l'ombre d'un pilier, à peu de distance. Il hésita puis franchit les portes menant à la cour intérieure.

« Dites-moi, Katta-*sum*, dit Nishima, presque dans un murmure, l'empereur nous enverra-t-il des troupes ? N'y a-t-il aucun espoir ? » Elle ne le quitta pas des yeux tant qu'il réfléchit à la question.

« Je ne suis pas sans influence à la cour, Nishima-*sum*, mais d'autres peuvent avoir le dernier mot… quand je ne suis pas là. Il est… Il est possible que ma voix soit sans effet, cela me navre de le dire. »

Nishima hocha la tête tristement tout en gardant les yeux fixés sur le sol. « Et ce projet insensé qui visait à abattre mon père, vous n'y avez pas pris part ?

— Une fois au courant… » Il s'approcha et baissa la voix. « Il m'a fallu du temps pour oser parler, c'est vrai. Ma loyauté a été mise à l'épreuve… jusqu'au jour où j'ai eu cette conversation avec vous, lors de la célébration de l'Ascension de l'empereur. J'aurais dû me faire entendre plus tôt, c'était honteux de ma part. »

L'éventail de Nishima s'interrompit au milieu de son mouvement. Une chaude main lui toucha la joue. Elle s'écarta. En levant les yeux, elle croisa le regard de Jaku, aussi impénétrable qu'une muraille. Elle partit pour regagner une grande salle brillamment éclairée.

16

Nishima déplia sa lettre pour la deuxième fois et lut l'unique poème qu'elle contenait.

Saison des cœurs transis,
Nulle chaleur dans la robe blanche,
Neige sur les feuilles de shinta.
Qui sait jusqu'où le gel se fera sentir ?

Il est une chose dont il faut que je vous parle.

La tête lui tournait. C'était comme si le Nagana y était à l'œuvre et brouillait tout. Jaku lui avait menti. Elle en était plus sûre que de son propre nom, et beaucoup plus que de l'état de son cœur. Elle manquerait de preuves tant que n'arriverait aucune lettre de la famille de Kitsura, mais le doute n'était pas permis. Jaku Katta n'était plus en grâce à la cour. C'était de l'esbroufe. Son père vraiment comptait-il sur lui pour obtenir le soutien de l'empereur ? En réalité, ses efforts aboutiraient presque inéluctablement à affermir le refus du Fils du Ciel.

Jaku avait joué un rôle dans le complot destiné à l'anéantissement de sa maison. Sans aucun doute, il avait espéré soulever les autres grandes familles contre un empereur qui aurait abattu les Shonto, à moins qu'il n'eût songé à un assassinat discret au sein des appartements impériaux. Il aurait mis alors Nishima Fanisan Shonto sur le trône du Dragon, et cela l'aurait perdue sans recours.

Et pourtant… Oui, pourtant, si elle avait eu un mouvement de recul en étant touchée par Jaku, ce n'était pas qu'elle n'eût ressenti aucun plaisir. Le contact de sa main sur son corps, et elle n'avait plus de volonté. Elle avait désiré croire en lui ou, pis encore, su qui il était et avait passé outre. Non, elle ne devait plus lui permettre de l'approcher. Il était pire qu'un opportuniste, un homme sans honneur. Dire qu'il avait voulu éliminer les personnes qui lui étaient chères pour ensuite faire figure de sauveur à son égard ! Elle tira la lettre de sa manche et délibérément la déchira. Puéril peut-être, mais gratifiant.

Une cloche sonna dans le lointain, son tintement assourdi par la petite couche de neige qui recouvrait Rhojo-ma. Le matin était proche, et elle n'avait pas dormi. Elle portait toujours ses robes de cérémonie sous le peignoir doublé qu'elle avait passé pour se garantir du froid. Elle planta un tisonnier dans le brasero et remua les braises pour une meilleure circulation de l'air. De la chaleur se dégagea. Nishima resserra ses belles robes de soie et enfouit ses mains dans ses manches.

Elle s'étendit sur les coussins et ferma les yeux, mais le sommeil la boudait. Elle examina l'appartement qui lui avait été dévolu. C'était une pièce agréable, presque vide, à l'exception de son bureau, d'un guéridon portant un bouquet de végétation hivernale et d'un écran peint, un triptyque montrant des promeneurs au printemps sous des pruniers en fleur. On avait jeté un tapis épais, l'ouvrage des tribus, au milieu d'un parquet recouvert de nattes de paille, et là-dessus disposé ses coussins. La pièce baignait dans une chaude lumière dispensée par trois lampes, où se jouaient les reflets des poutres et des colonnes laquées.

C'était quelque chose de simple, sans tout l'attirail qu'affectionnaient certaines gens. Très jeune, son père naturel l'avait un jour emmenée visiter le marchand vassal de Shonto, Tanaka, dans sa maison. Une vie passée dans le commerce l'avait encombrée de tout un fatras de meubles, le plus extraordinaire qui pût se concevoir, chiffonniers, coffres, commodes et, le plus étonnant à ses yeux, des chaises. Elle ne s'était encore jamais assise sur une chaise. Elle se souvenait parfaitement d'avoir grimpé sur un de ces engins compliqués et biscornus pour s'y percher. Elle avait balancé les pieds en prétendant qu'elle était une princesse. Cette idée alors n'avait pas paru lui faire peur.

Elle referma les yeux. Sa pensée s'égara au milieu d'autres images, le regard tenant de la bête sauvage de Jaku Katta, un casier en bois avec de minuscules tiroirs dont chacun contenait le trésor d'un enfant, la vue qu'on avait de la terrasse de dame Okara, le crépitement de la pluie sur les tuiles au printemps, la main d'un homme sur sa poitrine. Rien dont elle gardât le souvenir quand elle s'éveilla aux premières lueurs de l'aube.

C'est qu'elle avait bien froid ! Depuis longtemps les braises ne dégageaient plus de chaleur. Elle se redressa maladroitement, sans permettre à ses mains de contact avec l'air glacé. Une domestique mit le nez à un entrebâillement dans les *shojis*.

« Un bain chaud vous attend, dame Nishima.

— Puisse Botahara glorifier votre nom ! »

La servante s'inclina. Nishima eut l'impression d'être un bloc de glace quand elle se laissa couler dans l'eau fumante et s'attendit à remonter à la surface comme elle avait vu un glaçon le faire qui était tombé dans une rivière. Je n'aurai plus jamais chaud, pensa-t-elle, du moins pas avant le printemps.

Elle en revint à la question qu'elle s'était posée durant presque toute la nuit : fallait-il parler à son père de la situation dans laquelle Jaku se trouvait à la cour ? Et si elle s'y résolvait, comment présenter son information de manière à ne pas paraître douter des capacités du seigneur gouverneur ? C'était délicat. Son père avait pour elle beaucoup d'indulgence, cela ne lui échappait pas, mais sa connaissance des intrigues de l'empire était considérable, et il était réputé pour sa façon de collecter des renseignements et de les trier. Il était bien hardi de sa part de s'aventurer à conseiller le maître de *gii*.

Il doit s'occuper de tant de choses, se dit-elle, et l'intérêt que me porte Jaku, je me suis arrangée pour en tirer de quoi l'en faire bénéficier. Je ne veux qu'apporter mon concours. Je ne suis qu'une source de renseignements parmi d'autres, et ce que j'ai à dire, il pourra en juger comme il juge de la valeur de tous ses rapports. Si je présente cela comme de l'information et rien de plus, je suis sûre qu'il ne se formalisera pas.

Le temps pour son corps de commencer à retrouver ses sensations, Nishima décida d'attendre quelques jours et d'espérer en un message de la famille de Kitsura. C'était un élément de peu de poids à mettre dans la balance, mais il contribuerait dans une faible mesure à renforcer son argumentation. Elle pourrait aussi se rabattre sur un stratagème du temps passé, aller trouver son père et tâter le terrain avant de songer à autre chose.

Shuyun attendait avec la patience qui lui était coutumière. La matinée était à peine commencée, le jour venait de paraître, mais souvent le moine se demandait si le seigneur Shonto ne dormait pas aussi peu que les produits d'une formation botahiste. Il avait été invité à se présenter devant les appartements de son maître par un serviteur à moitié réveillé : la fête de la Première Lune, la veille, avait fait des dégâts parmi la domesticité du palais.

Malgré le calme qu'il affichait, Shuyun avait hâte d'en finir avec cette entrevue, de manière à pouvoir s'occuper d'un autre problème : Komawara n'avait pas été revu depuis l'incident de la nuit précédente avec le jeune Toshaki.

Un garde entra, s'inclina : le seigneur Shonto allait pouvoir le recevoir.

Le gouverneur de la province de Seh avait pris place ce matin-là sur un coussin, non sur une estrade, et son attention paraissait entièrement requise par l'épluchage d'un quartier de fruit. Il répondit sommairement au salut profond de son conseiller et d'un signe de tête montra un deuxième coussin.

À sa gauche, il y avait une table dans laquelle était fichée verticalement une baguette laquée.

« J'en suis à me demander, dit-il tout en travaillant à son épluchage, si vous ne souffrez pas d'une curieuse antipathie à l'égard des tables, frère Shuyun. » Il tourna la tête pour observer son conseiller spirituel et écarquilla un œil avant de se remettre à l'ouvrage.

Shuyun s'inclina légèrement. « Il m'inquiétait, dit-il, de voir que le seigneur Komawara risquait de blesser et peut-être de tuer le fils d'un homme dont vous espériez le concours, seigneur Shonto. »

Shonto fit signe qu'il comprenait. « Oui, mais en pareille circonstance il n'est pas nécessaire d'entraver les mouvements du seigneur Komawara. Toshaki était-il très insultant ?

— Si je m'en rapporte à ma connaissance des mœurs de Seh, il lui aurait été difficile, monseigneur, de se montrer plus offensant. »

Shonto termina sa besogne et commença à couper son fruit en petits morceaux. « Il est peu plausible, dit-il, que Yoshihira se fût ainsi conduit s'il avait pensé que son père nourrissait l'intention de se joindre à nous. » Il lança un des morceaux dans sa bouche et le mastiqua consciencieusement, les yeux clos. « Difficile de savoir lequel des deux était le plus sot. » Il ouvrit les yeux et sourit. « Eh oui, la jeunesse trouvera toujours le moyen de se montrer sotte dans la demeure de la sagesse. Peut-être à l'avenir serait-il possible d'imaginer une façon moins voyante de traiter un problème comme celui-là ? »

Shuyun s'inclina. « Je m'excuse, dit-il, d'avoir réagi de cette manière. »

Shonto fit signe qu'il n'y attachait pas d'importance. « Je regrette de ne pas avoir assisté à la scène plus que je ne m'inquiète pour la réputation du jeune Toshaki.

— Je pourrais vous faire une démonstration maintenant, monseigneur, si vous le souhaitiez. »

Shonto leva les bras au ciel. « Laissons au mobilier un peu de répit, Shuyun-*sum*. Je vous remercie. »

Le moine baissa la tête.

« On n'a pas vu le seigneur Komawara ce matin, si je comprends bien », demanda Shonto. Il s'attaqua à une deuxième tranche de son fruit.

« C'est ce que l'on m'a dit, monseigneur. »

Shonto ne répondit pas tout de suite. « Je le ferai rechercher à midi s'il ne s'est pas encore montré. Nous avons besoin de sa connaissance du désert. Comme il l'a suggéré, j'enverrai des hommes dans les steppes pour empoisonner les sources les plus proches. C'est une flèche qu'il nous faut décocher à bon escient. Nous devons intervenir avant que bouge l'armée du khan, mais pas trop tôt ou l'eau se nettoiera d'elle-même avant que les Barbares en fassent usage. » Il projeta un autre morceau de fruit dans sa bouche. « Manœuvre de retardement, dit-il, à ne pas confondre avec l'énergie du désespoir. »

17

Le seigneur Komawara Samyamu fit quitter la route à son cheval pour s'engager dans un étroit sentier sous des arbres tout blancs de neige. C'était une journée grise, sans vent. Le ciel plombé annonçait d'autres flocons d'un bout à l'autre de l'horizon, dans une uniformité désolante.

Le temps était si calme que le souffle de l'animal se condensait dans l'air froid et n'y bougeait pas davantage que les nuages au firmament. Les cris des oiseaux et le craquement des arbres sous l'emprise du gel étaient assourdis par l'enneigement au point de paraître venir du fond des âges. C'était l'aube du premier jour de la Première Lune.

Pelotonné sur sa selle, Komawara se félicitait de ne pas avoir commis la sottise de sortir sans se couvrir comme le demandait la saison. Il avait mis à profit l'obscurité pour se glisser hors des murs de Rhojo-ma et avait déjoué la vigilance de ses gardes, qui ne se pardonnaient toujours pas de s'être trouvés séparés de leur maître dans les collines de Jai Lung. Ils n'allaient pas être contents.

Au débouché du couvert, Komawara fit escalader la pente à sa monture. Son but était la crête d'un coteau au nord de la capitale de Seh, qui procurait un joli coup d'œil sur la ville et la campagne environnante.

Au mitan d'un lac revêtu d'une mince couche de neige et de glace, Rhojo-ma se cramponnait à son île. Murs blancs et toits en pente s'étageaient dans un ordre compliqué, laissant une impression de beauté. Des déchirures apparaissaient dans le blanc qui recouvrait tout, là où la neige n'avait pas réussi à tenir, dévoilant des tuiles d'un bleu azuréen. Un seul pont reliait l'île au rivage, dans une succession d'arches légères, trop frêles, aurait-on pu penser, pour gagner la bataille engagée avec les lois de la pesanteur.

Au-delà de la ville, la campagne de Seh s'étendait en direction du sud, où elle se perdait dans les nuages. Komawara n'avait pas pris assez de hauteur pour avoir devant lui son paysage de prédilection, mais tout de même la terre était belle sous son manteau de neige. Des arbres en bouquets se serraient les uns contre les autres au sommet de crêtes et de collines, formant des taches grises dans une vaste blancheur. Au fond d'une ravine au loin, on reconnaissait les signes annonciateurs d'un village : des panaches de fumée montaient dans le ciel.

Komawara mit pied à terre et laissa traîner sur le sol les rênes de son cheval. Il fit quelques pas sur la ligne de faîte, s'arrêta et prit appui sur un tronc d'arbre, geste qui réveilla sa blessure au côté sans qu'il en tînt compte. Bientôt, se dit-il, bientôt, tout ne sera que ruines. Mon pays, mon peuple. Et moi, je battrai en retraite le long du Grand Canal, tâchant de défendre d'autres provinces que la mienne, ainsi que le trône d'un traître et d'un scélérat.

Le soleil essaya de se ménager un passage par un défaut de la couverture nuageuse, donnant subitement du relief à une partie du paysage où des ombres se profilèrent. Quelques flocons glissèrent des branches hautes, rappelant à Komawara la robe que Nishima portait à la fête, avec son motif de neige tombant sur la montagne du Pur Esprit. Il se souvenait surtout de sa haute et parfaite silhouette, alors qu'elle était occupée dans l'ombre d'une colonne à s'entretenir avec Jaku Katta. Pas de doute là-dessus : elle avait levé les yeux sur lui sans même le reconnaître. Je suis indigne de son attention, se dit-il avec amertume. Les égards qu'elle a pour moi ? L'effet de sa bonne éducation, rien de mieux.

Il baissa les yeux sur ses bottes enneigées. Elles étaient dans Seh ce qu'il convenait de porter, sobres, usagées. Pourtant, brusquement elles lui paraissaient pitoyables, dignes d'un petit seigneur de province.

« C'est néanmoins ce que je suis, dit-il à haute voix, et je ne puis rien espérer d'autre. » Il promena son regard sur le panorama familier. « Un hobereau, et même pas cela, car bientôt je perdrai tout. »

Il frappa le tronc par deux fois du plat de la main, comme pour vérifier s'il n'était pas creux. Le bruit se répercuta dans le silence des bois.

Il lui revint en mémoire sa rencontre avec Toshaki Yoshihira la veille au soir. Il y aurait eu quelque chose de satisfaisant, songea-t-il, à lui faire goûter du fil de mon épée. C'était là ce qu'il perdrait en dernier, sa science de l'escrime. Peut-être ses espoirs se résumaient-ils aujourd'hui à l'occasion qui lui serait offerte de prouver sa valeur au combat. Insuffisant pour faire impression à une dame de la capitale, mais à sa portée.

Il commença à gratter sous la neige avec son pied. Il se proposait d'allumer un feu et de rester là un moment avant de retourner à Rhojo-ma. Il se refusait pour l'instant à abandonner son pays.

18

La neige qui était tombée durant la fête de la Première Lune n'était plus qu'un souvenir au moment de l'apparition de la deuxième. Le vent à plusieurs reprises était venu de la mer, amenant un air relativement doux et ce qui paraissait être une pluie incessante. Au froid glacial avait succédé une humidité pénétrante et, si l'on ne pouvait dire des nuits qu'elles étaient chaudes, on n'était plus aussi transi que quelques semaines plus tôt.

Le printemps dans Wa arrivait de bonne heure, même dans le Nord. Avec la troisième lune, les averses se raréfiaient, et la quatrième voyait s'abattre les vents des Fleurs de Prunier, comme un soupir de soulagement.

Nishima était seule dans ses appartements. Elle essayait de fixer son attention sur la poésie de dame Nikko. Elle tournait le rouleau de papier, son regard allait d'un caractère à l'autre, mais leur sens ne paraissait pas s'imprimer en son esprit. La famille de Kitsura n'avait pas réagi, et chaque jour qui passait le rendait plus difficile à supporter. Dans l'incapacité où elle était de procéder selon ses plans, elle s'apercevait que sa décision de remettre à plus tard la discussion avec son père de ses soupçons au sujet de Jaku Katta se transformait en un choix délibéré de ne rien dévoiler de ses doutes. Elle avait atteint à la certitude la nuit où elle avait parlé à Jaku, mais depuis cette assurance n'avait cessé de se dégrader. Que dire au seigneur Shonto ? Que subitement elle avait acquis une sorte d'intuition en matière de sincérité ? Si une lettre leur parvenait de la famille de Kitsura, montrant que Jaku avait bien envoyé le message de la jeune fille, peut-être cela armerait-il sa résolution.

Et si Jaku n'avait pas fait remettre la lettre conformément à ce qu'il avait promis ? Bien sûr, il restait toujours la chance que cette lettre eût été interceptée. En ce cas, si elle était tombée entre les mains de l'empereur, alors le général à l'heure qu'il était aurait sûrement perdu la confiance du souverain, qu'il en eût ou non bénéficié auparavant.

Je vais attendre, se dit-elle. Satake-*sum* me répétait inlassablement que l'impatience causerait ma perte et, si plus d'une fois j'ai cru qu'il voulait se moquer, je commence à penser qu'il ne plaisantait pas tout à fait. J'attendrai donc.

Mais elle n'était pas faite pour attendre et s'en rendait compte. La paix dans le mouvement est aussi étrangère à ma nature que l'Illumination à celle du crapaud, se dit-elle.

Elle entreprit de relire le poème qu'elle venait de terminer, car elle n'en avait pas saisi un mot. Il fallait moucher la lampe, mais elle répugnait à déranger les domestiques, ou plutôt à ce qu'ils la dérangent. La pluie tombait avec une telle violence qu'on aurait cru du gravier crépitant sur le toit sans interruption, mais, au lieu d'y voir quelque chose d'angoissant, elle en était contente. D'une certaine façon, cela l'isolait du monde extérieur. Un réconfort.

On frappa à l'écran qui donnait à sa chambre. Rien de bien plaisant dans ce dérangement. Néanmoins elle s'efforça de répondre avec douceur. « Entrez, je vous prie. »

Le visage d'une soubrette parut dans l'entrebâillement. « Le frère Shuyun vous rapporte un livre de poèmes, dame Nishima. Désirez-vous lui parler ? »

La voix de Nishima se dépouilla soudain de toute contrainte. « Ah oui ! S'il te plaît, fais entrer. »

Un moment plus tard, le moine était dans la pièce. La grâce qui accompagnait ses mouvements et qu'il devait à sa formation botahiste réjouissait Nishima autant que l'eût fait la belle aisance d'un danseur. Il n'y avait pas la moindre gêne dans chacun de ses gestes, et pourtant elle savait qu'ils n'avaient rien de machinal. Il s'agenouilla sur le coussin qu'on lui proposa et s'inclina deux fois à la manière de son ordre.

« J'espère, frère Shuyun, dit-elle en lui accordant le plus désarmant de ses sourires, que vous avez trouvé les ouvrages que je vous ai donnés susceptibles de vous éclairer, ou divertissants à tout le moins. »

Il acquiesça. « À coup sûr, la poésie de dame Nikko m'éclaire. Mon éducation, dame Nishima, a surtout été faite à partir de textes botahistes. Les poèmes de dame Nikko ont beaucoup à m'apprendre sur le monde dans lequel je vis. »

Nishima montra le rouleau qu'elle avait voulu lire. « Elle a tant écrit, et tout y répand la clarté, j'en suis sûre. »

Un instant, il y eut entre eux un silence embarrassé. Il n'est pas venu me rapporter des livres, se dit-elle, et de le comprendre d'un coup la priva de l'assurance dont elle témoignait sans effort dans toutes les situations de la vie mondaine. Elle leva les yeux sur son regard immuable, enfantin, à la recherche d'une réponse à sa confusion, d'une réaction à son émoi, mais, quand ce regard croisa le sien, elle tourna la tête de crainte qu'il ne pût lire en ses propres yeux.

« Shuyun-*sum*, je... » Elle ravala sa salive sans l'avoir voulu. « Je... Je ne comprenais pas ce que je faisais quand Satake-*sum* me donnait des leçons. Je n'étais qu'une enfant... Mon intention n'était pas d'offenser l'ordre botahiste. Lorsque Satake-*sum* me disait qu'il m'enseignait quelque chose de secret, j'interprétais cela comme un secret entre lui et moi. » Elle marqua une pause. « Je peux présenter des excuses, mon frère, mais il est impossible pour moi d'oublier ce que j'ai appris.

— Dame Nishima, si j'ai réagi, ce n'était pas d'indignation devant ce que vous aviez fait. Je ne juge pas vos actes. C'est la manière dont le frère Satake a rompu son serment qui m'a profondément touché. C'est à moi qu'il convient de s'excuser s'il semble que je vous ai blâmée. »

Elle risqua un regard là encore, mais le sien comme toujours était empreint d'un calme impénétrable. Elle s'efforça de sourire. « Satake-*sum* était animé d'une grande curiosité, Shuyun-*sum*. Il voulait savoir quelle était la capacité d'apprendre d'une femme... bien que mon apprentissage ait commencé trop tard pour me permettre de jamais atteindre à la maîtrise dont vous faites preuve, mon frère. »

Il y eut un autre moment de gêne. La pluie continuait à tomber, formant comme un accompagnement au silence de la pièce.

« La curiosité, me disait Satake-*sum*, n'est pas encouragée dans votre ordre.... »

Nishima hasarda cette idée, comme inquiète d'aborder là un sujet sensible, mais Shuyun se contenta de hocher la tête affirmativement. Elle tira sur sa robe puis, rassemblant son courage :

« Si je comprends bien, frère Shuyun, il y a eu dans le passé des disparités dans les dogmes botahistes. Ainsi ceux qui avaient trouvé refuge dans le sanctuaire au bord du lac des Sept Maîtres…

— C'est juste, bien que la seule vraie Voie continue à nous servir de guide, alors que les autres ont disparu.

— Je me demande… La secte qui habitait la gorge de Denji ne pensait-elle pas être fidèle à l'enseignement du Maître parfait ? Leurs croyances n'étaient-elles pas une façon d'interpréter les paroles de Botahara ? »

Il haussa les épaules. « Leurs croyances étaient une hérésie, dame Nishima.

— Ah bon ! » Elle baissa les yeux sur ses mains. « Il paraît difficile, dit-elle, de juger leurs croyances quand nul ne sait au juste en quoi elles consistaient. »

Il inspira longuement avant d'expirer avec lenteur. « D'autres que moi se sont prononcés sur la doctrine du Sentier octuple, dame Nishima. Il n'est pas nécessaire de le répéter à chaque nouvelle génération. »

Nishima fit signe qu'elle comprenait, même si son hochement de tête pouvait difficilement passer pour une approbation. « Ne vous posez-vous jamais de questions, mon frère ? Êtes-vous tout à fait sûr d'être sur la bonne voie ? Pour ma part, il m'arrive d'en douter – plus d'une fois. »

Shuyun joignit les extrémités de ses doigts comme s'il s'apprêtait à méditer. « Mes maîtres m'avaient prévenu, dame Nishima, que le monde au-delà du monastère éprouverait ma foi. » Il marqua une pause et s'absorba dans ses réflexions. Puis, avec douceur : « Je ne savais pas à quel point l'épreuve serait rude. »

Nishima hocha la tête, mais sans répondre tout de suite. La pluie sur les tuiles semblait faire écho à la tristesse à l'intérieur de la pièce. Peut-être tous les chemins étaient-ils difficiles à suivre.

On frappa au *shoji*, ce qui la tira de sa rêverie. Une domestique à genoux entrebâilla l'écran. « Dame Kitsura vous rend visite, Votre Seigneurie. »

Nishima dissimula sa contrariété avec le plus grand soin, sachant combien un initié botahiste était sensible aux modulations de la voix. « Comme c'est aimable à elle ! S'il te plaît, demande-lui de se joindre à nous. »

Elle sourit à l'entrée de sa cousine, mais l'excitation sur le visage de Kitsura eut vite fait de céder la place à l'embarras. Elle avait revêtu une robe de soie sans impression aucune, couleur de pêche, assortie à un seul kimono de dessous. Elle avait en fait de ceinture une écharpe nouée à la va-vite, et ses cheveux flottaient. Il était clair qu'elle ne s'attendait pas à trouver un homme dans les appartements de Nishima.

« Excusez-moi, ma cousine, frère Shuyun. Je ne savais pas que vous étiez là, mon frère. Veuillez me pardonner. »

Nishima sourit. « Kitsura-*sum*, dit-elle, je vous en prie, ne vous excusez pas. Notre discussion des choses de l'esprit ne sera que plus intéressante si vous y participez. S'il vous plaît, prenez place parmi nous. »

Elle montra d'autres oreillers, et Kitsura s'assit, mais sans paraître tout à fait sûre que c'était ce que demandait la bienséance.

« Le frère Shuyun et moi parlions de l'évolution de la doctrine botahiste », dit Nishima.

Elle regarda de biais sa cousine pour s'apercevoir qu'avec si peu de vêtements les formes de sa poitrine étaient à peine dissimulées. Un coup d'œil à Shuyun. L'avait-il remarqué ? Si le désir constituait l'essence même de l'Illusion, comment pouvait-il ne pas en être affecté ? Elle revint à Kitsura. Les hommes d'ordinaire étaient prêts à succomber à la tentation quand ils étaient mis en sa présence. Elle l'avait noté de nombreuses fois. Elle savait que l'effet produit par sa cousine sur l'élément masculin n'était pas sans lui inspirer de la jalousie.

« Ah ! dame Nikko ! » dit Kitsura en se penchant pour ramasser le rouleau de papier.

Quand elle fit ce geste, ses robes, mal serrées à la taille, s'entrouvrirent, et Nishima fut certaine d'avoir vu le regard de Shuyun attiré de ce côté l'espace d'un instant. Il salua brusquement.

« Dame Nishima, dame Kitsura, veuillez m'excuser. D'autres devoirs m'appellent. »

Il s'inclina encore et répondit poliment aux regrets exprimés par les deux femmes. L'écran se referma doucement sur lui. Nishima sourit à sa cousine, un sourire plutôt penaud. « De l'alcool de prune ?

— Maintenant que j'ai gâché votre soirée, dit Kitsura, en arrivant chez vous habillée comme une fille des rues. » Elle tira sur ses robes pour s'en envelopper le cou.

Nishima se mit à rire. « Vous avez eu l'air très étonnée en apercevant le frère Shuyun. » Nouvel éclat de rire.

« Eh bien, je m'attendais peu à ce que vous receviez un monsieur. Votre femme de chambre n'avait guère fait de difficultés à me laisser entrer. Si elle m'avait dit que le frère Shuyun était là, je ne me serais pas permis cette intrusion, habillée comme je l'étais. Vraiment, vous devriez en toucher un mot à cette fille.

— Kitsu-*sum*, répondit Nishima, même en balayeuse des rues, vous seriez encore charmante. »

Sa cousine prit un air embarrassé. « Euh… cela peut difficilement signifier qu'on est libre de se montrer dans le monde à moitié nue ! »

Nishima de nouveau se mit à rire. Elle ne paraissait pas du tout peinée par le désarroi de Kitsura.

« Mais je ne vous ai encore rien dit ! s'exclama cette dernière. Je viens de recevoir des lettres de ma famille. Jaku Katta a fait remettre mon message ! » Ses yeux brillaient d'excitation. « Il faut en informer votre père. Il ne fait pas de doute que le beau commandant n'est plus dans les bonnes grâces de l'empereur. Il n'aurait jamais osé sans cela envoyer un message aux miens, surtout dans l'ignorance de ce que contenait ma lettre. Ma conviction est faite. »

Nishima acquiesça. « Le doute n'est pas permis, dit-elle calmement. Vous avez tout à fait raison. »

19

L'officier qui faisait fonction de commandant de la garde impériale eut vent de la nouvelle quelques minutes après la découverte : Jaku Tadamoto pressa le pas dans un couloir puis prit le grand corridor reliant le palais proprement dit au palais de l'Administration. Comme beaucoup des bâtiments de l'île, celui-ci avait été construit selon des proportions qui en rendaient l'usage problématique à de simples mortels : il était vaste, couronné d'une haute voûte. La pierre au sol luisait dans la douce lumière de l'hiver.

Au loin, Tadamoto distinguait un groupe de fonctionnaires se déplaçant à une allure qui ne convenait pas à leur rang. À leurs casquettes rouges à visière, on reconnaissait au moins deux ministres d'État, et les robes des autres signalaient des personnages éminents au service de l'empereur. Au milieu de ce groupe courait un palanquin, en apparence sans occupant à l'intérieur. Tadamoto se hâta. Un empereur trop impatient pour emprunter le moyen de locomotion que réclamait sa toute-puissance n'augurait rien de bon.

Tadamoto se joignit à l'arrière-garde de ce peloton silencieux et sans un mot se maintint à sa hauteur. Le ministre de la Gauche, qui souffrait pour ne pas se laisser distancer, lui adressa un petit salut à peine perceptible. Le silence pesait au-dessus d'eux comme une épée de Damoclès.

Au passage de l'empereur, gardes, fonctionnaires, courtisans se prosternèrent avec humilité. Dans quelques minutes, la rumeur irait bon train dans le palais : comment empêcher les bruits de se répandre lorsque le souverain se conduit de cette façon ?

On pénétra dans le palais de l'Administration pour ensuite prendre un nouveau couloir, avec des pas qui traînaient sur la pierre, des fonctionnaires hors d'haleine, le froissement des robes de soie et de brocart et des conversations s'arrêtant net à la vue du Fils du Ciel.

Encore un couloir, plus étroit cette fois, des hésitations devant une porte, puis une grande salle au cœur du ministère. Des visages tendus, blêmes, se tournèrent vers les nouveaux arrivants, et les fronts entrèrent en contact avec le sol. Un petit coffre cerclé de fer était posé au centre de la pièce et, avec les courbettes des fonctionnaires tout autour, Tadamoto eut un instant l'impression d'avoir affaire à un objet de culte. Il passa devant les porteurs du palanquin et fit signe aux gardes d'interdire tout accès.

L'empereur marqua une pause. Il tenait son épée à deux mains. « C'est là le coffre ? »

On acquiesça de côté et d'autre. Le souverain s'avança, souleva le couvercle du bout de son fourreau, de telle sorte qu'il tomba sur le sol dans un sinistre bruit de ferraille. Il se pencha pour voir et se recula comme si le contenu l'offensait. Regardant par-dessus son épaule, il aperçut Tadamoto et lui fit signe de venir.

« Colonel », dit-il en désignant le coffre.

Tadamoto passa devant les fonctionnaires apeurés en veillant à demeurer à une distance respectueuse de l'empereur. Il tourna autour du coffre, scruta l'intérieur, ferma les yeux un instant, puis y plongea une main et en ramena un sachet de brocart, le seul objet qui s'y trouvait. Il dénoua la cordelette qui le fermait de ses doigts tremblants, puis vida le contenu dans la paume de sa main : une douzaine de pièces d'or, carrées, percées d'un trou rond en leur milieu.

L'empereur tourna sur lui-même pour regarder les fonctionnaires, dont la plupart firent un pas en arrière, visiblement effrayés. « Et rien n'a été pris dans ce coffre ? Il est arrivé de Seh précisément dans cet état ? »

On fit signe que oui.

« Précisément, osa un fonctionnaire, même si on n'avait pas touché aux plombs. » C'était un homme âgé, qui chevrotait affreusement. « Le vol a dû être commis sur le canal, bien que la sécurité ait été assurée par la garde du gouverneur impérial. »

L'empereur de son épée frappa le bord du coffre, leva brusquement le fourreau comme pour porter un coup puis se ravisa.

« Trouvez-les », dit-il, à l'adresse de personne en particulier. Ensuite il pivota, dispersant les grands serviteurs de l'État devant lui.

Tadamoto resta d'abord immobile, l'œil fixé sur le coffre vide. Puis son regard revint se poser sur les pièces d'or. Il en poussa une de son doigt pour en découvrir une autre : elle portait l'empreinte d'un étrange dragon.

« Colonel, dit le ministre de la Gauche d'une voix qui jurait avec le silence de la pièce, mieux vaudrait faire vite à retrouver ces gardes. »

Tadamoto planta le sac et les pièces entre les mains du vieillard et sortit précipitamment. Une fois dans le couloir, il adopta un petit pas de course qui manquait de dignité. Pour lui, pas de doute : il n'y avait pas eu vol. Le coffre et son contenu constituaient un message de la part de Shonto, une déclaration de guerre. Tadamoto n'en avait pas encore eu confirmation, mais le bruit courait que le gouverneur de Seh avait publié un avis proposant de l'or aux hommes armés qui s'engageraient à ses côtés.

La guerre civile devenait quasi inévitable. Et qu'en était-il de cette armée barbare ? Si Jaku disait vrai, la guerre ne serait pas seulement intestine, elle serait fatale à l'empire. Il changea son pas pressé pour un pas de charge.

La grande salle d'audience de l'empereur n'était éclairée que par une demi-douzaine de lampes placées à intervalles réguliers tout autour de la pièce, et le peu de lumière qu'elles dispensaient paraissait voué à s'engloutir dans l'obscurité qui prévalait partout. En conséquence, on s'y sentait bizarrement mal à l'aise, comme si on y perdait le sens de l'espace et de la distance. Tadamoto s'était placé à l'intérieur juste devant une entrée, d'un côté de l'estrade, et il attendait que ses yeux s'habituent. Il entendit alors un bruit de pas. Ils semblaient s'approcher, puis cesser d'avancer, puis battre en retraite. Quelqu'un marmonna des mots qu'il ne comprit pas.

En fouillant l'obscurité, il parvint à distinguer une silhouette. On bougeait devant l'estrade. Il hésita sur la conduite à tenir. Après avoir patienté dans la pénombre quelques instants de plus, il s'agenouilla là où il était et attendit que les pas fussent plus proches, avant de s'arrêter encore une fois.

« Vous êtes l'empereur ? » demanda-t-il calmement.

Il entendit le bruit sans équivoque d'une épée qu'on tirait du fourreau.

« Sire, est-ce vous ? Je suis venu avec le rapport que vous aviez désiré. Je suis le colonel Jaku.

— Tadamoto-*sum* ?

— Oui, Sire. S'il vous plaît, pardonnez mon intrusion.

— Vous êtes seul ? » La voix sortait des ténèbres.

« Oui, Sire.

— Relevez-vous », commanda la voix.

Jaku s'inclina devant la nuit et se releva.

« Venez. »

Tadamoto marcha en direction du bruit. La silhouette de l'empereur se matérialisa dans la pénombre. Tadamoto le vit rengainer son épée.

« Accompagnez-nous, colonel. »

Sur ce, l'empereur fit demi-tour et se mit à avancer dans la salle, d'un pas décidé sinon rapide. Quand il en eut parcouru la moitié dans le sens de la longueur, il rompit le silence. « Ces gardes du Shonto, introuvables ?

— Oui, Sire. Il apparaît très probable que, dans son personnel, les gens les plus importants ont pris le large, même si dans leurs résidences on fait comme si de rien n'était. Je n'ai pas réussi… »

L'empereur éclata. « Que les dieux les emportent ! Je n'ai jamais cru qu'on pourrait leur mettre la main dessus. Mais ce ne sont pas eux qui ont volé le produit des impôts. C'est leur maître. »

Tadamoto acquiesça. Ils arrivèrent à hauteur d'une lampe, et il aperçut les traits de l'empereur étrangement déformés dans le peu de lumière. Des yeux caves, un front bossué. Le jeune colonel préféra ne pas voir.

Cet homme, pensa-t-il, *touche à la femme que j'aime.*

« J'avais espéré éviter la guerre civile, murmura l'empereur. Je l'avais tant espéré.

» Bien sûr, Shonto va jeter l'empire dans cette guerre. J'aurais dû y penser. »

La voix était triste. Il aurait pu parler d'un enfant qui aurait suivi une mauvaise pente.

Elle passe ses nuits dans les bras de cet homme.

« Il nous faudra lever une armée sans tarder. S'il essaie de diviser l'empire et de se positionner dans Seh, nous serons obligés d'aller le combattre dans le Nord. S'il choisit de descendre dans le Sud, nous le laisserons venir. De toute façon, le prix à payer sera lourd pour Wa. »

Ils continuèrent à marcher d'un bon pas jusqu'à ce qu'ils eussent atteint les massives portes d'entrée. L'empereur alors changea brusquement de direction et reprit le chemin de son estrade.

J'ai laissé faire, j'étais comme paralysé.

« Toutes les mesures ont-elles été prises, demanda le souverain, pour envoyer le prince dans le Nord ? »

Tadamoto refoula une colère grandissante. « Depuis quelques jours, tout est prêt, Votre Majesté, répondit-il, les lèvres serrées.

— En ce cas, qu'il ne traîne plus les pieds ! Faites en sorte qu'il parte, même s'il faut employer la force. »

Tadamoto de nouveau s'inclina.

« Et les Omawara ? A-t-on l'œil sur eux ?

— Nuit et jour, Votre Majesté.

— Ne les laissez pas filer, colonel. J'ai encore des projets en ce qui les concerne. »

En silence, ils allèrent jusqu'au pied du trône du Dragon et firent demi-tour. La moitié de la salle fut parcourue sans autre bruit que celui de leurs pas et du crissement de la robe de brocart impériale effleurant les dalles. De temps à autre, le fourreau incrusté de pierres précieuses du Fils du Ciel brillait dans la pénombre, et l'on aurait presque pu penser qu'il le brandissait à la tête d'un ennemi. Tadamoto fit effort pour rassembler ses idées. « Sire…

— Je vous écoute, colonel, répondit l'empereur, non sans impatience.

— Pardonnez-moi de vous le dire, Votre Majesté, mais peut-être jouons-nous trop franc jeu. » Tadamoto prit une longue inspiration. « Si nous parvenons à localiser les employés de Shonto et si la garde impériale se saisit de ces gens-là, quelles que soient nos précautions pour ne pas l'ébruiter, tout le monde ne tardera pas à le savoir. Nous risquons de ne pas avoir l'approbation de toutes les grandes familles. »

Il jeta un coup d'œil à l'empereur, mais il était impossible dans le peu de lumière de deviner ce qu'il en pensait.

« Il existe d'autres solutions. Nous pourrions annoncer que nous levons des troupes à destination du Nord : la situation dans Seh n'est pas critique, mais elle ne ressemble pas à ce que nous avions d'abord imaginé. Bien sûr, cette armée, nous la gardons ici sous notre contrôle dans l'attente des mouvements du Shonto. Ce serait un message à l'intention de ses alliés. »

Tadamoto vit l'empereur manifester son approbation. « Mais cet or qu'il nous envoie ? » Il se tourna vers lui dans l'obscurité. « Vous comprenez ce qu'il signifie, Tadamoto-*sum* ?

— Certes, Votre Majesté. »

Ils firent quelques pas de plus.

« Nous pourrions envoyer un message au Shonto, reprit le colonel, pour l'informer qu'il nous met dans l'embarras. Incontestablement, le Trésor impérial doit participer aux efforts consentis pour combattre les Barbares, mais ce geste, qu'on peut attribuer à l'état-major du gouverneur, est exempt de tout bon sens. Ne pourrait-il pas lui-même tirer les choses au clair et nous préciser les besoins de sa province ? »

L'empereur y réfléchit. « Ah ! Tadamoto, c'est la sagesse même. Pourquoi mes autres conseillers ne me donnent-ils pas des avis du même genre ? » Il frappa de son fourreau la paume de sa main. « Nous ferons ce que vous dites, même s'il faut ne rien épargner pour appréhender les employés du Shonto. Je suis sûr que Tanaka pourrait nous fournir une mine de renseignements, et pas seulement sur son maître. »

Ils étaient maintenant parvenus à l'extrémité de la salle et rebroussèrent chemin en direction du trône.

« Et votre frère ? A-t-il écrit en réponse à votre lettre ?

— Peut-être est-il encore trop tôt, Votre Majesté.

— Ah ! » L'empereur longea le pied de l'estrade et s'arrêta. « Commencez à rassembler une armée. Mon fils devra partir pour le Nord immédiatement... afin d'assister le Shonto... jusqu'à ce que tout le rassemblement soit effectué. » Il gravit les degrés et disparut dans l'obscurité totale qui enveloppait le trône du Dragon. Tadamoto l'entendit s'installer commodément sur les coussins.

« Préparez une lettre pour notre gouverneur, dit la voix du fond des ténèbres. Dites-lui que nous sommes confondus par l'initiative de ses subordonnés. Ajoutez-y que nous mettons sur pied une armée qui sera prête dans les meilleurs délais. Qu'il se pose des questions sur nos projets, qu'il se creuse la tête durant ses insomnies !

» Colonel… (la voix de l'empereur à présent manifestait une incontestable chaleur) je vous récompenserai pour vos conseils, je vous récompenserai généreusement. Dites-moi ce qui vous ferait plaisir, Tadamoto-*sum.* »

Tadamoto s'agenouilla et s'inclina, le découragement le gagnant pendant qu'il s'abaissait ainsi. « Servir mon empereur, se força-t-il à répondre. Je n'ai pas d'autre désir. »

Cet individu…

« Vous êtes un homme d'honneur, Tadamoto-*sum*, mais je suis sûr qu'on peut trouver quelque chose qui soit digne de vous. Nous aviserons. »

Tadamoto était assis au bas de l'estrade et broyait du noir. L'empereur était parti, le laissant le cerveau en ébullition.

Osha, Osha, rêvait-il. Cela faisait plusieurs jours qu'il ne l'avait pas vue, qu'il était incapable de la regarder en face, sans qu'il sût pourquoi. Et comme s'il ne suffisait pas qu'il l'évitât, maintenant il commençait à croire qu'elle aussi le fuyait.

Voilà où nous en sommes, se disait-il, nous qui ne faisions qu'un, mêmes sentiments, mêmes pensées.

Le maudit ! Qu'il soit la proie des forces mauvaises !

Il se leva. Quelques pas sur sa marche et il se rassit. À défaut de mieux, on lèverait une armée. Si dans ce qu'écrivait Katta il y avait quelque chose de vrai, alors lui, Tadamoto, aurait sa conscience pour lui. L'empire ne serait pas complètement pris au dépourvu. Et si Katta allait faire cause commune avec le Shonto dans une tentative pour renverser le Yamaku ?

Il se prit la tête à deux mains. « Osha-*sum* », murmura-t-il.

Des mots qui se perdirent dans l'obscurité de la salle.

20

Le palais du gouverneur impérial bourdonnait comme une ruche. Les préparatifs allaient bon train et, si la plupart des personnes concernées, hormis celles qui appartenaient à Shonto, pensaient qu'il avait perdu la raison, on ne permettait pas à leur conviction d'avoir un effet quelconque sur la qualité de leur travail : le personnel du gouverneur y veillait.

Shuyun se retrouvait largement inoccupé, car ses responsabilités propres se limitaient à conseiller son seigneur quand celui-ci le souhaitait. Les officiers de Shonto étaient experts en logistique, c'est pourquoi l'opinion d'un moine initié, qui ne possédait pour ainsi dire rien et n'avait voyagé que deux fois au cours de sa brève existence, ne revêtait aucun intérêt particulier.

La journée était relativement douce, mais un vent soutenu venait d'ouest, un vent cinglant qui repoussait Shuyun là où il se trouvait, au haut des murs du palais. Il avait fait le tour de l'édifice par les remparts et les tours de guet, sans autre but que de prendre l'air après toutes ces heures passées dans la claustration de l'hiver. Cela pouvait ressembler à de l'ignorance en matière d'Illumination, mais Shuyun à chaque pas sentait son âme plus légère.

Le palais se situait sur une petite hauteur à l'extrémité est de la ville, le point le plus élevé de l'île où s'ancrait Rhojo-ma. Pour l'essentiel, le reste de la cité était construit sur des îlots artificiels dont le soubassement rocheux se trouvait à un niveau un peu inférieur à la surface du lac. Le site du palais ne permettait pas vraiment de vaste perspective mais offrait certains aperçus qui méritaient un arrêt, et Shuyun n'en avait pas manqué un seul.

Au-dessous de lui, le moine remarqua deux gardes revêtus de l'uniforme bleu des Shonto qui levaient la tête et le montraient du doigt. L'un d'eux prit en courant la direction d'un escalier voisin. Le seigneur Shonto, se dit Shuyun, doit m'avoir fait chercher. Il pressa le pas.

« Mon frère… Frère Shuyun ! » Le messager en haletant gagna le sommet des marches en maintenant la main sur la garde de son épée durant sa course. « On a laissé une lettre pour vous. » Il s'inclina. « Mon caporal ne savait pas si c'était urgent ou non, c'est pourquoi il n'a pas tardé à m'envoyer. »

Shuyun montra l'escalier. « S'il vous plaît… je vous suis. »

Ils n'eurent pas à aller loin. Le garde conduisit le moine à une porte à proximité, qui donnait sur les rues au-delà du palais, des rues tranquilles. À l'approche du conseiller du gouverneur, d'autres gardes s'inclinaient, et les quelques piétons qui passaient par là cédaient la place. Au poste, le caporal dont il a été fait mention salua Shuyun avec beaucoup d'humilité. « Pardonnez-moi d'avoir interrompu votre contemplation, mon frère, mais j'ai pensé que ceci pouvait avoir de l'importance. »

Ce caporal se nommait Rohku. Shuyun avait rencontré son père au cours de son bref séjour dans la capitale. Rohku prit sur la table ce qui avait l'aspect d'un rouleau enveloppé dans du banal papier gris et le tendit au moine.

Shuyun le remercia d'un signe de tête. Ce n'était pas une lettre officielle, à n'en pas douter, car elle n'était pas frappée du timbre de son ordre.

Rohku renouvela son salut. L'histoire de la confrontation de Shuyun avec le jeune Toshaki avait fait le tour de la garde, et l'on en avait conçu pour le moine un respect encore plus grand.

« C'est un frère botahiste qui nous l'a remise », dit le caporal.

Shuyun retourna la lettre et découvrit un cachet de cire portant en impression le nom de l'expéditeur : *Hitara*. Du coup, il sentit que le temps lui paraissait plus long, comme s'il pratiquait le *chi-ten*, alors qu'il n'en était rien.

« Quand vous a-t-il donné cela ? demanda-t-il, la gorge brusquement sèche.

— Il y a quelques instants, frère Shuyun, pas davantage.

— Avez-vous vu la direction qu'il a prise ?

— Il se dirigeait vers le marché… »

Shuyun remit le rouleau entre les mains de Rohku. « Gardez ceci », ordonna-t-il, et il fut dans la rue à courir avant que le caporal eût pu songer à protester.

« Suivez-le, commanda sèchement celui-ci. Il ne faut pas qu'il quitte le palais sans être accompagné. »

Son jeune subordonné partit au trot mais fut rapidement distancé par le petit moine. Le temps pour le soldat d'arriver au marché, Shuyun avait disparu. Il courait toujours.

« Un frère botahiste, hurla-t-il à l'adresse d'un paysan conduisant un mulet. Est-il passé par ici ? »

L'homme fit signe que oui et montra une ruelle. Shuyun accéléra. Au carrefour suivant, il renouvela sa question, et on le dirigea vers la gauche. Puis vers la droite. Puis sur un escalier, un pont.

Quand il arriva devant une petite place, il fut pris de court face à la multiplicité des rues, des marches, des venelles. Un vieillard était assis sur une de ces marches. Il réparait une courroie à une sandale délabrée.

« Un frère, demanda Shuyun, à bout de souffle, est-il passé par ici ? »

Le vieillard tira sur sa courroie tout en regardant au loin. Après plusieurs secondes de contemplation, il acquiesça.

« Par où ? »

Sans ôter son regard de l'horizon lointain, sans daigner se tourner vers qui le questionnait, il répondit : « Je ne suis qu'un pauvre homme, mon frère, ne me demandez pas de vous indiquer la Voie.

— Je n'ai pas d'argent sur moi, vieillard, mais je veillerai à ce que vous ayez une pluie de petites pièces si vous répondez à ma question. »

Son interlocuteur sourit. « Le Chemin, mon frère, n'est pas facile à trouver. » Il marqua une pause pour y réfléchir un instant. « Et je ne suis pas un maître. »

Shuyun allait reprendre la conversation quand il s'aperçut de ce qui aurait dû lui apparaître au premier coup d'œil : l'homme était aveugle. Le moine promena son regard sur les ruelles et les escaliers qui abondaient alentour et secoua la tête : il n'y avait personne d'autre à qui s'adresser.

« À qui puis-je demander si ce n'est à vous, vieux sage ? » Il prit appui sur le mur pour reprendre son souffle.

« C'est là le pire, mon frère. Jusqu'à la venue du Maître, il n'y a personne. »

Le vieillard réussit tout à coup à détacher la courroie cassée et, en courbant les doigts, estima les dégâts. Il ne fut pas satisfait du résultat.

« Dites-moi votre nom, mon frère.

— Shuyun. »

Le visage à nouveau s'éclaira d'un petit sourire. « Le porteur. Qu'est-ce donc que vous portez, frère Shuyun ? »

Un instant, Shuyun resta à le dévisager : ce vieillard décrépit et ridé avait autrefois compté parmi les lettrés. Seul un lettré pouvait connaître l'origine de son nom. Il regarda les pieds de ce savant homme : l'autre sandale ne valait pas mieux que celle qu'il avait entre les mains.

Vite, Shuyun se débarrassa des siennes et les tendit au vieillard. « Pour vous aider dans votre recherche de la Voie, vieux sage. »

L'homme tâta de ses doigts la douceur du cuir. Son sourire revint. Shuyun repartit par où il était venu, pieds nus sur le pavé glacé. Il n'avait pas fait trois pas que le vieillard reprit la parole. « Si vous ne savez pas quel fardeau vous portez, mon frère, vous risquez de vous engager dans un mauvais sentier. »

Shuyun regarda par-dessus son épaule. L'homme n'avait pas bougé. Il fixait toujours un point à l'horizon et caressait le cuir des sandales qu'on lui avait offertes. « Ce que je porte ? Mes pieds nus, et je prie Botahara de les guider. »

Le vieillard se remit à sourire. Il se balançait à la manière d'un enfant. Puis il rit doucement.

À son retour au palais, Shuyun rencontra un jeune garde angoissé dont le soulagement à trouver indemne le conseiller spirituel de son maître faisait plaisir à voir. Lorsqu'il s'aperçut que le moine marchait pieds nus, il se dépêcha de lui proposer ses sandales et fut quelque peu déconcerté de se heurter à un refus.

À la porte du palais, Shuyun récupéra son rouleau et partit chercher le calme au sein de ses appartements. Un domestique n'eut de cesse qu'il lui eût lavé les pieds. Ensuite il put jouir de la solitude. Il se retira sur le balcon avec son paquet, brisa le cachet avec soin et dégagea le rouleau tout en retenant sa respiration, ce qui l'étonna.

Le rouleau était neuf, ce qui mit un terme aux suppositions les plus extravagantes du jeune moine. Il faut dire que les paroles de Shimeko l'avaient troublé plus qu'il n'aurait cru. Le papier était simple, banal en fait, et, si le travail du pinceau était parfaitement exécuté, il ne sortait pas de l'ordinaire. Il lut.

Frère Shuyun,

Je regrette que nous ne puissions pas nous parler, mais mon espoir est que toutes les questions qui vous viendront à l'esprit trouveront ici leur réponse. J'ai quitté le désert il y a peu et ne sais pas quand je serai en mesure d'y retourner.

L'armée que vous cherchiez au nord à l'heure qu'il est approche de la frontière de Seh. Les braves de cette province qui ont pénétré dans le désert pour y effectuer des patrouilles hors de leur territoire ont été rendus à la Roue des Renaissances, puisse Botahara veiller sur leurs âmes. Bien que l'armée du khan se rapproche, il lui faudra dix jours pour atteindre la frontière tant elle est nombreuse. Plus de cent mille hommes suivent ce khan, mon frère, et ils sont bien armés.

Une fois la frontière franchie, il leur faudra compter encore six jours pour arriver à Rhojo-ma. Selon toute probabilité, ils entreront dans Seh au nord de Kyo. Le temps presse, mon frère.

« Le seigneur Botahara dégaina son épée et la brisa sur une grande pierre. Il plongea son armure dans le flot de la rivière et donna liberté à son destrier d'aller courir sur les collines.

» "Dans la bataille qui se prépare, dit-il, de telles armes ne vaudront pas plus que des jouets d'enfant." Après avoir dit cela, le Seigneur quitta son armée et descendit de la montagne. Ainsi commença le combat avec pour enjeu les âmes humaines. »

Puisse Botahara vous sourire, mon frère.

Hitara.

Shuyun resta assis un long moment à regarder par-delà les toits du palais. Le vent continuait à souffler, chassant les nuages et les effilochant. Il déroula sa lettre davantage, dans l'espoir d'un autre contenu, et quelque chose de mou tomba sur ses genoux. Il baissa la tête, ferma les yeux et se mit à prier. Pendant sa prière, les larmes lui coulèrent sur les joues, mais il ne les sentit pas. Il psalmodia la longue demande de pardon, puis l'action de grâces, sans oser encore ouvrir les paupières.

Quand finalement son regard se porta sur ce qui était tombé, il crut que son âme allait déborder. Ses doigts tremblaient quand il prit en main le cadeau d'Hitara, une simple fleur blanche aux cinq pétales oblongs teintés de violet, aussi tendre, aussi souple que si elle venait d'être cueillie.

« Botahara soit loué, murmura-t-il, la fleur de l'Udumbara. »

21

Shonto enroula le message d'Hitara avec le plus grand soin, comme s'il s'agissait de quelque chose d'ancien et de précieux. Il était assis à côté d'un écran entrouvert à la fraîcheur du temps et, pas plus que les autres personnes présentes, il n'avait ôté son vêtement de dessus. On avait commencé à mettre à exécution le plan de repli vers le sud, et Shonto s'était rendu sur le quai pour s'assurer personnellement de la manière dont les choses se passaient. Il aimait faire sentir sa présence dans les moments difficiles.

Le gouverneur montrait un visage plus grave qu'à l'ordinaire, s'il était difficile d'y reconnaître les effets d'une responsabilité pesante ou d'une surcharge de travail. Ce visage-là faisait partie du personnage. L'air de jeunesse était dû moins à son aspect physique qu'à son comportement, son exubérance. Mais aujourd'hui l'exubérance était tenue en respect par le sérieux.

« C'est incontestable, Shuyun, vous n'en doutez pas ? »

Le moine hocha la tête pour le confirmer. « Cet homme est un mystère pour mon ordre mais, sans doute aucun, il s'agit d'un authentique adepte de Botahara. Je suis persuadé que ce qu'il écrit est vrai. »

Shonto se tourna vers le général Hojo Masakado, qui n'hésita pas. « Si cette information n'est pas exacte, dit-il, je ne vois pas quel intérêt on aurait à nous mentir. Mon avis, seigneur, est de prendre les mêmes mesures que si les renseignements fournis par le frère Hitara étaient on ne peut plus fiables. »

Shonto acquiesça puis consulta Kamu.

« Je suis du même avis, seigneur Shonto, encore que je serais plus à l'aise si nous en savions davantage sur ce frère du désert. » Il leva une main dans un geste de résignation. De tout l'état-major de

Shonto, Kamu était le plus affecté par les préparatifs auxquels on se livrait. L'âge commençait à se faire sentir. Cela ne l'empêchait pas d'accomplir son travail avec son efficacité coutumière et, s'il présentait chaque jour des traits plus marqués par le passage du temps, il ne se plaignait jamais.

Shonto ensuite prit conseil de Komawara.

« Je ne prétends pas savoir d'instinct si l'on me dit la vérité ou non, seigneur, mais j'ai rencontré le frère Hitara dans le désert, et je ne crois pas un seul instant qu'il veuille nous abuser. Le portrait que nous a fait le garde coïncide en tout point avec le moine en question et, comme le général Hojo, je ne vois pas comment quelqu'un aurait intérêt à nous communiquer ce genre d'information, à supposer qu'elle soit fausse. Même les Barbares aimeraient mieux que nous restions dans Seh, où il leur serait facile de nous battre. Nous ne disposons que de quelques jours, seigneur. Je pense que nous devrions passer à l'action sans attendre. »

Il s'inclina. Shonto regarda Nishima.

« Nous devons agir, monseigneur, cela ne fait aucun doute, mais je ne crois pas possible de quitter Seh avant que les Barbares aient franchi la frontière. Ce n'est pas à moi de vous dicter votre devoir de gouverneur, mais nous ne pouvons nous laver les mains de ce qui adviendra aux habitants de Seh. »

Shonto y réfléchit. « Nous pouvons amorcer notre retraite sur le canal en laissant derrière nous un petit contingent, jusqu'à ce que dans Seh on prenne enfin conscience de la réalité de la situation. Il sera ensuite facile pour ce petit groupe de gagner de vitesse une grande armée. » Shonto s'inclina devant Nishima et se tourna vers le garde impérial. « Général Jaku ? »

La présence à ce conseil du général Jaku Katta était un mystère pour tout le monde, à l'exception de Shonto qui l'avait invité. Le mystère s'épaississait du fait que Jaku, dans le récit qui lui avait été fait du voyage dans le désert, n'avait pas été informé de l'existence du frère Hitara. Mais peut-être n'avait-il pas été autrement surpris d'être laissé en partie dans l'ignorance, car après tout il avait l'expérience du palais impérial. Il s'inclina avec raideur.

« Je suis du même avis que dame Nishima, seigneur Shonto. Il est impossible pour nous de transférer nos troupes vers le sud avant que dans Seh on ait pris la mesure du péril. Je dois admettre que j'en fais une question d'amour-propre autant que de prudence. Si nous partons maintenant, on nous tiendra pour des fous ou pour des pleutres. Par contre, si notre départ a lieu après que l'armée barbare a été reconnue pour ce qu'elle est, les seigneurs de cette province jugeront différemment notre décision. Comme je l'ai dit, j'en fais une question d'honneur. Je suis un soldat, ne l'oubliez pas, s'il vous plaît. »

Il y eut dans la salle des signes d'approbation. L'honneur entrait en considération dans l'esprit de tous, à l'exception de Shuyun et peut-être de dame Nishima, si personne n'en avait parlé. Shonto hocha la tête, songeur.

« Seigneur Komawara, que pensez-vous que feront vos compatriotes quand ils verront de quelles dimensions est l'armée barbare ? »

Le jeune aristocrate se donna le temps de la réflexion. Il s'était mis dans l'embarras devant les membres de ce conseil et ne voulait pas que cela se reproduisît. « J'ai peur que ceux qui nous suivront dans le sud ne soient moins nombreux que nous ne l'espérons, seigneur Shonto. Les Taiki se préparent à l'heure où nous parlons mais, comme l'a dit le général Jaku, l'honneur décidera de la réaction de beaucoup. Certains resteront pour se battre, tout en comprenant la futilité de leur conduite. »

Shonto rapprocha son accoudoir. « Kamu-*sum*, cet avis que vous avez fait distribuer, quand pouvons-nous en attendre quelque chose ? »

Kamu mentalement compta les jours. « Sous peu, monseigneur, à ce que je crois. L'attrait de l'or est considérable. Des hommes en armes venus des provinces d'Itsa et de Chiba en ce moment même devraient faire route dans notre direction.

— Envoyez des agents recruteurs, officiers et employés de bureau, sur le canal, dit Shonto, et dès que possible, demain si cela se peut. Qu'ils se mettent au travail dans un poste au sud de la frontière de Seh. Déplacez-les au bout d'une semaine. Nous nous arrangerons pour les avoir toujours devant nous. Affectez-y quelqu'un de responsable, nous ne voulons pas d'une file continue de soldats montant sur notre flottille et ralentissant nos mouvements. Il faudra prévoir des camps pour ces gens-là, à des endroits stratégiques. Notre encadrement en souffrira, mais nous devrons adjoindre des officiers à ces recrues. Il faut qu'elles soient utiles et prêtes à servir. Général Hojo, cela entraînera des promotions pour beaucoup de jeunes officiers. Occupez-vous-en. »

Kamu et Hojo s'inclinèrent. Un instant, Shonto regarda par l'ouverture du *shoji*.

« Il y a d'autres nouvelles », dit-il. Il se pencha et déplaça le rouleau d'Hitara, comme si la lumière réclamait de le voir sous un angle un peu différent. « J'ai reçu un mot de l'empereur », poursuivit-il calmement. Il leva les yeux sur son public. « Le Fils du Ciel m'écrit qu'il rassemble une armée pour la défense de Seh. »

Il parut prendre plaisir à noter les réactions à son annonce, à moins qu'il ne voulût secrètement porter un jugement sur les personnes présentes en les mettant devant l'imprévu. Dame Nishima dévisagea Jaku Katta, non sans quelque mépris, considérant qu'une fois de plus il s'était révélé incapable de dire la vérité. Kamu ne fut pas le premier à s'en remettre, mais il fut le premier à parler.

« Mais… monseigneur, l'empereur n'a-t-il pas reçu vide le coffre de ses impôts ?

— Le Fils du Ciel me demande de m'en inquiéter personnellement. Les employés du gouverneur, suggère-t-il, se sont conduits de la plus sotte des manières. À coup sûr, Seh doit garder pour sa défense une partie du produit des redevances, mais… » Il haussa les épaules. « On nous sollicite de rédiger un document détaillant précisément nos besoins. On n'a pas tenu compte de notre défaillance dans la transmission de l'argent. En conséquence, suite à cette requête, nous allons mettre au point un rapport pour l'empereur justifiant nos besoins militaires.

— Que lui dirons-nous ? » dit Hojo.

Shonto sourit. « Mais la vérité. Est-ce que cela vous surprend, général ? »

Tout le monde rit, y compris Hojo.

« Général Jaku, peut-être pourriez-vous nous dire comment interpréter la décision de l'empereur ? »

Jaku s'inclina. « Je commençais moi-même à désespérer, monseigneur. Mes amis à la cour ne parvenaient pas au Conseil à obtenir la levée d'une armée pour défendre Seh. Vous n'aurez aucune peine à comprendre pourquoi. Les troupes dont parle l'empereur sont destinées à protéger la capitale contre les forces que rassemble le seigneur Shonto. La proclamation offrant de l'or à des hommes en armes a dû faire beaucoup jaser. Le Fils du Ciel craint que d'autres grandes familles ne se joignent à nous.

» Ces troupes impériales ne sont pas préparées à affronter le khan, mais elles n'en restent pas moins une force réelle. Qui en disposera, une fois patente la véritable menace ? Là est toute la question. »

L'état-major de Shonto s'inclina devant Jaku.

« On peut y voir un signe d'espoir, général Jaku, dit le gouverneur. L'empire au moins ne sera pas complètement pris au dépourvu. Sait-on combien d'hommes l'empereur va rassembler ? »

Jaku avoua son ignorance. « On ne peut encore rien affirmer. J'espère le savoir bientôt. »

Shuyun s'inclina devant son seigneur lige. « Incontestablement, l'armée de l'empereur sera assez forte pour s'opposer à celle du seigneur Shonto, puisque c'est sous cette forme que le Trône imagine le danger. S'il est avantageux pour nous que le Fils du Ciel lève une grande armée, il serait bénéfique à notre cause d'exagérer le nombre de nos soldats. »

Komawara eut envie de rire. « Frère Shuyun, vous m'étonnez. Est-ce là ce qu'on vous apprend dans les ouvrages de Botahara ? »

Shuyun eut la même réaction que si personne n'avait souri. « Je me suis efforcé récemment d'élargir le champ de mon éducation, seigneur Komawara. J'ai entendu dire que le mensonge dont personne ne doute provient de quelqu'un d'honorable. On peut s'écarter largement de la vérité sans cesser d'être cru.

— Nous commencerons à déplacer nos soldats vers le sud le jour où l'armée barbare passera la frontière, déclara Shonto. On se moque de nous parce que nous accumulons les embarcations fluviales… mais cela ne saurait durer. Les bateaux transporteront les effectifs dont nous disposerons plus vite que les Barbares ne pourront jamais progresser sur la terre ferme. Les radeaux aux mains d'hommes ayant vécu toute leur vie dans le désert seront lents à se mouvoir, surtout quand on découvrira l'impossibilité de franchir les écluses. Il faudra prévoir de brûler dans Seh tout le reste de ce qui peut naviguer, et aussi de maintenir le canal ouvert devant nous. Une fois que la nouvelle de l'invasion barbare nous aura précédés dans notre repli vers le sud, nous aurons affaire à des milliers de personnes fuyant vers les provinces centrales. Nous ne pouvons pas nous permettre une entrave à notre progression. »

Jaku s'inclina brièvement et plus bas qu'auparavant. « J'ai laissé des garnisons de la garde impériale le long du canal, seigneur Shonto. Nous pourrons nous en servir pour nous ouvrir la route. »

Shonto approuva. « Bien », dit-il. Il réfléchit. « L'empereur envoie son incapable de fils vers le nord avec ce qui sera sans doute une petite escorte. Le prince sera une gêne pour nous, j'en suis sûr, mais nous le traiterons avec tout le respect qui lui est dû. Qui sait le rôle qu'il peut encore être amené à jouer ?

— Il ne fera certainement pas un bon otage, lança Hojo. Son empereur de père ne le porte pas dans son cœur. Il espère peut-être qu'en le faisant participer aux combats contre les Barbares nous l'enverrons à la mort. » Il y réfléchit. « Peut-être serait-ce dans notre intérêt. »

Shonto secoua la tête. « Ce sera le sort de trop de gens, Masakado-*sum*, et un sort que je ne souhaite à personne. »

22

Des feux s'allument
De la colline à la tour,
De la tour à la colline,
Comme des étincelles s'échappant du brasier,
Alors que la maison est sèche comme de l'amadou.

Komawara était debout à la fenêtre au sommet de la tour de l'Ouest et scrutait l'horizon. Par instants, sur toute sa longueur, des feux s'allumaient, lointains mais insistants. Le matin venu, la nouvelle aurait gagné les endroits les plus reculés de la province.

La soirée était glaciale, le vent dur et cinglant, mais Komawara semblait ne pas s'en apercevoir. Cela faisait plus d'une heure qu'il était là debout et, s'il se sentait engourdi jusqu'à l'âme, ce n'était pas dû au froid de la nuit.

Ils arrivent, songea-t-il, *ils arrivent.*

Sa pensée paraissait ne pas savoir où se fixer. Elle partait tantôt dans un sens, tantôt dans un autre. Parfois elle allait à ses hommes s'acheminant vers un fortin dans la montagne, parfois elle imaginait des cavaliers se relayant depuis la frontière nord et galopant vers Rhojo-ma pour annoncer la nouvelle de la venue de l'armée barbare. Pouvait-elle être aussi vaste, cette armée, que le disait le frère Hitara ?

Un feu jaillit sur une colline à l'est, puis, plus loin, un autre feu.

Le seigneur Toshaki était en selle devant une petite auberge. Derrière lui coulait une mince rivière, et la claire lueur d'une lune presque pleine tremblait à sa surface. On eût dit un flot lumineux courant dans la nuit obscure. Le fils de Toshaki, Yoshihira, était assis tout près sur la souche d'un pin. Son cheval à côté de lui broutait la maigre végétation de l'hiver. Les deux hommes se taisaient. Leurs gardes étaient en selle eux aussi, ou dispersés dans la clairière, ne manifestant ni impatience ni intention particulière. La chaude lumière de l'auberge éclairait ici une armure laquée, là un casque. Un vent glacé se démenait parmi les pins, les faisant se courber et craquer.

La lune glissa vers l'ouest. L'aubergiste sortit avec des coupes et un chaudron d'alcool de riz fumant mais, quand il suggéra que ces messieurs trouveraient la nuit moins difficile à supporter à l'intérieur, il se heurta à un refus poli. Les cavaliers qui patientaient dans le noir sentaient que les dures conditions de leur veille lui conféraient une certaine pureté.

On entendit un bruit de galop. Un garde posté plus loin sur la petite route se montra et siffla. Le fils de Toshaki bondit en selle et rejoignit son père. Des hommes sortirent en trombe de l'auberge et disparurent du côté de l'écurie. Toshaki leur avait parlé plus tôt. Ils étaient au service du seigneur Taiki Kiyorama, même s'ils portaient sur leurs tuniques l'emblème du gouverneur de Seh, le cheval ailé. Ils reparurent presque aussitôt avec trois bêtes sellées, et un moment vérifièrent sangles et brides dans la lumière des fenêtres.

Soudain trois hommes sortirent du couvert et arrêtèrent leurs montures devant l'auberge, écumantes, poussées à bout. On se pressa sous le porche en discutant beaucoup. Ces cavaliers mirent pied à terre, ne s'attardant qu'un moment pour boire avant de repartir sur des chevaux frais. Toshaki et les siens arrivèrent sur ces entrefaites, entourant ou presque les messagers. « Quelles nouvelles ? demanda Yoshihira. De quelle taille est cette armée ? »

Les trois cavaliers levèrent la tête pour voir qui les interrogeait. Sur un mot à voix basse de l'un des palefreniers des Taiki, ils retournèrent à leurs occupations, tendant des bols aux domestiques pour qu'on les remplît une deuxième puis une troisième fois. Le jeune Toshaki s'approcha, leur barrant le chemin.

« Le seigneur des Toshaki vous demande quelle est l'envergure de l'armée barbare », dit-il, non sans impatience.

L'un des cavaliers, un jeune capitaine, sauta en selle. Son cheval fit un écart, gagné par la surexcitation du groupe. « Votre seigneur, demanda-t-il sans témoigner de beaucoup de déférence, voudrait-il établir une comparaison entre la taille de l'armée qu'il a passé l'hiver à rassembler et les dimensions de l'armée barbare ? Retournez à votre jeu de *gü*, jeune seigneur, nous obéissons aux ordres du gouverneur. »

Toshaki lui-même intervint en se portant à la hauteur de son fils. Le vent arrachait ses longs cheveux à leur bandeau. « Nous ferons front ensemble désormais, en dépit du passé. Nous sommes tous des gens de Seh. Dites-nous à quoi nous avons affaire. »

Le capitaine s'avança tout en maîtrisant son cheval qui relevait la tête, prêt à s'élancer. Sa voix était sourde et tremblait de colère. « Jetez-vous aux pieds du seigneur Komawara et implorez son pardon, dit-il au fils de Taiki. Voilà pour la taille de l'armée des Barbares. »

Les messagers éperonnèrent leurs montures et se frayèrent un chemin parmi les gardes de Taiki. Puis ils se fondirent dans l'obscurité, où les arbres s'agitaient comme une mer houleuse en proie aux assauts d'un vent de tempête.

Le matin qui suivit l'apparition des feux, les premiers cavaliers porteurs des messages des officiers postés à la frontière arrivèrent à Rhojo-ma. Dès l'aube, il déferla dans la capitale de la province un vaste flot de réfugiés venus de la campagne et des villages environnants. Pour ces gens, il était inconcevable que Rhojo-ma pût tomber, aussi affluaient-ils avec un maximum de biens entassés dans des charrettes, ou transportés sur leur dos, ou traînés derrière eux.

On était encore en hiver, la température était fraîche mais, le jour, le ciel était d'un bleu très pur, comme on en voit dans le Nord, et la nuit il était constellé d'étoiles. Ceux qui avaient quelque expérience du mouvement des troupes priaient pour la venue de la pluie, fréquente à cette période de l'année. Elle ralentirait l'invasion, l'arrêterait même peut-être pour un temps. On scrutait l'horizon avec un soin nouveau, mais il n'y avait pas trace de nuages.

Les rapports transmis par les officiers à la frontière parvinrent au gouverneur Shonto, qui s'enferma avec son état-major la plus grande partie de la journée. Ils attendirent l'arrivée des principaux seigneurs de Seh, prévue tard dans la soirée. Pour la première fois en deux générations, le gouverneur avait convoqué un conseil de guerre.

Le pêcheur se tenait avec sa famille sur la rive boueuse de la rivière Chonsa, d'où il regardait les flammes changer définitivement le cours de sa vie. De gros panaches de fumée et de vapeur montaient des planches humides et partaient à l'assaut du ciel, outrage à sa pureté. Le courant tirait sur la coque en feu, l'eau léchait le rivage puis continuait sa route sous une nappe de suie visqueuse. La femme du pêcheur sanglotait et versait des larmes amères. Elle serrait contre elle leurs deux petits enfants, mais son mari, lui, regardait sans faire de bruit, les yeux embués de larmes.

Plus en aval, près du méandre de la Chonsa, il pouvait voir qu'on tirait à terre un autre bateau et qu'on s'apprêtait à y mettre le feu. Les soldats du gouverneur s'éloignaient déjà à la rame. Le pêcheur les apercevait qui furetaient à l'embouchure d'un affluent couvert de saules. Un garde, debout dans son embarcation, fendait le rideau de branches avec son épée.

En proie aux flammes, le bateau du pêcheur se souleva comme si, en partie au moins, il était vivant et dans les affres de la mort. Cela retint l'attention du spectateur et, un court instant, il parut sur le point de fondre en larmes lui aussi, à l'image de son épouse. Mais cela ne dura pas. Une triste désolation reprit le dessus. Un mât en flammes s'affaissa lentement sur la berge, dans un grésillement lorsqu'il toucha la vase. D'autres membrures se cabrèrent, et le bateau se coucha sur le flanc davantage encore.

Le pêcheur tourna la tête et se dirigea vers un tas où, jeté au sec et à moitié recouvert d'une voile rapiécée, reposait tout ce qu'il possédait à présent en ce monde. Il écarta la voile et tira un filet de sous une caisse. Il devait y avoir des flotteurs en bois quelque part. Guerre ou non, il fallait manger.

Shonto était dans ses appartements, où il écrivait à la lueur de deux lampes. Il s'appliquait, mais sans perdre de temps. Les robes de soie et de brocart qu'il fallait porter à un gouverneur impérial l'embarrassaient, surtout maintenant que son armure lacée du bleu des Shonto était prête à l'usage. Il trempa son pinceau dans l'encre.

> *Shokan-sum,*
>
> *Je prie pour que ceci te parvienne. Je vais envoyer des hommes sur le fleuve et le long de la côte dans l'espoir qu'ils trouvent un bateau leur permettant de franchir le détroit. Avec toute la population de Seh fuyant les forces ennemies, ce sera un miracle s'ils y réussissent.*
>
> *Les Barbares ont passé la frontière et arriveront à Rhojoma dans moins de six jours. Je me replierai sur le Grand Canal, en espérant les retarder assez longtemps pour qu'Akantsu lève une armée. Bien sûr, il me destituera de mon commandement s'il le peut. Prends bien soin de toi. Cette armée, je la maintiendrai en respect aussi longtemps que cela me sera possible, mais il n'y a aucun moyen de savoir comment cela tournera : le Yamaku aura tout loisir d'échafauder une stratégie.*
>
> *Veille à ta sécurité. Si cette guerre est perdue, nos terres ne signifieront plus rien. Ne perds pas de temps ni d'hommes à les défendre.*
>
> *Nishi-sum est à mes côtés. Elle m'aide et me réconforte. Elle parle souvent de l'inquiétude que tu lui causes.*
>
> *J'ai averti la capitale et Yankura. Il vaudrait mieux que tu recueilles Tanaka mais, si ce n'est pas possible, ne te fais pas de souci : notre marchand est un homme de ressources.*
>
> *Puisse Botahara te protéger !*

Shonto signa, plia le papier avec soin et scella de son cachet. Il était très tard, passé minuit. Il se leva et gagna la porte. Le conseil de guerre l'attendait.

La grande salle du palais du gouverneur abritait peut-être une centaine de personnes et, bien que ce fussent des hommes rompus à la précarité de l'existence dans le Nord, la plupart des visages trahissaient quelque chose du traumatisme qu'ils avaient subi. Shonto avait déjà vu ce regard lors de combats à l'épée, à la seconde où l'un des deux adversaires comprend qu'il a commis une erreur fatale et attend le froid inévitable de l'acier.

Lorsque les seigneurs rassemblés s'inclinèrent, il observa la scène avec beaucoup de détachement. Chacun d'eux dans son esprit s'identifiait à un chiffre, et ce chiffre celui des hommes en armes qu'il pouvait amener. Pour certains, la disponibilité serait de moins de cinquante. Komawara pouvait en rassembler trois cent cinquante, et il avait hypothéqué son avenir pour y réussir. Les plus puissants étaient à même de contribuer pour un effectif de mille, deux mille peut-être pour Toshaki et Ranan.

L'estimation d'Hojo et de Komawara se montait à quinze mille combattants au maximum. Il fallait y ajouter les trois mille cinq cents amenés par Shonto lui-même. Le tout pour affronter une armée barbare forte de cent mille hommes.

Shonto salua sommairement les seigneurs assemblés. Autour de la salle, la lueur des lampes vacillait, et l'odeur de l'huile en train de brûler couvrait presque celle des cavaliers : bon nombre étaient arrivés juste à temps pour l'ouverture du conseil. À l'évidence, on n'était pas dans la capitale de l'empire, où une assemblée comme celle-là eût revêtu ses plus beaux habits. Beaucoup des seigneurs de Seh étaient venus en costume de chasse, une tenue commode pour monter à cheval et permettre l'aisance dans les mouvements, mais qu'on ne portait jamais dans l'enceinte du palais impérial.

Sans concertation, les arrivants avaient choisi de se placer selon les convictions qui avaient été les leurs précédemment. Les conseillers de Shonto, de même que ses alliés, s'étaient rangés à la droite du gouverneur, en se démarquant de leurs adversaires dans les débats, qui s'étaient assis les uns derrière les autres en face de son estrade. Shonto regarda Komawara. Il s'était agenouillé, non sans raideur, dans le camp de ses amis. Quelle revanche ! pensa-t-il, après une humiliation comme seul il en a connu ! Pourtant Komawara dissimulait ses sentiments sous le masque d'une profonde gravité.

À gauche, le gouverneur nota que les Toshaki siégeaient à côté des Ranan, alliance contre nature, la seule chose qui les réunissait étant que récemment ils s'étaient unanimement et complètement trompés. Oui, pensa Shonto, rarement dans sa vie Komawara aura goûté d'instants aussi satisfaisants.

Là-dessus, le gouverneur fit signe au grand chancelier de Seh, le seigneur Gitoyo, qui s'inclina et avertit quelqu'un en coulisse. À l'extérieur de la salle, un énorme tambour fit entendre douze coups identiques, dont les échos résonnèrent dans la ville et sur le lac longtemps après que le roulement eut pris fin.

Gitoyo s'inclina encore une fois et, tout en restant assis, se redressa de toute sa hauteur, de manière à ce que sa voix fût entendue jusqu'au fond de la salle.

« On a convoqué en ce lieu, dit-il, le conseil de guerre de la province de Seh. C'est le gouverneur impérial, le seigneur Shonto Motoru, qui vous a demandé de venir. Y a-t-il ici quelqu'un pour disputer le droit qu'a le gouverneur impérial de se porter à notre tête à l'heure du conflit armé ? »

On branla du chef ici et là, mais la plupart se cantonnèrent dans le silence.

« Jusqu'à la clôture officielle de l'état de guerre, les ordres du gouverneur impérial, le seigneur Shonto, seront la loi de Seh et prévaudront sur tout le reste, hormis la parole de notre empereur. »

L'assemblée s'inclina. Le chancelier se tut, dans l'attente. Shonto fit un signe, et de nouveau Gitoyo se redressa.

« Les rapports des officiers aux frontières ont été reçus, et ce qu'ils contiennent vous sera communiqué. Seigneur Akima… »

Le vieillard qui si longtemps avait tourmenté Komawara à propos de ses « sottes » opinions, à la différence des autres ne donnait pas l'impression d'être sur le point de goûter au froid d'une lame en rétribution de sa propre sottise. Tandis que Gitoyo parlait, on aurait cru que l'acier l'avait d'ores et déjà transpercé. Il rassembla ses forces pour pouvoir parler, mais rien ne sortit de sa gorge que les sons d'une voix grêle et sénile.

« Les rapports qui… les rapports qui nous parviennent de notre frontière nord sont particulièrement alarmants. Une armée barbare a pénétré dans Seh à l'ouest de Kyo, hier avant le coucher du soleil. Cette armée comprend des unités de cavalerie, d'infanterie, des archers et le train des équipages. Si l'on additionne… si l'on additionne, leur effectif n'est pas loin de s'élever à cent mille hommes en état de combattre. »

Pendant quelques secondes, il fut incapable de poursuivre, mais c'est à peine si l'on y fit attention. Certains de ceux qui avaient attribué l'importance de ce chiffre à l'exagération de la rumeur publique étaient aussi accablés qu'Akima. Se dominant visiblement, celui-ci reprit la parole en donnant à sa voix un peu plus de vigueur.

« L'état-major du gouverneur Shonto m'assure qu'il faudra six jours à cette armée barbare pour atteindre Rhojo-ma, son objectif selon toute vraisemblance. Ces troupes sont bien armées, elles disposent de bons chevaux et d'un matériel suffisant pour imposer un long siège. »

Il cessa de lire et laissa ses mains retomber sur ses genoux. Il ne croisa aucun regard, se contentant apparemment de chercher dans le lointain la frontière de Seh.

« Et je n'ai pas voulu écouter la voix de la raison, dit-il, en refusant d'y croire.

— Seigneur Akima. »

Le grand chancelier tout bas sembla le rappeler à l'ordre. Comme ahuri, il s'inclina devant l'estrade et reprit une position à genoux, mais sans pouvoir garder la même rigoureuse impassibilité que les autres seigneurs en dépit de tous ses efforts.

Shonto regarda ces visages devant lui. On n'aurait pas songé en cet instant à y voir beaucoup d'orgueil, mais il savait que l'impression était trompeuse. Combien de ces hommes pouvait-il convaincre de le suivre sur le Grand Canal ? Toute la question était là. C'étaient de fiers guerriers du Nord ; aucun d'entre eux n'avait peur de la mort. Pour peu que leurs noms fussent chantés dans une ballade célébrant une grande bataille, la récompense pour eux serait suffisante, en particulier dans les circonstances actuelles. Seh allait à sa chute parce qu'ils avaient cru en savoir trop pour prêter l'oreille à l'opinion d'autrui. Et maintenant l'événement leur donnait tort.

Shonto se pencha pour ôter son épée de sur son support, et il plaça le fourreau sur ses genoux. Seh aurait connu le même sort s'ils l'avaient écouté le jour de son arrivée, il ne l'ignorait pas. L'armée barbare était irrésistible. Comment faire pour les persuader d'abandonner Seh afin de sauver l'empire ? Toute la difficulté résidait là-dedans. Il inspira profondément.

« Seigneurs de Seh, nous avons souvent débattu de l'importance du danger représenté par les Barbares… Le débat est clos. Ceux qui faisaient valoir qu'il n'y avait aucune menace de ce côté-là pensent aujourd'hui que leur imprévoyance nous a conduits là où nous sommes, mais ils se trompent. Si nous avions commencé à nous préparer à cette guerre le jour où je suis devenu votre gouverneur, nous n'en serions pas moins incapables de faire face à l'armée qui marche vers notre capitale. Ils sont cent mille guerriers barbares. »

Il laissa planer la menace de cette multitude dans le silence de la vaste salle.

« Sans le soutien de l'empereur et de la totalité de Wa, nous ne pourrons pas réunir assez d'hommes pour nous opposer à ce péril. Rhojo-ma est bien défendue, mais l'avantage du nombre jouera, même dans un siège. D'un côté cent mille assaillants, de l'autre quinze mille défenseurs. Malgré la bravoure des soldats de Seh, la bataille ne serait pas assez longue pour donner le temps au reste de Wa de lever une armée. Et c'est là ce qu'il nous faut faire, retarder l'avance des Barbares, assez longtemps pour que cette armée soit rassemblée.

» Ce khan qui a rallié autour de lui les innombrables tribus du désert, il aurait facilement pu prendre la province de Seh à l'automne, alors qu'elle ne s'y attendait pas. Mais cela aurait laissé un hiver à l'empire pour constituer sa défense. Seh n'est pas l'objectif que s'est fixé le khan. Avec une armée de cent mille hommes, ce qu'il ambitionne, c'est le trône de Wa. »

Il promena son regard sur la salle entière dans une tentative pour juger des réactions de ses hôtes, mais ne put lire sur leurs visages. La pilule était trop difficile à avaler, il était trop pénible de devoir tout perdre en une seule fois.

« Pourtant, dit-il, je suis sûr que nous pouvons sauver notre province. » Il s'interrompit pour laisser à ses paroles le temps de faire leur effet. « Le khan doit atteindre les provinces centrales avant qu'on ait pu réunir les troupes capables de l'arrêter. S'il ne trouve pas d'armée dans Seh pour le combattre, il ne s'y attardera pas. Il continuera vers le sud. Il n'a pas le choix. Déplacer une pareille masse d'hommes d'un bout à l'autre de l'empire demandera des semaines, et il faudra la nourrir. Nous avons la capacité de ralentir sa marche, il existe des moyens de le faire. En certains endroits, les moins nombreux peuvent livrer bataille aux plus nombreux. Si l'on parvient à vaincre les Barbares dans la province de Chiba ou dans Dentou, Seh portera des stigmates de leur passage moindres que ceux dont seront marquées les autres parties de l'empire. »

On était attentif à ce qu'il disait, du moins était-ce vrai de quelques-uns.

« Mes troupes, reprit-il, et ceux qui accepteront de me suivre, je les emmènerai par bateau vers le sud. Tout ce qui par ailleurs est en état de naviguer dans Seh sera livré aux flammes. Mon intention est de ralentir la progression des armées barbares et de détruire tout ce qui pourrait servir à les nourrir. Quand elles se seront enfoncées profondément dans Wa, la faim les tenaillera, je vous le garantis. » Il se tourna vers Hojo, qui l'approuva d'un signe presque imperceptible.

« Je ne peux pas vous obliger à me suivre. Le chemin de l'honneur n'est pas le même pour tous. Au lever du soleil, j'aimerais savoir ce que vous aurez décidé. »

Il quitta sa place et sortit, au milieu des seigneurs courbant le dos.

Un coup discret à l'écran menant aux appartements de Shuyun, et le Kalam parut. Le nomade dans la livrée des Shonto offrait un spectacle auquel le moine avait peine à s'habituer, encore que bien d'autres eussent plus de difficulté que lui. Il avait été convenu que le Kalam porterait cette tenue pour sa propre sécurité, les circonstances l'exigeaient. Les esprits dans Seh étaient échauffés, et l'on ne pouvait s'attendre à ce qu'on y fît la distinction entre un membre d'une tribu de chasseurs et un partisan du khan.

Le Kalam s'inclina avec une grâce qui faisait honneur à sa livrée bleue. Il n'était pas nécessaire pour Shuyun d'entendre pourquoi on venait le déranger. Le nomade ne rougissait qu'en une seule occasion : dame Nishima devait venir lui rendre visite.

« Oui ? dit Shuyun.

— Dame Nishima », répondit le Kalam, écorchant le « sh » encore plus que d'habitude.

Depuis qu'il avait porté ses regards sur Nishima, le chasseur restait persuadé qu'il s'agissait d'une grande princesse, et il semblait continuer à penser que le mot « dame » correspondait à une nuance subtile sans aucune espèce de justification.

C'était une heure bien tardive pour une visite de dame Nishima, mais sans doute étaient-ils peu nombreux à s'être assoupis depuis la clôture du conseil de guerre.

« S'il vous plaît, dites-lui d'entrer. »

Un instant plus tard, Nishima apparut dans l'entrebâillement et s'arrêta, comme hésitante. Au bruit de ses pas, Shuyun savait déjà qu'elle n'était accompagnée ni de domestiques ni de dames d'honneur, et cela le surprenait.

Dans la clarté de la lampe, debout sur le seuil, Nishima donnait l'impression d'être chétive. Elle n'affichait pas ce soir-là cet air majestueux qui avait le don de confondre le serviteur barbare de Shuyun. Au contraire, elle paraissait fragile, vulnérable. Ses grands yeux noirs fixaient le jeune moine, et il n'était pas sûr de comprendre ce qu'ils demandaient, car sans doute possible ils demandaient quelque chose.

« Personne ne dort, Shuyun-*sum* », dit-elle d'une voix douce.

Nulle excuse pour le dérangement et, en fait, Shuyun n'en sentait pas la nécessité. Il montra les coussins. « Je vous en prie, dame Nishima, comme tout le monde je veillais et me posais des questions... »

Nishima n'avait pas perdu sa grâce coutumière malgré tout, et elle se laissa choir sur les coussins avec la légèreté d'un sylphe. Elle tira sur ses robes pour s'en envelopper le cou et jeta un coup d'œil autour de la pièce. « Vous n'avez pas de brasero ? »

Il haussa les épaules. « Je n'ai pas froid », dit-il en se levant et en disparaissant par un autre *shoji*. Il revint presque aussitôt, porteur d'une épaisse courtepointe qu'il donna à la jeune femme. Elle sourit pour le remercier et s'en emmitoufla.

Ils restèrent d'abord sans parler. Plus d'une fois, Shuyun crut que Nishima allait rompre le silence, mais quelque chose la retenait. On aurait dit que les événements qui faisaient trembler l'empire étaient trop graves, qu'aucun mot pour les définir ne pouvait leur rendre justice. Dans les esprits, Shuyun le sentait, le désordre des pensées était tel qu'on ne savait par où commencer, quand placer ses opinions ou ses craintes. Ce fut presque timidement que Nishima leva les yeux sur lui.

« Que font-ils tous à l'heure qu'il est ? je me le demande.

— La même chose que nous. Seuls ou non, ils attendent sans beaucoup s'exprimer. »

Nishima acquiesça. Il y avait bien des chances pour que ce fût vrai. Elle arrangea les coussins autrement, se pelotonna et prit appui sur un coude. Une lampe au plafond s'éteignit et commença à fumer, mais sans apparemment les troubler. Tendant la main vers celle qui restait, Nishima dit : « Vous permettez ? » Shuyun la laissa faire, et elle baissa cette lampe. Puis elle s'étendit, un bras soutenant la tête, mais sans fermer les yeux.

« Si c'est la chute des Yamaku, commença-t-elle d'une voix faible, presque enfantine, s'ils tombent, il faudra bien quelqu'un pour monter sur le trône. » Mais ce n'était pas une question, et elle n'attendait pas de réponse de la part de Shuyun. Longtemps, elle s'absorba dans la contemplation de l'unique source de lumière, obligeant le moine à s'y intéresser aussi. Quand l'attention de Shuyun se porta à nouveau sur sa visiteuse, elle avait fermé les yeux. Ne voulant pas la réveiller mais sentant qu'il n'était pas convenable pour lui de demeurer dans la pièce où elle dormait, il alla pour se lever.

Elle remua, sortit à moitié de ses songes. Elle allongea un bras, lui prit une main dans les siennes et retrouva une positon confortable, le front sur le poignet de Shuyun. Puis elle se rendormit.

Il faut que je m'en aille, se dit-il, mais toujours sans se décider à partir. La tendre main de Nishima le retenait plus fermement qu'un engagement solennel, et il se débattait contre des émotions qu'il avait peine à identifier. Finalement, il se coucha sur ses coussins en se résignant à l'idée que Nishima ne lui rendrait pas sa liberté. Dans cette position, ils étaient tête contre tête. Le conseiller de Shonto s'obligea à dormir pour aborder reposé ses fonctions de la matinée.

Une cloche sonna l'heure du hibou. Shuyun entendit Nishima s'agiter. Sa main glissa et lâcha la sienne. Il sentit une vibration dans l'air ; la chaleur de la courtepointe le gagna. Des pas. On alla jusqu'au *shoji*, mais sans l'ouvrir. Quelques secondes plus tard, on rebroussa chemin. Il prit conscience que Nishima se coulait sous la courtepointe et s'appuyait doucement à son dos. Son bras l'encercla. Elle tâta dans l'obscurité, jusqu'à ce qu'elle eût trouvé sa main, qu'elle pressa. Son souffle dans son cou était comme une caresse.

Elle s'efforçait de contrôler sa respiration, mais cela ne dura pas. Ils restèrent ainsi l'un près de l'autre, d'abord sans dormir. Ce fut Nishima qui s'assoupit la première, certainement vaincue par le souci, tandis que Shuyun restait les yeux ouverts, la sentant respirer calmement, avec dans sa main la chaleur de la sienne et cédant aussi à une autre émotion qu'il ne pouvait nommer.

Sa formation botahiste l'informait que Nishima l'entraînait dans le domaine de l'Illusion, et il savait qu'il ne lui opposait pas la résistance voulue, qu'il glissait dans un brouillard de désir, de tendresse, d'émoi, interdit à tout moine adepte de la Vraie Foi. Le sentier où il lui fallait marcher se perdait, victime de la même confusion.

Rohku Tadamori, l'ex-caporal Rohku, maintenant promu capitaine, dans les premières lueurs de l'aube découvrait le campement de l'armée barbare. Il était distant d'au moins cinq rih mais, du haut de son escarpement, Rohku le voyait distinctement, et le spectacle lui fit froid dans le dos. On l'avait envoyé devant pour juger de la possibilité d'attaquer le convoi de matériel de l'adversaire. Une grande armée en marche se déplace avec difficulté, et il est souvent facile de la harceler.

Rohku tendit les rênes de son cheval à l'un de ses hommes et se pencha au-dessus du précipice pour mieux apprécier l'état de la saillie rocheuse qu'ils avaient aperçue d'en bas. Elle ressemblait à une cheminée dont la pierre aurait été fragmentée en blocs inégaux. À soixante pieds en dessous, il y avait une corniche couverte d'arbrisseaux de bonne taille. De là où il se tenait, l'entreprise était envisageable.

Il se recula et commença à se dépouiller de son armure, en donnant chaque pièce à un garde des Shonto. Ensuite il enfila des robes plus chaudes, une tunique, et enfin il fixa son épée sur son dos à l'aide d'une courroie. Quand ce fut fait, un signe à ses hommes, et il revint au bord de la paroi.

Deux des meilleurs pisteurs de Seh l'aidèrent à franchir l'arête sans faire tomber la terre qui au sommet collait au rocher. Se souvenant de l'exploit accompli par Shuyun et Komawara dans la gorge de Denji, il amorça la descente, cherchant à faire taire sa peur du vide. Il s'appliqua à ne plus penser qu'à chacun de ses pas. Audessus de lui, il entendait les pisteurs travailler à dissimuler la présence de son groupe.

L'armée du khan allait passer à la verticale de l'endroit où il se trouvait. Quelques centaines de pieds seulement le sépareraient des Barbares. Jamais ils n'auraient eu sur cette armée de point de vue plus rapproché.

Malgré beaucoup de pierres qui ne demandaient qu'à rouler, il atteignit son but sans encombre. La corniche était à moitié recouverte d'un rocher en surplomb qui formait une grotte naturelle derrière les broussailles. Il se prépara à attendre. Il faudrait au minimum deux jours pour que toute cette armée eût fini de passer, et alors il serait en pays barbare.

La lumière du jour avait cessé de réjouir les cœurs dans la province de Seh, car elle signifiait que l'armée du khan reprenait sa marche en avant et allait s'approcher davantage de Rhojo-ma. Les officiers supérieurs de Shonto en étaient tellement conscients que, dans les intervalles de la conversation, ils paraissaient guetter les bruits annonçant l'arrivée des nomades. Les seigneurs de Seh avaient abouti à une décision. Shonto rencontrait son état-major pour arrêter les mesures qu'il leur fallait prendre maintenant.

Le général Hojo avait en main un décompte des effectifs disponibles. « Dix mille hommes en armes, dit-il, la plupart à cheval. Si j'y ajoute nos propres forces, cela nous donne treize mille cinq cents combattants. »

Treize mille cinq cents contre cent mille : pas un mot là-dessus. Shonto lui fit signe de continuer.

« Nous ne savons pas encore s'il nous sera possible, reprit Hojo, d'attaquer le train des Barbares, mais il y a peu de chances pour que ce soit réalisable, compte tenu des dimensions de leur armée. Le seigneur Toshaki Hirikawa et le seigneur Ranan ont choisi de ne pas quitter Seh, mais ils ont ordonné à leurs fils de se joindre aux troupes du gouverneur. Les chefs qui ne partent pas sont décidés à demeurer dans Rhojo-ma, dans l'espoir de retarder de plusieurs jours l'avance des Barbares. Si le khan peut être persuadé que notre capitale est bien défendue, il devra perdre du temps à monter un siège et à fabriquer des radeaux, un art dans lequel les auteurs de razzias peuvent n'être pas passés maîtres. La mort sur le champ de bataille, seigneur, est le prix qu'ils acceptent de payer pour l'erreur qu'ils ont commise. »

Shonto secoua la tête. « Ah ! » fit-il. Il tapa de son pouce sur son accoudoir. « Il est dommage qu'ils fassent passer leur orgueil avant le salut de l'empire. Ils préfèrent une mort glorieuse, ou plutôt des morts glorieuses, à battre en retraite. Ce sera un combat d'arrière-garde, dont on ne peut espérer que plus de temps laissé à d'autres de rassembler une armée, et peut-être d'accomplir de grands exploits. » Il cogna de sa main sur son accoudoir, mais son visage n'exprimait aucun ressentiment. « On ne peut s'y opposer. Il nous reste peu de temps pour monter une opération contre le train de l'ennemi avant qu'il atteigne Rhojo-ma. À combien d'hommes estimons-nous les forces adverses ?

— Nous le saurons dans deux jours, monseigneur, si tout se passe comme prévu. »

Shonto se tourna vers Kamu. Le vieil intendant, à genoux, avait l'immobilité d'une statue de bronze, et pourtant Shonto décelait un tremblement dans ce corps, l'effet des durs efforts auxquels il était soumis.

« Kamu-*sum*, nos préparatifs de départ sont-ils achevés ? »

Kamu s'inclina avec raideur. « Nos premiers bateaux sont sur le canal à présent, seigneur Shonto. Ils ouvrent le passage. Je me suis occupé personnellement de votre barge. »

Shonto acquiesça. « J'attendrai que l'on sache à combien se monte selon nous le nombre de nos ennemis. Général Hojo, parlez au seigneur Toshaki et au seigneur Ranan. S'ils veulent vendre leur peau, veillez à ce que ce soit chèrement. »

23

Un pâle arc-en-ciel parut au-dessus des montagnes à l'ouest, d'une courbure parfaite dans un ciel chaotique, où des nuages effilochés entraînaient dans leur sillage de sombres rideaux de pluie. Là où Rohku, le capitaine fraîchement promu, se tenait dissimulé, sur une corniche dominant la large vallée, il n'y avait nulle menace d'ondée. En fait, le soleil dardait ses rayons sur ce qui s'annonçait comme une belle journée dans un printemps précoce. Malheureusement, la grotte de Rohku s'ouvrait au nord, et aucun ensoleillement n'était à attendre pour venir chauffer sa cachette. La roche était dure et froide. Pourtant, longtemps encore il ne prendrait pas le risque de bouger. On était à l'aube du deuxième jour de sa faction.

Les limites du camp des Barbares se trouvaient non loin de lui, à sa droite, et il se continuait plus loin dans la vallée en direction de la frontière. Rohku avait d'abord été frappé de stupeur à la vue des dimensions atteintes par l'armée du khan, mais peu à peu à cette stupeur avait succédé le désespoir. Cent mille hommes ! Depuis que la peste s'était abattue sur le Nord, c'était à peine moins que toute la population de Seh. Autrefois, Rhojo-ma à elle seule comptait cent quarante mille âmes. À présent, elle ne pouvait plus en revendiquer que la moitié.

Mais comment font-ils pour réunir tant de gens ? La question revenait le hanter. Question sans réponse, la même qui avait conduit les seigneurs de Seh à négliger toutes les mises en garde concernant une invasion barbare.

Rohku ne savait pas quand cette armée ennemie lui causait le plus d'anxiété, si c'était le jour ou la nuit. Impossible de dénombrer les feux de camp. C'était à n'y pas croire.

Des patrouilles avaient quitté leur cantonnement avant les premières lueurs du jour. Rohku n'avait pas pu les voir, mais il les avait entendues passer. Le khan les envoyait en effectif plus ou moins nombreux, trente hommes peut-être pour un petit détachement, plus de deux cents pour un grand. C'était une stratégie dictée par la prudence, un petit groupe pouvant faire plus de chemin et battre en retraite pour se fondre dans plus important en cas de mauvaise rencontre, quelle que soit la force de l'ennemi rencontré. Cela aussi, Rohku le trouvait déroutant : comment une armée de cette ampleur pouvait-elle se refuser à prendre un risque mesuré comme celui-là ? Ce n'étaient pas les fanfaronnades auxquelles on l'avait préparé de la part des guerriers barbares.

L'armée du désert s'était réveillée à la manière d'un dragon. Lentement, une ondulation s'était communiquée de la tête à la queue, la tête consciente et active alors que les extrémités n'avaient pas encore bougé. Le dragon était en chasse maintenant. Sans se hâter, il se tortillait comme un ver sur toute la largeur du paysage.

L'avant-garde passa au pied de l'escarpement de Rohku. Les cavaliers montaient de beaux chevaux. Ils avaient revêtu de bonnes armures, comme on en portait dans l'empire, et s'étaient pourvus de sabres et de courtes lances. Le capitaine voyait luire au soleil les ornements de leurs casques de bronze, mais sans pouvoir en distinguer la forme. Des bannières flottaient au vent, déployant leurs couleurs, montrant des caractères et des symboles que Rohku ne connaissait pas. Il s'y dessinait des animaux, un cheval au galop, un tigre ailé, l'épervier bleu du désert, une vipère enroulée sur elle-même. Se détachant parmi ces enseignes, on voyait des étendards de soie dorée sur lesquels on avait peint un dragon se contorsionnant étrangement.

Derrière ces guerriers venait une immense cavalerie montée sur des poneys de la steppe, quoique de temps à autre il s'y mêlât des capitaines ou des chefs de tribu à cheval. Ce spectacle obligea Rohku à modérer sa colère : où ces Barbares auraient-ils pu trouver des chevaux, sinon parmi les habitants de Seh ? Les razzias assurément auraient difficilement procuré aux nomades autant de bêtes racées.

La cavalerie n'était pas équipée de manière aussi homogène que l'avant-garde. Il y manquait des armures bien assorties et des casques bien ouvragés, mais cela n'avait que peu d'importance.

Leurs armes étaient mieux que suffisantes et paraissaient avoir déjà servi. Quand les cavaliers eurent fini de passer, le soleil était à son zénith.

Ces nomades étaient trop loin pour qu'il fût possible de distinguer leurs visages, mais Rohku voyait bien que leur armée comprenait des hommes de tous âges, depuis des adolescents jusqu'à des combattants éprouvés, ayant vécu aussi longtemps que le seigneur Shonto, et davantage. Aucun n'avait l'air chétif : la vie dans les steppes veillait à ce qu'il n'en fût rien. C'était un banc d'essai qui ne pardonnait pas, et chaque tribu possédait ses propres critères d'acceptation. Les faibles, aussi jeunes fussent-ils, ne trouvaient pas grâce au coin d'un feu.

Après le passage de la cavalerie venaient les archers et les fantassins. Ils avançaient en rangs si serrés qu'ils cessaient de paraître des hommes. On aurait dit qu'une fourmilière avait dégorgé son contenu sur le sol de la vallée. C'était une masse mouvante, hérissée de piques et de lances. Pourtant, même ces gens-là portaient casque et armure.

Une mer de bannières succédait à ces fantassins. Derrière chevauchaient des soldats enturbannés en uniforme gris. Des bruits couraient sur ces guerriers en gris : on disait que le seigneur Komawara et le frère Shuyun les avaient aperçus au cours de leur voyage dans le désert, montant la garde devant le squelette d'un dragon de jadis. Rohku se surprit à tendre le cou pour mieux voir, puis il se recula. Les hommes en gris étaient peu nombreux et faisaient vite à passer. Ils étaient suivis de ce qui ressemblait à une garde d'honneur, dont l'armure était lacée d'un noir mêlé de pourpre et d'or. Rohku voyait à présent ces cavaliers de dos. La pourpre impériale, comprit-il soudain, *ils portent les couleurs de l'empereur de Wa !*

Un chef chevauchait au milieu d'eux, monté sur un grand cheval bai qui aurait fait envie à un seigneur de Seh. Son armure avait été façonnée à la mode de l'empire, mais il la portait avec les grandes bottes en faveur parmi les tribus. Même de loin, Rohku, grâce à son regard exercé, savait qu'un artiste avait créé cette armure digne d'un empereur. Il hocha la tête en regardant passer cet homme avec son armure au laçage couleur de la pourpre impériale, garnitures et ceinture dorées. Sur la tête, il portait un casque au cimier fait de grandes plumes écarlates dansant au gré de sa chevauchée. Rohku de nouveau se pencha, sous l'effet d'une idée qui brusquement le bouleversait : ce khan aux mains d'or montait son cheval vêtu en empereur de Wa. Le capitaine ferma les yeux : dire que dans Seh on croyait qu'on allait se battre pour une province, alors que la province en question était la dernière des préoccupations de ce Barbare !

Au milieu des gardes qui entouraient le khan, Rohku vit passer d'autres chefs. Aucun n'arborait la pourpre, mais tous étaient magnifiquement vêtus, avec des armures lacées et laquées, des tuniques faites de peaux de loup et de tigre. Ces hommes parlaient entre eux et riaient, comme s'ils partaient à la chasse ou se promenaient. Des courriers descendaient le long de cette colonne et parfois faisaient leur rapport à l'un de ces chefs qui approchaient le khan.

Un caillou rebondit sur la corniche devant le garde des Shonto. Il se gara contre la pierre glacée et retint son souffle. Une coulée de terre s'éparpilla sur la mousse : quelque chose ou quelqu'un, en haut de la paroi rocheuse. *Avait-il parlé tout seul ?*

Des voix maintenant. Elles venaient d'en haut. Bien qu'il eût grandi dans le Sud, Rohku reconnaissait cette langue : il avait entendu Shuyun en faire usage à plusieurs reprises en s'adressant à son serviteur du désert. Des chevaux, d'autres hommes. Que Botahara me protège ! se dit-il. Il essaya de faire corps avec le rocher dans l'espoir de ne rien trahir de sa présence. Très attentivement, mais sans beaucoup de savoir-faire, il s'était livré à un examen de l'endroit où il se trouvait, ici dissimulant une empreinte de pas sous la mousse, là s'assurant qu'il n'avait cassé aucune branche. Il espérait que de pareille hauteur les pisteurs nomades seraient dans l'incapacité de déceler son passage, mais sans parvenir à s'en persuader. La science de ces pisteurs était bien connue des gens de Seh qu'il avait rencontrés, c'est pourquoi lentement il sortit son poignard de l'étui. La corniche était trop étroite pour une épée. Sa jambe gauche s'était engourdie. Il savait qu'elle ne réagirait pas en cas d'urgence. Il adressa une prière à Botahara.

Un autre caillou rebondit sur la corniche, et d'autres paroles descendirent jusqu'à lui. Si seulement il avait consacré un peu de son temps à apprendre quelques mots au contact du Kalam ! Un bruit de sabots parut résonner parmi les pierres puis diminuer. Plus de voix. Pendant quelque temps, il n'osa plus faire le moindre mouvement, comprenant qu'il s'y prendrait exactement de la même façon s'il voulait capturer un ennemi dissimulé sur une corniche : il s'éloignerait pour lui laisser croire qu'il ne risquait plus rien et lui tomberait dessus au moment où il s'y attendrait le moins.

Dans la longue colonne des Barbares, un élément retint son attention. Entourant aussi le khan dans son escorte, il eut la stupéfaction de découvrir des femmes. Elles étaient à cheval, comme les hommes du désert, s'il apercevait un petit bout de soie de belle qualité dépasser de robes d'une étoffe plus grossière. Elles pouvaient être une centaine, la tête couverte d'une écharpe aux couleurs vives qui ne laissait voir que les yeux et le front.

Et c'est ainsi, pensa Rohku, qu'ils partent en guerre ! Comme c'est bizarre !

L'après-midi tirait à sa fin. Les nuages dispersés se regroupèrent pour assaillir le domaine de l'azur, et tout le ciel se couvrit. Rohku fut pris de frissons. Il se restaura quelque peu, but de l'eau de son outre, mais l'impossibilité où il était de remuer le frigorifiait. Il lui fallait compter au moins un jour de plus avant de quitter sa cachette, et il commença à se demander s'il pourrait jamais réussir à remonter.

À la suite d'un autre groupe de cavaliers en armes, arriva le convoi de matériel. Les Barbares ne paraissaient pas disposer de charrettes ni de chariots ; en conséquence, tout était porté à dos de poney et de mulet. La nuit tomba alors qu'une partie de ce matériel était encore à venir, si bien que Rohku dut pendant la première partie de cette nuit écouter monter le chant des flûtes d'auprès d'innombrables feux de camp.

Il y eut bien une petite averse, mais ses prières en faveur d'un déluge ne furent pas exaucées.

Shonto était assis à califourchon sur la balustrade de son balcon, devant les appartements privés du gouverneur. La journée était belle, annonciatrice d'une chaleur à venir. Des nuages blancs moutonnants s'éparpillaient face au bleu envahissant d'un ciel printanier. C'était un temps à vous remonter le moral – si ne l'accablaient pas d'autres préoccupations.

Shonto apercevait la longue file des gens contraints à quitter la ville, et dont tant ne faisaient qu'arriver. Aucun bateau n'était prévu pour transporter les habitants de Rhojo-ma, et les bêtes de somme étaient réquisitionnées par l'armée. En conséquence, les réfugiés devaient s'enfuir à pied. Il leur fallait d'abord prendre le pont qui les amenait au rivage puis monter une petite côte, jusqu'à un sommet où la route offrait deux possibilités. La moitié environ décidait d'aller vers le sud et les provinces centrales, tandis que le reste bifurquait vers la mer à l'est. On pouvait presque les voir hésiter sur la crête, soudain ne plus savoir quel parti prendre.

C'est risqué d'un côté comme de l'autre, se dit Shonto. Son propre parcours était déjà arrêté : il partirait comme il était venu, par le Grand Canal. Et cela aussi était un pari qui comportait des risques.

Il lut la lettre de Toshaki une deuxième fois.

Seigneur Shonto,
gouverneur impérial de la province de Seh.

C'est votre ancêtre qui a dit : « La façon dont meurt un homme est aussi importante que la manière dont il a vécu. » J'honore sa mémoire.

J'ai compris à quel point ma vie a pu être médiocre et prendrai davantage de soin de ma mort. Quand cette lettre vous sera remise, j'aurai été rendu à la Roue des Renaissances. J'ai choisi cette solution pour effacer ma honte et parce que je ne me sens pas assez digne pour mourir aux côtés de mes camarades en combattant les armées barbares.

Voyez-vous, seigneur gouverneur, j'ai conspiré avec mon empereur pour abréger la vie d'un certain Shonto Motoru. Sans doute connaissez-vous déjà le projet dans ses grandes lignes, mais peut-être le rôle que je devais y jouer ne vous apparaît-il pas clairement. Le plan consistait à vous envoyer dans le Nord afin de mettre un terme aux incursions des Barbares – ce qui était, bien sûr, impossible à réaliser, surtout si l'on sait que ces mêmes Barbares étaient payés par l'empereur pour effectuer des raids au-delà de leurs frontières. Vous auriez échoué, seigneur, c'était inévitable. Je suppose même que la situation aurait pu s'aggraver.

Vous auriez été démis de votre commandement et sommé de rentrer dans la capitale – ou, du moins, telle aurait été la version officielle. En réalité, je devais par la force vous ôter votre charge. L'empereur aurait prétendu que vous aviez refusé de revenir de crainte d'avoir à affronter les conséquences de votre échec. À bout de ressources, vous auriez tenté de vous positionner dans Seh. Le seigneur Toshaki, loyal sujet de l'empereur, ne l'aurait pas permis, épargnant ainsi la guerre civile à son pays. Entre autres récompenses, je serais devenu gouverneur de la province. Mon fils m'aurait succédé à ce poste.

J'ai trahi Seh, j'ai trahi le peuple de Wa, mais dans l'un et l'autre cas sans l'avoir voulu. Je reconnais la part que j'ai prise au complot contre la maison des Shonto, mais je ne désirais pas venir en aide aux Barbares pour nous envahir. Comme les autres seigneurs de Seh, je n'imaginais pas que les nomades eussent la capacité de mettre sur pied pareille armée ; j'ai toujours peine à y croire. Alors même que vous faisiez de grands efforts pour sauver ma province, j'ai cherché à vous nuire.

Vous avez ma parole que mon fils, Yoshihira, ignorait tout cela. Je lui ai donc ordonné de vous suivre dans le Sud avec votre armée, de manière à ce que survive notre maison ou qu'il connaisse une fin honorable. Mon espoir est que vous le permettiez. Mes compatriotes penseront que j'ai choisi cette solution pour expier mes fautes : j'ai refusé la levée d'une armée dans Seh et n'ai pas voulu écouter la voix de la raison. J'espère que vous les laisserez continuer à y croire. En échange, je vous renseignerai. L'homme qui a conçu et dirigé le complot ourdi contre vous est au milieu de vous : Jaku Katta a planifié votre chute dans les moindres détails, seigneur Shonto. Les raisons de sa présence ici aujourd'hui, je ne les connais pas de manière certaine. Vous avez entendu les mêmes bruits que moi.

Sur le plateau de gii,
Il n'est pas possible de sacrifier
L'honneur pour sauver une place.
Ma place, je la prends sur les remparts.
Le plongeon sera froid comme l'acier,
Le choc mou comme la cendre.

Sa Seigneurie Toshaki Hirikawa.

Shonto porta ses regards sur toute cette humanité gravissant pêle-mêle la pente de la colline. Quelle tristesse !

Était-il vrai que ce nigaud de fils du Toshaki n'avait rien à se reprocher ? Peut-être. À coup sûr, Toshaki Shinga, lui, tenait un rôle dans cette conjuration. Il était difficile d'en douter. Mais Toshaki Shinga avait décidé de demeurer à Rhojo-ma, où il commandait la garnison. C'était donner à sa vie plus d'utilité que ne l'avait fait son maître ! Ce sot aurait dû rester vivant assez longtemps pour mourir en retardant l'avance des Barbares.

Shonto se leva et rentra à l'intérieur. Il avait renoncé ce matin-là à sa tenue officielle de gouverneur de Seh pour s'habiller plus confortablement en prévision du voyage. Il tisonna les charbons d'un brasero pour en ranimer la flamme et s'apprêtait à y jeter la lettre de Toshaki quand il se ravisa. Non, il garderait cette lettre. Un jour, quelqu'un pourrait s'y intéresser. Le message avait une valeur historique, à tout le moins.

Un à un, les derniers habitants de Rhojo-ma passèrent les portes et se préparèrent à prendre le pont. Aux nombreuses tours dans la ville déserte les cloches se mirent à sonner, car bientôt il ne serait plus possible de sortir. Shonto se tenait sur un quai appelé sous peu à disparaître sous les eaux. C'était ce qui avait été décidé. Dans le lointain, il apercevait des ouvriers s'attelant à la tâche sur le seul pont reliant la ville à la côte. Lui aussi, dans moins d'une heure, serait submergé.

Près de l'extrémité nord du quai, Shonto distinguait le fils de Toshaki entouré des gens de sa maison. La nouvelle s'était répandue du suicide de son vieux père : du haut des remparts, il s'était précipité dans le lac. Il s'était revêtu d'une complète armure. C'était un suicide singulier, qui attestait un grand sentiment de honte. Cela n'empêchait pas ce Toshaki de s'être attiré le respect dans Seh, et parmi les assistants on éprouvait à l'évidence beaucoup de sympathie pour son fils, encore que, en tant qu'habitants du Nord, il leur fallût souffrir aussi pour sa fierté. Toutes les condoléances en étaient restreintes de manière rigoureuse, selon un code non écrit, qui spécifiait : *Le jeune Toshaki est un guerrier et un seigneur de Seh, en conséquence quelqu'un de fort. Les regrets vont être exprimés pour la forme : les Toshaki n'ont pas besoin d'être réconfortés. C'est seulement une question de respect.*

L'état-major de Shonto continuait son travail non loin de là en s'occupant des mille petits détails permettant à une armée de treize mille hommes, auxquels s'ajouteraient quelques milliers de recrues, de descendre vers le sud aussi vite que possible. Les Barbares étaient en mesure d'avancer de cinq rih par jour, mais le canal ferait voyager Shonto beaucoup plus rapidement.

On élaguait les branches d'une vieille plante grimpante qui collait à la pierre autour des portes de la cité. Shonto y vit l'annonce de ce qui allait se produire, et il préféra regarder ailleurs.

Une délégation se présenta devant les grilles. Des gardes se frayèrent un chemin. Ils étaient lourdement armés et portaient des étendards. Les seigneurs de Seh étaient là, ceux qui resteraient en arrière. Dans l'ancienne génération, on avait le plus souvent décidé de payer la dette du repentir en défendant Rhojo-ma, entreprise dont l'issue était aussi prévisible que le retour de la nuit au terme de la journée. Cinq mille guerriers les accompagneraient, triés sur le volet, pour bénéficier de ce grand honneur, mourir avec leurs maîtres dans un combat qui ne pouvait être gagné.

Un héraut précédait ces malheureux guerriers. « Écartez-vous ! criait-il. Place aux seigneurs de Seh ! Écartez-vous ! » Ces benêts de Seh, pensa Shonto, braves mais bornés.

Le chef de la plus importante des familles, le seigneur Ranan, conduisait la délégation. Il s'inclina en arrivant devant Shonto, qui à son tour s'inclina, mais profondément au lieu de s'en tenir au simple signe de tête qu'autorisait sa fonction. « Nos préparatifs se poursuivent comme prévu, seigneur Shonto, dit Ranan en se donnant un air important. Nous serons prêts avant l'apparition des premiers éléments de l'armée du khan. »

Quel sot ! pensa Shonto. Quelle ganache imbue d'elle-même ! « Soyez-en honoré, seigneur Ranan, dit-il, de même que tous ceux qui se préparent... à défendre Rhojo-ma. »

Ranan s'inclina encore. « Notre intention est de retarder les forces barbares d'autant de jours que le permettront nos moyens. Puissent ces journées être efficacement mises à profit, monseigneur ! »

Chacun sur le quai salua ceux qui avaient choisi de rester.

Shonto s'apprêtait à regagner son bateau quand la foule s'écarta pour laisser passer le jeune seigneur Toshaki. Il s'inclina d'abord rapidement devant le gouverneur et devant Ranan, avant de se tourner vers Komawara que l'on n'avait pas vu arriver. Les gardes de ce dernier resserrèrent les rangs autour de leur maître. Les Hajiwara, pensa Shonto. Ils portaient les couleurs des Komawara, bleu foncé et noir rehaussés d'or, mais ces anciens soldats d'Itsa avaient gardé aux épaules le liseré vert rappelant leur appartenance aux Hajiwara.

« Seigneur Komawara, dit Toshaki en entamant son discours d'un ton très cérémonieux, comme s'il l'avait appris par cœur, il m'est arrivé de suggérer que vous auriez besoin d'une arme appropriée pour combattre les hordes barbares. »

Il mit une main derrière son dos, dans laquelle un de ses domestiques plaça une épée dans son fourreau. Il l'amena alors devant lui, la serrant dans ses deux mains comme un trésor.

« Cette arme appartenait à mon père, Toshaki Hirikawa. Elle a été fabriquée par Toyotomi le Jeune et s'illustra dans la guerre d'Ona. Elle est dans notre famille depuis sept générations et a donné des preuves de sa valeur dans plus d'une bataille livrée aux Barbares. Mon espoir est que vous l'acceptiez en témoignage du respect que j'ai pour vous. Parmi tous les seigneurs de Seh, vous avez été le premier à prendre conscience du danger qui nous menaçait, en dépit de tous ceux qui s'acharnaient à vous donner tort. » Il tendit l'épée en s'inclinant légèrement.

Komawara eut l'air paralysé, et Shonto un instant crut qu'il refuserait. Mais il s'inclina à son tour, allongea un bras et prit l'arme des mains de Toshaki dans un geste où il entrait presque un égal respect. Quand il parla, ce fut d'une voix étranglée, comme s'il avait peine à réprimer son émotion.

« C'est un grand honneur, seigneur Toshaki. J'espère que les Komawara manieront cette épée avec au moins la moitié du talent qu'ont démontré vos ancêtres. En ce cas, elle acquerra certes beaucoup de renom. »

Toshaki à nouveau s'inclina et, sur un signe de Shonto, son état-major commença à battre en retraite vers les bateaux qui lui étaient destinés.

Nous sommes en guerre, se dit le gouverneur, l'heure n'est pas à lever nos coupes et fabuler sur l'estime que nos aïeux avaient les uns pour les autres.

Tandis que les embarcations s'éloignaient, Shonto retourna sur la plage arrière de son navire. On mit la voile en lofant par à-coups, jusqu'à ce que les hommes de barre eussent placé la barge vent largue et que les écoutes fussent bien en place. Shonto vit Nishima agiter la main depuis une embarcation voisine, de même qu'Okara et Kitsura. Un marin lui montra quelque chose, et il leva les yeux à temps pour voir la fleur de *shinta* sur la plus haute tour de Rhojoma trembler avant de s'affaler. L'instant d'après, le cheval ailé de Seh lui succéda.

Une file de bateaux en tirant des bordées dans la brise se dirigea vers l'entrée du Grand Canal et la première série d'écluses. La barge de Shonto s'intercala presque en queue du cortège, car dans la campagne à venir le commandement devrait rester en contact étroit avec l'arrière-garde battant en retraite. C'était une pensée qui n'avait rien de réjouissant.

Nishima s'appuyait à la lisse, heureuse de ce soutien, car elle sentait faiblir sa volonté, et cela la troublait. Malgré toutes ses prières, la guerre avait éclaté. Au moment où l'on doublait les dernières maisons de la ville, elle jeta un coup d'œil au nord. Quelques jours seulement, et les armées barbares montreraient le bout de leur nez. Tous ses soucis en comparaison paraissaient mesquins et futiles. Il y aurait des morts, et pas seulement sur le champ de bataille.

Elle eut une pensée pour les habitants de Seh partant vers le sud et la mer. Tous ne s'en sortiraient pas, et ils ne sauraient pas bien juger des risques encourus. Ils tenteraient de se dissimuler dans l'espoir que le cataclysme passerait sans les toucher. C'était pour cette raison précisément que son père avait laissé en arrière une petite troupe, cachée quelque part dans les collines de Seh. Sa seule mission était de s'assurer que rien ne pousserait là où les Barbares pourraient s'en emparer. Les soldats effectueraient des raids parmi les autochtones et vraisemblablement seraient amenés à faire des victimes dans leur propre camp. *Ne laissez rien à l'ennemi,* avait ordonné son père, ce qui signifiait aussi rien pour les paysans.

Un bruit d'explosion, comme un étrange coup de tonnerre, se répercuta sur l'autre rive du lac, et Nishima se tourna pour voir la première travée du pont s'écrouler dans un tourbillon d'écume. Un court instant, un arc-en-ciel illumina l'embrun, mais aussitôt les eaux se refermèrent comme se ferme une plaie. Le lien entre Rhojo-ma et le continent avait disparu.

Vers l'extrémité sud de la ville, une barge funéraire apparut, couverte de lis des neiges. Une brise légère arrachait les pétales et les dispersait dans le sillage comme une traînée blanche sur le calme de l'eau. Le seigneur Toshaki, se dit Nishima. L'embarcation prit résolument la direction du sud-ouest du lac, comme s'il n'avait jamais été question d'une autre destination. Nishima fut à deux doigts de se cacher le visage dans les mains mais prit conscience de son geste et se retint. Au lieu de cela, elle fit le signe de Botahara et lui adressa une prière muette.

Soudain le bateau se mit à rouler dans les vagues provoquées par l'effondrement du pont. Nishima s'agrippa à la lisse jusqu'à ce que l'eau redevînt calme, puis se hâta de descendre. Dans l'intimité de sa petite cabine, elle sortit de quoi écrire et prépara de l'encre dans ce qui pour elle tenait presque d'un geste rituel.

Notre navire de gommier et de caroubier,
Dont la peinture s'écaille comme une peau de serpent,
S'élance au milieu des embarcations
Qui pullulent sur le Grand Canal.
Voyageurs innombrables,

Désirs sans nombre,
Portés par l'eau bleue.
Seule la barge mortuaire,
Couverte de blancs pétales,
Semble savoir où elle va.

24

Une écurie abandonnée, récemment remise en état pour la représentation de pièces de théâtre, avait été réquisitionnée par les sous-officiers recruteurs de Shonto. Le toit de chaume fuyait par endroits quand la pluie et le vent d'ouest unissaient leurs efforts, et dans un coin subsistait une odeur indéfinissable ; sinon, le bâtiment faisait l'affaire.

Deux sous-officiers étaient assis derrière un bureau large et bas, sur ce qui avait été la scène. Sur trois côtés devant eux, les postulants s'agenouillaient, plus ou moins bien rangés. Dans la lueur des lampes suspendues au plafond, ils paraissaient bâtis sur le même modèle mais, en y regardant de plus près, on voyait qu'ils étaient de tous âges, de toutes tailles, avec des accents, une expérience et des tempéraments différents.

Malgré cela, ils se rejoignaient sur un point : c'étaient tous des guerriers sans maître et, si quelques-uns avaient bien appris à se servir d'un sabre ou d'une épée, beaucoup étaient des fils de marchands ou de fermiers qui avaient rompu tout lien avec les leurs pour faire l'expérience de ce genre de vie. Les hommes qui étaient là rassemblés avaient subi une épreuve destinée à connaître leur savoir-faire d'épéistes et d'archers. Ceux qui l'avaient manquée avaient été envoyés ailleurs ; dans la guerre à venir, chacun avait sa place.

Sur la centaine environ de ceux qui s'étaient essayés au maniement des armes, la plupart ne paraissaient pas traîner derrière eux un passé véritablement chargé. Le chef des agents recruteurs, un sergent de Shonto, jeta un coup d'œil à sa liste et y pointa un nom que son adjoint appela. Quelqu'un se leva qui pouvait avoir dans les quarante ans. Il traversa la pièce pour venir s'agenouiller devant lui.

Comme la majorité des candidats, il portait des vêtements grossiers, bien qu'à la différence de beaucoup les siens fussent propres et ravaudés avec soin. C'était un grand gaillard bien bâti. Une barbe noire lui mangeait le visage. Ce qui échappait à cette dissimulation avait été assombri par une longue exposition au soleil et creusé de rides profondes, surtout au travers du front et au coin des yeux.

« Shinga Kyoshi ? »

L'homme acquiesça et ébaucha un salut.

« Tes armes sont en bon état ? »

Nouvel acquiescement. « Armure complète, épée. Je… je n'ai pas d'arc. » La voix était gutturale. Le sergent hocha la tête. Une note accompagnait le nom de cet homme ; apparemment, il était expert au maniement de l'épée.

« Ton épée », dit le sergent en tendant la main.

Le soldat à genoux marqua une hésitation, comme s'il n'était pas sûr d'avoir bien entendu, mais il dégaina son arme et la tendit au sous-officier, le pommeau d'abord.

C'était une belle arme, bien équilibrée et affilée pour être parfaitement tranchante, la garde une petite œuvre d'art, avec une volute de coquillages laqués recouvrant du bronze poli. Le nom de l'artisan figurait sur la lame : *Kentoka*. Sans aucun doute un faux, mais qui n'empêchait pas le travail d'avoir été bien fait et l'épée d'être inattendue entre les mains d'un soldat courant les routes. Le sergent fixa des yeux cet homme : son regard avait terrassé plus d'un jeune lascar. « Je vois ici que tu es de Nitashi. »

L'homme acquiesça.

« Moi aussi, je suis de Nitashi, et tu n'as pas l'accent de là-bas.

— Cela fait longtemps. »

Le sous-officier continuait à le dévisager. Il était prêt à parier qu'en fouillant dans le coffre à armure de cet individu il trouverait du laçage de rechange de couleur neutre.

Il rendit son épée au postulant, le toisa encore un moment puis retourna à ses listes. Il poussa un rouleau de l'autre côté de la table, tendit un pinceau. « Vois l'intendant », dit-il.

L'homme signa de son nom, s'inclina bien bas et décampa.

L'agent recruteur regarda la signature sans rien trahir de ce qu'elle lui suggérait. C'était le troisième en deux jours dont il était persuadé qu'il avait servi les Hajiwara, et en plus il s'agissait d'un officier ! Il secoua la tête. S'il s'en présentait davantage, il faudrait penser à en éliminer quelques-uns : il fallait tenir compte des Butto.

« Ujima Nyatomi », appela son adjoint.

Un autre barbu accourut, qui s'agenouilla devant le sergent penché sur ses rapports.

« Ujima Nyatomi ? »

Le soldat acquiesça. Si le sergent avait consenti à lever la tête, il aurait remarqué que celui-ci était plus âgé que le précédent et moins bien découplé.

« Tes armes sont en bon état ? »

Nouveau signe de tête.

« Ton épée. »

L'homme mit le pommeau dans la main du sous-officier. Le sergent leva des yeux étonnés : pour une belle épée, c'était une belle épée ! Elle se laissait tenir comme dans un rêve. La poignée avait été couverte de peau de raie géante, avant d'être entourée d'une cordelette de soie bleue. Quant à la garde, le sergent s'en aperçut soudain, elle avait la forme d'une fleur de *shinta* !

Il regarda cet homme à genoux devant lui. Avant qu'il eût pu dire un mot, l'inconnu s'empressa de parler. « Mon armure est de la même qualité, sergent, et j'ai aussi un arc, une lance et un cheval. »

Il secouait la tête d'un mouvement à peine perceptible. Le sergent lui rendit son épée, parcourut ses listes puis, poussant papier et pinceau dans sa direction, lui dit : « Vois l'intendant. »

La recrue signa, se hâta de saluer et fila. On appela un autre nom, que le sergent n'entendit pas. Il venait d'enrôler Rohku Saicha, le capitaine de la garde des Shonto, au sein de l'armée de la province de Seh. Combien d'autres avaient pu s'échapper de la capitale ? Il sourit malgré lui.

La flottille venait d'entrer dans le Grand Canal et aussitôt parut avancer pour ainsi dire au pas. Kamu n'ignorait pas que leur retraite vers le sud n'aurait rien de commun avec la rapidité de leur progression vers le nord. Trop de réfugiés encombraient cette voie d'eau, et l'armée qui se repliait utilisait un nombre plus grand de bateaux qu'à l'aller. Pourtant, les forces ennemies, avec leurs cent mille hommes, pouvaient difficilement espérer mieux qu'avancer de sept à huit rih par jour, sur terrain plat.

Il faudrait aux Barbares plus de trois mois lunaires pour atteindre par terre la capitale de l'empire. Avec un vent favorable, un bateau sur le canal pouvait souvent relier Seh au centre du pouvoir en moins de trente jours, seulement la moitié si l'on disposait d'assez d'hommes d'équipage pour voyager vingt-quatre heures d'affilée.

Au train où nous allons, se dit Kamu, nous ferons deux fois plus de chemin dans une journée que les Barbares. La flotte de Shonto avait quitté Rhojo-ma l'avant-veille de l'arrivée de l'ennemi, plus tôt peut-être. C'était une avance confortable.

La cabine de Kamu était couverte de papiers de toute sorte, rouleaux entassés comme des bûches, lettres empilées les unes sur les autres avec soin, chaque pile maintenue bien en place par un objet lourd, documents sous enveloppe, notes griffonnées à la va-vite, papier de riz ou de bois de mûrier. Il y en avait partout, et chaque parcelle contenait une information que l'intendant ne pouvait se permettre de perdre. Parfois il lui arrivait de rêver d'une petite chaumière au bord d'une rivière, perdue dans les collines.

On frappa à la porte, et l'adjoint de Kamu, Toko, entra avec une enveloppe qui paraissait contenir d'autres papiers encore. Au cours des mois qui avaient suivi la tentative d'assassinat dans le jardin de Shonto, ce jeune homme s'était montré d'une aide précieuse. Il lui restait certes beaucoup à apprendre, mais il apprenait vite et répétait rarement les mêmes erreurs.

Kamu leva un œil interrogateur, inconsciemment singeant le tic de son maître.

« Des demandes de transport ou de permission de monter à bord de la flottille », dit calmement Toko. Il n'avait pas perdu ses façons de faire de domestique. Sa discrétion était presque totale : il se déplaçait sans bruit et n'élevait jamais la voix.

Kamu fit signe qu'il avait compris et montra une pile de papiers du bout de son pinceau. « Là, ça ira. »

Toko posa l'enveloppe à l'endroit indiqué et ne bougea plus. Kamu s'aperçut qu'il attendait qu'on s'intéressât à lui. Il faillit en sourire.

« Oui, Toko ?

— Intendant Kamu, dit le jeune homme d'un ton qui révélait beaucoup d'incertitude, plusieurs de ces requêtes viennent de membres de l'ordre botahiste. Je me demandais si les faire patienter.

— Ah ! ah ! » Kamu avisa la colonne des chiffres dans le rapport qu'il avait sous les yeux. « Combien sont-ils au juste ?

— Il y a deux sœurs et cinq moines. L'un d'eux prétend avoir enseigné le frère Shuyun.

— Ah oui ! Soto... » Kamu se perdit.

« Le frère Sotura, je pense, intendant. »

Kamu plissa les yeux pour mieux se représenter la personne. « Oui, je l'ai rencontré. Loge-le où il n'aura pas de souci à se faire. Nous sommes une armée en guerre, pas un cortège impérial. »

Toko fit signe qu'il comprenait. Vite, il ouvrit un registre, y inscrivit une ou deux choses et disparut.

Kamu hocha la tête. Oui, ce n'est pas l'empereur qui se promène, se dit-il. Que Botahara nous protège !

La nuit tombait. La pluie. Le jeune capitaine Rohku se sentait raide de partout avec le froid et l'immobilité. Il arrêta de grimper et essaya de maîtriser un tremblement persistant dans sa jambe gauche. Pas de doute : si l'un de ses hommes n'avait pas eu la bonne idée d'amener une corde, il n'aurait jamais pu remonter seul. Il se hissa de cinq pieds de plus puis marqua une pause. L'eau coulait sur l'arête qu'il escaladait, rendant le rocher glissant comme de la glace.

Il se remit à l'ouvrage et dévissa. La chute. Pour la troisième fois, la corde le retint. Il battit des pieds jusqu'au moment où il reprit contact avec la roche. Il posa sa joue contre le froid de la pierre. Il lui restait quinze pieds peut-être à gravir. S'il lui fallait se faire tirer par ses subordonnés, c'était la honte. Cette pensée lui rendit un peu d'énergie et le courage de se propulser vers le sommet.

Il y avait des patrouilles ennemies dans le voisinage, c'est pourquoi le silence l'accueillit quand il franchit tant bien que mal le bord de la paroi. Il s'assit sur un bloc de pierre et mangea quelque chose de froid. Ce qui lui aurait plu était une boisson chaude, mais on ne pouvait prendre le risque d'allumer un feu, même au cas où on aurait ramassé suffisamment de bois sec. Finalement, après avoir fait signe à l'un de ses hommes, il se leva, tout ankylosé, et alla à son cheval. Il dut puiser dans ses réserves d'énergie mais finit par monter sans aide. Il y avait là des gens de Seh : il était important de garder leur respect.

Son peloton n'était pas au bout de ses peines. Il fallait d'abord gagner Rhojo-ma pour y donner un rapport, ensuite le canal. Avant trois jours, ils auraient rejoint la flotte de Shonto. Rohku avait beaucoup de choses à dire, vraiment beaucoup.

Tadamoto trouva l'empereur en train de faire les cent pas près de l'étang du Dragon. On avait organisé une promenade au milieu des fleurs, car ce qui devait éclore à la fin de l'hiver et au début du printemps s'ouvrait à un soleil qui donnait tous les signes de devoir se réchauffer. Bien que censé être accompagné de personnes de la cour, l'empereur marchait seul, et nul n'osait interrompre le cours de ses pensées moroses.

Tadamoto embrassa du regard la foule des courtisans et nota avec une certaine satisfaction la présence d'un certain nombre de jeunes femmes d'une grande beauté récemment arrivées en ces lieux. Ah ! se dit-il, si l'une d'elles pouvait lui plaire ! C'était presque une prière.

Et puis, parmi ces jeunes visages innocents et ces robes sophistiquées, il aperçut *Osha*. Elle avait les yeux fixés sur lui, et son regard était si triste qu'il faillit pleurer de la voir. *Osha, Osha*… Elle respire l'intelligence, pensa-t-il, alors qu'autour d'elle ces jeunes femmes semblent porter des masques où se peint une seule et vague expression.

Il fut à deux doigts d'en perdre l'équilibre mais, s'arrachant à ce spectacle avant qu'on eût pu remarquer quelque chose, il continua son chemin en direction de l'empereur. Il était rompu maintenant à ce genre d'exercice qui consistait à barrer la route à ses émotions. Il s'imaginait souvent sous les traits d'un anachorète qui aurait obtenu le même résultat, mais par le moyen de la méditation. Presque à volonté, il était capable de s'obliger à ne rien ressentir. À genoux devant l'empereur, il restait froid comme le marbre.

Akantsu le salua, puis lui fit signe de se relever et de venir déambuler en sa compagnie. Tadamoto hésita, tout en jetant un coup d'œil discret en direction du rassemblement des courtisans qui faisaient semblant de n'avoir rien vu. Un modeste colonel invité à partager la promenade du Fils du Ciel ! Il y avait de quoi faire la grimace.

Ils s'écartèrent lentement de la foule, l'empereur s'attardant pour un regard à un bouquet de lis blancs blottis à l'ombre d'un chako. Encore quelques jours de soleil, et l'on ne parlerait plus de ces fleurs-là.

Il faisait chaud pour la saison. La brise, si faible qu'elle ridait à peine la surface de l'étang du Dragon, procurait un plaisir sensuel aussi doux qu'en secret touchée la chair d'une maîtresse. Le ciel, clair comme le tintement d'une cloche, était moucheté de nuages qui semblaient des échos et des harmoniques parmi des sons d'une totale pureté.

« Vous avez quelque chose à me dire, colonel ? » L'empereur continuait à regarder les lis des neiges. Les courtisans pouvaient s'interroger sur l'objet de leur discussion : ils n'avaient rien à espérer du côté de leur souverain.

« Oui, Votre Majesté. Nous avons finalement réussi à introduire de nos agents dans la province d'Ika Cho. Le seigneur Shonto Shokan s'est éclipsé avec une troupe d'une certaine importance, quatre mille hommes peut-être.

— C'est un tour de magie difficile à exécuter. Disparaître comme par enchantement avec un effectif aussi considérable ! Et nous ne savons pas comment il s'y est pris ?

— Il semble que le fils Shonto ait conduit ses troupes vers le col des Grands Vents, Votre Majesté. »

L'empereur hocha la tête. « C'est tôt dans l'année pour espérer passer. Est-il envisageable qu'il gagne son pari ? »

On entendit des femmes rire aux éclats de l'autre côté de l'eau.

« On l'estime peu vraisemblable, Votre Majesté. Il a beaucoup neigé cet hiver dans les montagnes. » Tadamoto faillit se retourner vers les courtisans mais se reprit.

« Je trouve bizarre qu'il n'ait pas cherché à gagner Seh par le nord en s'embarquant. Les tempêtes à coup sûr ne représentent pas un risque plus grand que la montagne. » L'empereur cueillit un lis des neiges et l'examina avec soin. « Le col des Grands Vents permettrait à Shokan d'accéder au nord de Chiba, n'est-ce pas ? »

Tadamoto acquiesça.

« Bah ! » fit le souverain. Il offrit sa fleur au colonel. « Pour votre estimable épouse de la part de l'empereur, Tadamoto-*sum.* » Il sourit distraitement. « Mettez des hommes à guetter à l'extrémité ouest du col. S'il ne s'appelait pas Shonto, je prierais pour son âme, mais… » Il haussa les épaules et reprit sa marche, laissant Tadamoto saluer maladroitement, le lis à la main.

Les voix de plusieurs centaines de femmes s'élevèrent dans un chant mélodieux qui paraissait émaner du sol et des murs. La prieure s'était étendue sur sa litière, les yeux clos. Il était impossible de dire si elle dormait ou écoutait seulement, parfaitement concentrée, car sa poitrine pour respirer se soulevait à peine. Sœur Sutso hésita avant de s'approcher.

De la nef en dessous, le cantique montait jusqu'aux solives du plafond, où était perché un balcon aussi peu visible qu'un nid bien dissimulé. La pièce qui donnait sur ce balcon était un des endroits où la prieure aimait à se retirer, et ses secrétaires évitaient de l'y déranger.

Sutso jugea préférable d'attendre et fit un pas en direction du balcon. La prieure ne bougea pas, mais sa voix se fit entendre, presque imperceptible au-dessus de celles des choristes. « Sutso-*sum* ?

— Oui, prieure. »

La vieille dame gardait les yeux fermés et n'esquissait pas le moindre geste. « J'ai le sentiment que nos chanteuses gagnent chaque année en inspiration », dit-elle d'une voix qui paraissait sèche et aigrelette.

Sa secrétaire vint s'agenouiller à côté de la litière. « Je suis de votre avis, prieure. En ce moment, je me sens plus proche de Botahara.

— C'est dû à la hauteur où nous sommes, mon enfant. »

Un sourire béat éclaira son visage creusé de rides. Sutso ne rit pas, bien qu'elle fût certaine que sa supérieure eût voulu faire de l'humour. Non, cette vieille dame était plus proche de la perfection qu'aucune des personnes qu'elle avait approchées. En présence de la prieure, on ne se conduisait pas d'une manière qui aurait pu s'interpréter comme un manque de respect.

« Quelque chose vous tracasse, Sutso-*sum.* »

Ce n'était pas une question. Sutso acquiesça d'un hochement de tête, bien que sa supérieure n'eût pas ouvert les yeux. « J'ai écrit à Morima-*sum*, dit-elle, conformément à vos instructions, mais je suis inquiète. Toujours pas de réponse. »

La prieure ne bougea pas un cil. « Morima-*sum* ne nous fera pas défaut, Sutso-*sum*, ne vous inquiétez pas. Il se passe beaucoup de choses dans Seh. Écrire une lettre peut paraître revêtir moins d'importance pour elle que pour nous. Patientez encore un peu. »

Même acquiescement de la part de Sutso. Elle s'inclina et allait pour se relever quand la prieure reprit la parole.

« Ce qui vous tourmente est la guerre qui se rapproche. »

Sutso retomba à genoux. « Tout le monde s'angoisse, prieure. Ce n'est pas comme le conflit de la Période intérimaire, où n'étaient concernés que les adeptes de la Vraie Foi. Les Barbares ne nous respecteront pas. Nos sœurs seront en danger. »

La prieure ouvrit grand ses yeux noirs, dont un instant elle examina sa secrétaire, puis elle les referma. « Si ceux qui ont pris part aux combats de la Période intérimaire avaient été de véritables adeptes de Botahara, il n'y aurait pas eu de guerre, Sutso-*sum.* »

Elle se tut. Le chant brusquement s'alanguit et s'adoucit.

« L'empire est vaste reprit-elle. La conflagration ressemblera à celles qui l'ont précédée : certaines parties de Wa souffriront énormément, alors que d'autres sortiront indemnes de ce mauvais pas. Ma tristesse est grande… Jusqu'à ce que l'on suive enfin la Voie, il y aura toujours des guerres. Nous avons pris toutes les mesures que nous pouvions prendre. Laissons à d'autres le soin de s'occuper des guerres. Notre souci à nous est l'enseignement de Botahara.

» Mais pensez-y, mon enfant, le Maître, et pendant que nous sommes encore en vie ! C'est un miracle qui passe l'imagination. Nous ne devons épargner aucune peine, même si l'empire s'écroule autour de nous mille ans, mon enfant, quarante générations ! Le Maître… Il faut le trouver. C'est notre raison d'être. »

Le chœur des voix enfla, monta vers le ciel comme l'élan des mains jointes dans la prière. Sutso s'émut de sa beauté. Une larme brilla au coin de ses yeux. Sa main alla toucher la manche de la prieure, si discrètement qu'on eût dit une caresse sur la joue d'un enfant qui dort.

25

Les premières hirondelles du printemps
Glissent sur le miroir du ciel d'hiver,
S'élancent au-dessus du fleuve :
Joie à chacun de ses méandres.

Le crépuscule s'attarde comme un amant
Qui ne peut se résoudre à partir,
Qui ne peut épancher son cœur.

Extrait du *Livre du Palais*, de dame Nikko.

Les appartements de l'impératrice Jenna. Jaku Tadamoto était assis sur le lit antique qui avait été celui de la souveraine, et il se demandait si Osha allait venir. Cela faisait si longtemps. Peut-être n'avait-elle pas pu quitter sa chambre sans attirer l'attention, ou avait-elle été interceptée par des agents de l'empereur. Pis que tout, elle avait pu obéir à l'ordre du Fils du Ciel d'avoir à se présenter. Parce que c'était le plus difficile à supporter, Tadamoto ne cessait d'imaginer Osha dans les bras du Yamaku. Vibrait-elle quand il la touchait ? Il l'évoquait au septième ciel, comblée comme elle ne l'avait jamais été avec lui. Il commençait à se sentir bien bête de l'attendre.

La lanterne dont il s'était servi pour se guider reposait sur le sol, jetant autour d'elle un faible halo de lumière au milieu de la vaste salle. C'était dans cette pièce qu'ils avaient passé leur première nuit ensemble. Son espoir était qu'en y revenant une chance leur serait offerte de retrouver les sensations d'autrefois. Il fit courir ses longs doigts sur le drap qui recouvrait le lit et se souvint clairement d'y avoir touché pour la première fois la poitrine nue d'Osha par une chaude nuit d'automne.

Depuis des semaines maintenant ils se fuyaient, mais de l'avoir vue parmi les courtisans près de l'étang du Dragon cet après-midi-là avait produit sur lui un effet indéfinissable. Brusquement, il avait eu une envie folle de la revoir. Il ne pouvait ni manger ni dormir tant qu'il ne lui aurait pas parlé.

Il se demandait donc s'il ne se conduisait pas comme un imbécile, si elle n'était pas ivre de plaisir dans les bras de l'empereur, alors qu'il soupirait pour elle. Pourtant il ne se décidait pas à partir.

Obéissant à une impulsion soudaine, il se dirigea vers les écrans qui ouvraient sur le balcon et les fit glisser. Il ne craignait pas d'être vu, à cette hauteur et dans une aile du palais peu fréquentée, car même si quelqu'un le remarquait, la réputation qu'avaient les pièces des Hanama d'être hantées suffirait comme explication.

Son regard s'attarda sur les toits du palais, l'agencement tarabiscoté de leurs courbes et de leurs plans qu'éclairait le croissant d'une lune en son déclin. Tout paraissait si tranquille. Il était difficile d'imaginer Wa sur le point d'être ébranlée par la guerre, comme cela ne manquerait pas de se produire. Guerre civile, avec les Shonto opposés aux Yamaku, ou guerre avec les Barbares, comme Shonto et Katta l'en avaient prévenu, mais guerre de toute façon. Il n'y avait pas dix ans que les Yamaku étaient montés sur le trône, et déjà le feu se ranimait, comme s'il n'avait fait que couver pendant tout ce temps.

De faire le tour de la pièce lui fit comprendre à quel point il était peu maître de lui. Il s'obligea à se rasseoir et à rester calme.

L'écran qui ouvrait sur la chambre s'entrebâilla. Il sursauta. Osha ! Impossible de la voir vraiment dans cette obscurité, mais il était si habitué à sa petite taille qu'il sut d'emblée que ce ne pouvait être quelqu'un d'autre. Elle se glissa par la maigre ouverture et repoussa le *shoji* derrière elle. Appuyée à la cloison, elle le regardait. La pénombre faisait qu'il ne voyait pas ses yeux, et cela le troublait. Il avait besoin de les sonder pour connaître ce qui se murmurait en son cœur.

Elle lui accorda un signe de tête en guise de salutation et se dirigea vers les écrans grands ouverts. Ses mouvements étaient lents et réfléchis, comme si la force vitale en elle se réduisait au vacillement d'une flamme.

Elle ne paraît pas glisser, se dit-il.

Se détachant sur l'ombre de la nuit, elle lui semblait belle, parfaite à vrai dire. Il pouvait presque sentir la chaleur et la délicatesse de sa peau. Au-delà, le ciel n'était pas noir mais d'un bleu très foncé. Des lambeaux de nuages, si lointains qu'ils paraissaient appartenir à l'empyrée, réfléchissaient un soupçon de clair de lune. Quant aux étoiles, impossible de les définir. On aurait dit des reflets dans une eau sombre.

Elle se tourna et s'adossa à l'encadrement du *shoji* en croisant les mains dans son dos. « Cette chambre… dit-elle d'une voix sourde, cela me rend très triste d'y venir. »

Il se sentit soudain gauche et emprunté. Assis les mains sur les cuisses, il répondit : « Oui, je croyais que cela se passerait autrement. »

Elle inspira profondément, comme avant de parler, puis préféra expirer lentement et faire face à la nuit, sans apparemment se soucier de sa fraîcheur.

« Mon cœur… mon cœur est un champ de ruines, Tado-*sum*, et je ne sais pas si quelque chose survivra à ce désastre. »

Elle parut vouloir reprendre la même attitude que précédemment. Il y eut un long silence, puis il osa la question qui lui brûlait les lèvres. « Aimez-vous l'empereur ? »

Elle baissa les yeux en secouant lentement la tête. Quand elle se redressa, il vit que des larmes brillaient sur ses joues dans la clarté des étoiles. « Non, je ne l'aime pas. »

Il hocha la tête. C'était un mouvement léger, mais lourd de résignation. Il paraissait si accablé de tristesse que cela l'empêchait de faire un geste. Il restait assis sur le lit, courbé en deux, comme si quelque chose en lui s'était rompu. D'entendre Osha sangloter ajoutait encore à sa peine, mais il ne trouvait pas la force de se lever et d'aller vers elle. Même quand elle tomba à genoux et enfouit son visage dans ses mains, il demeura sans réaction.

26

Le canal regorge de rumeurs.
Elles débordent, elles se répandent,
À l'est comme à l'ouest, au nord comme au sud.
Les intrigues, les félonies
Inondent la campagne alentour.
La vérité se réfugie sur les toits.

Dame Okara Haroshu.

Un jeune officier donna les ordres, qui furent exécutés par des soldats placides et des paysans consternés. Tout ce qui avait été planté au début du printemps était détruit. Ce qui restait du foin de l'hiver était empilé dans la cour, et on y mettait le feu. Cela flambait et dégageait de la chaleur. La fournaise était alimentée par des réserves de graines et de grain, et par des plants à repiquer qui avaient été cultivés avec soin. Les soldats étaient décidés à ne rien laisser aux Barbares – rien non plus pour les villageois et les paysans.

Shimeko le lisait sur tous les visages : *Mais nous allons mourir. Vaut-il mieux que ce soit des mains de nos compatriotes ?* C'était plus qu'elle ne pouvait supporter. Aussi était-elle partie en évitant de prendre la route empruntée par les fugitifs. Je sers la famille qui les chasse de chez eux, se disait-elle. Ce n'était pas une pensée de nature à vous réconforter.

Shimeko avait dû remonter le long du canal pour trouver un endroit lui assurant la solitude et où elle n'aurait pas malgré elle à assister à ce saccage. Une partie de la flotte s'était arrêtée dans cette vallée pour mettre à exécution « la politique de la terre brûlée », comme disait un soldat, et le bateau de dame Nishima n'avait pas pu passer.

Sous un saule dont les branches pendaient au-dessus du canal, Shimeko étala une natte végétale et se mit à l'aise. Le fin rideau de ramures du saule était couvert de bourgeons délicats qui n'allaient pas tarder à s'ouvrir. Des unités de la flottille avaient accosté à la rive d'en face, et elle voyait qu'on s'activait à charger ce qui avait été pris dans les fermes des environs : *ne rien laisser aux Barbares.*

Une famille entière passa sur une petite barge. La voile était gonflée par un faible vent d'est appelé le vent des Fleurs de Prunier, attendu avec impatience par tous les habitants de Wa. Bien qu'il fût immanquablement synonyme de chaleur, de repiquage, de floraison dans les cerisiers, les pruniers, les pommiers, cette année on ne le fêterait pas. Du moins pas dans le sillage de l'armée de Shonto.

Shimeko lisait l'angoisse sur les visages de l'homme et de la femme. Lui regarda la voile puis se tourna vers l'est. Les années passées au monastère informèrent la nonne qu'il priait pour que le vent ne mollît pas. On avait ordonné à toutes les embarcations de devancer la flottille sous peine d'être détruites.

Un martin-pêcheur plongea derrière la barge avant de ressortir dans un éclair de lumière verte irisée. Il s'enfuit avec son butin dans le bec et disparut dans les branches d'un saule.

Dans le secret de son cabinet de verdure, elle tenta de méditer, mais au bout de quelques instants y renonça. Même ce réconfort, apparemment, lui était enlevé. Elle prit un peigne dans sa manche, qu'elle passa dans ses cheveux encore très courts. Dame Nishima l'avait assurée que, dans un peu plus d'un an, elle pourrait les relever sur sa tête, de telle sorte qu'on serait incapable de juger de leur longueur. Sotte vanité, se dit-elle sans cesser de peigner, comme si cela pouvait accélérer le processus.

Une fois de plus, elle s'interrogea sur dame Nishima. Difficile de ne pas l'aimer, songea-t-elle, alors qu'elle avait cru devoir la détester. Incontestablement, tous les autres domestiques l'adoraient. Cela n'empêchait pas Shimeko de s'étonner : elle était si jeune, n'avait pas connu les années de discipline et d'abstinence des nonnes les plus respectées, et pourtant dans tout l'empire on célébrait ses mérites.

Shimeko hocha la tête. À coup sûr, dame Nishima jouait de la harpe à ravir, et sa main était l'une des plus fines qu'elle eût jamais vues. Certainement, en société, sa conversation était charmante et pleine d'esprit, mais ce n'étaient que des propos conventionnels. Elle lança un caillou dans l'eau. Dans le monde que Shimeko avait quitté, malgré tous ses talents dame Nishima n'aurait été qu'une novice, parmi les plus estimées certes, mais devant attendre bien des années encore avant de devenir une sœur au sommet de la hiérarchie. Et pourtant, dans l'empire, elle faisait sensation alors qu'elle était à peine sortie de l'adolescence.

Shimeko jeta un deuxième caillou à la suite du premier, s'attirant brièvement l'attention d'un martin-pêcheur, qui tournoya au-dessus des ronds laissés par la pierre.

Et l'intérêt que dame Nishima prenait au frère Shuyun ?... Shimeko commençait à se demander s'il était bien convenable. Elle savait certes que la vie au monastère n'avait guère enrichi son expérience du monde, mais quand même... cette façon qu'avait le visage de dame Nishima de s'éclairer quand le frère Shuyun se montrait, on pouvait difficilement s'y tromper. Si le moine était bien le Maître annoncé, la situation ainsi créée avec la fille du Shonto avait quelque chose de très inconvenant.

Elle se rappela les recherches qu'elle avait faites pour sa maîtresse dans les archives de Seh, et cela la conduisit à évoquer la sculpture des Deux Amants. Une représentation qu'elle trouvait on ne peut plus gênante, encore que, à dire vrai, elle eût eu du mal à en détacher son regard quand ils s'étaient morfondus dans la gorge de Denji. Elle s'était sentie attirée par cette sculpture plus qu'elle n'aurait jamais voulu l'avouer.

Le frère Shuyun était-il le Maître dont on parlait ? Si seulement elle avait eu un moyen de s'en assurer... Mais elle n'en voyait aucun.

Le temps passait. Il lui fallait regagner son bateau. On lui avait accordé la permission de se dégourdir les jambes, non de faire une escapade.

Elle se leva, enroula sa natte et se fraya un chemin parmi les branches de saule. Quelques pas plus loin, elle retrouva le sentier le long du talus. On avait planté des pruniers sur ce talus, et visiblement dans quelques jours ils allaient fleurir, événement que chacun dans Wa se faisait un plaisir de célébrer. Une image lui traversa l'esprit, celle de longues files de réfugiés dans les vergers de pruniers. Ce fut comme un déchirement.

À quelque distance, venant vers elle, Shimeko aperçut une grosse paysanne disparaissant sous des robes de coton et des châles. Dire qu'elle avait espéré éviter les gens qui avaient été chassés de chez eux ! Et puis elle sursauta. Ah mais ! cette démarche, il n'y avait pas à s'y tromper ! La paysanne se rapprocha et montra son visage.

« Sœur Morima ? » dit Shimeko.

La nonne acquiesça en esquissant un sourire contraint. Avant de prendre conscience de ce qu'elle faisait, Shimeko s'était inclinée comme une novice en présence d'une sœur hiérarchiquement supérieure. Néanmoins, elle se redressa peu à peu et s'obligea à regarder son aînée droit dans les yeux.

« C'est une bonne surprise, ma sœur », dit-elle.

Morima acquiesça encore. Elle désigna le talus à l'écart du sentier, et elles s'engagèrent parmi les pruniers. « Il n'y a pas lieu d'être surprise, Tesseko-*sum*. La congrégation nous rend rarement une liberté complète. »

Voyant que Morima ahanait comme après un pénible effort, Shimeko étendit sa natte sur l'herbe et aida la nonne à s'asseoir. Elle s'agenouilla en face d'elle en combattant l'idée d'une posture plus humble.

« Merci, murmura Morima. Un instant, s'il vous plaît. »

Elle reprit son souffle puis tenta un autre sourire, avec un peu plus de réussite. « Les sœurs, dit-elle, refusent de libérer même quelqu'un comme moi, alors que j'ai presque tout à fait abandonné la Voie. » Elle fixa Shimeko du regard. Celle-ci dut finalement détourner les yeux. « Le sentier que vous suivez maintenant est-il plus facile ? » demanda-t-elle d'une voix inquiète.

Shimeko haussa les épaules. « Je ne sais pas encore, ma sœur. »

Morima hocha la tête comme si elle comprenait. « Vous avez l'air d'assez bien vous porter. » Un franc sourire, cette fois. « Et très bientôt vos cheveux retrouveront une longueur normale. »

Shimeko rougit. « Il va falloir que je rentre, sœur Morima. J'ai des obligations.

— Ah oui ! Puis-je vous dire deux mots, Tesseko-*sum* ? »

La jeune femme acquiesça. « Je suis Shimeko maintenant, ma sœur, Shimeko. »

Morima voulut sourire encore, mais sans succès. « La congrégation m'a donné mission de vous parler, dit-elle. On m'a conseillé de m'habiller en paysanne et de faire semblant d'avoir moi aussi quitté notre ordre. Elles veulent des précisions sur le conseiller spirituel de Shonto et s'intéressent à tout ce qui peut se savoir sur la guerre avec les Barbares et les intrigues de l'empire. »

Morima regarda la novice qu'elle avait été chargée de former et haussa les épaules, apparemment gênée. « C'est la pire des sottises. On aurait pu penser qu'elles se seraient lassées des mensonges et des menées en sous-main, mais cela ne paraît pas être le cas. » Elle se pencha pour resserrer ses sandales. « Moi aussi, il va falloir que je rentre, maintenant que je me suis acquittée de ma tâche. »

Elle se releva, non sans peine, et resta à dévisager Shimeko. Celle-ci ne put dissimuler son embarras. « Est-ce tout ce que vous aviez à me dire, ma sœur ?

— Oui, mon enfant. »

Morima s'essuya le front d'un coin de son châle. Shimeko hocha la tête sans savoir très bien pourquoi. Elles demeurèrent ainsi un bon moment, la plus jeune à genoux, la plus âgée debout, comme elles en avaient l'habitude autrefois.

« Morima-*sum*, lança soudain Shimeko, vous avez rencontré le frère Shuyun. Croyez-vous possible qu'il soit le Maître ? »

Morima réfléchit. « Je ne peux rien vous dire, mon enfant. »

Shimeko arracha un brin d'herbe nouvelle et l'entortilla lentement. « Le frère Shuyun soutient que non. Pourrait-il être le Maître et l'ignorer ? »

La sœur secoua la tête. « Je ne puis vous renseigner, Shimeko-*sum*. Quand le seigneur Botahara a-t-il su qu'il deviendrait le Maître parfait ? Il semble plausible que le frère Shuyun soit dans l'ignorance. »

Shimeko acquiesça. « Cela m'inquiète... » commença-t-elle.

Morima l'arrêta d'un geste. « Prenez garde à ce que vous dites, Shimeko-*sum*. Je n'ai pas encore décidé de ce que je vais répéter de vos paroles à mes sœurs. »

La jeune femme hocha lentement la tête. Elle enroula sa natte avec un soin exagéré.

« Partez maintenant, dit Morima. Moi, je vais attendre un peu. » Elle croisa le regard de l'ancienne novice. « Et que Botahara accompagne vos pas ! »

Impulsivement, Shimeko lui tendit les bras. Les deux femmes se serrèrent la main avec chaleur. Shimeko partit la première et se hâta de reprendre le sentier du retour. La barge sur laquelle elle voyageait en compagnie des dames de la capitale n'avait pas quitté son ancrage malgré la peur qui avait saisi la jeune femme d'avoir été laissée en arrière. Elle adressa aux gardes un signe de reconnaissance en montant à bord. Une soubrette la dépassa tandis qu'elle descendait laborieusement les marches menant à la cabine.

« Dame Nishima est à terre, Shimeko-*sum*. Elle se promène avec les autres dames. »

La jeune femme s'assit au bas des marches, tout à ses pensées. Elle se sentait plus ou moins en faute pour avoir parlé à sœur Morima. Je n'aurais pas dû, se disait-elle, je ne peux pas servir deux maîtres à la fois et ne le souhaite pas. Elle réfléchit encore un peu puis revint sur ses pas.

Elle avait remarqué en passant la présence du serviteur barbare de Shuyun sur le bateau juste derrière le sien. Il n'aurait pas été là sans son maître. Elle avisa les gardes à bord de cette embarcation, donna le mot de passe et le signal manuel approprié.

« Le frère Shuyun est-il là ? »

Le soldat en faction acquiesça.

« Voudriez-vous demander si je puis lui parler ? Je suis la secrétaire de dame Nishima. »

Le chef des gardes donna son assentiment et son subordonné fila. Shimeko adressa un salut à l'homme des tribus qui servait le frère Shuyun. Il arpentait le pont du navire, examinant les ravages dont les champs étaient les victimes, puis reprenait sa marche, le nez sur ses souliers. Le messager revint promptement.

« Shimeko-*sum*, s'il vous plaît, dit-il en montrant la passerelle. Le frère Shuyun sera là dans une minute. »

Shimeko monta à bord et vit le nomade s'avancer vers elle. Ils s'étaient croisés une ou deux fois dans le palais du gouverneur, et elle avait été frappée de son dévouement au jeune moine. Vêtu de la livrée des Shonto, il offrait à ses yeux un spectacle tout à fait incongru. En s'approchant, il lui montra la campagne environnante.

« Mauvais, hein ? Mauvaise chose. »

Il ponctua sa déclaration d'un éloquent signe de tête pour le cas où elle n'aurait pas compris ce qu'il voulait dire. Elle approuva. « Très mauvaise chose. Très triste. »

Il se hâta d'acquiescer, visiblement content d'avoir été compris. Shuyun parut à une écoutille derrière le Barbare, qui s'inclina profondément. En retour, Shuyun salua à la manière des botahistes, tant le Kalam que Shimeko.

« Nous parlions », dit le Kalam, non sans fierté, en désignant la jeune femme.

Shuyun sourit et lui répondit brièvement dans sa langue. Le Kalam s'inclina devant son maître et devant la secrétaire de Nishima, puis reprit sa déambulation.

« Shimeko-*sum*, dit le moine, c'est un plaisir de vous voir. Comment vous accommodez-vous de votre nouvelle situation ? »

Ils traversèrent le pont pour s'accouder au bastingage, où leurs voix ne risquaient pas d'être entendues sur le bateau ou sur la rive.

« Mais bien, mon frère. Je vous remercie encore de ce que vous avez fait pour moi.

— Dame Nishima m'a dit que vous étiez en passe de devenir un atout maître dans son personnel. Voyez-y un grand compliment. »

Shimeko remercia d'un geste. Ils continuèrent à échanger des propos polis durant quelques instants. On offrit du thé, qui fut refusé. On parla du temps. On nota la proximité de la floraison des pruniers et s'attarda sur l'allongement des jours. Finalement, il devint possible d'aborder d'autres sujets.

« Puis-je vous être utile à quoi que ce soit, Shimeko-*sum* ? »

Shimeko secoua lentement la tête. Shuyun attendit, méditatif.

« Frère Shuyun… mon frère, aujourd'hui j'ai été approchée par la sœur Morima, celle-là même que je servais quand j'ai fait le voyage de Seh. Elle ne portait pas l'habit de son ordre ; rien ne la distinguait des gens du pays. Elle a reconnu spontanément qu'elle était envoyée par sa congrégation. » Shimeko marqua une pause, soudain obligée de ravaler sa salive. « On l'envoyait pour tirer de moi des renseignements, à moins que ce ne fût pour me persuader d'espionner à leur profit : la différence n'apparaissait pas clairement. Elle n'a rien désavoué de tout cela. Son ordre était curieux de savoir tout ce que je pourrais raconter sur l'invasion barbare, les intrigues de l'empire, et aussi sur vous, mon frère. »

Elle hésita. « J'ai pensé qu'il était de mon devoir de vous en faire part. »

Shuyun acquiesça. S'il trouvait la nouvelle gênante de quelque manière que ce fût, il n'en montrait rien. « Sauriez-vous ce qui intéressait plus particulièrement sœur Morima, Shimeko-*sum* ? »

Elle avoua son ignorance. « Je n'ai pas voulu poser de questions, mon frère, et sœur Morima elle-même n'a pas été plus bavarde. On aurait pu croire que ce qui comptait pour elle était de pouvoir assurer son ordre que le travail avait été fait. À mon sens, elle ne cherchait pas véritablement à m'enrégimenter parmi ses aides.

— Bah ! Je trouve bien extraordinaire cet intérêt pour moi… et pour la maison des Shonto. Que lui avez-vous dit ?

— Elle n'a pas essayé de m'en imposer, mon frère. Je n'ai donc pas eu besoin d'argumenter, ni même de dire non. Nous n'avons pas parlé longtemps. Lorsqu'elle a cru, à tort, que j'étais sur le point d'en venir aux sujets qu'elle avait mentionnés, elle m'a mise en garde en me signalant que mes paroles pourraient être répétées à ses sœurs.

— Répétées ?

— C'est ce qu'elle a dit, mon frère.

— Très extraordinaire. » Il s'absorba dans la contemplation de l'eau du canal. « Avez-vous autre chose à me faire entendre ? »

Elle secoua la tête.

« Je vous remercie de m'avoir parlé de cela, Shimeko-*sum*. Je ne suis pas très sûr de ce que je vais décider, mais il est possible que l'intendant Kamu souhaite avoir, lui aussi, une conversation avec vous. »

Elle y consentit sans beaucoup d'empressement.

« Vraiment étrange », dit Shuyun.

27

Les vents des Fleurs de Prunier
Répandent feuilles et pétales dans les collines.
Du haut de celle du Vent du Nord
Descendent les échos des rires et des chants,
De celle du Vent d'Ouest
Le son des harpes et des flûtes.

Le vallon séparant la colline du Vent du Nord de celle du Vent d'Ouest devint pour les gens de Seh le point sur lequel se focalisa leur inquiétude. La veille au soir, et encore le matin suivant, des patrouilles barbares y avaient été aperçues. Maintenant chacun guettait. Sans un mot, on attendait que l'ennemi voulût bien se montrer.

Le général Toshaki Shinga se tenait à un créneau de la tour nord, et lui aussi dirigeait ses regards vers ce secteur qui mobilisait maintenant de manière morbide l'attention de tous ses concitoyens. Le martèlement rythmé des polisseurs de sabre montait jusqu'à lui.

Il fait trop beau, pensa-t-il. Il se pencha pour un coup d'œil au rempart dont l'eau battait les fondements. C'est une ville bien fortifiée, se dit-il, mais elle n'a pas été bâtie pour être défendue par si peu de soldats.

Le silence avait envahi les rues de Rhojo-ma plus complètement que n'aurait pu le faire une armée. La tension était palpable. À nouveau, la vigilance de Toshaki fut requise par la concavité entre les collines. Une petite patrouille ennemie paraissait entre les arbres qui bourgeonnaient au pied de la colline du Vent du Nord. Ces Barbares n'avaient pas bougé depuis l'aube.

Deux embarcations rappelaient sur leurs ancres au large de la rive nord du lac. Elles attendaient le retour dans la cité des derniers éclaireurs. Toshaki s'interrogeait. Que déciderait-il s'il était lui-même parti en patrouille ? Retournerait-il dans cette ville vouée à la destruction ou se jetterait-il en avant dans l'espoir de rejoindre la flotte de Shonto ? Il prit appui sur les bords du créneau et se balança sur les talons. Le pire était d'avoir à attendre.

Les combattants demeurés à Rhojo-ma avaient reçu d'un capitaine de Shonto une description détaillée de l'armée des Barbares. Toshaki hocha la tête : ç'avait été le renseignement le plus extraordinaire qui lui eût jamais été communiqué. Au lieu de les soutenir dans le choix de leur stratégie, il avait ruiné tout espoir. Le nombre des guerriers qui composaient les forces des nomades rendait absurde leur plan de défense. Désormais le seul but que pouvaient se fixer les défenseurs de la capitale de Seh était de persuader le khan qu'il restait dans la ville une garnison trop importante pour qu'il se permît de la laisser en arrière. Dans l'hypothèse où les Barbares mettraient plusieurs jours à traverser l'eau pour attaquer la ville, ce serait un délai supplémentaire accordé à Shonto pour lever son armée. Et voilà, se dit Toshaki. Quelques jours ! Nous vendrons chèrement notre peau pour un bénéfice de quelques jours ! Au moins, ce sera une mort honorable.

On releva la garde en haut des remparts. Seh voulait donner l'impression qu'on était en force. *L'armée épouvantail :* c'était ainsi qu'un farceur avait nommé leur petite troupe. On avait ri, mais ri jaune.

Toshaki inspectait les défenses quand l'avant-garde des Barbares surgit au milieu des collines. Des étendards, aussi nombreux que des brins d'herbe, prirent le chemin de la vallée, voltigeant au gré de la brise printanière. Lentement mais inexorablement, la cavalerie se répandit sur la plaine au nord du lac. Seulement lorsqu'elle eut tracé un périmètre de deux rih, la pointe de cette armée consentit à s'arrêter mais, derrière elle, les nomades continuèrent à s'éparpiller au bas des collines. On vit des tentes se dresser presque aussitôt, et l'on attacha les chevaux à des piquets pour qu'ils puissent brouter. Peu de signes indiquaient la crainte d'une attaque. Le déploiement des enseignes, ces tentes qu'on commençait à planter : cela faisait plutôt penser à une fête.

Des nomades, à pied ou à cheval, sortaient parfois en bordure du campement pour contempler la ville puis rentraient. D'autres à leur tour venaient voir, remplacés par d'autres encore.

Lorsque le soleil disparut à l'horizon, l'armée barbare n'avait pas fini d'arriver. Au crépuscule, le premier arbre fut abattu et traîné jusqu'au bord du lac.

28

La conversation au dîner avait misérablement avorté, et tous les efforts faits pour lui rendre vie s'étaient terminés dans le silence parmi des sourires embarrassés. On avait appris que l'armée du khan aux mains d'or se tenait prête à frapper Rhojo-ma. La nouvelle effrayait et paralysait tout le monde.

S'en remettant à la musique pour ne pas laisser s'égarer leurs pensées, Nishima et Kitsura jouaient de la harpe et de la flûte pour dame Okara. Bien que connue pour sa civilité, celle-ci avait peine à donner toute son attention aux morceaux choisis par ses jeunes compagnes, et cela se voyait. À vrai dire, elles ne cessaient de se laisser distraire, d'où une exécution bien pâle. Nishima en particulier semblait avoir la tête ailleurs.

Un fracas sur le pont de la barge suffit à les troubler sans rémission. La musique y perdit sa cadence et s'arrêta. Un bruit sourd : on courait au-dessus de leur cabine, dans un sens puis dans l'autre. Quand on faisait route ainsi dans l'obscurité, cela donnait souvent lieu à des manœuvres désespérées qui n'empêchaient pas toujours l'échouage.

« Ce n'est rien, j'en jurerais », dit Okara en les encourageant d'un sourire.

Nishima pas plus que Kitsura ne manifestaient le désir de continuer. Au bout d'un instant passé à hésiter, elles mirent leurs instruments de côté et s'excusèrent.

« Nous avons beau savoir depuis des mois ce qui nous attend, dit Kitsura, j'ai toujours peine à croire que les hostilités soient engagées.

— Oui, dit calmement Nishima. Tous ces hommes restés à Rhojo-ma. C'est un gâchis quand on pense aux quelques jours que cela nous fera gagner. » Elle passa la main sur le bois de sa harpe. « Je suis heureuse de savoir que notre Komawara n'est pas du nombre. »

Kitsura approuva et sourit. « J'ai fini par bien l'aimer, dit-elle. Comme il est loin le jour où nous avons fait connaissance à la fête de l'empereur ! »

Okara remit de l'ordre dans ses oreillers et chercha sa coupe. « Il avait l'air si jeune alors », dit-elle. Elle s'attrista. « Il est difficile de croire que c'est toujours le même homme. Il est devenu quelqu'un d'austère. »

La conversation tomba de nouveau. Finalement, Kitsura et Nishima souhaitèrent une bonne nuit à Okara et la laissèrent seule dans sa cabine.

La barge sur laquelle elles voyageaient était sensiblement différente de celle qui les avait amenées dans le Nord. Elle était plus grande et beaucoup plus élégante. Il ne s'agissait pas d'un cargo destiné au transport des marchandises, avec quelques cabines à l'arrière, mais d'un bateau conçu pour des passagers appartenant à la classe sociale la plus riche de Wa.

Une fois devant la porte de Nishima, les jeunes femmes hésitèrent à se quitter et, comme elles ne paraissaient ni l'une ni l'autre avoir sommeil, Kitsura fut invitée à entrer. La cabine de Nishima était éclairée par une seule lampe suspendue au plafond, qui répandait une lumière chaude sur les bois colorés des murs et des solives. Comme elle était située à la poupe, cette cabine avait des fenêtres plutôt que des hublots, mais toutes étaient fermées par des volets sauf une. Au-dessus des nattes de paille, on avait étendu deux tapis de laine d'une bonne épaisseur, fabriqués par les tribus du désert. Nishima essayait toujours de garder en mémoire une parole du Kalam au sujet de ces tribus : elles ne soutenaient pas toutes la cause du khan ; dans son esprit, ces tapis provenaient de celles qui cherchaient à fuir le nouveau chef.

« Oh non ! Nishi-*sum*, répondit Kitsura à l'offre d'une nouvelle coupe. J'ai assez bu pour ce soir. »

Elles s'effondrèrent sur leurs coussins et le silence revint. La fraîcheur de la nuit commençait à se faire sentir. Nishima appela une domestique et demanda un brasero. Quand il arriva, Kitsura s'y chauffa les mains. « C'est le signe que le printemps est proche, Nishi-*sum*, dit-elle. La chaleur de ce poêle ne se dissipe pas immédiatement dans les ténèbres. On peut même en attendre plus de confort pour la cabine. » Elle fit rayonner son incomparable sourire.

Nishima acquiesça. Kitsura n'était pas d'une nature à engendrer la mélancolie, quelles que fussent les circonstances, et elle ne pouvait tolérer de voir sa cousine autrement que gaie. Malheureusement pour elle, Nishima n'avait pas le cœur à feindre la gaieté. Son sourire ne pouvait être que factice. Kitsura se tut d'abord, puis :

« Ne vous demandez-vous pas, dit-elle, quel rôle est tenu par Jaku dans la subite décision qui a été prise dans la capitale de lever une armée ? Il prétend qu'il faut l'attribuer à l'influence de ses amis à la cour, mais… »

Nishima ouvrit son éventail et regarda le dessin représentant des pruniers en fleur. « Je crois concluante l'épreuve que nous avions conçue à son intention, Kitsu-*sum* : il n'est plus en faveur à la cour. Je ne pense pas qu'il se rangerait aussi précisément sur les positions de mon oncle s'il se souciait le moins du monde de l'empereur et de ses réactions. Non, comme toujours, il se montre opportuniste. L'empereur décide-t-il de rassembler des troupes pour se garantir des mauvaises intentions que le Shonto pourrait nourrir à son égard ? Aussitôt le voilà sur le devant de la scène, qui s'en attribue le mérite. Je ne lui fais pas confiance, Kitsu-*sum*. Pas le moins du monde. »

Kitsura haussa les épaules. « Pourtant il est bel homme…

— Vous êtes vraiment impossible. » La voix était censée donner l'impression d'une consternation moqueuse, mais elle n'y réussit pas tout à fait. « Jaku Katta, dit-elle, se lance dans des intrigues si compliquées qu'on se demande comment il sait quelles fables raconter et à qui. »

Kitsura eut un sourire pincé. « Mais tous nous intriguons, ma cousine. Pour une raison mystérieuse, ceux d'entre nous qui appartiennent à de vieilles familles s'adjugent le droit de le faire, tandis que les parvenus qui les imitent bravent un interdit. » Elle haussa les épaules. Nishima ne sut quoi lui répondre.

« J'ai fait l'erreur, dit-elle, de me laisser séduire par son physique, Kitsu-*sum*, mais c'était une manière bien sotte de me conduire. »

Kitsura regarda sa cousine, qui paraissait porter beaucoup d'attention à la disposition des braises. « Vous ne vous intéresseriez pas à quelqu'un d'autre à présent, Nishi-*sum* ? »

Nishima leva les yeux puis reprit son étude. « Non, bien sûr. Je me contente d'estimer que j'étais bien bête d'avoir de la sympathie pour Jaku Katta.

— Ah ! » Kitsura sortit une brosse et commença à brosser ses longs cheveux. « Nous allons encore passer à côté du sanctuaire des Amants... dans quelques jours, si nous ne nous arrêtons pas avant. C'est un spectacle fascinant, n'est-ce pas ? On a envie d'en savoir davantage. Je regrette de ne pas avoir consulté les archives quand nous étions dans Seh. »

Nishima soigneusement défroissa un pan de sa robe. « Oui, ç'aurait sûrement été captivant. »

Nouveau silence. L'eau bouillonnait et clapotait contre la coque. On frappa à la porte, ce qui les fit sursauter.

« Entrez, je vous prie », dit Nishima.

Le visage de Shimeko apparut dans l'entrebâillement. Elle se hâta de s'incliner. « Le frère Shuyun vous rend visite, dame Nishima. »

Nishima ne réussit pas tout à fait à cacher son plaisir. « Ah ! s'il vous plaît, demandez-lui de se joindre à nous. »

Kitsura salua sa compagne et se prépara à partir. « Il va falloir que je vous quitte, ma cousine.

— Kitsu-*sum*, je suis sûre que le frère Shuyun serait heureux de vous voir. »

Elle n'avait pas dit cela que la porte s'ouvrit toute grande et que Shuyun passa devant Shimeko courbant le dos. Le moine s'agenouilla et s'inclina. Pendant ce temps, Nishima put noter que Shimeko en refermant la porte avait fait le signe de Botahara.

Kitsura et Nishima adressèrent à Shuyun un petit salut. « C'est aimable à vous de nous visiter, mon frère, dit Nishima. J'éprouvais des difficultés à persuader Kitsura-*sum* de ne pas nous abandonner.... »

Kitsura leur accorda le plus désarmant de ses sourires. « Excusez-moi, ma cousine, frère Shuyun. J'ai affaire ailleurs. Je regrette d'être privée de votre compagnie. »

Ces dernières paroles s'adressaient plus particulièrement à Shuyun. Elle inclina de nouveau la tête dans sa direction. « Si vos obligations vous laissent quelque loisir pour le *gii*, mon frère, je serais ravie de passer quelque temps avec vous. »

Un signe de tête à Nishima, et elle s'esquiva. Elle ouvrit la porte elle-même et fit un ultime sourire avant de disparaître. La cabine parut s'emplir des bruits de la barge en mouvement.

« J'ai reçu un message de dame Okara, dit calmement Shuyun. Elle s'inquiétait de voir que dame Kitsura et vous réagissiez très mal aux nouvelles de Seh. Je suis venu m'informer de l'état de votre santé.

— Vous êtes très aimable, Shuyun-*sum*, et dame Okara est pleine d'égards. » Elle eut un geste en direction des fenêtres. « Il est difficile de garder sa sérénité quand la guerre revient dans Wa. Tant d'hommes sont restés à Rhojo-ma. C'est une tragédie, indéniablement. Et tout cela pour nous donner quelques jours de répit… » Elle secoua la tête.

« Cela me rappelle le début de la peste. On regardait autour de soi et se demandait à qui le tour. Je ne doute pas que tout le monde ne soit victime de la même hantise. » Elle leva les yeux et s'efforça de sourire. « Ne vous tourmentez pas, mon frère. Le traumatisme de savoir que tout est commencé, que la menace se concrétise, aura vite fait de ne plus laisser de traces. »

Shuyun acquiesça. « Il faut bien le reconnaître, dame Nishima, on oublie vite le choc initial de la guerre. Sinon, peut-être y aurait-il moins de conflits armés. »

Le visage de Nishima se crispa douloureusement, mais elle retrouva bientôt son calme. « Et vous, Shuyun-*sum*, comment allez-vous, maintenant que les hostilités sont engagées ? »

Il réfléchit un moment. « Pendant mon voyage dans le désert, j'ai rencontré un moine… Il disait que la guerre ne permet à personne d'atteindre à la perfection. Ces souffrances qui vont s'accumuler… Il est difficile d'imaginer que leur karma impose à tant de gens de souffrir ainsi. » Il se tut, le regard tourné vers les fenêtres à la poupe. « Je suis un adepte de Botahara. Pourtant mon ordre m'a enjoint d'apporter mon soutien au seigneur Shonto dans tout ce qu'il entreprendrait… pour le bien de la congrégation qui sauvegarde les enseignements de Botahara. C'est pourquoi je participe à la guerre. » Il leva les yeux et croisa le regard de Nishima.

« Il sied mal, dit-il, à un conseiller spirituel d'ajouter aux soucis des gens dont il a la charge par l'évocation de ses propres problèmes. Veuillez me pardonner. »

Il s'inclina profondément. Avant qu'il eût fini, Nishima le saisit par la manche.

« Je vous en prie, Shuyun-*sum*, ne vous excusez pas. En dehors de cette pièce, il me faut être Sa Seigneurie Nishima Fanisan Shonto. J'ai de lourds devoirs à remplir envers mon oncle et ma maison. C'est une tâche, je l'avoue, qui parfois m'accable presque au-delà de ce que je puis supporter. Si je n'avais pas un refuge et quelqu'un avec qui parler à cœur ouvert… » Elle haussa les épaules. « Votre tâche est aussi difficile que la mienne, j'en suis convaincue. Apparemment, on ne peut nier que nos vies soient pleines de contradictions, et je suis honorée que vous consentiez à en parler avec moi. » D'un geste large, elle montra la pièce. « Ici, je me sens comme dans un asile de paix où je n'ai pas à tenir sans arrêt mon rôle de grande dame. À dire vrai, Shuyun-*sum*, je ressens moins le besoin d'un conseiller spirituel que d'un ami. »

Elle lui prit la main. « Tout ce qui se passe dans cette cabine ne regarde que nous. Je me refuserais à en parler même à mon seigneur lige. Décontractez-vous, Shuyun-*sum*. Mon espoir est qu'ici la dame et le conseiller puissent n'être que Nishi-*sum* et Shuyun-*sum*. Rien d'autre. »

Elle tira sur sa main comme pour le rapprocher d'elle. Il parut se raidir et être mis dans l'embarras. « Il m'est difficile, dame Nishima, dit-il avec gravité, d'oublier que je suis moine. »

Nishima le regarda droit dans les yeux. Il finit par les détourner. « Il ne m'est pas facile à moi, dit-elle, d'oublier que je suis la descendante de deux grandes familles. J'ai été éduquée à ne jamais quitter le maintien que voici. »

Elle s'inclina avec cérémonie puis reprit une position à genoux, le corps détendu mais bien droit. Sa physionomie exprimait de l'indifférence à l'égard de son entourage. Elle jouait les aristocrates distinguées. Après quoi, elle se mit à sourire.

« Et vous, mon ami, avez-vous toujours cet air-ci ? »

Elle se livra à une parfaite imitation du botahiste saluant par deux fois puis se remettant à genoux, les mains sur les cuisses, offrant l'image d'une sérénité impénétrable. Elle expira longuement en contrôlant sa respiration, comme si elle s'apprêtait à méditer.

L'imitation fut si réussie que Shuyun fut tenté de se scandaliser. Ensuite son visage s'éclaira d'un sourire.

« Et voilà, lança-t-elle triomphalement, en se rapprochant vivement de lui sans cesser de lui faire face, je viens de voir le véritable Shuyun-*sum.* »

Elle lui prit les mains. Son sourire disparut aussi vite qu'il était venu.

« Je vous en prie, ne vous enfuyez pas encore », plaida-t-elle tout bas.

L'expression sur le visage du moine parut vaciller comme la flamme d'une bougie, hésitant entre le masque rigide du frère botahiste et l'animation juvénile que Nishima venait d'entrevoir.

« Ce malaise que vous ressentez en présence d'une femme, il faut tout simplement le surmonter. »

Il voulut protester mais, avant qu'il eût pu trouver ses mots, elle allongea le bras et le poussa, le bousculant presque.

« Ah ! s'exclama-t-elle, un point de résistance ! Vos maîtres seraient bien déçus. »

Elle se glissa entre ses bras et enfouit son visage dans son cou. « Voilà le réconfort dont j'ai besoin, murmura-t-elle, celui d'une présence amie. Et vous, Shuyun-*sum*, devez apprendre à vous sentir mieux d'être entourée de femmes. Je serai votre maître. »

Ils restèrent un instant dans la même position, puis Nishima reprit la parole.

« Respirez comme moi », dit-elle, et ils firent ensemble un exercice respiratoire destiné au relâchement des muscles. « La nuit que nous avons passée l'un près de l'autre, j'ai senti votre résistance comme je la sens aujourd'hui. »

Elle exerça sur lui une poussée avec son corps, et à nouveau il y eut un bref instant où il résista. Elle se dégagea, se leva rapidement et souffla la lampe suspendue au plafond. Dans l'obscurité, elle lui prit les mains. Un filet de lumière venait par les fenêtres à la poupe.

« Promettez-moi de ne pas vous en aller. »

Il hésita. Elle pressa ses mains jusqu'à ce qu'il eût dit oui. Elle disparut alors dans une autre partie de la cabine et revint presque aussitôt. Dans la pénombre, elle changea la place des coussins et étendit sur eux une grosse courtepointe. Puis elle lui fit face. Il était figé.

« Dame Nishima, je… »

Elle lui reprit les mains. « Il n'y a pas de dame Nishima ici, et à partir de ce jour tous les conseillers spirituels sont bannis de mes appartements. Vous, Shuyun-*sum*, y êtes le bienvenu. »

Il se laissa faire tandis qu'elle le tirait doucement jusqu'à la couche improvisée. Elle l'y rejoignit et les recouvrit tous deux de la courtepointe. Ses deux mains serrées dans une des siennes, elle lui dit : « L'objet de la leçon de ce soir est d'atteindre à la sérénité en présence d'une femme. » Le muscle de son épaule était noué : elle appuya dessus avec force. « Vous devez commencer par détendre votre musculature. Vous savez sûrement comment faire ? »

Il acquiesça.

« Allez-y », ordonna-t-elle.

Elle sentit qu'il contrôlait sa respiration et peu à peu glissait dans l'état du méditant. Quelques instants plus tard, elle recommença à se serrer contre lui. Elle ne portait qu'une seule robe de soie très mince. Quand elle se rapprocha, il se tendit.

« Je ne veux pas que ma présence détruise votre sérénité, Shuyun-*sum*, lui murmura-t-elle à l'oreille. Mon but est que la mienne bénéficie de vous savoir si près. »

Une inspiration longue et profonde. Elle rejeta l'air comme dans un frisson.

« Vos bras m'entourent, mais vos mains flottent au-dessus de moi. Impossible de vous détendre comme cela… Voilà, c'est mieux. »

Ils restèrent ainsi longtemps enlacés dans le noir, sans parler ni bouger. Puis Shuyun sentit de tendres lèvres lui embrasser le cou. Nishima lui souffla, comme dans un soupir : « Nous arriverons bientôt devant les Amants sans visage. »

Il fit signe que oui.

« Le seigneur Botahara a-t-il connu des femmes ? »

Même acquiescement, mais moins rapide.

« Pourtant, il atteignit à la perfection... Méditez là-dessus si vous refusez de vous endormir. »

Elle déposa encore un baiser dans son cou, et il sentit à sa respiration que volontairement elle chavirait dans le sommeil. Il resta quelque temps éveillé à évoquer les sculptures de la gorge de Denji, puis à son tour il s'obligea à dormir.

Quand, plus tard, elle se réveilla, ce fut en sentant la chaleur du corps de Shuyun contre le sien. Ils étaient de la même taille, mais des années d'entraînement avaient donné un tonus inégalable à ses muscles, même s'il n'avait pas la corpulence des combattants de kung-fu qu'elle avait pu voir. Elle se tourna avec précaution en tâchant de ne pas l'arracher à ses rêves, mais sans succès. Doucement, elle poussa son dos contre sa poitrine. Il remua.

« Chut ! Dormez ! » murmura-t-elle.

Elle se saisit de sa main dans l'obscurité et y posa ses lèvres. Elle la garda un moment, comme dans l'attente d'une décision, puis la guida dans sa robe entrouverte jusqu'à sa poitrine, où elle la retint fermement. En étouffant un petit soupir, elle entama un exercice respiratoire. Cela suffira pour une première leçon, se dit-elle, je vais sûrement lui faire peur. À cette pensée, elle serra cette main davantage. Le bruit léger du bateau traversant une eau calme était comme la musique de son bonheur, joyeuse, échappant à tout contrôle.

Lors de la relève de la garde, Nishima se réveilla encore, le corps chaud et alangui. La main de Shuyun caressait toujours sa poitrine, et elle sentit une fièvre la gagner tout entière. Elle eut tendance à haleter. Elle voulut arrêter cela, mais au même moment Shuyun, réagissant à son excitation, sortit de son sommeil. Il promena sa main sur ses seins. Elle se tourna vers lui en dégageant son bras de sa robe.

Se collant contre lui autant qu'il était humainement possible, elle se mit à lui embrasser le cou, les joues, le coin des yeux. Il y répondit en la serrant plus fort, si fort qu'elle ne pouvait bouger.

« Nishi-*sum*... Je ne peux pas... »

Il voulut se libérer, mais elle ne le permit pas. « Non, Shuyun-*sum*, s'il vous plaît... pas encore. Si vous partez, je vais avoir l'impression de m'être affreusement mal conduite. Je ne pourrai jamais me le pardonner. »

Il abandonna toute tentative, et ils restèrent longtemps à se bercer l'un l'autre, jusqu'à ce que tous deux ils eussent retrouvé une respiration normale. Elle n'essaya pas de rajuster sa robe, se contentant de demeurer dans la chaleur qui irradiait du corps de Shuyun.

Lentement, il fit courir ses doigts le long de son épine dorsale, et elle concentra son attention sur cette main, comme si rien d'autre ne comptait plus, une main qui diffusait une énergie rayonnante. Peu à peu, ces doigts descendirent le long de son dos, et mentalement elle lui interdit de s'arrêter. Elle appliqua la paume de cette main contre la base de sa colonne vertébrale et sentit le flux du *chi*. C'était comme une agréable brûlure, dans un orage l'ultime ramification de la foudre.

Le *chi* alors déborda de la main, et elle le sentit atteindre au cœur de son désir. Sa respiration se bloqua. Elle étouffa un gémissement, dans un effort pour dissimuler à son compagnon ce qu'elle ressentait. Comme s'il obéissait à une volonté propre, son corps se rapprocha de celui de Shuyun. La main du jeune moine libéra un éclair arborescent.

Elle cacha son visage sur la poitrine de Shuyun et gémit sans retenue. Elle se convulsa, la main amie maintenant brûlante presque au-delà de ce qui pouvait se supporter. Prise de frissons en cascade, elle finit par reposer, vaincue, entre les bras du jeune moine.

Que Botahara me vienne en aide ! pensa-t-elle, n'a-t-il vraiment rien senti ? Ai-je pu croire que le ciel s'ouvrait tandis que lui restait de marbre ?

Avant la dissipation des ténèbres, Shuyun s'esquiva sur le pont et se dénicha un endroit où s'asseoir parmi le matériel. Il avait laissé Nishima endormie, mettant à profit son acquis de botahiste pour se mouvoir sans bruit. Mais à présent l'air froid et l'infini de la nuit offraient un contraste presque douloureux à la chaleur de sa cabine et à la douceur de sa présence.

Silencieusement, il commença à prier pour son pardon, mais perdit le fil de cette prière pour ainsi dire tout de suite. Que vais-je devenir ? se demanda-t-il. Après ce que j'ai fait, on devrait me dépouiller de ma ceinture, de mon pendentif, et me chasser de mon ordre. Devant la confusion qui régnait en son esprit, il fit appel à tout ce qu'il avait appris sa vie durant, mais l'effervescence résista à toute tentative pour imposer une rigueur quelconque.

Assis comme il était, on aurait pu le croire en méditation, mais en réalité il n'avait en l'esprit que l'image des Amants de la gorge de Denji. Des traits commençaient à se dessiner sur leurs visages. Cela se mêlait au souvenir incoercible de Nishima serrée entre ses bras et goûtant un plaisir si fort qu'il ressemblait à l'instant d'une grande découverte.

29

Au milieu des installations du campement tentaculaire de l'armée barbare, un seul prunier avait fleuri, s'affirmant comme supérieur au cours des événements par son caractère immaculé. Un nuage de pétales blancs flottait juste au-dessus des tentes, où des milliers de personnes étaient rassemblées, comme si la terre elle-même avait déployé son drapeau.

On était à l'aube du deuxième jour du siège de Rhojo-ma, quoique aucune flèche n'eût encore été décochée ni aucune épée sortie de son fourreau autrement que pour en vérifier le tranchant. Un bateau rapide faisait voile le long de la rive nord du lac, hors d'atteinte des archers nomades. Toshaki Shinga regrettait de ne pas être lui-même à bord de cette embarcation. Il aurait aimé plus que tout pouvoir regarder ses ennemis en face, les voir tels qu'ils étaient vraiment, s'il était incapable de donner les raisons de ce besoin.

Les radeaux des Barbares s'alignaient sur le rivage, et les défenseurs de Seh attendaient. Le vent n'était pas trop violent, mais occasionnellement il rassemblait ses forces et lâchait une puissante rafale qui se répandait sur l'eau du lac. On tenait peut-être là l'explication du retard apporté à l'assaut. *Ils attendent les vents des Fleurs de Prunier :* cela revenait sans cesse aux oreilles de Toshaki. Il s'y mêlait un certain mépris.

Les marins qui tiraient des bords non loin du rivage avaient rapporté avoir vu de nombreux pirates parmi les guerriers barbares. Cela donnait à penser que l'ennemi avait mieux préparé son affaire qu'on n'avait voulu le croire dans Seh. Nouvel exemple de sous-estimation. Toshaki s'interrogeait sur ce khan : d'où venait-il ? comment avait-il fait pour réunir tant de soldats ?

Un homme jeune, récemment promu officier, parut au sommet de l'escalier de la tour d'où Toshaki observait la plaine. Il salua brièvement. « C'est le seigneur Ranan qui m'envoie. La flotte est prête, monseigneur. »

Toshaki fit signe qu'il en prenait bonne note. « Nous devons nous montrer patients, dit-il. Les Barbares sont lents à monter leur attaque. » Il ajouta, après un regard à l'armée ennemie : « L'accord est fait sur les signaux ?

— Oui, général.

— Bien. » D'un signe de tête, il congédia l'officier, qui s'en retourna par où il était venu.

Dans le camp des Barbares, on voyait des cavaliers entrer et sortir, la plupart du temps groupés dans des patrouilles d'une relative ampleur. Sans aucun doute, ils avaient compris maintenant que l'armée de Seh s'était repliée vers le sud, mais combien d'hommes croyaient-ils demeurés dans Rhojo-ma ? Toshaki se posait la question. Dans la ville, on était resté obstinément fidèle au stratagème de l'armée épouvantail, et peut-être cela expliquait-il en partie les atermoiements des Barbares.

Un bateau partit de la rive opposée en direction de Rhojo-ma. Toshaki n'en crut pas ses yeux. Un bateau ! Ainsi ils en avaient trouvé un qui avait échappé à la sagacité des agents de Shonto. Un drapeau avait été hissé à la proue au bout d'une perche pour indiquer qu'on voulait parlementer et, quand l'embarcation se rapprocha, le général vit qu'elle était manœuvrée par des rameurs expérimentés. Il y avait donc bien des pirates parmi les nomades. On apercevait leurs turbans aux couleurs vives. Les ennemis de Wa avaient soudé l'alliance des infidèles : parmi eux nul adepte du Maître parfait.

Le bateau de Rhojo-ma vira de bord et vint se placer à portée des flèches du bateau pirate. Il ne bougea pas tant que celui-ci ne fut pas à proximité des remparts. Toshaki cria pour qu'on lui envoyât quelqu'un. Un jeune soldat parut sur-le-champ au sommet des marches.

« Va trouver les signaleurs, jeta Toshaki, qu'ils alertent notre bâtiment patrouilleur. S'il prend envie à ce drôle de client de contourner nos murs, il faut s'en rendre maître à tout prix. » Par tous les dieux, se dit-il, nous ne pouvons pas les laisser découvrir tout ce que nous manigançons.

Cependant, le suspect n'essayait nullement de tourner autour de Rhojo-ma. Il poursuivait sa route vers la tour d'où Toshaki distribuait ses ordres. Voyant cela, celui-ci par l'escalier gagna le haut des remparts.

Le bateau se rapprochant, Toshaki distingua la silhouette d'un homme assis à la proue et ne tenant pas de rame. Il plissa les yeux. « Ce gaillard là-devant, dit-il à un jeune archer près de lui, le vois-tu ? »

L'archer scruta l'embarcation. « Oui, monseigneur.

— Est-ce un Barbare ? »

Le jeune soldat secoua la tête. « Non, monseigneur, ni un pirate. Il est vêtu comme on peut l'être dans Seh. »

Toshaki s'agrippa au rebord du mur pour se pencher au-dessus de l'eau. Un coup de vent écarta l'avant du bateau. L'homme de barre avec difficulté le remit dans le droit chemin. Cinq coups de rame, puis dix. Au pied des remparts, on se mit à murmurer. La rumeur enfla. Toshaki se tourna vers son aide de camp.

« Certains disent que c'est le seigneur Kintari, général. »

Toshaki réexamina la scène. Par Botahara, ce n'était pas impossible. Ainsi Shonto ne s'était pas débarrassé de toute la clique.

Ranan se porta aux côtés du général, suivi de plusieurs chefs de grandes maisons. « Le seigneur Kintari, dit-il, réincarné sous le même aspect. Botahara soit loué ! »

Même Toshaki sourit de la plaisanterie.

« Réincarné en traître, si vous voulez mon avis, monseigneur », ajouta quelqu'un d'autre, ce qui lui valut une approbation silencieuse.

Le bateau maintenant était suffisamment proche pour que ses occupants puissent se faire entendre face au vent, et les rameurs maintinrent la position. À la proue, le passager se leva. Si l'on avait pu hésiter sur son identité, le doute à présent n'était plus permis.

« Seigneurs de Seh, dit-il, je suis porteur d'un message du grand khan des tribus nomades. »

Il s'interrompit comme s'il fallait du temps pour que ses paroles fussent parfaitement comprises. Sa voix paraissait menue dans le grondement du vent et le battement des vagues au pied des remparts. Il était si près que Toshaki pouvait voir sa robe se plisser dans la brise, et même distinguer un de ses cheveux dans une mèche qui lui barrait le front.

« Il n'a pas d'épée », dit calmement Ranan. Toshaki acquiesça.

« Le grand khan connaît le nombre des hommes dont vous disposez, messeigneurs. Vous ne pouvez espérer vous opposer à la force des tribus. Qu'avez-vous à gagner d'une défense aussi dérisoire ? Votre empereur Yamaku vous a-t-il envoyé une armée pour protéger votre province ? Vous sacrifiez vos vies pour un empire qui ne tiendra même pas compte de ce que vous aurez fait. »

À nouveau, une pause.

« Les Yamaku ne s'intéressent qu'à une chose : le pouvoir. Ce ne sont pas de dignes empereurs de Wa, ils ne gouvernent pas, ils sèment la discorde dans l'empire et volent tout le monde sans distinction. Voulez-vous vous sacrifier pour des sangsues ? » Il donna plus de force à ce dernier mot, qui retentit parmi les pierres. « Je vous connais, seigneurs de Seh. Vous êtes braves, tous tant que vous êtes, mais vous avez mal choisi l'objet de votre fidélité. Le khan est là pour déposer le Yamaku, non pour détruire Wa. C'est un grand homme, messeigneurs, dont la grandeur n'a jamais été égalée depuis que l'empereur Jirri a foulé le sol de cette plaine.

» Vous êtes conviés à festoyer en sa compagnie, messeigneurs. La réponse est dans votre camp. Le Yamaku saigne votre province à blanc depuis dix ans ; le khan nous vaudra une paix et une richesse comme nous n'en avons jamais connu. Ceux qui chevaucheront à ses côtés seront les grands personnages de l'empire de demain. Voyez cette armée (il montra le camp) : parmi les cent mille guerriers qui la composent, seuls le khan et une poignée d'hommes sont cultivés. Lorsqu'on ne parlera plus des Yamaku, le khan aura besoin d'un personnel habile et sage pour administrer le nouvel empire. Si vous êtes ces hommes-là, comment la justice et la culture pourraient-elles ne pas y régner ?

» Il s'agit d'un banquet, messeigneurs, non d'un piège. Quelle réponse vais-je donner au grand khan ? »

Il y eut une seconde d'hésitation. On se consulta du regard.

« Archer, dit tranquillement Toshaki Shinga.

— Seigneur ?

— Fais taire ce traître. »

Une flèche partit qui se logea dans le cœur de Kintari. Elle donna l'impression d'en être sortie. Le dignitaire ne fit pas un geste pour l'arracher. Il bascula par-dessus bord avec la lenteur d'un arbre qu'on abat. Les pirates se mirent à ramer frénétiquement, dans un effort pour échapper au tir des archers, mais rien ne vint.

Le corps de Kintari fut laissé à danser, tête en bas, sur les vaguelettes qui troublaient la surface du lac. Le bateau des pirates, toujours avec son drapeau, fila vers l'autre rive, où les rameurs l'échouèrent promptement, comme si leur cœur à eux aussi constituait une cible pour les archers.

Toshaki regardait ce corps qui flottait. Sur les remparts, chacun gardait le silence.

« En fait de mort, il a eu mieux que ce qu'il méritait, dit Ranan, assez haut pour que tout le monde pût l'entendre, mais les circonstances ne permettaient rien de plus approprié. » Il s'inclina devant Toshaki, reconnut d'un signe le bon travail de l'archer puis retourna à ses occupations.

Une clameur retentit de l'autre côté du lac, aussi forte qu'un coup de tonnerre lointain. Toshaki leva les yeux : on mettait à l'eau des radeaux. « Signalez, dit-il calmement à son aide de camp. C'est commencé. »

Le long du rempart, des soldats faisaient le signe de Botahara. Ensuite, rite en usage chez les guerriers, ils resserrèrent les courroies de leur casque. Toshaki s'assura que son épée glissait bien dans le fourreau et monta à la tour, tout en assujettissant son propre casque. Il y aurait bientôt peu de choses à faire, mais il allait tenter d'organiser une défense, aussi longtemps que cela se pourrait.

Les pirates ne devaient pas être en nombre suffisant pour manœuvrer tous les radeaux, car beaucoup étaient confiés à des Barbares qui ramaient sous la direction de leurs alliés s'égosillant et gesticulant. Sur l'une au moins de ces plates-formes flottantes, Toshaki vit qu'on se battait. Des lames scintillèrent.

Pauvres fous, pensa-t-il. Approchez donc un peu pour voir.

La vaste flottille se dirigeait lentement vers Rhojo-ma, les lourds radeaux se heurtant et se gênant les uns les autres. Malgré tous les efforts consentis, le vent de travers les déportait vers l'ouest, et bientôt ces marins se retrouvèrent à la queue leu leu, ramant face à la brise et essayant de gagner les remparts de biais, en avançant en crabe.

Toshaki faillit pouffer. Les chefs barbares, voulant envoyer à l'assaut des murs le plus grand nombre possible de combattants, avaient construit trop de radeaux et devenaient leurs pires ennemis. Un de ces engins au moins s'était disloqué. Les nomades, terrifiés, s'accrochaient aux pièces de bois. Leurs armures les entraînaient vers le fond.

On vit alors arriver des bateaux au-delà des murs à l'est de la ville. Ils remorquaient des radeaux de fortune sur lesquels on avait entassé des débris de mobilier et des nattes de paille. Les habitants de Seh n'étaient pas sans être avertis des choses de la mer, et leur opération fut exécutée avec une précision qui aurait fait la fierté de plus d'un officier de marine. Ces plates-formes furent placées de manière à ce que le vent les fît dériver vers l'ennemi. On y mit le feu, et l'on coupa les amarres.

Toshaki tapa de son poing sur la pierre. À bord de leurs radeaux poussés par le vent, les Barbares virent ce qui allait leur tomber dessus. Ils s'arrêtèrent de ramer, ce qui eut pour effet de jeter les premières embarcations contre celles qui les suivaient. Une rafale fit flamber les brûlots et les précipita sur leurs cibles. La flottille perdit tout contrôle. On vit des occupants des radeaux les plus avancés sauter sur les radeaux voisins. Le feu fit ses premières victimes. La paille enflammée vola. Des hommes dont les vêtements brûlaient, d'autres qui tombaient à l'eau disparaissaient sans presque se débattre. Le vent poussait tout ce qui flottait vers l'est. Il fallut à l'ennemi renoncer à tout espoir d'atteindre les murs de Rhojo-ma.

Derrière Toshaki, des pas lourds. On montait l'escalier. Un Ranan essoufflé parut.

« Ah ! amiral Ranan, votre escadre s'est bien débrouillée.

— Qui aurait cru que cela tournerait à la bataille navale, seigneur Toshaki ? répondit Ranan sans cacher sa satisfaction. Ces hommes du désert font de piètres marins. » Son masque facial ne put dissimuler un rire amer.

Les débris de la flottille barbare s'échouèrent sur la rive ouest du lac. Les pièces de bois pour la plupart venaient d'être coupées ; elles étaient trop pleines de la sève du printemps pour bien se consumer ; les brûlots en conséquence firent moins de dégâts qu'on n'aurait pu l'espérer.

« Nous avons donné un jour de plus au minimum au seigneur Shonto, dit Ranan. Puisse son armée grossir d'un millier d'hommes ! »

Toshaki se tourna vers son aide de camp. « Faites sortir encore notre patrouilleur. Je veux tout savoir sur ce que mijotent nos ennemis. »

Ranan s'adossa au mur et ouvrit son masque. « Je me demande, dit-il, ce qu'ils vont pouvoir faire. Croyez-vous qu'ils osent recommencer ? »

Toshaki haussa les épaules. « Nous prendrons bientôt la mesure de ce khan. S'il n'est pas capable de s'emparer en quelques jours d'une ville pour ainsi dire sans défense, il ne pourra rivaliser avec Shonto Motoru. Notre grand seigneur est un joueur de *gïi* réputé. Il ne se laissera pas posséder par un petit prétentieux fondant sa victoire sur le seul avantage du nombre. »

Il se retourna vers le nord. Au milieu de l'armée barbare, le prunier se balançait, abandonnant au vent tout un déluge de pétales.

30

La flottille qui transportait l'armée de Shonto vers le sud laissait sur son passage un champ de ruines. La nouvelle s'était vite répandue sur le canal, et la population de Wa fuyait devant les barges comme devant les Barbares eux-mêmes. Par endroits, le cours d'eau était engorgé de bateaux de réfugiés et, quand cela ralentissait la progression de la flottille, on envoyait des soldats en avant-coureurs pour libérer la route. Plus tôt dans la soirée, tout le monde à bord avait pu se rendre compte des résultats de ce genre d'opération. On était passé à côté des carcasses encore fumantes de plus de quatre cents bateaux, échoués sur les deux rives.

J'ai l'impression, se dit le frère Sotura, de marcher sur les talons de la guerre au lieu de la précéder. Il était debout à l'arrière de sa barge, d'où il regardait dans son sillage le remous dérouler comme un ruban de clarté lunaire. À la tombée de la nuit, il avait entendu passer au-dessus des têtes tout un vol de grues, et cela l'avait empli de tristesse sans qu'il y pût rien changer.

La nuit était très belle. Le vent des Fleurs de Prunier poussait la barge sur l'eau avec la douceur d'une main secourable. L'odeur des arbres en bourgeons et des fleurs ouvrant leurs corolles embaumait. Avec un vent aussi stable et dans une partie du canal exempte de la traîtrise des hauts-fonds, les marins de veille n'avaient que peu de travail. Le feu d'un brasero couvait au milieu du navire, et les hommes d'équipage faisaient un brin de cuisine, du thé, ou flânaient sur le pont en causant tranquillement, dans l'attente de leur tour à la vigie ou à la barre.

Un marin aborda Sotura et lui offrit un bol de thé qu'il accepta d'un signe de tête. Il savoura son breuvage tout en regardant défiler le paysage nocturne. La constellation du Dragon à deux têtes parut au-dessus des calyptas qui bordaient le rivage. La brise murmura dans les branches. C'était une nuit aux charmes multiples.

Des pas se rapprochèrent. Ce n'était pas la démarche lourde d'un matelot aux pieds nus, mais quelque chose de plus étudié. Sotura se retourna et vit une femme venir à sa rencontre. Au premier coup d'œil, elle paraissait voûtée et lasse, mais le maître botahiste ne pouvait s'y tromper : elle n'était ni l'un ni l'autre. Le clair de lune définit les contours familiers d'une mâchoire carrée.

« Sœur Morima », dit-il calmement. Il s'inclina. « C'est un honneur pour moi de voyager en votre compagnie. »

Elle avait mis la robe safran et la ceinture violette de son ordre, mais par-dessus cette robe elle en avait enfilé d'autres, informes, grises et brunes, et avait enveloppé sa tête dans un châle. Elle répondit à Sotura d'un simple signe de reconnaissance et s'accouda à la lisse comme au terme d'un grand effort.

Le moine la trouva moins grosse que lors de leur dernière rencontre au monastère de Jinjoh, où l'avait appelée l'ouverture des rouleaux sacrés. Un œil moins exercé n'aurait pas reconnu ce changement sous l'épaisseur des vêtements.

« Vous maintenez sur votre protégé une surveillance rigoureuse, frère Sotura, dit-elle. On pourrait croire que son jugement prête à la critique. »

C'était une remarque insultante, et à double titre, car la nonne s'était conduite très impoliment en refusant de répondre aux aimables salutations du moine.

« Shuyun-*sum* semble faire l'objet de la surveillance de beaucoup de gens, ma sœur, et c'est là ce qui pose problème.

— Ah ! » Morima expulsa cette syllabe de sa gorge dans un bruit strident. « Problème, rêva-t-elle, problème. Dites-moi, mon frère, n'avez-vous pas de problèmes à régler, maintenant que le Maître est parmi nous sans figurer dans la hiérarchie de votre ordre ? »

Sotura se détourna pour s'absorber de nouveau dans la contemplation du sillage de la barge. « Vous prêtez l'oreille aux rumeurs, ma sœur. Vous m'étonnez.

— Les fleurs ont été vues, mon frère, répondit-elle tout bas et d'une voix sifflante. Mes sœurs les ont touchées, je dis bien "touchées". Ne me prenez pas pour une sotte, maître Sotura. »

Il haussa les épaules. « Croyez ce que vous voulez, ma sœur.

— C'est ce que j'en conclus, mon frère. »

Elle se tut. On n'entendit plus que le clapotis du bateau allant doucement son chemin. Sotura jeta un coup d'œil du côté de l'homme de barre, mais il était trop loin pour distinguer quelque chose et trop bien élevé pour faire attention.

« Vous demandez-vous, mon frère, qui pouvait être Shuyun-*sum* dans sa précédente incarnation ? Un enfant aussi doué n'était ni un marchand ni un aristocrate. C'est hors de question. »

Sotura haussa les épaules. « Comme cela ne vous échappera pas, nous ne pouvons tout savoir.

— Réponse qui vaut peut-être pour le profane. »

Elle renonça à développer cette idée. À son tour, elle fit volte-face et préféra se pencher sur la lisse et rester là les mains jointes.

« Ce doit être difficile pour vous, Sotura-*sum*, cette éclosion des fleurs de l'Udumbara, ces rouleaux sacrés qui disparaissent ou, pire, ce Maître qui arrive sans qu'on puisse le trouver et ce jeune protégé qui tend l'oreille à la vérité. »

Elle s'interrompit pour regarder l'eau noire. « Il n'est pas facile de mentir, même aux plus haut placés de votre ordre. Que répondrez-vous quand Shuyun-*sum* vous interrogera ? »

Sotura s'écarta de la lisse de façon à pouvoir la toiser. « On raconte, ma sœur, dit-il d'un ton glacé, que vous avez vécu une crise qui a ébranlé votre foi. Je prierai Botahara de vous venir en aide. »

Il s'inclina avec raideur et partit, laissant Morima appuyée au bastingage. Il s'achemina vers la proue et s'y assit près du plat-bord. Impossible d'aller plus loin, et pourtant les mensonges ne cessaient de le poursuivre.

31

La colonne entière s'était arrêtée, pour la centième fois peut-être dans cette journée. Shonto Shokan regarda derrière lui les cavaliers avançant en file indienne dans le défilé. Comme leur maître, depuis longtemps ils avaient mis pied à terre et menaient leurs chevaux par la bride. Shokan fit un pas à droite pour avoir une meilleure vue d'ensemble et s'enfonça jusqu'à mi-cuisse. La croûte avait cédé. Il jura.

Ils étaient maintenant complètement entourés de montagnes, avaient franchi la limite basse des neiges éternelles et étaient entrés dans une zone où la progression chaque après-midi tournait au cauchemar. Les guides avaient signalé un arrêt et devancé la troupe pour évaluer les risques. On avait déjà perdu trente hommes dans les avalanches, et Shokan n'acceptait plus d'autres pertes. Naturellement, on finissait par s'interroger : pouvait-on seulement continuer ? On en était là à présent.

Shokan se prit pour plus léger qu'il n'était. Il essaya de libérer sa jambe coincée et de reprendre appui sur la croûte neigeuse. L'autre jambe passa au travers. Il s'assit avec de la neige jusqu'à la taille. Il se remit à jurer, puis il rit.

La veille au soir, on s'était demandé si abandonner les chevaux, dans l'espoir que les hommes passeraient là où les bêtes ne passeraient pas. En s'y prenant bien, il était possible de faire du chemin le matin, quand la neige était encore dure au sortir des nuits glaciales propres à la montagne.

Un adolescent remonta la colonne avec aisance, ce qui lui valut l'envie de Shokan. Quand la nourriture viendra à manquer, se dit-il, peut-être courrons-nous tous d'un pas aussi aérien. Le garçon s'agenouilla devant son maître et s'inclina. Shokan l'autorisa à parler.

« Monseigneur, les hommes du seigneur Jima ont réussi à atteindre la pointe de la colonne, mais les avalanches en ont fait basculer sept et les ont précipités dans la gorge. »

Shokan fit le signe de Botahara. « Peuvent-ils continuer ? »

Le garçon hésita. « Le seigneur Jima dit qu'ils y sont prêts, monseigneur. »

Shokan hocha la tête. Peut-être ne pourrait-on pas aller plus loin aujourd'hui, bien qu'il fût à peine midi. Il se leva, difficilement, et jeta un coup d'œil au défilé. Devant, on trouvait une vingtaine d'hommes, puis la trace laissée par les guides disparaissait là où commençaient les neiges éternelles. Quelque chose bougea. Shokan se tourna rapidement dans cette direction. Cette fois, il était sûr de son fait.

« Je l'ai vu aussi, monseigneur », dit timidement le jeune garçon. Il venait de s'adresser au grand homme sans y avoir été convié. Shokan parut ne pas s'en apercevoir. Il montra au sud une ligne de crête.

« Là ?

— Oui, seigneur Shonto.

— Ah ! ah ! »

Ils avaient commencé à montrer le bout de leur nez deux jours plus tôt. On considérait que cela portait chance d'apercevoir un homme de la montagne, c'est pourquoi on avait commencé à guetter. Plus bas dans la colonne, Shokan vit que d'autres avaient le doigt levé.

Il se retourna. Son regard remonta la pente. Ce n'est sûrement pas possible, se dit-il. Nous devrons abandonner armures et montures. Il contempla son étalon, qu'il avait ramené de Seh, et secoua tristement la tête. Il allait falloir abattre les chevaux pour la viande. Il n'y avait pas d'autre choix. Il sourit à l'enfant.

« Dis au seigneur Jima que j'attends le rapport des guides. Nous ne bougerons pas avant. »

L'enfant s'inclina bien bas, se releva et partit au petit train. Trente pas plus loin, il s'enlisa. Il avait de la neige jusqu'à la poitrine. Un cavalier en pataugeant vint le délivrer.

32

Une coupe sombre dans un coteau boisé
Navre le cœur.
Les vents des Fleurs de Prunier
Murmurent sur l'eau tranquille.
À l'arrivée discrète du printemps,
L'âme éternelle reprend des forces.

Le seigneur Akima.

Ranan et Akima, debout sur le rempart à l'extrémité est de la ville, observaient la construction d'un pont flottant. L'armée barbare avait passé la journée à mettre à l'eau des rondins au bout du lac, à l'ouest, là où le vent les avait rejetés après l'échec du premier assaut. La venue des vents des Fleurs de Prunier avait accéléré l'adoption de cette stratégie, et à Rhojo-ma les regards étaient presque approbateurs. À la place des Barbares, on n'aurait pas agi autrement. Comme la brise avait tourné et soufflait maintenant dans le dos des agresseurs, il serait impossible aux défenseurs de Seh de mettre des brûlots dans le bon sens.

Le pont flottant progressait d'heure en heure dans la direction des murs de la ville. On assemblait les derniers éléments près du rivage. Quand ce serait fait, il serait facile de procéder sur l'eau aux derniers ajustements, reliant ainsi la côte aux murs de la cité par un tablier permettant à cinquante hommes de marcher de front. Il ne restait plus qu'à décider du bon moment pour ces ultimes travaux.

« Ils ont prévu trop de petits éléments, regardez », dit Akima en montrant les extrémités nord et sud du pont, où l'ouvrage avançait à une vitesse étonnante.

Ranan jeta un coup d'œil et acquiesça. Des attelages ne cessaient d'arriver avec des planches, arrachées sans aucun doute aux granges et aux habitations des alentours. On s'en servait pour lier le tout et fournir sous leurs pieds aux attaquants une surface relativement plane. « Ils doivent avoir dans l'idée d'élargir le pont à ce bout-là. Je ferais la même chose. » On ne pouvait pas mieux dire pour cautionner le travail des Barbares. *Je ferais la même chose.*

Par-dessus son épaule, Akima situa le soleil. « Ils pourraient bien en avoir fini avant la nuit, dit-il.

— Mais ils n'attaqueront pas avant le lever du jour, répliqua Ranan, quand nous aurons le soleil dans les yeux. C'est ce que je choisirais pour ma part. »

Akima approuva.

La plupart des combattants demeurés dans la ville donnaient toute leur attention à la défense des quartiers est et abandonnaient le palais du gouvernement, plus facile à défendre, ainsi que le centre de Rhojo-ma. On avait prévu partout des lignes de repli vers l'ouest, détruit des ponts, obstrué des rues. Il fallait bien connaître la route à suivre pour passer rapidement d'est en ouest, et cet itinéraire tout au long offrait la meilleure des résistances à une pénétration. Malgré tout, les défenseurs de Seh se préparaient à tenir la partie orientale de Rhojo-ma aussi longtemps que possible.

Brusquement, Ranan salua. « Excusez-moi, s'il vous plaît, seigneur Akima, j'ai affaire ailleurs. »

Akima s'inclina et le regarda partir. Quel écroulement pour tous ces grands ! songea-t-il. Dix ans plus tôt, les Ranan avaient été pratiquement les maîtres de Seh. Ils s'étaient vu confier le poste de gouverneur, génération après génération. Et maintenant le patriarche de leur maison assistait, avec le grade de général, à la chute de la capitale de la province.

Voilà comment nous payons nos erreurs, se dit le vieillard, avant de donner à la rive est du lac un dernier regard et de remplir ses propres obligations.

La musique des flûtes la nuit se répercutait de l'autre côté de l'eau. L'air était mélancolique, joué dans l'étrange tonalité en usage chez les tribus du désert, et ne faisait rien pour remonter le moral des habitants de la cité. Une attaque nocturne s'avérait peu probable mais non impossible, aussi étaient-ils nombreux à monter la garde, tandis que d'autres non loin avaient pris possession des bâtiments récemment abandonnés.

De la ville, on avait envoyé des bateaux patrouiller sur le lac afin de s'assurer que l'ennemi ne mettrait pas l'obscurité à profit pour déplacer le pont. Un assaut aux premières lueurs du jour contre un nouveau secteur de Rhojo-ma eût été désastreux : on disposait de trop peu de défenseurs pour les disperser.

D'autres bateaux furent tenus prêts à intervenir après le coucher de la lune, mais avec des objectifs particuliers. On y fit monter des soldats en nombre, avec armes et armures. Ils s'éloignèrent dans un complet silence, en se guidant sur les étoiles et les feux des nomades sur la rive. Une petite brise les poussait, plissant à peine leurs voiles quand ils tiraient des bords. L'entreprise était difficile, car on ne pouvait prendre le risque d'allumer des lampes, et le danger était grand de se trouver séparés ou d'entrer en collision.

À intervalles réguliers, des feux brûlaient sur le pont flottant, l'illuminant dans sa totalité.

Une torche sur les remparts s'éteignit, et les bateaux en question prirent la direction d'un des feux éclairant le tablier. Le vent suffisait à leur donner de la vitesse. Les hommes de barre choisirent d'aller droit sur le pont, y jetant leurs étraves et cassant les filins qui retenaient les ancres.

Une clameur aussitôt s'éleva parmi les Barbares en faction, rompant la quiétude de la nuit et réduisant les flûtes au silence. Des torches jaillirent parmi les attaquants, dont le but était de mettre le feu aux planches du pont. Ranan gagna le haut des remparts. Il y trouva Akima et Toshaki qui l'avaient précédé.

« Cela ne brûle pas », dit-il.

Le vacarme prit de l'ampleur. Des têtes parurent au sommet de tous les escaliers. Le siège, croyait-on, avait commencé. À la lueur des flammes, on voyait des Barbares déferler sur le pont flottant. Ils poussaient du pied les torches dans l'eau, si parfois le plancher se consumait lentement.

Au-delà de l'endroit où l'attaque avait été ciblée, un feu destiné à la surveillance du pont parut s'écrouler, et l'on vit des hommes répandre les bûches enflammées à la surface du tablier. Brusquement, on entendit un craquement, et les plus lointains des feux du guet se mirent à dériver en direction des murs de Rhojo-ma.

« Ils ont réussi ! s'écria Akima. Regardez : c'est cassé. »

Des hourras montèrent des remparts, tandis qu'on se battait toujours. Les archers tendirent leurs arcs, dans l'attente d'un fragment du pont couvert de guerriers barbares et de défenseurs de Seh serrés de près, mais le mouvement de cette portion de l'ouvrage était si lent que les bras commencèrent à se fatiguer de tenir les flèches encochées.

Le choc des lames s'arrêta net. Les cris des Barbares connurent le même sort. Sur la partie du pont à la dérive, les flammes se propagèrent, le feu prenant dans le bois sec. L'épave continua son chemin vers les murs de la ville, long brasier illuminant le lac sur plus d'un rih. Dans la lumière orangée, on apercevait des soldats barbares debout derrière leur pont désormais inutilisable. Une petite embarcation sous voile passa près de la plate-forme incendiée, un bateau patrouilleur probablement à la recherche de survivants.

Les combattants de Seh regardaient brûler ce ponton qui se disloquait en approchant de la ville. On faisait le signe de Botahara. Les premiers défenseurs étaient morts, et l'assaut avait été retardé d'une demi-journée.

Vint le matin, celui d'un beau jour de printemps. Un autre arbre avait fleuri à flanc de coteau, au nord de Rhojo-ma. Le général Toshaki se tenait sur le rempart et regardait la scène. Il essayait de ne pas penser à la barge funéraire qui avait emporté son seigneur de l'autre côté du lac, seulement quelques jours plus tôt. Elle aussi était couverte de fleurs blanches.

Le bruit de l'armée barbare préparant le siège était audible sur la rive opposée, note discordante dans un parfait silence. Dans quelques heures maintenant, l'attaque serait lancée. Pour la centième fois, Toshaki fit glisser son épée dans le fourreau. Autour de lui, on se taisait. Il n'était plus nécessaire de parler de plans ou de stratégie. On ne se proposait rien d'aussi compliqué.

Le capitaine Rohku avait pris position sur une colline au sud de Seh, sous la protection d'arbres et d'arbrisseaux qui avaient été négligés par les Barbares dans la construction de leur grand pont flottant. Pourquoi avait-il été retenu pour le rôle qui était maintenant le sien ? Il se le demandait. Peut-être à l'origine y avait-il eu l'annonce qu'il avait été le premier à faire de l'arrivée de Jaku Katta. Rohku savait que des incidents plus bénins encore avaient parfois décidé du cours d'une carrière. Quoi qu'il en soit, le jeune capitaine avait été transformé en observateur, en témoin.

C'était lui qui s'était dissimulé sur une corniche pour regarder passer l'armée du désert. Après qu'il eut rendu compte de tout ce qu'il avait appris à Rhojo-ma et fait parvenir des rapports à Shonto, on lui avait remis des instructions sous pli cacheté, si bien que maintenant, avec quelques hommes de sa compagnie, il devait assister à la chute de la capitale de Seh. Assurément, ce qu'il allait voir renseignerait utilement Shonto et son état-major sur les forces ennemies et leurs chefs, mais il n'appréciait pas cette mission. Il avait beau trouver bien sots les seigneurs de Seh, il n'avait pas envie de les regarder mourir.

Bien des choses s'étaient passées dans l'obscurité la nuit précédente, s'il était difficile de savoir exactement quoi. Les soldats de Seh avaient à l'évidence monté une attaque contre le pont et réussi à en brûler une partie après l'avoir désarrimée. Rohku avait vu cette sorte de radeau en flammes lentement tourner sur lui-même pour finalement se désintégrer avant d'atteindre les murs de Rhojo-ma. Impossible de dire ce qu'il était advenu des combattants de Seh. Ils n'avaient vu que des guerriers barbares à la lueur de la plate-forme en feu, ce qui avait donné lieu à bien des suppositions. Ses compagnons avaient fini par s'accorder pour estimer que la plupart des soldats de Seh, sinon tous, s'étaient enfuis sur leurs bateaux, mais Rohku était persuadé que ce n'était pas vraiment ce qu'ils croyaient. Les membres du groupe d'intervention de Rhojo-ma, selon lui, reposaient au fond de l'eau glacée du lac, à jamais lestés par leurs armures. Botahara ait pitié de leur âme !

La dernière portion de l'ouvrage destiné à relier l'armée barbare aux murs de Rhojo-ma avait été amarrée à l'extrémité du pont existant, et des travaux étaient en cours pour lui faire gagner sa place définitive. Rohku s'assura que ses hommes avaient bien le regard fixé sur les bois derrière eux et non sur le drame qui allait se jouer sur le lac.

Un de ses subordonnés parut à côté de lui au moment où il reprenait son poste d'observateur. « Une autre patrouille barbare se dirige vers l'ouest. On devrait les voir passer au-dessous de nous. »

Il montra leur gauche. Rohku remercia d'un signe de tête. Les Barbares fouillaient le pays avec beaucoup de détermination, et cette volonté donnait parfois des résultats. Plus d'une patrouille revenait en compagnie d'un malheureux citoyen de Wa. Tout le monde ne s'était pas enfui à temps. Le khan savait sûrement à présent quelle direction l'armée de Shonto avait prise.

La patrouille barbare se montra comme prévu, cette fois sans captif. Regardant passer les hommes à cheval, Rohku dut admettre qu'ils faisaient de bons cavaliers. S'ils étaient aussi experts dans le maniement du sabre et de l'arc, ils constituaient une armée redoutable.

« Capitaine ! » L'un des hommes de Rohku lui montrait quelque chose.

Le dernier élément du pont commençait à bouger. À l'aide de cordes et de perches, pirates et Barbares manœuvraient pour mettre en place le ponton de remplacement. Comme le vent des Fleurs de Prunier persistait à souffler de la mer vers la côte, rien ne s'opposait plus à leurs efforts que la force d'inertie de ce gros ponton, et ils avaient bien plus d'hommes qu'il n'en fallait pour régler cette difficulté. Il bougeait lentement, si lentement qu'aucune vague ne se formait dans son sillage.

Les Barbares, tenant des boucliers au-dessus de leurs têtes, progressèrent vers l'extrémité de cette plate-forme en se méfiant d'un possible coup d'audace des défenseurs de Seh. Des flèches volèrent en direction du pont lorsqu'il se trouva à portée des archers les plus vigoureux, mais les Barbares s'agenouillaient, et leurs boucliers les protégeaient.

Un bref regard vers la rive, et Rohku vit les étendards du khan à proximité de l'endroit d'où partait le pont. Des guerriers vêtus de rouge y attendaient sur leurs montures. Le jeune capitaine en conclut que le chef des nomades était là, encourageant ses troupes à l'accomplissement de grands exploits.

Lorsque le pont se trouva presque au-dessous des remparts, une ombre obscurcit l'eau comme un nuage qui passe mais, en fait de nuage, il s'agissait d'une nuée de flèches. Rohku retint sa respiration. Il s'arracha à ce spectacle pour veiller à ce que ses soldats continuent à regarder derrière eux, car toute son attention allait maintenant être requise par la bataille dont il devait rendre compte aussi complètement que possible à son seigneur.

Lorsque le pont flottant vint cogner contre les murs, il vit les combattants de Seh descendre en foule le long d'échelles et de cordes, en même temps que l'avant-garde de leurs adversaires s'apprêtait à franchir le dernier espace restant avant la cité. Les nomades qui interdisaient l'accès du pont furent rejetés en arrière presque aussitôt, à la grande satisfaction de Rohku. Le khan doit avoir mis là ses guerriers les plus forts, pensa-t-il, et ils n'ont pas pu résister aux hommes de Seh.

Attaquants barbares et défenseurs de Seh se heurtèrent au milieu du pont. Des hurlements se firent entendre d'un côté et de l'autre. Métal contre métal, le choc résonna dans la vallée comme le bruit d'une énorme cloche.

Toshaki remit le commandement de la ville entre les mains d'Akima et, saisissant une corde, gagna le bas du rempart. Le pont remua sous ses pieds quand il prit contact avec lui. Il tanguait et dansait comme le pont d'un navire. On se laissa tomber autour du général. C'était la troisième vague des défenseurs de Rhojo-ma venus remplacer les victimes des premiers combats.

Malgré le nombre de guerriers dont il disposait, le khan ne pouvait pas faire donner toute son armée, car le tablier du pont ne supportait que cinquante hommes marchant de front. La deuxième vague des défenseurs de la ville avait avancé de cent pas sans pouvoir repousser l'interminable colonne des Barbares, mais en faisant basculer quelques-uns dans le lac et en tuant sur place.

Toshaki revint en arrière parmi les corps. Le plancher avait été rendu poisseux par le mélange d'eau et de sang. Il dégaina son épée tout en marchant, sans un regard pour les visages des morts et des blessés. Il ne voulait pas savoir qui était tombé. Quand il se retrouva derrière le mur dressé par les hommes aux prises, il vit que certains des soldats de son camp s'apprêtaient à détacher du pont tout ce qui pouvait se rompre, dans l'hypothèse où les Barbares commenceraient à les faire reculer. Leur objectif néanmoins restait de forcer l'ennemi à se replier le plus près possible de ses bases, pour ensuite désarticuler l'ensemble et contraindre les assaillants à reconstruire un autre ouvrage.

Nous sommes cinq mille, pensa Toshaki, et aujourd'hui en une heure nous allons perdre cinq cents de nos hommes. Pendant combien de temps pourrons-nous continuer ce genre de défense ?

À cette pensée, il se jeta dans la mêlée et abattit un Barbare d'un seul coup d'épée. Ensuite ce fut comme s'il n'avait plus conscience de rien. Les automatismes d'une vie prirent le relais, et il se démena sans véritablement se rendre compte de ce qui se passait.

Un Barbare perdit l'équilibre. Toshaki sentit que sa botte le heurtait à hauteur des côtes et le faisait basculer dans l'eau glacée. Un coup à l'épaule. L'idée lui vint qu'il pouvait avoir été touché. Il glissa, se fit mal, mais un jeune géant qu'il ne reconnut pas le releva. Il reprit le combat.

Après cela, il décrocha pour souffler un peu. D'autres prirent sa place. S'obligeant à se remettre sur ses pieds avant d'avoir complètement récupéré, il retourna se battre. Les flèches sifflaient au-dessus de sa tête. Soudain, les soldats de Seh recommencèrent à progresser. Il buta sur le corps d'un nomade, la gorge transpercée. Une odeur de fumée. Un hercule le renversa à l'aide de son bouclier, mais un de ses frères d'armes s'interposa. C'est lui qui prit le coup, tandis qu'un autre réglait son compte au géant. Ces soldats secourables portaient les couleurs des Toshaki, le général s'en aperçut par la suite.

Le feu. Craquements, sifflements. Une fois de plus, Toshaki se laissa glisser en arrière pour prendre du repos. Ses compagnons étaient maintenant refoulés. Il jeta un regard derrière lui dans l'espoir de voir arriver des renforts et s'aperçut que, dans ce secteur, le pont était en flammes. On avait isolé l'élément sur lequel il se trouvait. Ceux qui l'avaient fait éloignaient leur propre fragment de ponton.

Nous voilà livrés à nous-mêmes, se dit-il. Un coin de son cerveau l'en informa.

Il reporta son attention sur le combat qui se déroulait sous ses yeux. On se battait férocement, mais les siens à l'évidence étaient à bout de forces et tombaient tour à tour. Il se releva au prix de grands efforts et gagna le bord de la plate-forme. Il ne voulait pas courir le risque d'être fait prisonnier. L'eau le prendrait peut-être, mais non les Barbares.

Une vie entière
Pour découvrir une vérité.
Un pétale blanc solitaire,
Porté par le vent,
Vient se poser sur le plastron de ma cuirasse.
Il est plus beau
Que tous les ouvrages de main d'homme.

Le seigneur Toshaki Shinga.

33

Brave cœur,
Tu regardes les pruniers fleurir,
Blancs sur un fond d'azur
Infini.

Extrait de *Poèmes écrits dans mon grand âge,*
de dame Nikko.

Sur les rives du Grand Canal, saules et calyptas commençaient à déployer des embryons de feuilles qui ajoutaient un arôme de plus aux senteurs multiples du printemps. Des roseaux pointaient leur nez, bien droits, bien verts, dans l'ombre grandissante des arbres. Partout, la terre s'ornait d'herbe nouvelle et se couvrait des fleurs de la nouvelle saison.

Shonto avait pris place sur une estrade basse au sommet d'un tertre, au bord de l'eau. Un auvent de soie bleue, aux couleurs de sa maison, protégeait la plate-forme, tandis qu'une enceinte, également de soie et portant l'emblème de la fleur de *shinta,* formait un enclos qui préservait l'intimité du général dans toutes les directions sauf une, à l'est, vers le canal. Des embarcations de gardes armés patrouillaient devant cet enclos, rejetant toute navigation vers l'autre bord. On avait aussi posté des gardes tout autour et, plus loin, on trouvait, pour empêcher l'accès, un autre cercle d'hommes armés, tant à pied qu'à cheval.

Nishima, alors que son sampan se rapprochait, avait le regard fixé sur son père. La guerre fait rage, se disait-elle, et il s'est choisi un coin tranquille où goûter l'arrivée du printemps. Son bateau dans un crissement s'échoua dans la vase, la proue atteignant péniblement la rive. Des gardes se précipitèrent pour le tirer au sec, de façon à ce que la princesse n'eût pas de difficulté à descendre.

Elle leva de nouveau la tête et vit son père en grande conversation avec l'un de ses principaux adjoints. Elle remercia d'un signe de tête le soldat qui l'avait aidée et fit quelques pas sur l'herbe du rivage, à la découverte des fleurs. Les derniers lis des neiges étaient disséminés à l'ombre d'un grand calypta. Encore quelques jours de chaleur, et l'on n'en parlerait plus avant leur prochaine saison.

Elle cueillit une petite fleur violette sans réussir à l'identifier et se rappela de demander à Okara quel pourrait bien être son nom. Un adjoint de Kamu dévala le talus à sa rencontre, et elle leva les yeux pour apercevoir Shonto qui lui souriait comme s'ils ne s'étaient pas vus depuis des lustres.

Sur l'estrade, on avait prévu un coussin à son intention. Elle se débarrassa de ses sandales et s'inclina devant son père. Il la surprit en s'inclinant lui aussi, bien bas, avec un large sourire.

« Dame Nishima, dit-il d'un ton exagérément cérémonieux, votre présence ici m'honore.

— L'honneur, seigneur gouverneur, répondit-elle, est entièrement pour moi. »

Shonto fit signe à un domestique. « Je n'ai plus droit au titre de gouverneur, reprit-il. Lorsque notre empereur estimé apprendra que j'ai abandonné Seh pour prendre la route du Sud avec une armée, je pourrai prétendre à une distinction d'une autre sorte : celle de général rebelle. »

Le sourire de Nishima disparut. « C'est une pensée qui a de quoi vous effrayer, mon oncle. »

Shonto continua sur le même ton, sans rien montrer qui rappelât la détresse de sa fille. « Pas du tout, Nishi-*sum*. Pensez à tous les grands personnages de notre histoire qui ont eu droit à la même appellation : Yokashima, Tiari, et même le propre père de notre souverain bien-aimé. Ma seule inquiétude est que mes exploits fassent pâle figure en si bonne compagnie. » Il lui toucha le bras. « Ne soyez pas triste, Nishi-*sum*, le destin des Shonto s'inscrit dans la meilleure des traditions. »

Un domestique apporta des coupes et du vin qu'il plaça sur une petite table. Shonto le congédia avant que le vin fût servi et se mit en devoir de faire le service lui-même, étonnant ainsi sa fille pour la deuxième fois.

« Vous voilà de bien belle humeur aujourd'hui, mon oncle, dit-elle. J'aimerais me sentir le cœur aussi léger dans les circonstances présentes. »

Elle s'apprêtait à refuser le vin qui lui était offert, par politesse, mais Shonto lui prit la main et enroula ses doigts autour de la coupe en les pressant légèrement. Elle rit.

« Hakata, dit-il, écrit qu'en vieillissant il a trouvé chaque année le printemps plus beau et plus cruel. Personnellement, j'ai atteint un âge où le printemps me semble plus aimable, mais sans commencer encore à me causer trop de chagrin. Peut-être dans quelques années serez-vous à même de l'apprécier à ma manière. La guerre est inévitable à présent, mais elle ne supprimera pas la beauté. L'homme authentiquement brave trouvera toujours du temps pour le beau, au milieu des plus horribles destructions.

— Dame Nikko, dit Nishima, même si à mon sens elle a en l'esprit que le vrai brave verra la beauté à l'heure de sa mort.

— Pourquoi donc les poètes, s'exclama son père, ont-ils tous tendance à dramatiser ? » Il montra un prunier dont une branche descendait à hauteur de ses yeux, tout près de lui. « Voyez-vous ces fleurs ? J'ai passé la matinée à les regarder. Elles se préparent à s'épanouir. Elles rassemblent leur courage tandis que nous parlons. Leur éclosion sera un geste d'une singulière beauté, plus beau que les fleurs elles-mêmes. Au milieu de toutes ces calamités, restons là et observons-les. Ce sera un critère pour juger de la bravoure de votre cœur. »

Nishima donna son assentiment, et tous deux ils déplacèrent leurs coussins pour pouvoir faire face à l'apparition des fleurs. Ils restèrent ainsi côte à côte pendant plus d'une heure, la mince jeune fille et l'homme plus âgé et plus robuste. Ils ne se ressemblaient pas, mais leur attention sûrement se portait sur les mêmes choses.

Les fleurs de prunier se déplièrent dans la lumière du soleil. *« Avec la lenteur des timides »*, murmura Shonto à un moment. C'était une citation d'un poème différent, et les seuls mots dans la bouche de l'un ou de l'autre avant qu'une fleur eût déployé ses pétales comme un oiseau ouvre des ailes fragiles. Une abeille vint, qui plongea tête la première dans la corolle et en ressortit couverte de pollen.

Ce fut le moment que choisirent les nobles déserteurs pour abandonner leur spectacle. Nishima releva sa manche et remplit leurs coupes.

« Il y a un autre sujet, dit Shonto, dont j'hésite à vous entretenir. »

Nishima l'y encouragea en reconnaissant à la voix que son père parlait sérieusement.

« Sur le fleuve, les gens ont cet adage : "Murmure sur l'eau est cri sur la terre ferme." Il n'est pas facile de garder un secret sur l'eau. »

Shonto baissa les yeux sur sa coupe, la fit lentement tourner entre ses doigts puis revint à la fleur de prunier. Nishima hochait pensivement la tête. Elle fit couler un peu de vin dans une gorge soudain sèche.

« Le frère Shuyun, reprit son père, est un jeune homme plein de magnétisme, mais c'est aussi un moine qui est tenu par un serment sacré. Un cœur peut se briser en se heurtant à moins rigide, Nishi-*sum*, j'en ai été le témoin. »

Nishima s'efforça de rester calme. Elle ne savait pas trop si c'était de la désapprobation ou de l'inquiétude qu'elle percevait dans la voix de son interlocuteur. « Satake-*sum* avait souscrit le même engagement, mon oncle, et pourtant il ne l'a pas observé à la lettre, comme nous le savons tous les deux. »

Shonto acquiesça. « Mais il est resté moine malgré son indépendance d'esprit. Quant à Shuyun-*sum*… que va-t-il devenir ?

— Craindriez-vous de perdre votre conseiller spirituel ? »

Le dignitaire y réfléchit. « Shuyun-*sum* à mes côtés, cela n'a pas de prix. Je ne ressens guère le besoin d'un guide pour comprendre les paroles de Botahara : je puis le lire sans aide, là n'est pas la question.

» Vous êtes la descendante d'une grande famille, Nishi-*sum*, et, si je vous ai souvent épargné les responsabilités qui allaient de pair avec votre condition, il n'est pas à exclure qu'à l'avenir je n'en aie plus la possibilité. Cette guerre va demander des sacrifices à chacun d'entre nous, à vous aussi peut-être. Il se pourrait que le choix vous soit retiré de votre destin, Nishi-*sum*, tout comme je n'ai pas décidé du chemin que je suis à présent. »

Nishima acquiesça, non sans raideur. Son regard au-delà du canal alla aux arbres agités par la brise, qui paradaient le vert de leur parure printanière comme s'il s'agissait de robes neuves. Un garde se leva sur l'un des bateaux en patrouille et, comme elle, regarda l'autre rive. Bien des années plus tôt, Nishima avait réussi à éliminer des scènes qu'elle contemplait des accidents tels que gardes, murs, portes bien défendues, mais elle savait devoir ce résultat à sa seule imagination. Ils n'avaient pas disparu pour autant. Elle ravala sa salive. « Vos propos sont judicieux, mon oncle, comme toujours. Je vous remercie. »

Il hocha la tête, presque un haussement d'épaules.

« Mon oncle, reprit-elle, il y a une chose dont je ne vous ai rien dit. Kitsura-*sum* a demandé à Jaku Katta de faire porter une lettre à sa famille. Il y a consenti. Or Kitsura-*sum* en a eu confirmation par les siens : la lettre a bien été remise. Cela semblerait indiquer… »

Shonto l'arrêta. « Kitsura-*sum* m'en a déjà informé. C'est une nouvelle raison de douter des affirmations du commandant de la garde. »

Nishima fit taire son agacement devant l'interposition de sa cousine. « Je crois, dit-elle, que Jaku Katta n'est plus bien en cour, seigneur.

— Bah ! » Shonto regarda sa coupe. « Je suis de votre avis, jeune fille, mais sans être très sûr de qui appuie ce jeune Jaku, ce Tadamoto. Sa fidélité va-t-elle à Katta et à sa famille ou à son empereur ? Il semble que ce soit lui qui ait persuadé au Fils du Ciel de lever une armée. Veut-il que cette armée combatte les Barbares ou Shonto, à moins que ce ne soit son propre frère ? C'est un étrange mystère. Pour le moment du moins, Jaku Katta n'a guère d'autre choix que de se ranger aux côtés du Shonto et d'espérer la chute du Yamaku. Il cache son jeu, de manière tout à fait admirable à mon sens. »

Nishima prit sa coupe, mais sans boire. « J'admets que je ne trouve plus grand-chose à admirer chez ce garde », dit-elle à mi-voix.

On entendit des chevaux s'arrêter devant l'enclos, et le général Hojo parut dans l'entrée.

« Vous allez devoir m'excuser, mon oncle. Mes amitiés au général Hojo. »

Shonto acquiesça. « Je vous remercie d'avoir regardé les fleurs de prunier en ma compagnie. La beauté y a gagné une facette. »

Il s'inclina devant sa fille comme il l'avait fait à son arrivée. Elle aussi s'inclina, ainsi qu'il convenait à une personne de son rang. Elle enfila ses sandales et descendit vers le rivage.

Les bateliers poussèrent l'embarcation dans un faible courant et se mirent à ramer en direction de sa barge.

Mais, mon oncle, pensa-t-elle, au milieu de tant de ruines, j'ai découvert la beauté la plus rare. Si mon cœur est véritablement brave, puis-je me dérober ?

Les gardes dégagèrent un passage dans la longue file de réfugiés qui s'étendait sur la route du Sud. Cela paraissait une dernière indignité à faire subir à ces gens-là. On les avait mis à la porte de leurs maisons, arraché dans les champs ce qu'ils avaient semé, pris leur bétail, brûlé leurs stocks, confisqué tous les vivres qu'ils ne pouvaient emporter avec eux, cela pour les besoins d'une armée de plus en plus nombreuse, et maintenant on les forçait à s'écarter pour livrer passage au grand seigneur qui n'avait pas réussi à arrêter dans Seh les prétendues forces barbares, là où le travail aurait dû être fait.

Pourtant, quand vinrent Shonto et sa troupe, les réfugiés s'inclinèrent bien bas, sans rien dévoiler de leurs sentiments. Ils étaient fatalistes d'une manière qu'un homme d'action tel que l'ancien gouverneur ne pouvait pas comprendre. Leur karma faisait qu'ils n'éviteraient pas d'être les victimes des ténébreuses machinations de l'empire. On n'avait jamais connu autre chose, et cela ne changerait jamais, sauf si l'on était en progrès, peut-être en devenant moine ou nonne dans un ordre botahiste.

Circulant à cheval au milieu d'eux, Shonto s'attristait de voir cet interminable cortège de villageois et de paysans, les uns conduisant des chariots tirés par des bœufs, les autres transportant les vestiges de leurs biens à dos de mulet ou au bout de perches placées au travers de leurs épaules. Il en était touché, mais il savait être vrai ce qu'il avait dit à Nishima, que dans cette guerre de chacun seraient exigés des sacrifices. Il n'y aurait que peu d'exceptions.

Ils traversèrent une éteule. Le sol était humide après les pluies de printemps, mais suffisamment ferme pour permettre le passage des chevaux. Un autre groupe de cavaliers attendait sur un monticule, et Shonto reconnut l'étendard des Komawara, le muguet des brumes sur fond bleu nuit. Le chef de cette maison salua sans descendre de cheval à l'approche du seigneur Shonto, tandis que ses hommes mettaient pied à terre et s'inclinaient en bonne et due forme. Le général nota que la tenue de deux de ces soldats s'agrémentait d'un laçage vert : c'étaient les Hajiwara que leur maître actuel avait trouvés dans les collines de Jai Lung.

« Sommes-nous au bon endroit ? » demanda Shonto.

Komawara acquiesça.

Shonto éperonna son cheval pour monter plus haut. Ensuite, il se tourna pour regarder vers l'ouest et les collines, afin d'estimer la hauteur des vallonnements.

« Toute cette plaine a été sous l'eau bien des fois, vint lui dire Komawara. Il y a six ans, c'était une mer qu'on voyait ici, de soixante rih de large. Nous pouvons boucher le canal et défendre la digue, une défense qui pourrait durer. Une fois la digue rompue, il faudrait encore attendre de nombreux jours pour pouvoir passer, jusqu'à ce que cela sèche. »

Shonto approuva tout en regardant à nouveau vers l'ouest et l'est. « Mais le canal ? Il ne serait plus alimenté ? »

Hojo montra le sud. « À dix rih de là où nous sommes, la rivière Tensi se jette dans le canal. Nous n'aurons pas de difficultés pour le passage de la flotte au-delà du confluent. Jusque-là, le niveau de l'eau sera peut-être plus bas que d'ordinaire, mais… » Il haussa les épaules.

« Et les routes dans les collines sont étroites et se prêtent aux embuscades, ajouta Komawara d'un ton satisfait. Nous pouvons y retenir les Barbares assez longtemps, je pense. »

Il passa la main sur la garde de son épée, et Shonto s'aperçut que ce n'était pas son arme habituelle. Le présent de Toshaki, se dit-il.

« Général Hojo, seigneur Komawara, commencez à élaborer la tactique que nous utiliserons dans ces collines. Le seigneur Taiki aura la charge de la construction et de la défense de la digue. Nous allons tout de suite faire descendre la flotte vers le sud. » Il montra la file des réfugiés. « Il faut que demain, à cette heure-ci, tous ces gens aient libéré la zone. »

Un coup d'œil circulaire, comme pour juger une dernière fois de la valeur du projet. « Nous allons voir ce dont ce khan est capable quand il se heurte à une difficulté imprévue. »

34

Les premières hirondelles ce jour-là étaient de retour dans le Nord. Le bois entier vibrait de l'excitation des oiseaux, de leurs appels, de leurs amours. Rohku Tadamori tenait son cheval par la bride et contemplait la ville de Rhojo-ma. Le drapeau de la province de Seh avec son cheval ailé avait disparu de la haute tour du palais du gouverneur, et la bannière dorée du khan avec son dragon tarabiscoté avait pris sa place. Les bruits dissonants des cors et des armes qui s'entrechoquaient avaient retenti au-delà de l'eau. Le cheval de Rohku lui poussa l'épaule, tirant sur le laçage de son armure.

Seh était tombée. Pour la première fois dans l'histoire de l'empire, la province avait été conquise par les Barbares. Et lui-même, Rohku, servait l'homme qui avait permis cela. Il n'avait pas ses racines dans ce pays mais n'en sentait pas moins la cruauté de cette perte.

La fumée montait en volutes des quartiers est de la ville, mais rien n'indiquait qu'on eût mis le feu au reste de Rhojo-ma. Au contraire, on voyait moins de cette fumée.

Cinq mille hommes, pensa Rohku. Que Botahara donne le repos à leurs âmes ! Impossible de dire combien de Barbares y avaient laissé la vie. Sans doute plus de cinq mille, beaucoup plus. Il regarda le pont flottant qui reliait le rivage à l'extrémité est de la cité. Au fond de l'eau reposaient un nombre incalculable de soldats des deux camps. Les combats avaient été sans merci.

Les Barbares ne s'étaient pas montrés brillants tacticiens, mais ils n'avaient pas non plus manqué de résolution. Le khan avait lancé ses hommes vague après vague contre les murs de Rhojo-ma, comme s'il disposait de ressources inépuisables, et à la fin il était resté maître du terrain.

Rohku fit le signe de Botahara et enfourcha son cheval. Un dernier regard à la ville.

C'est comme une partie de *gii*, pensa-t-il, frappé de voir combien la froideur de ce jugement le révoltait. Mais c'était vrai. Qui tirerait le plus d'enseignements de cette première rencontre ? Qui la prochaine fois aborderait le jeu armé de plus de sagesse ? Pourvu que je puisse donner à mon seigneur tous les renseignements dont il a besoin, se dit-il avec angoisse. L'honneur de la famille Rohku dépendait de choses comme celle-là.

35

Les soldats n'étaient pas en nombre suffisant. Ils n'étaient pas non plus formés à ce genre de travail, et finalement on fit aussi appel aux paysans. Des perches, avec des paniers suspendus aux deux bouts, se révélèrent plus efficaces que des bœufs et des charrettes pour charger et décharger. Ceux qui conseillaient Shonto dans ce projet eurent tôt fait de comprendre qu'il ne suffirait pas d'arrêter le courant sur le canal pour obtenir la hauteur d'eau requise, il fallait construire une digue partant de plus haut et de plus loin sur chacune des deux rives. Le volume de ce qui se déversait dans la mer nouvelle était insuffisant pour qu'un simple étranglement crée une retenue adéquate. Près de la digue en construction, on creusait donc en bordure du canal pour permettre à l'eau qui ne pouvait s'écouler de se répandre plus vite dans la plaine au-delà.

Les bateaux qui portaient les messages du pouvoir central avaient été réquisitionnés pour les besoins de l'armée, et ils multipliaient les allers et retours dans le Nord, donnant des informations et changeant d'affectation les observateurs. La nouvelle s'était répandue comme une traînée de poudre : Rhojo-ma était tombée. Cela faisait planer sur les hommes qui construisaient la digue l'ombre du désespoir. Brusquement, en matière de conflit armé, on passait de l'hypothèse à la réalité, et on ne s'accordait pas la moindre chance de s'en tirer.

On ne savait toujours rien d'un mouvement de l'armée barbare en direction du sud et, comme on aurait pu s'y attendre, il se trouvait des gens pour imaginer que le khan était d'ores et déjà parvenu à ses fins. Il assurerait sa victoire dans Seh, et tout cet endiguement aurait été fait en pure perte.

Rhojo-ma avait tenu cinq jours. Cinq mille hommes contre cent mille. Nul ne saurait jamais vraiment ce qui s'était passé dans les murs de la ville, mais poètes et musiciens n'hésiteraient pas à combler les vides.

Dix jours s'étaient écoulés depuis que la flotte de Shonto avait mis cap au sud. Elle n'avait pas beaucoup avancé. La politique de la terre brûlée demandait du temps.

Le capitaine Rohku Tadamori, du haut d'une partie de la nouvelle levée de terre, regardait le fourmillement des terrassiers au travail. Son rapport devait maintenant être parvenu à Shonto, mais on aurait besoin de l'entendre. Des questions subsistaient auxquelles son compte rendu ne répondait pas.

Des cavaliers escaladèrent la pente à sa rencontre, portant des couleurs noire et bleu nuit. Komawara Samyamu en personne arrêta son cheval devant lui.

« Capitaine Rohku ? »

Le jeune officier acquiesça. « Capitaine Rohku Tadamori, de la garde du seigneur Shonto, seigneur Komawara.

— Le seigneur Shonto voudrait vous voir. »

On amena un cheval. Le capitaine sauta en selle.

« La distance est de plusieurs rih, capitaine. Je n'ai pas mangé aujourd'hui. Accepteriez-vous de partager notre repas ?

— Tout l'honneur serait pour moi, seigneur Komawara. »

Komawara fit signe à l'officier de venir se placer à ses côtés, tourna son cheval et partit.

En passant près de ces gens au travail, tant hommes que femmes, sortant un à un des carrières de sable et de cailloux, Rohku fut ébahi de leur nombre. Un vieillard était assis à terre, victime d'un accès de toux ; une jeune fille était penchée sur lui, visiblement inquiète. Un soldat s'approcha le long de la file. À sa vue, l'adolescente à contrecœur abandonna le vieillard. Des larmes coulaient sur ses joues. Rohku détourna les yeux.

« Le temps nous est compté, dit Komawara à mi-voix. Il n'est pas tombé beaucoup de pluie au printemps. Il faudra compter de nombreux jours avant que l'eau s'accumule. » Il resta un moment silencieux. « On dit que nous avons fait le vide derrière nous. Maintenant, ce n'est pas un désert mais une mer que nous créons. Les

Barbares, à ce qu'on raconte, ne se sont pas montrés de bons marins. La mer nous sera peut-être d'un meilleur secours que le désert. »

Rohku dégagea un pied de son étrier pour raccourcir la courroie, tout en galopant. « Le lac, dit-il, autour de Rhojo-ma s'est révélé un excellent moyen de défense. Sans les pirates, le siège aurait certainement duré beaucoup plus longtemps.

— Les pirates ? s'exclama Komawara, montrant ainsi une fois de plus qu'il venait des provinces limitrophes, je ne savais pas qu'il y avait des pirates. » Il jeta à son compagnon un regard stupéfait. « Le frère Shuyun et moi n'avons pas vu de pirates parmi les Barbares. »

Rohku acheva d'ajuster son étrier. « Je n'en doute pas, monseigneur, mais il y a des pirates à présent dans l'armée du khan.

— Ah ! ce khan ! avec quoi fait-il son armée ? C'est à n'y pas croire. » Komawara ne venait pas à bout de sa surprise. « Des pirates ! ça alors !

— Cela semble prouver que mon maître ne se trompait pas, seigneur. Le khan a enrôlé des pirates pour que son armée par le Grand Canal atteigne les provinces centrales. Apparemment, ce Barbare a étudié toutes les options avec soin avant de s'embarquer dans cette aventure. »

Komawara acquiesça. « J'en suis d'accord, dit-il, tout en soupçonnant qu'il ne lui est jamais venu à l'esprit que l'armée de Seh ne lui opposerait pas une résistance farouche. Une fois cette armée vaincue, il devenait facile pour lui de gagner rapidement le centre de l'empire, où il n'aurait pas rencontré d'opposition. Le seigneur Shonto a brouillé les cartes, ajouta-t-il avec satisfaction. Le canal sera hérissé de difficultés. »

Il leva une main pour faire signe d'arrêter. « Un bon coin pour manger un morceau, capitaine. Qu'en dites-vous ? »

Rohku n'y vit pas d'inconvénient. Ils se trouvaient maintenant sur un coteau, premier vallonnement dans un ensemble de collines à l'ouest du canal. À leurs pieds, une grande plaine s'étendait au nord vers Seh. L'argile noire était prête à recevoir les plants. Cette année, la récolte serait de chiendent.

Ils descendirent de cheval, et l'on déroula une natte de bambou pour le seigneur et l'homme qu'il considérait comme son hôte.

« Comme vous dites, seigneur Komawara, je suis sûr qu'avec le seigneur Shonto les Barbares avanceront comme des tortues. Encore faut-il que l'empereur lève l'armée dont nous avons besoin. »

Komawara sourit. « Oui. Pour une fois, nous devons souhaiter que les espions du Yamaku aient l'œil et le bon. Une fois qu'ils auront vu l'armée barbare, on peut espérer que le Fils du Ciel réagira en conséquence. Mais, avant qu'il en soit ainsi, nous serons peut-être déjà entrés dans Itsa », ajouta-t-il avec dépit.

On alluma un petit feu et mit de quoi se restaurer à la disposition des deux cavaliers. Rohku n'avait pas l'habitude de fréquenter la noblesse, même les hobereaux des provinces extérieures, mais Komawara avait tant de spontanéité et attirait tant la sympathie qu'il fut vite à son aise. La guerre, pensa-t-il, fera tomber plus de murs qu'on ne pourrait croire.

« Vous êtes depuis longtemps au service des Shonto ? » demanda Komawara, dans un effort pour prolonger la conversation courtoise que dans son esprit Rohku devait attendre. Mais Rohku, de toute évidence, était trop jeune pour avoir longuement servi qui que ce soit.

« Non, seigneur Komawara, cela ne fait pas longtemps. Mon père est le capitaine de la garde privée du seigneur Shonto, ajouta-t-il en s'efforçant de ne pas plastronner.

— Comment se fait-il que je ne l'aie jamais vu ?

— Il est resté dans la capitale, où notre seigneur lui a confié certaines missions.

— Ah oui ! Mais vous aussi êtes capitaine.

— Récemment promu. » Il montra le nord. « Avec cette guerre, plus d'un jeune officier a déjà acquis des galons qui sans cela auraient demandé des années.

— Vous êtes modeste, capitaine. Le seigneur Shonto ne vous aurait pas envoyé observer les Barbares et être le témoin de la bataille de Seh s'il ne vous tenait pas en haute estime. »

Rohku haussa les épaules et rougit presque imperceptiblement. « Vous êtes trop bon, seigneur Komawara. Si grands sont nos besoins qu'il m'arrive de me demander si des lieutenants ne vont pas se retrouver généraux avant de nombreux mois.

» Le seigneur Shonto est quelque part dans ces collines ? »

Ce que faisait le seigneur Shonto et où il se trouvait, en toute circonstance n'était pas considéré comme un sujet de discussion ouvert à tous, en particulier maintenant que l'on était en guerre, mais personne n'écoutait, et Komawara était en confiance avec ce Rohku, assez pour donner un embryon de réponse. Il fit un geste en direction de l'ouest. « Nous cherchons à défendre cette partie-là. Peut-être le seigneur Shonto vous expliquera-t-il. »

Rohku hocha la tête. Il était hors de question d'insister pour en savoir plus. Il regarda vers l'ouest. Les Barbares pourraient vouloir contourner le nouveau lac, ce qui permettrait de tendre des embuscades. « Peut-être, dit-il, aurai-je un rôle plus actif dans un proche avenir. »

Komawara approuva tout en mangeant. Quand il reprit la parole, ce fut sur un ton des plus sérieux. « Ce que vous venez de faire, capitaine Rohku, assister en observateur à la bataille de Rhojo-ma, à mon sens représente une tâche particulièrement délicate. » Il inclina la tête. « Cela mérite des compliments. »

Rohku ne leva pas les yeux. « À la bataille de Rhojo-ma, dit-il, je regardais, seigneur Komawara, je ne risquais pas ma vie.

— Oui, bien sûr », répondit Komawara à mi-voix.

La conversation s'enlisa, et ils mangèrent en silence. Ils finirent leur repas puis partirent dans les collines en échangeant des propos manquant de naturel, jusqu'au moment où Rohku donna son avis sur la qualité des chevaux de Seh. Dès lors, rien ne s'opposa plus à la facilité de leur entretien.

Ils trouvèrent un chemin dans ces collines et le suivirent, quittant le franc soleil pour le couvert des arbres revêtus de leur parure nouvelle. Des gardes de Shonto s'interposèrent. Komawara donna le mot de passe, et ils continuèrent leur route en rencontrant de plus en plus de cavaliers en bleu. Finalement, Shonto lui-même parut au milieu d'une clairière, entouré de membres de sa garde et d'officiers. On remarquait plus particulièrement dans le nombre un soldat mal vêtu, sans armure à la différence des haut gradés, mais avec une épée qu'il portait en présence de son général.

Komawara et Rohku se tinrent à l'écart sur leurs chevaux, aussi longtemps que le général Hojo ne leur fit pas signe d'approcher. Le guerrier dépenaillé se tourna vers eux, et son visage s'éclaira d'un petit sourire. C'était Rohku Saicha, le père du jeune capitaine.

Les deux moines avaient pris place sur des nattes disposées à l'avant de la barge. Le vent favorable de la saison les poussait vers le sud, sinon à grande vitesse, du moins avec une régularité qui leur faisait accumuler les rih de manière étonnante. Il était tombé plus tôt une petite averse, mais le soleil avait eu vite fait de sécher les bordages, et seule une goutte d'eau se détachant parfois d'une voile couverte de vapeur indiquait qu'il avait plu. Pruniers et cerisiers fleurissaient sur la rive et, là où en temps normal on se serait promené en joyeuses bandes sous les branches pour observer l'épanouissement des fleurs, des réfugiés apeurés affluaient vers le sud.

Le frère Sotura se réjouissait de pouvoir parler en tête à tête avec son ancien élève : seul le nomade dans la livrée des Shonto se tenait à peu de distance, et il n'était pas assez près pour entendre. Les marins n'avaient pas grand-chose à faire et, comme ils suivaient un bateau avec un plus fort tirant d'eau, aucune vigie ne guettait à la proue et personne ne sondait les fonds. Cependant, par respect pour les moines botahistes, ils ne flânaient qu'au milieu du pont.

« Ces événements m'inquiètent, disait le plus âgé des deux frères. Tous ces gens qu'on arrache à leur foyer. Déjà, les vivres manquent et, avec cette foule sur les routes et sur le canal, la maladie refait son apparition. Je ne lésine pas sur le temps que je donne aux malades, mais ils sont plus nombreux chaque jour. »

Il hocha la tête. « J'ai écrit au frère Hutto à Yankura, mais il faudra attendre avant que notre ordre réagisse efficacement à une situation qui s'aggrave d'heure en heure. »

Shuyun joignit les mains en se balançant doucement d'avant en arrière et inversement, comme pour marquer son assentiment. « J'ai demandé, dit-il, au seigneur Shonto si je pouvais vous aider, mon frère, mais il ne peut se passer de moi, alors que souvent rien ou presque ne me réclame. Toutes les précautions sont prises pour isoler les malades des soldats et du personnel du seigneur Shonto. Il a même été difficile d'arranger cette entrevue. Je suis désolé.

— On ne peut rien y changer, Shuyun-*sum*. Votre rôle consiste à conseiller le seigneur Shonto, de manière à ce que les intérêts de notre ordre ne soient pas ignorés des puissants de l'empire. Maintenant que les événements se précipitent, ce rôle devient encore plus crucial. »

Shuyun cessa de se balancer.

« Nous faisons de notre mieux pour nous préparer à cette calamité, Shuyun-*sum*, mais c'est difficile. L'avenir est incertain. » Sotura fixa son élève du regard. « Si nous en savions plus sur les intentions du seigneur Shonto, nous pourrions agir de façon à l'aider et à protéger notre ordre, pour que la parole de Botahara ne soit pas perdue. »

Shuyun examina la paume de sa main, qu'il frotta lentement. « Mon seigneur espère ralentir l'avance des Barbares, ce qui permettrait de lever une armée pour la défense de Wa. »

Sotura marqua une pause comme s'il avait essuyé un petit camouflet et se demandait comment réagir. Quand il parla, ce fut d'une voix moins sonore. « Certes, frère Shuyun, on ne peut dire le contraire, mais le Yamaku est toujours sur le trône du Dragon, et nous pourrions faire beaucoup si nous savions ce que le seigneur Shonto… pense de cet état de choses. »

Shuyun haussa les épaules. « Pour ne rien vous cacher, frère Sotura, je l'ignore.

— Peut-être serait-il profitable de se renseigner.

— Mon seigneur me donne les informations dont il juge que j'ai besoin dans l'exercice de mes fonctions, mon frère. Je n'oserais pas demander davantage.

— Puisque vous êtes son loyal conseiller, cela pourrait se révéler utile à votre seigneur si vous consacriez du temps à vous informer de la situation de l'empire et des projets de votre maître. »

Shuyun cligna des yeux.

« Jaku Katta représente un autre problème, Shuyun-*sum*. A-t-il vraiment la confiance du seigneur Shonto ? »

Shuyun regarda passer un sampan, avec à son bord des hommes vêtus du bleu de son seigneur. « Botahara n'a-t-il pas dit, répondit-il enfin, “Ne confie pas la vérité à un menteur” ? »

Sotura acquiesça. « Ce garde impérial est un opportuniste de la pire espèce. Ce serait une erreur, à coup sûr, de lui faire confiance. Recherche-t-il toujours la compagnie de dame Nishima ? »

Shuyun hésita à répondre. « Peut-être. Je ne sais pas.

— On peut imaginer qu'elle le voie maintenant tel qu'il est et porte son intérêt ailleurs ? »

Shuyun haussa les épaules. « La vie privée des membres de la famille de mon seigneur… » Il leva les bras au ciel.

Sotura hocha la tête. « L'heure est critique, frère Shuyun. Nous pourrions perdre beaucoup dans les affrontements à venir. Il nous faut rester vigilants. La Vraie Voie doit être protégée, et nous sommes ses défenseurs élus. »

Shuyun dévisagea son maître en *chi-quan*, qui finit par se sentir mal à l'aise.

« Frère Shuyun ? »

Brusquement, ce dernier fit signe au Kalam, se pencha vers lui et lui parla dans sa langue. Le Kalam s'inclina comme il convenait et fila.

« Il y a une chose qu'il est bon que vous sachiez, mon frère, dit paisiblement Shuyun. Cela rendra beaucoup d'autres plus faciles à comprendre. Mais attendons le retour de mon serviteur. »

Le Kalam reparut presque tout de suite. Il portait un sac de brocart contenant un objet anguleux de petites dimensions. Il le donna à son maître et reprit position près de la lisse, où il resta uniformément silencieux.

Précautionneusement, Shuyun fit glisser hors du sac une boîte laquée très ordinaire. Il la mit sur ses genoux et en dégagea la fermeture. « Nous avons déjà débattu de ce sujet, frère Sotura. Laissez-moi vous montrer ce que j'ai trouvé. »

Il ouvrit doucement la boîte. Sur sa doublure de soie verte, on voyait la fleur de l'Udumbara. Le vent l'effleura, et les pétales remuèrent comme s'ils venaient d'être pris à la branche.

Il n'était pas possible en regardant le visage de Sotura de dire si c'était de joie qu'il était envahi ou d'une profonde tristesse. Il demeura d'abord sans mouvement puis, presque tendrement, il tendit une main, mais, à ce moment même, Shuyun lui retira la boîte et la referma d'un coup sec. Ses traits marquaient une grande froideur.

« Je ne vous confierai pas cela, mon frère », dit-il délibérément.

Je crains que notre jeune protégé ne s'engage dans la même voie que le frère Satake. Je regrette de vous dire qu'il n'est pas enclin à fournir l'information que nous recherchons sur son seigneur lige. Le changement qui s'est opéré en lui étonne quand on considère le peu de temps qu'il a passé au service de la famille Shonto, mais il faut tenir compte de circonstances qu'il nous est impossible de prévoir. Shuyun a en sa possession une fleur d'un arbre de Monarta. J'ignore son origine mais, si c'était l'intention de Shonto de saper à la base la loyauté de l'initié envers notre ordre, il aurait difficilement pu trouver un moyen plus efficace. Il ne sera pas commode à présent de retourner la situation, étant donné surtout que son seigneur surveille mes entrevues avec Shuyun et en autorise beaucoup moins que je ne voudrais. Comment il s'est procuré une fleur de l'Udumbara est un mystère ; c'est une faute de jamais le sous-estimer. La place qu'il occupe dans l'empire apparemment n'a rien de sûr, mais j'hésite à me montrer plus affirmatif. L'empereur peut encore s'apercevoir que la situation n'est pas ce qu'il croit.

Pour ce qui est de Shuyun, je ne puis encore me prononcer sur les mesures à prendre : dans le passé, il s'est toujours montré un élève modèle. Il faudra bientôt faire quelque chose, ou il se sera tellement éloigné de la lumière qu'il lui sera difficile de revenir en arrière.

Soudain, Sotura s'arrêta d'écrire. Il se demandait ce que le maître suprême et le frère Hutto décideraient en ce qui concernait Shuyun.

Nous avons été pris en flagrant délit de mensonge par quelqu'un qui croyait ce qu'on lui disait sur l'obligation de vérité. Les raisons profondes de notre choix échappent nécessairement à un jeune initié, quels que soient ses mérites : il ne verra que notre hypocrisie. Le Maître est là et nous prétendons le contraire. Comment Shuyun pourrait-il ne pas en conclure que nous obéissons à des motifs qui n'ont rien de désintéressé ? Il ne s'est pas écarté de la Vraie Voie : c'est nous qui l'avons poussé. Puisse Botahara nous pardonner !

Sotura prit la lettre, relut les premières lignes à la lueur de sa lampe puis très lentement en fit une boulette. Il se demandait si toute sanction prise par ses supérieurs contre cet initié indocile n'aurait pas pour effet de l'éloigner davantage. Même moi, se dit-il, je commence à me défier du jugement de mon supérieur. Il fit le signe de Botahara.

Il évoqua son entrevue avec son ancien élève. J'étais pourtant assis loin de lui, pensa-t-il, et je sentais en lui la force du *chi*. Je n'ai jamais connu rien de tel.

36

La chasse suivait une route sinueuse à flanc de coteau. L'allure était modérée sous le soleil printanier. La journée n'avait pas été fructueuse, car le tigre que les villageois disaient avoir aperçu avait échappé aux recherches. L'empereur était déçu. On avait tiré quelques oiseaux, c'est vrai, mais quand on s'est mis à la poursuite d'un tigre, il est difficile de se contenter d'un faisan. Malgré tout, le temps était au beau, et Akantsu II, empereur de Wa, peu à peu nourrissait des pensées moins moroses.

Toutes sortes de cerisiers et de pruniers fleurissaient au bord de la route, et ils répandaient leurs pétales sur l'herbe tendre comme une averse neigeuse. Avant longtemps maintenant, le vent des Fleurs de Prunier réussirait l'exploit qui lui valait son nom en dépouillant les arbres de leur parure immaculée pour l'emporter dans le ciel, tant et si bien que les rafales sembleraient chargées de neige.

Les rivières aussi seraient couvertes de cette moisson, car les habitants de Wa aimaient planter des arbres à fleurs le long des voies navigables : la vue de cet épanouissement balayé vers la mer prenait pour eux valeur de symbole. On avait tant écrit de poèmes sur ce vent-là qu'on disait ne plus rien attendre de neuf sur le sujet. Mais cela ne retenait personne.

L'empereur chevauchait une jument grise de la même race que les bêtes utilisées lors de la cérémonie des Chevaux gris. À la différence des Hanama qui chassaient peu, les Yamaku montaient à cheval, et avec brio. Peut-être une famille qui n'avait accédé au trône que dix ans plus tôt répugnait-elle encore à renoncer aux avantages d'une dextérité dans certains domaines, qui leur avait valu de remporter la victoire. Aussi le maniement de l'épée, de l'arc, de la lance, l'équitation étaient-ils considérés comme des disciplines essentielles dans la famille impériale. Akantsu était un cavalier accompli et savait se servir d'une épée, si ses fils, soumis à l'influence de l'impératrice, n'étaient pas de la même force.

La tenue que l'empereur portait à la chasse était sobre en fonction des critères admis par les seigneurs des provinces centrales, même si la pourpre des garnitures faisait mieux que racheter le défaut d'élégance. Comme il avait espéré se trouver ce jour-là devant un tigre, Akantsu avait ajouté à son costume quelques pièces d'armure laquées et lacées, bien que l'ensemble restât sommaire et insuffisant pour aller au combat. Un casque orné d'un dragon sur la crête pendait à la selle, et le Fils du Ciel avait à la ceinture sa propre épée, non l'antique symbole de son pouvoir, mais une arme qui avait vu plus d'une bataille et participé à plus d'un duel.

Il était bien connu parmi les courtisans que, lorsque l'empereur voulait témoigner son déplaisir à l'un des nombreux fonctionnaires qui le suivaient partout, il lui arrivait de l'inviter à une partie de chasse. Cela correspondait uniformément à quelque chose de très désagréable, car peu de ces hauts responsables montaient à cheval, ayant passé leur vie entière dans l'astreinte de leurs obligations au gouvernement et à la cour. Ajoutons que, bien sûr, dans la capitale de même que dans beaucoup des régions de Wa, on se déplaçait ordinairement par bateau. Akantsu réservait le traitement ci-dessus à ceux de ses serviteurs qui l'avaient contrarié de manière assez bénigne. Un mécontentement plus sérieux vous expédiait dans les provinces extérieures – ou pire.

Aujourd'hui, aucune victime ne prenait part à la chasse. Un lointain cousin de Chou chevauchait aux côtés de l'empereur, mais ils parlaient peu. L'humeur manifestée plus tôt par le Fils du Ciel avait rapidement mis fin à quelques tentatives de communication.

Un épervier au sombre plumage plana au-dessus de la route avant de disparaître dans le nuage de pétales blancs et, quand l'empereur reporta son attention sur sa route, ce fut pour apercevoir à un tournant une colonne de ses gardes emmenée par Jaku Tadamoto. Autour du souverain, on fit place à l'officier. Il sauta à bas de son cheval et s'inclina.

« Colonel, dit l'empereur avec un sourire qui fit beaucoup de bien à son entourage, votre arrivée m'a été annoncée. Il y a un instant, un épervier, un choka, je crois, est passé devant nous. » Il se tourna vers son cousin. « Une apparition, ou presque. Ne trouvez-vous pas ? »

Le cousin, un seigneur Yamaku, petit homme de dix ans peut-être plus âgé qu'Akantsu, s'empressa de donner son accord. Il hocha la tête avec vigueur. Le seigneur Yamaku faisait surtout penser à un marchand prospère. Il se conduisait et s'habillait avec une vulgarité de nouveau riche qui ne trouvait pas facilement grâce auprès des arbitres du bon goût de la cour impériale. Ce n'était pas que ses impairs fussent par trop voyants mais, confronté à des gens aux principes sévères et à l'imagination limitée, il passait pour un paysan tombé dans une troupe de Sonsa.

« L'épervier choka en la circonstance se sera révélé un bon choix, dit Tadamoto. C'est l'empereur qui a donné cet emblème aux Jaku, les élevant ainsi considérablement parmi les nouvelles maisons. »

Akantsu sourit encore. « C'est aimable à vous, colonel, de venir à notre rencontre. J'ai l'intention de m'arrêter au sanctuaire pour profiter de la vue. Accepteriez-vous de nous accompagner ?

— J'en serais plus qu'honoré. Puis-je vous demander, Sire, comment s'est passée la chasse ? »

Une ombre passa sur le visage de l'empereur, à laquelle pourtant succéda un pâle sourire. « Le tigre que nous chassions aujourd'hui, je crois, était un mythe. Ou c'était un maître renard. Nous avons mis des rabatteurs sur plusieurs rih sans rien débusquer. Et le seigneur Yamaku aurait tant aimé se servir de son arc tout neuf !

— Je suis navré de vous l'entendre dire, Votre Majesté. Les tigres parfois font de piètres sujets. Ils ignorent leurs devoirs, disparaissent sans avoir été congédiés et font choix pour leur repas de citoyens irréprochables. Je ne sais pas comment il faut s'y prendre avec eux. »

L'empereur se mit à rire. « Oui, on dit que celui-là avait mangé un loyal sujet de forestier. Quelle ineptie, alors que je dispose d'une quantité de courtisans et de hauts fonctionnaires dont je me passerais volontiers ! Il n'a pas réfléchi, le bougre ! »

Il rit encore, et ceux qui l'entouraient, jugeant qu'un changement était intervenu dans l'humeur de leur maître, en firent autant.

Quittant la route, ils suivirent une piste qui les conduisit à un promontoire de forme ronde, où l'on avait érigé un petit sanctuaire à la mémoire des victimes de la peste. Connaissant les sentiments de l'empereur, aucune des personnes présentes ne fit le signe de Botahara. Ils poussèrent jusqu'au point de vue, et là l'empereur et son escorte mirent pied à terre.

« Tendez cet arc tout neuf, mon cousin, dit-il plaisamment. Tadamoto-*sum* est amateur de belles armes. »

Un concours fut rapidement organisé parmi les officiers de la garde avec l'arme de jet du seigneur Yamaku. Des rires saluèrent la suggestion de l'empereur proposant qu'un de ces officiers fît don de son chapeau (très à la mode) pour leur servir de cible. On le fixa à un arbre voisin, et Akantsu prit place sur un rocher, flanqué pour juger des résultats de Tadamoto et de son cousin.

Le seigneur Yamaku s'abstint de participer, car il eût été très discourtois pour l'un des tireurs de se montrer plus adroit qu'un membre de la famille royale. Quant à Tadamoto, il commandait la garde. Les mêmes règles le concernaient.

Chacun des concurrents tira trois flèches et, si tous ne réussirent pas à atteindre la cible, le chapeau ne manqua pas bientôt d'être troué comme une passoire. On ne pouvait reconnaître aux archers une adresse hors du commun, mais ils étaient proches les uns des autres, aussi la compétition était-elle serrée et, par suite, plus attrayante pour tous, tireurs et spectateurs.

Une fois que chacun se fut pris au jeu, l'empereur se tourna vers Tadamoto.

« J'imagine que vous n'avez pas fait tout ce chemin pour contempler les arbres en fleur, colonel », dit-il avec calme.

Tadamoto le confirma. « J'ai reçu un rapport en provenance du Nord. » Il cherchait ses mots. « C'est un rapport inquiétant, Votre Majesté. »

L'empereur fit signe qu'il avait compris. Il regarda à l'œuvre un jeune officier et applaudit à son succès. Puis il se pencha pour glisser un mot à l'oreille de son cousin, qui s'empressa de s'incliner. Un nouveau signe à Tadamoto, et les deux hommes se levèrent. Tous les assistants tombèrent à genoux, n'abandonnant cette posture que lorsque le souverain se fut suffisamment éloigné.

L'empereur gagna le point de vue et se pencha par-dessus la barre d'appui qui garantissait les imprudents contre une chute vertigineuse. Derrière lui, le paysage s'étendait jusqu'à la capitale de l'empire et au lac du Dragon perdu. Le fleuve allait à la mer en de nombreux méandres et, aussi loin que portait le regard, la terre s'agrémentait d'arbres fleuris. Même la montagne du Pur Esprit à l'horizon semblait noyée dans une brume blanche.

« Colonel. » L'empereur d'un geste autorisa Tadamoto à poursuivre.

« Le rapport dit que le seigneur Shonto a quitté Seh et se dirige vers le sud à la tête d'une armée en empruntant le canal. »

Akantsu hocha la tête sans se départir de son calme, comme s'il ne venait pas d'entendre l'annonce d'une guerre civile le mettant aux prises avec les Shonto.

« Une lettre est arrivée portant le sceau du gouverneur de Seh. J'ai enfreint le protocole et vous l'ai apportée, Votre Majesté. »

L'empereur approuva silencieusement. « Autre chose ?

— Selon des rapports qui nous sont parvenus, une grande armée barbare a franchi la frontière de Seh. Cela demande malgré tout, à l'heure qu'il est, à être confirmé.

— La lettre ? »

Tadamoto fit signe à l'un de ses subordonnés, et l'on apporta une petite boîte. Il l'ouvrit, y trouva le rapport officiel. À sa grande surprise, l'empereur se pencha et le lui prit des mains. Un bref regard au cachet, il le brisa et déplia la lettre sans manifester de hâte. Puis il lut.

Le colonel fit semblant d'admirer le panorama. Il était contraire aux usages de regarder l'empereur dans les yeux pendant plus de quelques secondes, mais en l'espèce il jugea que quelques secondes pourraient être plus qu'il n'était conseillé.

Akantsu abaissa son rouleau de papier. Il resta un moment à fixer l'horizon puis tendit le message à Tadamoto. « Lisez cela », dit-il sur ton débonnaire.

Sire,

Une armée barbare a franchi la frontière nord de Seh, forte de cent mille hommes avec leur armement. Dans l'immédiat, leur objectif me paraît être Rhojo-ma, mais je ne crois pas que la capitale provinciale constitue pour de pareilles forces l'aboutissement d'une campagne. Comme nous ne pouvons disposer dans toute la province de Seh que de moins du quart de l'effectif des envahisseurs, je ne pense pas en notre pouvoir d'empêcher les Barbares de continuer leur progression à l'intérieur de la province d'Itsa, puis d'avancer plus loin vers le sud.

Nous avons décidé, en conséquence, de quitter Seh et de faire descendre le canal à nos troupes, tout en opposant une résistance à l'ennemi. Sauf imprévu, je crois que cela donnera à l'empire jusqu'au solstice d'été pour réunir les forces nécessaires à un engagement avec l'armée barbare.

Cinq mille habitants de Seh sont demeurés en arrière pour défendre la ville de Rhojo-ma, dans l'espoir que cela permette au reste de notre armée de passer la frontière et de commencer l'enrôlement auquel nous allons procéder.

J'ai le regret de vous dire que l'on ne pourra, à mon avis, s'opposer avec succès à pareille multitude sans l'assistance du gouvernement impérial. Je n'estime pas être en mesure de rassembler assez d'hommes pour répondre au danger qui menace l'empire, même lorsque nous aurons atteint la province de Chiba.

Nous ne pouvons pas encore bien juger du savoir-faire de ces Barbares et de leurs chefs ; nous ne manquerons pas de vous en informer dès que nous en saurons davantage. À coup sûr, les tribus ont à leur tête le khan aux mains d'or dont l'étendard de cette couleur porte en emblème un dragon pourpre. Je suis persuadé, Sire, que ce chef a des visées sur le trône de Wa.

Les hommes qui m'ont suivi dans ce transfert vers le sud sont braves et ne ménagent pas leur peine. J'ai la conviction que nous pourrons ralentir la progression des envahisseurs, mais il n'en reste pas moins qu'une armée doit être levée pour faire face à ce péril, de préférence dans la province de Chiba. Nous détruisons toutes les récoltes sur notre route mais, lorsque les Barbares seront dans Chiba, cela deviendra plus difficile et, s'ils entrent dans Dentou, impossible à réaliser. Ils seront alors à même de porter une attaque contre la capitale de l'empire.

Je demeure le serviteur de Votre Majesté,
Shonto Motoru.

L'empereur ne se fit pas scrupule d'observer le visage de Tadamoto pendant sa lecture et, quand il eut fini, celui-ci découvrit son regard fixé sur lui.

« Il ne dit rien, commenta le souverain, du fait qu'il s'était engagé par serment à protéger les frontières de la province de Seh. »

Tadamoto acquiesça. Point n'était besoin de demander qui était ce « il ».

L'empereur se retourna pour regarder la vue, les deux mains négligemment posées sur la barre d'appui. Il resta quelques instants dans la même position sans dire un mot. Quand il reprit la parole, ce fut les yeux toujours braqués sur le paysage.

« Nous n'aurions pas cru qu'il trouverait le soutien nécessaire à une guerre civile, du moins pas dans Seh. Je crois qu'il n'apporte aucune précision sur les dimensions de cette armée qui le suit vers le sud.

— C'est exact, Votre Majesté.

— Un oubli significatif dans le rapport de notre ancien gouverneur. Impossible que ce Motoru ait pu réunir tous les hommes dont il a besoin dans Seh. »

Comme cela ne ressemblait pas à une question, Tadamoto s'abstint de répondre. Le silence était ponctué par le bruit mat des flèches heurtant le bois.

« Comment se passe le recrutement de notre armée, colonel ?

— Bien, Sire, mais je veillerai à ce que désormais l'on redouble d'efforts. »

L'empereur approuva. « Nous allons faire davantage, dit-il. Nous devons concevoir un plan pour rencontrer les troupes du Shonto… quelque part au-delà de la capitale. Qui sait combien d'hommes vont se rassembler sous son drapeau quand il entrera dans la province de Dentou ? » Il se tut. « Où sur le canal se trouve mon incapable de fils ?

— Il n'a pas encore franchi la frontière de Chiba, Votre Majesté. » Tadamoto enleva quelques pétales qui s'étaient collés aux petits dragons brodés sur le plastron de son uniforme.

L'empereur se raidit. « Quoi ? Pas encore dans Chiba ?

— Non, Votre Majesté. »

Il y eut comme un grognement. « Je vais faire parvenir au prince une lettre de ma main lui intimant l'ordre de poursuivre sa route vers le nord en toute hâte et de démettre Shonto du commandement de son armée. Ensuite mission lui sera confiée d'arrêter dans leur incursion tous les Barbares qu'il pourra trouver sur son chemin et de nous envoyer Shonto dans la capitale sous bonne garde. Comment croyez-vous que notre ancien gouverneur réagira ?

— Faire autre chose qu'obéir au fils de son empereur, Sire, serait… folie.

— Certes, mais il ne pourrait plus alors se donner le beau rôle de sauveur de la patrie. Il se voudra rebelle et revendiquera ce nom. »

Tadamoto acquiesça d'un signe de tête, bien que l'empereur eût les yeux tournés vers la capitale.

« Avez-vous des nouvelles de votre frère, colonel ?

— Non, Votre Majesté. »

Akantsu fit glisser ses mains lentement le long de la barre d'appui. « Espérons qu'il soit demeuré dans Seh *pour y défendre Rhojo-ma.* Tous ceux qui suivent le Shonto soutiennent un rebelle.

— Il est la honte des Jaku, Votre Majesté. Nous lui tournerons le dos désormais. »

L'empereur hocha la tête avec lenteur. « Je crois que cela devrait être débattu sans tarder par le Grand Conseil. Tout l'empire doit savoir que Shonto a abandonné dans le Nord les fonctions qui lui étaient assignées et descend dans le Sud avec une armée. Ce n'est pas ce khan déguenillé qui a des visées sur le trône. Ah ! si seulement nous avions gardé dans la capitale la descendante des Fanisan ! »

On n'avait pas encore senti dans la voix du souverain d'émotion aussi proche de la colère. Quand il reprit la parole, pourtant, il n'y paraissait plus.

« On ne la verra pas sur mon trône, colonel, ni Motoru debout derrière. » Il se tourna cette fois et fit face à Tadamoto. « C'est pourquoi il faut lever une grande armée, colonel. Mon père a combattu un Shonto avec succès. J'ai l'intention d'en faire autant. Mais je ne me montrerai pas aussi généreux dans la victoire. »

37

Shokan reposait immobile dans l'obscurité. Il se demandait ce qui se passait quand on était vaincu par le froid. S'endormait-on tout simplement pour ne plus jamais se réveiller ? Ou était-ce douloureux, terrifiant ? Si l'on était encore sensible à ce froid meurtrier, cela signifiait-il qu'on était plus proche de la vie que de la mort ? Or le jeune seigneur éprouvait cette sensation. Il était transi, frigorifié. Les os de ses jambes lui faisaient mal, si ses pieds ne sentaient plus rien.

À grand-peine il fit prendre un autre cours à ses pensées et essaya de se concentrer sur la journée à venir. Il avait tenu conseil brièvement avec son état-major la veille au soir, tous recroquevillés en cercle dans le noir, sans feu pour se réchauffer ou seulement se réconforter. On avait discuté d'éventualités pénibles et abouti à des décisions. L'abattage des chevaux ? Chacun avait souffert à cette idée ; malheureusement, personne n'avait proposé d'autre solution permettant de continuer. Il avait été bien sot d'espérer que si tôt dans la saison la couche de neige ne serait pas trop épaisse dans le col, mais il n'y avait guère d'autres passages possibles. Amener les chevaux avait été prendre un risque qui avait peut-être échappé à certains.

Shonto Shokan avait décidé d'abattre son étalon lui-même, alors qu'incontestablement c'était une besogne à laquelle un aristocrate de grande maison ne devait même pas songer. Mais il s'estimait responsable de la situation présente et ne pouvait demander à autrui de prendre en charge les corvées rendues inévitables par un choix malencontreux. Cette façon de penser exaspérait son père, qui allait jusqu'à faire le reproche à son ancien conseiller spirituel, le frère Satake, de l'avoir encouragée. Bonne manière peut-être d'éduquer un enfant, mais la pire des sottises pour le chef d'une grande famille. Shokan à ce souvenir faillit éclater de rire. Le frère Satake lui avait fait l'impression de calmement braver l'opinion publique. Puisse Botahara veiller sur son âme !

Le bois cette nuit-là avait manqué. Pas de feu et, donnant toute liberté de se répandre au froid glacial de la montagne, le ciel était resté parfaitement clair. À l'est, il se colorait à peine de gris derrière les silhouettes des pics enneigés, mais cela suffisait pour que dans la troupe on se lève, on s'agite, on essaie de rétablir la circulation du sang, on prie pour que le soleil se dépêche et que le vent marin apporte la chaleur. Le paradoxe était que la nuit ils se serraient les uns contre les autres en claquant des dents, alors que le jour le soleil les brûlait et les obligeait à ne garder sur eux que leurs vêtements les plus légers.

Shokan repoussa sa couverture et se mit sur le dos. Il avait passé la nuit à changer ainsi de position à intervalles réguliers pour ne pas exagérément exposer un côté au froid qui montait de la neige. Cela n'avait pas été propice au repos. Il avait faim et se faisait du souci au sujet de leurs réserves de vivres. La viande de cheval les aiderait sûrement, mais ils étaient encore à plusieurs jours de marche de l'extrémité ouest du col. Dans un geste qui était un défi au bon sens, ils avaient, tous sans exception, donné la veille à leurs montures un peu des grains précieux dont ils disposaient, parce que c'était leur dernier repas, mais l'absence de feu pour faire fondre la neige avait signifié qu'elles n'auraient rien à boire. Ces chevaux seraient morts bientôt de toute façon, sans que leurs cavaliers, à contrecœur, y eussent prêté la main.

Shokan se contraignit à s'asseoir. Il sentit le froid du vent qui soufflait toujours du haut des pics. Il resta assis un moment à se battre les bras et les épaules. La neige maintenant formerait une croûte dure comme du bois, capable aisément de supporter le poids d'un homme. Mais c'était aussi de la glace cachant des pentes traîtresses. Plus d'un homme de sa troupe y avait perdu la vie.

Du haut du défilé lui venait le bruit régulier du pas des guides engagés dans la montée. La veille, ils avaient creusé des marches en profitant d'une neige molle, et à présent ils les utilisaient pour atteindre un sommet d'où ils poursuivraient leur travail et tailleraient cette fois dans de la neige dure. C'était une façon de procéder laborieuse et lente.

De nouveau, Shokan se remit à penser au peu de vivres dont ils disposaient, et il se demanda s'il n'avait pas conduit ses vassaux dans un col gelé à une fin inutile. Mon père a besoin de tous les hommes armés qu'il pourra trouver, se rappela-t-il. Il est normal de prendre tous les risques.

Il leva les yeux vers le haut des montagnes. Une large vallée se trouvait de l'autre côté, au fond de laquelle courait le Grand Canal comme un filet d'eau claire. Qu'il paraissait lointain, presque inaccessible !

Un seul escarpement au-dessus de sa tête interceptait la lumière du soleil levant. Il en éprouva un vif soulagement. Autour de lui, il distingua des silhouettes d'hommes et de chevaux. Le gris se colora. Les formes se définirent.

« Seigneur ! » murmura une voix.

Shokan se tourna vers le soldat de sa garde. Il montrait le sommet de la pente. À peu de distance, une demi-douzaine de particuliers au visage couvert de barbe s'étaient accroupis et regardaient, impassibles. Des hommes de la montagne…

Le garde ouvrait de grands yeux, indifférent au regard de son maître. En s'armant de précautions, Shokan finit par trouver la petite plate-forme qu'il avait piétinée pour l'aplatir avant le gel et se remit debout sur des pieds qui ne sentaient plus rien.

Il s'était à moitié attendu à les voir bondir comme des daims, ces hommes accroupis, et décamper. Or ils ne bougeaient pas. C'était contraire à toute politesse, mais Shokan se surprit à les dévisager, comme faisait son garde. Des hommes de la montagne ! Il ne pouvait dissimuler sa surprise.

Les inconnus étaient si complètement couverts de fourrures et de peaux qu'ils ne laissaient voir que des visages basanés. À la ceinture, ils portaient de longs couteaux, presque des sabres, et, sur le dos, des arcs taillés dans un bois blanc presque sans tache. Comme il l'avait lu dans les livres, leurs yeux étaient d'un bleu profond, ainsi qu'on en trouvait parfois chez les Barbares du Sud.

Lentement, Shokan tendit les mains vers eux, la paume tournée en dehors, tout en cherchant dans ses souvenirs des mots dont le frère Satake se servait, empruntés à la langue de la montagne, mais rien ne vint. Son père lui avait dit que Shuyun parlait cette langue. Il s'interrogea. Peut-être était-ce fréquent chez les lettrés botahistes. Il se tourna vers son garde.

« Les moines, dit-il, connaissent souvent la langue des hommes de la montagne. Fais passer le mot dans la colonne. Peut-être quelqu'un a-t-il été instruit par les frères. »

Les montagnards, tandis que Shonto tendait les mains dans leur direction, ne cessaient de le regarder, mais apparemment sans réagir. Pour l'attention qu'ils étaient prêts à donner à son geste, ç'aurait pu être un rite qui lui était propre au lever du jour. Il essaya de leur montrer la neige auprès de lui et d'arborer un sourire engageant, mais sans résultat. De chaque côté, on en fut bientôt réduit à se regarder silencieusement dans le blanc des yeux.

Le manège dura quelque temps, puis Shokan remarqua de l'agitation en haut des marches taillées par les guides. Un nouveau groupe d'hommes de la montagne venait à la rencontre des naufragés de la neige.

À l'arrivée de ce renfort, le premier groupe se tourna vers lui et s'inclina avec raideur. L'objet de cette marque de respect était apparemment un vieillard au visage tanné comme du cuir, qui portait une robe usagée avec un capuchon, serrée à la taille par une ceinture de soie d'un violet délavé. Quel animal avait donné sa peau pour le confort de ce vieillard ? Shokan n'aurait pu le dire. Cette fourrure lui était inconnue, gris foncé avec des pattes argentées.

L'homme passa tout droit devant ses compatriotes courbant l'échine et s'arrêta trois pas plus loin après avoir croisé le garde du corps de Shokan, qui s'était révélé incapable sur un sol aussi perfide de l'empêcher d'avancer. Son maître donna le signal à tous de se tenir prêts, mais de ne rien tenter pour le moment.

Le vieillard restait immobile, les bras croisés, les mains cachées dans ses manches. Il montrait le même visage impassible que ses compagnons, mais ses yeux étaient de la couleur d'un ciel noyé de brume. Ces montagnards semblaient plus petits que les habitants de Wa, bien que Shokan leur supposât de larges épaules sous leurs épaisseurs de fourrure.

Le vieil homme pointa un doigt en direction du seigneur des Shonto. « Nom », dit-il sans donner au mot la tonalité d'une question, bien que Shokan crût en voir une.

« Le seigneur Shonto Shokan. Et vous ? »

Aucune réponse ne lui fut fournie, mais un murmure courut parmi ses compagnons. Shokan fut certain d'avoir entendu plus d'une fois prononcer le nom du conseiller spirituel de son père, aussi invraisemblable que cela pût paraître.

« Le frère Shuyun ? demanda-t-il. Parlez-vous du frère Shuyun ? »

Au bout d'un moment, le vieillard branla du chef. Un mouvement de haut en bas, qui ne se répéta pas. Il ne changea rien à l'expression du visage. Le geste était si singulier que Shokan se demanda si la tête n'était pas simplement tombée pour remonter ensuite et retrouver une position normale. Il était difficile d'y voir un assentiment.

La main alors avec vivacité montra le flanc de la montagne. « Combats », dit le vieillard en s'animant sensiblement.

Shokan ne savait pas trop ce qu'il entendait par là, mais à l'évidence une réponse était attendue. L'homme revint à la charge.

« Shu-yung combattre !

— C'est à désespérer, chuchota le jeune seigneur à l'oreille de son garde du corps. Qu'a-t-il à l'esprit ?

— Tribus… combattre, shu-yung », reprit son interlocuteur en montrant à nouveau les pentes des montagnes.

Tribus : le mot atteignit Shokan en plein visage. Il acquiesça lentement, toujours aussi peu sûr de comprendre. Il n'était même pas certain qu'un hochement de tête pour ces gens-là avait valeur d'approbation. *Shu-yung,* répétait le vieillard, un mot dans leur prononciation bizarre si proche de *Shuyun* que la différence à l'oreille de Shokan était à peine sensible. Une nuance peut-être dans la dernière syllabe, c'était tout.

Le visage du vieillard s'éclaira d'un sourire, et il se mit à parler dans sa langue, si vite que ses auditeurs auraient pu croire que cela se résumait à un seul et interminable mot. Il sourit encore. « Combattre tribus, shu-yung », conclut-il de manière décisive. Il se tourna vers ses compagnons, et Shokan crut entendre *Yankura.*

Un homme se détacha du groupe et gravit la pente au pas de course, avec une facilité qui laissa pantois les natifs de Wa.

« Yankura ? demanda Shokan. Yankura ?

— Yan-khuro, prononça le vieillard, toujours avec lenteur, comme s'il corrigeait un enfant. Yan-khura, Yul-khuro, yanyul. Shu-yung. » Puis, comme pour faire bonne mesure : « Combattre. »

Shokan hocha la tête et sourit. Est-ce que je donne mon accord ? se demanda-t-il, et si oui, à quoi ?

Montrant la monture du jeune noble du même geste vif, le vieillard se remit à parler dans sa langue puis secoua la tête. Il joignit les mains comme pour tenir un bol, fit semblant de boire et enfin revint au cheval en donnant des signes de tristesse.

« Seigneur, dit le garde avec calme, voyez là-haut. »

Une petite troupe de montagnards enveloppés de fourrures dévalait la pente. Beaucoup empruntaient l'escalier, mais d'autres, aussi nombreux, marchaient sur la neige dure sans perdre leur équilibre. Shokan subitement s'aperçut qu'il avait la bouche grande ouverte, mais la scène était véritablement miraculeuse.

« Et maintenant, à quoi faut-il s'attendre ? lança quelqu'un avec un rire incrédule.

— Je ne sais pas », répondit Shokan. Malgré une vie passée à encourager sa méfiance, il aurait juré que ces gens-là ne leur voulaient aucun mal. « Je ne sais pas », répéta-t-il.

Les montagnards passèrent auprès de lui sans même un signe de tête ou l'ébauche d'un sourire, mais adoptèrent une tout autre attitude à l'égard des chevaux. Ils ne leur lésinèrent pas leur admiration. Shokan craignait que tous ces gens qui leur tournaient autour ne fissent peur aux bêtes, mais il apparut bientôt clairement que ces hommes de la montagne avaient l'habitude des animaux, et en particulier des chevaux.

Le vieillard se rapprocha de quelques pas pour dominer le brouhaha de ses compatriotes. Il dit quelques mots dans sa langue et montra l'étalon de Shokan : « Pas combattre », déclara-t-il avec calme. Puis, avec un geste en direction des sacoches et du reste de l'équipement : « Shuyunal. » Il se retourna vers ses amis : « Shuyun », dit-il. Après quoi, il montra le haut du col et reproduisit son bizarre mouvement vertical de la tête.

Shokan imita son geste puis se tourna vers son subordonné. « Va trouver le gamin, qu'il dise à tout le monde de n'opposer aucune résistance à ces gens-là. Nous allons leur abandonner les chevaux, et ils nous aideront à franchir le col… du moins, je le crois. » Il se retourna vers le vieillard, mais celui-ci s'était éloigné et lentement gravissait les marches.

« Shuyun », fit une voix à ses côtés. Il découvrit, imberbe, souriant, un enfant, qui se frappa la poitrine sans cesser de sourire. « Shuyun, fit-il.

— Ah bon ! » répondit Shokan. C'était donc là Shuyun ? Mais, à ce moment, il s'aperçut que le même mot courait d'un bout à l'autre de la colonne. Deux autres enfants suspendaient à la perche qui lui était attribuée son coffre à armure et sans difficulté mettaient le tout sur leurs épaules, bien que Shokan le sût contenir des armures complètes, tant légères que lourdes, en plus d'armes et de pièces de rechange.

L'enfant au sourire se mit en devoir de rassembler toutes les possessions de Shokan. Un garde se disposa à intervenir.

« Non, dit son maître. Je le permets. » Il se mit à rouler son matériel de couchage, assez maladroitement.

« Shuyun ! »

Quelqu'un prononça ce mot plus bas dans la colonne, et il se répéta sans cesse jusqu'à en devenir obsédant.

À la grande surprise de Shokan, les montagnards reconduisirent son groupe vers le bas de la ravine, en lui taillant des marches au fur et à mesure. Il se mit à craindre qu'il n'y eût là un quiproquo des plus gênants, les amenant à regagner la vallée qu'ils avaient fuie, mais il décida en fin de compte d'attendre un peu avant de se faire une opinion.

Quand ils sortirent de l'ombre de la grande aiguille rocheuse, ils eurent le soleil en pleine figure, et Shokan vit ses hommes faire le signe de Botahara. Ils ont le sourire maintenant, pensa-t-il, mais dans quelques heures seulement la neige va fondre et leur terreur revenir. Ils avaient déjà pu voir ce qui arrivait quand la neige en devenant plus molle commençait à lâcher et déferlait en grandes vagues blanches dans un bruit de tonnerre.

En regardant par-dessus son épaule, Shokan voyait toujours les chevaux, mais entourés de leurs admirateurs. Il se prit à espérer pour eux des mains de ces montagnards un sort différent de celui que leurs propriétaires s'apprêtaient à leur faire subir. Son pied glissa, mais il retrouva bientôt son équilibre. L'endroit était mal choisi pour regarder autour de soi ou admirer le paysage. Le sol se dérobait et resterait dangereux aussi longtemps que le soleil n'aurait pas fait son œuvre.

La grande plaine côtière apparut au détour du chemin. Elle s'étendait jusqu'à une mer couverte de brume. Vues de cette hauteur, les basses terres sous la végétation offraient un aspect souriant et tentateur. Shokan eut envie d'y retourner. Mais tout retour était impossible. En bas les attendraient les soldats de la garde impériale, qui assurément avaient pris possession du fief des Shonto. Il ne lui restait plus que la montagne et ce qu'on pouvait trouver sur le versant ouest, s'il avait la chance de l'atteindre.

À la différence de ses vassaux, Shokan ne portait rien d'autre que son épée et pourtant, même aussi libre de ses mouvements, il n'avançait pas avec la légèreté des montagnards les plus encombrés. Il avait été fasciné par le spectacle de ces hommes se répartissant la charge et s'arrangeant pour arrimer leur lot avec une seule courroie leur barrant le front. Le plus chétif de ces hommes transportait deux fois plus que le plus robuste des habitants de la plaine, et sans difficulté. On disait que l'altitude pouvait vous couper le souffle : Shokan en avait la preuve.

Avant que le soleil fût haut dans le ciel, ils avaient descendu au bas du pic en le contournant, et là creusé dans le talus neigeux bordant la tranchée qui s'était formée de chaque côté de la ravine, laissant un large espace entre neige et rocher. De l'eau coulait maintenant au fond de cette tranchée. Ils en remplirent leurs outres. En s'aidant des pieds et des mains, ils gagnèrent bientôt une corniche, large de la hauteur d'un homme. Le soleil avait fait fondre ce qui avait pu recouvrir la pierre. Elle était sèche et presque chaude au toucher.

On ne se parlait pas. Les montagnards semblaient peu enclins à la conversation, et les gens de la plaine avaient besoin de tout leur souffle seulement pour suivre leur rythme. Le silence s'expliquait peut-être aussi par l'altitude car, si la corniche ne montait qu'à peine, la ravine s'élargissait et s'écartait, si bien qu'à chaque pas ils la dominaient davantage. Les vassaux de Shokan se collaient contre la paroi en essayant de regarder droit devant eux, ce qui eut pour conséquence que la vue extraordinaire qui leur était offerte échappa à presque tous.

La corniche se rétrécissait par endroits, suffisamment pour mettre alors à l'épreuve le sang-froid dont on disposait. Shokan savait que les gardes des Shonto, quelles que fussent les chances de s'en sortir, n'hésiteraient jamais à aller au combat, mais la montagne, c'était autre chose. Une chute dans l'abîme sur un rocher glissant pouvait difficilement être considérée comme une fin honorable. Bien sûr, personne ne désirait passer pour un pleutre aux yeux de ses camarades ou du fils de son seigneur lige ; aussi faisait-on de grands efforts pour dissimuler ses craintes. Pourtant, Shokan fut certain d'avoir vu des hommes réputés pour leurs prouesses sur le champ de bataille poser le pied aux passages les plus difficiles avec beaucoup moins d'assurance que certains de leurs compagnons plus jeunes et plus timides. Il fut près d'en sourire.

Là où la corniche finissait par disparaître, on avait posé des planches pour permettre de passer quand même. Ces passerelles paraissaient si fragiles que les hommes de la plaine marmottaient une prière pour le salut de leur âme avant de se hasarder à traverser. Shokan se demandait si elles pouvaient supporter le poids de la neige ou si on les reconstruisait chaque année au printemps. Leur précarité était si frappante que l'absence de garde-corps passait presque inaperçue. Mais, à la surprise générale, elles tinrent bon.

Tard dans l'après-midi, le long ruban des grimpeurs acheva de contourner le pic vers le sud, et la corniche aboutit à une brèche entre deux parois verticales. Ils entamèrent la descente, d'abord dans de la neige molle puis, en arrivant dans l'ombre de la paroi la plus méridionale, sur une croûte glacée.

On tailla de nouveau des marches, et l'allure se ralentit du même coup. La vallée s'élargit, et le soleil en son déclin finit par les retrouver, rendant la progression difficile. En compensation, on vit de plus en plus souvent des arbres, donnant à espérer qu'on pourrait allumer du feu dans la soirée.

Un torrent jaillit de nulle part et serpenta dans la vallée. Un coup d'œil permit à Shokan de distinguer des rochers et de la terre au fond de l'eau. Il s'aperçut que la couche de neige était bien moins épaisse que ce qu'il croyait.

Brusquement, les montagnards à la vue d'un terre-plein arrêtèrent de marcher et, par des sourires, des hochements de tête et de grands gestes, firent comprendre qu'ils n'iraient pas plus loin ce jour-là. Pendant qu'on dressait les tentes, Shokan essaya d'évaluer leur nombre. Dans ses rangs, on comptait trois mille trois cents hommes, chiffre étonnant au regard des pertes causées par les avalanches. On atteignait facilement à un effectif équivalent chez ces hommes que ses vassaux s'étaient mis à appeler « les indigènes » ou encore « les Shuyun », parce que le mot les amusait. Ils étaient plus près de huit mille.

Shokan espérait qu'un jour il pourrait raconter cela à son père. Huit mille âmes sur la terre la plus ingrate qui soit, et ils avaient couvert au moins douze rih, peut-être plus. C'était étonnant. Plus qu'étonnant, c'était impossible, tout simplement.

Les indigènes surprirent leurs visiteurs une fois de plus en allumant du feu pour faire du thé et un peu de cuisine à l'aide de brindilles. Ils entretenaient ce feu avec de l'herbe sèche, de la mousse et des aiguilles de conifères. Ils avaient réagi avec horreur lorsque les soldats de Shonto s'étaient mis à abattre des arbres pour faire une flambée digne de ce nom. Shokan avait rapidement mis fin à ce massacre.

Le jeune seigneur devait admettre qu'en dépit de cette horrible guerre, déjà peut-être commencée par-delà les montagnes, il trouvait fascinante la situation dans laquelle il se trouvait. Presque rien n'était connu de cette peuplade, et ils étaient là à bavarder joyeusement à ses côtés.

Il y avait si peu de place dans le campement qu'on y était les uns sur les autres. Les vassaux de Shokan avaient naturellement maintenu entre leur seigneur et eux une distance respectable pour qu'il pût garder un semblant d'intimité, mais le vide avait vite été rempli par les indigènes, qui semblaient ne pas attacher aux distinctions de rang une importance particulière, sauf si elles concernaient un vieillard ratatiné, enveloppé de fourrures en piteux état.

Les gardes de Shokan en éprouvaient un certain malaise, mais leur maître se disait qu'ils étaient entièrement à la merci de ces gens-là, qui auraient pu aisément l'assassiner depuis belle lurette si telle avait été leur intention. Il avait donc résolu de ne pas se faire de bile, même si à l'évidence ses hommes n'avaient pas connu le même succès, car ils avaient l'œil sur les indigènes qui approchaient leur seigneur de trop près et échangeaient entre eux des regards menaçants.

Avec ses mains et un art de la pantomime dont Nishima elle-même aurait pu être fière, Shokan essayait de découvrir les mots correspondant aux choses les plus simples, telles que « feu », « piste », « aliments », « boisson ». Cela se révélait plus difficile qu'il n'aurait cru et déclenchait beaucoup d'hilarité.

Ce qui fit le plus d'effet fut le moment où il voulut apprendre les mots pour « homme » et « femme ». Sa surprise fut si manifeste de découvrir que le garçon qui portait ses bagages était en réalité une jeune femme que les rires parurent ne jamais devoir finir. La pauvre sembla menacée de fournir sa vie durant matière à plaisanterie, mais elle prit l'incident du bon côté et n'eut pas l'air de tenir Shokan pour responsable de son ignorance.

La nuit tomba avec une soudaineté qui avait quelque chose d'étonnant. Malgré tous ses efforts pour rester éveillé et tirer de ses compagnons auprès du feu autant de paroles que possible, Shokan s'assoupit. Les derniers sons qui lui parvinrent furent ceux des chants des indigènes. Leurs voix s'élevaient avec douceur, aiguës et légères, créant une impression de mystère mais aussi, bizarrement, de réconfort.

Seulement beaucoup plus tard, au milieu de la nuit, Shokan s'éveilla en sursaut. Il lui fallut un moment pour distinguer ses souvenirs de la veille du rêve qu'il venait de faire. Ensuite, il réussit à se convaincre que la cause de son réveil était dans le rêve lui-même et nulle part ailleurs. Il se recoucha et tenta d'évacuer le trouble qui demeurait en son esprit, mais sans beaucoup de succès. Dans ce rêve, le chant des indigènes était devenu une psalmodie botahiste. Les paroles avaient été traduites dans la langue des montagnes et la musique adaptée à l'idée que s'en faisaient les montagnards. Shokan resta de cette expérience étonnamment remué. Il fut quelque temps à ne pas pouvoir se rendormir, incapable de sortir de l'état nerveux dans lequel le rêve l'avait plongé, incapable aussi de secouer une impression de froid.

Le début de leur matinée précéda de beaucoup le lever du jour. Ils étaient à présent sur le versant ouest d'une montagne où le soleil ne les trouverait pas avant qu'il soit midi. Shokan avait commencé à croire que les indigènes possédaient une patience à toute épreuve mais, lorsqu'on se prépara à partir, cette conviction fut mise à mal. Il apprit le mot « ketah », qui signifiait « dépêchez-vous ». *Shuyun* avait été le refrain de la veille ; *ketah* lui succéda. Les combattants supérieurement entraînés de la garde des Shonto furent harcelés, tarabustés, bousculés, au point que Shokan craignit un incident, mais chacun garda la maîtrise de ses nerfs, et dans les meilleurs délais la troupe put se remettre en marche.

Shokan prit sa place dans la file derrière Quinta-*la*, cette femme à laquelle la veille au soir il avait causé beaucoup d'embarras. Ses propres gardes s'étaient rebiffés quand il avait insisté pour porter une part de ses bagages, mais il avait eu le dernier mot et pliait maintenant sous la charge, à la manière des gens du pays, pronostiquant que bientôt son cou allait se détacher de ses épaules. Devant marchait une femme beaucoup plus petite que lui, qui portait trois fois plus lourd. Elle avançait d'un pas léger et avec assurance. Il en sourit. Si Nishi-*sum* avait été capable du même exploit, il n'aurait eu d'autre ressource que de se jeter sur son épée : un guerrier a sa fierté. Mais de voir que cette enfant acceptait une charge supérieure à tout ce qu'il pourrait jamais porter ne faisait que l'amuser et le charmer.

Me voilà passé dans un monde étrange, pensa-t-il, comme dans les histoires qu'on me racontait quand j'étais petit.

Coltiner, régler son pas sur celui de ses guides eut tôt fait de le réchauffer, et la faim remplaça la sensation de froid, car ils s'étaient mis en route sans rien dans le ventre. Aucun signe ne donnait à penser que les indigènes projetaient de s'arrêter pour une collation matinale, et il semblait y avoir pénurie d'auberges.

Shokan se posait l'inutile question de savoir si ses vassaux avaient aussi mal aux jambes que lui. À l'évidence, Quinta-*la* ne connaissait pas d'ennui de ce genre, et cela aussi le fit sourire.

Dans un domaine peut-être, ce matin-là, les hommes de la plaine marquaient un point : ils étaient plus grands que ceux de la montagne, si bien que les marches taillées dans la neige dure leur semblaient très proches l'une de l'autre. Mais même ces petites marches eurent pour effet d'endolorir les cuisses, car à chacune d'elles se faisait sentir le poids de la charge supplémentaire qu'ils portaient sur le dos. La fatigue fut source de quelques dérapages, mais aucun ne tourna à la catastrophe.

À midi, l'avant-garde avait atteint la limite au-delà de laquelle la neige ne tenait plus. Avant longtemps, seuls les renfoncements où l'ombre était la plus épaisse abritèrent encore des plaques de neige, d'où, curieusement, de l'ombre blanche. Le sol, cependant, imbibé d'eau après des jours et des jours de dégel, réservait aux marcheurs des embûches à sa façon.

Peu après midi, le soleil s'insinua parmi les pics et les aiguilles, réchauffant les corps et éclairant le paysage. Shokan fut frappé des dimensions de la vallée : elle était large, longue et verdoyante. Des lacs gelés s'enfilaient comme des perles de jade au long d'un torrent écumant courant au bas de cet enfoncement. À mesure que l'on descendait, les arbres se faisaient plus grands et moins difformes. Le vent portait une bonne odeur de pin.

Soudain le chemin qu'ils suivaient se transforma en route dallée. De larges blocs se succédaient comme s'ils avaient été autrefois posés pour constituer une parfaite avenue mais avaient été disjoints par le gel, la négligence et le passage du temps. Shokan montra du doigt cette étrangeté, l'accompagnant d'un geste qu'il voulait signifier une demande. Il ne reçut toutefois aucune réponse, sinon une kyrielle de sons indéchiffrables et un sourire. Il se tourna vers le capitaine de ses gardes qui s'était porté à sa hauteur, qui haussa les épaules.

« C'est une chaussée de géants, monseigneur, ou une formation naturelle, et je dois admettre qu'aucune des deux explications n'a ma préférence. »

Shokan fit ses choux gras de cette réponse. Il comprit qu'il aimait mieux ne pas percer le mystère. Ils continuèrent leur route tranquillement le long de cette large avenue.

Devant, le jeune seigneur avait été persuadé d'apercevoir de la brume, mais en avançant il pencha en faveur de la fumée. Il attira l'attention de Quinta-*la* et lui montra cela. Elle se servit dans sa réponse d'un des douze mots qu'il connaissait, correspondant selon lui à « feu ».

« Eh oui, dit-il, mais que signifie le feu en question ? À manger peut-être ? »

Un sourire enfantin éclaira le visage de la jeune femme, et elle se mit à palabrer dans sa langue, avec de grands gestes en direction de l'horizon.

« Ah ! c'est ce que je pensais, lui dit Shokan comme s'il n'avait rien manqué. Y aura-t-il moyen de prendre un bain dans cette auberge, aussi bien que de faire un somptueux repas ? »

Il eut droit aussitôt à une réponse. Cette conversation sans queue ni tête se prolongea un bon moment. Chacun parlait à son tour, comme si la communication était parfaite. Tous les deux s'esclaffaient et gesticulaient avec une naïveté enfantine. Shokan ne regardait pas près de lui les visages de ses compagnons. Peut-être avait-il choisi de les ignorer. Mais eux ne cessaient de lui jeter des coups d'œil interrogateurs, comme s'il avait perdu la raison. Seul le capitaine de ses gardes trouvait la conversation amusante, tout en prenant soin de ne pas montrer qu'il était tout ouïe.

L'auberge supposée se révéla être un petit village, quoique personne dans l'empire n'eût imaginé cela après avoir attendu une agglomération. Il était construit sur une sorte de colline au nord de la vallée et ne comportait en réalité qu'une seule habitation, faite de pierre grisâtre et couverte de simples tuiles de couleur foncée. Des passages et des murs reliaient les différentes ailes et les différentes allées. Des cours occupaient les espaces libres.

Shokan était incapable d'estimer le nombre des personnes logées dans ce village, mais les volets s'ouvraient, et des visages souriants paraissaient aux fenêtres pour assister à l'arrivée des gens des basses terres. On aurait pu croire l'événement des plus banals.

38

Lorsque vous êtes confronté à une force supérieure, une seule solution s'offre à vous : réduire les possibilités qu'a votre adversaire de mettre à profit son avantage. Faites en sorte qu'il place ses pièces d'une manière qui va gêner son attaque. Ainsi vous les aurez intégrées à votre système de défense. Les positions choisies deviennent la clef de la survie, le seul espoir de victoire.

Écrits du maître de *gii* Soto.

Shuyun longeait la crête à cheval en cette fin d'après-midi. L'ombre des pruniers s'allongeait sur le sol en formes bizarres, incroyablement distendues. Les pétales n'avaient pas encore commencé à tomber, mais il y avait à terre une poussière blanche annonciatrice de ce qui allait se produire.

À la droite du moine s'étendait la mer créée par la digue de Taiki. Les ondulations à sa surface faisaient penser aux écailles d'un dragon. Ses dimensions impressionnaient. Shuyun se leva sur ses étriers pour mieux voir : à l'est, le rivage n'apparaissait pas ; il se situait au-delà des anciennes berges du canal. Il fallait néanmoins se souvenir de la présence de ce côté de vastes étendues marécageuses, des terres qui avaient résisté à tout drainage.

Sans de place en place la silhouette d'un arbre émergeant de ses profondeurs, sans le faîte d'un mur de pierre erratique, on aurait pu croire qu'il s'agissait d'un lac naturel, dont les eaux auraient battu ces rivages depuis un millier d'années et non depuis quelques jours. Tout cela était trop récent pour que des dragons eussent pu y élire domicile, songea Shuyun, mais malgré tout on les imaginait volontiers y barbotant. Au milieu de la mer, des corneilles criaient au-dessus du cadavre gonflé d'un cheval, à moitié immergé, une mort imputable au khan qui avait tenté de faire passer là son armée. En beaucoup d'endroits, la profondeur n'excédait pas quelques pouces, mais la terre en dessous était si molle que la moindre turbulence risquait de la transformer en boue, détruisant tout espoir de traversée. Extraire les chevaux et les hommes de ce bourbier avait demandé toute une après-midi, et plus d'une bête en dehors de celle que voyait Shuyun s'y était cassé la jambe.

Ainsi donc le khan avait fait ce qu'on attendait de lui, c'est-à-dire qu'il avait longé la mer vers l'ouest en passant par les collines. Arrivé au sommet d'un mamelon, Shuyun distingua au loin l'avant-garde de l'armée nomade dressant son camp pour la nuit. Les étendards dorés du khan lui-même flottaient au vent des Fleurs de Prunier. Mais quel homme était donc ce mystérieux Barbare ? Shuyun souvent se le demandait, comme il s'interrogeait sur ce que Hitara aurait pu lui révéler à son sujet s'il avait pu le rejoindre dans les rues de Rhojo-ma. Il hocha la tête. Le frère Hitara lui-même était une énigme.

Les guerriers qu'apercevait le moine ne constituaient que la pointe avancée de l'armée du désert. Le gros des troupes allait passer la nuit sur la route qui serpentait dans les collines, une nuit qui ne s'annonçait pas confortable en dépit d'un ciel clair et de la promesse d'un vent tiède. Les archers de Shonto contrôlaient une large part de la forêt des deux côtés de la route, et même dans l'obscurité une armée de cent mille hommes faisait une cible facile. Les soldats barbares ne pouvaient pas espérer le réconfort d'un feu cette nuit-là, ni s'attendre à beaucoup de repos.

Les gardes qui accompagnaient Shuyun se mirent à murmurer, et il comprit qu'il s'approchait trop près des lignes ennemies. Il s'arrêta pour un dernier regard à la scène, tout en priant Botahara d'étendre sa protection sur tous ceux qui bientôt allaient perdre la vie en ces lieux.

La petite brise qui soufflait lui apportait l'odeur des fleurs de prunier et le bruit du vent soupirant dans les arbres. Sons et parfums lui évoquaient le souvenir de Nishima. Il sentit le frémissement de sa mémoire. Au prix d'un sérieux effort, il s'obligea à revenir au présent.

Le plan arrêté par Shonto découlait en grande partie d'une remarque qu'il avait faite au-dessus d'un bol de thé, reproduisant des observations de Soto, le maître de *gii*. Le moine sentait peser cette responsabilité.

On avait convoqué un conseil pour décider de la meilleure façon de tirer parti du changement opéré dans la topographie locale. On avait raisonné de la manière suivante : l'armée barbare était pour ainsi dire en nombre illimité; pour aller au-delà de la mer créée par la nouvelle digue, cette armée devrait prendre à l'ouest par les collines boisées; les chemins y étaient étroits et sinueux; si les patrouilles barbares découvraient qu'une embuscade y était tendue, le khan pouvait faire appel pour l'anéantir à une foule de soldats; en admettant que ces mêmes patrouilles dussent disparaître sans laisser de trace, leur chef aurait toujours la ressource de faire intervenir massivement ses troupes; il était possible d'organiser la défense de cette route dans les collines, mais sans s'illusionner sur le résultat final, et le coût en vies humaines serait considérable. En conséquence, à quoi bon monter de pareilles opérations ?

Les mesures auxquelles on avait abouti dépendaient beaucoup pour leur succès du moment choisi pour les mettre en œuvre, ainsi que de plusieurs enseignements du jeu de *gii* : une fois qu'un des deux joueurs a acquis la certitude d'avoir deviné la stratégie de son adversaire, pourquoi continuer à chercher s'il existe d'autres menaces ?

Shuyun fit tourner son cheval. Le soleil bientôt s'enfoncerait derrière les montagnes comme il le faisait tous les jours, et il avait plusieurs rih à parcourir avant de rejoindre le bateau dont Shonto avait fait son poste de commandement. Le plan était acquis, les hommes depuis quelques jours savaient ce qu'ils avaient à faire. Il ne restait plus qu'à attendre.

Une rencontre avec une patrouille barbare dans l'obscurité, et l'opération entière était menacée d'échouer. Heureusement, le terrain souple permettait aux chevaux de passer dans un silence relatif, et les patrouilles ennemies étaient ou bien rares, ou occupées ailleurs.

Jaku craignait de ne pas arriver au canal avec assez d'hommes pour s'acquitter de la tâche qui leur était confiée. Dans des ténèbres pareilles, il était facile de perdre la moitié de son effectif. Même les trouées dans la chape de nuages qui récemment avaient commencé à laisser filtrer un peu de la clarté des étoiles ne parvenaient pas à ébranler le pessimisme croissant du commandant de la garde. À sa droite, Jaku pouvait voir Komawara solidement campé sur son cheval et réglant l'allure. Peut-être fallait-il chercher là ce qui gâtait l'humeur du général : le commandement du détachement avait été confié à Komawara Samyamu, non à Jaku Katta.

Même dans cette faible lumière, Jaku pouvait voir qu'ils longeaient la rive nord de la mer qu'ils avaient créée, entrant ainsi fâcheusement dans une zone sous le contrôle des Barbares. L'armée du khan bivouaquait sur la route qui traversait les collines, dans l'attente du lendemain. Dès le lever du soleil, elle déferlerait sur les ouvrages de défense sommairement mis en place autour de la nouvelle digue. Ce que souhaitaient les combattants de Wa, c'était que le khan crût connaître les intentions de ses ennemis et n'imaginât ni traquenards ni guet-apens.

La méthode à laquelle on s'était finalement arrêté était simple. On avait simulé une embuscade sur la route qui traversait les collines. Cela n'avait pas échappé à une patrouille barbare, avec pour conséquence un accrochage relativement important, la fin de la prétendue embuscade et des pertes dans les deux camps. Les troupes de Shonto, menées par le général Hojo, avaient défendu avec cran le passage des collines. Il avait fallu deux jours à l'armée barbare pour le forcer et se mettre à une distance suffisante de la digue pour lancer une attaque. Maintenant presque toute cette armée s'étirait le long d'une bande de terrain découvert, exiguë par surcroît, dans l'incapacité de faire mouvement avec célérité, que ce fût dans un sens ou dans l'autre.

Les approvisionnements des forces du khan, cependant, avaient été entassés sur des radeaux amarrés à la berge du canal au nord de la mer nouvelle, où ils attendaient que les soldats ouvrent le passage sur l'eau. Naturellement, les chefs barbares n'avaient pas eu la sottise de laisser ce convoi sans défense : cinq mille guerriers montaient la garde. Mais jamais peut-être un objectif aussi digne d'intérêt ne serait dans l'avenir aussi peu protégé.

Shonto avait pris le pari. Il avait laissé Komawara et Jaku dissimulés au nord du lac avec dix-huit cents hommes, dans l'espoir qu'on ne les découvrirait pas et que l'ennemi adopterait exactement les mêmes dispositions que pour le convoi de matériel.

La compagnie de Komawara avait attendu plusieurs jours dans le silence le plus complet, jusqu'au moment où un courrier était venu d'Hojo communiquer l'ordre d'attaquer. Le général avait bataillé sur la route des collines en vieux renard, opposant une résistance suffisante pour donner à croire aux Barbares qu'il voulait leur interdire le passage, mais limitant ses pertes au minimum. Maintenant l'ennemi avait dispersé ses forces au long d'une route de douze rih, et leur commandement était pratiquement isolé tout au sud. Une section sous les ordres de Rohku Saicha allait fondre à l'aurore sur les troupes barbares les plus au nord, avec pour mission d'empêcher tout secours aux radeaux d'approvisionnement.

C'était un plan qui avait suscité l'admiration de Jaku, et il en avait lui-même suggéré certains éléments, mais c'était Shonto qui avait présenté à son état-major l'idée directrice. On ne pouvait dire après cela que les Shonto manquaient d'audace. Il en fallait pour concevoir ce plan comme pour l'exécuter. Mais pourquoi dans ce cas confier l'essentiel du dispositif à ce petit gaffeur ? Jaku s'efforçait de contenir la colère que lui causait cet affront. Le combat à venir n'admettrait pas le moindre défaut de concentration.

Ils longeaient à présent la lisière d'un bois en se maintenant à la limite de l'ombre pour se camoufler du mieux possible, tout en conservant assez de lumière pour trouver leur chemin. Auparavant, une petite pluie était tombée qui s'était infiltrée sous l'armure de Jaku, juste assez pénétrante pour qu'il eût froid et se sentît mal à l'aise. La brise qui soufflait n'arrangeait rien. Le général ne cessait de remuer son bras gauche en avançant, pour le maintenir chaud et souple, sachant que l'humidité s'ajoutant à la fraîcheur de l'air ralentirait considérablement ses mouvements. Il était surpris de voir qu'il était le seul à se protéger ainsi.

Komawara arrêta son cheval un moment pour s'assurer que tout le monde suivait, puis envoya deux cavaliers en reconnaissance. Un pré parfaitement dégagé, d'environ un demi-rih de large, s'étendait devant eux. Des murets de pierre partant dans tous les sens le décomposaient par un réseau de lignes noires en une centaine de parcelles de forme et de grosseur diverses.

Les deux éclaireurs traversèrent cet espace découvert, leurs silhouettes devenant de plus en plus confuses jusqu'à se fondre en une seule et même ombre en mouvement dans la clarté des étoiles. Dans l'attente, chacun se taisait, mais les chevaux en remuant et en roulant leurs mors brisaient le silence. Un des gardes de Jaku mit pied à terre pour resserrer une sangle. On entendit un genou heurter le ventre d'une bête et le sifflement d'une respiration.

L'ombre des deux éclaireurs réapparut au retour, se détachant sur un paysage obscur où l'œil était souvent le jouet d'une illusion. Cette ombre se divisa, devint deux cavaliers qui s'approchèrent de Komawara et lui parlèrent, si bas que Jaku ne put rien entendre. Le jeune seigneur hocha la tête et se tourna vers lui. « Nous faisons mouvement, général. S'il vous plaît, signalez-le à vos hommes. »

Au-delà du pré se situait la dernière colline avant le canal. Un bouquet de ginkgos en pleine feuillaison murmurait dans le vent qui agitait ses branches. On s'était déjà mis d'accord sur la stratégie à adopter, mais on allait envoyer des soldats devant pour s'assurer que les positions des Barbares n'avaient pas sensiblement évolué. Ils passèrent sur le versant non éclairé de la colline. Komawara sauta à bas de son cheval et s'accroupit sans parler ni donner de signal. Ses hommes suivirent son exemple. Après un moment d'hésitation, Jaku en fit autant, et ses gardes imitèrent leur commandant.

En principe, ils appartenaient au Fils du Ciel, mais en réalité ils faisaient allégeance à Jaku Katta. Les bruits qui couraient selon lesquels ce dernier bravait l'empereur en accompagnant Shonto sur le canal, ou n'était plus en faveur à la cour, n'avaient pour eux guère de sens. Sans se poser de questions, ils étaient prêts à suivre leur chef au combat et à donner leur vie pour lui. Jaku Katta était le grand guerrier de son temps, et se battre à ses côtés prenait plus de valeur à leurs yeux que la faveur accordée par un millier d'empereurs. Nul d'entre eux ne doutait qu'au lendemain de cette journée le seigneur Komawara ne laissât le commandement dans toute opération future au général Jaku. Il aurait alors vu le Tigre noir dans son élément.

Komawara donna un signal, et huit de ses hommes partirent dans la nuit. On finit par ne plus percevoir le bruit des chevaux galopant sur terrain souple. On se tut. La voix du vent dans les ginkgos paraissait une musique complexe, au rythme divers, parfois simple murmure, puis montant crescendo, le timbre et la sonorité variant avec une subtilité qu'aucun instrument n'aurait pu reproduire. On aurait pu l'écouter pendant des heures sans jamais retrouver le même motif.

Sachant bien quelles constellations apparaissaient et disparaissaient dans le ciel juste avant le lever du jour, Jaku regardait les étoiles au-dessus de la ligne d'horizon. La rotation céleste ce soir-là semblait avoir pris du retard, car les astres avaient l'air de ne pas bouger d'un pouce. Seuls les nuages chassés par le vent donnaient l'illusion d'un mouvement.

Les éclaireurs commencèrent à resurgir deux par deux. Sitôt arrivés, ils parlaient à voix basse à Komawara. Jaku mourait d'envie de savoir ce qu'ils disaient et trouvait qu'en tant que général précédé d'une certaine réputation il aurait dû être informé, mais il était trop fier pour poser des questions.

L'étoile dont il avait décidé qu'elle donnerait le signal de l'assaut toucha la terre dans le lointain. Le général dut prendre sur lui, car il se relevait et allait distribuer des ordres. Mais Komawara ne donnait aucun signe d'être prêt à bouger. Les derniers éclaireurs arrivèrent ; Jaku perdit patience. Komawara parlait à ces soldats. Il hochait la tête et parfois les questionnait.

Enfin il se retourna et fit signe à Jaku. Celui-ci s'irrita d'être ainsi traité en subordonné. Il se moquait de savoir si ce petit provincial était ou non un pair de l'empire. Mais, soldat de métier, il savait qu'on ne discutait pas ce genre de problème sur un champ de bataille. Il alla trouver Komawara, qui avait ouvert son masque facial.

« Les Barbares n'ont pas modifié leur système de défense, général Jaku, dit celui-ci d'une voix beaucoup plus calme que ce que son interlocuteur attendait. On bouge dans leur camp, mais je suis prêt à suivre notre plan tel que nous l'avons élaboré ensemble. Apparemment, la surprise joue toujours en notre faveur. » Il sourit. « Leur plaisir d'avoir soudain du bois à brûler ne semble pas s'être émoussé. Nous aurons du feu, et plus qu'il ne nous en faut. Votre compagnie est-elle prête, général ? »

Jaku fit signe que oui.

Komawara referma son masque facial d'un coup sec et noua plus serré la cordelette de son casque. Les cavaliers reprirent place sur leurs montures, et le détachement se divisa en deux groupes, Jaku menant ses gardes au nord, Komawara bifurquant vers le sud. Une lueur grise parut dans le ciel au-dessus du bois de ginkgos quand l'ordre de départ fut donné.

Komawara, en dépit de son envie de bondir devant, s'obligea à un petit galop. Shuyun serait content d'apprendre qu'il faisait des progrès en matière de patience. Mille huit cents hommes en attaquant cinq mille, cela n'avait rien pour lui plaire, mais il savait que plusieurs éléments les avantageraient. Les soldats qui gardaient le convoi d'approvisionnement étaient coupés du gros de l'armée barbare et se retrouvaient sur un terrain qui ne leur était pas familier. Cela était susceptible de les affecter. On espérait qu'une attaque surprise au lever du jour masquerait l'infériorité numérique des attaquants et peut-être jetterait la panique dans le camp de l'adversaire. Même s'il s'en remettait assez vite, ce ne serait qu'après avoir subi beaucoup de dommages.

Ils commencèrent par suivre la lisière du bois en se maintenant dans son ombre. Komawara levait les yeux sur le ciel avec une certaine inquiétude. L'obscurité n'allait pas tarder à se réduire. Il espérait que ce ne serait pas trop tôt, ou l'assaut y perdrait sa force d'impact. Ils entreprirent de contourner l'extrémité sud de la colline. Komawara força légèrement l'allure sans l'avoir voulu. Dans un instant, ils seraient en vue des positions de l'ennemi. Le jeune seigneur fit glisser son épée dans son fourreau.

Ils s'approchèrent d'un dixième de rih encore. Le ciel tournait au gris. Komawara apercevait des formes assez lointaines sans en distinguer les détails. Ils passaient à côté d'un grand saule quand brusquement leur apparurent les feux du campement barbare. Komawara tira son épée du fourreau, tout en se méfiant de son tranchant. Il éperonna son cheval, galopa un peu plus vite. Ce n'était plus qu'une question de temps. Les sentinelles les avaient sûrement entendus, même si de regarder longuement un feu les avait rendues inaptes à bien voir dans l'obscurité.

Au moment même où cette pensée lui traversait l'esprit, un cri jaillit à l'intérieur du camp, bientôt repris par d'autres voix. Komawara s'entendit hurler, un hurlement aussi effrayant que dans ses rêves les plus angoissants les clameurs des Barbares se ruant à l'assaut. Ses hommes joignirent leurs vociférations aux siennes en essayant de faire croire qu'au lieu de neuf cents ils étaient des milliers.

Komawara se donna pour objectif le sud du camp des nomades. Il y vit comme un fourmillement, s'il n'était pas possible de discerner ce qu'on y faisait. Peu auront endossé leur armure, pensa-t-il. Les hommes de sa compagnie commencèrent à se séparer, les archers qui devaient se maintenir à l'extérieur du camp et lancer leurs flèches devant leurs camarades s'écartant sur la gauche. Un troisième groupe se fixait comme but de mettre le feu aux radeaux ou de les détruire d'une manière quelconque.

Il y avait bien l'amorce d'un petit mur de rondins et de terre tout autour de la position tenue par les Barbares, mais défendu de manière sporadique. Le cheval de Komawara franchit cet obstacle comme s'il ne portait pas un cavalier armé de pied en cap.

Sa garde personnelle à présent s'était portée à sa hauteur, bien décidée à ne pas laisser le maître se jeter en premier contre les ennemis. La luminosité s'améliorait de minute en minute. Komawara maintenant pouvait voir des guerriers barbares détacher des radeaux de la rive, tandis que d'autres se préparaient à les couvrir. Presque personne n'était remonté à cheval, et ceux qui y avaient réussi n'avaient pas de selle.

Komawara remarqua un homme à pied armé d'un sabre. Il éperonna sa monture pour le bousculer, mais le Barbare lui fit face en levant son arme. Juste au moment où le jeune seigneur allait s'écarter pour épargner une blessure à son cheval et engager le combat, les nerfs de son adversaire le lâchèrent. Il fit volte-face et s'enfuit. Il suffit à Komawara d'un coup d'épée pour l'abattre. Après quoi il poursuivit son chemin.

Son intention était de continuer à l'intérieur du camp jusqu'à ce qu'il se fût heurté à une résistance, afin de semer la panique parmi le plus grand nombre possible de soldats. Si les dieux leur souriaient, ces différentes charges auraient pour effet de refouler les Barbares de partout, jusqu'au moment où ils se regrouperaient au milieu de leur campement. Les nomades affolés courraient alors se mettre à l'abri dans le bois de ginkgos.

Une flèche vint se loger dans le laçage de l'épaulière de Komawara. Il se prit à espérer qu'elle ne venait pas de son propre camp. Parmi les Barbares, certains tenaient bon et se battaient, mais le raid avait l'effet escompté : ils étaient beaucoup plus nombreux à s'enfuir, abandonnant les radeaux et s'éloignant du canal. Pas un ne savait nager.

Une pluie de flèches à présent s'abattait sur l'ennemi devant Komawara, mêlant son sifflement étrange au fracas des armes. Soudain un cavalier à moitié nu se précipita sur le seigneur de Seh. Son sabre et son casque luisaient dans la pénombre. Le noir de sa main et de son bras devint rouge quand il fut à deux pas.

Le choc fut d'une brutalité qui surprit Komawara, mais sa monture, plus robuste, fit voler celle du Barbare. De sa lame, celui-ci avait coupé les rênes de son adversaire, mais Komawara était natif de Seh. Son cheval répondit à la pression de ses genoux aussi vite qu'au mors. Avant que l'autre eût pu retrouver son assiette, Komawara frappa, visant le poignet. L'horreur se peignit sur le visage du nomade quand il comprit que ce n'était qu'une feinte. L'épée des Toshaki, aussi tranchante qu'on le disait, sectionna la jambe au-dessus du genou, sa pointe s'enfonçant dans le flanc du cheval. Celui-ci se cabra et faillit démonter son cavalier, qui se cramponna à sa crinière. C'était un vilain coup dont le seul but était d'estropier, mais Komawara ne voulait pas abîmer le tranchant de son arme en heurtant le casque du Barbare, qui tomba sous les sabots de son propre cheval. Komawara voulut ensuite s'en prendre à un autre nomade, un fantassin armé d'une lance, mais un de ses gardes Hajiwara exécuta la besogne avant qu'il eût pu lever son épée.

Partout, la bataille faisait rage, mais Komawara se trouva provisoirement sans adversaire devant lui. Derrière, des radeaux flambaient, tandis que sur d'autres le chargement glissait dans l'eau.

C'était une déroute de grande envergure, il s'en rendit compte avec satisfaction. Au nord, des nuages de fumée montaient dans le ciel, et il crut reconnaître des cavaliers à l'armure noire au cœur de la mêlée.

Vite, il assembla sa cavalerie et se lança de nouveau à l'attaque. Il faisait grand jour quand il vit qu'au-delà des Barbares agglutinés devant lui les gardes impériaux s'acquittaient fort bien de leur tâche.

Derrière son masque facial, Jaku arborait un large sourire quand Komawara se présenta devant lui, le bois d'une flèche dépassant de son épaulière. Les deux commandants arrêtèrent leur monture au milieu de la confusion générale. Un cheval sans cavalier vint galoper entre eux et disparut dans la cohue. On ne résistait plus.

Komawara de son épée montra le pied de la colline derrière laquelle ils s'étaient dissimulés ce matin-là. « Ils se regrouperont là-bas, cria-t-il en dominant le bruit. Ils auront tôt fait de s'apercevoir à quel point nous sommes peu nombreux. Rassemblez tous les hommes disponibles, et nous allons de nouveau les entreprendre. »

Il montra les radeaux que ses soldats avaient envahis. Les Barbares avaient réussi à couper les amarres de plus de ces plates-formes qu'il n'avait espéré, et elles dérivaient lentement au gré du courant. D'autres avaient simplement été abandonnées là où elles avaient accosté. Personne dans son camp ne s'y était encore intéressé. « Il nous faut du temps pour finir le travail », dit-il.

Une clameur s'éleva. Il comprit qu'elle venait des Barbares regroupés sous les ginkgos.

« Regardez là-bas, seigneur. » Un garde de Komawara indiquait le sud. Des nomades à cheval contournaient le bas de la colline, étendards flottant au vent. Komawara reporta son attention sur la besogne en cours parmi les radeaux.

« Ce n'est qu'une patrouille, s'empressa de remarquer Jaku, une centaine d'hommes au plus. » Il montra du bout de son épée le pied de la colline. « Mais là-bas ils espèrent que ce sont des renforts.

— Sonne le rassemblement », cria Komawara à son garde du corps. Il en revint à Jaku. « Quelles pertes avez-vous eues ? »

Une trompe fit entendre trois longues notes qui se répercutèrent sur toute l'étendue du champ de bataille. Jaku attendit que le silence revînt. « Impossible à dire, seigneur Komawara. »

Son compagnon jeta un regard à la ronde. Le sol était jonché de corps de Barbares et de soldats de Wa. « J'en sais aussi peu que vous, général », répondit Komawara.

Des combattants commencèrent à rallier son enseigne. Il fit tourner son cheval et s'avança vers eux. « Caporal, votre compagnie se joindra au général Jaku pour lancer une attaque contre les hommes qui se rassemblent là-bas. » Il montra l'attroupement au pied de la colline. « Général Jaku... »

Une clameur l'interrompit, venue de la patrouille barbare et reprise par les fuyards qui se réorganisaient. On entendit galoper des chevaux. Komawara hurla.

« Général Jaku, occupez-vous de ces gens-là qui reforment leurs rangs. Ma compagnie empêchera les cavaliers qui arrivent de se joindre à eux. »

Il éperonna son cheval et fit signe à sa troupe de galoper pour intercepter les nouveaux arrivants avant une jonction avec leurs camarades. On vit flotter des étendards. Les fifres appelèrent au combat. Les cris des assaillants de Wa provoquèrent visiblement un certain flottement parmi des Barbares qui s'efforçaient de monter leur propre attaque. La plupart n'avaient ni cheval ni armure, bien que trois fois plus nombreux que leurs adversaires. Jaku Katta vite disposa ses gardes en bon ordre, ainsi que la compagnie de Komawara, puis fit sonner la charge. Son intention était d'effectuer une percée au centre des forces ennemies pour contrecarrer tout essai de combattre de manière organisée. Si les Barbares leur opposaient une cohésion efficace, l'avantage d'être à cheval serait bien moindre.

Le premier assaut culbuta le premier rang des guerriers nomades mais, dans les engagements qui suivirent, ils montrèrent plus de détermination, et leur supériorité numérique commença à se faire sentir. Un coup de sabre à l'un des antérieurs fit tomber le cheval de Jaku. Aussitôt sur ses jambes, il se retrouva encerclé. Le même Barbare qui l'avait démonté voulut l'atteindre à la jambe, mais lui bondit plus haut que la lame et exécuta son agresseur tout en virevoltant pour faire face aux ennemis qui se trouvaient dans son dos. Cet étalage de virtuosité les fit hésiter un instant. Jaku mit l'occasion à profit pour étendre deux jeunes gens trop hardis, et d'un bond échappa à l'encerclement.

Ainsi libéré, il menait un tout autre combat mais ne savait pas trop combien de temps cette situation allait pouvoir durer. Il para une première attaque, porta à son adversaire un coup de pied au menton, s'occupa en même temps de quelqu'un d'autre. Malheureusement, dès qu'un ennemi tombait, un de ses compagnons prenait sa place. Un garde impérial avait entrepris à coups d'épée de se frayer un chemin jusqu'à son commandant. Juste au moment où Jaku crut qu'il touchait au but, une flèche l'atteignit qui perça son masque facial. Il s'affaissa sur le cou de sa monture, qui bondit dans la mêlée.

C'est une fin honorable, se dit Jaku, qui mérite d'être chantée. Pressé de tous les côtés, il savait sa vie menacée à tout instant. Un cavalier en tenue bleu foncé jeta son cheval au milieu des Barbares qui étaient derrière le commandant de la garde, les envoyant rouler à terre. Avant qu'ils eussent retrouvé leurs esprits, Jaku sauta en croupe, et les deux hommes, en frappant de droite et de gauche, se rapprochèrent d'un peloton de gardes impériaux, eux-mêmes harcelés de tous les côtés.

Komawara repéra un officier et lui donna un signal tout en continuant le combat. Un moment après, la note claire d'une trompe domina le bruit de la bataille. C'était au tour des combattants de Wa de battre en retraite.

Lorsqu'il eut rejoint ses gardes, Jaku s'empara des rênes d'un cheval démonté et s'arrangea pour le calmer suffisamment pour pouvoir l'enfourcher. Sautant d'une monture à la suivante, c'est à peine s'il toucha terre. Du côté de Wa, on commençait à se dégager des corps à corps. Un groupe de cavaliers s'aggloméra à un autre, puis à un autre encore, jusqu'à ce que réunis ils fussent assez forts pour s'ouvrir un chemin vers la liberté.

Une fois à l'écart des combats, Komawara fit le point. La plupart des Barbares continuaient à se battre à pied. Au milieu d'eux, quelques cavaliers de Wa jetaient leurs derniers feux dans la bataille. La tentation était grande d'aller à leur secours, mais Komawara ne tarda pas à y renoncer : en jeu, il y avait le salut de toute une compagnie.

Les combattants chargés de détruire les radeaux étaient bloqués par l'assaut des Barbares. Ils montaient à bord de ces plates-formes, gagnaient le large, où ils essayaient de se protéger des flèches tout en avançant à la godille vers la digue. Il n'est rien qu'on puisse faire pour eux, réfléchit Komawara, mais leur situation est sans doute meilleure que la nôtre.

Jaku arrêta son cheval près du sien. Komawara ouvrit son masque facial et le laissa pendre, économisant ses forces jusqu'à ne pas le retenir.

« Direction nord et ouest, général. Si nous réussissons à atteindre les collines, une chance nous sera offerte de rejoindre le gros de l'armée. Nous n'avons plus rien à faire ici. »

Il montra les radeaux du bout de son épée : un tiers peut-être avaient brûlé, ou leur chargement avait été jeté dans le canal. Jaku le regardait de ses yeux gris brillant derrière le masque noir. Il allait parler quand Komawara le devança.

« Rassemblez votre compagnie, général. Nous devrons être loin quand ces Barbares auront récupéré leurs chevaux. »

Komawara appela un officier et lui donna des ordres. Il y eut une nouvelle sonnerie de trompe, et l'étendard des Komawara fut hissé au haut d'une lance où il flotta fièrement dans le vent.

« Il faut partir, général. Tous les blessés qui ne pourront pas suivre devront être abandonnés sans leurs montures. »

Il fit tourner son cheval, auquel il imposa un petit galop. À l'ouest, le bois de ginkgos s'animait déjà du chant des merles et des cris des corneilles.

39

Le colonel Jaku Tadamoto, tandis que son sampan traversait à toute allure la capitale de l'empire, réfléchissait à l'idée de « fortune ». Bonne ou mauvaise, la fortune semblait avoir eu tout pouvoir sur les événements de sa vie, et cela alors qu'il avait pensé ne plus rien avoir à craindre d'elle. S'il avait été un botahiste plus convaincu, il n'aurait jamais conçu son existence de cette façon. Plutôt que de croire en les aléas de la chance, il aurait eu foi en son karma et estimé que l'idée de maîtriser les données de l'existence ne pouvait être qu'une des formes de l'Illusion. Mais depuis son enfance il n'avait jamais été un fidèle adepte du Maître parfait, et c'est pourquoi il commençait à croire en la fortune, en ses bons et ses mauvais moments.

Il écarta le rideau et s'absorba dans la contemplation du paysage alentour. Dans l'obscurité, la ville était silencieuse, presque paisible, mais, de par sa fonction de commandant intérimaire de la garde impériale, il était bien placé pour savoir que ce n'était qu'une illusion.

Il laissa le rideau retomber. C'était folie de prendre le risque d'être vu. Pour ce qu'il en savait, dame Fortune en ce moment même pouvait fort bien ne pas lui sourire : un indicateur au service de l'empereur, rentrant chez lui après une soirée bien arrosée, risquait de l'apercevoir. Ce serait vraiment un revers de fortune. On n'était jamais sûr des faveurs de cette dame. Elle était plus volage que toutes les femmes, plus incertaine que son empereur. Il n'était certainement pas sage de lui faire confiance.

On ne pouvait nier que, ce soir-là, elle avait favorisé le jeune colonel si, du même coup, à l'homme qu'il voulait rencontrer elle avait joué le plus vilain tour. Encore pouvait-on en débattre. Les gardes qui avaient trouvé cet homme auraient fort bien pu rendre compte de leur découverte par le canal officiel; le Fils du Ciel aurait été mis au courant; ç'eût été bien pire.

Membre du personnel de Shonto, le malheureux prisonnier faisait l'objet de recherches au niveau gouvernemental. Shonto lui-même avait défié l'autorité de l'empereur et trahi ses obligations de gouverneur de Seh. Il était maintenant déclaré rebelle, général à la tête d'une armée illégale toujours plus nombreuse. Les plus considérables des personnes au service de ce factieux s'étaient volatilisées avant que les gardes impériaux eussent pu leur mettre la main dessus. Une seule avait été appréhendée, et ce n'était dû qu'au hasard, à un malheureux hasard. Cet infortuné avait vu sa jonque s'échouer sur un banc de sable mouvant au-delà des limites de la capitale. Un bateau transportant des gardes impériaux s'était arrêté pour proposer son assistance. L'attitude de l'équipage avait éveillé les soupçons. Une fouille s'en était suivie qui avait amené la découverte : bonne fortune pour Tadamoto, mauvaise pour le serviteur du Shonto.

De graves questions assaillaient le colonel : ce qui paraissait dû au hasard avait-il une valeur quelconque ? Y avait-il des forces au-delà qui tenaient les ficelles, et ce à des fins qu'il ne percevait pas ? En ce cas, quel sens prenait cette prétendue découverte, et quelle place tenait-il en cette affaire ?

Il tira de nouveau son rideau et regarda défiler les murs de la ville. Si tout était entre les mains d'une puissance occulte, quelle importance prenaient vos choix ? Choisissait-on en réalité quelque chose dans ce qu'on faisait ?

« Je perds mon temps », murmura-t-il à l'adresse de la nuit. Qui pouvait élucider ce mystère ? Peut-être le hasard n'existait-il pas, n'y avait-il que des coïncidences. De toute façon, se dit-il, je dois au jugé aller d'une bévue à une autre, dans l'ignorance, suivant mon sentiment, car aujourd'hui l'empire sombre dans le chaos, et l'intelligence cède le pas à l'instinct.

C'était bien son instinct qui l'avait poussé là où il était. La fortune, à moins que ce ne fussent les coïncidences, disposerait du résultat.

Sans un bruit, le sampan glissa le long des marches de pierre et accosta. Des bateliers montèrent à quai pour tenir le bateau bien en place. Quelqu'un parut au sommet de l'escalier qui parla à voix basse. Un des gardes de Tadamoto se pencha près du rideau : « La voie est libre, colonel. »

Tadamoto se leva sans se faire prier et débarqua avec une grâce qui aurait paru mieux convenir à son illustre frère. Il avait fait choix pour cette entrevue d'une armure légère, non qu'il y eût à craindre quelque danger, mais parce que la visière du casque cachait bien ses yeux, des yeux verts qui le rendaient aussitôt reconnaissable alors que parfois ce n'était pas à souhaiter. Même par une nuit aussi noire, il n'était pas prêt à prendre des risques.

Il traversa le quai de pierre pour gagner un petit poste de garde. Les portes s'ouvrirent immédiatement, et il se trouva face à l'un de ses officiers courbant le dos. Tadamoto le salua d'un signe de tête.

« Capitaine, vous lui avez parlé ?

— Uniquement pour essayer d'établir son identité avec certitude, colonel. » Il s'interrompit puis faillit sourire. « Il a demandé une chaise. Nous l'avons traité selon vos directives.

— Combien de personnes savent-elles qui est notre hôte ? »

Le capitaine fit un rapide calcul. Il avait vingt ans de plus que son chef mais répondit avec déférence. « Neuf, colonel Jaku. Nous l'avons tenu bien caché.

— Parmi ces neuf, nul ne devra quitter cette enceinte. Maintenez-les au secret jusqu'à ce que j'en décide autrement. Je vais lui parler. »

Ils gravirent un escalier de pierre et s'engagèrent dans un couloir faiblement éclairé. Devant une épaisse porte de bois, deux soldats étaient en faction. Ils s'inclinèrent à l'approche des officiers. Obéissant à un signe du capitaine, l'un des deux déverrouilla la porte. En entrant, Tadamoto leva une main. « Je lui parlerai seul, capitaine. Merci. »

Une lampe sur une table basse éclairait la cellule. Sur le sol, on avait disposé des nattes végétales, et dans un coin replié avec soin du matériel de couchage. Un beau chapeau sur la table jetait une ombre comme aurait pu le faire la voile d'un navire. Un gros homme était assis sur un fauteuil de bois. Il était vêtu avec soin et regarda froidement son visiteur sans faire effort pour se lever. Tadamoto le salua sommairement. « Tanaka. »

L'homme haussa les épaules, les paumes tournées vers le ciel, comme pour signifier : « J'aimerais bien vous dire le contraire, mais à quoi cela me servirait-il ? »

Tadamoto continua à l'examiner. Il comprit que, si lui-même s'asseyait, il lui faudrait regarder le prisonnier d'en bas, comme s'il était au pied d'un trône. Le vieux renard ! pensa-t-il. Il recula et prit appui sur l'encadrement de la porte. Le détenu ne paraissait pas s'émouvoir le moins du monde de l'examen auquel il était soumis. Calmement, lui aussi fixait son visiteur. Tadamoto ôta son casque et le fourra sous son bras.

« Vous êtes dans le commerce, dit-il soudain. Je vais vous proposer un marché. »

L'homme acquiesça. « Vous avez toute mon attention, colonel Jaku. »

Les yeux verts, pensa Tadamoto. Il admit la vérité d'un signe. « Je voudrais que vous me disiez tout ce que vous savez sur les Barbares, ce khan et son armée.

— Vous avez parlé d'un marché, colonel ? répondit tranquillement Tanaka.

— L'empereur ignore que vous avez été capturé. Je ne vais pas dissimuler cette arrestation au Fils du Ciel, j'y perdrais la vie si on l'apprenait. Lorsque j'en rendrai compte, l'empereur voudra tout savoir sur les intentions de votre maître et ses valeurs mobilières. On vous demandera de les divulguer. En retour, je vous protégerai. Le Yamaku, c'est bien connu, manque de patience et de délicatesse dans ses procédés. Si vous tombez entre ses mains, mon avis est que vous fournirez les renseignements voulus, même si vous n'en avez pas envie, et tout se passera beaucoup moins agréablement que selon le marché que je vous propose. »

Tanaka hocha la tête avec tristesse. « Vous me demandez de trahir mon seigneur lige et sa maison avec une désinvolture impressionnante, colonel. »

Tadamoto arpenta la pièce, les yeux fixés sur le sol. Quand il revint devant la porte, il s'adossa une fois de plus à son jambage. « Jouons franc jeu, Tanaka. »

Il marqua une pause pour mieux choisir ses mots. « Nous sommes pratiquement entrés en guerre, une guerre civile. Si le

Yamaku la gagne, tous les titres que possède votre maître ne vaudront plus rien : il n'y aura plus de Shonto pour en hériter. Si c'est votre seigneur qui l'emporte, ses biens lui seront rendus. Dans les deux éventualités, votre déloyauté sera pour ainsi dire sans effet. Si je peux donner ces renseignements à mon empereur, il sera satisfait, au moins temporairement, et il est peu probable qu'il veuille procéder lui-même à votre interrogatoire. » Il tapa du pied sur le sol. « Pour ma part, j'ai besoin de savoir ce qui se passe dans le Nord. Ce khan s'est-il vraiment mis à la poursuite de Shonto sur le Grand Canal ? »

Tanaka un instant fixa Tadamoto du regard. « Si je vous dis que oui, que l'empire est menacé, et si vous apprenez – au cas où vous ne le sauriez pas déjà – que l'empereur a joué un rôle dans ces événements, que ferez-vous de cet enrichissement de vos connaissances, colonel Tadamoto ? »

Tadamoto s'arrêta de frapper les nattes végétales et leva la tête. Le marchand, de toute évidence, avait moins peur qu'il n'avait prévu. Il est rompu aux transactions commerciales et connaît la valeur des cartes qu'il a en main, pensa-t-il. Puis brusquement la vérité lui apparut clairement : Tanaka croyait qu'il le maintenait à l'abri des regards pour s'approprier les richesses des Shonto.

« Je ne sais pas trop, dit-il. Mais, soyez-en sûr, je suis le loyal serviteur de mon empereur.

— Est-ce la raison pour laquelle vous me dissimulez à sa vue et pourquoi vous m'avez proposé ce marché ? »

Tadamoto brièvement détourna son regard. « Si ce khan a pour ambition de s'emparer du trône, il me faut persuader le Fils du Ciel de se préparer à cette guerre et d'oublier sa querelle avec les Shonto. Mais j'ai besoin de preuves.

— Vous avez vos propres informateurs, je n'en doute pas. Que vous disent-ils ?

— C'est à vous, marchand, que je pose la question, dans les termes d'un échange équitable. » Il ajouta : « Je dis la vérité quand j'affirme ne pas partager la haine de mon empereur pour la maison de votre maître.

— Peut-être serait-ce à moi, colonel, de proposer un échange. » Tanaka se pencha sur son fauteuil en joignant les paumes de ses mains. « Mon seigneur lige ne peut espérer vaincre les Barbares sans le secours d'une armée. Vous avez entrepris d'en lever une pour défendre les Yamaku contre les Shonto, alors que la menace vient d'au-delà des frontières. Celui qui aura tout pouvoir sur les forces impériales décidera de la chute ou de la survie de Wa. » Il jeta au jeune colonel un regard suppliant. « Vous êtes l'homme qui recrute les soldats et l'officier qui commande, par intérim, la garde de l'empereur. C'est donc vous qui êtes le mieux placé pour vous assurer le contrôle de la future armée. N'aimeriez-vous pas mieux que dans les livres d'histoire on raconte que Jaku Tadamoto a sauvé l'empire, plutôt que d'y consigner qu'il a fidèlement suivi les ordres d'un empereur qui menait son pays à la ruine ?

— La trahison, en paroles comme en actes, répondit froidement Tadamoto, est considérée comme un crime des plus graves dans l'empire, et je partage ce point de vue. Vous connaissez le châtiment, j'espère.

— La trahison, répliqua Tanaka en ignorant la menace, la trahison… C'est s'en rendre coupable que de rétribuer en or les incursions des Barbares dans Wa, colonel Jaku. »

Tadamoto se détourna avec lenteur en essayant de rester insensible à cette dernière observation. « Il me faut tous les titres, toutes les créances du Shonto. Je vous ferai apporter du papier et un pinceau. Et je veux savoir ce qu'il mijote.

— Je ne suis qu'un marchand vassal, colonel. Pensez-vous vraiment que je participe aux projets qu'élabore le seigneur Shonto Motoru ?

— Nul ne le connaît depuis plus longtemps que vous. Il vous donne du *sum*. Je ne l'ignore pas. »

Le prisonnier parut hésiter un instant avant de poursuivre. « On vous prête, dit-il, une compétence en matière d'histoire, colonel. Vous devez donc savoir que bien des fois les Shonto n'ont eu qu'à tendre la main pour se saisir du trône de Wa. Pourtant, ils s'y sont toujours refusés. Les dynasties impériales ne font que passer. Les Shonto en ont vu beaucoup. Si ce qu'on cherche est l'élimination de sa maison, il suffit de monter sur le trône du Dragon. La chute de toutes les familles impériales est l'affaire d'une ou deux générations. »

Tadamoto fit le geste de taper du poing sur la table. « Tout ce qu'il a, dit-il, pour commencer.

— J'aurai besoin d'une table et d'une autre lampe. »

Tadamoto montra la table aux pieds de Tanaka.

« Plus haute, avec une deuxième lampe. »

Tadamoto heurta à la porte, que la sentinelle ouvrit sur-le-champ. Il s'arrêta au moment de sortir. « Si vous refusez de m'aider, marchand, dit-il, je ne pourrai rien pour vous. »

40

Malgré le temps, la saison, Komawara ne se sentait nullement dépaysé. Il menait son cheval au pas à travers la forêt, sur les collines à l'ouest de la mer artificiellement créée. À la différence de ce qu'il avait vécu sur les hauteurs de Jai Lung, la journée était belle et l'air empli des bruits et des odeurs du printemps.

La guerre ne semblait pas troubler les animaux. Les oiseaux chantaient en prélude à l'accouplement; éperviers et faucons chassaient sans un regard pour la longue file de soldats serpentant parmi les arbres.

Mille trois cents hommes avaient survécu à l'attaque des radeaux d'approvisionnement des Barbares et aux quelques escarmouches qui avaient suivi. Rohku Saicha avait dû faire admirablement son travail et contenir l'ennemi sur le goulet d'étranglement de la route, car personne n'était venu à la rescousse, ce qui avait permis à Komawara et à ses troupes de prendre la fuite. Les hommes postés près des radeaux n'avaient pas démontré de volonté de les poursuivre : ils auraient mis en péril le reste de leur convoi en cessant de le protéger. Jaku et Komawara avaient facilement repoussé leurs tentatives et conduit leur détachement dans les collines.

Les archers de Shonto avaient pris le contrôle de ces collines depuis que l'armée barbare s'était engagée sur la route et, bien que beaucoup de ces archers eussent disparu depuis, les nomades hésitaient toujours à s'éloigner du chemin qu'ils avaient choisi.

L'un des guides de Komawara émergea devant lui de l'épaisseur des frondaisons, son cheval trottant à une allure qui paraissait ne jamais devoir changer. Komawara était sûr que des hommes de sa trempe pouvaient battre les bois ainsi la journée durant sans montrer de signe de fatigue. L'homme s'arrêta, penché sur son arc, attendant que son maître s'approche. Grand, mince, musculeux, il offrait l'aspect caractéristique du chasseur qu'il était professionnellement. On devinait en lui une appartenance à la forêt. Même maintenant, là où il est, songea Komawara, difficile à un autre que moi de le repérer au milieu des arbres et des broussailles.

Le guide s'inclina hâtivement et dit, presque dans un murmure : « Il y a une clairière avec un ruisseau et de l'herbe tendre à moins d'un rih. Bon endroit pour rafraîchir les chevaux. » Il jetait autour de lui les mêmes regards qu'une bête aux aguets. « On voit devant, dit-il, que des patrouilles barbares sont entrées sous le couvert. Elles ne comptent pas beaucoup d'hommes malgré tout. Si nous les voyons, nous leur ferons croire que les archers du seigneur Shonto sont toujours là en nombre. » Un sourire, qui fit vite à s'effacer. « Demain, nous traverserons les collines. Le danger sera plus grand. Un moment difficile à passer. Les Barbares contrôlent le pays sitôt après ces collines. Il nous faudra des chevaux frais pour aller vite. Si Botahara nous sourit, dans trois jours nous serons de retour auprès de la flotte du seigneur Shonto. » Nouveau sourire.

« Et le capitaine Rohku ? demanda Komawara. Pas trace de son passage ? »

L'homme baissa la tête. « Rien pour l'instant, seigneur, mais il n'y a pas de raison pour que nous croisions sa route. Il y a des collines, ajouta-t-il en montrant les arbres, sur plus d'un rih, et le capitaine sûrement cherche à ne pas se faire voir. »

Komawara acquiesça. « Conduis-nous à la clairière. Nos chevaux ont besoin de boire et de manger. »

Ils se hâtèrent. Komawara appela un de ses hommes et l'envoya prendre des nouvelles à l'arrière des soldats touchés, car depuis leur retraite beaucoup avaient succombé à leurs blessures. Une deuxième estafette fut dépêchée pour informer Jaku Katta au bas de la file qu'on n'allait pas tarder à faire halte. Le commandant de la garde était resté près de ses hommes et s'inquiétait de l'état de ceux qui avaient souffert. Ce comportement lui valait respect et fidélité.

Malgré les pertes subies, Komawara ne pensait pas qu'on avait imprudemment joué avec la vie des gens en attaquant le convoi de ravitaillement. Il avait été impossible de l'anéantir, car les radeaux s'étaient révélés beaucoup plus nombreux qu'il n'avait cru possible. Pourtant, ils avaient fait du bon travail. Même Jaku l'avait félicité à la fin des combats, ce à quoi il ne s'attendait guère.

Après qu'ils eurent gagné la relative sécurité des collines, Komawara avait écouté, non sans surprise, les rapports des soldats qui avaient détruit les radeaux. Dans leur chargement, bien des denrées, grain, riz, piments, poisson séché, ne provenaient pas des ressources du désert. Beaucoup de ces provisions avaient pour origine les îles des Barbares du Sud. Cela troubla le jeune seigneur. En dépit de l'opprobre qui s'attachait indistinctement à leur nom, les deux races n'avaient rien de commun. Komawara les auraient crues à peine informées de leur existence mutuelle. C'étaient deux peuples de terriens séparés par un large océan. Étonnant de voir ce que l'or et les bateaux des pirates arrivaient à se procurer – si les pirates étaient réellement en cause. Il n'avait pas oublié Kintari.

Le gargouillis de l'eau se mêla au sifflement du vent des Fleurs de Prunier passant au travers des arbres. La forêt dans ce secteur était pour moitié faite de pins ; il s'y ajoutait des platanes et des érables. Une bonne odeur s'en dégageait. Le feuillage naissant s'agitait faiblement dans la brise, transformant le sol, là où brillait le soleil, en une mosaïque de taches de lumière. On vit surgir le blanc des bouleaux et, plus loin, l'herbe luire du vert lumineux des beaux jours. Le pacage était plus vaste que prévu et laissait deviner l'existence de bergers itinérants. Une cabane vraisemblablement se dissimulait dans les environs.

Le chasseur s'arrêta à l'entrée de la clairière, guettant un signal que Komawara n'entendit pas.

« On est en sûreté ici, seigneur Komawara. On trouve de l'herbe comme celle-ci des deux côtés du ruisseau, en aval comme en amont. Il faudra que vous dispersiez vos hommes, mais tous les chevaux auront de quoi brouter.

— Pas de Barbares dans ces bois, tu n'en doutes pas ? »

Le chasseur le confirma.

« Alors nous ferons comme tu dis. Les bêtes doivent paître, ou elles ne réussiront jamais à faire le dernier saut dont tu parles. »

Il donna ses ordres en conséquence. L'un des Hajiwara enrôlés dans sa garde prit les rênes de son cheval et le mena boire et manger. Lui-même foula l'herbe tendre, gagna le ruisseau et là se pencha, encore tout ankylosé, pour se rafraîchir et remplir son outre avant que l'eau fût souillée par les chevaux. Lourdement, il sauta sur l'autre rive. À la retombée, il fléchit sous le poids de son armure.

Un arbre couché dans l'herbe s'offrait à lui de l'autre côté de la clairière. Il le prit pour siège et ôta son casque. Il se passa la main dans les cheveux : ils avaient bien repoussé depuis que Shuyun les avait coupés dans le désert. La sueur et le couvre-chef les avaient collés sur son front. Soudain il eut envie d'un bon bain.

La fraîcheur de l'air et la chaleur du soleil pouvaient se comparer aux saveurs distinctes d'un vin sophistiqué, à la fois opposées et complémentaires. Komawara se laissa glisser à terre puis s'adossa au tronc d'arbre en fermant les yeux face à la clarté du ciel.

Combien de temps resta-t-il dans cette position ? Il n'en sut rien, ne fut même pas sûr de ne pas s'être assoupi. Brusquement, toutefois, il eut le sentiment que le soleil lui lésinait sa chaleur. Un nuage, pensa-t-il. Mais il entendit qu'on se raclait la gorge, et presque involontairement il ouvrit les yeux.

« Général Jaku », dit-il. Le garde s'inclina.

« Excusez-moi de vous déranger, seigneur Komawara.

— Ne vous excusez pas, général. » Il se redressa tant bien que mal. « J'ai réussi à remplir mon outre avant la cohue. Général Jaku, s'il vous plaît. »

Il lui tendit le sac en peau de bouc. Jaku accepta son offre. Quand il lui eut rendu l'outre, le garde s'assit sur le tronc d'arbre et, à l'exemple de son compagnon, enleva son casque.

« Trois jours, si je compte bien. Croyez-vous que Shonto aura encore déplacé sa flotte ? »

Komawara ôta une bardane des lacets de son armure et en roula les crochets doucement entre le pouce et l'index. « C'est plus que probable, général. Les Barbares sont lents à se mouvoir, mais le seigneur Shonto ne fera pas courir un risque à son armée. Elle peut représenter le seul espoir de l'empire.

— Ce n'est que trop vrai, dit calmement Jaku. Même si l'empereur lève aussi une armée, il est impossible de prévoir ce qu'il en fera – et je connais l'empereur. » Il sortit d'une manche un carré de coton dont il s'essuya le visage et le cou.

Le même chasseur avec lequel Komawara s'était entretenu auparavant surgit d'un bouquet d'arbres à vingt pas de là, regarda autour de lui, aperçut son maître. Il arriva au trot, tomba à genoux et s'inclina de manière à ne pas être plus haut que lui, qui était assis. Quand il se décida à parler, ce fut d'une voix légèrement tremblante.

« Seigneur, nous avons découvert… quelque chose de désolant. » Il montra la forêt derrière lui, à court de mots pour exprimer son émotion. « C'est tout près. »

Komawara jeta un regard entendu à Jaku, sans poser les questions qui lui venaient aux lèvres. Il fit signe à sa garde et invita le chasseur à leur montrer le chemin. Ils lui emboîtèrent le pas. Les bois retentissaient des chants printaniers des oiseaux, mais soudain le jeune seigneur eut un frisson. Il ignorait ce qu'on avait trouvé, mais la réaction de son guide n'augurait rien de bon.

Comme le pisteur l'avait dit, il n'y avait pas loin à aller. Aux bonnes odeurs de la forêt au printemps succéda brusquement une puanteur. Un essaim de mouches s'envola à leur arrivée. Le chasseur s'arrêta sans un mot. À ses pieds il y avait un cadavre couché sur le ventre, dépouillé de ses vêtements, la tête tranchée. Le bois de trois flèches sortait de la gorge et d'une épaule.

« Il y en a d'autres, dit-il en faisant le signe de Botahara.

— Qui ? » interrogea Komawara à voix basse.

En haussant les épaules, le chasseur s'écarta. Il se couvrait le nez et la bouche. « Pas des Barbares en tout cas. »

À vingt pas, deux hommes gisaient qui avaient été abattus et mutilés eux aussi. Herbes et broussailles à proximité avaient été abondamment piétinées, peut-être au cours d'un combat. On découvrit un cheval sans selle ni bride, la tête tordue de manière étonnante. Plusieurs des camarades du chasseur fouillaient les buissons. Ils s'arrêtaient de temps en temps à la vue d'un nouveau corps.

« La compagnie du capitaine Rohku, dit calmement Jaku à Komawara, ou certains de ses éléments. »

Komawara acquiesça. « Vous avez sûrement raison. Celui-ci a souvent porté une armure », ajouta-t-il en montrant sur les épaules du mort des marques qui lui étaient familières. Il appela le chasseur.

« Dissimule des hommes derrière nous. Assure-toi que personne ne nous suit. »

Le pisteur s'inclina. « Qu'allons-nous faire pour ces gens-là ? » demanda-t-il en décrivant un grand cercle autour de lui.

Komawara lentement fit le tour de l'endroit. « Laisse-les à la forêt.

— Mais, seigneur… »

L'homme fut réduit au silence par le regard froid de son maître. « Bien d'autres connaîtront le même sort avant que cette guerre finisse, et moins d'un sur mille aura droit à une cérémonie. » Il baissa la tête. « Puisse Botahara avoir pitié de leurs âmes ! »

41

Bien qu'attendant de pouvoir parler à l'empereur de tout Wa, Jaku Tadamoto n'avait pas encore décidé de ce qu'il lui dirait. Peut-être la vision furtive de cette femme quittant l'aile du palais où se situaient les appartements impériaux l'avait-elle ébranlé plus qu'il ne voulait l'admettre, encore que rien ne prouvât qu'il s'agissait d'Osha. Elle avait surgi brièvement au détour d'un long couloir, coiffée de manière sophistiquée, dans des robes surchargées d'ornements d'un jaune canari. Or Osha méprisait cette couleur, si l'empereur l'aimait. Mais il y avait eu tant d'aisance dans sa démarche…

Tadamoto avait l'impression de sombrer dans une profonde tristesse, sans la volonté nécessaire pour remonter à la surface. Les affaires les plus sérieuses retenaient à peine son attention. Ce qui allait être dit, comme ce qui ne le serait pas, au cours de cette audience était d'une importance cruciale, il ne l'ignorait pas, et pourtant de le savoir ne semblait pas galvaniser son énergie. Il était tout à son chagrin, et sa célèbre intelligence paraissait incapable d'exercer un contrôle sur le reste de ses facultés.

À travers les écrans, il entendait l'empereur parler à un fonctionnaire. De là où il se trouvait, il percevait de courtes pauses durant lesquelles sans doute ce fonctionnaire s'exprimait, et Tadamoto se demandait s'il faisait preuve de la même discrétion que lui lorsqu'il s'adressait à son souverain. Cela donnait à l'oreille quelque chose d'étrange, comme si la moitié du dialogue était faite de silences.

Il tourna le rouleau qu'il avait en main, l'examinant avec soin, comme si brusquement il était en mesure d'estimer l'effet que ce papier aurait dans l'entrevue qui allait suivre. Le Fils du Ciel réagirait-il comme il l'espérait ? Si la cupidité de l'empereur était éveillée par l'information contenue dans ce rouleau, il pouvait oublier de demander quand Tadamoto avait découvert le marchand vassal du Shonto – à moins qu'il ne le sût déjà. Pourquoi, s'interrogeait le colonel, ai-je joué à ce jeu ridicule avec Tanaka ?

Depuis quelques instants, l'empereur n'avait pas réagi au silence. Tadamoto fit un dernier effort pour bien se concentrer. Un secrétaire parut, qui s'inclina devant l'officier de la garde sans un mot. Tadamoto se leva et suivit le vieillard au milieu d'une antichambre nue. Des doubles écrans donnaient sur une terrasse au sol fait de petits pavés et de fragments de porcelaine, le tout formant le dessin d'une fleur de lotus. Au-delà s'ouvrait la vue au nord, par l'étang du Dragon, sur la montagne du Pur Esprit.

À genoux devant les écrans, Tadamoto attendait d'être annoncé. L'accord du souverain fut murmuré d'une voix si basse qu'il n'entendit rien. Akantsu devait être de très mauvaise humeur.

À un signal, Tadamoto s'avança, toujours à genoux, sur les nattes végétales qui avaient été disposées sur les pierres. À une extrémité de la terrasse, l'empereur était assis sur une petite estrade, sous un auvent de soie. À sa gauche, la vue s'étendait au loin jusqu'aux montagnes et, à sa droite, s'élevait un petit cerisier d'ornement, très vieux malgré sa taille et célèbre pour la perfection de sa silhouette. L'empereur frappa du bout de son épée le bord de l'estrade, sans un regard pour le paysage ou pour les fleurs. Il ne cherchait nullement à déguiser son mécontentement, et ses yeux ne fixaient rien qu'un autre que lui pût discerner.

Tadamoto se prosterna.

« Soyez à l'aise, colonel », dit l'empereur d'une voix où l'irritation semblait fichée comme une épine.

L'officier se remit à genoux, bien loin d'être à son aise.

« On me dit, colonel, que l'enrôlement dans notre armée se poursuit à un rythme satisfaisant. » Il s'en réjouit d'un petit signe approbateur.

Tadamoto s'inclina. « Les rapports qui nous parviennent sur les troupes du seigneur Shonto tendraient à indiquer qu'il dispose de moins de vingt-cinq mille hommes, Votre Majesté. Nous aurons dans un avenir très proche un effectif aussi nombreux. »

Nouveau hochement de tête, mais toujours l'estrade subissait de petits coups d'épée. « Du jour où Motoru atteindra les provinces centrales, dit l'empereur, il est impossible de savoir qui ralliera son camp. Nous devons être prêts à faire face à la trahison sous toutes ses formes, colonel, sans quoi il nous manquera même le temps de déplorer nos erreurs.

— Le recrutement continue, Votre Majesté. Je suis sûr que nous pourrons lever une armée suffisamment forte.

— Mais sans expérience », rétorqua l'empereur.

Tadamoto resta un moment silencieux. « Nous nous entraînons, Votre Majesté », dit-il calmement. Puis : « Au moins, notre armée ne sera pas moins prête à se battre que celle du Shonto. » Il ferma les paupières, rien qu'un instant, avant de jeter un regard à l'étang du Dragon et de revenir aux nattes devant lui. Sans aménité, l'empereur le dévisageait.

« Vous avez un rouleau pour moi, à ce que je vois. »

Tadamoto acquiesça.

« Il n'annonce pas l'imminence d'un nouveau désastre, j'espère ? »

Tadamoto souleva le document à deux mains. « Une liste complète et détaillée de tous les biens et titres de commerce de la maison Shonto. »

L'empereur s'arrêta de tapoter son estrade.

« Nous avons sous bonne garde leur marchand vassal, dit calmement Tadamoto.

— Tanaka ? »

Question teintée d'incrédulité. Le colonel s'inclina légèrement tout en gardant les yeux baissés. Puis il se pencha et déposa son rouleau au bord de l'estrade. L'empereur faillit le lui arracher des mains. Il brisa le sceau de l'ongle de son pouce, déroula, tendit le papier à la lumière de sorte qu'on ne vit rien de sa réaction. Quand il se montra de nouveau, il rayonnait.

« Ce général rebelle était quelqu'un de très riche. » Il désigna le document du bout du doigt. « Étonnant que son marchand pût cacher une pareille fortune ! » Il laissa la liste retomber sur ses genoux. « Vous méritez des compliments, Tadamoto-*sum*. Je veillerai à ce que l'on vous donne… (il s'interrompit pour y réfléchir) le quarantième de tous ces biens en guise de récompense. Mais qu'a-t-il dit d'autre, ce marchand ? Et les plans du Shonto ? »

Tadamoto hocha la tête comme pour admettre que la question se posait effectivement, mais en faisant des efforts désespérés pour se concentrer.

« Je… je suis honoré par votre générosité, Votre Majesté. » Il s'inclina profondément. « Il n'est pas facile d'être sûr de ce que sait Tanaka des projets de son maître, Sire. Je lui ai parlé en plusieurs occasions et ne suis pas persuadé que Shonto se soit ouvert à lui de ses intentions autant que nous le croyions. »

L'empereur mit de côté le rouleau et prit son épée. « Peut-être, suggéra-t-il, une méthode moins bénigne de mener l'interrogatoire donnerait-elle les résultats escomptés, colonel ?

— Je… j'hésite à employer la force, Votre Majesté. Je préfère gagner sa confiance et le convaincre en le raisonnant. » Une idée lui vint. « Quand la guerre sera finie, Tanaka n'aura plus de seigneur lige. Il représenterait une acquisition précieuse pour votre personnel, Votre Majesté. » Il montra le document. « Pensez à ce qu'un homme comme lui pourrait faire pour accroître les biens du Trône. »

L'empereur hésita. « Vous voyez cela possible ? Un serviteur du Shonto ?

— Cette liste illustre mon propos, Votre Majesté, une liste qui, soit dit en passant, a été établie entièrement de mémoire. Tanaka est tombé d'accord pour nous la détailler quand je l'ai convaincu qu'elle ne desservirait pas son maître, quelle que soit l'issue de la guerre civile. Ce n'est pas un guerrier, Votre Majesté. On peut avec profit faire appel à son intelligence. Il est bien connu par ailleurs pour ne pas mépriser les dehors de l'opulence. Plus d'un aristocrate aimerait pouvoir habiter la demeure de ce marchand vassal. Quand il n'y aura plus de maison Shonto (il haussa les épaules), à qui Tanaka fera-t-il allégeance ? »

L'empereur, perdu dans ses pensées, regarda en direction de la montagne de l'Inspiration divine. « Si vous réussissez à nous attacher de son plein gré les services de cet homme, Tadamoto-*sum*, je doublerai votre récompense, et même davantage. Mais (il montra la liste) nous ne pouvons pas le laisser s'abriter derrière ceci comme derrière un écran. Il nous faut à tout prix savoir ce que ce Motoru a dans la tête. Assurez-vous que le marchand ne cache rien. »

Tadamoto s'inclina. Une fortune, pensa-t-il, des richesses à profusion… à l'heure où éclate la guerre civile. L'ironie contenue dans cette contradiction lui donnait envie de rire.

« Je n'y épargnerai aucun effort, Votre Majesté, dit-il, n'en doutez pas. »

L'empereur lui accorda un sourire mesuré. « Y a-t-il autre chose que je doive entendre, Tadamoto-*sum*, ou en resterons-nous là, pendant que les dieux nous sont favorables ? »

Tadamoto hésita un court instant. Le visage du souverain s'assombrit. « On m'a communiqué des rapports en provenance du Nord, Votre Majesté. Shonto a bouché le canal et inondé une grande plaine au-dessus de Fuimo. Il avait certainement des Barbares à ses trousses à ce moment-là. »

L'empereur fixa des yeux son interlocuteur puis se leva subitement, ce qui eut pour effet visiblement de démonter le jeune colonel. Le Fils du Ciel traversa la terrasse et descendit un escalier. Quand on ne vit plus que le sommet de son crâne, il revint en arrière et fit signe à Tadamoto de se relever et de le suivre.

Il l'attendit d'abord sur un terre-plein plus bas, en scrutant l'horizon au nord, puis, quand Tadamoto l'eut rejoint, il se remit en marche avec le colonel dans son sillage. Un nouvel escalier les conduisit à la pelouse qui descendait jusqu'au bord de l'étang du Dragon. L'empereur se dirigea alors vers un mur à l'est du palais, là où un savant labyrinthe avait été planté des générations plus tôt, et au cours des siècles renouvelé et modifié.

Une fois devant l'entrée, il s'arrêta et fit signe à Tadamoto avec son épée d'avoir à passer en premier. « Colonel. »

Tadamoto s'engagea dans le labyrinthe sans trop savoir ce qu'on attendait de lui, la gorge de plus en plus serrée. Il prit une allée. Les pas de l'empereur résonnaient derrière lui. Presque aussitôt s'offrirent deux bifurcations possibles, à droite et à gauche. Dans l'ignorance, il choisit d'aller tout droit.

« Avez-vous déjà traversé ce dédale, colonel ? »

Tadamoto secoua la tête mais, avant qu'il eût pu répondre, l'empereur poursuivit :

« Il est des plus ingénieux. À la différence de plusieurs du même genre, il ne livre pas facilement ses secrets. À vrai dire, peu de gens réussissent à en gagner le centre. D'ordinaire, on se retrouve devant l'entrée ou devant l'une des barrières qui permettent d'en sortir. Prenez à droite, colonel. »

Tadamoto obtempéra. Il avançait lentement, refoulant une impérieuse envie de regarder l'empereur derrière lui.

« D'où vous venaient ces renseignements sur l'armée barbare, colonel ?

— D'agents opérant dans le Nord, Votre Majesté.

— Ah ! bien. Restez où vous êtes et examinez scrupuleusement les alentours. »

Tadamoto s'exécuta. La largeur de l'allée pavée excédait un peu la hauteur d'un homme, et elle était bordée de part et d'autre par les murailles d'un feuillage épais. Devant, il y avait un cul-de-sac et, à six pas peut-être, un tournant à gauche. Tadamoto tourna et s'aperçut que l'empereur le regardait faire ; sur son visage, nul signe de sa précédente bonne humeur. Il tâta à droite avec son épée puis enfonça l'extrémité du fourreau dans la haie.

Un simple coup d'œil à l'endroit indiqué suffit à Tadamoto pour comprendre qu'on y avait maquillé quelque chose. Un examen plus attentif révéla l'existence d'un passage bas, incroyablement étroit et efficacement camouflé.

« Un secret de jardinier, dit calmement l'empereur. Il faudra vous frayer un chemin. »

Tadamoto écarta soigneusement les branches et baissa la tête. Il faisait étonnamment sombre dans ce couloir, la densité de la végétation ne laissant passer que peu de lumière. Il entendait dans son dos l'empereur qui repoussait les obstacles : cela l'incitait à progresser malgré l'exiguïté du tunnel. Enfin le soleil brilla à son extrémité. Un effort de plus, et Tadamoto déboucha sur une autre allée pavée s'insinuant entre les haies.

« Prenez à gauche », dit l'empereur avant qu'il eût mis le nez dehors.

Sans ralentir son allure, Tadamoto poursuivit son chemin, avec toujours dans les oreilles le bruit des pas du Fils du Ciel. Il y eut un autre tunnel. Il tourna à gauche, puis à droite, puis encore à droite :

devant eux parut le centre du labyrinthe. Les haies formaient un cercle de douze pas de diamètre, avec en son milieu un bassin de jade, circulaire lui aussi, dans lequel passaient comme des éclairs de lumière au fond d'un miroir des poissons-lunes rouges et or.

L'empereur s'assit sur un banc de pierre gravé de dragons impériaux, son épée sur les genoux. Tadamoto se dépêcha de s'agenouiller. Les pavés lui entraient dans la peau. Le Fils du Ciel ne quittait pas des yeux l'eau verte et tranquille.

« Voyez-vous, dit-il, colonel Jaku, un nombre incalculable de gens ont essayé de venir à bout de ce casse-tête mais, pour ne rien vous cacher, rares ont été ceux qui ont abouti là où vous êtes maintenant et réussi à plonger leur regard dans le Miroir de Jade. Des ministres, des princes, des dames de la cour, de grands seigneurs, des généraux fameux ont échoué tour à tour. Pourtant, les modestes jardiniers du palais y sont parvenus, et cela souvent. Ils savent comment directement accéder au cœur du mystère. » Il pointa le bout de son fourreau sur le jeune officier. « C'est le secret de tous les grands hommes, Tadamoto-*sum*.

» À supposer qu'il existe une armée barbare, je la crois liguée avec le Shonto, ou encore elle ne compte pour ainsi dire pas, et Shonto la traîne à sa suite comme prétexte à l'invasion des provinces centrales. Ce sang-mêlé de khan ne saurait constituer une menace pour l'empire de Wa avec son armée faite de bric et de broc, où voisinent des chasseurs et des bergers. Les certitudes que vous aviez n'ont pas résisté aux dires de votre frère. Vous y perdez de votre valeur en tant que conseiller du Trône.

» Allez au cœur du problème, colonel, de façon à l'évacuer. La guerre nous menace. Les nuages s'accumulent au nord. L'orage gronde. Vous allez avoir besoin de toutes vos facultés. » Il se leva et gagna une trouée dans la haie. « L'endroit où vous êtes, colonel, est si difficile à atteindre que pour la plupart des gens il est réputé inaccessible. Promenez-vous au hasard et, à court terme, vous allez vous retrouver dehors. Puissent les dieux vous guider, colonel Jaku ! »

42

Rohku Tadamori commençait à s'habituer à s'entendre appeler « capitaine », si par deux fois déjà on l'avait confondu avec son père, et cela il ne s'y habituerait jamais. La différence était grande entre un simple capitaine comme lui et le commandant de la garde privée du seigneur Shonto ; seul un vrai provincial pouvait ne pas la sentir. Pourtant, il était fier de son nouveau grade, comme il tirait fierté de la dignité de son père. Son rêve de voir la famille Rohku atteindre à la gloire en servant les Shonto ne paraissait plus aussi irréalisable qu'autrefois, surtout maintenant que la guerre était proche.

À cheval, le jeune officier longeait la rive du canal au milieu d'une plantation de pruniers en fleur. Les vents du printemps commençaient seulement à en persuader les pétales de s'affranchir de leurs liens. Ils les faisaient voler bien haut avant de les disperser dans un paysage verdoyant. Quand ils atterrissaient sur l'eau du canal, les remous des bateaux venaient les agiter, et le vent les transformait en voiles avant de les abandonner sur la rive ouest.

Derrière Rohku Tadamori venait une petite compagnie, et le jeune capitaine avait le sentiment que ses mérites avaient été en partie reconnus, puisque tout à coup on lui confiait la responsabilité d'une garde. Il hocha la tête. Maintenant que la guerre était là, peut-être une chance lui serait-elle donnée de faire ses preuves au combat. Quelques jours plus tôt, Rohku Saicha avait mené une attaque contre les Barbares dans les collines. Malgré l'avancement dont il venait de bénéficier, Tadamori n'avait pas un grade assez élevé pour pouvoir être informé des détails de l'opération. Plus tard, il en saurait plus long. On lui avait appris à ne pas s'offrir le luxe de l'inquiétude, mais la compagnie de son père n'était pas rentrée, et les langues avaient commencé à se délier parmi les personnes au courant. Il reporta son attention ailleurs.

Fidèle au rôle qui avait en quelque sorte fini par être le sien, Rohku Tadamori avait été envoyé au sud le long du canal comme observateur. La voie était à présent si encombrée qu'il devenait impossible à un sampan de se glisser à hauteur des premiers éléments de la flottille dans des délais raisonnables, et c'est pourquoi Rohku avait pris son cheval. Mais peut-être la clémence du temps printanier et une préférence pour ce mode de transport avaient-elles influencé sa décision.

Le Grand Canal, le plus souvent, était pratiquement en ligne droite mais, là où il coulait maintenant, le sol était hérissé de saillies rocheuses qui rendaient impossible un tracé rectiligne. C'est pourquoi les ingénieurs d'autrefois avaient choisi de le faire se faufiler parmi ces promontoires, comme si brusquement leur but était devenu de procurer au voyageur les aperçus les plus pittoresques. Cela donnait l'occasion au jeune capitaine, dans un secteur où le canal s'offrait de larges méandres, de couper court pour un trajet moins long et plus rapide.

Rohku et les siens n'avaient pas jusqu'à maintenant dépassé la moitié de la flottille, alors qu'ils avaient été une demi-journée à dos de cheval. Un petit affluent se jetait dans le canal. Rohku en profita pour mettre pied à terre et laisser boire sa monture. Les autres l'imitèrent. La mission qui leur avait été confiée ne semblait pas présenter de caractère d'urgence. Les subordonnés du capitaine ne connaissaient pas ses ordres, mais ils eurent tôt fait d'observer qu'il ne se pressait pas. Ils s'étaient mis à parler entre eux, ce qui n'était pas fréquent dans la garde de Shonto, où l'on prenait son travail très au sérieux. Mais un aussi beau temps donnait, même à des guerriers, une humeur plus légère.

« Quelle pagaïe ! » jeta l'un d'eux en montrant le canal.

Contournant l'une des aiguilles géantes, l'on voyait avancer une barge fluviale abondamment décorée, qui luttait contre le courant mais aussi contre le cours des événements. Dans la flottille en route vers le sud, on s'accosta au rivage pour la laisser passer. Rohku ne distinguait pas les armoiries sur les bannières, mais on ne pouvait se tromper sur ce qu'annonçait leur couleur, la pourpre impériale. Le prince Wakaro était à bord. Il ne surgissait pas de la brume comme Jaku Katta l'avait fait, mais paradait dans la pleine lumière d'un beau jour de printemps, forçant le passage vers le nord aux dépens d'un flot de réfugiés jetés sur le canal par l'imminence du conflit.

Même à cette distance, il n'échappait pas à Rohku que, sur la rive comme sur les barges, on s'inclinait au passage du bateau princier. Il courut se placer au sommet du talus, observa la scène un moment, puis redescendit rapidement et enfourcha sa monture. Il avait vu tout ce qu'il voulait voir.

Demi-tour, et vite il regagna le haut de la berge, suivi par sa compagnie. Au sommet, il s'arrêta pour prendre ses repères dans ce paysage inconnu, puis il partit à travers champs au petit galop. Le seigneur Shonto devait être mis au courant de cela sans plus tarder.

Bien qu'on eût procédé aux échanges de salutations protocolaires et que le prince eût fait savoir qu'il souhaitait rencontrer le seigneur Shonto dans les plus brefs délais, rien d'important ne s'était encore passé. La flottille du fils de l'empereur, qui transportait son état-major particulier, sa petite cour et une garde d'honneur en uniforme noir extraite des contingents de la garde impériale, mouillait sur la rive est du canal, tandis que défilait l'imposant cortège des bateaux de Shonto en route vers les provinces centrales.

Sur la rive opposée, un pavillon de soie avait été dressé, entouré de bannières formant enclos, qui avaient été fixées à des châssis de bambou. Le drapeau impérial, avec son dragon à cinq griffes sur fond pourpre, flottait à un mât planté devant cette enceinte, tandis qu'à côté figurait la propre enseigne du prince Wakaro, avec le dragon, la grue, le fond pourpre, mais bordé d'or. On voyait aussi s'agiter la bannière bleue des Shonto ainsi que le cheval ailé, emblème de la province de Seh. Des hommes en armure portant les couleurs des Shonto montaient la garde, et l'on avait tracé autour de l'enclos un cercle de plusieurs centaines de mètres de diamètre, qui ne pouvait être franchi que par certains membres du personnel de l'ancien gouverneur.

Devant le pavillon, sur le rivage, on avait aménagé un débarcadère pour permettre aux grands personnages de mettre pied à terre avec un semblant de dignité. Manœuvré par une rame unique, un sampan d'un modèle très ordinaire vint descendre le canal en oscillant dangereusement. À bord de cette embarcation, il y avait trois gardes en armure lacée de bleu et un vieil homme en habit de cérémonie, une main sur les genoux, l'autre manche plissée et agitée par le vent.

Le sampan précautionneusement vint se mettre bord à bord avec la barge décorée où voyageait le prince impérial. Kamu fut laissé à faire le pied de grue quelques moments sur la plate-forme au bas de la passerelle, mais finalement un officier de la garde impériale arriva au sommet de cette passerelle et s'inclina. « Le prince va s'entretenir avec vous dans un instant, intendant Kamu. »

Ils saluent, ils continuent à me donner mon titre, songea ce dernier, ils ne sont donc pas aussi sûrs d'eux qu'ils veulent le donner à penser. Prudemment, il gravit les marches qui menaient au pont principal, puis un deuxième escalier qui donnait accès au pont supérieur. Là, à l'arrière du bâtiment, protégé par un auvent couleur safran, était assis le prince impérial, Yamaku Wakaro. Il écoutait une jolie jeune femme lui jouer à la harpe la musique d'une danse du printemps.

Kamu s'agenouilla aussitôt et attendit, tout en écoutant lui aussi. Cette interprète n'égalait pas dame Nishima, que ce fût par la beauté ou par la qualité de l'exécution, mais elle était certainement tout à fait capable, et la mélodie s'accordait avec bonheur au joli temps de la journée.

Le prince ne paraissait pas se soucier de la présence du représentant du Shonto. Toute son attention était requise par la jeune musicienne. Assis sur des coussins à l'arrière de la barge, on voyait des hommes et des femmes richement vêtus, d'un âge équivalant à celui de leur compagnon. Kamu ne put d'emblée en reconnaître aucun, mais il savait pertinemment quels papillons étaient attirés par la flamme de cette altesse impériale. Ce n'étaient pas des personnes entièrement dépourvues de mérite, mais il n'en était pas une dont on pût dire qu'elle était promise à un grand avenir. Une dynastie de plus qui, en l'espace de trois générations, aurait sombré dans la médiocrité.

On demanda à entendre un nouvel air de musique, et l'on servit de l'alcool de prune. Kamu se tenait immobile, à genoux sur des planches dures, en contenant une mauvaise humeur qui n'était pas des moindres. De temps à autre, il regardait du côté du prince. Il décida que Son Altesse impériale physiquement ressemblait à sa mère, avec un visage rond mais gracieux. Les yeux, larges et bien encastrés sous de longs cils, retenaient l'attention et faisaient certainement l'objet des commentaires des jeunes femmes à la cour. Le prince ne cessait de tortiller le coin d'une longue et maigre moustache. Comme à sa mère, on lui voyait à la tempe gauche une touffe de cheveux blancs qui nuisaient à l'harmonie de ses traits.

Finalement, après le deuxième morceau, suivi de vains propos et d'éclats de rire, ordre fut donné à Kamu de s'avancer. Ils sont las de leur petit manège, pensa le vieil homme. Il s'inclina et attendit, démontrant une infinie patience.

« Intendant Kamu, dit le prince Wakaro d'une voix légèrement nasillarde, j'imagine que vous êtes venu arrêter les termes de la reddition du seigneur Shonto et transmettre le commandement de cette armée dont rien ne justifie l'existence au capitaine de ma garde. »

Kamu inclina la tête comme s'il y consentait. « Les décrets du Fils du Ciel dont vous êtes porteur ne sauraient être ignorés, Altesse. Toutefois, comme nous sommes en guerre, le seigneur Shonto souhaite donner au prince une juste idée de la situation de nos armes avant qu'il prenne le commandement de ses troupes. » Il s'inclina de nouveau.

« Dites à votre maître, lui fut-il répondu, que la situation dont vous parlez n'est plus de son ressort. Ce qui m'intéresse davantage est son obéissance à des ordres que l'empereur lui-même lui envoie. »

Kamu montra le pavillon sur l'autre rive. « Le seigneur Shonto est un général de grand mérite, Votre Altesse. Étant donné votre expérience en ce domaine particulier, il pourrait être sage de vous entretenir avec lui. »

Le prince s'émut. La colère fit briller son regard, vite remplacée par un sourire narquois. Son entourage soudain se tut.

« Votre insolence, intendant, vous vaut une cellule bien étroite et privée de lumière pour le peu de jours qu'il vous reste à vivre. »

Kamu ne changea rien à la déférence de son attitude. « Seigneur, il sera fait comme vous l'entendez, mais seulement après votre entrevue avec mon maître. »

Wakaro explosa. « Il n'y aura pas d'entrevue avec ton maître, vieux fou ! » s'écria-t-il en frappant son accoudoir.

Kamu s'inclina. Il a le même caractère que son père, pensa-t-il, s'il n'a pas hérité de grand-chose d'autre. « Peut-être, monseigneur, pourrais-je vous suggérer de regarder derrière vous », dit-il à mi-voix.

Wakaro ouvrit de grands yeux où la colère ne brillait plus du même éclat. Certains de ses compagnons firent ce qui lui avait été conseillé, et Kamu les entendit jurer tout bas. Du coup, le prince se retourna. Sur le pont derrière lui, tout à l'heure croulant sous les armures à lacets noirs de la garde impériale, se tenaient des hommes, en armes eux aussi, mais à lacets bleus. Quand Wakaro les regarda, ils s'inclinèrent puis reprirent la même position que s'ils appartenaient à sa garde personnelle.

Le prince se tourna vers Kamu. Le vieil intendant ne lui laissa pas le temps de réagir à ce qu'il avait vu.

« Nous sommes en guerre, dit-il calmement, et mon seigneur se préoccupe de votre sécurité. C'est pourquoi il a mis à votre disposition sa propre garde. Je suppose que l'heure du chien sera pour votre rencontre un moment qui ne soulèvera pas d'objection.

— Menacer le fils de l'empereur de Wa est un crime inexpiable », répondit le prince d'une voix tremblant encore de ce qu'il avait entendu.

Kamu ne put s'en empêcher : il haussa les épaules. « On ne vous menace pas, seigneur. On cherche seulement à ce que vous preniez pleinement conscience d'une situation qui n'est pas de votre fait. »

Sans attendre d'être congédié, il s'inclina profondément, se leva en présence du prince et, avec beaucoup de dignité, gagna l'escalier puis la passerelle menant à son embarcation.

Un sampan, avec à son bord le prince Wakaro, traversa le canal pour s'accoster au petit débarcadère où l'attendait l'intendant de Shonto. Celui-ci s'inclina bien bas, accueillit son visiteur avec tout le respect qui lui était dû. Escortant le fils de l'empereur, on trouvait le capitaine de sa garde et un autre jeune homme à peu près du même âge que Son Altesse. Ils gravirent le talus menant à l'enclos entre deux rangées de soldats courbant le dos et portant les couleurs de Shonto. Sous l'auvent du pavillon avaient pris place le dignitaire lui-même et son principal conseiller militaire, le général Hojo Masakado.

Comme le voulait le protocole, ils s'inclinèrent tous deux à l'approche du prince. On avait prévu une petite estrade à son intention, ainsi que des coussins pour sa suite. Il s'y installa en jetant à Shonto des regards furibonds. Il ne cherchait aucunement à dissimuler sa colère.

« N'attendez pas que je parle, s'empressa-t-il de dire. En dépit de cette estrade et d'un hommage de pure forme, on voit clairement qui règne en maître ici. Profitez-en le temps que cela dure », ajouta-t-il en donnant libre cours un instant à son tempérament de Yamaku.

Shonto accorda au jeune prince un chaleureux sourire. « Recevez, seigneur, mes plus humbles excuses. Si nous n'étions pas en guerre, je ne me serais jamais permis le recours à de pareilles mesures.

— Je ne suis pas informé de l'existence d'une déclaration de guerre, dit Wakaro, et pourtant c'est chaque jour que je reçois des nouvelles du palais de l'Île. Le refus de se conformer aux commandements édictés par l'empereur sera considéré comme un acte de félonie, gouverneur. » Il cracha ce dernier mot. « Ce n'est pas faire preuve d'une grande sagesse, ajouta-t-il, que de scier un peu plus la branche sur laquelle vous êtes encore assis. »

Shonto garda son calme. « Le refus d'apprendre ce qui est connu de l'ennemi auquel vous serez confronté quand vous aurez l'armée sous vos ordres ne peut non plus être considéré comme la marque d'une grande sagesse, seigneur. » Il sourit encore. « Comme l'empire est soumis à une grave menace, je n'ai pas jugé possible d'admettre une pareille erreur. »

Le prince lui donna son attention. « Qu'attendez-vous de moi ? »

Il eut droit de la part de Shonto au regard indulgent qu'un père accorde à un fils déraisonnable. À l'amusement et à l'affection se mêle la tristesse de savoir que les enfants ne veulent apprendre que de leur propre expérience, aussi pénible soit-elle, bien que la leçon qu'ils en tireront risque de ne pas avoir un caractère bien original.

« L'armée barbare n'est pas loin derrière nous, dit Shonto, du moins pas aussi loin que nous le souhaiterions. Si vous pouvez être prêt à l'accompagner demain à l'aube, le général Hojo en personne vous permettra de voir cette armée par vous-même, d'en estimer l'ampleur et d'envisager l'avenir. »

Il fit signe à Kamu, qui prit derrière lui un rouleau de papier et le mit à portée de main du capitaine de la garde princière.

« Vous avez là, dit Shonto, une estimation irrécusable de l'étendue des forces barbares. Le général Hojo sera certainement en mesure de répondre à toutes les questions que vous pourrez lui poser, comme il connaît ce que nous avons cherché à faire dans les moindres détails et s'est récemment heurté à l'avant-garde de l'armée ennemie au cours d'un accrochage significatif. »

Il y eut un silence. Le prince finalement donna son accord, d'un hochement de tête qui paraissait dénoter un insoutenable épuisement. « Comme je n'ai guère le choix, j'irai contempler cette vaste cohorte barbare. Ai-je tort de supposer que le capitaine de ma garde sera autorisé à m'accompagner ?

— Cela va de soi, Altesse, répondit Shonto. Choisissez pour vous suivre les conseillers que vous jugerez utiles, je vous en prie. Je prendrai personnellement un vif intérêt à entendre à leur retour les opinions du prince et de son état-major. »

Il fit signe à Kamu, qui donna des directives à l'abri des regards, et l'on servit du vin.

« Pardonnez-moi de ne pas vous l'avoir demandé, Altesse, dit Shonto en levant sa coupe, l'empereur est-il en bonne santé ? »

43

Au réveil, une seconde peut-être, on croit à son rêve.

Le frère Hutto, soixante-dixième primat de Wa.

Le prince Wakaro portait l'armure à lacets noirs des officiers de la garde impériale, mais c'était sous une tunique ornée de deux dragons d'argent et d'une garniture de couleur pourpre. L'étalon à robe brune était son cheval favori. L'animal ne manquait pas de vigueur, mais Hojo soupçonnait qu'il avait été choisi pour sa couleur baie, en harmonie avec l'habillement de son maître.

Et que fallait-il penser de la selle et de la bride, noires et rehaussées d'argent ? Elles valurent au cavalier plus d'un regard en coin de la part de compagnons dont la préférence allait à des pièces de harnais ayant beaucoup servi. Il y avait là de quoi allumer l'envie dans le regard d'un Barbare.

Hojo reporta son attention sur la scène qui s'étendait devant ses yeux. Trouver l'endroit adéquat d'où observer les mouvements de l'armée nomade avait demandé un certain temps. Le seigneur Shonto avait exigé que le prince ne fût jamais exposé à un danger. Ce n'était pas une condition facile à remplir dans les circonstances présentes, mais cette colline offrait autant de sécurité qu'on pouvait en espérer. Malheureusement, ce qu'on gagnait d'un côté, on le perdait de l'autre : plus sûr, le point d'observation était moins proche.

Au loin vers l'ouest, le Grand Canal déroulait ses méandres en miroitant comme un long ruban de bronze dans la lumière de cette fin d'après-midi. On tirait des radeaux sur cette surface de métal fondu, et leurs noires silhouettes y apparaissaient déformées par les ombres mêmes qu'elles projetaient. Sur chaque rive avançait l'armée du désert, tel un immense troupeau de bêtes insolites en quête de nouveaux pâturages.

Le prince Wakaro se taisait, mais il se tournait fréquemment vers le capitaine de sa garde comme s'il cherchait à lire sur son visage une réaction au spectacle qui lui était offert. C'était peu de chose, mais très éloquent.

« Nous pouvons nous rapprocher un peu, Altesse, proposa calmement Hojo, si cela vous aide à juger de l'ampleur de cette armée. »

Il ne la découvrait pas. En fait, il l'avait déjà affrontée. Pour lui, elle représentait des hommes, et non une entité mystérieuse et funeste. Ces hommes se battaient, commettaient des erreurs, pouvaient trembler de peur et même verser leur sang, comme tous les êtres humains qu'il avait connus.

Le prince interrogea son capitaine, qui secoua la tête. « Nous avons vu tout ce que nous voulions voir, général », dit-il. Il considéra l'horizon à l'ouest. « Il ne tardera pas à faire nuit. Peut-être devrions-nous nous en retourner. »

Hojo acquiesça. Il donna un signal à sa garde et prit le même chemin qu'à l'aller. Cela va rabattre un peu de son caquet à ce petit morveux, pensa le vétéran. Et dire que c'est son père qui a mis tout cela en branle en proposant de l'or au khan pour abattre les Shonto ! S'est-il seulement demandé, ce jeune prince, pourquoi on l'envoyait vers Seh ? Il a maintenant matière à réflexion. Cela risque d'ébranler son assurance de petit despote, si rien d'autre ne peut y parvenir.

La nature montrait en ces lieux un aspect qui avait souvent piqué la curiosité de Shonto. Les saules en bordure du canal laissaient pendre leurs branches juste au-dessus du courant, telles des robes vertes agitées par le vent, et pourtant, même quand on s'approchait, on voyait que toutes ces branches s'arrêtaient à égale distance de l'eau, comme si un jardinier les avait taillées avec le plus grand soin. Pure illusion, pensait-il, mais c'est l'impression que cela donne. La même chose se reproduisait à chacun des arbres, où de longues et souples badines ne dépassaient jamais une même limite.

La rive passait comme en un rêve, les vents du printemps poussaient toujours les barges vers le sud. Sur l'eau, parmi les reflets changeants des nuages, flottait une brume de pétales, tandis que d'autres prenaient leur essor comme un vol de papillons. Le printemps ne décevait personne dans Wa, du moins lorsqu'il était question de la couleur du temps. Shonto, sur le pont supérieur de son bateau, était spectateur de la scène.

À la différence de son conseiller spirituel, le dignitaire ne brillait pas par la patience. Mais on ne presse pas un prince impérial, et on ne lui demande pas l'exactitude. Par définition, l'heure exacte est celle à laquelle, entouré de son escorte, il se présente au rendez-vous.

Il était assez surprenant que Wakaro vînt rendre visite à Shonto, car une altesse impériale en principe ne se dérange pas. Il ne faisait guère de doute qu'il s'agissait d'un message – le spectacle de l'armée barbare avait dû le convaincre –, mais le rôle qu'il accepterait de tenir dans le conflit futur restait à déterminer.

« Seigneur, dit Kamu au sommet de l'escalier, le prince arrive. »

Shonto répondit d'un signe de tête. Il avait été décidé qu'il traiterait avec son visiteur d'égal à égal, sans s'agenouiller quand il monterait à bord, ce qui aussi était chargé de sens. Les Yamaku s'étaient préparés à combattre les Shonto, ils avaient essayé de faire table rase de leur maison. Il y avait des réalités dont désormais chacune des deux familles devrait tenir compte, l'une d'elles étant que dorénavant les Shonto ne reconnaîtraient plus le droit aux Yamaku d'occuper le trône du Dragon. Cela ne signifierait pas que le gouverneur de Seh ferait montre avec le fils de son ennemi d'une attitude irrespectueuse, mais il refuserait de lui accorder tous les égards dus à l'héritier d'un souverain légitime.

Une élégante embarcation vola sur l'eau tout auprès, manœuvrée par des rameurs experts. Elle vira de bord aisément et s'arrêta devant la plate-forme au pied de la passerelle de la barge. Shonto ne voyait rien, mais il entendait parler et gravir les marches.

Deux valets et deux membres de la garde impériale précédèrent le prince sur le pont supérieur et s'agenouillèrent de côté et d'autre, tandis que leur maître montait l'escalier. Sur le pont, chacun, à l'exception de Shonto, s'inclina profondément.

Le prince portait une robe de la couleur d'un ciel d'été, avec un motif brodé représentant des pruniers en fleur. Il avait à la ceinture une épée dans un fourreau de cuir noir orné du dragon et de la grue. Il traversa le pont désert, inclina légèrement la tête devant Shonto et prit un coussin à sa gauche. Shonto répondit par la même salutation et demanda qu'on disposât un autre coussin pour le capitaine des gardes de son hôte. Kamu et le général Hojo s'approchèrent et prirent place à la droite de leur maître. Shonto n'attendit pas que le prince engageât la conversation.

« Est-ce la première fois que vous voyagez sur le canal, prince Wakaro ?

— Je n'étais jamais remonté si loin au nord, seigneur Shonto. » Il fit un geste en direction du rivage.

Shonto lui donna son assentiment tout en suivant son regard. « C'est bien mon avis. Il y a des années de cela, j'ai pris le canal au départ de Seh en direction du sud. Peu de choses ont changé. » Il baissa les yeux malaisément. « Nous serons d'une autre opinion après le passage des Barbares. »

Il releva la tête pour regarder le jeune homme devant lui, sa question étant implicitement : *Maintenant que vous avez vu le monde tel qu'il est, jeune seigneur, qu'avez-vous à me dire ?*

Wakaro ne réussit pas à soutenir ce regard plus d'une seconde. « Je comprends maintenant, seigneur Shonto, pourquoi… vous avez tellement insisté pour que je me fasse une meilleure idée de la situation de nos armes. Restons-en là. » Il frotta ses mains l'une contre l'autre avec lenteur. « J'ai lu votre rapport. Le capitaine de mes gardes aussi l'a fait. J'ai beau ne pas avoir été parfaitement instruit dans les arts de la guerre, il ne m'échappe pas que ce khan et ses partisans constituent une grave menace pour l'empire et pour notre empereur. Le capitaine de mes gardes n'est pas d'un autre avis que vos officiers supérieurs dans l'estimation du nombre de nos ennemis. Il ne fait pas de doute que les ressources du pays tout entier doivent être mises à contribution pour répondre à ce défi. »

Il leva les yeux sur son interlocuteur, avec l'air de quelqu'un qui a résolu de ne rien cacher de la triste vérité.

« Je ne suis pas certain, seigneur Shonto, que l'empereur puisse être persuadé de la réalité de ce péril. » Son regard se perdit au-delà du canal pendant qu'il ramenait en arrière une touffe de cheveux blancs récalcitrante. « L'empereur croit que, si vous vous dirigez vers le sud, c'est dans l'intention de renverser les Yamaku. » Il haussa les épaules. « Je ne prétends pas savoir ce que sont vos intentions, seigneur Shonto, mais à coup sûr le choix que vous avez fait de vous replier vers le sud avec aussi peu de forces à votre disposition, afin de donner à l'empire le temps de lever une armée pour sa défense, était le bon. Je suis sûr que c'était une décision difficile à prendre. » Il remua malaisément sur son coussin.

« J'ai honte d'admettre que mon jugement sur ce qui se passe ici n'aura que peu d'effet sur les mesures que prendra l'empereur. »

Il s'interrompit. Shonto se demandait si le jeune prince souffrait de cet aveu, mais son visage ne trahissait guère d'émotion.

« Il est probable, dit enfin Wakaro, que tout ce que je pourrai rapporter ne rencontrera que mépris. Plus d'un fils de monarque a comploté le renversement de son père. L'empereur croira que je vous suis acquis, seigneur Shonto, sans imaginer que je demeure son loyal sujet en dépit de tout. » Il se tut de nouveau, le regard fixé sur ses mains. « Je ne sais pas trop ce qui me reste à faire. »

Shonto lui apporta son soutien. « C'est une situation délicate, prince Wakaro. Mon état-major ne cesse d'en discuter. Permettez-moi de vous assurer que ce qui me guide est le salut de Wa et que je ne poursuis aucun autre but. Comme vous voyez, j'ai déjà tout sacrifié à cette fin. On fait de moi un général rebelle et pourtant, dans les conseils du Shonto, la question qui revient toujours est : comment sauver l'empire ?

» Il faut que l'empereur lève une armée. Il n'y a pas d'autre solution. J'ai rassemblé autant d'hommes que sans doute nous en aurons, et pourtant nos forces au total n'atteignent pas au tiers de celles de nos ennemis. À l'heure où nous parlons, on recrute des troupes dans la capitale, bien qu'elles ne soient pas destinées à la défense de Wa. Que se passera-t-il quand nous arriverons dans les provinces centrales et qu'on découvrira l'ordre de grandeur de l'invasion barbare ? » Il regarda son jeune compagnon. « Je crains qu'alors il ne soit trop tard, prince Wakaro. Il nous faut un plan, maintenant, un plan et une armée assez nombreuse pour faire face au péril venu du désert. »

Lentement, le prince hocha la tête en signe d'approbation, les yeux fixés sur le bordage du pont. « Je peux faire parvenir un message à mon père décrivant ce que j'ai vu et le presser d'envoyer des officiers très sûrs pour juger par eux-mêmes de la situation. Je peux aussi gagner le Sud sur un bateau rapide et parler à l'empereur, bien que je risque fort en récompense d'avoir à me retirer dans un lieu étroitement gardé. Mais, peu importe, j'y suis prêt. À l'instar de ce que vous avez fait, seigneur Shonto, j'accepte de prendre tous les risques pour sauvegarder l'empire.

— Je crois qu'un message à l'empereur répondrait à nos besoins, dit calmement Shonto. Même si cela ne change rien à son opinion, le doute sera mis sur les conseils qu'il a reçus. Comme vous dites, il peut être imprudent pour vous de vous rendre dans la capitale, surtout si l'on songe à vos ordres pour prendre le contrôle de mon armée et m'envoyer au Sud sous bonne garde. » Il se tourna vers Hojo, comme au souvenir d'une discussion qu'ils auraient eue ensemble. « On pourrait joindre à votre lettre le rapport du général Hojo, encore qu'à mon sens il ne soit peut-être pas avisé de mentionner le nombre des hommes dont nous disposons. Il est bon que l'empereur se pose des questions sur l'ampleur de nos effectifs. Il risque d'envisager un recrutement plus large s'il a des doutes. »

Le silence se fit un instant. On vit reparaître des réfugiés sur la berge. Après une matinée où ils avaient été rares, le spectacle était d'autant plus navrant.

Le prince de nouveau machinalement rabattit sa mèche rebelle. « Pour le moment donc, reprit-il, je vais accompagner votre flottille et proposer toute l'aide en mon pouvoir. Avec votre permission, seigneur Shonto, je hisserai mon enseigne à côté de la vôtre. Lorsque nous atteindrons les provinces centrales, peut-être servirai-je à vous mettre en rapport, l'empereur et vous. »

Shonto s'inclina. Le prince brusquement se leva.

« Excusez-moi, s'il vous plaît. Je vais écrire sur-le-champ à l'empereur. Pouvez-vous faire en sorte que ma lettre arrive à son destinataire ?

— Certainement, prince Wakaro. Je vous remercie des avis que vous avez formulés. Peut-être reste-t-il de l'espoir, si Yamaku et Shonto s'unissent pour défendre Wa... »

Le prince salua et, flanqué de sa suite, descendit les marches conduisant au pont inférieur. Lorsque son bateau blanc passa devant la barge, il fit signe à Shonto. Les rameurs s'arc-boutèrent, et leur embarcation fila comme un dard, laissant derrière elle un tourbillon de pétales.

Kamu s'inclina devant son maître, le visage grave et tendu.

« Des nouvelles me sont parvenues, seigneur, de la part du frère Shuyun. Il a parlé aux moines du monastère voisin, et le doute n'est pas permis : la peste s'est déclarée parmi les réfugiés. Les malades ne sont pas nombreux, et l'on peut espérer que les religieux les auront isolés assez vite pour empêcher la contagion. J'ai autorisé l'usage d'un bateau pour le transport des victimes. Les moines botahistes s'occuperont de le conduire et soigneront les personnes atteintes. »

Kamu fit le signe de Botahara, ce qui n'était pas habituel chez lui. « Puisse Botahara nous avoir tous en sa garde ! reprit-il. Il n'y a pas d'autres mesures à envisager pour l'instant mais, si la peste se répand parmi ceux qui ont pris la route du Sud, ce sera un désastre, car les frères risquent de ne pouvoir traiter les milliers de gens qui vont contracter la maladie. Le frère Shuyun suggère de demander au frère Sotura de diriger les opérations. »

Shonto acquiesça après y avoir brièvement réfléchi. « Le frère Shuyun n'a pas pris le risque d'être infecté lui-même ?

— Je lui ai parlé de votre inquiétude à ce sujet, monseigneur, et il m'a assuré qu'il s'entourerait de toutes les précautions nécessaires. »

Shonto fit tourner lentement sa coupe et regarda passer les gens sur le rivage. « Nous ne pouvons pas nous permettre d'affecter beaucoup de barges au transport des malades. » Il hocha la tête. « Que le frère Sotura s'occupe de tout cela ! Si la peste s'infiltre parmi ces gens-là (avec un geste en direction de la rive), il pourrait y avoir des milliers de morts avant que les moines parviennent à enrayer les progrès de la maladie. Barbares ou non, nous aurions mieux fait de les laisser chez eux. » Il se retourna vers Kamu. « Une fois que la nouvelle se sera propagée parmi les réfugiés, un vent de panique soufflera qui fera des victimes indépendamment de la maladie. Et nous n'avons personne pour faire régner l'ordre parmi ces gens-là. » Il regarda le contenu de sa coupe. « Attendons. Si l'on réussit à isoler les malades, il se peut que cela ne s'aggrave pas. »

Pendant quelques instants, chacun s'absorba dans ses réflexions. Les années de peste étaient encore dans toutes les mémoires. Aucune famille n'avait été épargnée par l'épidémie mortelle qui avait sévi dans Wa. Finalement, la famille impériale elle-même avait été touchée, ce qui avait déclenché la guerre. On ne s'en souvenait que trop bien.

« Pardonnez-moi de vous poser la question, seigneur Shonto, dit le général Hojo, mais pourquoi Votre Seigneurie n'a-t-elle pas permis au jeune prince de s'adresser de vive voix à l'empereur ? Le danger qu'il aurait encouru aurait donné à son récit une crédibilité toute particulière. On prend souvent de grands risques lorsqu'on se croit détenteur d'une vérité d'importance, comme si le caractère exceptionnel de ce que l'on sait avait pouvoir de vous protéger de l'ignorance et de la méchanceté humaines. L'empereur aurait eu tout loisir de réfléchir. »

Shonto hocha la tête. « C'est possible. On ne sait jamais ce qui va influencer le Fils du Ciel. Mais si l'empereur refusait de croire son enfant… »

Il demanda du vin à un domestique.

« Dans le cas où son fils resterait avec nous, qu'irait penser le Yamaku ? Que j'ai offert au prince la main de ma fille et le trône de Wa, des biens d'une valeur inestimable et que lui-même ne lui proposera jamais ? Dans l'hypothèse d'une guerre civile dont il sorte vaincu, la personne qui aurait le plus de chances de monter sur le trône du Dragon serait un prince marié à une fille du Shonto et du sang des Fanisan. Il y a plus de difficultés à renverser une monarchie qu'à gagner une guerre. Il faut s'assurer d'un bon prétendant, sinon c'est la porte ouverte aux dissensions dans le camp des vainqueurs. » Il sourit. « Plus l'empereur se sentira menacé, plus son armée grossira. » Il haussa les épaules. « Et, qui sait ? peut-être la lettre du prince va-t-elle faire réfléchir son père ? S'il envoie des officiers dans le Nord pour juger de l'ampleur de l'armée barbare, ils verront ce que Wakaro a vu.

— Le jeu, dit Hojo sans s'émouvoir, est devenu bien compliqué. »

Shonto haussa les sourcils et souleva la coupe de vin qu'on lui avait apportée. « Pour l'instant, dit-il, général. » Il but puis reposa sa coupe sur une petite table. « Bientôt commencera l'échange des pièces. »

Le retour à la flottille s'était révélé plus difficile que Komawara ne l'avait prévu. Ils s'étaient heurtés à une patrouille barbare en quittant les collines, et l'un des nomades avait réussi à prendre la fuite. Ensuite ils avaient été pourchassés par des compagnies ennemies et contraints plus d'une fois à des engagements interminables. Sur les mille huit cents hommes qui avaient attaqué les convois d'approvisionnement, il en restait mille. On n'avait vu nulle trace du détachement conduit par Rohku Saicha, et Komawara ne savait si s'en désoler ou s'en réjouir.

Un de ses gardes mit fin à ses réflexions sur le sujet. « Seigneur… »

Komawara était assis, le dos appuyé à un arbre, et laissait son regard errer sur un pré qu'entouraient des collines boisées. Des chevaux broutaient sous la surveillance de soldats. Comme ils ont de la chance ! pensait-il. Sa compagnie n'avait rien eu à se mettre sous la dent depuis la veille, et son estomac parfois criait famine.

« Seigneur, les guides ont repéré la flottille. Nous pourrons y être en fin d'après-midi. »

Komawara hocha la tête en guise d'approbation. Il n'avait pas le courage d'autre chose. « Et les éclaireurs ?

— Ils disent, monseigneur, que les patrouilles barbares se maintiennent à distance de la flotte du seigneur Shonto. Nous ne les avons pas vues de la matinée. » Il marqua une pause puis, non sans fierté : « Nos patrouilles à nous, les gens de Seh, leur donnent à réfléchir. »

Komawara l'approuva. « Fais savoir au général Jaku que nous devons repartir. Le seigneur Shonto connaît-il notre position ? »

Le garde secoua la tête.

« Envoie quelqu'un devant pour en informer Kamu-*sum.* » Il se remit debout non sans peine.

« Les éclaireurs ont autre chose à vous apprendre, seigneur Komawara. »

Komawara, qui avait commencé à s'éloigner, s'arrêta.

« Apparemment, une fraction importante de l'armée barbare se sépare du gros des troupes.

— Combien d'hommes ?

— Vingt-cinq mille peut-être. »

Komawara hocha la tête. Un instant, il resta les yeux fixés sur le sol. « Que six hommes se dépêchent d'aller porter la nouvelle au seigneur Shonto ! Donne-leur nos meilleurs chevaux et d'autres frais pour les relayer. Qu'ils les crèvent s'il le faut ! Le seigneur Shonto doit être mis au courant sans tarder. »

Il fit signe qu'on lui apportât sa propre monture. Les Barbares ne peuvent pas laisser Shonto continuer à priver leur armée de vivres, pas après ce que mes hommes leur ont fait. Ce bataillon va chercher à accrocher nos troupes, les forcer à leur livrer bataille ou nous chasser vers le sud, si vite que nous ne pourrons pas continuer à faire le vide devant nous. Ce khan a fini par se secouer.

44

La quatrième lune glissa hors de l'emprise des frondaisons et, dépouillant une robe couleur de cuivre, s'enveloppa de blanc argenté. Nishima, Kitsura et Okara avaient pris place sur des coussins disposés sur un tapis à l'arrière du navire. Le clair de lune était si lumineux qu'on distinguait au passage le rose des fleurs de cerisier et le blanc de celles des pruniers. On aurait dit des arbres sous leur fardeau de corolles qu'ils étaient des nuages suspendus au-dessus des rives obscures du canal.

À la demande d'Okara, Nishima avait joué sur sa harpe une mélodie ingénieuse connue sous le nom de *L'Adieu des amants*, si dans les provinces du Sud on la nommait *Voyage sur le fleuve au printemps.*

Après cela, elles avaient commencé à enchaîner des strophes, en se relayant dans la composition. L'honneur de la première et de la dernière était revenu à Nishima en hommage à son talent de poétesse.

Quatrième lune.
Des milliers de cœurs brisés
Jonchent les rives du canal en ce printemps,
Parmi les pétales des fleurs de prunier.

Ensuite Okara avait pris la coupe de vin dévolue à l'auteur de la strophe suivante.

Des fleurs de la blancheur de l'herbe des linteaux
À contre-courant s'envolent vers le sud.
Comment reviendrons-nous dans des maisons
Aux portes effondrées ?

Kitsura hérita de la coupe.

Les feuilles de l'automne dernier,
De même que les fleurs du printemps,
Les vents froids les font voler dans le ciel.
Le cœur aussi aspire à s'élever.

La coupe retourna dans les mains de Nishima, qui but une petite gorgée de vin comme le voulait la règle, puis écouta son inspiration en tenant sur ses genoux la fraîche porcelaine.

Un vol de grues
Passe en silence
Le long de la rivière, parmi les nuages.
Des milliers de cœurs aussi
Prennent leur essor vers un lac invisible,
Au pied d'une montagne sans nom.

Le poème achevé, les trois femmes restèrent silencieuses à contempler la lune et le paysage qui défilait. Elles laissèrent passer un peu de temps, puis Kitsura prit sa flûte et joua un air langoureux qui convenait à leur état d'esprit, comme aurait pu le faire une citation bien choisie. Quand elle eut fini, une flûte en bambou lui répondit depuis la rive, l'instrumentiste caché proposant une mélodie qu'aucune d'elles ne connaissait, mais qui était en harmonie avec la musique de Kitsura.

« C'est un esprit qui s'adressait à nous, j'en suis sûre », dit Okara à voix basse, approuvée par ses compagnes.

Toute conversation fut bannie pendant un moment, puis Nishima se leva, sur les lèvres un sourire défaillant avant même d'être formé.

« Cela me coûte de quitter une aussi charmante compagnie, dit-elle, mais il faut que je dorme, sans quoi je ne serai d'aucune aide à mon oncle. C'était une soirée parfaite, Oka-*sum*, ma cousine. »

Elle salua et se retira vers l'escalier menant aux cabines. Kitsura voulut chanter une autre chanson mais ne put se concentrer suffisamment et s'arrêta.

« Cette guerre, j'en ai peur, a eu sur Nishi-*sum* un effet dont il est difficile de comprendre comment il a pu s'exercer. Son tempérament d'artiste en fait quelqu'un de trop ouvert et, dans une période comme celle que nous vivons... »

Elle ne finit pas sa phrase. Okara hocha la tête : « Puisse-t-elle ne jamais apprendre à fermer son cœur au monde, même s'il doit mille fois en être brisé ! »

On vit briller sur la berge les feux d'un camp de réfugiés. Cela se répéta sur un demi-rih. Ensuite la seule lumière fut celle de la lune, dressant contre la voûte étoilée les silhouettes des calyptas et des saules, maintenant pourvus de la totalité de leur feuillage. Pour ne pas déranger les femmes dans leur contemplation, ce fut presque sans bruit qu'on releva la garde.

« Toujours pas de nouvelles de la compagnie qui avait pour mission d'attaquer le convoi de ravitaillement des Barbares », dit tout à coup Kitsura. Il était tout à fait déplacé de parler de ces choses-là en regardant la lune, mais de pareilles inconvenances se rencontraient de plus en plus fréquemment.

« Oui, et cela m'inquiète, répondit Okara sans paraître remarquer, à moins qu'elle n'y prêtât pas attention, que le sujet n'était pas approprié aux circonstances présentes.

— Le seigneur Komawara est devenu quelqu'un de ténébreux, dit Kitsura. N'est-ce pas votre avis ? Il a une mine plus sombre que les hauts responsables de l'état-major du seigneur Shonto, et eux pourtant ont naturellement déjà participé à une guerre. Mais... »

Okara d'abord resta muette. « Bien des choses, dit-elle, sont arrivées à notre jeune seigneur de Seh. Cela m'attriste de le voir changer comme cela, mais je n'en suis guère surprise. Il a perdu les domaines qui depuis des générations étaient la propriété des Komawara. Seh est occupée par des Barbares qui ont sans doute incendié la belle ville de Rhojo-ma. Et puis, s'il a de nouveau droit au respect des gens de sa province, cela n'a pas effacé des mois de dérision... sans parler d'autre chose.

— D'autre chose, Oka-*sum* ? »

L'artiste haussa les épaules et tira sur sa robe de dessus. « N'en dites rien, s'il vous plaît, mais je crois, Kitsu-*sum*, que quelqu'un a rejeté les avances de Samyamu-*sum* et, après tout ce qu'il a enduré, le seigneur Komawara a le sentiment qu'il ne lui reste rien au monde. Cela peut conduire à se moquer de tout, j'en ai bien peur.

— Rejeté ! dit tout bas Kitsura, visiblement intéressée. Par qui, selon vous ? »

Okara haussa les épaules et détourna les yeux. « Par dame Kitsura, peut-être ? »

Kitsura eut un petit rire. « Certainement pas. Par contre, il ne manquait pas de jolies filles dans le palais du gouverneur. On n'est pas à court de suppositions. Croyez-vous qu'il faille incriminer les opinions du seigneur Komawara, qu'on jugeait saugrenues ? »

À nouveau, Okara haussa les épaules. « Peut-être.

— Ah ! ah ! » Kitsura mit les doigts sous son menton pour une réflexion qui ressemblait presque à une prière. « Les autres hommes auxquels je pense sont tous toqués de Nishi-*sum*... » Elle se redressa. « Vous ne croyez pas par hasard qu'il s'agisse de Nishima-*sum* ? Une chose est sûre : elle ne m'en a pas soufflé mot.

— Je ne sais pas, Kitsu-*sum*. J'en parle seulement comme d'une possibilité. Je ne puis rien affirmer. »

Kitsura se frotta les mains, à l'imitation d'un personnage de comédie. « Il faudra que je trouve un moyen de la faire parler, s'amusa-t-elle, avec déjà à l'évidence une idée en tête. Pauvre seigneur Komawara ! Ma jolie cousine brisera des milliers de cœurs avant de faire son choix.

— Laissez-moi vous dire, répliqua sèchement Okara, que cette rivalité entre dame Nishima et vous, vous la regretterez toutes les deux. »

Kitsura ouvrit de grands yeux. Elle n'avait jamais entendu Okara se départir d'une parfaite amabilité. Quelle rivalité a-t-elle en l'esprit ? se demanda-t-elle. Avec ma très chère cousine ?

Nishima reposait dans une cabine inondée de lumière. Le clair de lune s'engouffrait par la fenêtre ouverte. Elle avait quitté les robes sophistiquées qu'elle avait mises pour se protéger de la fraîcheur du soir, et une servante lui avait fait son lit. Elle avait apprécié comme les autres le spectacle qui leur avait été offert, mais subitement n'avait pu fixer son attention et s'était excusée avant qu'on eût pu deviner le désordre de ses pensées.

Depuis plusieurs jours, elle n'avait pas parlé à Shuyun, ne l'avait pas même revu, sinon une fois, de loin. Il l'évitait sûrement, et cela la rendait très anxieuse.

En un sens, elle se sentait engagée dans un combat dont l'enjeu était l'âme de ce jeune homme, avec contre elle une vie passée à recevoir une formation botahiste et à s'imbiber d'une doctrine, et en sa faveur les charmes qu'une dame Nishima était en mesure de faire valoir. Plus longtemps il restait éloigné d'elle, et plus de chances avaient de l'emporter son éducation et le confort de ses habitudes. Déjà elle était sûre que les moines avaient regagné leur élève, avant même d'avoir été avertis qu'ils étaient en danger de le perdre.

Elle était surprise du peu de scrupules qu'elle éprouvait à endosser ainsi un rôle de tentatrice, à détourner le dévot du chemin du salut. Cela l'obligeait à questionner son innocence. Certainement, rien ne pouvait être plus inconvenant que l'aventure dans laquelle elle s'était engagée. Pourtant, dans son cœur, cela lui importait peu, et son cœur était maître du jeu.

La douleur qu'elle ressentait à cette pensée était presque d'ordre physique. Tant cette souffrance plongeait dans les profondeurs de son être qu'elle ne parvenait pas à la focaliser. Elle resta d'abord ainsi prostrée, avant de s'obliger à pratiquer l'un des exercices que le frère Satake lui avait enseignés pour se libérer à toute force d'une agitation. Elle en obtint finalement un sommeil entrecoupé d'insomnies.

Le craquement d'une marche la réveilla aussi efficacement que si l'on avait pénétré dans sa cabine. Le bruit disparu, avec tout ce qu'il évoquait, elle n'entendit plus rien et comprit que la personne capable de se déplacer aussi furtivement ne pouvait être que Shuyun. Elle se redressa, s'enveloppa de sa courtepointe, avec tous ses sens en alerte, mais rien ne se produisit, et sa porte ne s'ouvrit pas comme en un songe, ainsi qu'elle l'avait espéré.

Pendant quelques minutes, elle resta assise dans son lit, en butte à ses désirs et à ses craintes. Puis le besoin de savoir ce qui se passait dans le cœur de ce jeune moine prit le dessus, et elle bondit presque, jetant une robe sur son léger vêtement de nuit et oubliant sa ceinture.

Elle entrebâilla sa porte pour regarder dans le couloir et l'escalier menant au pont, qu'éclairait faiblement une lampe de bronze couverte d'un abat-jour : rien ne bougeait. Nishima ne possédait pas le talent de Shuyun, mais elle avait bénéficié des leçons du frère Satake, et ses gestes montraient la même grâce dans le mouvement, le même sens de l'équilibre qui permettaient aux bénéficiaires d'un enseignement botahiste de se mouvoir presque sans bruit.

Une fois devant la cabine du moine, elle tendit l'oreille mais, n'entendant rien, elle poussa la porte et vite s'écarta de la lumière du couloir. Shuyun se redressa dans le lit qu'on lui avait fait sur des nattes de paille. Le clair de lune illuminait les méplats de sa joue et de son front.

« Dame Nishima ? »

Il avait parlé à voix basse, mais le ton néanmoins suggérait distance et civilité. Nishima sentit le cœur lui manquer. Devant le lit, elle s'agenouilla. Pas un mot ne sortit de sa bouche.

« Dame Nishima, quelque chose ne va pas ? »

De la distance, songea-t-elle, *des mots aussi froids que l'eau de la rivière au printemps.* Je ne pourrai pas le gagner par la faiblesse, je dois me montrer forte. Il faut que je retrouve ce qui hier l'attirait vers moi.

Malgré sa détermination, il ne sortit de sa bouche qu'un filet de voix, et qui manquait d'assurance. « Voilà quelque temps que je ne vous ai vu, Shuyun-*sum.* » Elle n'en dit pas plus. En définitive, elle ne put que hausser les épaules et refouler ses larmes. C'était comme elle l'avait craint : l'habitude, l'entraînement, les préceptes avaient joué en son absence. Que pouvait-elle faire à présent ?

Shuyun avait les yeux fixés sur elle. Peut-être était-ce une illusion créée par la lumière, mais ses traits, normalement immuables, semblaient refléter sa confusion et sa tristesse.

« Je ne comprends pas les subtilités du cœur, dame Nishima », dit-il d'une voix parfaitement calme.

Nishima secoua la tête. Elle s'entendit murmurer : « Vous n'êtes pas le seul. » Il y eut une courte pause, puis elle ajouta : « Tout ce que je sais, c'est que le mien se brise. »

Le défaut d'expérience du jeune moine ne pouvait l'empêcher d'offrir une consolation à une femme dont le cœur se brisait.

Nishima sentit qu'il la prenait dans ses bras et la serrait, alors qu'elle se cachait le visage sur son épaule nue. Ils restèrent quelque temps sans bouger, comme s'ils craignaient qu'un geste ou un mot ne donnât le signal d'une acceptation des changements qu'ils sentaient l'un et l'autre venir.

« Je pense à un souvenir d'enfance, murmura Nishima, peut-être le plus ancien. Je pleurais, je ne sais pas pourquoi, et ma mère me tenait comme vous le faites maintenant.

— Pour ma part, dit-il, dans mon premier souvenir je psalmodie avec les autres novices, un psaume pour les enfants. Je ne me rappelle rien de ma famille.

— Étiez-vous jeune à ce point à votre entrée au monastère ? »

Il fit signe que oui. « Dès votre prime enfance, les instructeurs vous font pratiquer des exercices au cours desquels vous imaginez que le visage de votre mère se transforme. De rond, il devient anguleux, ou encore, après avoir été tout en longueur, il s'arrondit. Bientôt on ne peut plus se souvenir de ce qu'il était vraiment. C'est une première leçon pour imprimer en vous l'idée que vous vivez dans l'illusion.

— Il semble horrible de faire supporter cela à un enfant, murmura Nishima.

— Peut-être. » Il colla sa bouche contre l'oreille de la jeune femme. « Il y a une chose qu'il vous faut savoir. » En se détachant d'elle lentement, il leva une main. « Mettez votre paume contre la mienne. » Elle obéit. « Maintenant poussez. »

Doucement d'abord, elle exerça une pression, en contrôlant sa respiration et en sentant sous ses doigts le picotement de la « force intérieure ». Pendant ce temps, Shuyun ne la quittait pas des yeux. Soudain elle découvrit que sa main était rejetée vers l'arrière. C'était progressif, mais ininterrompu. Seulement quand la poussée s'arrêta, elle s'aperçut que les rayons de lune se glissaient entre leurs deux mains. Elle hésita, retira la sienne. Elle ne cachait pas sa stupéfaction.

« Le frère Satake, murmura-t-elle, ne m'a jamais parlé de cela. Je... Je ne l'aurais pas cru possible. »

Il hocha la tête. « On ne trouve nulle part d'indication que cela ait déjà été fait », dit-il d'une voix si empreinte de gravité qu'elle se surprit à fuir son contact, comme s'il y avait soudain chez ce moine quelque chose dont il lui fallait se méfier.

« Seriez-vous le Maître ? » susurra-t-elle.

Il secoua la tête, presque dans un tremblement, et haussa les épaules, les yeux baissés sur ses mains. « Je ne sais pas, dit-il. À coup sûr, la confusion que je ressens n'a rien à voir avec l'Illumination telle que les frères l'ont décrite. »

Il croisa le regard de Nishima, et elle sentit que tacitement il lui demandait de venir vers lui. Malgré son sentiment de malaise et les questions qu'elle se posait sur la nature de cet homme, elle ne put le lui refuser. Délicatement, elle écarta la courtepointe et se glissa dans le lit à ses côtés. Ils restèrent dans les bras l'un de l'autre sous le regard de la lune, avec trop de choses à se dire, incapables de trouver les mots qui leur auraient permis de commencer. Autour d'eux résonnaient les bruits du bateau tanguant et dansant dans son mouvement vers l'avant. Lentement se dessinait dans la cabine la courbe lumineuse projetée par le clair de lune. Tout cela donnait une impression d'étrangeté, avec une chambre qui bougeait, sifflait, grondait, une clarté froide et pure qui illuminait les lieux, assez intense pour jeter des ombres. Ils auraient pu se croire transportés dans un autre monde où les lois de la nature ne s'appliquaient pas et ses forces n'avaient plus de pouvoir.

Nishima sentit le doigt de Shuyun suivre les contours de son oreille avec infiniment de douceur. Puis il s'intéressa au galbe de son cou. Elle s'arrêta de respirer. Il avança le long de son épaule, tira sur sa robe. Elle sentit la soie glisser sur sa poitrine, puis contre sa peau la chaleur de l'autre.

Brave cœur, pensa-t-elle, que de beauté nous avons découvert !

Shonto Shokan s'éveilla dans une petite chambre grise. Un mince filet de lumière s'infiltrait par un interstice dans le volet de la fenêtre. Il est tôt, se dit-il, il doit être très tôt. Les fourrures sous lesquelles il dormait le maintenaient au chaud, mais ailleurs les murs de pierre absorbaient la chaleur, et son souffle se condensait. Il roula de nouveau sur le flanc. Une douleur dans le dos et le cou le surprit. Porter une charge à la mode des indigènes avait outrepassé ses forces.

Il avait dormi toute la nuit sans être réveillé par le froid. Il devait admettre qu'il n'était pas fait pour vivre dans les hautes montagnes. Ce maudit froid, il ne le supportait pas.

Peu pressé d'affronter celui qui régnait dans la pièce et ne trouvant pas de raison impérative de mettre un pied hors du lit, il restait blotti dans ses fourrures à méditer sur les gens qui l'avaient découvert – *sauvé* était peut-être plus juste.

Sous certains rapports, ils ne différaient pas des habitants de Wa, les hommes de la plaine. Les vêtements, les usages n'étaient pas les mêmes, incontestablement, mais le sens du devoir chez eux avait quelque chose de familier qui lui rappelait ses vassaux dans le fief des Shonto.

Apparemment, il n'existait pas d'aristocratie dans leur pays, même si les aînés avaient droit à un étonnant respect. Mais même la vie de ces personnes ne pouvait se comparer à l'existence choyée d'un grand seigneur de l'empire, la sienne par exemple.

S'il lui avait fallu préciser ce qui différenciait le plus les hommes de la montagne de ses compatriotes, ç'aurait été la capacité de ce peuple, qui ne se démentait apparemment jamais, à trouver leur bonheur pratiquement partout. Davantage que d'innocence, il s'agissait d'une aptitude à se réjouir et d'une spontanéité qu'on rencontrait rarement dans l'empire de Wa, où toute initiative était contenue par un protocole, des bienséances et un cérémonial des plus rigides. Même sa demi-sœur, Nishima, qui n'accordait presque aucune attention aux exigences de sa position sociale – et ce avec une surprenante impunité –, n'atteignait pas à l'esprit d'indépendance qu'il observait chez ces montagnards. Il sentit qu'il en était un brin jaloux.

La porte s'ouvrit à demi, laissant voir un visage dans l'ombre du couloir au-delà, que Shokan ne put identifier avec certitude. Puis cette porte fut poussée par un pied, et Quinta-*la* parut. En ses mains, elle portait un plateau de bois couvert d'un linge, et une bonne odeur de nourriture se répandit dans l'air froid. Elle posa son plateau sur ce qui ressemblait à un petit tabouret rond, et tout en parlant se dirigea aussitôt vers la fenêtre. Impossible d'être affirmatif, mais Shokan eut la nette impression qu'elle le gourmandait. Elle ôta les loqueteaux et ouvrit en grand les volets. Le soleil inonda la pièce, un soleil chaud, et le jeune seigneur se demanda s'il ne faisait pas meilleur dehors.

Quinta-*la* s'assit sur ses talons, montra le plateau et sourit. Shokan dit le mot qu'il espérait signifier « manger ». En retour, il eut droit à un sourire ravi, et un torrent d'autres mots se déversa sur lui dont il ne comprit pas un seul.

Lorsqu'il eut fini son repas, dont chaque bouchée avait apparemment été observée avec intérêt, Quinta-*la* se leva et montra la porte, accompagnant cela d'un certain nombre de paroles.

« J'aimerais beaucoup me promener au soleil en votre charmante compagnie, Quinta-*la*, répondit Shokan, mais il n'est pas décent que vous restiez ici, et il est certainement très inconvenant que je m'habille en votre présence. C'est pourquoi… »

Il lui fit signe de quitter la pièce, tout en souriant pour ne pas la vexer. Cela ne donnant aucun résultat, il se leva en s'enveloppant d'une fourrure et lui fit prendre le chemin du dehors, d'où une explosion de rires. Mais souvent ses gestes déchaînaient la même hilarité.

S'habiller ne lui demanda pas beaucoup de temps. Dans le couloir, Quinta-*la* l'attendait, accroupie au pied du mur. « Ketah », fit-elle en se levant d'un bond.

Elle montra le fond du couloir et marcha à côté de lui. Elle allait si vite qu'il dut hâter le pas. Pourtant, si l'on excepte cette rapidité dans le mouvement, elle ne donnait aucun signe d'être pressée. Elle lui souriait quand il la regardait et paraissait accélérer, non parce qu'on la réclamait quelque part, mais par enthousiasme ou simplement par plaisir.

Ils quittèrent le bâtiment par une porte en bois d'une bonne épaisseur et traversèrent une cour pavée pour gravir un escalier étroit. Entre le bâtiment qu'ils venaient de quitter et le grand mur d'enceinte, l'ombre était froide, et de la glace parfois apparaissait sur les marches.

Lorsqu'ils atteignirent le sommet de cet escalier, et du même coup une de plus des innombrables cours et terrasses, une clameur s'éleva, et un instant plus tard une troupe d'enfants vint à leur rencontre, jaillissant de partout. Avec leurs visages en pleine lune, leurs sourires découvrant des dents parfaitement blanches, ils offraient un contraste frappant avec les enfants sages et bien élevés que Shokan avait l'habitude de rencontrer. Ils couraient autour de l'étranger et de son petit cicérone ou dansaient à côté de lui, touchant ses mains et ses vêtements, riant, jacassant et poussant parfois des cris aigus dont la seule explication apparemment était l'allégresse.

Ils traversèrent une autre terrasse et se dirigèrent vers un large escalier juste assez haut pour empêcher Shokan de voir ce qui les attendait au-dessus. À mesure qu'ils se rapprochaient de ce nouvel escalier, les enfants perdaient de leur exubérance ; ils finirent par se taire. Par petits groupes, ils se laissèrent distancer, si bien qu'au pied des marches les deux adultes se retrouvèrent seuls. Quinta-*la* aussi n'alla pas plus loin. Son visage affichait une gravité inhabituelle.

Shokan jeta un coup d'œil derrière lui. Les enfants le regardaient avec de grands yeux où ne pouvait lire un étranger comme lui. Plus de mines épanouies. Quinta-*la* eut ce geste étrange, déjà vu, de laisser tomber la tête puis de la redresser brusquement. Montrant l'escalier, elle esquissa un sourire destiné à rassurer, mais si contraint qu'il fut loin d'y parvenir.

Je n'ai pas d'épée, songea Shokan. Il avait laissé la sienne dans sa chambre par respect pour les gens qui l'avaient sauvé et pour leur marquer sa confiance, car ils ne portaient pas d'armes de ce genre dans l'enceinte de leur village. Cette crainte est sans fondement, se dit-il, il est honteux d'avoir de telles pensées. Ces montagnards ne sont pas fourbes.

Comme vraisemblablement il n'avait pas le choix, il s'inclina et prit l'escalier, sous les regards attentifs d'un public étrangement muet.

Il ne s'attendait certes pas à quelque chose de précis, mais ce qu'il vit au sommet des marches le prit de court : une terrasse de forme ronde, ceinte d'un muret de pierre à hauteur d'appui. Au milieu, un arbre rabougri dressait des branches torses, se détachant sur un fond de montagnes blanches et une large vallée.

La scène était si surprenante que Shokan faillit ne pas remarquer sur un banc de pierre un petit personnage dont le regard errait de l'autre côté de cette vallée. Il s'agissait d'une femme, vêtue de longues robes de couleur sombre, serrées à la taille par une ceinture d'un violet défraîchi. Lorsque Shokan s'arrêta face à elle, elle se tourna vers lui, ne sachant trop que faire. Puis, d'un geste qui n'était pas inamical, elle l'invita à se joindre à elle.

Si cette femme n'était pas la sœur du vieillard qu'il avait rencontré lorsque les montagnards étaient d'abord venus vers lui, Shokan aurait pensé que ses facultés d'observation l'avaient totalement abandonné. Un visage ratatiné et couvert de rides émergeait des plis d'une écharpe de laine grossière d'un bleu passé. Sa voix lorsqu'elle parla fut frêle, mais étonnamment bien timbrée.

« Vous… Vous êtes le seigneur Shonto ? »

Shokan dissimula sa surprise, car elle était la première des habitants de ce pays qu'il rencontrait à parler sa langue et, dans la mesure où il pouvait en juger, presque sans accent.

« Oui », dit-il, et il s'inclina.

Elle lui fit signe de s'asseoir, et il prit place à l'autre bout du banc qu'elle occupait, les genoux repliés sous le menton, dans une position très semblable à celle qu'aurait pu prendre une petite fille.

« Je vous voyais plus âgé, dit-elle.

— Je suis le seigneur Shonto Shokan. Peut-être me confondez-vous avec mon père, le seigneur Shonto Motoru ?

— Ainsi vous êtes le fils ? Je vous imaginais plus jeune. »

Il sourit. « On ne m'a donné ni votre nom ni votre titre. Aussi, excusez-moi, je ne sais en quels termes m'adresser à vous.

— Alinka-*sa*. Je suis… (elle marqua une pause) je ne connais pas le mot dont vous vous servez… Je suis une vieille dame.

— Vous faites partie des anciens ? » suggéra Shokan.

Elle hocha la tête selon le mode particulier aux indigènes. « Peut-être suis-je la plus ancienne. Je suis la voix de mon peuple.

— Vous parlez très bien ma langue. » Elle haussa les épaules sans fournir d'explication.

« Puis-je vous demander ce qui vous a amené à venir dans le col avant la fonte des neiges ?

— Nous voulions aller jusqu'à Chiba, la province sur le flanc ouest des montagnes. »

Alinka-*sa* ne cacha pas son mécontentement devant cette réponse. Il y eut un court silence, puis Shokan poursuivit.

« Ce qui est survenu dans l'empire nous a conduits à tenter prématurément le passage par la montagne. Une guerre se prépare. Peut-être a-t-elle déjà commencé. Elle se déroulera au-delà de ces montagnes. »

Il montra l'ouest. Elle se tut pendant qu'elle réfléchissait à tout cela. À la différence de son peuple, Alinka-*sa* ne prenait rien à la légère. Il n'entrait apparemment dans sa personnalité ni sens de l'humour ni joie de vivre.

« Pourquoi, demanda-t-elle, l'empereur permet-il à l'armée des Alatan, aux tribus du désert, de prendre sur le canal le chemin du Sud ?

— C'est une longue histoire, Alinka-*sa*. »

Elle lui adressa un regard sévère. « Peut-être y a-t-il des choses qui échappent même à un seigneur de Wa. Le nom des Shonto est ancien et estimé, mais mon peuple vous a sauvé, ainsi que toute votre compagnie. Vous nous devez beaucoup, Shokan-*li*. Comment vous paierez votre dette n'a pas encore été décidé. Le rôle que vous tenez dans les événements de ce monde interviendra dans la décision qui sera prise.

— Vous ne pensez pas nous autoriser à poursuivre notre route à travers les montagnes ? » Shokan laissait paraître sa stupéfaction plus qu'il n'avait espéré.

« Le sort qui vous sera réservé, Shokan-*li*, reste encore en suspens. Le monde est vaste au-delà de notre vallée. Certains hommes ont un rôle à tenir plus important que d'autres. Peut-être est-il souhaitable que vous passiez la montagne pour vous joindre aux combats plus loin. Mais il est possible également qu'il vaille mieux que vous restiez chez nous et préserviez la maison des Shonto en des temps très troublés. Il n'est pas facile de trancher. »

Shokan acquiesça. « Seriez-vous une devineresse ? » demanda-t-il. Cela pouvait expliquer la peur qu'elle inspirait à Quinta-*la* et aux enfants.

« Je ne comprends pas le sens de ce mot », rétorqua-t-elle avec brusquerie.

Poser des questions à l'un des anciens, Shokan se mit à le soupçonner, ne se faisait pas. « La situation dans laquelle se trouve l'empire, Alinka-*sa*, dit-il, est difficile à expliquer et, dans ce que j'ai envie de vous raconter, beaucoup de choses demandent confirmation. » Il inspira profondément.

« Tout a commencé l'été dernier lorsque mon père a été nommé gouverneur impérial de la province de Seh... »

Il ne paraissait pas y avoir d'autre issue, c'est pourquoi Shokan se lança dans un récit. Avec difficulté d'abord, puis les mots lui vinrent plus facilement. Il parla des machinations de l'empereur, du sens qu'à son avis il fallait leur attribuer, des pièces de monnaie découvertes par Tanaka, de son propre séjour dans Seh. Le soleil dans le ciel avait fait beaucoup de chemin qu'il n'avait pas encore fini. Alinka-*sa* le laissa parler sans lui poser une seule question. Parfois elle fronçait les sourcils, parfois hochait la tête à la mode de son pays, mais ne l'interrompait jamais.

Même lorsqu'il eut mis un terme à son histoire, la vieille femme resta muette, si son regard se perdit dans la vallée. « L'arbre qui a des feuilles en éventail, demanda-t-elle à brûle-pourpoint, quel est son nom ?

— Le ginkgo ? »

Elle fit signe que c'était bien cela. « *Alinka* dans ma langue signifie “ginkgo”. C'est un arbre qui ne pousse pas dans les montagnes et pour mon peuple s'auréole d'une certaine légende. Il croit que ses feuilles sont très grandes et qu'il suffit aux dames de Wa d'en cueillir une quand elles ont besoin d'un éventail. Je leur ai souvent dit ce qu'il fallait en penser mais, après discussion, ils ont conclu qu'en l'espèce je n'étais pas correctement informée. »

En ses yeux s'alluma un tout petit sourire.

« Ma mère était quelqu'un comme vous : elle s'est perdue dans la montagne et a été sauvée par les gens de ce village. À la mort de mon père, elle est retournée dans Itsa, et nous avons longtemps vécu dans Wa avant de revenir ici. » Son regard croisa celui de Shokan. « Cela explique pourquoi je connais votre langue et suis un peu au courant de vos mœurs, en dépit de leur étrangeté à nos yeux. Dans votre récit, bien des choses ne m'ont pas surprise, mais je ne peux en dire autant de tout. Wa court au-devant d'une catastrophe, et cela m'attriste. »

À nouveau, son regard se perdit. « Parlez-moi de ce moine au service de votre père », dit-elle, les yeux toujours dans le lointain.

Shokan hésita. « Les gens qui nous ont amenés ici mentionnaient souvent son nom, Shuyun. Pourquoi ? »

Alinka-*sa* maîtrisa sa mauvaise humeur. « *Shu-yung* est un mot qui appartient à notre langue. Il signifie "porteur", "celui qui porte". Pour un étranger, il n'est pas possible à l'oreille de faire la différence entre le mot qui veut dire "porter" et celui qui veut dire "porteur". Parlez-moi de lui.

— À la vérité, je ne l'ai jamais rencontré. On raconte qu'il est très expert dans les talents propres aux moines botahistes. Tant mon père que ma sœur dans leurs lettres ne tarissent pas d'éloges sur son compte. C'est tout ce que je sais. »

Elle hocha la tête. « Mes amis vous guideront à travers la montagne. Vous partirez demain au lever du soleil. »

Elle se leva avec une aisance inattendue chez quelqu'un de son âge. Debout, elle avait la même taille que lui.

« Mais pourquoi cette décision ? demanda-t-il. Je vous en sais gré, cela va sans dire, mais qu'est-ce qui a été déterminant ? »

Avec beaucoup de douceur, elle tendit un bras et lui toucha la joue. « Quinta-*la* vous accompagnera jusque dans la plaine. Puisse Botahara être à vos côtés ! »

Demi-tour, et elle traversa le terre-plein pour s'engouffrer dans l'escalier.

45

Le ciel était aussi troublé qu'un cœur amoureux. Des nuages, déchirés et ballottés par des vents contraires, passaient dans le ciel, sous d'autres plus élevés, striés comme le sable quand la mer se retire.

Il avait déjà plu ce jour-là, et une nouvelle ondée menaçait. Le vent s'était fixé à l'est, après avoir dans la matinée soufflé de tous les points du cadran, au grand dam des bateliers.

Shuyun, devant son seigneur lige, attendait à genoux. Ils avaient pris place sur le pont de la barge de Shonto, qui filait vers le sud aussi vite qu'on pouvait l'espérer. L'ex-gouverneur de Seh trempa son pinceau dans l'encre, ajouta trois caractères à sa lettre puis fit signe à son secrétaire qui dépêcha des domestiques pour enlever l'écritoire et son contenu. En souriant, il se tourna vers son conseiller spirituel.

« Vous avez entendu les nouvelles concernant le seigneur Komawara, Shuyun-*sum* ?

— Oui, monseigneur. Botahara nous protège.

— Tant mieux pour nous. Peut-être ne savez-vous pas que Rohku Saicha aussi est de retour, si les pertes qu'il a subies excèdent même celles du seigneur Komawara et du général Jaku. »

Il hésita. Son visage portait la trace d'une tension nerveuse dont sans aucun doute il avait conscience. « Le khan, reprit-il, a fait ce qu'il lui fallait faire. En nous chassant vers le sud, il s'est donné une chance de se procurer des vivres quand viendra l'été. S'il est assez malin pour mettre au travail les paysans qu'il fait prisonniers au lieu de les passer au fil de l'épée, son armée ne mourra pas de faim. » Il rapprocha un accoudoir. « Ce détachement des forces barbares sera bientôt trop éloigné du gros des troupes pour être secouru… Si nous n'avions pas des effectifs aussi réduits, l'occasion serait belle. »

Il se tut, totalement pris par le grand jeu de *gii* auquel il jouait. Shuyun, lui, attendait calmement. Il ne lui échappait pas qu'en présence de son seigneur lige, le père de la femme avec laquelle si peu de temps auparavant il avait passé la nuit, il se sentait de plus en plus mal à l'aise. Ce n'était pas que Nishima ne fût pas d'âge à décider pour elle-même en pareil domaine, mais il était impossible au jeune moine de penser que Shonto pût se réjouir d'une alliance comme celle-là.

Je suis écartelé, se disait-il. À mesure qu'il s'éloignait de la foi de son ordre, quelque chose en lui l'amenait à se rapprocher de Shonto et des buts qu'il poursuivait. On aurait cru que les soucis de ce monde prenaient plus de réalité à mesure que la quête de l'âme se faisait de plus en plus confuse. Il n'en demeurait pas moins un moine botahiste qui avait passé la nuit dans les embrassements de la fille de son seigneur lige, une mauvaise action de nature à scandaliser à coup sûr tous les citoyens de l'empire de Wa. Shonto ne se mêlait pas abusivement des affaires de sa fille, mais pouvait-il ignorer une chose pareille ? C'était peu probable, d'où le malaise de Shuyun.

Brusquement, Shonto donna toute son attention à son conseiller spirituel. « Vous avez un rapport pour moi, Shuyun-*sum* ? »

Le moine acquiesça en mettant provisoirement de côté ses états d'âme. « Apparemment, nous avons réussi pour le moment, seigneur, à isoler les contagieux, même si de nouveaux cas sont à envisager. Les réfugiés sont pris de panique, mais cela les a poussés à faire plus vite pour gagner le sud, ce qui est une bonne chose. Nous avons mis la barge des malades en tête de la flotte, avec le pavillon de la peste. Les gardes impériaux à eux tous ne pourraient pas libérer le passage plus rapidement que la vue de ce terrible signal. On ne compte qu'un décès de plus. Puisse le Maître parfait veiller sur l'âme de cette femme ! » Il fit le signe de Botahara. « Je prie pour que nous n'ayons rien de pire, seigneur. Le frère Sotura est quelqu'un d'expert : il a la situation bien en main. »

Shonto approuva. « Je veux que l'on me tienne au courant. Si la peste s'installe, il importera peu que le khan soit suivi d'un homme ou de cent mille : nous ne lui opposerons plus que des fantômes. » Il montra l'embouchure d'une petite rivière sous les saules.

« Le maître Myochin va sans doute entendre parler de notre arrivée. La perspective d'avoir à quitter sa maison ne l'enchantera pas. » Il hocha la tête. « Tous, nous espérons vieillir en paix… Mais la paix, nous ne la reverrons pas de sitôt, Shuyun-*sum*. Même en admettant que ce khan puisse venir à bout des armées de Wa, il ne sera pas simple pour lui de garder l'empire sous sa loi. Les enfants qui naîtront aujourd'hui seront peut-être encore les témoins de cette guerre avant sa conclusion, même si je ne le souhaite pas. »

46

Le Bateau de Pierre semblait flotter sur sa propre image au milieu du lac de la Grue d'Automne baignant le mur ouest du palais impérial. Il était pour l'essentiel sculpté dans le marbre, si le jade aussi avait été utilisé par les artisans d'autrefois, deux matériaux entrant rarement dans la construction d'un navire. En réalité, il ne s'agissait nullement d'un bateau, mais d'un îlot fait de blocs de pierre auxquels on avait donné une forme compliquée et quelque peu fantasmagorique. Tout avait été réalisé sur une petite échelle.

Au cours des siècles, le Bateau de Pierre était devenu pour plus d'un empereur et d'une impératrice une aimable retraite, et il n'avait connu la défaveur que durant la dernière dynastie. Il n'en demeurait pas moins un refuge idéal pour qui cherchait la paix et désirait se garder des oreilles indiscrètes. Peut-être fallait-il voir dans ce dernier atout ce qui avait motivé la visite de l'empereur au Bateau de Pierre.

Un auvent vert amande avait été tendu pour abriter le Fils du Ciel, et il avait pris place sur des coussins de soie, assisté seulement d'un secrétaire debout à la proue, qui signalait au rivage voisin les desiderata d'Akantsu et parfois précipitamment revenait à la poupe lorsque son maître levait le petit doigt. De façon que l'empereur pût jouir de quelques heures passées dans cette solitude bénie, une cohorte de fonctionnaires, de domestiques et de secrétaires restait en attente sur la rive, patiemment agenouillée ; seuls les hauts responsables avaient le droit de converser entre eux. Pour les besoins de tous ces gens, on avait improvisé une cuisine derrière un écran de saules, et des commissionnaires se tenaient prêts à courir au palais pour en ramener l'objet ou la personne dont le souverain aimerait pouvoir disposer.

Hirondelles et martins-pêcheurs sillonnaient le lac, y dessinant des figures embrouillées, tandis que les canards traçaient des V à la surface de ses eaux tranquilles. Jaku Tadamoto suivait du regard les évolutions de trois hirondelles à la poursuite d'un duvet blanc. L'une d'elles s'en saisissait en plein vol et s'échappait, puis laissait choir son butin, dont d'autres en piqué cherchaient à s'emparer. Ce pouvait être à qui s'approprierait de quoi bâtir un nid, mais ressemblait à s'y méprendre à un jeu dans lequel les participants se livraient à des acrobaties spectaculaires.

Des rameurs faisaient traverser à Tadamoto l'étendue sans rides du lac de la Grue d'Automne dans une des élégantes embarcations dont faisaient usage les cadres de l'administration travaillant dans le palais de l'Île. Comme souvent, le jeune colonel arrivait pour être reçu en audience, avec sous le bras son lot de rapports et de documents qui n'étaient pas tous synonymes de bonnes nouvelles.

En dehors des papiers officiels, Tadamoto tenait aussi, dissimulée dans sa manche, une lettre d'Osha. Elle était écrite sur un ton conciliant, abondait en excuses pour des fautes qu'elle n'avait pas commises, respirait la tristesse, et la douleur qui s'y exprimait avait quelque chose de déchirant. Il ne fallait pas renoncer, disait-elle, leur amour survivrait à l'épreuve si seulement ils en étaient persuadés. Il tentait donc d'y croire. Mais il essayait aussi de ne plus penser à cette lettre, qui risquait fort d'affecter sa capacité à bien servir son empereur, inacceptable maintenant que la guerre civile était pour ainsi dire à leurs portes.

Le sampan accosta à un quai de pierre épousant les contours de la plate-forme qu'on trouve d'ordinaire au pied d'une échelle de coupée. Tadamoto prit la passerelle pour accéder à un prétendu pont, où le secrétaire l'accueillit avec respect. À genoux, le colonel gagna le pied de l'escalier menant à l'étage supérieur et là courba le dos en attendant d'être reçu.

L'empereur était penché sur un long rouleau de papier dont la lecture l'absorbait entièrement. Sa robe couleur safran, dont les broderies représentaient un vol de grues dans un ciel nuageux, paraissait bien mal choisie car, si le costume était en parfaite harmonie avec la frivolité attribuée au retour du printemps, l'empereur, lui, était pâle et crispé comme un homme qui n'a pas trouvé le sommeil depuis de nombreux jours. Tadamoto gardait les yeux baissés, donnant toute son attention au grain du bois dont étaient faites les planches collées à la pierre.

Akantsu baissa les bras. Le rouleau lui tomba sur les jambes. « Colonel. »

Tadamoto s'inclina encore une fois.

« Vos nouvelles, colonel. Ma patience est à bout, et les amabilités ont cessé d'être aimables. Quoi de neuf aujourd'hui ? »

Tadamoto déroula un document où il avait jeté des notes en vue de cette audience. « La flottille de Shonto dans trois jours atteindra la gorge de Denji, Majesté, et elle a récemment considérablement accru sa vitesse. Les premiers réfugiés ont passé la frontière de notre province et commenceront sous peu à arriver en nombre dans la capitale. J'ai prévu des fonctionnaires et des gardes pour faire face à cet afflux de population.

» Quant à notre armée, elle est maintenant de vingt-cinq mille hommes, Votre Majesté, et en comptera trente mille avant la prochaine lunaison. » Il abaissa son aide-mémoire et du doigt tapa sur une pile de rouleaux de papier. « J'ai ici des rapports, Votre Majesté, si vous désirez en prendre connaissance. J'estime que Shonto pourrait avoir franchi la frontière de Dentou avant deux semaines s'il continue à la même allure. L'un de ces rapports me signale que sa flotte est précédée d'une barge arborant le pavillon de la peste. Cela demande confirmation et, même si c'est vrai, j'y vois un stratagème pour faire le vide devant ses bateaux. Il n'empêche que la rumeur lui ouvre la voie. C'est comme l'étrave d'un puissant navire. »

L'empereur hocha la tête. « C'est digne du Shonto. Déshonorant à tous égards, mais efficace à n'en pas douter. » Il reprit le rouleau qui l'occupait avant l'arrivée de Tadamoto.

« Moi aussi, j'ai mes rapports. Le prince Wakaro m'a envoyé ceci. C'est un état complet de la situation militaire, concocté par les officiers du Shonto. Mon fils prétend avoir vu une armée barbare de cent mille hommes. Il joint une lettre de la main du capitaine de la garde princière, quelqu'un que nous avons choisi, vous et moi, colonel. Lui aussi déclare avoir vu cette armée. » Il mit le rouleau de côté. « Mon fils n'est pas un militaire, et il est facile de le duper, mais j'attendais mieux du capitaine de sa garde. C'est très curieux. »

Tadamoto s'inclina. « Pardonnez-moi, Sire…

— Parlez, colonel. Ce n'est pas le moment de jouer les timides.

— À votre instigation, j'ai envoyé dans le Nord mes agents les plus sûrs pour juger de la situation. S'il faut les en croire – et ils ont vu de leurs yeux l'armée nomade –, les forces qui poursuivent le Shonto ne comptent pas plus de trente mille hommes, peut-être moins. L'armée de Shonto, elle, semble de vingt à vingt-cinq mille soldats, pour une bonne part des gardes impériaux. À côté de la fleur de *shinta*, on voit les enseignes du prince Wakaro et de mon frère Katta. Je suis navré d'avoir à vous le dire, Votre Majesté. »

L'empereur fit face aux murs blancs du palais de l'Île comme si leur forme constituait un objet approprié à sa méditation. Mais sa respiration n'était pas calme comme celle du méditant, et ses mains ne restaient pas en place. « Trahi, dit-il, presque dans un murmure. Trahi par mon propre fils et par l'homme que je considérais comme un fils. » Il prit son épée et la reposa doucement sur ses genoux. « À votre avis, cette armée coopère avec Motoru ?

— Mes agents croient que de véritables combats ont eu lieu avec les Barbares, même si les rapports signalant que Shonto pratique une politique de la terre brûlée se révèlent faux. On n'en a pas vu la trace. L'hypothèse semble donc à écarter. Il y a réellement une invasion barbare, mais ce ne sont pas les hordes que certains voudraient nous faire croire.

— Deux armées d'invasion, se suivant de près. » L'empereur joua avec son épée. « Trahi par mon propre fils », répéta-t-il sans y croire, et douloureusement.

Le fils que vous avez envoyé dans le Nord partager le sort de Shonto, pensa Tadamoto.

47

Les barges ne s'arrêtaient presque jamais plus maintenant et, si cela signifiait pour la campagne environnante qu'elle échappait désormais à des ravages semblables à ceux dont elle avait souffert jusque-là, Shimeko, quant à elle, n'avait plus la possibilité de débarquer pour une petite promenade sur la berge. Il lui devenait très facile d'éviter sœur Morima et les séquelles de sa vie passée. Mais sur le bateau elle vivait claquemurée, dans la compagnie de gens qui n'avaient rien de commun avec elle, trois dames de la capitale et leurs domestiques. Ce n'était pas simple.

Les vents des Fleurs de Prunier arrachaient des nuées de pétales aux plantations en bordure du canal. Quand venait une rafale, sur le pont c'était comme une tempête de neige, si dense était la défloraison. Le canal ressemblait bientôt à un tapis blanc, et il fallait sans cesse balayer le pont des navires, car une averse risquait de le rendre glissant sous sa couche de pétales.

Shimeko avait renoncé à se débarrasser de ces fleurs, bien qu'on les remarquât sur le bleu foncé de sa robe. Cette robe était un présent de dame Nishima. L'une des siennes sans aucun doute et, si elle n'en voulait plus, elle l'avait visiblement fort peu portée, car la soie était aussi neuve qu'au sortir du métier de l'artisan. Connaissant la richesse de la garde-robe de sa maîtresse, Shimeko n'était pas surprise de voir qu'aucune trace d'usure n'apparaissait sur ses vêtements. Et dire qu'elle se plaignait souvent d'avoir quitté la capitale avec pour ainsi dire rien à se mettre sur le dos ! Elle sourit. Quelques semaines plus tôt, l'ancienne religieuse se serait offusquée de paroles comme celle-là. Maintenant elle s'en amusait. Il était difficile de ne pas aimer Sa Seigneurie Nishima Fanisan Shonto. Certes elle avait été élevée dans un luxe insolent, mais on ne pouvait pas dire que cela l'avait perdue. Elle appartenait à une grande maison, mais il fallait lui reconnaître du caractère, du talent et de la profondeur d'esprit. Impossible pour Shimeko de la détester. À la lisse, elle se tourna pour avoir le vent derrière elle. Elle ramena son châle sur ses épaules. Il était agréable de sentir le vent gonfler ses cheveux. Ils étaient toujours trop courts au regard des femmes de la société laïque, mais elle ne les avait jamais connus aussi longs.

Difficile de se prononcer. Elle ne ménageait pas son admiration à dame Nishima, à bien des égards, mais il restait un dernier point très préoccupant pour l'ancienne novice. Elle était presque sûre que dame Nishima plus d'une fois n'avait pas quitté le frère Shuyun de toute la nuit.

Elle tourna ses regards vers les cimes neigeuses qui bordaient l'horizon à l'ouest. Elle n'avait guère l'expérience du monde et ne savait pas comment dans leur ensemble les habitants de Wa réagiraient à cette information. Qu'en penserait le seigneur Shonto ? Sœur Morima disait toujours des frères qu'ils étaient entièrement corrompus, mais il ne lui était jamais venu à l'esprit que la corruption toucherait cette chose-là. Et le frère Shuyun ! Dire que les sœurs espéraient qu'il était le Maître attendu !

La sculpture dans la gorge de Denji avec ses amants sans visage lui revint en mémoire. Elle avait éveillé la curiosité de dame Nishima. Sans y penser, Shimeko ôta des pétales de sa robe. Pouvait-on voir dans cette représentation une hérésie ? Dame Nishima savait-elle des choses qu'elle-même ignorait ?

Sœur Morima prétendait aussi qu'on trouvait dans les rouleaux sacrés du Maître parfait des éléments qui ne figuraient pas dans les copies qui en avaient été faites, des additifs que les frères voulaient garder secrets. Botahara avait pris femme, tout le monde le savait, mais quand avait-il atteint à l'Illumination ? Cette question jadis avait provoqué une guerre. L'épouse de Botahara n'était pas mentionnée dans ses écrits, et ses disciples ne faisaient allusion à elle qu'en passant. Shimeko hocha la tête. Oui, elle avait quitté la congrégation, rejeté sa doctrine, mais cette relation de dame Nishima avec le frère Shuyun n'en restait pas moins troublante. Au fond d'elle-même, elle craignait dans son attitude de déceler de la jalousie.

Une nuit, elle avait entendu crier sa maîtresse et, si ses années au monastère ne l'avaient guère instruite en pareil domaine, il n'était pas facile de se méprendre sur la nature de ce gémissement. Son propre corps avait réagi en l'entendant, d'une manière qui l'avait surprise, et son imagination... euh... son imagination avait vagabondé au-delà des limites permises.

Une domestique parut au sommet de l'escalier menant aux cabines. À la vue de Shimeko accoudée au bastingage, elle traversa le pont.

« Dame Nishima vous attend, Shimeko-*sum* », dit-elle.

Shimeko remit son châle en place, remercia d'un signe de tête et s'avança vers les marches en maîtrisant avec soin sa nervosité. À la porte de la cabine, elle s'inclina. Un sourire l'invita à entrer. On lui indiqua un coussin.

« Shimeko-*sum*, c'est un plaisir de vous voir. Vous allez bien, j'espère ?

— Je vais bien, dame Nishima. C'est aimable à vous de vous en inquiéter.

— Tous ces pétales dans le vent, n'est-ce pas un spectacle extraordinaire aujourd'hui ? »

Shimeko acquiesça. « Je descends justement du pont. »

À ce moment, elle s'aperçut que non seulement ses robes étaient couvertes de pétales, mais qu'on aurait pu la croire la cible d'une petite tempête de neige.

« Excusez-moi, s'il vous plaît, dame Nishima. » Son désarroi était évident. « Et sur cette robe que vous m'avez donnée ! »

Nishima rit de bon cœur. Elle prit la main de Shimeko. « Ces fleurs s'harmonisent bien avec la robe. Quant à cela... » Elle montra les pétales sur la natte. « Rien ne me plairait plus que de voir mes appartements jonchés de fleurs de prunier, comme le sol d'un bosquet. Ne serait-ce pas charmant ? »

Elle se remit à rire. Shimeko sourit, imparfaitement rassurée.

« On m'a dit, Shimeko-*sum*, que vous désiriez m'entretenir de quelque chose en particulier. »

Shimeko rassembla son courage. « Je ne voudrais pas, dit-elle, paraître ingrate après ce que vous avez fait pour moi, dame Nishima. Servir les Shonto a été un grand honneur. Mais ce qui se passe me fournit une occupation mieux adaptée à mes talents. Je suis venue vous demander de quitter votre service pour soigner les malades à bord du bateau de la peste. » Elle ponctua son discours d'une inclination de la tête et garda les yeux résolument baissés.

Nishima d'abord resta sans réaction, se contentant de regarder cette femme qui était devenue une secrétaire digne de sa confiance. « Je suis désolée, dit-elle, d'apprendre que vous souhaitez partir, Shimeko-*sum*, car votre compétence dépasse de beaucoup celle de toutes les personnes qui ont rempli pour moi les mêmes fonctions. Mais est-ce que les frères vous autoriseront à les aider ? N'existe-t-il pas de leur part un sentiment d'hostilité à l'égard des sœurs, sans parler de l'importance qu'ils attachent à ne rien dévoiler de leurs méthodes de guérison ?

— Comme vous le dites, dame Nishima, les deux ordres botahistes n'agissent pas de concert, mais je ne suis plus une religieuse, et le frère Shuyun m'a dit que les autres frères avaient de grands besoins. Je puis les aider sans rien découvrir, ou si peu de chose, de leurs secrets. J'en suis sûre.

— Et vous ne courriez aucun risque de contracter la maladie ?

— Non, dame Nishima, certainement pas. J'ai quitté le monastère mais n'ai rien oublié de ce que j'ai appris. Les frères pourraient me guérir si je tombais malade, mais je vous certifie que c'est pratiquement exclu. » Elle s'interrompit et, d'une voix calme : « Votre inquiétude me touche », dit-elle.

Nishima arrangea l'ourlet de ses robes. « Quand vous êtes venue me trouver, reprit-elle, vous m'avez parlé d'un désir de servir le conseiller spirituel des Shonto, le frère Shuyun. Si vous me quittez pour vous occuper des malades, vous serez plus loin de ce frère que vous n'êtes maintenant. Cela ne vous préoccupe pas ? »

Shimeko ne put s'empêcher d'abord de la suivre, d'un signe de tête. « Je ne sais pas, dame Nishima, dit-elle en fin de compte, je… Il y a des malades auxquels je puis être utile. Dans les circonstances où nous sommes, il me semble que mon devoir est de mettre à profit mes capacités. » Elle haussa les épaules.

« Je vois, dit Nishima. Est-ce que les frères ont donné leur accord à l'assistance à laquelle vous songez ? »

Shimeko fit signe que non.

« S'ils le donnent, je vous libérerai, mais à une condition : vous m'écrirez pour me rassurer sur votre santé. »

Shimeko s'inclina. « C'est promis, Votre Seigneurie. »

Nishima s'efforça de sourire. « Vous avez hâte sans doute de donner suite à cette affaire. Informez-moi, s'il vous plaît, de la décision des frères. Il va sans dire que si votre projet échoue, je serai heureuse de vous garder.

— Je vous remercie, Votre Seigneurie. » Elle croisa un instant le regard de Nishima. « J'ai été honorée de vous servir. »

Là-dessus elle s'inclina et recula vers la porte, gratifiée au passage d'un dernier sourire rassurant. Elle s'étonnait de l'impression de vide que créait sa décision. Elle avait failli patauger dans son entretien avec dame Nishima, tant la gentillesse de cette dernière l'avait touchée.

Ma vie va redevenir toute simple, se dit-elle. Je vais soigner les malades, m'alimenter, dormir. Fini l'agitation et la perplexité de ma situation présente. Il n'y aura plus de sœurs pour m'importuner de demandes que je ne puis satisfaire, et mon cœur ne sera plus meurtri par des dévouements et des sympathies sans rapport avec ma condition.

48

Pour ceux qui avaient pris la direction du nord dans la flottille de Shonto, la gorge de Denji était associée au souvenir, non d'une beauté sans égale, mais d'un temps où nul n'était sûr de ce qui attendait les compagnons de route du nouveau gouverneur de Seh.

Le paysage autour de la gorge proprement dite avait tellement changé depuis leur premier passage qu'on se serait cru en présence d'un monde nouveau. À l'extrémité nord du défilé, le drapeau de l'empereur flottait sur le fort tenu par sa garde. Les écluses étaient administrées par des fonctionnaires du pouvoir central et placées sous la surveillance de soldats à l'uniforme noir. Nulle part on ne décelait de signe de la présence des Hajiwara. Les armures aux lacets verts avaient bel et bien disparu, sauf si l'on regardait de près les hommes qui formaient la garde de Komawara. Là, dans le harnais bleu nuit, on découvrait parfois sur une épaulière ou une manche une garniture de couleur verte.

Tous les ouvrages de terre, toutes les fortifications, construits au fil du temps, avaient été démantelés et, dans plusieurs des grands manoirs autrefois protégés par des fossés, on était à l'œuvre pour transformer les douves en bassins d'agrément ou les combler purement et simplement.

Le long du quai de pierre bordant les écluses au nord se tenaient sur plusieurs rangées des gardes à genoux dans des armures au laçage violet, les mains sur les cuisses, ne trahissant aucune émotion. Lorsque la barge de Shonto vint heurter le bord du quai, tous ces guerriers s'inclinèrent profondément. De ce groupe émergea un petit personnage, si petit qu'un sourire se dessina sur les lèvres de tous ceux qui n'avaient encore jamais rencontré le seigneur Butto Joda.

« Je vous salue, seigneur Butto, lança Shonto depuis le pont de son navire. C'est un grand honneur d'être accueilli par quelqu'un d'aussi estimé. »

Butto Joda s'inclina légèrement. « Tout l'honneur est pour moi, seigneur Shonto. Mon père vous envoie ses salutations et vous prie de l'excuser s'il ne vient pas en personne à votre rencontre.

— Le seigneur Butto me fait beaucoup d'honneur. Je suppose qu'il va bien. »

Son fils ébaucha un signe d'acquiescement et y ajouta un sourire. C'était une façon d'admettre qu'il avait bien entendu la question, tout en se dispensant de donner une réponse adéquate : il y avait des années que le seigneur Butto était malade.

On sortit une passerelle qui permit à Shonto et à plusieurs de ses conseillers de débarquer. « Vous vous souvenez certainement du seigneur Komawara, du général Hojo et de l'intendant Kamu ? »

Butto Joda s'inclina. « Impossible d'oublier des hommes qui se sont si vaillamment battus à nos côtés. Ma dette envers eux ne pourra jamais être acquittée. Et le frère Shuyun ? Vous accompagne-t-il dans votre voyage ?

— Le frère Shuyun veille à ce que le bateau qui transporte les malades passe bien les écluses. Nous voulons éviter tout risque de contagion. »

Butto Joda approuva. « Mon inquiétude est moindre, le sachant. »

Jaku Katta au même instant put accéder au quai, son sampan venant se placer le long des pierres de la paroi. Les gardes impériaux, dans un bel ensemble, s'inclinèrent profondément. Butto Joda l'accueillit avec un large sourire.

« Général Jaku, je vois que je n'avais aucune raison de me faire du souci au sujet de qui contrôlait les écluses. » Il jeta un coup d'œil alentour. « Le gouverneur impérial d'Itsa ne paraît avoir délégué personne à cette occasion. Comme il est nouveau dans ses fonctions, peut-être l'estimable gouverneur ne sait-il pas encore quel protocole s'applique en de telles circonstances. »

On sourit poliment. Le gouverneur d'Itsa avait certainement reçu l'ordre de retenir Shonto mais ne disposait pas de troupes pour le faire. Le seul choix qui restait à ce malheureux était de fermer les yeux sur le passage de la flottille, et sa difficulté s'aggravait du fait que les gardes impériaux sur le canal étaient fidèles à Jaku Katta. Il aurait été vain d'appeler à la rescousse les grandes maisons d'Itsa, car la plus puissante dans la province était celle des Butto, qui avait scellé un pacte avec Shonto.

Lentement, le groupe suivit le quai en direction de la gorge, salué au passage par les gardes des Butto. Un poste d'observation récemment encore avait été tenu par les Hajiwara. On y avait disposé des nattes et des coussins. Des calyptas et des saules, depuis peu couverts de feuilles, garantissaient une protection contre la chaleur de ce début d'après-midi, si bien que ni auvent ni pavillon n'étaient nécessaires.

La gorge se prolongeait au loin vers le sud. L'eau ridée par la brise étincelait dans le soleil. Par-delà le banc de sable, sous le sanctuaire des frères hérétiques, des embarcations de tous genres et de toutes dimensions rappelaient sur leurs ancres, si proches les unes des autres que cordes et chaînes devaient sans cesse s'emmêler.

Le long de l'escarpement à l'est s'entassaient d'autres bateaux encore, qui s'étaient amarrés à des saillies invisibles de la roche, tandis qu'un nombre considérable allaient et venaient, ou dérivaient librement, dans l'incapacité où on était de trouver où s'ancrer et à quoi s'attacher. De la fumée s'élevait de beaucoup de ces esquifs. Un camp de fortune avait été dressé sur le banc de sable lui-même. Des abris aux formes et aux couleurs diverses s'y succédaient au hasard des constructions.

Dans un ordre qui faisait contraste avec le chaos créé par les réfugiés, des navires passèrent au milieu de la gorge, les premiers ayant presque atteint les écluses du Sud : la flottille de Shonto poursuivait son chemin.

Des domestiques des Butto servirent un repas, et de l'alcool de prune, offert par l'ex-gouverneur de Seh, fut versé à Butto Joda et à ses hôtes.

« Il est dommage que le prince Wakaro n'ait pas pu se joindre à nous », dit Shonto.

Le jeune Butto posa sa coupe. « Oui, tout à fait dommage. J'ai eu l'honneur de recevoir le prince à dîner lors de son voyage vers le Nord. Il était on ne peut plus aimable. » Il leva sa coupe en l'honneur de Komawara et de Jaku Katta successivement. « J'ai eu connaissance de vos derniers exploits, seigneur Komawara, et des vôtres, général. C'était un coup d'audace, cette attaque frontale contre le convoi d'approvisionnement des Barbares. » Il s'inclina. « On chante partout vos louanges. C'est un honneur pour moi de m'associer à votre lutte. »

Hojo eut droit aux mêmes marques de respect.

« L'armée barbare, reprit Butto Joda, s'est divisée en deux, et une fraction de cette armée maintenant vous serre de près ? »

Shonto se tourna vers Hojo, qui s'inclina. « Vingt-cinq mille hommes ne sont pas loin derrière, et ils se rapprochent un peu plus chaque jour. Tous ces bateaux de réfugiés qui fuient vers le sud ralentissent notre progression. » Il caressa sa barbe grisonnante, et son regard se perdit du côté de la gorge. « Cela devient préoccupant. »

Butto Joda acquiesça. « Je me suis personnellement penché sur ce problème. J'ai pris la liberté depuis six jours d'interdire le passage à toute navigation à travers les écluses du Sud. Les bateaux s'accumulent dans la gorge à un rythme impressionnant, mais au sud le canal est à présent dégagé sur de nombreux rih. Le seigneur Shonto dans une lettre m'a suggéré d'effectuer des modifications sur les écluses, de telle sorte qu'après le passage de votre flotte il faudrait le secours d'ingénieurs de grand talent pour les rendre à nouveau opérationnelles. De pareilles mesures, général Hojo, devraient accroître la vitesse à laquelle vous voyagez et concurremment ralentir celle de vos poursuivants. »

Il leva sa coupe. « Cet alcool est excellent. Vient-il de Seh ? »

Shimeko avait dormi trois nuits sur le pont pour fuir les quintes de toux interminables et les odeurs nauséabondes des malades. Bien qu'ayant fréquemment eu par le passé à s'occuper de personnes en mauvaise santé, pendant l'épidémie précédente elle était trop jeune pour prendre soin des pestiférés. C'était une maladie effrayante, aussi demeurait-elle dans l'air sain au-dehors aussi longtemps que le permettaient ses obligations.

Plus haut dans le vent, et pas bien loin, une petite embarcation suivait un chemin parallèle au sien et, à son bord, debout à la lisse comme elle, Shimeko apercevait le frère Shuyun. La distance qui les séparait était telle que, s'ils avaient tenté de se parler, avec la bourrasque et le bruit des bateaux, ils n'auraient pas pu se comprendre. Ils n'auraient pas vu non plus comment leur interlocuteur réagissait. Aux yeux de Shimeko, cette distance était considérable, aussi grande que celle qui la séparait maintenant de sa vie dans un monastère botahiste. Espérait-elle encore qu'il était bien le Maître espéré et qu'il l'aiderait à retrouver la force intérieure ?

Elle se tourna vers le sud, où les écluses les attendaient. Elle était devenue guérisseuse et, si l'existence qu'elle menait avait la simplicité qu'elle en avait escomptée, l'embarras dans lequel l'avait plongée le service de dame Nishima n'avait pas disparu.

Auparavant, le bateau de la peste était passé devant le sanctuaire des frères du Sentier octuple, les Amants sans visage. Il n'avait pas été commode pour elle de regarder les statues, car elle ne voulait pas qu'on la vît contempler quelque chose d'aussi indécent. Malgré tout, elle avait pu glisser un regard ou deux. La pensée de dame Nishima dans les bras du frère Shuyun ne la laissait pas en repos.

Lentement, le vent faisait tournoyer les branches des pins, empêchant Rohku Tadamori de bien voir la progression de l'armée ennemie. Il avait abandonné son armure à lacets bleus en faveur du costume vert et brun des chasseurs, tenue qui l'aidait à se camoufler. La pluie qui tombait par intermittence refroidissait le sol de la forêt et, cela s'ajoutant à la présence du vent d'est, Tadamori sentait ses muscles se raidir.

La « petite armée » ennemie, comme on l'appelait maintenant, se déplaçait à une vitesse impressionnante. Même les natifs du désert se révélaient capables de faire avancer des radeaux, et les voiles grossières que les pirates avaient fabriquées à partir de toile de bambou surprenaient par leur efficacité quand les poussait un vent aussi favorable. On voyait toujours des cavaliers courir sur la berge, mais ils menaient par la bride les poneys du désert, qui faisaient beaucoup plus de chemin simplement bâtés. Il fallait à ces cavaliers sans cesse changer de monture, mais cela ne leur posait pas de problème.

Pour Tadamori, aucun doute : la « petite armée » grignotait l'avance de la flottille. Parfois les Barbares rattrapaient les réfugiés. Tadamori n'aimait pas penser au sort qui leur était promis, en particulier celui des femmes.

Le chasseur qui l'accompagnait lui toucha le bras et d'un signe de tête attira son attention sur le passage de leurs ennemis. Parmi la centaine de radeaux, on en distinguait un sur lequel flottaient des étendards ; l'un d'eux était rouge et or.

Tadamori et son compagnon s'étaient dissimulés au sommet d'une colline d'où l'on avait vue sur le canal à l'ouest, mais il restait un demi-rih à parcourir avant d'atteindre la berge. C'était assez près pour se faire une idée des forces adverses, mais trop loin pour en apercevoir les chefs. Aussi se posait-il la question : était-ce le khan qui conduisait l'expédition ? Dans l'hypothèse où il aurait décidé de prendre personnellement en charge la poursuite de Shonto, celui-ci pouvait envisager de livrer combat. On considérait comme probable que le khan était le seul lien unissant des tribus disparates. Le serviteur nomade du frère Shuyun était intimement persuadé que sans lui les antagonismes qui divisaient spontanément ces tribus eussent tôt fait d'amener la dissolution de la grande armée, sinon un conflit ouvert entre les clans.

Rohku allongea le bras pour empêcher une branche de lui boucher la vue. Difficile à dire. On ne pouvait guère s'y tromper, c'était bien l'enseigne du khan, mais le drapeau de l'empereur, on le trouvait partout dans Wa, sur les forts impériaux, aux palais du gouvernement. On avait peut-être affaire à l'étendard du chef du désert, mais le khan lui-même pouvait n'être là qu'en esprit. Ce serait la pire des sottises pour les soldats de Wa de gaspiller leurs forces en combattant ces gens-là, pour découvrir en définitive que le prétendant au trône n'était pas de la partie. Une énorme gaffe.

Il y avait sept ans que le maître suprême n'avait pas posé le pied sur le territoire de Wa. En temps normal, son arrivée aurait été précédée de fêtes et de cérémonies ; des pèlerins seraient venus de l'autre bout de l'empire, uniquement pour s'agenouiller devant le temple où il entendait résider. Or, ce voyage, le maître suprême l'avait entrepris dans la discrétion, si ce n'était dans le plus grand secret. Son bateau entra dans le port de Yankura sans attirer l'attention, et le chef de la congrégation botahiste prit place à bord d'une embarcation de taille plus réduite qui promptement le conduisit au Temple de Jade.

Entrouvrant les rideaux, le patriarche contempla l'activité de la Cité flottante. Canaux, bassins, quais regorgeaient d'hommes en mouvement, car Yankura était le centre du commerce ainsi que le nœud du trafic maritime de tout l'empire de Wa. Le va-et-vient semblait ne s'arrêter jamais. Quelle absence de sérénité ! se dit le moine. Comment peut-on vivre une vie pareille ? Et, plus surprenant encore, comment faisait le frère Hutto pour résister à semblable tohu-bohu ? C'était un tumulte qui n'invitait pas à écouter les paroles de Botahara, cela ne faisait aucun doute.

Ces paroles du Maître parfait lui revenaient plus souvent en mémoire ces jours-ci. Les vraies. La floraison de l'Udumbara, la disparition des rouleaux sacrés : ces choses-là allaient jusqu'à l'empêcher la nuit de trouver le repos. Et voilà que maintenant on parlait d'une invasion barbare. Il avait pris le premier bateau pour Wa au printemps quand la nouvelle lui était parvenue.

Les combats menaçaient contre une armée qui ignorait jusqu'à l'existence des textes de Botahara. Une dynastie pouvait tomber, la guerre civile était quasi certaine, et la maison des Shonto semblait vouée au sort commun : l'extinction.

De petites barges de toutes les dimensions étaient amarrées le long du quai. On y chargeait des marchandises provenant des grands entrepôts de pierre. Au milieu de ces opérations, un enfant dépenaillé réussit à s'extraire d'un hublot et fut repéré par un batelier qui donna l'alerte. Le gamin sauta sur le bateau d'à côté, s'agrippa de justesse à la lisse. Tandis qu'il rétablissait son équilibre sur le pont, d'autres cris retentirent pour signaler sa fuite. Il escalada un amas de caisses, bondit par-dessus une écoutille béante, échappa à un matelot solidement charpenté. Serrant quelque chose sous sa robe, il prit son élan et atterrit sur le quai au terme d'un saut plus impossible encore que le précédent, là apparemment assuré de se fondre dans une foule qui se souciait de lui comme d'une guigne.

Le patriarche regardait, fasciné. Brusquement, quelqu'un surgit de derrière une pile de sacs, et l'enfant le percuta tête la première, ce qui permit à l'un de ses poursuivants de le saisir aux cheveux. Il s'ensuivit une bagarre à laquelle l'homme, beaucoup plus gros, mit fin d'un crochet qui fit tomber à genoux son jeune adversaire. Puis une série de coups de poing et de coups de pied le laissa étendu pour le compte, inerte, comme un tas de chiffons.

La vue fut obstruée à ce moment-là, et le maître suprême se laissa retomber sur ses coussins. Gravé dans sa mémoire, il y avait le sourire triomphant de l'adulte qui avait jeté au sol cet enfant. *Et voilà où j'arrive,* pensa le vieux moine, *dans un pays de violence et de barbarie.*

Le lac des Sept Maîtres n'était pas assez vaste pour être agité d'une forte houle, sauf quand le vent soufflait en tempête. Il était cependant moins calme qu'un canal, et Nishima dut se retenir au châssis de son hublot pour garder son équilibre. Bientôt, le sanctuaire des frères du Sentier octuple fut laissé en arrière. Nishima apercevait la paroi rocheuse. Elle donnait l'impression d'avoir été sculptée dans de l'ombre et de la lumière, pour représenter un homme et une femme en train de faire l'amour.

Elle s'éloigna du hublot et s'agenouilla à nouveau sur le tapis. Au bout d'un moment, elle se coucha, posa la tête sur son bras, ferma les yeux. L'image des amants lui revint en mémoire. Bercée par le tangage, elle aurait pu se croire revenue en enfance, mais son mal de vivre n'était pas celui d'un enfant.

49

Jaku Tadamoto, accompagné d'officiers et d'ingénieurs, marchait à grands pas au sommet des terrassements. Soudain il s'arrêta pour suivre du regard le contour de la ligne de défense, dont les ouvrages venaient d'être construits. Elle courait entre deux collines abruptes, interrompue seulement en son milieu par le Grand Canal. À chacune de ses extrémités, elle s'incurvait noblement pour épouser le relief des collines et donnait à l'ensemble une symétrie surprenante.

Cet emplacement, à une journée de marche de la capitale, avait été retenu après de longues délibérations. Tadamoto examina la plaine qui s'étendait sur plusieurs rih au nord des collines. C'était là que la bataille aurait lieu. Les fortifications avaient été bâties uniquement pour le garantir.

Malgré toutes les discussions qui avaient amené ce choix, Tadamoto n'était pas entièrement convaincu que ce fût la meilleure solution. L'empereur voulait être sûr que Shonto n'atteindrait pas la capitale, dont la population risquait fort de se soulever pour lui apporter son soutien. On ne pouvait nier aussi qu'il serait difficile, pour ne pas dire impossible, de défendre cette capitale. Après tout, ce n'était pas une ville fortifiée mais un immense déploiement de constructions, sans tours ni remparts se suivant de manière ininterrompue, festonné de portes et de canaux.

C'est pourquoi Tadamoto avait été envoyé au nord de la cité pour établir cette ligne de défense. Mais contre qui se battrait-on ? C'était la question qui hantait le jeune colonel. Deux armées fonçaient sur le canal en direction du sud, l'une selon toute apparence à la poursuite de l'autre. Quand elles se heurteraient aux forces de l'empereur, que se passerait-il ? C'était une situation si compliquée et si confuse que le Yamaku ne pouvait que tenter un pari. Et si

Shonto avait conclu un pacte avec ce khan dont Akantsu avait cru pouvoir disposer à sa guise ? Ces deux armées n'allaient-elles pas se fondre en une seule dont les effectifs équivaudraient au double de celle que lui, Tadamoto, avait réussi à lever ?

Des rapports récents indiquaient que Shonto descendait le canal aussi vite que le permettait le nombre de ses soldats, et cela bien que dans ses lettres il prétendît mettre tout en œuvre pour ralentir l'avance des Barbares, de façon à donner le temps à l'empereur de rassembler des troupes. Qu'avait-il en tête ?

Jaku se tourna vers le sud, où le camp peu à peu se remplissait de nouvelles recrues. Plus loin se dressait le château réquisitionné pour devenir la résidence du Fils du Ciel. Comme il ne se fiait à personne et s'estimait le plus capable de tous, l'empereur avait fait savoir qu'il assumerait personnellement le commandement de l'armée impériale. Il ne faisait pas de doute que le destin des Yamaku dépendrait des décisions prises sur le champ de bataille, et il entendait ne laisser à personne le soin de décider de son sort.

Tadamoto poursuivit son chemin en direction du canal. Un flot de réfugiés empruntait cette voie, la nuit comme le jour, grossissant la population d'une capitale qui risquait de ne pouvoir supporter pareil accroissement de ses besoins. Le crime était en pleine expansion, et la garde impériale avait fort à faire pour le réprimer alors qu'elle se préparait au combat.

Un messager s'approcha du soldat qui veillait à la sécurité de Tadamoto. On lui permit de passer. Il s'inclina et s'agenouilla devant son chef, qui d'un signe de tête l'autorisa à parler.

« Nous vous avons amené le marchand, colonel Jaku, comme vous nous l'aviez demandé. Il est sous surveillance dans votre quartier général. »

La capture du marchand vassal de Shonto avait été, on ne sait comment, tenue secrète. Même le nom de Tanaka n'était jamais prononcé. Des marchands, il y en avait autant que de filles des rues. Faire allusion au « marchand » ne signifiait donc rien. Tadamoto ne savait pas trop quel rôle Tanaka pourrait tenir dans la suite des événements, ni même s'il en tiendrait un, mais la sagesse semblait conseiller de l'avoir sous la main. Shonto le respectait, et l'on ne pouvait en dire autant de beaucoup de gens.

Une centaine de pas de plus, et le colonel arriva sur les berges du canal. Il ne restait plus guère de fleurs aux arbres aussi bas dans le sud, mais plus au nord le vent des Fleurs de Prunier continuait de souffler, les bateaux des réfugiés étaient décorés de blanc, et l'eau du canal entraînait toujours des pétales en direction de la mer.

Tournant lentement sur lui-même, Tadamoto jeta un dernier coup d'œil à la scène. Lorsque son regard se posa sur la demeure qui allait abriter le Fils du Ciel, la question qui l'avait taraudé toute la matinée prit brusquement de grandes proportions : qui dans la cour impériale allait accompagner l'empereur ? Il adressa au ciel une prière muette. Puissent les dieux, se dit-il, épargner à Osha cette indignité, qu'elle ne soit pas ici une traînée dans les bagages d'une armée en campagne !

50

Ici, au-dessus des nuages,
Les chemins de montagne
Mènent toujours à l'imprévu.
Hâte-toi
Et regarde avec des yeux d'enfant.

Le seigneur Shonto Shokan.

Ils étaient montés et descendus tant de fois que Shokan ne savait plus à quelle altitude ils se trouvaient. Le type de végétation paraissait de nature à vous renseigner, mais trop d'éléments par ailleurs entraient en ligne de compte pour qu'on pût se fixer les idées.

Couché dans l'obscurité, Shokan regardait les étoiles. Le monde dans lequel il voyageait était si étrange qu'il fut étonné de reconnaître dans le ciel des constellations familières : les Deux Sœurs glissaient un œil au-dessus des contreforts d'un à-pic.

Le froid était moins vif que d'habitude, ce qui signifiait peut-être une altitude plus basse. De toute manière, Shokan s'en félicitait.

À quelques pas de lui, Quinta-*la* dormait, emmitouflée dans une fourrure. Depuis qu'ils avaient quitté le village dans la vallée, elle avait refusé de lui apprendre d'autres mots dans sa langue et insisté pour en connaître de nouveaux dans la sienne. Il ne savait pas trop pourquoi elle avait opté pour cet apprentissage, mais elle s'y appliquait avec un sérieux que Shokan ne pouvait s'empêcher de trouver charmant, presque drôle. Quoi qu'il en soit, ses progrès surprenaient les hommes de la plaine.

Il ferma les yeux. Le sommeil était proche. Plus tôt dans la soirée, il s'était baigné dans une source chaude, expérience qui n'était pas loin de valoir tous ces jours de marche. C'était un grand bassin parmi d'autres. Dix mille ans d'érosion par l'eau les avaient creusés dans la roche. Les montagnards se faisaient des convenances une conception bien à eux : les femmes se baignaient avec les hommes, et personne ne paraissait y faire attention.

Quinta-*la* s'était glissée dans la vasque à côté de lui et continuait ses questions sur les mots sans être gênée par la simplicité de leur tenue. Shokan en souriait. Il était transporté dans un monde féerique, du moins pour le moment.

On souleva avec précaution la litière par-dessus la lisse de l'embarcation et on la déposa doucement sur le pont, où on l'empêcha de remuer. Sœur Sutso se tenait à proximité, les doigts sur les lèvres. Elle s'avança, entrouvrit le rideau et eut la surprise de trouver la prieure éveillée. Le regard de ses yeux perçants était tourné vers un deuxième rideau, légèrement écarté, de l'autre côté de la litière.

« Excusez-moi, prieure, dit Sutso en rabattant le premier rideau. Je ne voulais pas vous déranger. Excusez-moi. »

Une voix grêle se fit entendre. « À quelle distance sommes-nous du fleuve, mon enfant ?

— Sept rih peut-être, prieure. Cette rivière est très étroite et sinueuse. Cela prendra du temps.

— La journée est belle, sœur Sutso. Il est dommage que les arbres aient perdu leurs fleurs, mais le feuillage nouveau est plein d'agrément, n'est-ce pas ? » Elle poursuivit avant que sœur Sutso eût donné son assentiment. « Êtes-vous au courant des toutes dernières nouvelles ? »

Sutso secoua la tête. La prieure aimait la surprendre et d'ordinaire y réussissait. « Non, prieure.

— Il est arrivé à Yankura il y a trois jours, le maître suprême de leur congrégation. Nous ne devons pas prendre de retard. Est-ce que sœur Gatsa et ses compagnes sont satisfaites de notre pèlerinage ?

— Elles ne parlent guère que de cela. »

Le clan dirigé par sœur Gatsa avait été informé du pèlerinage à Monarta de la prieure, et la demande qu'elle avait adressée aux frères concernant l'ouverture du domaine aux nonnes avait provoqué de telles discussions que personne ne s'était avisé de s'interroger sur leur véritable destination.

La prieure resta un instant silencieuse, mais Sutso y était habituée. Elle attendit. On ne pouvait jamais être sûr de ses moments de sommeil et de veille.

« La guerre, reprit la vieille dame, pourrait ruiner l'espoir de nos vies. Ce benêt d'empereur s'est-il mis en route avec son armée miniature ?

— Oui, prieure.

— Puisse la main de Botahara nous guider ! Priez pour que nous ayons des vents favorables, Sutso-*sum*. Les courants nous sont contraires. »

On réveilla l'officier au milieu de la nuit. Il se redressa. Où suis-je ? se demanda-t-il, les idées floues. Il se souvenait vaguement d'avoir joué aux cartes, de la présence de gardes impériaux, et aussi d'avoir bu de l'alcool de riz. Ses hommes, que Butto Joda avait postés à l'extrémité nord de la gorge de Denji pour s'assurer du remplissage des écluses, avaient trouvé asile à l'intérieur du fort de la garde impériale. L'idée de les y loger n'était peut-être pas des meilleures.

« Capitaine ? » La voix venait de derrière la porte de sa petite chambre.

« Qu'y a-t-il ?

— Les Barbares, capitaine. Ils sont nombreux, et seulement à deux rih de là où nous sommes. »

Le capitaine bondit. « Que Botahara nous vienne en aide ! Alerte les gardes impériaux.

— Les gardes se rassembleront dans un instant, capitaine. On prépare votre armure. J'ai une lampe. »

Le capitaine entrebâilla sa porte, et on lui donna cette lampe. Il commença à enfiler les vêtements à mettre sous sa cuirasse.

« Quelle heure est-il ?

— Celle du hibou, capitaine.

— Ah ! Et nous qui espérions que ces Barbares ne connaîtraient même pas l'existence de la gorge de Denji ! »

Un tintamarre dans le couloir annonça l'arrivée de son armure. Il ouvrit la porte en grand à ses ordonnances. On criait maintenant, on courait.

Ce ne peut pas être quelque chose de considérable, raisonna-t-il, ou les patrouilles du seigneur Shonto les auraient repérés. Elles ne pouvaient pas permettre aux Barbares de s'emparer d'écluses en état de marche, cela, il en était sûr.

Shimeko avait commencé à psalmodier, non qu'elle eût retrouvé la foi, mais la psalmodie était comme un écran placé entre le monde et son cœur. L'odeur du maji se consumant lentement était suffocante dans la cale du navire convertie à un nouvel usage. Le maji avait le pouvoir de purifier l'air et d'enrayer la progression de la maladie, mais ses propriétés thérapeutiques ne l'empêchaient pas de piquer les yeux.

Shimeko soulevait la tête d'un jeune homme et lui faisait manger de son gâteau de pâte médicinale, morceau par morceau. C'était le seul soldat à bord. Il faisait partie de la cavalerie de Shonto. Shimeko le grondait.

« Il faut faire l'effort de mâcher, Inara-*sum*. Allons, seulement une bouchée. »

Le jeune homme esquissa un geste d'acceptation et fit un effort pour ouvrir la bouche. Il fut pris d'un accès de toux, cette toux qui alors caractérisait la maladie, et Shimeko dut attendre un moment qu'il fût à même d'avaler un peu d'eau. Elle lui donna ensuite un autre morceau de ce gâteau qui était le grand secret des frères.

« Voilà qui est mieux, Inara-*sum*. Vous serez guéri sans même vous en rendre compte si vous faites preuve de bonne volonté. »

Il voulut la contredire. « Vous vous tourmenteriez moins, estimée sœur, murmura-t-il d'une voix enrouée, si vous aviez vu l'armée qui est à nos trousses.

— Je ne veux pas vous entendre parler comme cela. Vous ne devez penser qu'à aller mieux. Laissez le seigneur Shonto et ses officiers compétents se préoccuper des Barbares. Vous avez votre propre combat à mener. » Le jeune homme approuva faiblement.

La plupart des malades finissaient par se rétablir, mais ce soldat immature s'affaiblissait, et Shimeko en était très affectée. De tous les patients à bord, il représentait sans aucun doute le plus fidèle adepte de Botahara, et il était le seul en apparence à ne pas répondre au traitement des frères. C'était comme si obscurément il le refusait.

Elle avait été médusée par les conversations qu'elle avait surprises entre ce jeune homme et les frères, où il était question d'accomplissement de soi et de renaissance. La hantise qu'il avait du gigantisme de l'armée barbare la troublait aussi. À l'évidence, ce gigantisme avait considérablement impressionné quelqu'un d'aussi jeune. *Il veut mourir,* se disait-elle. La crise spirituelle qu'elle venait de traverser la rendait plus sensible à pareille détresse.

Quand elle eut fait le tour de ses malades, Shimeko salua le frère Sotura et monta sur le pont. La nuit était noire. Une mince couche de nuages masquait les étoiles. Elle s'emplit les poumons d'air pur et gagna la lisse. Là, elle se pencha sur l'eau sombre. Ils étaient revenus sur le canal, au sud de la gorge de Denji. La flotte allait plus vite, la voie ayant été presque entièrement dégagée des bateaux de réfugiés, tous bloqués dans le défilé jusqu'à ce que Shonto fût passé.

La soirée était chaude, pleine des senteurs du printemps, de ses bruits. Était-ce un rossignol qu'elle avait entendu plus tôt ? Un chuchotement jaillit de l'obscurité. Une voix de femme.

« Allez-vous bien, Shimeko-*sum* ? »

Une rame tourna paisiblement dans l'eau. Là, dans la nuit, la silhouette d'une barque, avec quelqu'un à son bord, prêt à la manœuvrer.

« Morima-*sum* ?

— Oui. Je suis venue m'assurer que ces idiots de moines ne vous avaient pas laissée contracter la maladie. »

Il fallut à Shimeko ne pas bouger d'un pouce pour pouvoir l'entendre. Même le froissement de sa robe y faisait obstacle. « Je suis toujours en bonne santé, mais vous ne devriez pas vous approcher si près, ma sœur. Ce n'est pas prudent. »

Fut-ce un gloussement qui lui parvint ou un bouillonnement provoqué par les rames ? « Ainsi vous avez quitté votre Maître pour servir les malades, Shimeko-*sum*, à moins que vous ne lui ayez obéi ? »

La résignation aida la jeune femme à moins se tendre. Morima l'avait bien dit : elles ne la laisseraient jamais en paix. « Que souhaitez-vous savoir, Morima-*sum* ? »

Cette fois, elle entendit clairement un bruit de rames. « Je souhaite pouvoir distinguer entre la vérité et un tissu de mensonges, novice… Shimeko-*sum*. Mais les sœurs s'intéressent à autre chose. Elles voudraient savoir si ce jeune moine est celui que tant de gens attendent. Des rumeurs ont circulé ces jours-ci : dame Nishima… C'est quelqu'un de séduisant. »

Il y eut un silence.

« Vous lui avez servi de secrétaire, Shimeko-*sum*. »

Il prit envie à Shimeko de se cacher la tête dans les mains, mais non. Elle résista. Ah ! ce cri d'extase !

« Shimeko-*sum* ? »

Elle resta muette. On poussa sur les rames pour maintenir la barque dans la même position. Cela se répéta. Encore et encore.

« Puissiez-vous atteindre à la force intérieure au terme de votre quête, jeune femme ! »

Ce fut dit dans un murmure, et la silhouette se fondit dans l'ombre de la berge.

51

Les barges de la flotte de Shonto défilaient lentement, poussées par un vent d'est qui ne faiblissait pas. Sur chaque bateau, les soldats se tenaient le long du bastingage et s'inclinaient profondément devant leur seigneur lige. Shonto lui-même avait pris place sur une plate-forme en bois, sous un auvent de soie bleue, et, bien que ses guerriers au passage fussent toujours à le saluer, il échappait à leur vue derrière des écrans de bambou et des étendards aux couleurs de sa maison.

Sur tous les navires régnait un silence inhabituel, presque funèbre tant il était grand et tant chargé d'émotion. La nouvelle s'était rapidement répandue.

À genoux devant Shonto, on trouvait ses principaux conseillers, plusieurs officiers de haut grade et divers alliés. Avec ses robes bleues sur lesquelles il avait passé une tunique de la même teinte, seulement décorée d'une fleur de *shinta* dans un cercle, Shonto en imposait. L'impression de puissance ne tenait pas qu'à sa charge.

Selon sa coutume, il permit au silence de durer plus longtemps qu'on n'aurait pu le prévoir, tel un maître botahiste laissant à ses disciples le temps d'atteindre à plus de sérénité pour une meilleure acquisition du savoir. Ses serviteurs y étaient faits. Les autres religieusement prenaient soin de ne pas faire de bruit.

« Général Hojo, dit-il enfin, pourriez-vous nous expliquer ce qui s'est passé ? »

Le général s'inclina et maîtrisa sa nervosité avant de s'adresser au conseil. « C'était habilement conduit, monseigneur. Nos patrouilles suivaient la progression de la petite armée nomade sur le canal et le long de la rive ouest. Mais les compagnies qui se sont emparées des écluses de la gorge de Denji appartenaient au gros des troupes et avaient subrepticement pris à travers champs à l'est du même canal. » Il s'interrompit pour rassembler ses idées. « Notre projet consistait à remplir les écluses de pierres. Le travail aurait été confié à des ouvriers du fief du seigneur Butto et devait être supervisé par des éléments de la garde impériale et de la garde des Butto. L'assaut des Barbares a été mené par des forces importantes et nous a pris au dépourvu. Nous ne connaissons pas tous les détails, mais les écluses et les ouvrages défensifs aux deux extrémités de la gorge sont aux mains de l'ennemi. Nos pertes restent à définir. Le khan, grâce à cela, pourra accéder à de nombreuses embarcations, car beaucoup des réfugiés attendaient encore de passer les écluses. La petite armée barbare risque d'avancer plus rapidement. »

Les étendards claquèrent lorsque le vent subitement se leva. La conversation s'interrompit jusqu'à ce que le bruit cessât. Tant Jaku Katta que Butto Joda restaient impassibles, sans laisser le moins du monde apparaître que c'était à leurs troupes qu'avait incombé le soin de surveiller les écluses. Un instant, Shonto suivit les évolutions d'un épervier, haut dans le ciel au-dessus du canal.

« Il est clair, dit-il enfin, que peu de possibilités s'offrent à nous maintenant. Si nous choisissons de faire face à la petite armée qui nous poursuit, même en cas de victoire nous perdrions beaucoup de nos moyens. D'un autre côté, si nous continuons notre route vers le sud, il nous faudra nous heurter aux troupes de l'empereur. Qui les commandera ? »

À l'évidence, Shonto réfléchissait à haute voix. Personne ne s'aventura à lui répondre. Les yeux dans le vide, il joignit l'extrémité de ses doigts.

« Peu importe qui est à leur tête, mais je préfère les affronter avec une armée sur mes talons plutôt que me présenter face à eux sous la forme d'une bande hétéroclite réchappée d'un massacre. » Il se retourna vers Jaku Katta. « Général Jaku, qui pensez-vous qui peut conduire l'armée impériale ? »

Jaku s'inclina avant de reprendre une position assise, les mains sur les cuisses. « Plusieurs généraux ont servi les Yamaku durant les guerres de la Période intermédiaire qui pourraient être appelés à reprendre du service, seigneur Shonto. J'en vois au moins trois qui ont la capacité de bien commander et sont encore assez jeunes pour mener ce genre de campagne, mais aucun n'est en grâce auprès de l'empereur. Mon propre frère, Tadamoto-*sum*, est en charge de la garde impériale, mais il n'a pas l'expérience de la guerre. J'y ai beaucoup réfléchi, seigneur, et ma conviction est que l'empereur prendra lui-même le commandement de ses troupes. Le Fils du Ciel accorde rarement sa confiance, et au peu de gens qui en bénéficient il conteste leur compétence. » Il s'inclina de nouveau.

Shonto resta songeur. « Oui. Je m'étais laissé aller à espérer qu'on pourrait persuader le chef de l'armée impériale de trahir son souverain. Difficile, hein ? » Il haussa les épaules. « Je crois que nous devrons aller de l'avant. D'une façon ou d'une autre, le but à atteindre est la réunion des deux armées, sinon nous ne pourrons pas vaincre les Barbares. Impossible qu'elles restent désunies, quel que soit le prix à payer. » Il jeta un coup d'œil alentour. « Je voudrais entendre d'autres avis là-dessus. »

Komawara s'inclina. « Pour l'emporter sur les Barbares, dit-il, je ne vois pas d'autre solution, seigneur. Notre armée ne doit subir aucune perte jusqu'à notre rencontre avec les forces de l'empereur. Il faut que le Fils du Ciel prenne la mesure du péril qui nous menace ; sans notre aide, sa chute est assurée. Après quoi, il sera toujours possible de négocier. »

Shonto d'un geste remercia le jeune aristocrate. Il n'échappa à personne qu'il avait parlé en premier.

« Il est impossible, monseigneur, dit Kamu, de prévoir ce qui va se passer quand nous rencontrerons l'empereur, si toutefois il s'agit bien de l'empereur. J'aimerais mieux ne pas laisser le soin d'en décider aux caprices du destin et aux aléas de la chance. Ne pourrions-nous pas dès aujourd'hui approcher le Fils du Ciel ? S'il comprend que sans nous il va perdre son trône, comme le dit le seigneur Komawara, il devrait être ouvert à la discussion.

— Je suis d'accord avec l'intendant Kamu, seigneur Shonto, dit Butto Joda. Inutile d'attendre pour entamer des pourparlers avec le Fils du Ciel. Nous sommes en position de force. L'empereur ne peut garder le pouvoir sans notre aide. »

Jaku Katta secoua la tête. « Pardonnez-moi de vous le dire, mais j'ai eu des contacts secrets avec le palais. L'empereur est persuadé que l'armée barbare dans son entier s'identifie à la fraction qui nous poursuit. Le Fils du Ciel ne nous écoutera que lorsqu'il aura pris conscience de la véritable dimension de la menace. L'approcher maintenant ne servirait à rien. »

Le général Hojo se caressa la barbe, comme toujours lorsqu'il était perdu dans ses pensées. Il s'inclina très sommairement, mais personne ne parut s'en apercevoir. « L'idée de faire entrer le prince Wakaro en contact avec son père vient à nouveau à l'esprit. Peut-être le prince pourrait-il nous représenter à la cour de l'empereur. »

Shonto fronça le sourcil. « Je crains que de n'avoir reçu aucune réponse à ses lettres n'ait amené le prince à reconsidérer son offre. Même le fils d'un roi peut tomber en disgrâce à la cour. Nous pourrions, bien sûr, l'envoyer dans la capitale, mais je crois que nous n'en tirerions aucun bénéfice. Le prince peut encore nous être utile au milieu de nous. Gardons-le sous la main.

» Encore quelques jours et nous arriverons à la capitale. Si nous nous décidons pour une autre solution, c'est le moment ou jamais. Prenez ceci en considération : notre adversaire se révèle plus ingénieux que nous ne l'avions cru possible. Après ses assauts malhabiles contre Rhojo-ma, je n'en avais pas fait un foudre de guerre, mais maintenant... Ce chef de tribu a mis un terme à la destruction des récoltes que nous avions entreprise, si bien qu'il pourra nourrir son armée, et il a soustrait les écluses de la gorge de Denji à la surveillance de guerriers redoutables. Comme l'écrit Soto, impossible de tabler sur une erreur de la part de pareil adversaire. Si nous ne réussissons pas à rassembler une armée suffisamment nombreuse pour relever le défi de ces nomades, nous n'aurons plus d'autre ressource que de battre en retraite. Il n'est pas interdit d'envisager de laisser ce khan prendre la capitale de l'empire, ce qui lui permettrait de s'asseoir sur le trône de ses rêves. »

52

Le navire qui menait l'empereur sur le théâtre des opérations arborait des voiles de soie rouge, une coque ornée de sculptures et de dorures, une tête de dragon à la proue et soixante hommes d'équipage pour le maniement des rames. Sur les ponts, des femmes d'une grande beauté jouaient de la musique tandis que d'autres, également belles, faisaient des pas de danse, les longues manches de leurs robes oscillant au rythme des mouvements compliqués de leurs mains. L'empereur ne partait pas en guerre comme les autres hommes.

Tadamoto attendait sur le débarcadère mis en place pour accueillir son souverain. Des étendards bruissaient dans le vent, et des gardes à genoux dessinaient sur le sol en longues courbes l'image sur un éventail d'un superbe dragon. On avait disséminé les pétales de fleurs fraîchement cueillies sur des nattes tapissant le débarcadère et, au bout de ce chemin parfumé, un garde tenait par la bride un étalon gris au pedigree fameux.

Un empereur à cheval plutôt que dans un palanquin, menant ses hommes au combat, tournant le dos à la religion de Botahara, avec à la main une épée qui était davantage que le symbole de son pouvoir. Tadamoto hocha la tête. Il servait quelqu'un dont l'histoire retiendrait le nom comme celui d'un roi sortant de l'ordinaire, assurément.

L'armée de Shonto n'était plus qu'à quelques jours de route de l'endroit où ils se trouvaient, moins de sept à coup sûr. Elle ne se reposait ni le jour ni la nuit, et l'on racontait qu'elle brûlait tous les bateaux qui entravaient sa progression. Avec l'armée rebelle venait le frère aîné de Tadamoto, et cela devait nécessairement déboucher sur une explication à laquelle le jeune colonel ne pouvait penser sans s'émouvoir. Dormir lui était maintenant difficile, et il sentait de plus en plus chaque jour les effets néfastes de ces insomnies.

Le vent fraîchit brusquement, ce qui fit donner légèrement de la bande au navire impérial tandis qu'il prenait de la vitesse. Une vague blanche parut à la proue, comme si le dragon qui s'y trouvait chevauchait un nuage. Les saules enflèrent sous la pression du vent et se mirent à siffler. On aurait dit de vieilles mégères menaçant du geste des enfants désobéissants.

Malgré la distance, Tadamoto fouilla du regard le pont du navire de l'empereur, à la recherche d'une silhouette familière parmi les robes de soie mouvantes des danseuses et les spectateurs assemblés. Il ne put la trouver et en fut à la fois déçu et soulagé. Si Osha figurait dans la suite impériale, une chance leur serait donnée de se parler et, comme la première bataille se profilait à l'horizon, c'était une occasion à ne pas négliger. Mais il ne souhaitait pas la voir exposée à un danger, ni dans la compagnie de l'empereur.

Les voiles s'affalèrent, les matelots se précipitèrent pour les amener, et le bateau accosta au moment précis où il n'avait plus de vitesse propre. La manœuvre fut exécutée aussi parfaitement qu'on pouvait l'espérer. À l'image de toutes les personnes présentes, Tadamoto se prosterna. L'empereur, cependant, ne donnait aucun signe de vouloir débarquer, du moins tant que la musique et la danse ne seraient pas finies. Tous attendaient.

La représentation enfin toucha à son terme. L'empereur se leva et s'avança parmi sa domesticité courbant le dos pour gagner la passerelle. Lorsqu'il mit le pied sur le quai, il prononça le nom de Tadamoto et lui fit signe de venir l'accompagner.

« L'armée du Shonto a-t-elle atteint Chin-ja ?

— Oui, Votre Majesté. Ils vont vite.

— Et la rumeur est vraie, à n'en pas douter ? »

Tadamoto baissa la voix. « L'enseigne du prince flotte à côté de la fleur de *shinta.* » Il jeta un coup d'œil par-dessus son épaule vers les femmes à bord du navire.

« Nous faisons tous deux l'expérience de la félonie, Tadamoto-*sum*, répondit l'empereur. Ma tristesse est grande. »

Ils s'écartèrent encore de quelques pas. L'empereur était perdu dans ses pensées.

« Vous serez le nouveau commandant de ma garde, colonel Jaku, dit-il brusquement. Puissiez-vous effacer la honte dont votre frère a souillé votre nom ! »

Tadamoto s'inclina. « Je tâcherai de me montrer digne de cet honneur, Votre Majesté.

— Veillez-y. »

À peu de distance maintenant se trouvait le garde qui tenait le cheval de l'empereur.

« Accompagnez-moi, colonel, je veux inspecter notre système de défense. »

53

Après des jours et des jours de grande hâte, la flottille de Shonto avait mis en panne le long des berges. Seul le courant agitait les coques, les obligeant à tirer sur leurs amarres. Le soleil, plus long à disparaître maintenant, avait fini par céder la place au crépuscule et se couchait derrière les montagnes à l'ouest. Le ciel rougeoyait des mêmes couleurs de l'automne.

Nishima et son père adoptif marchaient sur la rive, suivis à bonne distance par des gardes. Non loin, d'autres soldats, vêtus du bleu des Shonto, avaient établi un périmètre de sécurité, maintenant à l'écart réfugiés et curieux.

« Êtes-vous inquiet pour maître Myochin, mon oncle ? » demanda Nishima.

Son compagnon semblait peu disposé à la conversation, plus renfermé qu'à son habitude. Il avait envoyé de ses hommes enquêter à la maison de son ancien instructeur de *gii*, qui habitait auprès, et ils étaient revenus bredouilles, sans Myochin Ekun, expert légendaire au jeu de *gii*, aveugle de naissance et pourtant six fois champion de Wa. Shonto montra l'embouchure de la petite rivière qui se jetait dans le canal.

« J'ai laissé des gardes et des archers dans les bois, dit-il. La maison d'Eku-*sum* n'est pas facile à trouver. Aucun sentier n'y mène, et les Barbares maintiennent l'essentiel de leurs forces de l'autre côté du canal. En cas de problème, mes gardes cacheront le maître Myochin dans les collines. » Il secoua la tête. « Il ne voulait pas partir, alléguant qu'il ne possédait rien qui pût faire envie au plus pauvre des hommes des tribus. Il est très vieux à présent. Dans un billet qu'il a fait écrire à un domestique, il me dit que bientôt je pourrais avoir l'occasion d'un coup qu'aucun joueur de *gii* n'a jamais tenté : sacrifier un empereur. » Il sourit. « Il ne cessera jamais de me donner des leçons. »

Ils s'éloignèrent un peu plus en ouvrant rarement la bouche.

« Ne trouvez-vous pas étrange qu'ils aient brusquement abandonné la chasse ? »

C'était la question que tout le monde se posait. La petite armée avait mis fin à sa poursuite de la flottille de Shonto.

« Peut-être, répondit celui-ci, mais ils ne sont pas tellement nombreux, et nous approchons de la capitale. Si subitement se montrait une armée impériale considérable, la leur serait en danger. Vingt-cinq mille hommes, c'est presque un tiers des forces du khan ; il est sage de ne pas les risquer. On peut aussi faire valoir qu'ils ont atteint leur principal objectif : dans le sillage de cette petite armée s'annoncent des récoltes qui permettront au khan de nourrir la totalité de ses troupes dans un proche avenir.

— Donc nous nous sommes arrêtés pour reposer nos soldats.

— Oui, et pour d'autres raisons. L'empereur, avec ses hommes, a pris position au nord de la capitale. Si nous devions nous heurter à ces unités-là avant que le Fils du Ciel ait découvert la véritable ampleur de l'armée du désert, il pourrait être tenté de prendre des initiatives déraisonnables. Nous ne pouvons pas nous permettre d'affrontement entre l'empereur et nous. Actuellement, en combinant nos forces, nous n'atteignons probablement pas aux effectifs du khan. Je ne courrai pas le risque de perdre d'autres hommes. »

Ils arrivèrent devant un bouquet d'arbres, des pruniers. La berge blanchissait presque sous les pétales en voie de décomposition. Les feuilles allaient rapidement accéder à leur plein développement et s'ouvraient comme des fleurs. De longues ombres s'allongeaient à la surface du canal et, dans la chaude lumière, l'eau prenait une couleur de cuivre bruni. Dans le ciel apparaissait le plus mince des croissants de lune.

En présence d'un tronc d'arbre s'inclinant presque horizontalement au-dessus du courant, Shonto s'arrêta et chercha un appui. Nishima en fit le tour et s'appuya de l'autre côté. Ils demeurèrent ainsi quelques minutes sans parler, côte à côte, mais le regard tourné dans des directions différentes. Shonto arracha un brin d'herbe et s'amusa à l'entortiller distraitement autour de son doigt.

« Dans moins de quelques jours, nous devrons avoir repris notre route vers le sud. Le gros des troupes ennemies se déplace plus vite, maintenant qu'elles disposent d'embarcations fluviales dignes de ce nom et de bateliers pour les conduire. Quand nous nous trouverons face à l'armée de l'empereur, je ne puis répondre de ce qui se passera. Tous les accommodements auxquels nous parviendrions avec Akantsu seront illusoires : on les respectera seulement aussi longtemps que durera pour les deux camps la menace de cette armée du désert et de son chef. Si nous en venons à bout, l'empereur se retournera contre nous, pour peu qu'il s'en sente capable. »

Il enroula le brin d'herbe comme une bague.

« Ce n'est pas un homme dont il est facile de prévoir les réactions. Il se peut qu'il batte en retraite quand il aura vu de quels moyens disposent véritablement les Barbares. Impossible à dire. Tout ce que je puis vous affirmer maintenant, c'est que le salut de l'empire prévaudra sur les intérêts des Shonto. »

Il se tut un instant. Une petite brise agitait le feuillage des pruniers.

« Si tout se gâte, mon intention est de chercher refuge dans les montagnes. Il faut que vous le sachiez, car on ne peut prédire qui survivra à une bataille. »

Nishima respira profondément. « Si nous devons nous enfuir, dit-elle, pourquoi dans les montagnes ? Il semble qu'Ika Cho offre plus de chances de lever une armée. La montagne n'est pas accueillante à ceux qui n'y sont pas nés.

— L'empereur tient Ika Cho, et Shokan-*sum* a pris la fuite. J'ai mes raisons pour penser que nous trouverions des amis sur les hauteurs. »

Nishima regarda son oncle. Décidément, il la surprendrait toujours. Des amis sur les hauteurs ? Elle aurait bien aimé l'interroger mais savait que, s'il avait voulu lui en dire plus, il n'en serait pas resté là.

« J'avais eu l'impression que vous preniez la nouvelle de la retraite de Shokan-*sum* vers le col avec beaucoup de philosophie. Y aurait-il de l'espoir pour lui ?

— Je ne puis rien affirmer, mais sa situation n'est certainement pas plus mauvaise que la nôtre. » Il jeta son brin d'herbe avec force.

Le vent l'emporta. « Dans les combats qui nous attendent, reprit-il, Wa perdra si certaines de ses factions restent sur la réserve dans l'espoir qu'en économisant leurs forces elles l'emporteront dans la guerre civile qui suivra la défaite des Barbares. L'armée du désert est trop vaste pour cela. Nous ne pourrons nous mesurer efficacement avec elle que dans un engagement total et en choisissant intelligemment le terrain de la rencontre. Si vous devez gagner les montagnes, arrangez-vous pour ne pas être séparée de Shuyun-*sum*. Il aura pour vous protéger la même valeur qu'un millier de gardes. N'oubliez pas cela. Il est déjà arrivé aux Shonto de fuir l'empire pour vivre dans des contrées sauvages. Si Botahara nous sourit, Shokan-*sum* ne franchira pas les montagnes avant que le sort de la guerre ait été décidé. Il faudra que les Yamaku sachent que les Shonto sont hors d'atteinte et attendent leur jour. »

Nishima posa la main sur son bras. « Mon oncle, je ne mets pas en doute votre sagesse, mais je ne doute pas davantage de celle du peuple de Wa. Il ne permettra pas aux Yamaku de s'appeler empereurs au terme de cette guerre, quelle qu'en soit l'issue. »

Shonto pressa affectueusement la main de sa fille adoptive. « J'espère que vous ne vous trompez pas, Nishi-*sum*. Puisse le peuple de Wa ne pas vous décevoir ! »

Les dernières lueurs du couchant disparurent au regard de Shimeko, mais le ciel gardait une touche d'un bleu très foncé au milieu d'une myriade d'étoiles variée d'un croissant de lune. La jeune femme s'appuya au gréement du bateau de la peste en s'obligeant à garder une apparence de calme. Bien que les moines botahistes fussent réputés pour leurs capacités d'observation, elle espérait qu'ils ne remarqueraient pas son désespoir. D'habitude, ils ne lui prêtaient guère d'attention. Elle pensait que cela jouerait en sa faveur.

À peu de distance de la berge, les derniers tisons d'un bûcher funéraire rougeoyaient du même éclat que les couleurs du soleil couchant. Inara-*sum*, le jeune soldat de Shonto, avait atteint à l'accomplissement. La mort, l'ancienne novice le voyait bien, n'aurait pas dû avoir sur elle autant d'effet. Fidèle adepte de la Voie, ce jeune homme ne pouvait avoir comme perspective qu'un retour sur terre où il serait un peu plus proche de la perfection. Pourtant,

Shimeko n'avait pas le sentiment qu'il fallait croire à cela pour ne pas tomber dans l'affliction.

L'idée s'imposait de plus en plus à elle que les frères avaient fait de la cérémonie funéraire l'occasion d'une célébration, et cela la choquait. La mort de ce jeune homme, d'une certaine manière, ils la voyaient comme un triomphe. Pareille attitude l'effrayait, lui semblait presque monstrueuse. *Ils ont marqué l'événement parce que sa foi était grande.* Cette guerre causerait la mort de milliers d'adeptes de Botahara : les frères allaient-ils célébrer aussi cela ?

Les nouvelles, celles des atrocités commises par les envahisseurs, faisaient vite à se répandre. Elle avait pu observer les visages des réfugiés à leur passage, apeurés, hésitant à croire en la réalité de ce qu'ils avaient vu. Ces visages commençaient à hanter ses nuits.

Le bateau de la peste était amarré à des arbres et frôlait la rive. Il n'y avait pas d'autre navire à un demi-rih, et les longues files de réfugiés, en reconnaissant le pavillon, s'en écartaient largement. Shimeko se retourna en affectant l'air le plus dégagé du monde et examina le pont : en dehors de l'unique soldat préposé à la surveillance de la passerelle, on ne voyait que des bateliers endormis.

D'un mouvement souple, elle se laissa glisser par-dessus bord. Sans difficulté, elle descendit dans une eau qui lui montait jusqu'à mi-cuisse. Deux pas de plus, et elle toucha la rive. Un nouvel effort lui fit gagner les arbres. Une fois là, elle s'arrêta pour s'assurer que rien ne bougeait sur le bateau, que rien ne révélait qu'on l'avait observée. Mais tout était calme.

On ne remarquera pas mon absence avant demain matin, se dit-elle, et alors je serai loin, loin vers le Nord, tournant le dos à tout ce qui me tracasse. Puisse Botahara me pardonner !

54

Les vents des Fleurs de Prunier cédèrent la place aux brises légères et capricieuses de la fin du printemps, tandis que, la nuit et le matin, l'air froid venu des montagnes obscurcissait les plaines de brume après le coucher du soleil. Cette brume ralentissait la progression de la flottille qui menait Shonto vers le sud, mais l'armée barbare souffrait du même handicap, ce qui éloignait, si peu que ce fût, le jour de l'inévitable affrontement.

Quand il ne resta plus qu'une journée de route avant d'atteindre les positions défendues par l'armée impériale, Shonto fit débarquer sa propre armée et consacra un bon laps de temps aux derniers préparatifs avant la bataille. On envoya des patrouilles en reconnaissance, tant au nord qu'au sud, pour glaner des renseignements sur l'une et l'autre des forces hostiles. Un flot ininterrompu de courriers porta des ordres et ramena des rapports.

La petite armée des Barbares avait été rejointe par le gros des troupes, et ensemble ils continuaient à avancer dans les provinces intérieures. Les accrochages entre nomades et compagnies envoyées par Shonto se multipliaient, chacune des deux forces en présence voulant s'assurer le contrôle du territoire qui les séparait.

Suivi du général Hojo, du seigneur Taiki et du prince Wakaro, Shonto passait dans les rangs, avec un mot pour les différents commandants de compagnie, cherchant à ce que l'on sût qu'il était là. Une armée comme la sienne, prise en tenaille entre deux ennemis, avait besoin de sentir la confiance de son chef et, partout où il allait, Shonto savait tenir ce rôle et remonter un moral défaillant.

Son armée elle-même était un bric-à-brac où l'on trouvait tantôt les vassaux bien entraînés de différents seigneurs, tantôt des gardes impériaux, tantôt des recrues venues avec toutes sortes d'armes et d'armures, beaucoup donnant la même impression de juxtaposition hasardeuse que leur panoplie.

Les chevaux étaient préparés à courir et nourris dans les herbages, beaucoup de combattants se mesuraient à l'épée ou au sabre, des archers tiraient sur des cibles improvisées. On prenait souvent les paris dans ces compétitions, et les officiers veillaient à ce que les disputes ne tournent pas à l'aigre : avec des hommes venus de tous les coins de l'empire, pareilles chamailleries n'avaient rien d'extraordinaire. En dépit de l'activité qui régnait dans le camp, on sentait bien que quelque chose n'allait pas. Les rires étaient trop sonores, l'embarras se peignait soudain sur les visages quand Shonto s'approchait, comme s'ils craignaient qu'il pût y lire la cause de leur tourment.

Le prince Wakaro en parla au général au cours d'une tournée d'inspection. « Je ne peux m'empêcher de m'interroger au sujet de ces hommes, seigneur Shonto », dit-il. Il tira sur une tresse de la crinière de son cheval. « Ont-ils peur ? Moi-même, les mots me manquent pour définir ce que je ressens. Je ne sais même pas si c'est de l'appréhension. »

Shonto flatta le col de sa monture d'une main gantée de cuir. « L'attente d'une bataille, Altesse, répondit-il, finit par éprouver ceux qui vont la livrer au point de préférer être fixés tout de suite. Ils veulent bien vivre ou mourir, mais ils en ont assez d'une existence qui oscille entre la vie et la mort. Il arrive un moment où se battre devient un soulagement. »

Shonto jetait sur cette armée le regard d'un homme d'expérience. Le prince finissait par respecter celui que son père tenait pour le pire ennemi des Yamaku, et cela le troublait.

D'un geste, Shonto embrassa l'ensemble du camp. « Votre opinion, seigneur Taiki. »

Taiki rapprocha sa monture et lentement passa les soldats en revue. « C'est une armée, seigneur Shonto. On a vu meilleur, on a vu bien pire. L'expérience des combats fait défaut parmi les jeunes, et je ne sais pas si nous aurons plus d'une bataille à notre disposition pour l'acquérir. Les autres armées, s'empressa-t-il d'ajouter, souffrent du même handicap. Les Barbares pourtant doivent livrer combat dans un pays très différent du leur, et je me refuse à croire que cela ne les perturbe pas profondément. Battre en retraite doit aussi leur paraître une éventualité redoutable, au cas où ils manqueraient leur but. Ce sont des éléments qui comptent sur un champ de bataille.

— Vous avez raison, seigneur Taiki, répondit Shonto. La valeur d'une armée ne se mesure pas seulement au nombre de ses soldats. »

Trois cavaliers vêtus de bleu traversèrent le camp au grand galop. À leur approche, Shonto reconnut Rohku Saicha suivi de ses gardes. Ils s'arrêtèrent devant leur général et mirent pied à terre, s'inclinant profondément devant le prince impérial et leur seigneur lige.

« Capitaine Rohku ?

— Une délégation arrive, seigneur, de la part de l'empereur. Leur drapeau indique un désir de parlementer. » Il montra la direction du sud. « Ils viennent sur un bateau rapide.

— Envoyez chercher le général Hojo, Kamu et le frère Shuyun. Nous irons ensemble à leur rencontre. Altesse, seigneur Taiki, accepterez-vous de vous joindre à nous pour accueillir l'émissaire de l'empereur ? »

Les deux hommes signifièrent leur accord, si Shonto crut discerner chez le prince une contracture de la mâchoire qui n'était pas apparue, même dans les discussions sur la bataille à venir.

Ils partirent au petit galop, accompagnés de leurs gardes. Dans le camp, on s'inclinait respectueusement à leur passage, tout en s'interrogeant sur leur destination. La rumeur fit vite à se répandre. *L'empereur a envoyé ses laquais marchander avec le seigneur Shonto.* Pouvait-on en conclure qu'une alliance était possible ?

Juste au sud du camp, un bateau couvert, fort de trente rameurs, rappelait sur son ancre au milieu du canal. À la poupe, l'étendard impérial flottait au vent, de même que celui d'un haut fonctionnaire et le drapeau vert de la trêve. Sous un prunier, on avait disposé des nattes, et visiblement on avait choisi cet endroit pour boire du vin et peut-être écrire un poème en composant à tour de rôle, car personne ne portait d'armure, hormis les gardes qui se tenaient à distance. Ceux qui étaient agenouillés sur les nattes buvaient dans des bols et riaient aux éclats.

« Le seigneur Shinzei, dit calmement le prince Wakaro à Shonto, le perroquet bavard préféré de l'empereur. »

Shonto arrêta son cheval et mit pied à terre. Plusieurs de ses gardes étaient venus en renfort. D'autres avaient pris position à proximité et attendaient, la main sur leur épée. Rohku Saicha accourut.

« Seigneur Shonto, le général Hojo sera là dans un instant. Kamu est de l'autre côté du canal, et on a demandé le frère Shuyun sur le bateau de la peste.

— Bien, dit Shonto, nous nous passerons d'eux. » En se retournant, il vit venir des cavaliers galopant à fond de train. « Le général Hojo », dit Shonto. Puis, à l'adresse du prince : « Prince Wakaro, ce perroquet bavard est-il autorisé à parler au nom de l'empereur ?

— Je trouverais cela choquant. Non, il va sans doute faire des propositions de la part de mon père. Il lui manquera le pouvoir de négocier. Il représente le premier coup dans la partie de *gii* et, comme on le voit souvent, la pièce la plus facile à sacrifier. Mais je ne pense pas qu'il en ait conscience. »

Hojo arriva sur ces entrefaites, descendit de cheval et salua rapidement.

« Général Hojo, dit Shonto, allez trouver, s'il vous plaît, les émissaires de l'empereur et demandez-leur quel est le but de leur ambassade – à moins qu'ils ne soient venus que pour profiter du soleil et du paysage. »

Hojo s'inclina d'un geste bref et se dirigea vers Shinzei et son groupe. Un instant plus tard, il était de retour. « Ils ne veulent parler qu'au seigneur Shonto, monseigneur. Ils n'ont rien à dire aux gens qui l'accompagnent.

— Croient-ils que, le prince et moi, nous allons venir à leur demande ? »

Il jeta un coup d'œil par-dessus son épaule. Une heure ne se serait pas écoulée que chacun dans son armée saurait ce qui se serait passé là. Fallait-il que ces envoyés de l'empereur fussent stupides pour les mettre dans un pareil embarras ! Un dernier regard, et il secoua la tête.

« Faites-les prisonniers, dit-il, attachez-les et conduisez-les sur mon bateau. »

Vite, il enfourcha son cheval. Le prince et Taiki se hâtèrent de le suivre. Au petit galop, ils se dirigèrent vers les navires qui transportaient sa famille et ses principaux conseillers. Dans le camp, l'activité s'était le plus souvent arrêtée, et l'on essayait de ne pas laisser transparaître sa curiosité.

Le bateau affecté à Shonto lui-même était protégé par une clôture en bambou qui délimitait un vaste espace libre sur la rive est du canal. Le général passa devant les hommes en faction, mit pied à terre et confia son cheval à un garde. Puis, quatre à quatre, il gravit la passerelle, jetant ses gants et sa tunique à un serviteur. Il monta sur le pont supérieur, où il prit place à l'arrière sous l'auvent.

Kamu surgit. « Excusez-moi, monseigneur, je m'occupais d'autre chose. »

Shonto le coupa. « Ce garde qui pratiquait le kung-fu, est-il toujours à notre service ?

— Oui, seigneur Shonto.

— Amène-le-moi. » Il se tourna vers Taiki et Wakaro, qui avaient pris le chemin du pont supérieur sans trop savoir si c'était ce qu'ils devaient faire. « Je vous en prie, leur dit-il aimablement, joignez-vous à moi. »

Il leur montra des coussins. Ils acceptèrent l'invitation. Il y eut un silence gêné.

Ils n'eurent pas longtemps à attendre. L'instant d'après, on vit arriver Hojo avec les personnes confiées à sa charge. Un bateau accosta sur la rive du canal, et l'on aida les prisonniers ligotés à débarquer, en prenant soin dans une certaine mesure de ne pas attenter à leur dignité.

Kamu approcha en compagnie d'un jeune garde. Shonto fit signe qu'il pouvait avancer. Il lui parla à voix basse et lui expliqua le sens à attacher à certains signaux de la main. « Que cet homme s'occupe de Shinzei ! » dit-il à Kamu.

Sans qu'on les entendît venir, les émissaires de l'empereur montèrent l'escalier. Les gardes leur demandèrent de se mettre à genoux. Shonto resta un moment à les dévisager.

« Nous venons, dit Shinzei, sous la protection d'un drapeau vert. Nous sommes les émissaires du Fils du Ciel. Soyez sûr que ceci ne sera pas oublié, seigneur Shonto. »

Il mit dans sa voix pour prononcer ce nom tout le mépris dont il était capable. Shonto fit signe au jeune garde, qui tourna rapidement sur lui-même et frappa Shinzei au diaphragme. Celui-ci tomba, plié en deux. Quand il eut commencé à reprendre haleine, en obéissance à un nouveau signal, sans ménagement il fut remis à genoux. D'une voix parfaitement calme et douce, Shonto lui dit :

« Peut-être vous sera-t-il possible, seigneur Shinzei, de nous préciser le but de votre visite ? Ou êtes-vous venu seulement pour boire du vin et goûter les plaisirs d'une belle journée de printemps ? »

Shinzei visiblement cherchait à récupérer des forces. Son premier souci était de respirer normalement. « L'empereur de Wa m'a envoyé pour exiger la soumission immédiate du prince Wakaro, de Jaku Katta, du seigneur Shonto et de tous les principaux conseillers et officiers à son service. »

Shonto attendit un moment puis fit signe au jeune garde, qui de nouveau étendit sur le pont, tout recroquevillé, l'émissaire impérial. Son retour à une vie normale, cette fois, demanda plus de temps. Les autres membres de son groupe avaient les yeux baissés et n'osaient pas faire un geste. Enfin, Shinzei fut remis à genoux, veillant surtout à ne pas s'affaisser.

« À mon seigneur lige, seigneur Shinzei, expliqua calmement Kamu, on s'adresse comme étant le "seigneur Shonto" ou "monseigneur". »

Shinzei acquiesça sans pouvoir cacher sa souffrance ni conserver sa dignité en cette situation. Favori de l'empereur, il ne rencontrait que de la déférence partout où il allait.

« Seigneur Shinzei, reprit Shonto d'une voix toujours aussi calme, je suis bien informé de ce que sont les dimensions et l'état de l'armée de votre maître. Elle n'est pas plus nombreuse et s'appuie certainement sur moins d'expérience que ma propre armée. Vous ne pouvez pas vous permettre de vous montrer arrogant. Au nord, à moins de deux jours de navigation sur le canal, des troupes barbares qui, malgré nos efforts, comptent quatre-vingt-cinq mille hommes se dirigent vers la capitale de l'empire. Selon mon estimation, il faut compter quatre jours à son chef, peut-être cinq, pour qu'il s'empare du trône qu'il convoite, celui de votre maître, seigneur Shinzei. Il est bien tard déjà pour l'alliance que nous recherchons. »

Il considéra l'homme à genoux devant lui et hocha la tête.

« Portez ce message à votre empereur : s'il accepte de nous accorder par écrit son pardon, à moi, à ma famille et à tous ceux qui m'apportent leur soutien, je consens à associer mes moyens aux siens pour affronter la menace des Barbares. S'il refuse, je le laisserai seul face à leur armée. Le choix est simple : ou bien il garde son trône, ou il le perd. Peut-être a-t-il à choisir entre la vie et la mort. Soyez très clair quand vous expliquerez cet aspect des choses à Akantsu, seigneur Shinzei. Il est essentiel qu'il comprenne dans quelle situation il se trouve. » Il fit signe à Hojo, qui ordonna aux gardes d'emmener les envoyés de l'empereur.

« Général, poursuivit-il tandis que les prisonniers descendaient les marches, vous les mettrez sur des chevaux, les mains liées dans le dos, et les exposerez dans le camp à la vue de tous quand ils le traverseront pour regagner leur bateau. Puis vous les jetterez à terre devant leur joli navire et laisserez à leur garde le soin de leur ôter leurs liens. Ne leur témoignez aucun respect. »

Hojo s'inclina et se hâta d'obtempérer. Shonto demanda du thé. Quand il arriva, son humeur s'améliora sensiblement.

« Pardonnez-moi de vous le dire, seigneur Shonto, dit le prince Wakaro sur un ton qui se voulait apaisant, mais l'empereur sera furieux quand il saura. »

Shonto sourit. « Mais le moral de notre armée va en être prodigieusement consolidé. Pour oser traiter ainsi les conseillers du Fils du Ciel, il faut que nous n'ayons aucun doute sur l'issue des combats. Cela donnera aussi à réfléchir à votre père, Altesse. Notre prochaine bataille ne se décidera pas par l'épée, ce sera un choc entre deux volontés, et j'ai répondu à son entrée en matière par un message qui dit que les Shonto n'ont rien à perdre alors que l'empereur, lui, peut perdre tout. »

L'armée de Shonto Motoru prit la route du Sud aussitôt que le brouillard se fut dissipé, le matin qui suivit la visite de Shinzei. Le gros des troupes se déplaçait par voie terrestre, si on se servait encore de bateaux qui précédaient sa progression. Dans ce secteur, le canal était entouré de vastes champs qui s'étendaient à l'est jusqu'au pied des contreforts montagneux et, à l'ouest, menaient à de lointains sommets dont les cimes déchiquetées se découpaient à l'horizon.

Au sein de l'armée dite rebelle, beaucoup de combattants avaient des chevaux, mais des compagnies de fantassins marchaient au milieu des cavaliers. Malgré le caractère disparate de cet amalgame, les officiers de Shonto et de ses alliés en avaient fait quelque chose de compact pour mieux impressionner les patrouilles impériales qui les observaient.

Shuyun se tenait aux côtés de son seigneur lige à la lisse d'une barge. Avant d'entrer dans Wa, il n'avait jamais vu d'armée. Le spectacle l'étonnait et le navrait tout à la fois. Dans quelques jours, beaucoup de ces hommes allaient perdre la vie. Les paroles du frère Hitara lui revenaient en mémoire : *La guerre n'apporte la perfection à aucune âme*. Mon ordre m'a obligé à servir cet homme, se disait-il, et maintenant moi aussi je fais la guerre, adepte de Botahara, pauvre adepte en vérité.

Ce que le moine n'avait nullement prévu était le bruit causé par ces futurs combattants. Dans les rangs, on se taisait, mais le piétinement des hommes et des bêtes avait quelque chose de sinistre, d'inquiétant, comme peut l'être le pouls d'un agonisant. Sa cadence s'imposait à vous parce que dictée par la peur, une peur qui n'osait pas dire son nom.

« On ne parle pas d'une recrudescence de la maladie ? » demanda Shonto à Shuyun.

Les deux hommes, accoudés au bastingage, regardaient passer l'armée. Shuyun secoua la tête.

« J'ai envoyé des gens aux nouvelles parmi les réfugiés et dans les villages. L'épidémie paraît maîtrisée. On nous a signalé un cas, un seul, une femme dont le portrait correspond à celui de Shimeko-*sum*, mais le rapport est sujet à caution, et la femme en question s'efforçait d'éviter tout contact.

Shonto tordit le hauban de chanvre qui soutenait un mât. Les muscles saillirent sur son bras. « Selon Nishima-*sum*, dit-il, il s'agit de quelqu'un d'instruit et d'intelligent, qui malheureusement traverse une crise d'ordre spirituel. »

Shuyun acquiesça. « Je crois que dame Nishima l'a bien jugée, seigneur.

— Peut-être cherche-t-elle un monastère ou veut-elle vivre en recluse.

— Peut-être. »

Shuyun paraissait perdu dans ses pensées. Il ne parvenait pas à se détacher du martèlement sourd des soldats en marche.

« Je crois que son désir est de s'évader, seigneur. »

Shonto lâcha le hauban et mit sa main en visière sur son front pour scruter l'horizon au sud. Il fallait au mieux attendre le lendemain pour pouvoir distinguer les positions de l'armée impériale, mais il n'était pas rare de voir des gens fixer ainsi le lointain comme si c'était l'objet d'une méditation.

« C'est une affaire délicate, mon frère, dit brusquement Shonto. Si nous nous heurtons aux troupes de l'empereur avant qu'il se soit fait une juste idée de l'ampleur des forces barbares, il risque de commettre une stupide erreur, et, si nous ne nous dépêchons pas d'aller à leur rencontre, le temps nous fera défaut pour fondre les deux armées en une seule qui soit capable de se montrer efficace. La pièce une fois avancée, impossible de la reprendre. Aucune faute n'est permise.

— Puisse Botahara être notre guide, seigneur Shonto ! »

Depuis qu'il s'était mis à son service, Shuyun avait observé son maître avec soin et, si Shonto pouvait toujours être considéré comme gardant beaucoup de choses pour lui, un changement s'opérait. Souvent il partageait des informations qu'il n'était pas vraiment nécessaire de communiquer. Néanmoins le moine restait persuadé que son seigneur était en possession de secrets qu'il se refusait entièrement à livrer. Si on lui avait posé la question, Shuyun n'aurait pas pu donner les raisons de cette conviction.

« Une fois que nous aurons atteint les positions de l'armée impériale, je ferai passer tous les gens qui composent ma maison au nord-est du champ de bataille présumé. Lorsque les combats seront engagés, vous rejoindrez dame Nishima. Soyez prêt à fuir dans les montagnes, Shuyun-*sum*. Laissez en arrière tous ceux qui ne pourront pas vous suivre. » Il fit face à son conseiller spirituel. « Si l'armée du Shonto est vaincue et si, moi, je ne puis me sauver, dame Nishima doit être protégée à tout prix. Je vous confie ce soin, frère Shuyun. À vous de ne pas faillir. »

Shuyun en réponse s'inclina à demi. « Peut-être, dit-il, dame Nishima devrait-elle dès maintenant se rapprocher de la montagne ? »

Shonto s'y refusa. « Le danger est partout, quelle que soit la solution choisie, Shuyun-*sum.* » Il haussa les épaules. « Peut-être est-ce de l'égoïsme, mais pour le moment je souhaite garder Nishima-*sum* à mes côtés. »

Les bateliers affalèrent la voile derrière eux. Le vent s'était levé, et le bateau prenait de l'avance sur les troupes. Shonto d'un geste montra une grappe d'uniformes bleu foncé au sein de la cavalerie. Shuyun le sentit qui cherchait à se dérober à ces secrets qu'il gardait pour lui.

« Je me fais du souci pour Butto Joda et ces soldats Hajiwara dans la garde de Komawara. Le seigneur Butto ne m'en a rien dit, mais je suis sûr que cela le tracasse. »

Shuyun se pencha au-dessus de l'eau. « J'y ai réfléchi, moi aussi. Le seigneur Komawara croit que ces soldats Hajiwara sont liés par leur serment et que tous vos alliés n'ont rien à craindre d'une vengeance concertée. Peut-être a-t-il raison, mais on a déjà vu des gens formuler leurs engagements de manière à ce qu'ils prennent un sens différent pour différentes personnes. Je ne mélangerais pas Butto et Hajiwara sur un champ de bataille.

— Ah ! fit Shonto en hochant la tête. De tels problèmes, dans nos propres rangs… »

Il ne finit pas sa phrase.

55

Le lendemain matin, le brouillard ne se leva pas. Il fallut donc à Shonto attendre que le soleil fût haut dans le ciel pour faire reprendre à son armée la route du Sud. Même lorsqu'il n'y eut plus trace de ce brouillard, il demeura un voile de brume tamisant la lumière.

Plusieurs des conseillers de l'ancien gouverneur avaient exprimé la crainte que l'empereur ne mît à profit l'obscurité pour faire passer ses troupes au nord et surprendre celles de Shonto quand le soleil reviendrait briller dans un ciel dégagé. Mais cette crainte se révéla sans fondement. Les patrouilles rapportèrent que l'armée impériale restait enterrée dans ses retranchements creusés à flanc de coteau de chaque côté du canal.

Shonto ne quittait pas sa place sous un auvent à l'arrière de son navire, et rien ne donnait à penser que quelques heures plus tard il allait affronter les troupes impériales. Il était penché sur un rouleau de papier auquel il donnait toute son attention. Un secrétaire à genoux se tenait à sa disposition. Kamu aussi n'était pas loin. À quelques pas seulement, un serviteur jouait en sourdine à la harpe une mélodie. Parfois Shonto relevait la tête pour mieux suivre un passage du morceau puis, après un signe à l'interprète, reprenait sa lecture.

Finalement, il enroula son papier et le mit de côté. Il chercha une tasse, sirota son thé, qu'il trouva trop froid, et reposa la tasse sur la table. « Intéressante, cette position, n'est-ce pas ? » dit-il à son intendant.

Soigneusement, il déroula une carte et mit aux quatre coins quatre presse-papiers de jade. Il montra la carte. Kamu s'approcha. Shonto posa son doigt à un endroit précis.

« L'empereur a disposé ses troupes de chaque côté du canal. Qu'en penses-tu ? »

Kamu avait beau être âgé et d'aspect fragile, il n'en avait pas moins été autrefois un épéiste de renom et un officier supérieur dans les armées de Shonto. Dans les grandes maisons, il était rare que l'intendant fût aussi versé dans l'art de la guerre, et son maître ne voulait pas laisser perdre pareille compétence.

« L'empereur, dit-il, doit penser que son rôle est d'empêcher l'ennemi de descendre jusqu'à la capitale ; c'est pourquoi il bloque le canal. À vrai dire, je crois qu'il pourrait se placer n'importe où : le khan ne passerait pas à côté les yeux fermés. Cette façon de diviser ses forces… » Il secoua la tête. « Il fait une faute grossière. Le pont entre les deux… est trop à la merci des brûlots. »

Shonto approuva. « Je soupçonne, dit-il, que, s'il bloque le canal, ce n'est pas pour arrêter les Barbares mais pour nous interdire le passage. Il serait probablement du goût du Fils du Ciel de maintenir le Shonto entre son armée et celle du khan. » Il suivit du doigt le tracé du canal. « Et moi, je ne voudrais à aucun prix faire obstacle à la vue qu'il aura des Barbares. » Ce même doigt s'arrêta sur une colline à l'est et légèrement au nord des positions de l'empereur. « Nous concentrerons nos forces sur ce versant, et c'est ici que le khan déploiera les siennes. Il n'aura pas le choix. » Il dessina un arc de cercle à l'est du canal et au nord des retranchements d'Akantsu. « Ainsi nous aurons un triangle, reprit-il en traçant les trois côtés, avec une armée à chacun des sommets. Si le khan est quelqu'un d'intelligent, il n'attendra pas. Il attaquera sur les deux fronts. Il en a les moyens. S'il attend, une chance nous sera offerte, à l'empereur et à moi, d'arriver à un accord. Une fois que le Fils du Ciel aura vu de ses yeux à quoi ressemble l'armée du désert, on peut espérer qu'il sera plus enclin à écouter nos arguments. L'avenir le dira. »

Il resta un moment les yeux fixés sur sa carte sans dire un mot.

« Si l'empereur consent à s'allier à nous, Kamu-*sum*, nous aurons le choix entre deux possibilités. Ou nous combattrons les Barbares avec des forces égales peut-être aux deux tiers des leurs, ou nous nous replierons vers le sud-est. Si nous optons pour le repli, la suite montrera si tu as vu juste. Le khan sera-t-il capable de résister à la tentation de prendre une capitale sans défense ? S'il y succombe, une chance nous sera donnée de rassembler une armée assez forte pour que nous soyons sûrs de vaincre les Barbares. Accepter le combat est une décision difficile à prendre. L'affrontement ne mènerait probablement à rien et, dans le pire des cas, se terminerait par l'anéantissement des forces de Wa. Le risque est grand, Kamu-*sum*, considérable même. »

Un garde s'approcha. Il s'inclina et attendit qu'on s'intéressât à lui. Kamu lui fit signe, et il s'avança pour murmurer quelque chose à l'oreille du vieil intendant.

« Seigneur, dit celui-ci quand il eut fini, nos éclaireurs les plus avancés sont en vue des positions de l'empereur.

— Je vais prendre un bateau rapide, répondit Shonto. Mets un cheval à ma disposition à l'avant de nos troupes. Je parlerai avec le général Hojo et nos officiers supérieurs. » Il se leva d'un bond. « Intendant Kamu, dans une partie de *gii*, c'est toujours la fin le plus intéressant, n'est-ce pas ? »

Dans la soirée, les troupes de Shonto débouchèrent sur la plaine, devant celles de l'empereur. Les patrouilles annonçaient la présence des Barbares à seulement une demi-journée de marche et, sur l'arrière-garde des colonnes de l'ancien gouverneur, les éclaireurs nomades maintenaient une surveillance de tous les instants. Simplement parce qu'ils étaient les plus nombreux, les hommes du khan avaient pris le contrôle des territoires en litige entre les deux armées, et ils pourchassaient leurs adversaires avec la discrétion et la persévérance d'une bête de proie.

Shonto n'avait toujours pas endossé son armure tandis qu'il chevauchait devant ses lignes, mais il portait une épée à la ceinture, celle qu'Akantsu lui avait donnée. Tout près, mal à l'aise, un peloton de ses gardes veillait, le regard tourné vers les retranchements de l'armée impériale.

« L'empereur sera patient, dit Shonto à ses principaux conseillers. Il n'essaiera pas de confier à l'épée le soin d'accomplir ce qui peut être fait par des mots. Gardons en mémoire qu'il nous déteste, nous les Shonto, parce qu'il nous craint. » Il se dressa sur ses étriers, scruta l'horizon puis hocha la tête. « Pardonnez-moi de vous le dire, prince Wakaro, mais l'empereur n'a pas le talent de général qu'avait votre grand-père. La position qu'il occupe est intenable. »

Wakaro haussa presque imperceptiblement les épaules. Il était seul dans l'escorte de Shonto à s'être armé de pied en cap, et il souffrait incontestablement de ne pas afficher une désinvolture de bon aloi face à l'ennemi. Il avait fixé son casque à sa selle, si bien que sa mèche de cheveux blancs était laissée au caprice du vent et s'agitait comme un drapeau de mauvais augure. Le prince s'efforçait de ne rien perdre de sa dignité impériale, et cette tâche était rendue plus malaisée par son peu d'habileté à manier les chevaux, défaut voyant en raison de la proximité des combattants de Seh, eux-mêmes cavaliers experts.

Shonto montra la colline où il se proposait de disposer son armée. « Que pensez-vous de cet emplacement ? »

Un coup d'éperon à sa monture, et Komawara se rapprocha. Il s'inclina sans quitter sa selle. « Le seigneur Toshaki et moi-même avons parcouru cette colline dans tous les sens, à pied et à cheval, seigneur Shonto. Elle n'est pas défendable de tous les côtés, eu égard à la faiblesse de notre effectif, mais on peut raisonnablement espérer tenir cette position en cas d'attaque par l'ouest ou le nord. Elle est certainement moins vulnérable que ne sont les retranchements de l'empereur, ajouta-t-il dédaigneusement. La pente est abrupte au pied, puis cela monte par paliers jusqu'à mi-hauteur. La crête est très boisée. Si l'on considère que c'est un terrain que nous n'avons pas choisi, nous pouvions tomber plus mal. »

Après avoir du regard consulté Hojo, qui tacitement approuva, Shonto rendit sa décision : « Nous allons renforcer la sécurité de cette position et, à la nuit tombée, nous y mettrons nos troupes. Allumez des feux pour les guider. Demain, nous assisterons à l'arrivée de l'armée barbare, plaisir que nous partagerons avec Sa Majesté. »

Il tourna son cheval pour faire face à ses conseillers. Taiki et Butto Joda avaient fini par se lier d'amitié. Leurs chevaux étaient côte à côte. Jaku Katta, le général Hojo, Komawara, le jeune Toshaki, Shuyun formaient un groupe qui n'avait rien de compact. Seuls le prince et le commandant de sa garde se tenaient à l'écart :

ils étaient des étrangers, d'anciens séides du Yamaku ; leur loyauté n'était pas prouvée.

« Nous allons faire passer nos troupes sur la colline, reprit Shonto, puis nous dresserons un pavillon sur la plaine entre les deux camps. Dès que ce sera possible, je chercherai à entrer en contact avec le Fils du Ciel. » Il regarda ses auditeurs droit dans les yeux. « Dans l'histoire de Wa, jamais un envahisseur étranger n'a pénétré dans les provinces centrales. Impossible de savoir ce que l'avenir nous réserve, mais il est clair que perdre face à l'armée du désert signifierait perdre la capitale, sinon l'empire. Pour peu que le khan se montre un général avisé, il poursuivra notre armée jusqu'aux frontières du Sud, car elle représente le fondement de tous nos espoirs futurs. Nous ignorons comment dans les jours à venir la guerre se décidera. N'oublions jamais qu'un seul de nos actes peut se révéler déterminant pour changer le cours de l'histoire. Ne perdez pas courage, même un instant. Le destin du pays dépendra des péripéties des prochains jours. Chacun de nous a un rôle à tenir. Gardez confiance. »

Nishima resta éveillée tard dans la nuit. Elle avait traversé dans les ténèbres la petite plaine dont on parlait comme du « champ de bataille », et l'expérience l'avait profondément marquée. Les feux qu'on avait allumés éclairaient des rangées d'hommes armés indiquant la route à suivre au travers du brouillard et de l'obscurité. C'était un spectacle hallucinant, avec les lueurs rouges et jaunes réverbérées par les armures et les armes, et ces visages aux traits déformés par le jeu de l'ombre et de la lumière.

Okara ayant insisté pour refuser un palanquin, Nishima et Kitsura avaient dû aller à pied, alors que Nishima en particulier aurait mieux aimé prendre un cheval. Ce n'était pas qu'elle fût une cavalière accomplie, car une jeune fille bien élevée n'était pas censée savoir monter, mais, dans la période troublée qui avait suivi les Guerres intérimaires, Shonto avait jugé plus prudent de lui faire donner quelques leçons d'équitation.

On avait installé un pavillon sur un terre-plein creusé dans la colline, abrité à l'orée du bois, et ce pavillon avait été divisé en trois par des tentures de façon à constituer trois chambres à l'usage des dames de la capitale. Pour les rendre confortables, on y avait disposé des nattes et des tapis, tandis que des lampes et quelques éléments de mobilier créaient une impression d'ordre et de sécurité. Pour Nishima, tout cela n'était que de la poudre aux yeux.

Pour tenter d'atteindre à un semblant de sérénité, elle s'était tournée vers la poésie de dame Nikko.

Le ciel est déchiré,
La terre une ruine.
La tempête a décimé les arbres,
Les richesses de l'été ont été dispersées
Aux quatre coins de l'horizon.
L'automne arrive
Tel un envahisseur.

La sagesse est plus fragile
Qu'amourette au cœur d'une fille
Perdue entre deux générations.
Des gamins jettent des pierres dans le puits du village
Pour casser la glace que la nuit a formée.
Jamais ils ne se demandent :
Qu'arrivera-t-il quand le puits sera comblé ?

Dans Itsa les paysans travaillent
Le lopin de terre familial.
Saison après saison, sans répit,
Jusqu'à ce que le sol ne produise plus
Que chardons et broussailles.

La lune glisse vers un autre hiver,
Chaque nuit plus froide que la précédente.
Bientôt les femmes troqueront leurs habits de laine
Contre des fagots de bois mort.

Extrait d'*Un voyage à Itsa,* de dame Nikko.

Ce n'était pas précisément le réconfort espéré. Nishima reposa le rouleau de papier.

Auparavant, il avait été décidé que dame Okara prendrait le chemin du Sud vers la capitale, accompagnée de gardes des Shonto sans leur livrée bleue. Contourner l'armée impériale serait délicat, car l'empereur envoyait des patrouilles dans la campagne environnante, mais nul ne doutait que la réputation de l'artiste ne la protégeât de tous, sauf des Barbares. Elle avait hâte de retrouver sa demeure sur son île, et Shonto n'était pas moins désireux de la mettre à l'abri du danger.

Nishima savait que, le lendemain matin, la séparation serait difficile. Oka-*sum* avait pris beaucoup de risques pour lui venir en aide, et pour peu de profit en retour. Pauvre Oka-*sum* ! pensait la princesse, je l'ai arrachée à sa solitude pour la jeter au cœur d'une guerre qui verra peut-être la chute de notre empire. Puisse Botahara veiller sur elle !

La mince étoffe de la tente semblait ridiculement fragile à une femme qui avait passé le plus clair de sa vie entourée de murs épais, et la réalité qui menaçait de la rompre n'était pas la sauvage beauté de la nature alentour, mais la brutalité grossière des hommes. Elle aurait voulu avoir Shuyun étendu à ses côtés. Ce n'était pas tout à fait le désir de se placer sous la protection de quelqu'un de fort, car elle n'ignorait pas que les guerres peuvent abattre même les plus puissants, mais l'envie de réconforter et d'être réconfortée face à la totale incertitude du lendemain.

Ce fut peu de temps avant l'aurore qu'elle réussit à sombrer dans un sommeil précaire.

56

Shonto marchait sur le sentier creusé à flanc de coteau. Ses gardes le suivaient. La lumière grise de l'aube était devenue la clarté diffuse d'un jour de brouillard. À en croire les soldats envoyés en reconnaissance, on encourait déjà moins le risque d'une matinée brumeuse quelques rih plus au sud. Il n'était pas nécessaire de s'éloigner beaucoup de la montagne pour se libérer de cet inconvénient.

Comment choisir de se battre sur un terrain souvent couvert de brouillard ? se demandait Shonto. C'était bien là l'empereur. Le général s'était levé avant le jour et avait tenu une réunion avec ses conseillers. Au terme de longues discussions, il avait été décidé que Wakaro irait porter leurs propositions à son père et, si le prince était parti bravement, du moins en apparence, Shonto ne s'attendait pas à ce qu'il revînt. Même si l'empereur donnait une réponse à sa lettre, le porteur de cette réponse ne serait sans doute pas son fils. Triste famille, se dit Shonto, qui dévore ses propres enfants ! Cependant, dans les dynasties impériales, le phénomène était loin d'être rare.

Le brouillard assourdissait les bruits et jouait des tours à qui voulait entendre, mais sans aucun doute une armée faisait mouvement sur la plaine. Des éclats de voix, le piétinement et le hennissement des chevaux, le cliquetis des armes et des armures, tout cela montait malgré la brume jusqu'aux oreilles des combattants de Wa perchés sur leur colline. Voilà qui va ouvrir les yeux à l'empereur, se dit Shonto. Je donnerais cher pour être à ses côtés quand le brouillard se lèvera.

Des gardes à l'armure lacée de bleu foncé émergèrent de l'obscurité et saluèrent leur général à son passage. Un peu plus loin, il tomba sur Komawara qui plongeait ses regards dans la grisaille.

« L'œil d'un Komawara serait-il capable de percer la brume ? » demanda-t-il.

Komawara se retourna, et son visage s'éclaira d'un faible sourire. « L'œil d'un Komawara y réussit aussi mal que celui de la plupart des gens, seigneur Shonto mais, quand j'ai voyagé dans le désert avec le frère Shuyun, il m'a appris à ne pas tout miser sur ma vue comme on le fait communément. Je ne prétendrai pas à l'habileté en ce domaine de ceux qui ont reçu une formation botahiste, mais je m'améliore. Apparemment, c'est une question d'attention. »

Shonto s'arrêta à côté de lui et à son exemple scruta le banc de brume. « Que vous disent vos autres sens, seigneur Komawara ? »

Komawara tendit l'oreille quelques instants avant de donner sa réponse. « Une armée se rassemble sur la plaine, seigneur. J'ai entendu des maillets frapper sur du bois. On dresse des tentes. On mène pâturer des chevaux. »

Il montra le nord. « Je sens qu'on fait du feu, et il s'y mêle une odeur de goudron. Ils brûlent leurs bateaux. Si près de la capitale, les Barbares semblent renoncer à l'idée de retourner dans le Nord. On nettoie des armures. On aiguise des lames. J'entends le bruit d'hommes qui ne sont pas entièrement sûrs d'eux. Les voilà bien loin de leur patrie. Si leur chef a mal jugé des forces du vaste empire qu'ils ont traversé, ils ne reverront pas leur terre ni leur peuple.

— Vous avez croisé le fer avec les hommes du désert, seigneur Komawara. Croyez-vous possible de gagner la bataille contre un ennemi numériquement si supérieur ? »

Le silence s'établit. Shonto se surprit à faire effort pour distinguer les bruits qui venaient de la plaine.

« Tout dépend d'où se déroulent les combats et de qui donne les ordres, seigneur Shonto. Quand nous avons attaqué leur convoi de ravitaillement, nous avons bénéficié de l'effet de surprise, et ils ont cru avoir affaire à toute une armée. Je ne pense pas que ce soit de la vantardise de dire que les hommes de Wa font de meilleurs soldats. Ce qui nous a été rapporté de la bataille de Rhojo-ma semble le confirmer. Une armée sûre d'elle et stratégiquement mieux placée aurait des chances de l'emporter, tout en subissant de lourdes pertes, malgré une infériorité numérique. L'assurance vient de la confiance en son chef, seigneur.

— Et que pensez-vous de l'empereur ? Peut-il fondre les deux armées en une seule capable de soutenir le coup que ce khan va lui porter ? »

Komawara haussa les épaules. « Je ne connais pas l'empereur, seigneur. S'il abandonnait ses positions sur la rive ouest du canal, brûlait le pont et concentrait ses forces et les nôtres sur le flanc est de cette colline, sa situation serait plus enviable. Mais pourrait-il insuffler la confiance nécessaire pour vaincre un ennemi qui a l'avantage du nombre ? Impossible à dire. »

Shonto en revint à ses propres positions. Elles étaient cachées par le brouillard. On y entendait des bruits analogues à ceux qui montaient du camp de l'ennemi. « Nous verrons », dit-il avec calme.

Au cliquètement des armures, on devinait l'approche de plusieurs hommes. Shonto et Komawara leur firent face. Kamu émergea de la brume, suivi par des gardes. Il s'inclina profondément.

« Un cavalier nous arrive du nord, monseigneur. » Il s'arrêta pour reprendre son souffle. « Le seigneur Shonto Shokan descend des montagnes à la tête d'une petite troupe. Il se hâte de vous rejoindre. »

Shonto ne se troubla pas, à la différence de son intendant qui, de toute évidence, avait du mal à contenir son émotion. « Il faut entrer en contact avec lui, dit-il. Il ne doit pas se mettre en danger d'être pris. Il n'a nulle raison de se presser. Sa présence ici, avec son escouade, a peu de chances de changer l'issue finale. Il faut l'avertir de se tenir franchement à l'écart et de venir par le sud-est. Il importe qu'il ne prenne pas le risque d'être capturé. Pas le moindre risque. Envoie immédiatement des messagers. »

L'intendant salua aussitôt et partit.

Le prince Wakaro ne savait pas s'il devait ou non se réjouir. Gagner dans le brouillard les premières lignes de défense de son père avait eu de quoi lui glacer le sang. Sa garde portait bien la même armure que celle de l'empereur, mais il n'en tirait qu'un maigre réconfort. Dans l'armée impériale, chacun savait que Jaku

Katta et les rebelles qui le suivaient n'avaient pas quitté leur uniforme noir ni renoncé aux insignes de leur grade.

Ils avaient pu trouver dans la brume une sentinelle qui les avait escortés à travers les lignes. La flèche redoutée l'avait épargné, et le prince en était soulagé au point d'être affecté d'un léger tremblement. Shonto et les siens auraient-ils condescendu à porter une armure dans les mêmes conditions, il n'en était pas sûr, mais il avait choisi de s'en moquer. Succomber à une flèche tirée par un archer anonyme et nerveux ne lui paraissait pas une mort honorable.

Ses hommes et lui étaient entourés de soldats de la garde impériale et, si on ne leur avait pas montré les égards dus à un prince, ils avaient été traités convenablement. On leur avait même permis de conserver leurs épées. Il s'aperçut qu'il avait renoncé à prévoir la réaction de son père à cette ambassade du seigneur Shonto conduite par son propre fils.

Peut-être aurait-il dû refuser lorsque Shonto lui avait demandé de parler à l'empereur, mais il était sensible à la vérité de ce que disait cet homme. L'instant était crucial, et il ne voulait pas passer à l'histoire comme le prince qui avait contribué à la chute de l'empire. Il essayait donc de faire taire ses craintes.

Komawara lui avait avoué avoir eu peur avant l'attaque du convoi d'approvisionnement des Barbares, et il y avait chez ce jeune aristocrate quelque chose qui donnait à penser qu'il ne s'abaisserait jamais à mentir.

Un officier de la garde se présenta. Il fallut un moment à Wakaro pour reconnaître Jaku Tadamoto. Ce jeune colonel semblait avoir vieilli de bien des années en quelques mois.

« Si cela vous convient, prince Wakaro, demanda Tadamoto avec toute la distinction d'un fin lettré, pourriez-vous m'accompagner ? »

Comment les soldats de la garde impériale réagissaient-ils devant un commandant qui parlait en historien et en poète, et avait l'air d'être l'un et l'autre ? Quelques semaines plus tôt, la question ne lui aurait jamais traversé l'esprit. Il s'en étonna.

Il accepta la proposition et emboîta le pas au jeune officier qui déférait à sa volonté uniquement en paroles. Mais ce n'est pas le moment, se dit-il, d'être à cheval sur l'étiquette.

Ils avancèrent dans une tranchée profondément creusée derrière un premier niveau de glacis. Des poignées de flèches étaient posées contre la paroi et, sur une plate-forme en terre, des archers scrutaient la plaine noyée dans la brume. Wakaro s'était récemment familiarisé avec la peur et il en sentait davantage la présence chez les autres. Il la devinait chez ces gens-là.

Ils gravirent un escalier de bois qui les mena plus haut. L'effort que cela demanda fit transpirer le prince sous sa lourde armure. Il ôta son casque et le fourra sous son bras, ainsi qu'il l'avait souvent vu faire aux membres de sa garde. Il n'y avait personne de ses serviteurs à portée de main pour le débarrasser de cet objet encombrant.

Ils continuèrent leur chemin en franchissant des espaces ceinturés d'hommes en faction, jusqu'au moment où le bruissement des étendards agités par une faible brise l'avertit que l'empereur ne pouvait plus être bien loin. Effectivement, au bout de quelques pas, on l'empêcha de passer. Wakaro essaya de rassembler un courage qui le fuyait. J'ai vu l'armée barbare, se disait-il. La mort qui m'attend ici sera de toute manière plus humaine que celle qui me guetterait sur le champ de bataille. Par ses gardes, il avait entendu ce qu'on racontait sur le sort que les Barbares réservaient à leurs prisonniers. Ses rêves depuis en avaient pris une autre couleur.

Une sentinelle sortit de la brume et donna de la main un signal convenu. Tadamoto lui fit signe d'avancer. Un peu plus loin, un petit pavillon se dessina. Il s'agenouilla et s'inclina devant son père, qui ne lui consentit pas même un léger mouvement de tête. La voix du souverain témoignait d'un grand effort pour se contrôler. Wakaro y vit une colère redoutable.

« On me dit que vous êtes le messager du Shonto ?

— En dépit des apparences, Sire, répondit le prince, honteux du tremblement dans sa voix, je demeure le loyal serviteur de Votre Majesté. Quand le brouillard se lèvera, le doute ne sera plus permis. Si les troupes impériales ne font pas corps avec celles du seigneur Shonto, ce sera la fin de l'empire. »

L'empereur fixa son fils du regard. Celui-ci finit par baisser les yeux. « Vous avez un message de votre maître ? » demanda le monarque au bout de quelque temps.

Wakaro chercha dans sa ceinture pour en extraire une lettre pliée avec soin. Il la donna à Tadamoto, qui la posa au bord de la petite estrade. L'empereur commença par la considérer comme si en soi elle insultait à sa dignité. Puis soudain il s'en empara et l'ouvrit en la déchirant, sans même un regard pour le sceau. Il lança un dernier coup d'œil plein de froideur à son fils puis s'intéressa au contenu de la lettre. Il ne mit pas longtemps à relever la tête.

« Ce n'est pas différent, dit-il, rouge de colère, du message transmis par le seigneur Shinzei. »

Wakaro ne put qu'y souscrire en gardant les yeux baissés. L'empereur lui jeta le papier à la figure, le surprenant au point de le faire presque tomber à la renverse.

« Colonel Jaku, ôtez cet homme de ma vue, reprit-il comme s'il congédiait un serviteur insolent. Il est accusé de haute trahison, et nous sommes en guerre. Traitez-le en conséquence. »

Le prince en trébuchant reprit son équilibre. Sur le bras qui tenait son épée, il sentit peser la main de Tadamoto. D'autres mains suivirent.

« Mais je n'ai pas menti, cria-t-il. Je ne suis pas derrière vos ennemis. L'ennemi est une armée barbare qui s'est équipée avec l'or de la Monnaie impériale. »

On le traîna hors du pavillon. L'empereur disparut dans le brouillard.

« Père ! Vous verrez que je dis la vérité, père ! Attendez seulement quelques heures ! »

Tandis qu'on le soulevait de terre, la tête du prince heurta un objet dur. Il lui parut alors sombrer dans une brume épaisse qui tournoya autour de lui, obscurcissant jusqu'à ses pensées.

Lentement, très lentement, le prince Wakaro remonta à la surface de cette brume, et du même coup revint à la réalité. Il était couché sur le flanc, et sous lui la surface était inégale mais douce. Comme une vague se ruant à l'assaut de la grève, le flot de la nausée le submergea, mais sans finalement se briser. Il s'apaisa dans une vaguelette. Ce déchaînement fut suivi de deux autres lames, et un instant il crut qu'une mer l'avait jeté sur le sable, puis repris et rejeté, au rythme de la houle.

Enfin il ouvrit les yeux. Il reposait sur une natte de paille d'une bonne épaisseur.

« Altesse ? » La voix était douce, dénuée d'hostilité. Wakaro essaya d'y répondre affirmativement. « M'entendez-vous, Votre Altesse ? »

C'était Tadamoto, Jaku Tadamoto. Wakaro reconnaissait la voix maintenant. Il remua la tête pour dire oui. Cette fois, il était sûr de l'avoir fait.

« Si vous le souhaitez, je puis vous aider. »

Après un moment de réflexion, Wakaro fit signe que non. Il me faut du temps, pensa-t-il. Le brouillard va se lever, et alors je serai justifié. Son regard s'arrêta sur un autre membre de la garde impériale qui se tenait à peu de distance. Il avait en main une épée, posée sur des plis de soie blanche. Wakaro referma les yeux.

Au bout de quelques instants, la voix se fit de nouveau entendre. « Altesse ? Je veux tout faire pour préserver votre dignité, mais pour cela j'ai besoin de votre concours.

— Je m'intéresse davantage à préserver ma vie, colonel », dit Wakaro. Les mots lui venaient avec difficulté dans une gorge sèche.

« Je suis prêt, continua Tadamoto, à vous donner le temps de vous préparer ainsi qu'à vous remettre votre épée. En faisant cela, je vais contre la volonté de mon empereur. S'il vous plaît, prince Wakaro. Je mets à votre portée un moyen de procéder dans la dignité, de la manière la plus honorable. »

Le prince secoua lentement la tête. « Tadamoto-*sum*, murmura-t-il, faisant usage du mode familier, si vous faites droit à une seule de mes requêtes, je coopérerai à tout ce que vous voudrez. »

Tadamoto ne répondit pas tout de suite. « Il ne m'appartient pas de satisfaire des demandes, Votre Altesse. Je m'expose au déplaisir de l'empereur en agissant comme je le fais maintenant. »

Déplaisir. Le mot fit à Wakaro l'effet d'une gifle. Il s'efforça de réprimer sa peur panique. « Je souhaite seulement, dit-il, qu'on me laisse jusqu'à la dissipation du brouillard pour me préparer. Ce n'est pas grand-chose… » Il essaya de faire en sorte que sa voix ne se réduisît pas à un geignement. S'appuyant sur un coude, il regarda dans les yeux le jeune colonel en priant pour que ce fût de la compassion qui se lisait dans ces yeux-là.

Tadamoto s'accroupit au bord de la natte. Il le regarda à son tour, fit signe qu'il acceptait, se leva et, comme après mûre réflexion, partit, laissant le jeune prince sous la surveillance de plusieurs gardes.

Régulièrement maintenant, le brouillard du matin se levait pratiquement à la même heure tous les après-midi. Wakaro se tenait agenouillé sur sa natte de paille, face au nord, guettant les premiers signes de l'apparition de l'armée du désert. Ce qui des troupes impériales échappait à sa vue était dissimulé par un renflement sur le versant de la colline et par quelques touffes de broussailles. Sans aucun doute, on l'avait porté jusque-là, au sommet de cette colline, sur la rive est du canal.

Le ciel laissa paraître quelques traces de bleu. Le prince sentit ses espoirs renaître. Derrière son dos, immuable, se trouvait le même garde, tenant ce qui était vraisemblablement une robe blanche pour un cérémonial. Si Wakaro avait su comment prier Botahara, il n'aurait pas hésité à le faire.

Le brouillard, durant les dernières heures, semblait avoir fait des progrès considérables en matière de cruauté, car il ne cessait d'annoncer sa dissipation avant de redevenir plus épais que jamais. Enfin, pourtant, la plaine devant l'armée impériale se découvrit peu à peu. Son herbe était piétinée, mais le vert se détachait clairement sur la blancheur de la brume.

Une sentinelle barbare en émergea, montée sur un cheval noir. Des étendards colorés prirent forme, flottant au milieu des remous du brouillard, exhibant l'or et la pourpre impériale, le bleu, le vert printanier. Maladroitement, Wakaro rendit grâce à des puissances occultes dont il ne connaissait pas les noms.

À chaque minute, la brume s'effaçait davantage. Quelqu'un dans le dos du prince s'éclaircit la voix. Il s'arracha au spectacle qui lui était offert. Jaku Tadamoto était de retour. « Puis-je vous aider à ôter votre armure, Altesse ? Tout l'honneur serait pour moi. »

Wakaro montra l'armée qui se manifestait toujours plus. « C'est comme je l'ai dit, colonel. Après avoir vu cela, il ne m'était pas possible de faire autrement. L'empire court un grave danger. Vous avez besoin de Shonto Motoru. »

Tadamoto hocha la tête. « Puis-je commencer par vos épaulières, Altesse ? »

Wakaro regarda de nouveau vers le nord. On découvrait de plus en plus l'armée du désert. Des doigts entreprirent de délacer l'armure de ses épaules. *Et pourtant ils sont bien obligés de voir,* se dit-il. *Sont-ils aveugles ?*

Tadamoto et un garde faisaient passer la lourde cuirasse par-dessus la tête du jeune prince quand le soldat par hasard leva les yeux.

« Botahara nous vienne en aide, colonel ! » Il montra la plaine. Tadamoto se tourna pour regarder. L'armure retomba. Un instant, il resta figé, puis se dressa sur la pointe des pieds sans plus penser à l'homme sous sa responsabilité. Le camp des Barbares était un vaste grouillement, débordant de partout, noir sur fond vert. Tadamoto évoqua une sangsue qu'il avait un jour trouvée se tortillant sur un roseau près d'une mare.

« Je ne suis pas un traître, Tadamoto-*sum*, dit le prince aussi calmement que cela lui était possible, comme si la mesure en sa voix allait pouvoir faire comprendre au jeune officier l'absurdité de la situation. J'ai décrit cette armée en détail dans une lettre adressée à mon père. Cela fait des semaines que j'essaie de le prévenir. Je ne me suis rendu coupable d'aucune félonie. »

Tadamoto resta un moment de plus fasciné par le spectacle. « Je vais parler au Fils du Ciel », dit-il.

Il fit demi-tour et partit précipitamment, laissant Wakaro se débattre contre une série de tremblements qui le secouaient tout entier. Vite, il dévala le sentier menant au pavillon de l'empereur. En présence de la sentinelle, il s'inclina et donna le mot de passe réservé aux cas d'extrême urgence et lui permettant d'être introduit sans délai auprès du souverain. Un garde annonça l'arrivée de son chef. On le fit entrer.

L'empereur n'avait pas bougé de sa place sous le petit pavillon de soie pourpre. Comme tout le monde, il avait le regard tourné vers la plaine de plus en plus visible. La stupeur le pétrifiait. Au bout d'un moment, il s'adressa à Tadamoto, mais sans cesser d'observer devant lui.

« A-t-il su mourir, Tadamoto-*sum* ? »

Tadamoto s'éclaircit la voix. « Je lui ai laissé le temps de se préparer, Votre Majesté. Mais… » Il montra l'armée barbare. « Le prince Wakaro dans sa lettre a dit la vérité, Votre Majesté… »

L'empereur se retourna vers le jeune officier, soudain blanc comme un linge. « Il a porté assistance à un seigneur rebelle. Je ne veux pas de traîtres dans ma maison, colonel Jaku. Exécutez vos ordres. »

Là-dessus, il se remit face au nord. Tadamoto un bref instant resta immobile et emprunté puis, bien qu'on ne lui prêtât plus la moindre attention, il salua avec raideur et battit en retraite. *C'est un assassinat,* pensa-t-il, *un meurtre commis de sang-froid.*

57

L'armée barbare et les deux armées de Wa se tenaient face à face, des deux côtés d'un vaste espace découvert, et s'observaient dans un silence glacial. De part et d'autre, les regards cherchaient au-delà de l'herbe verte, et l'on se demandait si ce n'était pas la mort qui mystérieusement se profilait sur ces visages ennemis confusément aperçus.

Une fois passé le choc de la découverte des forces nomades, Akantsu envoya une délégation prendre contact avec les représentants de Shonto. Désigné pour parler au nom de l'empereur, Jaku Tadamoto montait un cheval gris. Il était accompagné de deux soldats. Le Fils du Ciel avait stipulé que Jaku Katta, ex-commandant de la garde impériale, devait faire valoir le point de vue de l'ancien gouverneur, à l'exclusion de tout autre.

Ayant déjà aidé un prince du sang à mourir ce matin-là, Tadamoto se sentait tel un homme écartelé avec lenteur, car selon lui sans aucun doute Katta aussi figurait sur la liste de ceux qui étaient destinés à tomber sur leur épée.

À sa gauche, l'armée barbare se préparait au combat, à un rythme qu'on pouvait presque qualifier de tranquille, et ce n'était pas fait pour accroître la confiance du jeune officier. L'empereur s'était refusé à commenter l'existence de cette armée barbare et, quand Tadamoto avait osé insister, il s'était contenté finalement de répondre : « Je vois bien qu'ils sont plus nombreux qu'on ne me l'avait dit, colonel. » Il n'avait rien ajouté, se souvenant clairement de qui l'avait assuré du peu d'importance des forces nomades.

Comment Tadamoto avait-il pu être aussi mal renseigné ? Une fois de plus, il se posait la question, tout en sachant qu'il n'aurait peut-être jamais la clef du mystère. Mais comment s'étaient débrouillés les emplâtres qu'il avait envoyés dans le Nord ? Katta avait dit vrai, il se le remémora pour la centième fois dans la même journée. Katta avait dit vrai, et son propre frère ne l'avait pas écouté.

Jaku Katta parut avec ses deux gardes. Il franchit le dernier ressaut qui protégeait sur leur pente les positions des troupes du Shonto. Ni d'un côté ni de l'autre on n'arborait de drapeau montrant qu'on voulait parlementer, ni d'étendards pour signaler son appartenance, comme on aurait pu s'y attendre en de semblables circonstances. Les deux armées de Wa opéraient séparément : l'espoir demeurait que les Barbares ne s'en fussent pas encore rendu compte.

Les deux groupes avançaient sans se presser. On eût dit deux patrouilles allant à la rencontre l'une de l'autre pour causer un peu. Katta fut le premier à arrêter son cheval, ce qui obligea Tadamoto à s'approcher, une façon de procéder qu'il n'apprécia pas. De la langue il essaya de s'humecter un peu la bouche. Tant de choses allaient dépendre de leur entretien. Et puis il ne savait pas de manière sûre ce qui avait amené l'empereur à exiger que Katta parlât au nom du Shonto. Tous les choix du Fils du Ciel semblaient faits pour l'embarrasser et mettre sa loyauté à l'épreuve.

La veille au soir, il avait fait une partie de *gïi* avec Tanaka, le marchand vassal de Shonto. C'était devenu une habitude depuis quelques jours. Le vieux négociant avait beaucoup rusé, si bien que, déboussolé, Tadamoto avait fini par commettre une grossière erreur. Une fois la partie bien en main, Tanaka s'était déclaré vaincu et avait quitté sa place. Devant la surprise de son adversaire, il avait dit en haussant les épaules : « Je vois pour vous un moyen de gagner, colonel. C'est pourquoi je rends les armes, dans l'espoir que cela m'attire vos bonnes grâces. Autrefois, lorsque je jouais avec le seigneur Shonto, cela m'arrivait souvent. Il est bien connu comme étant un expert à ce jeu, vous ne l'ignorez pas. Si je ne faisais pas cela, je risquais de tout perdre. » Le vieil homme alors avait tendu les mains vers lui, la paume en dessus, comme pour dire : « Je vous laisse le choix. »

Les deux frères firent signe aux gardes qui les accompagnaient de ne pas aller plus loin, et ils avancèrent à la rencontre l'un de l'autre. Katta attendit que Tadamoto s'inclinât. Comme il n'en faisait rien, Katta afficha un sourire narquois. Aucun des deux ne mit pied à terre.

« Bonjour, mon frère », dit Katta. Tadamoto répondit à l'inclination de la tête par un geste identique.

Il y eut un silence. Tadamoto pensa que Katta n'avait guère changé depuis leur séparation, des mois plus tôt, même si d'être resté dehors au soleil l'avait bruni. Il se demanda comment son frère avait occupé son temps depuis leur dernière conversation.

« Le seigneur Shonto, dit Katta, m'a prié de prendre des nouvelles du prince Wakaro. Il n'est pas revenu nous voir.

— Ce qu'il advient du prince ne regarde que l'empereur, répondit le colonel, en souffrant un peu de se rendre coupable d'un demi-mensonge. Le seigneur Shonto n'a pas à s'en préoccuper. »

Katta regarda son frère droit dans les yeux. Celui-ci fit semblant de s'intéresser aux rênes de son cheval. Il modifia sa prise. Katta hocha tristement la tête. « L'empereur demande beaucoup à ses serviteurs, Tadamoto-*sum*. C'est regrettable. J'en informerai le seigneur Shonto. »

Tadamoto ravala sa salive. Cette capacité à sonder les reins et les cœurs, pensa-t-il, est le propre de tous les opportunistes, sans parler des coureurs de filles.

Katta se tourna vers l'armée barbare. « Je n'ai pas menti, Tadamoto-*sum*. L'empereur croit que je l'ai trahi, alors que je n'ai fait que donner la priorité au salut de Wa. Ce qui nous attend est la fin de notre empire tel que nous l'avons connu. Nous ne devons pas permettre à cela d'arriver, n'est-ce pas, Tadamoto-*sum* ? »

Tadamoto tenta de lire dans les yeux gris de son frère. Demeurait-il une parcelle d'honneur derrière ces belles paroles ou avait-on simplement affaire à un nouveau stratagème savamment élaboré ?

« Je suis porteur d'un message du Fils du Ciel », répliqua-t-il. Il faillit faire de son frère un général Jaku en voyant l'uniforme et les insignes de la garde impériale qu'il avait conservés. « Vous pourrez dire au seigneur Shonto que l'empereur est prêt à accepter sans délai la reddition de son armée. Les rebelles n'auront droit à aucune grâce. Si le seigneur Shonto souhaite montrer à quel point il est loyal envers l'empire, qu'il se démette de son commandement à la réception de ce message. Nous ne parlerons qu'à ceux qui viendront régler les modalités de la reddition. Ce sont les seuls émissaires qui seront traités comme tels. » Il chercha dans sa ceinture et en sortit une lettre qu'il montra à son frère. « Ceci est le message, libellé en des termes qui ne permettent aucun malentendu. S'il vous plaît, remettez-le à votre seigneur. »

Katta baissa les yeux sur le papier dans la main de Tadamoto, mais sans montrer qu'il se préparait à le prendre. « L'empereur suppose que le seigneur Shonto mettra sa vie entre ses mains plutôt que de consentir à la chute de Wa. Écoute-moi, Tado-*sum* : le seigneur Shonto va s'effacer et vous laisser seuls affronter les Barbares. Nous nous replierons sur Yankura et lèverons l'armée qu'il nous faut pour expulser ces chefs de tribus hors de nos frontières.

» Ce khan ne t'est pas inconnu. L'empereur lui a remis de l'or pour qu'il l'aide à abattre les Shonto. C'est un sang-mêlé. Il est né dans le désert d'une femme de Seh. Mais il peut faire valoir d'autres prétentions. Sa mère descend de la maison des Tokiko. Il a du sang impérial dans les veines, ce khan. Pendant de nombreuses années, il a vécu dans Wa, après que sa mère eut été sauvée des mains de la tribu qui l'avait enlevée. S'il s'empare du trône, il peut faire reconnaître ses droits. Les Barbares s'imaginent être venus pour s'approprier nos terres, mais je ne pense pas que ce soit le cas. Ce khan n'a que faire de leurs prophéties, de leurs revendications, de leurs querelles. Il s'intronisera empereur, soutenu par l'armée barbare, mais ce sera un empereur de Wa. Cette armée éclatera, se dispersera dans l'empire, ne vaudra plus rien, et le khan deviendra un citoyen de Wa.

» Mais il ne nous aime pas, Tado-*sum*. Pour les gens de Seh, les sang-mêlé sont des Barbares. Les années passées dans Wa avant son retour dans le désert n'ont pas été de nature à nous valoir son respect. Sur le trône, il représenterait un danger. Impossible de prévoir ce que nous apporterait son règne. »

Il s'interrompit pour lire un moment dans le regard de son frère. Ce qu'il y vit sembla lui redonner espoir.

« Tado-*sum*, Akantsu n'est pas un homme d'honneur. Tu le sais. Qu'est-il arrivé au prince Wakaro ? Était-ce juste ? » Lentement, il cogna du poing sur l'armure de sa cuisse. « Le seigneur Shonto ces derniers mois a tout fait pour retarder l'avance des Barbares afin de permettre à l'empereur de rassembler une armée. Pourtant il savait que cet empereur avait comploté contre lui, qu'avec lui il ne pactiserait sans doute pas, même confronté à une invasion. Regarde ! » Il montra l'armée du désert. « Nous pouvons sauver l'empire, Tado-*sum*. Le nom des Jaku peut passer à la postérité comme autrefois celui des Shonto, être celui des sauveurs de Wa. »

Il baissa la voix. « Échangeons nos gardes. Dis-leur que l'empereur l'a voulu. Retourne chez ton maître avec mes hommes en faisant comme s'ils t'appartenaient. Introduis-les en présence d'Akantsu sous prétexte de les faire témoigner de ce que nous aurons dit. Ce sont les meilleurs épéistes que je possède, et leur loyauté est à toute épreuve. Ils ne failliront pas. Place l'armée impériale sous l'autorité du seigneur Shonto, et il nous restera une chance de vaincre ce khan. »

Tadamoto avait toujours en main la lettre de l'empereur. C'était un plan impossible à mettre en œuvre. Il se savait observé avec attention par les officiers d'Akantsu. Un échange de gardes avec son frère ne pouvait s'effectuer simplement : il serait remarqué. Même si c'était possible, on ne les laisserait pas entrer, armés, devant l'empereur. Il n'ignorait pas qu'il était seul autorisé à garder son épée en sa présence. Et il restait fidèle à cet empereur, non pas à l'homme, qu'il avait appris à détester, mais au prince de Wa.

« Mon frère, dit Katta en tendant la main pour prendre la lettre, fais signe à tes gardes d'avancer. Il ne faut pas hésiter à prendre tous les risques pour sauver l'empire. »

Tadamoto secoua la tête. « Même en temps de guerre, on ne leur permettra pas d'approcher l'empereur avec une arme quelconque.

— Mais toi tu as une épée, mon frère. On peut te l'arracher au moment opportun. Ces hommes savent ce qui doit être fait. Ils sont en paix avec Botahara. Une fois l'empereur tombé, il te faudra prendre le contrôle de l'armée. Je sais que tu peux compter sur beaucoup des membres de la garde, Tado-*sum*. Ils t'apporteront leur soutien. Demain, le khan aura préparé ses hommes au combat. Le temps presse, Tadamoto-*sum*. »

En secouant la tête, Tadamoto fit reculer son cheval, le regard toujours fixé sur les yeux gris de son aîné. « Tu ne comprends pas le sens du mot “loyauté”, Katta-*sum*. Tu crois que c’est une fidélité que l’on doit à autrui, alors qu’il n’en est rien. La fidélité à ses principes est le fondement même de l’honneur. » À nouveau, il baissa les yeux sur ses rênes. « C’est cette divergence de vues qui nous a menés là où nous sommes, de chaque côté d’une ligne de confrontation. Ce que tu me demandes est impossible. Je ne crois pas que l’empereur change jamais d’avis. Si tu penses que le seigneur Shonto peut sauver l’empire en battant en retraite pour lever une armée, c’est une solution que tu devras préconiser. Mais que se passera-t-il si le khan engage la poursuite ? »

Il dévisagea son frère une dernière fois, secoua la tête et remit son cheval dans la direction des lignes de l’empereur.

58

Un empire nous sépare
Des batailles à venir.
Pourtant il n'est pas de repos pour notre âme.

Viennent des lettres
Sur du papier de riz.
Elles portent le sceau du Dragon.
Des vieillards sortent seuls
Dans des champs balayés par la pluie.

Le brouillard dissimulait le pied de la colline, illuminé par les mille feux de l'armée barbare qui le faisaient briller comme une étoffe mythique. Shonto, debout, regardait la plaine, la main sur un tronc d'arbre. Deux pas plus loin, Kamu observait la scène en silence. Shonto avait à peine desserré les lèvres depuis qu'il l'avait envoyé chercher, mais cela ne semblait pas préoccuper le vieil intendant. Son maître avait requis sa présence, et il était possible qu'il ne lui demandât rien. Kamu ne pensait pas que c'était à lui de poser les questions.

Plus tôt dans la soirée, Shonto avait fait apporter son armure, et il l'avait examinée dans les moindres détails, sachant fort bien que Kamu en avait déjà fait autant. Celui-ci ne s'en était pas offensé, car il n'ignorait pas que cette inspection n'était qu'un rite destiné à occuper l'esprit. Même dans ces conditions, le vieux guerrier était content de voir que son seigneur n'avait rien trouvé à redire à son armure.

Maintenant, Shonto était perdu dans ses pensées et se taisait. Chacun se demandait si l'on prendrait part à la bataille le lendemain, quand le brouillard se serait levé. Cela dépendait du khan, car les hommes de Wa ne déclencheraient pas l'offensive.

« Shokan-*sum*, demanda brusquement Shonto, avons-nous des nouvelles de ses mouvements ? »

Kamu s'éclaircit la voix. « Le pays est plein de patrouilles barbares, monseigneur. J'ai bien fait comprendre à vos guides qu'ils devaient user d'une extrême prudence pour nous l'amener ici. Je m'en excuse, seigneur, mais j'ignore où il se trouve à présent. »

Son maître fit le geste de chasser un insecte importun, mais Kamu sut que c'étaient ses excuses qu'il balayait ainsi. Le silence revint. Parfois les sons lointains de musiques et de chants venaient jusqu'à eux, que ce fût la flûte obsédante d'un Barbare montant et descendant des gammes, ou un air bien connu en faveur chez les soldats de Wa. Ni d'un côté ni de l'autre on n'éprouvait le besoin, comme souvent dans les camps, de brailler des chansons à boire. Sans trop savoir pourquoi, Kamu s'était attendu à cela de la part des nomades. Bizarre.

Shonto changea de position et fit glisser sa main sur l'écorce blanche et lisse d'un bouleau. « Cet empereur m'intrigue, Kamu. Est-il possible qu'il accepte de sacrifier son empire ? Comment peut-il être sûr que je vais me rendre avant de permettre la perte de la capitale de Wa ? Il prend de grands risques. »

Kamu fourragea dans ses cheveux gris. « Sans aucun doute, il sait que la loyauté du seigneur Shonto à l'égard de l'empire excède celle des Yamaku, qui n'obéissent qu'à leurs ambitions. Si le khan est défait et que mon seigneur compte parmi les généraux qui auront mis en déroute les envahisseurs, Akantsu pense qu'il perdra son trône pour avoir contribué à l'irruption des Barbares. Il doit imaginer que sa seule chance de survie tient à la chute commune du seigneur Shonto et du khan. Il ne sacrifiera pas sa maison pour sauver Wa. »

Shonto lui donna son assentiment. « Si je devais lui abandonner mon armée, dit-il, choisirait-il de se battre ou de reculer ? »

Kamu se mit à pétrir le moignon de son bras manquant. Sans effort, il fit passer le poids de son corps sur l'autre jambe. « Seigneur, je… je ne sais pas ce que l'empereur peut avoir en l'esprit. » Il réfléchit mûrement avant de poursuivre. « S'il entreprend de résister aux Barbares sur ce champ de bataille et n'y réussit pas, l'armée impériale volera en éclats. La puissance des nomades est redoutable. » Il conclut, presque dans un murmure : « Il ferait preuve d'une grande sottise s'il ne battait pas en retraite dans l'espoir de se renforcer. »

Shonto l'approuva. « Oui, ce serait une sottise de sa part. La question qui se pose en réalité se ramène à ceci : qui sacrifiera sa maison pour sauver l'empire ? Merci, Kamu-*sum.* »

L'ancien commandant de la garde impériale, le général Jaku Katta, était assis sur un rocher, adossé à un arbre, et examinait un croquis montrant où se situaient les armées en présence les unes par rapport aux autres. À sa droite, on avait suspendu une lampe à une branche, et plusieurs de ses gardes se tenaient agenouillés à la limite du cercle de lumière. On apercevait dans la brume en dessous la lueur des feux de l'armée barbare et, dans le ciel, les étoiles semblaient noyées dans un fluide, simples points lumineux issus d'une mince couche de nuages dans les hautes sphères.

Jaku détacha son regard de sa carte et scruta les ténèbres. C'est sans espoir, pensa-t-il. L'empereur aurait difficilement pu choisir plus mal. Étant donné le nombre d'emplacements parfaits qui s'offraient plus au nord, c'était presque une trahison d'avoir retenu cet endroit-là pour affronter les Barbares. Quel imbécile ! Si seulement il m'avait écouté...

Il enroula sa carte avec soin et fit en sorte que le calme succédât à son emportement. Ses maîtres lui avaient appris que la colère et la peur empêchaient de bien raisonner, émoussaient les réactions, et en cette heure l'ancien combattant de kung-fu avait besoin de toutes ses facultés.

Il mit la carte de côté. Si seulement Tadamoto voulait bien reconsidérer sa proposition ! La mort de l'empereur changerait tout, aussi sûrement qu'un changement de saison. Shonto était capable de vaincre ce khan, il en était certain, et la famille Jaku conserverait sa place à la cour, car qui s'assiérait sur le trône sinon un membre de la famille Shonto, le fils ou dame Nishima ?

Sa pensée alla à son frère : *Tado-sum, pourquoi rester fidèle à un homme comme celui-là ?* Pour Jaku, pas de doute : il valait la peine de risquer la vie de Tadamoto pour se débarrasser du Yamaku. Mais il n'était pas établi que l'intéressé fût du même avis.

Que va faire Shonto ? se demanda-t-il une fois de plus. Battre en retraite ? C'était la seule solution raisonnable. Mais Akantsu était d'une bêtise ! Il fallait préserver les deux armées pour se garder une chance de résister aux Barbares.

Jaku estimait que le khan ne serait pas prêt à donner l'assaut avant le surlendemain, offrant ainsi aux deux armées de Wa une possibilité de lui brûler la politesse. Mais, s'il avait quelque idée de ce qui se trafiquait chez l'ennemi, il attaquerait au lever du jour. Pourvu que cet imbroglio lui échappe ! se dit-il.

En bon général, il essayait d'envisager toutes les éventualités, même les plus déplaisantes. La défaite des défenseurs de Wa sur cette plaine entraînerait la fuite des Jaku, s'ils restaient en vie, naturellement. Nitashi et Ika Cho seraient les provinces les plus aptes à préserver leur indépendance en cas d'effondrement de l'empire – du moins pour un temps. On pourrait y lever une armée. Qu'il fût fait choix de l'une ou de l'autre, assurément il lui faudrait s'y rendre par le moyen le plus rapide, autrement dit par bateau, à n'en pas douter. Yankura serait sa destination en cas de défaite. De là, il gagnerait le Nord ou le Sud, Ika Cho ou Nitashi. Il ne déciderait rien avant d'avoir atteint Yankura. Bien des choses dépendraient de ce qui allait se passer dans les prochains jours – et de qui survivrait.

Il demanda une pierre à encre, du papier et se prépara à écrire à la lumière de la lampe. Étant donné les incertitudes de l'avenir, la coutume voulait qu'il composât les poèmes de circonstance. Il restait bien des heures à attendre avant le début de la bataille, si bataille il y avait.

Une domestique apporta deux bols de thé fumant aux dames assises sur des nattes végétales, occupées à regarder vers le sud ce que la scène leur offrait. Elles avaient fui autant que possible le spectacle des armées campant sur leurs positions, sans s'écarter de la protection des dispositifs de défense prévus par Shonto.

Une fois la domestique rendue à l'obscurité, la conversation put reprendre.

« Vous rappelez-vous, dit Nishima, pendant notre voyage vers le Nord sur le canal, le moment où, me voyant découragée, vous m'avez fait la leçon ?

— Je ne fais jamais la leçon à personne, ma cousine, coupa Kitsura.

— Où vous m'avez réconfortée, en ce cas, corrigea Nishima en faisant lentement tourner son bol, les volutes de la vapeur à peine visibles dans la clarté des étoiles. Vous m'avez dit qu'il était réellement surprenant, compte tenu du passé de nos deux familles, que nous n'ayons jamais encore été réduites à nous enfuir. Pardonnez-moi, ma cousine, mais je ne suis pas sûre de vous avoir crue. Et pourtant voyez où nous en sommes. Si l'empereur ne recouvre pas la raison, où mon oncle mènera-t-il son armée ? Au sud peut-être, ou à l'est. Le khan alors prendra-t-il la capitale ? J'en ai peur. Imaginez-vous cela ? La capitale de Wa aux mains d'un chef de tribu barbare ? »

Elle but son thé à petites gorgées. Kitsura l'imita. La nuit était chaude pour la saison et sans trace de vent. La lune en son déclin allait mettre beaucoup de temps à venir, et les étoiles dans la brume brillaient d'une lueur indécise. On voyait luire au sud les feux de la capitale, car le brouillard nocturne se limitait dans cette direction aux collines sur lesquelles campaient les armées.

« J'espère que ma famille aura pu s'échapper de ce côté-là, dit paisiblement Kitsura. Nos domaines de Nitashi devraient pendant quelque temps rester à l'abri des Barbares. » Cela faisait de nombreux jours qu'on était sans nouvelles des Omawara, et Kitsura craignait surtout que l'empereur n'eût pris des mesures contre eux.

Nishima toucha le bras de sa cousine. « Je suis sûre qu'ils sont partis sans bruit et n'ont pas pu nous écrire. Votre famille, grâce à la diligence de leur fille, est parfaitement au courant de la situation. Les Omawara ont été prévenus bien avant les autres grandes maisons de la capitale. Ne perdez pas espoir, ma cousine. Je suis certaine qu'ils ont trouvé asile quelque part. »

Kitsura remercia sa cousine d'un sourire. Elles goûtaient des moments paisibles à boire leur thé bien chaud. L'arôme qui se dégageait des feuilles se mêlait aux odeurs multiples du printemps de Wa.

Tadamoto était assis face au marchand vassal, de l'autre côté du plateau de *gïi*, et ne quittait pas des yeux la disposition des pièces, comme s'il songeait à son prochain coup, alors qu'en réalité il avait l'esprit ailleurs.

Tanaka s'éclaircit discrètement la gorge. Tadamoto leva la tête et s'aperçut que c'était à son tour de jouer.

« Excusez-moi, Tanaka-*sum*, je fais un piètre adversaire ce soir. Je suis navré.

— Il n'est pas nécessaire de vous excuser, colonel Jaku. Ce n'est rien. La bataille à venir décidera du sort de l'empire. » Tanaka tenta un sourire rassurant. « Est-ce la proposition de votre frère ? Vous a-t-elle troublé l'esprit ? »

Sans l'avoir prémédité, Tadamoto avait passé une bonne partie de la soirée à expliquer la situation au marchand vassal de Shonto. Il l'avait même mis au courant de la mort du prince et de son entrevue avec Katta. Il y avait de grandes chances pour que Tanaka fût la seule personne dans l'entourage de Tadamoto qui sans conteste ne servît pas d'informateur au souverain, ce qui suffisait à lui donner son prix. Le jeune colonel avait aussi fini par apprécier les opinions du marchand et la simplicité avec laquelle il les formulait.

« Katta me trouble du seul fait qu'il est Katta. Il demande beaucoup. »

Par simple frustration, Tadamoto se décida à faire un échange. C'était un coup auquel il avait réfléchi plusieurs fois déjà, s'il ne se souvenait plus de la manière dont il l'avait jugé.

Tanaka manifesta sa compréhension. « Oui. Votre frère ne dit-il pas la même chose de l'empereur ? » En réponse à l'initiative de Tadamoto, il s'empara d'un soldat armé d'un sabre. « Il semble que vous soyez pris en tenaille entre deux hommes qui ont les mêmes exigences mais qui poursuivent des buts différents, colonel. » Il esquissa une grimace. « C'est compliqué. »

Tadamoto reporta son attention sur le plateau de *gïi*. Incontestablement, Tanaka préparait une attaque d'envergure, mais il ne voyait pas clairement dans quel secteur du jeu la partie allait se jouer. À la droite de sa forteresse, ses positions étaient fragiles, mais à sa gauche la situation était plus confuse. Il déplaça donc son empereur de ce côté dans l'espoir que la complexité qui régnait par là servirait à le protéger.

Tanaka étudia le changement que le coup de Tadamoto avait apporté à la détermination du point chaud. Il ne semblait pas éprouver de difficulté à se concentrer, ni se préoccuper grandement de ce qui se passait à l'extérieur des murs de sa prison. Tadamoto s'était attendu à ce qu'il demandât ce qu'on allait faire de lui à la veille des combats mais commençait à comprendre qu'il n'avait nullement l'intention de s'en informer. Ce comportement avait ajouté au sentiment d'angoisse du jeune colonel, et il souffrait d'un besoin d'expliquer au marchand en quelle situation celui-ci se trouvait, uniquement pour le soulagement de ses nerfs.

« J'ai eu l'honneur, dit Tanaka, en plusieurs occasions, de voir le maître Myochin jouer au *gïi*, il y a des années de cela. Il était opposé à mon seigneur lige. On apprenait beaucoup de ces parties, colonel Jaku. C'étaient deux redoutables experts. Je dois à la vérité d'ajouter qu'elles étaient aussi des leçons d'humilité. » Il poussa un bateau à tête de dragon au cœur de la mêlée. « Le maître Myochin gagnait presque invariablement. Mais il faut dire qu'il avait l'avantage d'être aveugle. »

Tadamoto leva la tête. Était-ce de l'humour ? Mais Tanaka gardait les yeux fixés sur le plateau, les mains jointes, les doigts sous le menton, l'air grave.

« C'est un avantage qui sort de l'ordinaire, Tanaka-*sum*, et dont la plupart des gens aimeraient mieux être privés.

— Vous avez certainement raison, colonel, mais le jeu auquel joue le maître Myochin n'a d'existence que dans sa tête. Il n'a pas même besoin d'un plateau. J'ajouterai qu'il n'a jamais vu aucun de ses adversaires. Il ne les différencie que par leur façon de procéder. Le maître Myochin joue au *gïi*, nous… » Il montra la partie en cours. « Nous, nous avons un plateau bien réel, avec en face de nous quelqu'un qui nous intimide ou qui peut être un ami, un rival, un être aimé. Notre jeu est toujours soumis à notre environnement. Nous ne pouvons l'empêcher, si bien qu'il manque de… de pureté. » Il haussa les épaules.

Tadamoto déplaça une fine lame pour faire échec au bateau à tête de dragon, sans plus prêter d'attention à l'intelligence de ses coups. « Je n'y avais jamais réfléchi, dit-il, mais vos considérations ont quelque chose de... de fascinant. »

Tanaka prit la fine lame de son adversaire avec un lieutenant de la garde. Le jeune colonel en resta bouche bée. Sa fine lame était bien protégée, et l'on ne pouvait s'y tromper. Tanaka sacrifiait sa pièce, et apparemment il n'avait pas d'autre choix que de prendre à son tour. Il chercha ailleurs, sans parvenir à situer précisément l'attaque du marchand. Il prit donc avec un fantassin le lieutenant. Tanaka répliqua sans se poser de question. Avec son bateau à tête de dragon, il prit le fantassin, empêchant du même coup de bouger le bateau correspondant de son adversaire.

Tadamoto leva les bras au ciel et poussa son empereur en direction du marchand pour reconnaître sa défaite. « Le commandant de la garde impériale vaincu par un simple lieutenant ! sourit-il, la tension s'évacuant de ses traits pour un instant. Vous n'auriez pas pu plus habilement parvenir à vos fins, Tanaka-*sum.* » Il s'inclina légèrement. « Félicitations. Pour un homme affligé du sens de la vue, vous jouez remarquablement bien. »

Tanaka s'inclina plus bas que son adversaire. « Vous êtes trop bon, colonel. Comme le ferait n'importe quel empereur, sans hésiter je sacrifierai le commandant de ma garde pour gagner la bataille. »

Tadamoto se leva d'un bond, bousculant la table où se trouvait le plateau de *gïi* et jetant quelques pièces à terre. Il toisa le marchand, le visage durci par un effort pour maîtriser sa colère.

« Vous abusez, marchand. Vos leçons n'ont pas été demandées et ne sont pas recevables. » Il montra la porte. « De nombreuses tâches m'attendent. »

Tanaka s'inclina profondément et quitta son siège. Il était le plus petit des deux, d'un peu moins d'une tête ; aussi devait-il lever les yeux vers Tadamoto. « La fidélité aux principes, colonel, ce sont vos propres mots. À quels principes votre empereur est-il fidèle ? Il serait bon de vous le demander, car, si vous le servez, vous êtes du même coup fidèle aux mêmes principes. »

De nouveau, Tadamoto montra la porte au marchand en lui jetant des regards furibonds. Celui-ci allait obtempérer quand il s'arrêta. « Ce n'est pas seulement l'honneur du colonel Jaku Tadamoto qui court un risque. Vaut-il la peine de lui sacrifier l'empire ?

— Garde ! » cria le colonel. La porte s'ouvrit aussitôt. « Faites regagner sa résidence à cet homme, par la force si besoin est. »

Le garde s'inclina, mais Tanaka sortit sans opposer de résistance. Il jeta à Tadamoto un dernier regard par-dessus son épaule et, si son visage était impénétrable, Tadamoto crut y déceler une accusation.

La porte se referma, laissant le colonel à sa solitude. Il avait devant les yeux le plateau de *gii*, où les pièces gisaient en désordre. D'abord, il ne réussit pas à localiser le commandant de la garde que Tanaka avait sacrifié, ce qui le mit mal à l'aise. Puis il le repéra et le remit soigneusement en place, avec la superstition d'un soldat à la veille d'une bataille.

Il s'effondra sur un coussin, le regard dans le vide. Combien de temps resta-t-il dans cette position ? Il aurait été incapable de le dire. Finalement, il fut tiré de sa léthargie par un coup frappé à sa porte.

« Entrez », cria-t-il.

Un garde impérial parut. « Un message, colonel, de la part de l'empereur. »

Tadamoto l'autorisa à entrer. Il plaça une lettre sur un petit guéridon à portée de main de son chef. Tadamoto attendit qu'il eût refermé derrière lui et prit la lettre, avec à peine un coup d'œil au sceau qu'il brisait. Il déplia le papier jaune pâle et y reconnut l'écriture facile à identifier du secrétaire principal de l'empereur. Il y avait une seule colonne d'idéogrammes.

Shonto vous livrera son armée au lever du soleil.

Tadamoto essaya de relire le message pour s'assurer qu'il avait bien compris, mais ses yeux refusaient tout service. Shonto, se rendre ? Shonto, permettre à sa maison de disparaître pour tenter de sauver l'empire ? Il replaça le papier sur le guéridon sans pouvoir en détacher son regard. La nouvelle ne lui causait pas la moindre joie. Pour tout dire, il en était profondément consterné.

Nishima arpentait la petite pièce aménagée à l'intérieur de sa tente, incapable d'offrir même l'apparence de la patience ou de la sérénité. Après sa conversation avec Kitsura, elle avait envoyé des domestiques à la recherche de Shuyun, se disant qu'en bonne logique une entrevue avec le conseiller spirituel de sa famille n'aurait rien que de naturel.

La flamme d'une lampe vacillait sur une table basse où elle avait tenté auparavant d'écrire, essayé de mettre un peu d'ordre dans le tumulte de ses pensées. La tentative avait échoué. Elle n'avait pas pu trouver les mots correspondant, si peu que ce soit, à l'émotion qu'elle ressentait.

« Excusez-moi, dame Nishima. » La voix de la servante venait, tout près, de l'extérieur de la tente.

« Entrez, je vous en prie », s'empressa-t-elle de répondre, le cœur battant.

Une domestique releva la toile de l'ouverture. Elle avait un plateau dans les mains. « Excusez-moi, Votre Seigneurie. Un messager de la garde impériale a apporté ceci. » Elle montra des lettres sur son plateau, réunies par une cordelette de soie.

« S'il vous plaît », dit sa maîtresse en désignant la table.

La domestique y mit le plateau et s'inclina en partant. Nishima fut frappée de sa fatigue et de la pâleur de ses traits. Son avenir est aussi incertain que le nôtre, pensa-t-elle.

Elle s'agenouilla auprès de la table et dénoua la cordelette en prenant soin de distinguer celle des lettres qui devait être lue en premier. En dépliant le papier raide et craquant, elle aperçut une tige aux grains encore verts et l'écriture médiocre de Jaku Katta, aux prises avec une tâche difficile. J'ai bien changé d'avis, se dit-elle. Autrefois elle s'était persuadée que le coup de pinceau du général était digne d'admiration, sentiment qui s'était étendu à la personne même du bel officier.

Les fleurs de prunier
Recouvrent la terre
D'un blanc linceul.
C'est le matin. Dans les champs,
Les pousses vertes s'emploient
À épouser la chaleur de la saison.

Je ne m'effraie pas de la prochaine aurore.

« C'est vraiment quelqu'un d'impossible », murmura Nishima. Il n'accepte pas qu'une simple femme lui résiste. Elle jeta la lettre sur la table et constata que l'autre missive portait le sceau de la famille Jaku. À côté du sceau, on lisait :

Si les circonstances l'exigent.

Elle en fut sidérée. Son dernier poème, se dit-elle, et c'est à moi qu'il l'envoie ! Quelle outrecuidance ! Elle fut à deux doigts d'appeler une domestique pour faire renvoyer la lettre, mais réfléchit que peut-être le lendemain son auteur ne serait plus de ce monde. Apparemment, il était fâché avec son frère. Alors à qui laisser le fruit de ses dernières pensées ?

Pourquoi en faire un monde ? se dit-elle. Selon toute vraisemblance, il survivra. Ce sera un mari trompé qui portera le coup fatal au Tigre noir. Ensuite, eh bien, je ferai retourner ce poème sans commentaire.

Elle mit le tout dans sa manche et regarda trembler la lumière de la lampe. D'au-delà les fragiles parois de sa tente s'élevaient les sons d'une flûte. Un soldat en jouait. L'air était aussi léger et dansant que le vol d'un papillon. En écoutant, non avec l'oreille exercée de la musicienne mais avec son cœur, elle trouva très belle cette mélodie, qui évoquait la détresse d'un être vulnérable et solitaire.

On remua l'étoffe de la tente. Une voix douce se fit entendre. « Dame Nishima ? S'il vous plaît, excusez mon intrusion. »

C'était Shuyun. Elle se leva précipitamment et se hâta d'ouvrir. « Ah ! mes servantes vous ont trouvé, mon frère, dit-elle avec calme. Entrez, je vous prie. »

Shuyun se glissa par l'ouverture. « Je n'ai pas vu de domestique, dame Nishima », dit-il.

Il est venu de lui-même, pensa-t-elle. Cela lui réjouit le cœur. Elle lui prit la main et l'attira sous la tente. « Il n'y a pas de dame Nishima ici, Shuyun-*sum*, je ne le permets pas. » Elle lui sourit et eut droit à un sourire en retour.

« Vous veillez seule, Nishima-*sum* ? Cela me navre. »

Elle haussa les épaules et se laissa tomber sur un coussin. « Comment dormir ? Le monde que je connais demain sera changé du tout au tout. Beaucoup de gens vont mourir. Parmi eux peut-être certains sont proches de moi. Mes états d'âme importent peu en comparaison. » Elle baissa la lampe. « Quand ma mère est morte, je me rappelle avoir éprouvé quelque chose du même genre, comme si le choc de ce qui s'était produit me rendait temporairement incapable de sentir quoi que ce soit. Je faisais tout ce qu'on me demandait en donnant l'impression de me maîtriser, alors qu'au-dedans… Botahara me vienne en aide !

» Ce n'était pas seulement la perte de ma mère. Brusquement, tout un pan de ma vie s'écroulait, et je sentais que je ne lui avais pas donné l'attention voulue pour en profiter pleinement. Rien n'était plus le même. C'était comme si j'avais voyagé sur les eaux tranquilles d'un canal pour me retrouver subitement au large, dans un océan d'incertitude. Je n'avais jamais vraiment donné sa valeur à ce canal, et il avait cessé d'exister. »

Elle leva les yeux, en quête de compréhension, et sentit la main du moine, une main chaude, presser la sienne. Elle défroissa un pli de sa robe.

« Je revois les voyages sur le canal que j'ai faits récemment, et je crois comprendre certaines choses qu'auparavant je désespérais d'élucider. Ainsi, aujourd'hui, Jaku Katta m'apparaît comme un véritable tigre, poussé par des instincts qu'il ne peut ni mesurer ni contrôler, et Komawara, que je croyais d'un provincialisme borné, me semble réfléchi, plein de noblesse et d'une grande bravoure qui ne fait pas de bruit. Kitsura-*sum* et moi agissons souvent en enfants gâtés. Il y a de l'émulation entre nous, comme autrefois quand nous étions petites. Mon oncle œuvre sans relâche à préserver un empire que les Shonto ont façonné plus longtemps qu'aucune dynastie. » Elle regarda Shuyun droit dans les yeux. « Quant à vous, mon ami… vous n'êtes pas à votre place dans ce monde-là, dans la maison d'un grand seigneur. Pourtant mon sentiment est que vous n'êtes pas à l'aise non plus au sein de votre ordre. Où devriez-vous aller, Shuyun-*sum* ? Vous… vous avez l'air si troublé. »

Il hocha la tête. « Je viens de participer à un conseil, dit-il. Le seigneur Shonto ne voulait pas vous réveiller tout de suite. » Il surveilla sa respiration. « Il ne fait pas de doute pour moi qu'il aurait préféré vous en parler lui-même, mais… Le seigneur Shonto a accepté de livrer son armée à l'empereur. Dans quelques heures, nous nous joindrons aux réfugiés qui se dirigent vers Yankura. »

Nishima pressa une main sur son front et resta ainsi pendant quelque temps. Après quoi, elle vint poser sa joue contre le cou de Shuyun, et il la serra contre lui.

« Qu'allons-nous devenir ? murmura-t-elle. Qu'allons-nous bien pouvoir devenir ? »

59

Tous les préparatifs étaient faits dans l'obscurité ou dans la faible lumière des lampes voilées. Il était essentiel que rien ne retînt l'attention des Barbares, sinon on pouvait craindre de leur part une réaction imprévisible. Nishima entendit davantage qu'elle ne vit sa tente s'affaler dans la nuit. Autour d'elle régnait le chaos. Kitsura s'agrippait à son bras, comme si elle était en danger à tout instant de la voir s'évanouir dans les ténèbres.

Les deux cousines avaient revêtu des costumes de chasse masculins, mieux adaptés à un voyage à cheval dont l'idée ajoutait encore au désarroi de Kitsura, moins riche d'expérience en ce domaine que Nishima.

Cette dernière avait bien échangé quelques mots avec son oncle, mais ils n'étaient pas seuls alors, si bien qu'elle ne savait toujours pas pourquoi il avait brusquement pris la décision de remettre son armée à l'empereur. Au fond d'elle-même, elle voulait croire que c'était une ruse de la part du maître de *gii*, un sacrifice en apparence, débouchant sur un savant traquenard.

Yankura était la destination dont chacun parlait, ou les îles de Konojii, mais Shonto n'avait mentionné aucun de ces deux noms; aussi restait-elle dans l'incertitude sur la direction qu'ils allaient prendre.

Le dignitaire à présent recevait ses conseillers. Ensemble, ils réglaient la façon dont l'armée allait se ranger sur les positions de l'empereur. Celui-ci croyait que le général allait se rendre en compagnie de ses troupes, mais rien de semblable n'était prévu. Toutes les personnes figurant sur la lettre impériale devaient accompagner Shonto dans sa fuite, Jaku Katta, Komawara, la domesticité du grand seigneur et ses principaux conseillers. Leur serment ne permettrait jamais aux gardes de sa maison de rallier le Yamaku. Ils ne formeraient donc pas un petit groupe capable de se déplacer rapidement, et Nishima s'en inquiétait.

« Je vois un peu de gris à l'est, ma cousine, dit Kitsura d'une voix étrangement haut perchée. Ne devrions-nous pas être déjà partis ? »

Nishima ne découvrait aucun signe du jour à venir. « Nous avons encore le temps, Kitsu-*sum*. Prenez patience. »

Les serviteurs s'affairaient, triant les vêtements et le reste, remplissant malles et sacs. Bien des choses seraient abandonnées, cela n'échappait pas à Nishima, mais elle n'y attachait pas d'importance. Ses pensées allaient à son personnel, et du coup elle évoqua Shimeko. Où avait-elle bien pu aller ? Une âme inquiète, mais qui avait su gagner son affection. Je n'aurais jamais dû lui permettre de monter sur ce sinistre bateau, se dit-elle.

La dernière fois qu'elle avait vu ce navire, par un canal secondaire il se dirigeait vers un monastère botahiste. Le pays était si plat qu'il paraissait vouloir prendre à travers champs, toutes voiles dehors, et son terrible pavillon, flottant au vent, se détachait sur l'azur du ciel.

« Puisse Botahara la protéger ! murmura-t-elle.

— Vous disiez, ma cousine ?

— Je marmonne comme une petite vieille. Excusez-moi, s'il vous plaît. »

Un instant, elle sentit la main de Kitsura se resserrer sur son bras pour la rassurer.

Taiki se dirigea vers les deux torches. Leur lumière cuivrée se reflétait sans éclat, avec le brouillard et la nuit, dans une armure laquée de couleur noire. Taiki se racla la gorge pour qu'on sût qu'il était là. Il chuchota à un garde : « Donne le signal. »

Vite, une lampe se découvrit trois fois de suite, et en réponse on abaissa une torche. L'espace d'une seconde, elle dessina dans les airs un arc de cercle lumineux.

Ils se rapprochèrent de cette lumière. Des silhouettes émergèrent de la brume, des cavaliers vêtus de noir. Taiki leur parla calmement. « Colonel Jaku ? Je suis envoyé par le seigneur Shonto Motoru.

— Avancez, seigneur Taiki. »

Quand ils furent à deux pas l'un de l'autre, Taiki s'arrêta et regarda cet homme jeune qu'éclairait la lueur de la torche. Il portait un casque sans ornement d'aucune sorte, et son masque facial pendait, révélant un profil plein de finesse. Les yeux verts n'apparaissaient pas. Taiki fut surpris d'y penser.

« J'ai des ordres pour conduire le seigneur Shonto à travers les lignes jusqu'à l'empereur, seigneur Taiki. »

Taiki respira profondément. « Le seigneur Shonto a disparu en compagnie de sa famille et de ses principaux conseillers, colonel Jaku. »

Silence. Taiki vit Tadamoto de sa main gantée empoigner une tresse dans la crinière de son cheval. « Et mon frère Katta ?

— Il a suivi le même chemin, ainsi que le seigneur Komawara.

— Je vois. Mon empereur m'a donné des consignes d'une grande clarté : si je flaire une traîtrise, vous abattre et regagner mes lignes. »

Taiki résista à une envie de mettre la main sur la garde de son épée. « Pas de traîtrise, colonel. Le seigneur Shonto a prévenu l'empereur du danger de cette invasion il y a de cela des mois. Il a fait tout ce qui était en son pouvoir pour préparer l'empire à la guerre. On n'a pas tenu compte de ses avis. Aujourd'hui, il abandonne son armée pour la défense de Wa. Vous attendiez-vous à ce qu'il renonce également à la vie ? »

Il s'aperçut qu'il avait élevé la voix et s'obligea à un ton plus mesuré. « Nulle traîtrise, colonel Jaku. Rien qu'un désir de sauver le pays. Je suis prêt à faire avancer nos troupes, à reculer, attaquer, camper sur nos positions. Je remettrai mon commandement à la personne de votre choix. Ne craignez rien, colonel Jaku, nous ne prendrons pas le risque d'un conflit entre notre armée et les forces de l'empereur alors que les Barbares peuvent donner l'assaut d'un moment à l'autre. J'attends vos ordres. »

Des bruits d'armures, des chevaux qui piaffaient, des appels leur parvenaient de l'autre côté de l'espace laissé libre. L'ennemi bougeait.

« Faites descendre à vos hommes sur une file le versant sud-ouest de la colline où vous êtes, et formez vos rangs derrière l'armée impériale. Il faudra vous hâter, seigneur Taiki, car notre intention est de nous replier sous la protection du brouillard du matin. Nous devons faire mouvement vers le sud. Ces positions ne sont pas bonnes.

— Vous comptez donc laisser la capitale aux Barbares ? »

Tadamoto ne répondit pas. « L'empereur veut que provisoirement vous gardiez le commandement des troupes du Shonto. À l'heure du lièvre, nous aurons commencé notre marche vers le sud. On vous communiquera d'autres instructions. »

Il fit tourner son cheval et rentra dans l'obscurité. Les torches que portait son garde furent vite éteintes par le brouillard.

Shonto était agenouillé sur des coussins qu'on avait disposés sur une pierre plate faisant saillie au flanc de la colline. On avait suspendu des lampes aux arbres à proximité, mais le calme apparent était démenti par les bruits d'une armée s'agitant dans l'obscurité alentour.

« Aucune nouvelle ne pouvait me faire davantage de plaisir, seigneur Taiki, dit Shonto d'une voix tranquille. Je craignais que l'empereur ne refusât de bouger des positions qu'il occupe. J'aurais alors envoyé mes soldats au massacre. Le général Hojo vous aidera dans le déplacement de l'armée, seigneur Taiki, puis il rejoindra mon groupe. Votre tâche est lourde, puisse Botahara vous accompagner ! » Il s'inclina profondément.

« Monseigneur, c'est une tâche que j'assume par attachement à l'empire et parce que tel est votre souhait, répondit Taiki en s'efforçant d'éliminer de sa voix toute trace d'émotion. L'empereur n'a droit de ma part à aucune loyauté et, quand le khan sera vaincu...

— Quand le khan sera vaincu, il y aura beaucoup à faire pour restaurer l'empire. Le chef d'une armée impériale n'a pas le droit de parler de guerre civile. Surveillez vos paroles, seigneur Taiki, même en cette compagnie. L'empereur n'accorde sa confiance qu'à un petit nombre de gens. »

Taiki hésita puis s'inclina jusqu'à terre. Il recula de trois pas, se redressa. Chacun s'inclina à son tour devant lui tandis qu'il tournait les talons et quittait le cercle de lumière. Shonto fit signe au général

Hojo, qui se hâta de le suivre, de peur de le perdre dans l'obscurité ambiante.

« Kamu-*sum*, dit le dignitaire, notre petite troupe est-elle prête à partir ? »

Kamu s'inclina promptement. « Elle le sera, seigneur Shonto, avant l'heure du lièvre si besoin est. »

Shonto eut un sourire crispé. « S'il te plaît, occupe-toi de nos préparatifs. »

L'intendant s'inclina et disparut dans la nuit avec la discrétion d'un moine botahiste. Ce fut au tour de Komawara de saluer Shonto. Comme les autres personnes présentes, il était armé de pied en cap, le casque sous le bras.

« Puis-je aller voir mes hommes, seigneur ? Je peux être d'un certain secours au seigneur Taiki avant notre départ.

— Soit, mais nous devrons être partis peu après le lever du jour, seigneur Komawara. Faites votre possible, mais nous n'attendrons pas. »

À l'image de Taiki, Komawara toucha le sol de son front, avant de se reculer et de vite s'éloigner.

« Général Jaku, sans doute désirez-vous l'imiter ? »

Jaku fit signe que oui. Shonto s'inclina brièvement devant lui.

« Une heure, dit-il, avant le lever du soleil. »

Jaku à son tour s'inclina profondément et disparut dans la nuit. Shonto fut laissé seul face à Butto Joda qui, comme Taiki, n'était pas considéré comme faisant partie des rebelles et se proposait de rallier l'armée de l'empereur.

Butto Joda se prosterna puis se remit à genoux. On aurait dit un enfant sous son armure au laçage violet. Mais ce n'est pas un enfant, se souvint Shonto, c'est un stratège redoutable qui peut se montrer sans pitié. Il lui fit signe qu'il l'écoutait.

« Monseigneur, dit Butto Joda, si je puis me permettre… Personne ne s'attendrait à ce que vous preniez la direction du nord. En longeant les contreforts, vous arriveriez à mon fief. Il serait facile de vous y dissimuler. Le pavillon de chasse des Butto est isolé et offre un certain confort. Je préviendrais. Et puis, seigneur Shonto, la montagne pourrait être un dernier recours. Admettons qu'Akantsu l'emporte sur le khan : il pensera que vous avez obliqué vers le sud ou traversé la mer Intérieure pour gagner les îles. Vous avez aidé les Butto dans le passé, seigneur Shonto, et maintenant sacrifiez beaucoup au salut de notre empire. Je m'exposerais sans hésiter au déplaisir du Fils du Ciel si c'était pour vous être utile d'une manière quelconque. »

Shonto resta silencieux un instant. « Votre offre est généreuse, seigneur Butto. Mais l'avenir est si incertain que j'aurais scrupule à attirer sur qui que ce soit la colère du Yamaku. L'empereur n'a pas encore perdu son trône. Ne mettez pas votre maison en péril comme j'ai fait pour la mienne. Les Yamaku ne régneront pas comme autrefois les Mori, leur suprématie ne durera pas. Soyez sans crainte, seigneur Butto, les Shonto ont survécu à bien pire. Nous sommes rompus à l'art de patienter. » Il eut un petit sourire à l'adresse du jeune seigneur. « Le seigneur Taiki va avoir besoin de votre aide. Puisse Botahara accompagner vos pas ! »

Butto Joda s'inclina. « Puisse le Maître parfait veiller sur votre maison, seigneur Shonto ! »

Il salua respectueusement et partit à la hâte. Shonto resta seul avec ses gardes, qui se tenaient à distance, agenouillés et ne faisant aucun bruit. Un murmure vint d'au-delà du cercle de lumière.

« Mon oncle ? »

Shonto sourit. « Dame Nishima ? Je vous en prie, ne soyez pas timide. »

Elle apparut dans la clarté des lampes, et Shonto fut confronté à une fille habillée en garçon.

« Telle la princesse Shatsima, je suis prête à fuir dans le désert si tel est votre souhait, monseigneur. »

Il sourit en dépit de la gravité de la situation. « Je suis sûr, dit-il, que Shatsima n'avait pas aussi belle allure et qu'elle n'envisageait pas de s'exiler avec le même courage. Vous faites honneur à votre maison, dame Nishima. »

Elle vint se percher au bord de la pierre. « Et moi, au contraire, je suis certaine que non seulement elle montrait plus de hardiesse, mais qu'elle s'en sentait davantage que moi, mon oncle. » Elle eut un geste en direction de l'armée en marche de Shonto. « J'ai honte de trembler pareillement alors que je ne suis pas de ceux qui participeront aux combats. »

Shonto secoua la tête. « Quand Rohku Tadamori eut assisté à la chute de Rhojo-ma, il dit à son père qu'il aimait mieux mourir cent fois sur le champ de bataille plutôt qu'en spectateur regarder les autres donner leur vie. Il n'est pas rare de réagir ainsi. Ce n'est guère de nature à vous consoler, mais je suis sûr que vous iriez vous battre avec aussi peu d'hésitation qu'un guerrier si vous étiez appelée à le faire. Ceux qui ne manieront pas l'épée ne resteront pas les bras ballants. Tous, nous pouvons avoir à faire preuve de bravoure avant que cette guerre se termine. »

Nishima hocha la tête, non sans tristesse à ce qu'il semblait. « Je prie pour ne pas faillir, monseigneur.

— C'est notre prière à tous, Nishi-*sum*, y compris les plus braves. »

Elle montra l'horizon à l'est. « La lumière grandit. Le soleil va bientôt se lever. Est-il l'heure ?

— J'attends seulement le retour des quelques personnes qui aident le seigneur Taiki : Jaku Katta, Hojo, le seigneur Komawara. Ils ne vont pas tarder. »

Brusquement, on entendit sonner du cor et tinter des armures. Nishima et Shonto se tournèrent vers la plaine.

« Botahara nous soit en aide ! murmura Nishima. Que se passe-t-il ?

— Une armée se prépare à la bataille. Le khan brûle de s'asseoir sur son trône.

— Attaquerait-il aujourd'hui ?

— La proie qu'il recherche aura disparu quand le brouillard se lèvera. Nous saurons alors ce que vaut ce chef de tribus. Poursuivra-t-il l'armée impériale ou préférera-t-il prendre le pouvoir et se déclarer empereur de Wa ? Akantsu donnerait la moitié de sa fortune pour avoir la réponse à cette question.

— Nul ne peut la donner, mon oncle. Ce khan est une énigme. Qui est-il ? D'où vient-il ? »

Shonto leva vers sa fille des yeux étonnés. « Je ne vous l'ai pas dit ? Jaku Katta a admis bien des choses depuis qu'il n'est plus question pour lui de regagner la faveur de l'empereur. Ce khan, dame Nishima, vous est un très lointain cousin, à moitié barbare, mais avec du sang des Tokiko dans les veines. Ses prétentions au trône valent presque celles des Yamaku, des Fanisan ou des Omawara.

— Impossible, mon oncle ! Comment osez-vous plaisanter dans des circonstances pareilles ?

— C'est la vérité, Nishi-*sum*. Sa mère appartenait à la grande famille des Tokiko et avait épousé un seigneur de Seh. Elle fut enlevée par des bandits barbares et dans le désert donna naissance à un fils. » Il eut un geste en direction du nord. « Et maintenant il vient nous réclamer son bien. »

Le regard de Nishima se perdit dans une nuit où brillaient les feux de camp des Barbares, voilés par la brume. « Ainsi, c'est lui qui aura vécu dans le désert à l'image de Shatsima, attendant le moment propice pour prendre possession de son trône. » Elle posa la main sur son menton. « Hakata l'a dit : dans les périodes de bouleversement, où chaque jour est un moment d'histoire, les miracles deviennent monnaie courante. »

De nouveau, une sonnerie de cors se répercuta dans les collines. Seul le silence répondit à l'attente de l'armée en mouvement. Shonto saisit la main de sa fille.

« Rejoignez dès à présent Kamu-*sum* et le frère Shuyun. J'attendrai un moment pour m'assurer que tout s'est bien passé. Ne quittez pas le frère Shuyun, Nishi-*sum*, je lui ai confié votre sécurité. »

Nishima se tut un bref instant puis, d'une faible voix : « Ne pourrais-je pas attendre avec vous ? »

Il secoua la tête et lui pressa la main. « Les cavaliers les plus expérimentés ne doivent pas être en queue du cortège. Prenez soin de votre cousine. Elle va être au supplice, j'en ai peur. »

Nishima ne trouva plus rien à dire. Elle finit par mettre un bras autour du cou de son père adoptif. Ils restèrent ainsi un moment dans le silence, puis elle lui rendit sa liberté, lui touchant la joue à l'instant de partir.

Des domestiques passèrent une cuirasse par-dessus la tête de l'empereur et en serrèrent les lacets.

« Entrez donc, colonel », dit-il à Tadamoto qui faisait les cent pas à l'extérieur de la tente.

Tadamoto s'agenouilla et se courba jusqu'à terre. Sa propre armure le gênait.

« Ne me faites pas attendre, colonel. Quand je veux être tenu en haleine, je vais au théâtre.

— Pardonnez-moi, Votre Majesté. » Il changea de place le casque sous son bras. « Le seigneur Taiki a bien livré l'armée de Shonto Motoru, Majesté, mais les Shonto ont pris la fuite avec leurs conseillers et d'autres participants à la rébellion. »

L'empereur hocha la tête tout en jaugeant la portée de l'information. « On pouvait s'y attendre, décida-t-il. Motoru jusqu'au bout fera preuve de traîtrise. »

Tadamoto s'agita. Il sentait sur sa cuisse le poids de son épée. Il ferma les yeux un instant. Les paroles de Tanaka et de son frère lui revenaient en mémoire. *Je ne respecte pas ses principes,* se dit-il. *Il n'y a pas de gardes là où nous sommes. Je suis seul à porter une arme dans cette pièce. Ce serait facile. Oui, mais ensuite ?*

« Taiki nous remettra-t-il son armée comme il nous l'a assuré, reprit Akantsu, ou est-ce un piège ? »

Tadamoto mit une main gantée sur son épée. *Cet homme…* « Je crois, dit-il, que Taiki nous amènera son armée et qu'il est prêt à se conformer à des ordres dans la guerre à venir. Sa fidélité à l'empereur, toutefois, est sujette à caution.

— Quand nous ferons mouvement, colonel Tadamoto, c'est vous qui prendrez le commandement des troupes du Shonto. Le fleuve une fois passé, nous aurons tout le temps de nous occuper des félons. »

Félons, pensa Tadamoto. *Moi, je ne respecte pas ses principes.*

Les épaulières de l'empereur furent mises en place.

« Fait-il jour, Tadamoto-*sum* ?

— L'aube est grise.

— Bien. Laissons ce Barbare à ses questions. Il prendra la capitale, cela ne fait aucun doute. Nous nous dirigerons au sud vers Yankura. »

Tadamoto acquiesça silencieusement et se recula hors de la tente. Osha, se dit-il, il faut que j'écrive à Osha.

Dehors, le ciel s'éclaircissait, virait au bleu. Le brouillard dans la vallée était chassé par un petit vent du Nord. On apercevait l'armée nomade à travers la brume. Elle semblait remuer, tel un objet au fond d'une eau troublée par le courant.

« Komawara n'est pas avec vous ? demanda Hojo à Jaku Katta.

— Je ne l'ai pas revu depuis que nous avons quitté votre compagnie.

— Nous n'attendons plus que lui. »

Hojo tenait la bride de son cheval et gardait les yeux fixés sur le nord. On commençait à distinguer les positions des Barbares. Le brouillard menaçait de se dissiper.

« Cela va permettre de voir l'empereur battre en retraite, reprit-il. La déesse des vents va nous être fatale si cela continue. »

Jaku acquiesça. Il mit pied à terre. « Que va faire le khan ? » demanda-t-il.

Hojo ne répondit pas. Ils restèrent tous deux à scruter la plaine tandis que le ciel se dégageait entièrement. On entendit approcher des chevaux sur le sentier derrière eux. Ils se tournèrent juste à temps pour saluer Shonto. Sous la protection des arbres, un peu au-dessous du pied de la colline, la perspective était limitée.

« Voyez-vous l'armée impériale ? demanda Shonto. Est-elle toujours dans ses retranchements ? »

Hojo laissa tomber à terre les rênes de son cheval et entreprit de descendre en piétinant des arbres tombés et des ronces. Derrière un tronc d'arbre, en se penchant, il put examiner les positions de l'empereur. Après quoi, il reprit son équilibre et cria d'en bas : « L'armée impériale semble se replier, mais la manœuvre n'est pas terminée.

— Maudit imbécile ! grogna Shonto. Si cette brume se dissipe, ils vont être attaqués à découvert. Ils feraient mieux de ne pas quitter leurs retranchements et de faire des vœux pour résister jusqu'à la nuit. »

Il se rapprocha de Jaku mais ne mit pas pied à terre. La brume à cet instant remonta de la vallée, enveloppant de blanc le général Hojo. Shonto fit signe à ses gardes d'avancer. « Ne laissez pas votre général seul dans ce brouillard », cria-t-il.

Cinq gardes descendirent de cheval et dégringolèrent la pente. Ils furent avalés par la brume avant d'avoir fait douze pas.

De nouveau une fanfare de cors, un fracas d'armes. Cela se répéta encore et encore. Cent mille hommes se mirent à hurler dans un tumulte monstrueux, et la terre trembla sous leurs pieds.

« Général Hojo ! » cria Shonto.

Pas de réponse. On n'entendait que le martèlement des sabots, les clameurs des cavaliers. Soudain la brume disparut, ses derniers serpents blancs se tordant autour des versants de la colline. Dans la plaine, l'armée barbare chargeait.

Hojo avait fait demi-tour et, tant bien que mal, escaladait le talus, suivi par ses gardes.

« Ils se débandent, dit-il, à bout de souffle, le peu qui reste. Ce sera un massacre.

— C'est un désastre ! s'écria Shonto. Maudit soit cet imbécile d'empereur ! Maudit soit-il à tout jamais ! Ils vont prendre Taiki à revers. » Il éperonna son cheval. « Venez, il faut que soit sauvé ce qui peut l'être. Si ces lignes sont enfoncées, les Barbares auront l'empire à leur merci. »

On fit vite à le suivre. Les chevaux furent cravachés le long de la pente à la poursuite du général. En quelques instants, ils furent au haut de l'escarpement. Shonto s'arrêta pour embrasser la scène du regard.

La première vague d'assaut des guerriers barbares déferla sur les ouvrages de terre, cueillant au passage les quelques soldats qui tentaient de résister et les rejetant comme des débris épars sur une plage. Certains par le pont de bois qui enjambait le canal essayaient de gagner la rive occidentale, mais beaucoup tombaient percés de flèches, et un brûlot était lancé en direction de leur pont.

Debout sur ses étriers, Shonto regardait d'un air détaché, en maître de *gïi* placé devant son jeu et froidement examinant les possibilités offertes.

« Les étendards de ce khan, dit-il, les voyez-vous ? »

Un instant, nul ne répondit, puis Hojo tendit un doigt. « Là-bas. »

Derrière le flot humain, les bannières rouge et or claquaient au vent du Nord.

« Il ne se déclare pas prêt à accepter une reddition », dit Jaku avec amertume.

Shonto fut du même avis. Il se tourna vers Hojo. « Envoyez des gardes prévenir Kamu et les gens de ma maison. Ils doivent tout abandonner et s'éloigner au plus vite. »

Il fit prendre à son cheval la direction du sud et partit au galop. Les bruits des combats s'affaiblissaient tandis que ses compagnons et lui dévalaient la longue pente de la colline. Un spectacle tout autre les attendait quand ils débouchèrent du sous-bois : l'armée de Taiki, en bon ordre, était prête à marcher mais ne bougeait pas, alors que celle de l'empereur s'alignait à l'ouest. Du sommet de la colline où l'on avait creusé les tranchées accouraient des soldats en déroute.

Jaku montra l'armée impériale. « Ils ne se rendent même pas compte de ce qui s'est passé.

— Les Barbares, répliqua Hojo, ne tarderont pas à franchir la crête. Plus personne alors ne sera dans l'ignorance.

— Les troupes de l'empereur, intervint Shonto, vont rompre les rangs et s'enfuir. Nos propres forces vont devoir subir le choc. À nous de faire notre possible. Général Jaku, général Hojo, vous organiserez les combats d'arrière-garde. Nous nous replierons vers le sud, sans pouvoir éviter les pertes. »

Il donna l'ordre d'avancer, et la petite escouade partit au galop. Avant qu'ils eussent rejoint les troupes de Taiki, une clameur s'éleva dans les rangs de celui-ci : on regardait vers le nord, où paraissaient les premiers éléments de l'armée du désert. Arrivés au sommet de la crête, ils hésitèrent, drapeaux au vent, devant eux un ennemi en fuite. Les soldats de l'empereur jetaient des coups d'œil en arrière tandis que grossissait le flot des Barbares. Des cavaliers vêtus de pourpre couraient sous une nuée d'étendards de soie dorée.

Le khan avait pris l'affaire en main et, pour la première fois, il apercevait les murs de la lointaine capitale de l'empire se dresser au-dessus de la brume. Sous les enseignes de leur chef, les guerriers nomades se rassemblaient. On aurait dit qu'au flanc de la colline la crête d'une vague noire s'apprêtait à déferler. Elle prenait du volume et du poids avant de s'abattre et de se répandre. Trois fois, une fanfare de cors tonna, et trois fois les combattants répondirent à l'appel par des hurlements et un fracas d'armes.

Dans un dernier rugissement, l'armée du désert dévala la pente. Durant quelques secondes, dans l'armée impériale on les regarda venir, puis ce fut la débandade. La panique gagna des rangs maintenant rompus, comme le vent balaie un champ de blé.

Shonto et ses compagnons se joignirent aux hommes de Taiki. Ils tenaient toujours ferme. Un garde au bout d'une pique hissa les couleurs de sa maison, le bleu avec la fleur de *shinta*, à la grande joie de ses camarades. Un cavalier arborant l'emblème des Komawara vint galoper au front des troupes. Il ouvrit son masque facial. Hojo lui fit un signe de la main. « Il n'y a plus de mystère Komawara, dit-il. Il est resté combattre aux côtés de ses hommes. »

Le nouvel arrivant fut accueilli par des gardes de Shonto qui avaient dégainé leur épée. Leur maître les écarta. Le jeune seigneur arrêta son cheval devant lui.

« Les Barbares, dit Komawara, divisent leurs forces pour donner l'assaut, seigneur Shonto. Mes hommes sont prêts à sortir à leur rencontre. Le seigneur Butto m'accompagnera. »

Shonto regarda sur la pente l'armée qui chargeait. Il hocha la tête. « Ils sont nombreux, seigneur Komawara. Vous pourrez les retarder, mais tenez-vous prêts à décrocher rapidement. Le général Hojo va organiser notre défense. Où est le seigneur Taiki ? »

De sa main gantée, Komawara montra le sud. « À la tête de l'armée, seigneur.

— Puisse Botahara vous protéger ! » dit Shonto avant de donner l'ordre à ses gardes de le suivre en direction du sud.

Komawara fit pivoter sa monture et partit à fond de train, fermant son masque facial et tirant sur la cordelette de son casque tout en galopant.

La vague des Barbares se brisa d'abord sur les derniers combattants de l'armée impériale en fuite, piétinant les fantassins. On entendit sonner une trompe à l'arrière des troupes de Shonto, et l'étendard des Komawara se déploya dans la brise. Il flotta librement, puis le vent du Nord hésita et tomba. Un nouveau son de trompe, et des cavaliers en bleu nuit, d'autres en violet, partirent en vociférant à la rencontre de la cavalerie adverse.

Quand renonça le vent du Nord, le banc de brume interrompit sa retraite vers le sud. Il reforma ses rangs et sournoisement remonta vers le nord, dévorant au passage la tête des deux armées de Wa, puis engloutissant leur corps.

Nishima se tourna vers Shuyun qui avait les yeux rivés sur le sommet de la colline. Des étendards de couleur sombre flottaient à la crête. Les combattants s'y massaient, de plus en plus nombreux.

« Ce sont les enseignes du khan, dame Nishima. Il semble que les Barbares aient attaqué l'armée impériale qui se repliait. »

On voyait au loin les armées de Wa, taches noires sur fond d'herbe verte. Des cors sonnèrent. Le vent du Nord étendit leur appel. Nishima regarda en arrière la colline qu'ils venaient de quitter.

« Où est mon père ? » demanda-t-elle en faisant effort pour dissimuler sa peur.

Kitsura les rejoignit, une main tenant les rênes, l'autre agrippée à la selle. « Voyez-vous quelque chose, mon frère ? dit-elle. Que se passe-t-il ? »

Les cris des Barbares, au travers de la campagne verdoyante, semblaient la première morsure de l'hiver.

« Puisse Botahara nous sauver ! » chuchota Kitsura.

Le flot de l'armée ennemie se répandit sur le versant de la colline. Nishima s'arracha à ce spectacle et regarda par où ils étaient venus, dans l'espoir de déceler des traces de bleu. Tout près, un cavalier sauta par-dessus un muret et galopa à leur rencontre. Il venait des rangs de Taiki.

« Un messager », dit Shuyun.

Kamu parut. Son cheval galopait le long de la file du personnel de Shonto. Sa manche vide flottait au vent comme un drapeau. Il s'arrêta près de Nishima, le regard sur la bataille qui s'engageait. « Ne perdons pas de temps, dame Nishima, mon frère. Il faut faire vite. » Nishima hocha la tête.

« Qu'est devenu le seigneur Shonto ? » demanda-t-elle.

Le cavalier qui se rapprochait leur fit signe. Personne ne sembla vouloir bouger, comme l'avait suggéré Kamu. On attendait, fasciné par la scène épouvantable qu'on avait sous les yeux. Son cheval couvert d'écume, le messager devant l'intendant tira sur les rênes et ouvrit son masque facial.

« Je viens de la part du seigneur Shonto, dit-il. Il vous ordonne de tout abandonner et de fuir en grande hâte. Les Barbares nous attaquent.

— Où est-il ? jeta Nishima, sa peur prenant le dessus. Où est le seigneur Shonto ?

— Il a rejoint l'armée, dame Nishima, pour organiser la défense. »

Nishima se détourna en se cachant les yeux de la main. Shuyun lui montra le nord, à l'est de la colline où avaient campé les troupes de son père adoptif. À peu de distance, des cavaliers barbares émergèrent d'un bouquet d'arbres. Il se tourna sur sa selle pour examiner tous les aspects du terrain, puis se pencha, prit les rênes des mains de Kitsura et les fit passer par-dessus l'encolure du cheval de la jeune femme.

« Le vent du Nord faiblit, dit-il. Le brouillard va tenir encore quelque temps. Dame Nishima, ajouta-t-il non sans tendresse, le seigneur Shonto est un homme habile entouré de guerriers auxquels on peut se fier. Nous devons veiller à notre propre sécurité. » Il tira sur les rênes de la jument de Kitsura. « Intendant Kamu, le brouillard commencera à se dissiper à l'est. Puisse Botahara vous protéger !

— Il vous faut des gardes, mon frère, protesta Kamu. Je ne peux pas laisser les dames Nishima et Kitsura aller sans protection.

— Moins nous serons nombreux, dit Shuyun, plus nous aurons de chances de passer inaperçus.

— J'accompagne le frère Shuyun, Kamu-*sum*, décida Nishima. Ne vous inquiétez pas. Il voit dans le brouillard, là où les autres sont aveugles. Mon frère… »

Le moine fit tourner son cheval et conduisit les deux jeunes femmes vers le sud. Ils disparurent dans un brouillard opaque.

Komawara choisit contre les Barbares de charger, sachant d'expérience qu'attaqués de front ils risquaient de perdre leur sang-froid. À sa gauche, il distinguait la silhouette menue de Butto Joda montant un gros étalon et devançant ses gardes apeurés. Jaku Katta s'était porté à la droite du petit seigneur. Les flèches sifflaient au-dessus de leurs têtes, volant tantôt vers le nord, tantôt vers le sud.

Acier contre acier, le bruit des guerriers se heurtant se répercuta sur toute l'étendue du champ de bataille. Komawara, du pommeau de son épée, désarçonna une première victime. Il vit étinceler l'arme de Jaku Katta et les cavaliers barbares reculer devant le grand guerrier. Ensuite il engagea le combat avec un autre adversaire, l'un de ses gardes Hajiwara se portant à sa hauteur, genou contre genou, tandis qu'ils avançaient. Il comprit vite que leur charge avait perdu son impact. Son compagnon fut culbuté. Deux Barbares se jetèrent sur lui. Un cri jaillit à sa gauche : Butto Joda venait bride abattue. « Nous devons décrocher, lança-t-il, pendant que nous avons les hommes pour le faire. »

Komawara jeta un rapide coup d'œil : au milieu des ennemis mis à terre, le sol était jonché de cadavres portant ses couleurs et celles des Butto. Butto Joda lui-même se débattait pour pouvoir le protéger. Komawara arracha la trompe de sa selle et sonna la retraite. Puis il laissa tomber l'instrument et se porta au secours du jeune Butto. Le lieutenant Narihara parut aux côtés de ce dernier. Il démontait un cavalier nomade et en désarmait un autre qui s'enfuyait. Tous trois se replièrent. À tout moment accouraient d'autres ennemis.

« Il en vient toujours, cria Butto Joda.

— On dirait les Butto déferlant sur le fief de mon maître », répondit Narihira.

Butto Joda faillit tomber de cheval en voulant frapper le garde de Komawara, avec son laçage vert à la manche, mais Narihira détourna le coup qui lui était promis. Komawara jeta sa monture entre les deux protagonistes tandis qu'une première langue de brume venait se glisser à côté d'eux. Il ne fallut qu'un instant pour qu'ils fussent complètement noyés dans ce brouillard. Ils entendaient toujours des lames s'entrechoquer, mais sans voir personne. Des Barbares surgirent, qui aussitôt se mirent en devoir de charger. Au cours de la mêlée qui suivit, ils furent séparés et se perdirent, ne sachant plus où il leur fallait aller pour battre en retraite ou pour attaquer, sans profit aucun.

Malgré le nombre des gardes qui l'entouraient, l'empereur gardait une main sur son épée. Son armée reculait devant un ennemi bien supérieur en nombre et, au sommet de la colline qu'elle venait d'abandonner, il voyait s'agiter dans un vent capricieux les étendards dorés du grand khan. Lentement, ils descendaient vers lui, ce qui lui en disait plus long sur l'évolution de la situation que tous les rapports qui auraient pu lui être faits. Le khan de son côté avait devant les yeux un tableau complet de la bataille, le spectacle de son triomphe.

Le colonel Jaku Tadamoto fit irruption au milieu des gardes. Il s'inclina du haut de sa selle.

« Colonel ?

— Les troupes de Taiki tiennent bon jusqu'à maintenant, Votre Majesté, même si elles sont coupées des nôtres. Notre armée a rompu les rangs, Sire, les Barbares balaient tout devant eux. »

L'empereur hocha la tête. Il était impossible de connaître sa réaction sous les traits figés de son masque facial. « Rassemblez ce qu'il en reste et repliez-vous sur la capitale. Si nous pouvons nous échapper en traversant le lac, une possibilité demeure de sauver une partie de ces froussards. Quelle direction a choisi Taiki ?

— Il est difficile de le savoir, Majesté. Le sud, grossièrement parlant. »

L'empereur noua la cordelette de son casque. « Opposez-leur autant de résistance que vous le pourrez pour couvrir notre retraite, colonel. » Il pivota et éperonna son cheval pour gagner le canal où l'attendait son bateau.

Du haut de sa selle, Tadamoto le regardait partir. Je ne lui ai pas dit, pensa-t-il, qu'à en croire beaucoup de gens l'étendard de Shonto flotte à la tête des troupes de Taiki. Il le saura bien assez tôt.

Taiki comprit bien vite que dans le brouillard ils ne pouvaient pas savoir avec certitude quelle direction prendre, et le soulagement qu'il avait éprouvé à rendre à Shonto le commandement de son armée ne tarda pas à faire place à la crainte. De savoir qu'elles auraient à affronter des Barbares au nombre de cent mille si elles se retrouvaient au même endroit quand le ciel se dégagerait suffisait cependant à aiguillonner ses troupes.

Après en avoir débattu avec Taiki, Shonto avait décidé de se diriger vers ce qu'il espérait être le sud-ouest, afin de trouver le canal qui leur permettrait de gagner la capitale, la seule destination peut-être qui pour eux ne faisait pas de doute.

Alentour, ils entendaient des bruits d'armes. Des compagnies de cavaliers surgissaient du néant et y retournaient, telles des apparitions. On était sans nouvelles du général Hojo, des seigneurs Butto et Komawara, de Jaku Katta, depuis le retour du brouillard. Nul de ceux qui les accompagnaient n'avait réussi à rejoindre le gros des troupes. On craignait le pire, si personne n'en parlait, mais Taiki s'inquiétait toujours davantage de leur sort.

Ils avaient beau se déplacer sur terrain plat, ils n'avançaient pas plus vite qu'un vieillard à pied, l'effet sans doute de leur perplexité quant à la route à suivre.

« Ce brouillard est à la fois un bien et un mal, seigneur Shonto », dit Taiki.

Comme tout le monde, constamment il essayait de percer la brume pour y déceler la présence de l'ennemi ou y découvrir un point de repère leur permettant de se situer. On ne pouvait envoyer de patrouilles, car elles auraient été dans l'incapacité de rentrer. Le commandement en était doublement aveugle.

« C'est un bien, dit Shonto, n'en doutez pas. Nous aurions dû être balayés par les forces du khan, mais il a perdu notre trace comme nous avons perdu la sienne. Priez pour que ce brouillard tienne jusqu'à ce que nous soyons hors d'atteinte de nos ennemis. Nous marcherons la nuit. Si nous réussissons à passer le fleuve, une chance nous sera donnée de nous sauver, seigneur Taiki. C'est à cela que se limitent nos espoirs. »

On entendit le tintement de l'acier devant eux, là où Shonto avait disposé ses hommes les plus habiles à manier l'épée. Un cavalier vêtu de bleu se fraya un passage jusqu'à lui et jusqu'à Taiki.

« Nous nous sommes heurtés à des Barbares, cria-t-il en s'approchant. Nous demandons des renforts.

— Combien sont-ils ? Sont-ils nombreux ? »

L'homme arriva jusqu'à eux. Il s'inclina sans quitter sa selle. « Oui, monseigneur, ils sont nombreux. Impossible de donner un chiffre. »

Shonto communiqua ses instructions à un officier. Il y eut tout un remue-ménage. Une fanfare de cors à leur droite leur parut trop assourdissante pour être vraie. Des cavaliers surgirent tout à coup. Taiki dégaina son épée en même temps que Shonto.

« Ce sont les hommes du seigneur Komawara », cria quelqu'un. Taiki entendit une voix rendre grâce à Botahara : la sienne ! Et puis il s'aperçut que ces nouveaux venus étaient aux prises avec des Barbares. À côté de lui, Shonto poussa un juron.

« Nous nous sommes jetés dans la gueule du loup, seigneur Taiki. Repliez-vous de ce côté. » Il se servit de son épée pour indiquer la direction. « Nous devons faire corps. »

Ses paroles furent noyées dans le tumulte. Des flèches sifflèrent et vinrent tomber sur ceux qui l'entouraient. En bon seigneur de Seh, Taiki ne tremblait pas et n'essayait pas de se mettre à couvert.

Des guerriers barbares prirent à partie les gardes qui protégeaient les deux dignitaires. À travers la brume maintenant on apercevait la couleur violette des Butto, des cavaliers serrés de près et en petit nombre. Voilà le chef des Shonto qui se bat comme un simple soldat, pensa Taiki, et à son tour il se retrouva en train de défendre sa vie. Une nouvelle pluie de flèches se déversa sans qu'on pût savoir de quel camp elle venait. Toshaki Yoshihira fit vider les étriers à un cavalier à la gauche de Taiki, tout en criant qu'il venait d'apercevoir la berge du canal. Sous les flèches, on tombait autour de lui.

Taiki fit voler le casque d'un Barbare d'un seul coup d'épée, puis finit l'homme abasourdi d'un autre coup savamment asséné. Il chercha Shonto autour de lui, sans le découvrir nulle part. On entendait des cris : « Le canal ! Ils ont trouvé le canal ! »

Ils attendaient dans la brume sans esquisser le moindre geste. Nishima ne savait plus combien de fois Shuyun leur avait demandé cette passivité, leur avait enjoint brusquement de tourner ou de changer complètement de direction.

« Que se passe-t-il, mon frère ? chuchota Kitsura. Qu'entendez-vous ? »

Nishima se pencha à son oreille. « Chut ! Shuyun-*sum* de loin est sensible au *chi*. Ne l'empêchez pas de se concentrer. »

Le visage blême de Kitsura reflétait sa peur, et pourtant elle s'efforçait de montrer de la dignité. Elle acquiesça. Plusieurs fois déjà, des cavaliers étaient passés tout près, et elles avaient pu entendre sonner les cors des Barbares et des lames s'entrechoquer.

Shuyun leva les yeux : le ciel laissait paraître un peu de bleu très pâle. « Le brouillard se dissipe à l'est, dit-il. Il nous faut nous rabattre sur le canal. »

Il tira sur les rênes de la jument que montait Kitsura, et Nishima pressa son cheval pour rester à côté de lui. Au bout d'une centaine de pieds, la brume épaissit de nouveau. Shuyun leur fit signe d'obliquer immédiatement vers la gauche, puis il les arrêta encore. On entendait des cavaliers tout près, nombreux à en juger d'après le bruit. Kitsura marmotta le *Bahitra*. Les cavaliers passèrent.

Au bout de cent pieds, Shuyun s'immobilisa brutalement et ferma les yeux. Quelqu'un toussa à proximité, s'il était impossible à Nishima de le situer. Shuyun parla d'une voix étrange qui semblait venir de loin. « Ne bougez de là où vous êtes sous aucun prétexte. »

Il tendit à Nishima les rênes de la jument de sa cousine tout en pressant sa main. Après quoi, il poussa son cheval et disparut dans la brume. Kitsura agrippa la manche de Nishima.

Elles entendirent un martèlement sourd, et un cheval sans cavalier surgit. Leurs montures se cabrèrent. Kitsura fut jetée au sol. Shuyun parut au même moment. Il sauta à terre et aida la jeune femme à se relever. « Êtes-vous blessée, dame Kitsura ? »

Elle secoua la tête. « Non, non... » Elle fit bouger son bras et esquissa un sourire. « Non, je n'ai rien. Le sol est mou. »

Elle se remit en selle avec l'aide du moine. Sans hésiter davantage, ils poursuivirent leur chemin. Le brouillard se levait maintenant, sans aucun doute. Profitant du recul de la brume, Shuyun accéléra l'allure. Bientôt, le bruit des combats parut s'estomper. Il fut moins souvent nécessaire de faire halte.

Un cri sur leur droite. « Avancez, cria Shuyun. Surtout ne vous arrêtez pas. » Il fouetta le cheval de Kitsura de ses propres rênes et se tourna pour écouter dans la direction d'une charge de cavalerie.

Leur univers à présent s'était réduit à un demi-rih de diamètre, et dans ce monde ne passait aucun être humain. Un muret les retarda. Nishima dut faire passer l'obstacle aux deux chevaux l'un après l'autre. Kitsura l'escalada. Une chute lui suffisait pour la journée.

Elles continuèrent leur chemin sans voir personne. Finalement, Nishima tira sur les rênes et regarda par-dessus son épaule.

« Mais le frère Shuyun a dit de ne s'arrêter sous aucun prétexte », protesta Kitsura, à bout de souffle.

Nishima secoua la tête. « Il est seul. Combien étaient-ils, ces cavaliers ? Les avez-vous vus ? »

Kitsura haussa les épaules. « Je suis incapable de voir quoi que ce soit à travers ce brouillard. Je crois que c'est la capitale là-bas dans la brume. Regardez. »

Au loin, sur leur gauche, les murs blancs de la cité brillaient dans le soleil de l'après-midi.

« Je suis complètement tourneboulée », avoua Nishima. Elle s'essuya le front de sa manche, un geste si peu en accord avec sa condition que sa cousine éclata de rire.

« Ce n'est pas le moment de rire, ma cousine, grommela la jeune femme.

— Pardonnez-moi, Nishi-*sum*, je… Excusez-moi. » Elle prit un masque sévère, mais ses yeux pétillaient toujours de malice.

Un cheval derrière elles galopait sur un terrain meuble. Elles se tournèrent en l'entendant. Un cavalier sauta un fossé.

« C'est le frère Shuyun, j'en jurerais, ma cousine », dit Kitsura.

Nishima accéléra l'allure pour aller à sa rencontre. Quand il s'arrêta, elle se porta à sa hauteur et l'enlaça sans quitter sa selle. Kitsura se concentra sur le spectacle d'un arbre dans le lointain et la beauté de la capitale émergeant de son linceul de brume.

Shuyun montra le nord et l'ouest, où le brouillard se levait, et se dégagea de l'étreinte de Nishima. Elle le laissa faire à regret et se tourna pour regarder.

Parmi les remous d'une brume en train de se dissiper, l'armée impériale s'égaillait à travers la campagne, par petits groupes se dirigeant vers la capitale, beaucoup ayant abandonné leur armure pour aller plus vite. Dispersés sur de nombreux rih, silencieux, les soldats vaincus de Wa battaient en retraite.

« Où est mon père dans tout cela ? » demanda Nishima.

Shuyun hocha la tête. Il montra l'est. Nishima y vit au loin une armée en marche vers le fleuve.

« Le seigneur Taiki ? dit-elle.

— Les Barbares, répondit Shuyun avec calme. La retraite est coupée de ce côté-là. Le khan va tous nous forcer à nous enfermer dans la capitale. »

Ils reprirent leur route. Un fossé rempli d'eau fut mis à profit pour donner à boire aux chevaux. Shuyun décida de s'arrêter pour les laisser paître un moment.

Assise sur le talus dans la chaleur du soleil printanier, Nishima avait peine à s'imaginer que la guerre était à quelques rih de là. Elle ferma les yeux et s'efforça de croire qu'elle vivait un rêve mais, quand elle les rouvrit, le spectacle de l'armée en retraite l'assura que son rêve était bien réalité.

Lorsqu'elle se remit en selle, Kitsura prit les rênes des mains de Shuyun. « Il n'y a plus de brouillard où me perdre, mon frère. Je dois apprendre à monter à cheval alors que l'occasion m'en est offerte. »

Un groupe de cavaliers vint se mêler à eux. Nishima aurait voulu les éviter, mais Shuyun crut reconnaître le bleu nuit des Komawara, et la suite lui donna raison.

L'un des soldats à l'évidence était blessé, même s'il ne perdait pas de sang. Shuyun le força à descendre de cheval et examina ses blessures. Il avait des côtes cassées et souffrait de graves contusions. Ses camarades firent un ballot de son armure, qu'ils fixèrent à sa selle.

« Sait-on quelque chose de mon père, le seigneur Shonto ? » demanda Nishima, craignant à moitié la réponse qui pouvait lui être faite.

L'officier se retourna vers le théâtre des engagements comme s'il y cherchait la réponse. « Le seigneur Shonto s'est joint au seigneur Taiki, dit-il sans cesser de regarder la plaine. Sans doute voulait-il reprendre son armée en main. Nous avons chargé les Barbares à ce moment-là pour couvrir la retraite. Depuis, nous n'avons rien vu des troupes du seigneur Shonto. » Il eut un geste en direction des milliers d'hommes qui convergeaient vers la capitale. « Tous ceux auxquels nous avons parlé appartenaient à l'armée impériale, qui a été mise en déroute avant de pouvoir se replier en bon ordre. Le Fils du Ciel s'est enfui en laissant la victoire au prétendant barbare. C'est un jour à marquer d'une pierre noire, dame

Nishima. Le vent du Nord est venu du désert nous apporter la ruine et la désolation. »

Il hocha tristement la tête et se tut. Le petit groupe poursuivit sa route en silence sur des chevaux rompus, en direction de la cité impériale. Comme si les dieux des vents et des intempéries n'avaient pas fait assez de mal en une seule journée, le ciel se colora au couchant d'une lueur sinistre.

« Il salue la fin d'un empire glorieux », murmura un soldat. Les autres le foudroyèrent du regard. Il s'inclina en marmonnant des excuses.

Le crépuscule fut long à venir, les couleurs du soleil en son déclin s'attardant après l'apparition des étoiles à l'est. Dans la capitale, des lumières s'allumèrent peu à peu. Finalement, la nuit devint noire. Sept gardes impériaux se joignirent à eux. Aucune question ne fut posée à ces cavaliers sans armure, et d'eux-mêmes ils ne disaient rien de leur appartenance.

Nishima et Kitsura se cachèrent la tête sous des capuchons. L'obscurité les dissimulait suffisamment. L'une et l'autre prenaient soin de ne rien dire, et les gardes de Komawara offraient une protection efficace contre la curiosité des hommes de l'empereur. De toute façon, personne n'avait envie de parler. Chacun était laissé à ses pensées.

L'empire était tombé. Il y avait là de quoi occuper l'esprit.

60

La porte nord de la capitale impériale était ouverte, et le pont qui y conduisait par-delà le canal n'avait pas encore été détruit. Un peloton de gardes impériaux avait pris position devant cette porte, à moins qu'ils n'eussent décidé sans en avoir reçu l'ordre de s'y mettre en faction. Difficile à savoir.

Le petit groupe de Nishima fut arrêté à son arrivée, bien qu'apparemment ce fût surtout pour la forme, car on venait en foule chercher refuge dans la ville. L'un des gardes impériaux qui les accompagnaient s'identifia comme le grand khan à la recherche d'une bonne auberge. Au milieu de l'hilarité qui s'ensuivit, subrepticement ils se glissèrent au-dedans des murs.

Rues et canaux regorgeaient de soldats de l'armée impériale, auxquels s'ajoutaient les habitants et les réfugiés pris de panique s'efforçant de gagner les portes à l'est de la ville. On n'observait pas de défense organisée. Vols et pillage avaient commencé au vu de tous.

« Où est passée la garde impériale ? dit Kitsura à voix basse. L'empereur aurait-il renoncé à défendre la capitale ? S'est-il enfui ? »

Nishima haussa les épaules tout en jetant autour d'elle des regards effarés. Les gardes qui les avaient suivis jusque dans la cité, sitôt passée la porte, disparurent chacun de son côté. Seuls restèrent Shuyun et les trois soldats de Komawara. En considération des milliers de personnes qui se bousculaient dans les rues, c'était apparemment bien peu pour assurer leur sécurité.

Pourtant, à mesure qu'ils avançaient dans la ville, la peur de la jeune femme commençait à décroître. Le pillage était limité. En général, on respectait l'ordre, et souvent on proposait de l'aide. Elle se tranquillisa et sourit à sa cousine qui visiblement s'affolait.

Beaucoup des soldats avaient pris la direction du palais de l'Île, de même qu'une grande partie de la population. Le bruit courait que l'empereur n'avait pas quitté sa résidence et de là organisait la défense.

Il était rare dans la capitale qu'on s'y servît de chevaux. C'était une ville de canaux et de venelles. Mais ce soir-là, avec l'arrivée de l'armée vaincue, on en voyait fréquemment. Pourtant, la ville n'était pas faite pour ce mode de transport, et bientôt ils tombèrent sur une passerelle trop étroite pour leur permettre de traverser. Shuyun prit une ruelle qui déboucha sur une avenue le long d'un grand canal.

« Où irons-nous, Shuyun-*sum* ? » demanda Nishima. Jusque-là, il n'y avait guère eu d'autre solution que de suivre le mouvement.

« Je ne sais pas, Votre Seigneurie, répondit-il. La demeure des Shonto est sans doute depuis quelque temps occupée par les gardes impériaux. Peut-être la famille de dame Kitsura n'a-t-elle pas quitté la ville, et pourrions-nous trouver asile chez elle pour un soir. Mais, si nous cherchons à savoir ce qui s'est passé sur le champ de bataille, je suggère que nous allions du côté du palais. Votre nom, bien entendu, ne doit pas être prononcé. »

Nishima du regard consulta sa cousine.

« J'aimerais bien avoir des nouvelles de ma famille, ma cousine, dit celle-ci, mais je comprends que vous soyez inquiète pour le seigneur Shonto. Il y a plus de chances pour que les miens soient en sécurité. Allons au moins jusqu'aux portes du palais pour obtenir toutes les informations que nous pourrons. »

Pour la remercier, Nishima adressa à sa cousine un sourire qui aussitôt fit place à l'expression de son inquiétude. Ils longèrent le canal, traversèrent un pont en tenant leurs chevaux fatigués par la bride. Pour la première fois de leur vie, les deux jeunes dames dans la rue furent mêlées à des heurts et des bousculades.

Il était tard dans la nuit lorsqu'ils arrivèrent à la porte de la Sérénité. Sur la place devant cette porte, des milliers de personnes s'étaient rassemblées. On voyait flamber de petits feux sur les pavés. Soldats et gardes y coudoyaient toutes sortes de gens.

Au-dessus de la porte, des gardes impériaux en uniforme noir restaient sourds aux questions comme aux quolibets. Une cloche isolée donna l'heure du hibou, comme si dans toute la ville il ne restait à son poste qu'un seul sonneur. Le tintement se répercuta dans la ville surpeuplée, en créant une étrange impression de vide.

Dans le groupe de Nishima, chacun mit pied à terre. Les gardes de Komawara prirent en main les chevaux et desserrèrent les sangles des selles. L'un d'eux s'éloigna pour voir ce qu'on pourrait apprendre, mais à son retour il eut un geste de découragement.

« On entend ce qu'on veut ici, dit-il. L'empereur a filé, il est tombé sur son épée, les Barbares sont à nos portes, ils ont pris la direction de Yankura. On raconte n'importe quoi, mais on ne sait rien. » Il trouva un mur pour y caler son dos et ne tarda pas à s'assoupir.

Jaku Tadamoto, le commandant d'une garde impériale qui avait volé en éclats, réussit à regagner la capitale à bord d'un sampan réquisitionné où ramaient deux bateliers que ses subordonnés avaient enrôlés de force. Il n'était pas gravement blessé, s'il était moulu, et si son armure autrefois si belle, un cadeau de son frère Katta, lui avait sauvé la vie en plus d'une occasion.

Les lettrés, se répéta-t-il, font de piètres soldats.

L'armée impériale avait été battue à plate couture et réduite à fuir en ordre dispersé. Le choix qu'avait fait l'empereur d'en prendre le commandement avait été à l'origine de sa perte. Cela et le refus d'Akantsu de s'allier à Shonto. Celui-ci avait-il trouvé le moyen de s'échapper avec son armée ? Tadamoto se le demandait. Restait-il un espoir à l'empire ?

À son passage, des gardes impériaux levèrent les yeux, mais aucun ne songea à s'incliner devant son chef. Leurs regards ne trahissaient pas d'animosité. C'était comme s'il avait tout simplement perdu son grade. Ils ne lui en voulaient pas mais ne le respectaient pas non plus.

Les lettrés, se dit-il encore une fois, font de bien piètres soldats.

Il n'avait qu'une seule idée en tête, aller au palais pour s'y mettre en quête de son souverain, s'il n'était pas déjà parti pour Nitashi. Tadamoto avait laissé son jeune frère Yasata accomplir son service entre les murs de ce palais, afin qu'au moins l'un des membres de la famille Jaku survécût à la tourmente. Ils pouvaient fuir ensemble.

Tadamoto avait son plan et les poches pleines. Osha avait-elle reçu son message ? S'était-elle enfuie ? Il prendrait Yasata au passage et se mettrait en devoir de la trouver. Tous les trois, ils gagneraient les îles de Konojii. Il se passerait des années avant que ce fils du désert qu'était le khan réussît à traverser la mer. Les intrigues, c'était probable, auraient alors déjà mis un terme à son règne. Ce chef de tribus ne savait pas ce qui l'attendait quand il entrerait dans le palais de l'Île. Il ne pouvait s'en faire une idée. Il apprendrait à ne dormir que d'un œil et à tendre l'oreille aux ragots.

Les rameurs amenèrent le bateau le long d'un escalier de pierre donnant accès à une poterne utilisée par la garde impériale. Tadamoto débarqua, non sans raideur, et s'obligea à rester droit pour gravir les marches. Le canal et le quai étaient noirs de monde. Tous ces gens, à n'en pas douter, cherchaient à fuir les Barbares. C'était un triste spectacle, et plus triste encore quand Tadamoto songeait qu'il allait bientôt se joindre à eux. Son avenir serait aussi précaire que le leur. Il l'était déjà.

Le mot de passe lui ouvrit la poterne. Il entra avec son escorte. Ils se retrouvèrent dans une cour bordée par les casernements de la garde impériale.

« Colonel Jaku, dit calmement un soldat, je vais vous trouver des hommes pour vous aider à enlever votre cuirasse et à soigner vos blessures. »

Tadamoto refusa. Il pouvait s'arranger de sa raideur s'il continuait à bouger, mais un arrêt lui serait fatal. « Des devoirs m'attendent. Faites votre service pour l'instant, mais j'aurai besoin d'un bateau – avant l'aube, à coup sûr.

— Je veillerai moi-même à ce que vous l'ayez, colonel. »

Tadamoto y consentit. Il prit la direction des bâtiments au centre du palais. Tout était tranquille, désert, presque paisible en comparaison des rues à l'extérieur des murs.

En haut d'un escalier, il passa près du labyrinthe en charmille où il avait reçu les instructions de l'empereur, instructions assorties de menaces, comme toujours avec lui. Deux gardes se mirent en travers de son chemin quand il arriva devant l'une des grandes portes du palais. Il se nomma et donna le mot de passe demandé.

« L'empereur, dit-il, est-il dans le palais ?

— Je ne puis vous renseigner, colonel, répondit l'un des gardes. Peut-être le Fils du Ciel assiste-t-il au conseil dans la Grande Salle.

— Trouvez mon frère, le colonel Jaku Yasata, ordonna Tadamoto. J'aurai besoin de sa présence dans mes quartiers avant une heure. »

À l'intérieur du palais, Tadamoto se heurta à une obscurité quasi totale. Quelques-unes seulement des lampes des couloirs avaient été allumées, et elles fumaient par négligence. Il en prit une pour se guider.

Peu de gens connaissaient le palais aussi bien que le commandant de la garde. Il emprunta un escalier de service incroyablement étroit et, d'un coup de pied, ouvrit une porte donnant accès à un autre couloir, économisant ainsi plusieurs minutes. L'empereur, il en était sûr, plierait bagage à la première occasion, et cela, il voulait l'empêcher.

Il y eut des remous dans la foule et des murmures qui s'étendirent jusqu'au bord de la place. On assista à de nombreuses bousculades au débouché de l'avenue principale, et des cavaliers en armes firent leur apparition, les uns en uniforme noir, d'autres arborant le bleu ou le violet.

« La livrée des Shonto ! » s'exclama l'un des gardes de Komawara, sortant ainsi les deux dames de leur torpeur.

Nishima d'un bond quitta les pavés sur lesquels elle reposait, surprise par des courbatures dues à son voyage à cheval. « C'est le général Hojo », dit-elle.

Shuyun dut la retenir, sinon elle se serait précipitée à sa rencontre. « Ne bougez pas, lui glissa-t-il à l'oreille, tant que nous ne saurons pas ce qui se passe ici. »

Il maintint son emprise sur son bras tandis qu'elle s'appuyait sur lui. Les autres, debout, cherchaient à apercevoir quelque chose. Elle se contentait de fermer les yeux et de sentir comme était chaud le corps du moine. Elle s'étonna de devoir réprimer une envie de pleurer, se força à rouvrir les paupières et à focaliser son attention sur la scène, ou le peu qu'elle en voyait.

Jaku Katta et le petit Butto Joda chevauchaient aux côtés d'Hojo, tous trois couverts de poussière et semblant éprouvés. Ils étaient suivis d'une compagnie assez nombreuse, hommes en armes, gardes impériaux, combattants recrutés par Shonto, quelques soldats en violet. Une fois devant la grande porte du palais, ils s'arrêtèrent. Le silence se fit sur la place. Des milliers de gens retinrent leur souffle. Hojo leva les yeux vers la sentinelle au-dessus de la porte. « Ouvrez-nous ! cria-t-il. Nous voulons parler à l'empereur. »

La sentinelle d'abord ne fit pas un geste, puis disparut. Le silence retomba.

Hojo alla jusqu'à la porte, dégaina son épée et du pommeau heurta le bois et le bronze. Le bruit de sa colère retentit à travers la place. « Ouvrez cette porte, rugit-il, ou nous l'abattrons, et le palais sera ouvert à tous ! »

Un officier de la garde impériale parut au sommet de la porte en question. « Nous n'ouvrons pas à des rebelles ! » cria-t-il.

Jaku Katta éperonna son cheval tout en ôtant son casque. « Mon frère, cria-t-il à son tour, vous devez nous ouvrir ! Les Barbares marchent sur la capitale, et l'empereur ne fait rien. Les Yamaku ont trahi Wa. Ouvrez les portes ! Nous avons un empire à défendre. »

On hésita en haut des murs. Il vint d'autres hommes en uniforme noir qui tinrent un bref conciliabule. Soudain une épée jaillit. D'autres suivirent. Ce fut comme un signal donné à la foule. Elle avança. Les gardes des Shonto la repoussèrent. Les uniformes noirs disparurent et, l'instant d'après, les battants grincèrent, s'ouvrirent, et Jaku Yasata se montra.

La foule se porta de nouveau en avant aux cris de « L'empereur ! L'empereur ! » On scanda : « Nous voulons l'empereur ! »

Les soldats de Shonto et les gardes impériaux firent à nouveau reculer la cohue mais, malgré cela, Nishima se sentit entraînée, et elle dut se débattre pour ne pas lâcher Shuyun et Kitsura. Ils se retrouvèrent auprès d'un des fidèles de Shonto. Shuyun le héla. On le reconnut. Nishima, coincée au milieu de ce service d'ordre, aperçut face à elle Hojo Masakado.

« Dame Nishima ! s'écria-t-il. Botahara soit loué ! » Il en oublia presque de s'incliner.

La foule reprit cette exclamation, et Nishima entendit les syllabes de son nom circuler sur la place comme les mots d'une prière. Elle en fut profondément troublée.

« Votre place n'est pas ici, dame Nishima », voulut dire Hojo. Il s'interrompit. « Venez, nous devons partir d'ici pendant que c'est encore possible. »

Jaku Katta descendit de cheval et s'inclina devant la jeune femme, sans s'agenouiller mais profondément. « Le vent du Nord nous a réunis, dame Nishima, dit-il. J'en bénis l'occasion. »

Nishima lui fit un signe de tête et s'éloigna, à la recherche d'Hojo. Et mon père ? pensa-t-elle. Que lui est-il arrivé ?

Le général s'était dirigé vers la porte. Nishima lui emboîta le pas, avec derrière elle Butto Joda, qui s'inclina gauchement.

« Mon père, général, dit-elle. Je n'ai pas de nouvelles de lui. »

Il secoua la tête. « Nous nous sommes trouvés séparés sur le champ de bataille. Le gros des troupes n'a pas atteint la capitale, mais je ne doute pas que le seigneur Shonto n'ait réussi une retraite en bon ordre. Ne vous inquiétez pas, dame Nishima, votre père est un homme averti de toutes les finesses des combats.

— Et le seigneur Komawara ? demanda-t-elle. Qu'est-il devenu ?

— Le seigneur Komawara ! dit Hojo avec chaleur. Il n'a pas encore quitté la plaine, où il harcèle l'ennemi dans l'obscurité. Le seigneur Butto m'a raconté que, perdu dans le brouillard, Komawara s'est heurté au grand khan et à son escorte. Il a engagé le combat avec eux. Il a jeté à terre un chef de tribu et fait fuir le grand khan. Le seigneur Komawara et le général Jaku (avec une inclination de tête en direction de ce dernier) sont devenus les grands guerriers de notre temps. Leurs exploits seront chantés dans mille ballades. »

Nishima détourna les yeux. Comme c'est effrayant ! se dit-elle. Derrière elle, parmi les gardes de Komawara, on répétait à voix basse les paroles du général Hojo.

La guerre détruira toutes nos âmes, pensa-t-elle.

L'empereur faisait les cent pas dans sa chambre. « Bouchés à l'émeri ! marmonna-t-il. Ils vont se mettre à débattre des vêtements qu'il leur faudra porter au moment de signer la reddition de l'empire. »

On frappa à la porte, si fort qu'elle en trembla. L'empereur en sursauta. « Entrez », cria-t-il.

Un garde à genoux montra le bout de son nez. « Nous avons un bateau, Votre Majesté. On l'apprête à l'heure où nous parlons.

» Le palais est complètement encerclé, Votre Majesté. Le peuple… » Il hésita. « Le peuple semble indocile, Votre Majesté.

— Il demande ma tête. Est-ce là ce que tu veux dire ? »

Le garde resta muet, comme en contemplation devant le sol devant lui.

« Frappe à la porte quand le bateau sera prêt. »

Avant même que la porte fût refermée, l'empereur avait recommencé sa déambulation. Il s'aventura sur le balcon et promena son regard sur la ville. On ne distinguait pas grand-chose, mais les feux qui brûlaient sur les places en disaient suffisamment long. Ils auront la tête de quelqu'un avant la fin de la nuit, pensa-t-il. N'importe qui fera l'affaire, mais ils ne se contenteront pas de moins.

Il faillit sourire. Bah ! Donnons-leur autant de ministres et de fonctionnaires de mon palais qu'il leur en faudra.

Il recula à l'intérieur et jeta les yeux sur l'armure d'un simple garde qui constituait le déguisement prévu pour sa fuite. Elle convenait pour être portée par-dessus son uniforme. Il traversa la pièce et s'agenouilla sur un coussin, où il ne resta qu'une seconde, une curiosité malsaine le ramenant au balcon, tel un homme que fascine sa peur du vide.

Où donc se trouvait Osha ? Il l'avait envoyé chercher une heure plus tôt. Les domestiques craignaient-ils d'avouer qu'elle avait fui ? Qu'elle avait déguerpi, comme sa femme et ses fils, dès l'instant où il avait quitté le palais pour la guerre ? Il hocha la tête.

De la porte de la Sérénité lui parvenaient des cris et ce qui ressemblait à des slogans repris en chœur. Les mots n'étaient pas faciles à saisir, mais le bruit n'en restait pas moins dérangeant.

On frappa de nouveau, et la porte s'ouvrit sans invitation de la part de l'empereur. Osha se glissa dans la chambre. Jetant partout des regards inquiets, elle avait l'air d'un oiseau effrayé.

« Je suis sur le balcon, Osha-*sum*, dit la voix du souverain. Je baigne dans l'affection de mes loyaux sujets. Ils réclament ma tête. »

Sans hâte, Osha se dirigea vers l'endroit d'où venait la voix. Elle vit finalement l'empereur, qui avait revêtu les robes noires d'un de ses gardes. Sa sombre silhouette cachait les étoiles.

« N'ayez crainte, dit-il, ce n'est pas votre nom qu'ils scandent. »

Elle n'aimait pas ces inflexions dans sa voix. Il était debout sur le balcon, adossé à la balustrade, les bras croisés.

« Cela me réchauffe le cœur de voir que tout le monde ne m'a pas abandonné, Osha-*sum*. La loyauté n'a pas entièrement déserté le palais. »

Elle acquiesça d'un signe de tête.

« Voici ce qu'il vous faut faire, dit-il sobrement. Vous êtes la seule personne à qui je songe à me fier. Dans quelques instants, je m'échapperai. Quand je serai parti, vous mettrez la barre à cette porte et n'ouvrirez à personne. Obligez-les à la forcer. Je serai hors d'atteinte quand ils y réussiront. Je vous ai fait apporter des robes de domestique. Passant pour telle, vous ne risquerez rien. »

Je suis une femme entretenue, pensa-t-elle. Elle savait le sort promis aux favorites des empereurs déchus.

Il montra des robes de coton soigneusement pliées sur une petite table. « Vite ! Nous jetterons celles que vous portez du haut du balcon. »

Elle lui donna son accord et commença à dérouler sa longue ceinture de brocart. En levant les yeux, elle vit qu'il la regardait. Je suis à la veille de mourir des mains du peuple qu'il a trahi, se dit-elle, et il me détaille comme s'il avait loué mes services. Elle ferma les yeux et continua.

Lorsqu'elle eut achevé de défaire sa ceinture, Osha s'arma de courage et posa la question qui la hantait. « J'espère, Sire, que vos officiers ont survécu, de sorte qu'ils puissent vous aider à l'avenir. La disparition du colonel Jaku, par exemple, serait une grande perte. » Elle tourna le dos à l'empereur et ôta sa robe de dessus.

« Le colonel, répondit-il, s'est conduit en loyal sujet. Il a fait obstacle de son corps à l'armée barbare pour permettre à son empereur de sauver sa vie. Quant aux autres, ils ont montré les talons et pris la fuite afin de préserver une pitoyable existence. Maudits soient-ils à tout jamais ! »

Osha sentit la pièce tourner autour d'elle.

« Osha-*sum*, dit l'empereur, la timidité ne sied pas à une ballerine. Ne cachez pas votre beauté. »

Nishima s'attacha aux pas du général Hojo tandis que Jaku Katta les emmenait vers la Grande Salle. Derrière elle, le piétinement des soldats avait quelque chose de troublant et de parfaitement déplacé. Bien des fois, elle avait parcouru ces couloirs, mais ils étaient alors remplis d'éclats de rire, de musique, de poésie. Elle sentit que Kitsura s'agrippait à sa manche comme un enfant craintif qui redoute d'être laissé en arrière.

« Général Hojo, demanda-t-elle nerveusement, quel est votre but en venant ici ? »

Hojo ne ralentit pas son allure. « Nous voulons obliger cet âne bâté d'empereur à remplir ses fonctions. Il ne peut pas renoncer à son trône, malgré tout le plaisir que cela me causerait. » Il jeta un regard en coin à Jaku. « Nous ne sommes pas en mesure de mener une guerre intestine en même temps que de combattre les Barbares », ajouta-t-il de manière significative.

Nishima vit Jaku Katta secouer la tête. « Cet empereur, dit ce dernier avec force, dans ses efforts pour ruiner la maison de votre seigneur, a vendu notre empire aux Barbares, général Hojo. Je n'ai pas changé d'avis. Il constitue une menace pour nous tous. »

Nishima regarda Hojo, curieuse de savoir comment il allait réagir. À l'évidence, les deux officiers en avaient déjà débattu.

« Nous laisserons le seigneur Shonto décider du sort des empereurs, général Jaku. Les soldats, eux, arbitrent avec leurs épées. C'est notre façon de faire. Il y en a d'autres. »

C'était dit de manière à ne pas y revenir. Quand ils arrivèrent devant les portes de la Grande Salle, les gardes en faction dégainèrent leurs armes. Jaku en fit autant, imité par ceux qui l'entouraient.

« Écartez-vous, ordonna-t-il en ouvrant son masque facial, l'empereur que vous servez est déchu. Vous ne pouvez pas rester fidèles à un fantôme. Éloignez-vous. »

Les sentinelles hésitèrent, se consultèrent du regard, puis s'inclinèrent sommairement et déposèrent leurs armes. On ouvrit les portes en grand. Les membres du Conseil se tournèrent vers les nouveaux arrivants, épouvantés. Les fonctionnaires bondirent et s'enfuirent dans toutes les directions, leurs belles robes leur battant les jambes, comme un vol de papillons de nuit effarés. Le trône du Dragon était vide.

Hojo se précipita à l'intérieur tandis que ses gardes poursuivaient plusieurs hauts responsables qui détalaient et les ramenaient de force vers lui. Nishima était restée dehors mais s'efforçait de saisir ce qui se disait. Un tohu-bohu à sa droite retint son attention, et elle vit Jaku Katta disparaître au fond du couloir, avec Butto Joda sur ses talons.

À ce moment, le général Hojo sortit, traînant un fonctionnaire à sa suite. « Cet homme a gracieusement offert de nous mener à l'empereur », dit-il en le poussant devant lui. Quelque chose retint son attention. « Où vont-ils ? » Il montra de son épée le dos de certains des gardes de Komawara qui dans le couloir disparaissaient.

« Ils suivent le général Jaku et le seigneur Butto », dit Nishima.

Hojo regarda autour de lui comme s'il était assuré d'y voir Jaku. Nishima pointa un doigt dans la direction que celui-ci avait prise.

« On accède par là aux appartements de l'empereur, général.

— Que les dieux les emportent ! »

Hojo en jurant courut à toutes jambes. Tout le monde le suivit. Shuyun le rattrapa. « Ces gardes de Komawara ont des lacets verts sur la manche, dit-il. Ils appartenaient aux Hajiwara, général. »

Hojo fit signe qu'il avait compris. Ils arrivèrent au bas d'un escalier. Les hommes en armure prenaient du retard sur les autres. Shuyun jeta un coup d'œil par-dessus son épaule et prit ses jambes à son cou. Voyant cela, Nishima bouscula le général Hojo, les soldats épuisés par les combats, et passa devant. Elle ne tint aucun compte des appels de sa cousine ni de ceux des gardes. Toute son attention allait au bruit des pas de Shuyun précédant de peu les siens.

Tadamoto gagna le haut des escaliers qui conduisaient aux appartements impériaux. Des sentinelles en faction devant la Grande Salle, il avait appris que l'empereur s'y trouvait et, bien que doutant fort d'être autorisé à emprunter les couloirs, il s'était mis en chemin. Il fut étonné de n'être arrêté nulle part. La garde impériale avait cédé à la panique, tout comme l'armée impériale sur le champ de bataille.

Une fois dans le dernier et long corridor, il vit des lampes allumées et reconnut devant une porte les uniformes noirs de ses subordonnés : l'empereur n'était pas laissé sans protection. Akantsu sait manier l'épée, se rappela-t-il, on ne peut dire qu'il soit jamais sans défense. Il fit glisser la lame de sa propre épée dans son fourreau et avança.

Alors qu'il s'approchait des hommes en faction devant les appartements impériaux, il entendit un bruit de bottes dans l'escalier derrière lui. Il se retourna et vit un garde, un seul, vêtu de noir, sauter la dernière marche et courir dans sa direction. Il dégaina son épée et alerta les sentinelles, qui se levèrent et dégainèrent à leur tour.

Jaku Katta, après une glissade sur le sol ciré, s'arrêta devant son frère. Il ôta son casque puis le fixa des yeux. « J'espère, dit-il, que les dieux nous ont conduits ici dans la même pensée, mon frère. »

Tadamoto n'abaissa pas son épée. « Ne faites pas cela, Katta-*sum.* » Il avalait sa salive avec difficulté. « Ne souillez pas notre nom de cette indignité.

— Mais c'est un traître, mon frère. Vous savez que je dis la vérité. Wa mérite un prince ayant le sens de l'honneur. Laissez-moi passer. »

On courait dans l'escalier. Jaku ne se retourna pas. « Ce sont mes hommes, mon frère. Vous ne pouvez vous y opposer. Écartez-vous. »

Tadamoto secoua la tête. « Impossible, mon frère. »

Jaku parut réfléchir. Lentement, il jeta son casque, qui alla bringuebaler sur le sol avant de s'immobiliser contre le mur.

Face à l'empereur, Osha enleva une deuxième robe. La soie diaphane tomba en volant comme une bannière. Osha ne put retenir ses larmes mais évita les sanglots. Elle obligea ses pieds à se mettre en mouvement et sortit dans la fraîcheur de la nuit.

L'empereur la regardait faire avec intérêt. Il tendit les mains vers elle à son approche, des mains qu'elle prit et pressa contre son corps. De le toucher affermit sa résolution.

La confusion se lisait sur le visage d'Akantsu. Osha comprit qu'elle ne pouvait laisser passer l'occasion. « Tadamoto-*sum*, murmura-t-elle, était mon amant. »

En disant cela, elle le poussa. L'entraînement des Sonsa dont elle avait bénéficié lui donnait une vigueur étonnante. Voyant qu'il perdait l'équilibre, l'empereur serra une des mains de sa maîtresse avec plus de force. De l'autre, elle empoigna la balustrade pour résister à un poids qui n'était pas des moindres. Il tâtonna pour saisir cette même planche de salut tout en la maudissant, mais elle lâcha prise et au vol attrapa cette main en quête de sécurité avant qu'elle eût pu réussir à s'accrocher. Alors, sans marquer d'hésitation, elle le suivit par-dessus la balustrade dans un mouvement plein de grâce, comme si elle prenait son envol.

Jaku dégaina son épée et fit face à son frère, qui recula aussitôt en ouvrant un peu sa garde. On accourait dans le couloir, derrière. Butto Joda vint se placer à la droite de Katta, dans le champ de vision du Tigre noir mais hors de portée de son arme.

« Général Katta, dit-il, le général Hojo a raison. C'est une décision qu'il faut laisser au seigneur Shonto et au Grand Conseil. Je vous en prie, réfléchissez-y. »

Jaku parut ne pas l'avoir entendu. Il allongea une botte qui fit tomber l'épée des mains de Tadamoto. Elle rebondit sur une colonne et s'immobilisa à terre. Tadamoto se retrouva menacé par la pointe de l'arme de son frère, mais son attention fut requise au-delà de l'épaule de celui-ci. « Mon frère… » dit-il en levant une main pour le prévenir d'un danger.

La mise en garde en cet instant sauva la vie de Jaku. La première attaque par un soldat Hajiwara manqua son cou. La lame traversa l'armure et pénétra profondément dans le bras droit. L'agresseur leva à nouveau son épée tandis qu'en chancelant sa victime s'écartait. Tadamoto bondit pour se placer entre les deux. Il prit le deuxième coup sur le côté de son casque et s'effondra.

Jaku pivota et asséna un coup à son tour, d'une seule main, qui eut raison de l'un des gardes Hajiwara, mais les autres se ruèrent sur lui. Il battit en retraite, se servant d'une colonne pour protéger son côté droit blessé. Butto Joda voulut saisir son épée mais, ô surprise, l'un des agresseurs s'élança sur lui et cogna du pommeau de la sienne sur le masque facial du jeune seigneur, qui tomba inerte sur le sol.

Les deux sentinelles en faction devant la porte de l'empereur ne tentaient rien, mais restaient prêtes à intervenir. Jaku tourna autour d'elles. Il ignorait derrière qui elles allaient se ranger. Quelqu'un d'autre arriva au sommet des marches et s'élança dans le corridor.

« Nous voulons venger le seigneur Hajiwara, général, dit Narihira Chisato d'une voix sifflante, car c'est vous qui l'avez mis au travers du chemin du seigneur Shonto avec des mensonges et de fausses promesses. »

Le soldat Hajiwara blessé bondit sur Jaku. Tandis que celui-ci calmement l'abattait, Narihira entra en jeu. Il leva son épée. Le Tigre noir tomba lourdement sur le parquet et ne bougea plus. Narihira s'apprêtait à lui porter le coup fatal quand il se trouva propulsé de l'autre côté du corridor, où il heurta le sol et glissa aux pieds des sentinelles. L'une d'elles lui mit la pointe de son arme sur la gorge. Il cessa de remuer.

Nishima arriva pour voir Shuyun littéralement projeter au loin le garde Hajiwara et se pencher sur Jaku Katta, gisant dans une mare de sang qui ne cessait de s'élargir. Le moine fit le signe de Botahara et se releva, promenant son regard autour de lui.

« N'y a-t-il aucun espoir, mon frère ? » demanda Nishima.

Elle se tenait de l'autre côté du corridor, comme clouée sur place. Il secoua la tête. « Son âme s'est envolée, Votre Seigneurie. Jaku Katta est entre les mains du Maître parfait. Puisse Botahara veiller sur lui ! »

Il traversa pour aller voir Butto Joda, qui ne bougeait plus. Il lui ôta son casque. Les yeux étaient ouverts. On n'en voyait que le blanc. Nishima s'approcha et posa la main sur l'épaule de Shuyun.

Katta est mort, pensa-t-elle dans un effort pour en envisager la possibilité. Pourquoi en ai-je si peu de chagrin, alors qu'auparavant sa présence me faisait tant d'effet ?

« Il respire, dit Shuyun. Sa force vitale est grande.

— Il a été frappé par le pommeau d'une épée, mon frère, dit l'un des gardes impériaux. Il ne peut pas avoir été gravement blessé, j'en suis sûr.

— S'il vous plaît, dame Nishima (Shuyun lui prit la main et l'obligea à se baisser), prenez soin du seigneur Butto. »

Il se releva et se dirigea vers les autres victimes, tandis qu'Hojo et le restant du groupe pénétraient dans le corridor. À l'exception de Narihira, les gardes Hajiwara étaient tous morts, mais Tadamoto s'était redressé et prenait appui sur son coude avec une difficulté évidente.

« Mon frère ? dit-il en remuant à peine les lèvres.

— Qui est votre frère, colonel ? demanda Shuyun.

— Katta.

— Restez allongé, colonel Jaku, vous êtes blessé. »

Avec ménagement, il enleva ce qui restait du casque de Tadamoto. Celui-ci le repoussa quand il voulut examiner la plaie.

« Mon frère… »

Tadamoto se tourna et vit la grande silhouette de Jaku Katta couchée contre une paroi dans une mare obscure. Il fut secoué de sanglots et ne permit à personne de l'approcher. Hojo regardait la scène. Il fit le signe de Botahara.

« Il voulait tuer l'empereur, général Hojo », dit Shuyun. Il montra Narihira, toujours étendu aux pieds des deux sentinelles. « C'était de Jaku Katta que les gardes Hajiwara avaient juré de se venger, non de Butto Joda.

— L'empereur est-il à l'intérieur ? » demanda Hojo, à bout de souffle, en désignant la porte de son épée.

Les sentinelles se raidirent.

« Nous ne ferons pas de mal à votre empereur, dit Hojo. Laissez-nous passer. »

L'un des hommes en faction secoua la tête tout en repoussant du pied Narihira. Celui-ci se releva tant bien que mal et rejoignit le groupe de soldats où les gardes des Shonto le reléguèrent au dernier rang de leur peloton.

Hojo fit signe d'avancer à certains de ces gardes qui avaient des épées. Nishima détourna les yeux. Soudain sa cousine vint s'agenouiller à côté d'elle. Le bruit des lames s'arrêta brusquement. Hojo s'approcha d'une porte qui maintenant n'était plus protégée.

« Attendez », dit Tadamoto.

En titubant, il se mit debout. Un soldat qui portait la livrée des Butto l'aida, et il suivit Hojo qui essayait d'ouvrir et constatait que la barre n'était pas mise. Tout le monde entra et s'arrêta net, fouillant du regard les coins et les recoins, cherchant des issues : la pièce était vide.

« Ou il se cache, ou il s'est enfui », dit Hojo en enfonçant le pommeau de son épée dans la paume d'une main gantée.

Tadamoto montra le balcon et s'avança. Accroché à la balustrade, un lambeau de soie s'agitait dans la brise légère. Le colonel passa dehors et regarda autour de lui, confondu. Un officier d'Hojo observa attentivement par-dessus les balustres et, en se retournant vers son chef, inclina la tête presque imperceptiblement. Hojo se précipita, suivi de Tadamoto. Sur les pavés, loin en dessous, gisait une forme blanche ; à côté d'elle, une sombre silhouette.

« Notre empereur », murmura Hojo. À côté de lui, Tadamoto se tourna lentement et vacilla, avant de s'effondrer sur le sol.

Un officier montra au-delà de la porte nord une longue file de torches qui ondulait vers le sud.

« Le seigneur Shonto et son armée, dit Hojo d'une voix étrangement calme. Informez-en dame Nishima. Elle aura de bonnes nouvelles cette nuit. »

Sous la porte de la Sérénité, Nishima se cramponnait au bras de Kitsura. Elles s'appuyaient l'une sur l'autre tant elles étaient à bout de forces.

« Manger, dit Nishima à l'oreille de sa cousine. Je vais accueillir mon père et puis manger. Ensuite un bain peut-être. Si nous devons fuir encore ou faire face à l'assaut des Barbares, que ce soit bien nourries et bien propres, reposées même, qui sait ?

— Je pourrais dormir sur des pavés, dit Kitsura.

— Mais vous l'avez déjà fait, ma cousine », lui rappela Nishima.

Cette insouciance était bien sûr entièrement feinte. En son cœur, elle formulait cette prière muette : *Ramenez-le-moi indemne. Il est bon et sage. Ramenez-le-moi en bonne santé.*

Les portes étaient ouvertes. Les soldats repoussaient la foule à l'extérieur du palais. On se bousculait, on criait, on réclamait l'empereur. La nouvelle de sa mort n'était toujours pas connue. Puis, tout à coup, on applaudit.

« Ce doit être le héros, Komawara, dit Kitsura. On peut l'imaginer. »

Des cavaliers parurent dans la pénombre, sous l'encadrement de la grande arche avec sa couverture de tuiles sombres. Trois hommes avançaient de front. Le premier était vêtu de bleu nuit, le deuxième de gris, le troisième du bleu des Shonto. Nishima poussa un long soupir et adressa une nouvelle prière à des puissances occultes, cette fois pour exprimer sa gratitude.

Dehors, le peuple dans les rues se mit à observer un parfait silence. On n'entendit plus qu'une voix, celle d'une femme qui sanglotait. Sans le vouloir, Nishima s'avança malgré Kitsura qui tentait de la retenir. Elle se libéra de son emprise et continua son chemin. Komawara maintenant mettait pied à terre, ainsi que le cavalier portant les couleurs des Shonto, son demi-frère, Shokan. Nishima courut. Shokan la vit et se tourna vers elle. Son visage était noir de poussière et ses joues sillonnées de larmes. Nishima sentit la vie s'arrêter en elle, comme si son corps obéissait à des forces plus puissantes que sa volonté.

Des gardes des Shonto lentement passaient la porte, portant sur leurs épaules un brancard improvisé fait de lances. Sur ce brancard une forme, drapée dans la soie bleue de l'étendard à la fleur de *shinta*.

Nishima sentit ses genoux se dérober sous elle et heurter le sol. Un cri de douleur jaillit de sa gorge. Des mains la relevèrent. Elle put enfouir son visage dans le laçage bleu de l'armure de Shokan. Le bras de Kitsura entoura son épaule, et elle entendit la voix apaisante de Shuyun psalmodier la prière des morts.

Nishima n'avait rien mangé, n'avait pas pris de bain, n'avait pas dormi. Assise dans une pièce inconnue du palais impérial, elle tournait sans y penser entre ses doigts une tasse de thé froid. Elle jetait devant elle un regard hébété ; peut-être cherchait-elle dans ses souvenirs. À la voir, on pouvait craindre qu'elle ne se mît à tout instant à sangloter.

Kitsura l'avait laissée seule quelques minutes, succombant à la tentation d'un bain chaud, et Shuyun était parti régler les détails de la cérémonie funèbre pour son père. Le temps leur était compté : on devait avant l'aube avoir procédé à tous les rites. *Ils vont le brûler,* pensait-elle, et cette idée était une souffrance.

On frappa à la porte, et une soubrette parut, l'une de ses domestiques.

« Tokiwa, s'exclama Nishima, comment se fait-il que tu sois ici ?

— L'intendant Kamu nous a amenées, Votre Seigneurie. » Elle s'inclina, balbutiante, les yeux baissés. « Je suis désolée, Votre Seigneurie. »

Nishima voulut la remercier. Ses lèvres dessinèrent les mots qu'il fallait, mais aucun son ne sortit de sa bouche.

« Le seigneur Shonto et l'intendant Kamu souhaitent vous parler, dame Nishima.

— S'il te plaît, dis-leur de venir. »

Peut-être, pensa-t-elle, leur compagnie me sera-t-elle précieuse. La soubrette disparut.

Quelques instants plus tard, Shokan et Kamu entrèrent. Ils s'inclinèrent et s'agenouillèrent sur les nattes.

« Je n'ai pas de coussin, pardonnez-moi », dit-elle d'une voix à peine audible. Shokan haussa les épaules. « Je suis heureuse de vous savoir sain et sauf, Kamu-*sum*. C'est un vrai miracle. »

Elle regarda les deux hommes. À coup sûr, ils réussissent mieux que moi à garder une apparence de dignité, se dit-elle. Je dois faire peine à voir.

« Le miracle, dit Kamu, a nom Kalam, le serviteur du frère Shuyun. Il s'est aventuré dans le brouillard, où il a rencontré une troupe de bandits nomades qu'il a lancés sur une fausse piste. Il nous a servi de guide, nous a cachés, a collé son oreille contre le sol, égaré des Barbares dans la brume en leur donnant le change. Il a même dégainé contre ses compatriotes. Ce sera un vrai citoyen de Wa. »

Nishima eut un sourire forcé.

« Nishi-*sum*, lui dit Shokan avec douceur, en dépit de tout, il nous faut envisager l'avenir. Il y a bien des choses dont nous devons parler. »

Nishima acquiesça, saisie d'un brusque frisson. « Vous n'allez tout de même pas me marier à ce chef de tribus, n'est-ce pas, Shokan ? » Elle fut surprise du degré d'excitation en sa voix.

« Petite sœur, je ne vous marierais à personne qui ne serait pas de votre choix. »

Elle fit tourner son bol de thé, toujours incapable de se concentrer.

« Nishima, les seigneurs de Wa et les hauts responsables de l'administration sont réunis à l'heure qu'il est dans la Grande Salle. Il n'y a pas d'héritier au trône.

— Mais il existe des fils, Shokan-*sum*. Les auriez-vous oubliés ? »

Shokan adressa un regard à Kamu. « Wakaro est certainement mort, et les autres suivront le même chemin que leur frère dès que le peuple connaîtra la chute des Yamaku. C'est une famille que l'on méprise, Nishima-*sum*. Aucun Yamaku ne prendra plus jamais place sur le trône du Dragon. »

Il y eut une pause, mais Nishima ne réussit pas vraiment à assimiler cette information. Il lui était impossible de se contraindre à suivre ce qui se disait.

« Si l'on ne trouve pas de souverain acceptable, reprit Shokan, il y aura une guerre civile, ma sœur. »

Nishima leva les yeux. J'ai perdu un père. Pourquoi, se demanda-t-elle, sont-ils venus m'importuner avec cette chose-là ?

« Shokan-*sum*, pardonnez-moi de vous le dire, mais ce que vous me racontez là n'a pas le sens commun. Le khan est sur le point de s'emparer du trône. Dans quelques heures, il succédera au Yamaku. L'empire, est-il nécessaire de vous le rappeler, est tombé. »

Shokan se frotta la paume des mains. « Si le pays ne se trouve pas un souverain, les prétendants vont se multiplier. Jamais on ne s'accordera pour tenter de chasser les Barbares. Aucune alliance n'y suffira. Les seigneurs de Wa se feront la guerre entre eux, ce qui facilitera la tâche à nos ennemis. Il faudra attendre une génération pour les voir partir, peut-être plus.

— Ils sont tellement bêtes, dit froidement Nishima, mais on ne sentait dans sa voix aucune conviction.

— Nishima-*sum* ! » Shokan vint lui prendre le bras, renversant du thé sur ses mains. « Vous devez nous écouter. »

Elle lui jeta un regard glacial qui lui fit lâcher prise. « Je vous écoute, mon frère. Qu'êtes-vous venu me dire ? »

Il inspira profondément. Elle comprit qu'il attendait de croiser son regard pour lui parler, et elle leva les yeux sans faire effort pour déguiser sa colère.

« Un seul candidat, dit-il avec une précision qui n'était pas nécessaire, sera accepté par tous. Si vous consentez à devenir notre impératrice, Nishima-*sum*, nous éviterons la guerre civile. »

Elle voulut rire, mais ce rire s'éteignit dans sa gorge ; parler, mais n'y réussit pas. Elle fixa des yeux son frère comme si ses paroles confirmaient, à n'en pas douter, qu'il avait perdu la raison.

« Dame Nishima, dit Kamu avec douceur, votre décision peut sauver des milliers de vies. C'est à tout un empire qu'il faut songer. »

Mon père est mort. L'empire est tombé. Pourquoi ne pouvez-vous pas me laisser en paix ?

« Kamu-*sum*, dit-elle avec autant de pondération dans la voix que possible, j'ignore tout de l'art de gouverner. Comment sérieusement envisager de me voir régner ? C'est de la folie. » Elle s'exaspérait. À nouveau, elle essaya de parler en femme raisonnable. « Et dame Kitsura ? Les Omawara ont autant de sang des Hanama dans les veines que les Fanisan. Peut-être consentirait-elle à être votre impératrice ? S'il vous plaît, mon frère, n'en parlez plus, je… je ne puis le supporter.

— Ma sœur, mon père m'a éduqué de façon à ce que je sache où était mon devoir. » Sa voix maintenant était aussi posée que celle de Nishima. « N'a-t-il pas fait la même chose pour vous ? »

Elle le regarda avec effarement. *Mon père est mort. Comment oses-tu m'insulter un jour comme celui-ci ? N'ai-je pas suffisamment souffert ?*

« Seigneur Shonto, reprit-elle, si j'étais véritablement persuadée de pouvoir contribuer au salut de mon pays, je n'hésiterais pas à tenir ma partie. Mais une fois la crise passée et la guerre civile évitée, Wa se retrouverait avec sur les bras une impératrice ne sachant rien de l'art de gouverner. Si un jour nous réussissions à chasser les Barbares, je ne saurais pas par où commencer à rebâtir un empire. Je ferais plus mal que le Yamaku à la tête de ce pays. » Elle eut un geste en direction de la porte. « Ne m'importunez plus avec ces choses-là. Nous avons un chef de famille dont la cérémonie funèbre réclame notre attention.

— J'arrêterai là, ma sœur, répondit Shokan, mais je vous demanderai de venir en personne dans la Grande Salle informer l'assemblée des seigneurs de votre décision. Vous pourrez alors voir la guerre civile s'embraser de vos propres yeux.

— Shokan-*sum*, s'écria Nishima, vous ne savez pas ce que vous exigez de moi. Je vous en prie, ne m'obligez pas à porter ce fardeau. » Ses mains tremblaient. Le bol de thé lui échappa. « C'est ma vie que vous me demandez. »

Elle se couvrit le visage de ses mains, mais les larmes ne vinrent pas. *Oh ! mon père,* pensa-t-elle, *la vie d'un Shonto ne leur suffit pas. Ils en veulent une autre.*

« Ma sœur, dit Shonto avec beaucoup de douceur, je vous épargnerais cette épreuve si je le pouvais, mais je ne le peux pas. À midi, une armée barbare sera à nos portes. Nous devrons alors nous être donné un nouveau souverain et avoir pris la fuite. Si vous refusez cette charge, l'empire sombrera dans le chaos. Laissez-moi annoncer à l'assemblée des seigneurs que vous demandez du temps pour réfléchir, que vous donnerez votre réponse dans une heure. Retardons le désastre aussi longtemps que possible. Pesez le pour et le contre. Consultez votre conseiller spirituel. Dites-moi qu'il vous faut une heure pour vous décider. »

Nishima resta muette un long moment puis hocha la tête, le plus imperceptible des assentiments. « Je vous dirai à l'aube ce que j'aurai résolu. S'il vous plaît, demandez au frère Shuyun s'il veut bien venir me voir. »

Kamu consulta Shokan du regard, qui fit signe qu'il était temps de partir. Les deux hommes s'inclinèrent et sortirent en refermant sans bruit la porte derrière eux et en donnant l'impression à la jeune femme que tout à coup ils se rendaient compte de l'importunité de la déranger dans son affliction, mais n'avaient-ils pas fait bon marché d'une vie déjà fragilisée ?

Elle demeura immobile, puis Kitsura entra en poussant un écran. Elle avait revêtu les robes de soie d'une aristocrate, celles de Nishima en réalité. « Un bain vous attend, Nishi-*sum*, et vos servantes ont trouvé certains de vos vêtements. » Elle s'interrompit.

Nishima ne leva pas la tête. « Je puis m'habituer plus facilement à l'idée que l'empire est tombé, dit-elle d'une voix sans timbre, qu'à celle de la disparition de mon père. Il me paraissait des deux avoir le plus de grandeur. »

Kitsura hocha la tête. Agenouillée, elle lui prit les mains. « Un bain vous fera du bien, ma cousine, à coup sûr. »

Nishima y consentit. Des domestiques arrivèrent qui la conduisirent à sa baignoire, où on la laissa mijoter à son aise. Disposés avec soin à portée de son regard, il y avait des robes, des peignes, des parfums, ainsi que la boîte à bijoux décorée de la fleur de *warisha* des Fanisan, qui avait appartenu à sa mère. Elle ferma les yeux. Tant de gens avaient perdu la vie en cette journée. Elle se souvint que Jaku était mort. Son poème d'adieu était dissimulé dans le costume de chasse qu'elle avait porté. Il faut, se dit-elle, que je l'envoie à son frère, le malheureux. Elle écrasa sa poitrine sous ses bras. La chaleur avait un effet bénéfique sur ses muscles noués. Se rappelant les conseils du frère Satake, elle entama un exercice destiné à la relaxation et à l'apaisement. Mais sa concentration était si médiocre que le résultat laissa à désirer.

On frappa au *shoji*. La voix d'une soubrette se fit entendre. « Le frère Shuyun vous attend, Votre Seigneurie. »

Nishima refoula une brusque envie de pleurer. Quand elle se sentit maîtresse d'elle-même, elle sortit de son bain. S'habiller sans trop de hâte présentait des difficultés, mais elle s'obligea à prendre son temps de peur que ses servantes n'eussent l'impression qu'elle courait à la rencontre d'un homme.

« Tokiwa, dit-elle à la femme de chambre qui attendait de l'autre côté de l'écran, je ne veux être dérangée sous aucun prétexte.

— Oui, Votre Seigneurie.

— As-tu prévu un lit dans la pièce d'à côté ? J'essaierai de dormir plus tard.

— C'est fait, dame Nishima.

— Merci, Tokiwa. Tu peux t'en aller. Je nouerai ma ceinture moi-même. » Il lui fut facile d'imaginer Tokiwa baissant la tête et s'inclinant avec grâce avant de déguerpir.

Elle laissa tomber ses cheveux et les peigna scrupuleusement, noua sa ceinture avec un soin particulier. Quand elle se glissa dans la pièce adjacente, elle fut déçue de ne pas y trouver Shuyun, mais elle entendit sa voix depuis le balcon, qui murmurait son nom.

Il était debout à la balustrade, scrutant l'horizon au nord. Elle vint se placer à côté de lui et posa la main sur son épaule.

« Dans les champs », dit-il, montrant le lointain.

Un feu brûlait là-bas. Nishima comprit qu'il se situait à de nombreux rih du palais, tant les silhouettes qui se déplaçaient tout autour étaient menues. Le brasier avait beaucoup d'ampleur.

« Qu'est-ce que cela peut être ? » demanda-t-elle.

Il secoua la tête. « Même le Kalam ne sait pas.

— Ils brûlent les morts, à coup sûr.

— Peut-être, mais cela n'entre pas dans leurs habitudes, dame Nishima. »

Ils restèrent un moment à regarder, puis Nishima lui prit la main et avec douceur le ramena loin du spectacle à l'intérieur de la pièce. Elle fit glisser un écran tout au bout. On avait dressé un grand lit. Une seule et unique lampe répandait une faible lueur.

Elle l'arrêta au bord du lit et l'étreignit. Il répondit à ses caresses avec plus de chaleur qu'à son habitude. Elle guida sa main vers le nœud de sa ceinture.

« Tirez », dit-elle tout bas.

Suivant ses instructions, il sentit que le nœud cédait et se défaisait sous sa main.

« Un nœud d'amoureux », précisa-t-elle.

Il voulut s'écarter, mais elle le retint.

« Je suis un frère qui a failli, dit-il, une pointe d'angoisse dans la voix, une brebis égarée. »

Elle s'agrippa à lui de peur qu'il ne s'en aille. « Ne désespérez pas, Shuyun-*sum*, je vous ai trouvé. Restez près de moi, je vous en prie. Cette nuit, plus que jamais j'ai besoin d'un ami. »

Elle chercha derrière elle, lui prit la ceinture des mains et laissa le lourd brocart glisser vers le sol. Il se déroula à ses pieds.

« Ils m'ont demandé de monter sur le trône », lui annonça-t-elle soudain dans un léger murmure.

Il fit signe qu'il savait. « C'est ce qu'on m'a dit. »

Elle le quitta, ramena les courtepointes sur le lit et y attira le moine à sa suite. Ils demeurèrent serrés l'un contre l'autre dans la pâle clarté de la lampe.

« Je devrai les informer de ma décision dans quelques heures », ajouta-t-elle.

Ils restèrent silencieux quelques instants.

« Je ne me crois pas capable de supporter la mort de mon père, Shuyun-*sum*. Je n'en ai pas la force… et ils veulent que je sois leur impératrice.

— Le seigneur Shonto, j'en suis sûr, renaîtra dans quelques jours seulement. Son âme reviendra, même si vous pouvez ne jamais la rencontrer ni, la rencontrant, savoir que c'est elle. »

Nishima ne répondit pas tout de suite. « Même ainsi, il est perdu pour moi. Je suis une aristocrate égoïste et gâtée. C'est la perte que j'ai subie qui m'afflige, quoique j'aie honte de l'avouer.

» Il n'est pas surprenant que je vous aie détourné du droit chemin, Shuyun-*sum*. Je suis si éloignée de la perfection que c'est merveille si je ne suis pas née fourmi. »

Il sourit. « Faites attention à ce que vous dites : les fourmis aussi ont leurs impératrices. C'est un destin qui risque de vous poursuivre de réincarnation en réincarnation. »

On entendait des bruits de voix au loin. La foule scandait quelque chose devant les portes.

« Je ne sais pas quelle réponse donner aux seigneurs de Wa. Mon père m'avait prévenue qu'on pourrait me demander un acte de bravoure. Pourtant je ne me sens pas assez brave. Je ne connais rien au gouvernement, Shuyun-*sum*. Cela semble une imposture de monter sur un trône qui dans quelques heures sera la propriété de ce khan barbare.

— Je ne suis pas sûr, murmura Shuyun, qu'il le restera longtemps. Peut-être quelques jours seulement. »

Nishima se redressa pour examiner sa tête. « Pourquoi dites-vous cela ?

— Dans la brume, quand je suis parti et vous ai laissées attendre, dame Kitsura et vous, vous souvenez-vous d'avoir entendu une quinte de toux ? Le nomade était atteint de la peste, sans aucun doute. Elle se répandra dans l'armée du désert avec plus de facilité que le souffle du vent dans des maisons aux volets ouverts. Ce sera un drame effroyable. Des dizaines de milliers d'hommes vont périr et, si le khan s'empare de la ville, la peste y étendra ses ravages. Des patrouilles barbares ont franchi le fleuve. Elles refoulent tous ceux qui espéraient s'échapper. Et la population dans la capitale est quatre fois ce qu'elle serait dans des circonstances normales.

— Que Botahara nous protège ! dit Nishima. Nous allons tous mourir, Barbares et habitants de Wa. N'y a-t-il aucune issue ?

— Si ; pour quelques-uns, l'espoir demeure de se tirer d'affaire. »

Nishima ferma les yeux. « Les autres sont-ils au courant pour la peste ?

— Je n'en ai parlé qu'au général Hojo. Il est possible que certains devinent ce que signifient les feux allumés par les Barbares. Il est probable qu'ils brûlent les cadavres des morts de la peste et tout ce qui leur appartenait, peut-être même les chevaux, en espérant que cela les sauvera. Mais ce sera peine perdue. » Il marqua une pause. « Je le déplore, mais le général Hojo a été sourd à mes conseils sur le sujet. »

Nishima se redressa encore pour pouvoir toucher la joue du moine et en suivre les contours avec beaucoup de tendresse. « Qu'avez-vous conseillé ?

— Pour sauver Wa, il faut sauver les Barbares. Il n'y a pas d'autre solution. »

Elle se figea, incapable de croire ce qu'elle entendait. « Même moi, cette idée m'épouvante. Ils ont tout massacré dans le pays.

— Nous n'avons pas fait mieux, Votre Seigneurie. Vous ne tenez pas compte de tous les réfugiés qui sont morts sur les routes et sur le canal. » Il lui prit la main et la pressa contre son cœur. Elle sentit la chaleur et le picotement du *chi*.

« Quand les Barbares atteindront la capitale demain, poursuivit-il, je pourrais aller au-devant d'eux parlementer, sous la protection d'un drapeau. Je leur proposerais un marché : mon ordre leur épargnerait la peste s'ils déposaient les armes. Ce sont des milliers de vies qui seraient ainsi sauvées. »

Nishima prit appui sur un coude. La population de la capitale. La maladie gagnerait la ville entière pendant qu'elle-même s'enfuirait. Mais empêcher les envahisseurs de périr ? Qui pourrait y consentir ? Elle regarda par l'écran entrouvert et vit danser les flammes du bûcher des Barbares, au loin dans la plaine. Botahara ne nous enseigne-t-il pas la compassion ? se demanda-t-elle.

« Est-ce possible, Shuyun-*sum* ? Ce khan vous croira-t-il ? » Elle roula sur le flanc en levant la tête, une main posée sur le front. « S'il ne vous croit pas, vous serez en grand danger. » Elle fit rapidement le tour des possibilités. « Les frères botahistes se chargeront-ils de la besogne ? Les Barbares ne sont pas des adeptes du Vrai Sentier.

— Peu de gens le sont, Nishima-*sum.* » Il repoussa les cheveux de la jeune femme derrière son oreille. « Les frères accepteront à contrecœur. Je suis désolé de vous le dire, mais à mon avis j'ai plus de chances de me faire écouter des Barbares que d'obtenir l'accord des seigneurs de Wa pour cette politique.

— Mais c'est notre seul espoir, rétorqua Nishima, acquise maintenant aux arguments de Shuyun. On pourrait faire l'économie de dizaines de milliers de morts, tant chez nos ennemis que dans notre peuple. Il faut convaincre les seigneurs de Wa.

— Impossible. Nous ne pouvons rien contre leur haine des Barbares. Si vous leur dites que la peste va balayer sur son passage toute l'armée qui occupe notre empire, ils ne se soucieront pas du nombre de leurs compatriotes qui devraient y laisser la vie, pourvu que cela se produise. Le sacrifice fait partie de leurs mœurs. Si vous leur proposez d'épargner les envahisseurs, ils refuseront. »

Nishima roula en sens inverse pour venir presser sa joue contre celle de Shuyun. « Vous rendez mon choix difficile », lui glissa-t-elle à l'oreille.

Il lui avait parlé de bravoure. Tant de fois déjà on en avait fait preuve.

« Shuyun-*sum,* en toute honnêteté, si une impératrice donne l'ordre que ce soit fait, les seigneurs de Wa obéiront-ils ? »

Shuyun prit le temps de la réflexion. « Le seigneur Taiki, le général Hojo, votre frère ont la mainmise sur l'armée. Ils sont les seuls à disposer d'une force organisée. Ces trois hommes-là se soumettront-ils à une injonction venue de l'impératrice qu'ils auront mise sur le trône ? Je crois que oui, dame Nishima, même si ce n'est pas la réponse que vous souhaitez entendre. »

Nishima d'abord ferma les yeux en respirant comme le frère Satake lui avait appris à le faire. Oh ! mon père, pensa-t-elle, c'est ce que je craignais le plus ! Vous me demandez de surmonter la pire de mes craintes. Elle sentit son cœur battre à grands coups et l'obligea à se calmer. *D'un côté des milliers de vies,* pensa-t-elle, *de l'autre mes désirs et mes craintes.*

Elle ouvrit les yeux et, faiblement : « Si Hojo et Shokan-*sum* acceptent votre projet, je monterai sur le trône, bien que toute ma vie je me sois juré de n'en rien faire. »

Elle sentit qu'il la serrait contre lui. Fermant les paupières, elle fit une prière muette qui ne s'adressait à aucun dieu. Elle parlait à Shonto, souhaitant de ne pas faire de mauvais choix. Puisse le parti que je prends, pensa-t-elle, être l'acte de bravoure qu'il avait en l'esprit et non une sottise ! Elle glissa à l'oreille de Shuyun : « Quel nom prendrai-je si je dois monter sur le trône de Wa ? »

Il la serra plus étroitement. « Shigei.

— Je ne connais pas ce nom.

— Il appartient à la langue des montagnards, comme le mien : Shuyun, le porteur ; Shigei : celle qui apporte le renouveau. C'est le nom d'un esprit de la montagne. On le donne aussi à des vents de printemps bénéfiques et à la bonne odeur des feuilles qui se déplient. Celle qui incarne le renouveau. L'impératrice Shigei. »

Lentement, Nishima acquiesça. « J'aurai besoin de la sagesse de vos conseils.

— Vous aurez le plus sage des conseillers, mon impératrice, murmura-t-il. Vous gouvernerez avec votre cœur autant qu'avec votre raison, et vos sujets finiront par vous aimer comme rarement ils se sont attachés à vos prédécesseurs. »

La lampe trembla et s'éteignit. Ils restèrent immobiles dans l'obscurité jusqu'à ce que l'aube grise parût à travers la fente des écrans.

61

La lumière du soleil levant s'infiltra par une longue déchirure dans les nuages, quelque part au loin sur une mer invisible. Les gardes des Shonto avaient élevé le bûcher parmi les bouleaux pleureurs, au bord de l'étang du Soleil. Le clapotis des trois petites cascades qui traversaient cet étang se mêlait au gazouillis de la brise dans les frondaisons nouvelles, évoquant pour Nishima le jardin privé de son père.

Sous l'étendard de soie qu'il avait porté au combat, le seigneur Shonto Motoru était caché aux yeux de ceux qui l'aimaient. Sur un côté du bûcher, Kamu tenait par la bride l'étalon préféré de son maître, une épée liée à la selle par une courroie, la même épée que l'empereur avait donnée au gouverneur de Seh dans ce même jardin.

La mort de son ancêtre, avait dit Shokan, *une fin honorable.*

Le frère Shuyun conclut une longue prière, et tous les assistants firent le signe de Botahara. Nishima sentit que Shokan lâchait sa main lorsqu'il s'avança, une tunique d'un blanc immaculé passée sur le bleu des Shonto, réverbérant la lumière du soleil. Il ôta de sa manche un petit rouleau de papier très historié et prit le temps de retrouver sa voix.

« *Tout un hiver, nous avons attendu*
Le renouveau,
Rêvé, pendant des nuits glacées,
De fleurs de prunier.

Sur la berge d'un canal sans fin,
Parmi les roseaux,
Les grues se tiennent immobiles,

Si figées
Que l'harmonie de leur monde reste la même.

Le bateau passe,
Blanc sur l'eau bleue.
Son sillage
Fait s'envoler les oiseaux
Dans les arbres chargés de fleurs.

Porté par la brise, le navire
Suit les contours du ruban bleu,
Aussi étroit, aussi parfait
Que le fleuve au milieu des nuages. »

Shokan et Komawara avaient commencé ce poème au cours d'une nuit d'insomnie, et Nishima l'avait complété ce matin-là. Beaucoup d'autres devaient suivre.

Le silence et la paix s'établirent tandis que tous les assistants faisaient au mort l'offrande de leurs prières muettes. Nishima regarda autour d'elle. Les plus considérables des seigneurs de Wa, ceux qui n'avaient pas fui la capitale, étaient tous là, de même que ceux qui avaient accompagné son père de Seh vers le sud. Les personnages les plus éminents du palais aussi, chanceliers, ministres, divers conseillers. Ils étaient venus rendre hommage au plus puissant des feudataires de l'empereur, à l'homme qui avait donné sa vie dans un effort pour sauver Wa. Komawara se tenait auprès d'un Butto Joda rétabli. Ils avaient l'air si tristes que Nishima souffrait rien qu'à les regarder.

Elle s'obligea à respirer de manière très régulière, car sa part dans la cérémonie funèbre était encore à venir. Consciente de ses nouvelles attributions, elle était résolue à se comporter en conséquence, bien que certaine de n'avoir jamais fait rien de plus difficile.

Sur un signe de Shuyun, elle s'avança, et un serviteur, courbant le dos, lui tendit une petite torche dont la flamme vacillait dans le vent. Elle ferma les yeux une seconde, dans l'assurance de ne pouvoir supporter l'odeur de l'huile brûlante. *Je libère son âme de ce monde,* se rappela-t-elle. Elle se prosterna en retenant la manche de sa robe d'un blanc pur et appliqua la torche au bois du bûcher. D'abord, rien ne parut devoir se produire, mais bientôt l'huile prit feu, des flammes s'élevèrent, qui partirent de tous les côtés à la fois dans un bruit semblable au battement d'une aile géante.

Elle se recula et lança la torche dans le brasier. Quand le feu gagna l'étendard de soie, elle ferma les yeux.

« Dame Nishima », murmura le serviteur.

Elle se retourna, prit la poignée de pétales de fleurs de prunier qui lui était offerte et les jeta sur le bûcher. Le courant d'air chaud qui s'en dégageait s'en empara et les dispersa dans le vent.

Le feu se mit à craquer et à rugir. La chaleur devint trop forte pour qu'on pût rester auprès. Parents et amis du défunt battirent en retraite. Nishima sentit que Shokan lui prenait le bras. Un espace s'ouvrit autour d'eux. Malgré la présence de son frère, Nishima fut sensible à ce vide. Seule, pensa-t-elle, il me faudra vivre seule. Sa décision avait été publiée le matin seulement, et déjà elle était mise à part.

Impossible de revenir en arrière, se dit-elle, *des milliers de vies dépendent de la force de ma résolution.*

Shokan, Hojo, Taiki avaient accepté d'appuyer le projet de Shuyun, après s'y être vigoureusement opposés. Finalement, ils avaient décidé qu'il était plus important d'avoir Nishima comme impératrice. C'est alors qu'elle avait connu sa première mise à l'épreuve. Elle avait découvert que les seigneurs de Wa et les principaux ministres de la Droite et de la Gauche avaient déjà choisi le nom de la nouvelle souveraine. Une appellation tirée d'une langue étrangère n'était pas acceptable, lui expliquèrent-ils. Il fallait tenir compte des traditions.

Nishima avait dû se montrer des plus fermes : elle serait sur le trône de Wa l'impératrice Shigei. Sinon, ils proposeraient le pouvoir à quelqu'un d'autre. Ils s'étaient pliés à son exigence : le nom, certes, avait de l'importance, mais assurément d'autres éléments méritaient plus de considération.

Une fois intronisée, pensa-t-elle, je ne pourrai plus avoir recours à ce procédé. Il y aura bien d'autres dissensions, beaucoup plus. Les combattre alors que tous mes désirs se bornent à vouloir rester seule, à disposer du temps et du calme nécessaires à la guérison de la blessure en mon cœur, représentera le défi à relever. Il serait facile de céder, mais je ne le permettrai pas. Je serai l'impératrice, ce qui signifie que je ne laisserai pas des conseillers ambitieux asseoir leur emprise sur mon gouvernement.

Ils montèrent quelques marches. Des domestiques attendaient à leur sommet avec un palanquin. Elle lui jeta un regard consterné.

« Je vais marcher, dit-elle fermement.

— Mais, Altesse, dit le ministre de la Droite sur son ton le plus amène, il n'est pas décent pour un membre de la famille impériale d'aller à pied.

— Je ne suis pas encore impératrice ni membre de la famille impériale. Je suis une Shonto. Je marcherai. »

En tirant sur le bras de Shokan, elle passa à côté du palanquin et gravit l'escalier suivant aussi vite que le permettait le protocole. On entendait encore gronder le feu du bûcher funèbre. Arrivée devant les portes du palais, elle se retourna pour un dernier regard. Une haute colonne de fumée blanche montait de la rive de l'étang qui miroitait. Elle eut une pensée pour l'âme de son père s'élevant dans les nues.

Au-delà du bûcher, un mouvement retint son attention. C'était l'armée barbare se massant sous les murs de la ville. Puisse Botahara nous sauver tous ! pensa-t-elle.

On n'avait jamais vu de cérémonie d'investiture plus courte et moins sophistiquée dans toute l'histoire de Wa. Les repas prévus par la tradition se limitèrent à quelques plats destinés à symboliser en partie ce qui aurait dû se pratiquer. Des rites compliqués faisaient intervenir les gouverneurs des neuf provinces de l'empire : on ne les observa pas, car aucun d'eux ne se trouvait dans la capitale. La prestation de serment des seigneurs et des hauts fonctionnaires, l'octroi de cadeaux, de faveurs, de dignités, tout cela fut remis à plus tard, tous les assistants espérant que ce jour finirait par arriver. Il n'y eut de maintenu dans la cérémonie que sa brève conclusion. La future impératrice en éprouva un vif soulagement.

Elle fut transportée jusqu'à l'entrée de la grande salle d'audience dans le même palanquin qu'elle avait dédaigné auparavant, et là on lui permit de descendre pour marcher sur un tapis qui faisait toute la longueur de la pièce, avant d'accéder aux marches du trône du Dragon.

De chaque côté de ce trône étaient agenouillés les conseillers et les hauts responsables de l'administration, tandis que derrière eux, là où l'on aurait attendu la garde protocolaire, se tenaient des hommes vêtus du bleu des Shonto. À vrai dire, beaucoup des membres du Grand Conseil et de la garde impériale avaient fui la capitale, et l'on avait dû s'arranger au mieux de ceux qui restaient. Le grand chancelier, deuxième personnage de l'empire, s'était éclipsé quelques jours plus tôt. Au grand dam de la cour, Nishima avait nommé Kamu provisoirement à ce poste. Il était à genoux au pied des marches menant à l'estrade, ses robes de cérémonie déployées en éventail autour de lui, et il tenait dans son unique main le rouleau d'or symbole de sa dignité.

À l'entrée de Nishima, tous les hauts fonctionnaires touchèrent le sol de leur front et restèrent quelques instants dans la même position. On entendit les premières mesures d'un chant solennel d'une grande beauté, tandis que lentement l'impératrice remontait le long de la salle, les ministres de la Gauche et de la Droite la suivant à genoux trois pas plus loin.

Accompagnez-moi, père, priait Nishima, *je n'ai pas le courage.* C'était comme si son âme s'était arrachée à son corps, la laissant marcher sur un tapis tout en flottant sous la voûte, se regardant faire, petit enfant malhabile perdu dans l'immensité de la salle.

Ne laissez pas mon âme se libérer, priait-elle, *pas encore.*

Shokan avait pris place à l'extrémité de la première rangée des serviteurs de l'État, à genoux, le front sur la pierre. Ce ne fut pas sans effet sur une partie d'elle-même et rappela une âme rétive car, le visage caché, Shokan ressemblait à s'y méprendre à son père. Ce père semblait être là, et elle y puisait de la force.

Devant le trône, on avait placé un coussin de soie. Les ministres de la Gauche et de la Droite l'aidèrent à s'y agenouiller avant de retourner à leur place. Les robes de Nishima se déployèrent en corolle autour d'elle, la pourpre impériale variée de l'insigne du dragon d'or à cinq griffes. Sur ses instances, on avait brodé une petite fleur de *shinta* à la manche droite et la fleur de *warisha* à la gauche. Kamu se tenait à genoux trois pas plus loin, prosterné.

Nishima s'inclina devant le trône vide qu'avaient occupé ses ancêtres.

Le chant se poursuivait, de plus en plus sonore, ses accents renvoyés par les murs de la salle. Le ministre de la Droite s'avança. Il posa l'épée emblématique du pouvoir sur les deux bras du trône et se recula. Un ancien gong de bronze fut apporté par le ministre de la Gauche et placé au pied du siège, sur un côté.

Le monarque intronisé n'était pas supposé prendre la parole (beaucoup trop d'empereurs avaient été des enfants à peine sortis de leurs langes), mais le grand chancelier se redressa sans se mettre debout et lut l'engagement solennel que prenait le souverain. À mesure qu'il parlait, la voix de Kamu gagnait en assurance et en autorité.

« Il est du devoir de l'impératrice, dit-il, de veiller sur ses enfants, les sujets de l'empire de Wa, de protéger les terres, les forêts, les voies navigables. Dans les temps de famine, elle nourrira tous ceux confiés à sa charge. Dans les guerres, elle procurera à ses enfants le refuge nécessaire et rétablira la paix. En reconnaissance, ils se conformeront tous à leurs devoirs, assurant de leur loyauté la seule souveraine de Wa. Puisse Botahara bénir la très révérée impératrice Shigei, de la lignée impériale de la maison des Fanisan ! »

Les courtisans se redressèrent à leur tour en faisant le signe de Botahara. Lorsque le chant toucha à sa fin, Nishima une fois de plus s'inclina devant le trône.

Elle devait alors se lever et y prendre place, mais ses jambes refusèrent tout service.

C'est mal, pensa-t-elle. Que suis-je en train de faire ?

Elle ne pouvait pas se mettre debout.

Kamu ouvrit la bouche pour lui souffler quelque chose. Elle vit « Nishima » se former sur ses lèvres, mais il n'alla pas plus loin. Elle lui jeta un regard implorant. Il ne put que la regarder lui aussi, dans l'impossibilité où il était de lui parler ou de faire un mouvement.

Le silence s'établit dans la salle. Tous les yeux se tournèrent dans sa direction. Même le dragon sculpté qui s'incurvait autour du dossier du trône parut lui aussi l'interroger.

Il faut que j'y aille, se dit-elle, *il le faut.*

Elle fit effort pour se lever ; ses jambes la portèrent. En procédant avec beaucoup de précaution, elle mit un pied sur la première marche de jade, puis sur la deuxième, la troisième. Il lui restait deux marches à gravir. À deux mains, elle souleva l'épée de sa fonction et se tourna face à la cour. Avec raideur, elle se laissa descendre sur le coussin posé sur le trône de jade. Le Grand Conseil d'État se tenait agenouillé devant elle, l'image de chacun de ses membres reflétée par le pavage poli du sol.

Maintenant je dois gouverner, pensa-t-elle, et de le comprendre lui fit l'effet d'une douche froide. La tiédeur du rêve qu'elle avait vécu avait disparu. L'émotion ressentie paraissait lointaine et confuse.

Comme un seul homme, l'assemblée s'inclina une fois encore puis se redressa, toujours à genoux. Kamu sur la première marche prit la place de grand chancelier et se pencha pour frapper sur le gong de bronze. Le bruit dans la salle immense n'était pas considérable, mais quelques secondes ne s'étaient pas écoulées qu'en réponse toutes les cloches dans l'enceinte du palais de l'Île se mirent à sonner, imitées par celles de la ville, car on avait retrouvé les sonneurs ou on les avait remplacés.

C'était un concert porteur de joie et d'espoir. En baissant les yeux, l'impératrice vit couler des larmes sur les joues du vieil intendant des Shonto. Si fort était le vacarme de ces cloches qu'aucun bruit ne les dominait, mais Nishima voyait bien que Kamu pleurait sans retenue, comme un enfant qui n'a pas honte, et la nouvelle impératrice sentit à sa vue sa propre joue se mouiller d'une larme.

Les carillons semblaient ne devoir jamais cesser. Nishima sur son siège tentait de garder l'apparence de la sérénité. Finalement, le tumulte s'interrompit. Elle respira profondément et fit signe à Kamu. Celui-ci se redressa comme si plus de hauteur allait permettre à sa voix de se faire entendue plus loin.

« L'impératrice, dit-il, sollicite la présence des personnes dont les noms suivent pour débattre d'une solution au problème de l'armée barbare rassemblée près des portes de la capitale. »

Dans le public, on prit un air étonné mais, comme le sens de cette déclaration n'apparaissait pas clairement, ce fut sans réagir. On se contenta d'échanger des regards entre alliés.

Kamu lut une longue liste qui incluait le général Hojo, les seigneurs Butto, Taiki, Komawara, la plupart des dignitaires de Wa qui n'avaient pas quitté la ville et le frère initié Shuyun. Tous ceux dont les noms avaient été cités l'un derrière l'autre entrèrent par des portes latérales et à genoux s'approchèrent de l'estrade, en se prosternant devant l'impératrice. Komawara et Butto Joda venaient d'arriver des remparts. Ils n'avaient pas ôté leur armure et tenaient leur casque sous le bras.

Nishima fit un nouveau signe. Kamu se tourna vers l'assistance.

« Suite aux sombres machinations de feu l'empereur Yamaku, une armée barbare campe sous nos murs dans l'intention de mettre son chef sur le trône de Wa. L'impératrice entendra à ce sujet les avis de ses conseillers. » Au grand dam des administrateurs rassemblés, le nouveau chancelier se tourna vers le moine botahiste. « L'impératrice souhaite que le conseiller spirituel du seigneur Shonto Shokan, le frère Shuyun, vous fasse part de ses vues. » Il engagea Shuyun à parler.

Après s'être incliné deux fois, d'abord devant l'impératrice, puis devant les hauts fonctionnaires et les invités, le moine s'assit sur ses talons et joignit les mains comme s'il s'apprêtait à méditer.

« Votre Majesté, dit-il d'une voix douce et étonnamment calme dans une salle où la tension et l'émotion étaient vives, ministres honorés, j'ai appris que la peste avait commencé à se répandre dans les rangs de l'armée du khan. Le grand feu qui a été aperçu dans la campagne la nuit dernière était une tentative pour purifier de ce mal les forces barbares, mais la peste est parmi elles et ne peut être guérie par le feu. »

Tout le monde à présent se penchait pour mieux entendre. Nishima saisit le mot « peste » qui allait de bouche en bouche sur toute la longueur de la salle. On réagissait, comme on aurait pu s'y attendre, par la satisfaction, le soulagement, la joie. Beaucoup faisaient le signe de Botahara. Shuyun poursuivit :

« Je recommande, Majesté, d'envoyer au khan des émissaires lui proposant le secours de frères botahistes pour guérir les Barbares si, en échange, les envahisseurs déposent les armes. C'est le seul moyen d'empêcher la maladie de se répandre dans la population de la capitale. »

La réaction, cette fois, ne fut pas aussi mesurée. Nishima entendit des protestations. Elle regarda Hojo et les autres alliés des Shonto : ils restaient impassibles. C'est le moment de tenir parole, pensa-t-elle, ou nous sommes perdus. Shuyun ne s'était pas trompé : ils étaient prêts à voir mourir autant de gens qu'il en fallait pour l'élimination de leurs ennemis. Elle fit discrètement signe à Kamu.

« L'impératrice, dit-il, désire exprimer toute sa sollicitude aux réfugiés qui ont afflué dans la capitale dans l'espoir d'y être protégés par leur souverain et par le Grand Conseil. Son souhait est donc que cette mission soit menée à bien au plus tôt. Frère Shuyun, vous parlez la langue des tribus ? »

Le moine acquiesça. Le très replet ministre de la Droite s'inclina devant le trône. Kamu le foudroya du regard en l'autorisant d'un geste à parler. Sa voix fut difficile à percevoir.

« Incontestablement, une décision de cette importance devrait être soumise à l'approbation des ministres, grand chancelier. » Il parut vouloir interpeller Shokan. « Cette solution que propose le frère Shuyun, qui consiste à sauver ceux qui ont infligé tant de malheur à tant de gens, je crains que la refuseraient les personnes mêmes auxquelles nous espérons venir en aide. »

Shokan ne croisa pas le regard du ministre. Il resta les yeux fixés au pied du trône, le visage serein et indéchiffrable.

Nishima voulut répondre personnellement mais y renonça sur un signe de Kamu. Elle se contenta donc de lui glisser à l'oreille, d'une voix presque sifflante : « Le temps nous manque pour ces choses-là. »

Kamu se retourna vers le ministre. « Les Barbares se préparent à nous attaquer, Excellence, à l'heure même où nous parlons. Nous ne pouvons nous attarder à de longs débats. L'ambassade sera envoyée immédiatement. Si vous souhaitez vous joindre au frère Shuyun, votre sagesse et vos conseils seront les bienvenus. »

Le ministre chercha un appui autour de lui mais ne trouva personne. Marcher à découvert face à une armée de quatre-vingt mille hommes ? Il secoua la tête et s'inclina bien bas. Ses paroles sortirent d'une gorge sèche. « Certes, les souhaits de l'impératrice doivent être exaucés sans tarder. Nous devrions toutefois prendre les mesures nécessaires pour transporter l'impératrice en lieu sûr.

— Je ne partirai pas. » La voix de Nishima résonna dans la grande salle. Tout le monde en resta bouche bée. Depuis de nombreuses années, on n'avait pas entendu la voix d'une femme dans cette même pièce, et ce qui lui faisait défaut en volume était compensé par ce caractère exceptionnel.

« Je ne partirai pas, reprit-elle avec calme, aussi longtemps que le frère Shuyun n'aura pas parlé au chef des tribus, et tous les membres de mon conseil feront de même. Vous avez en charge la sécurité de la population. »

On ne pouvait se méprendre sur la fermeté de sa résolution. Le ministre de la Droite jeta un dernier regard à Shokan, s'inclina et se rassit. Son désarroi n'échappait à personne. De nouveau, Nishima fit signe à Kamu.

« Frère Shuyun, je vous en prie, le temps presse », dit ce dernier.

Nishima se leva. Elle plaça l'épée à plat sur ses deux bras, puis fit le tour du trône avant de sortir par une petite porte, le cœur battant. Shuyun la suivit, sur ses pas Shokan et plusieurs autres alliés des Shonto.

Lorsque le couloir s'élargit, elle s'écarta et invita à passer devant. « Il faut vous hâter, mon frère, dit-elle en réprimant une envie de l'embrasser au vu de tous. Je serai derrière vous. Puisse Botahara vous accompagner ! »

Le moine s'inclina puis, se tournant, il se mit à courir. Tous les membres du groupe se hâtèrent à leur tour, chacun s'inclinant au passage. Les gardes des Shonto entourèrent l'impératrice en réglant leur pas sur le sien, et on entra dans le grand vestibule du palais. Tous ceux qui s'y trouvaient tombèrent à genoux en touchant le sol de leur front. Parmi eux, quelqu'un retint l'attention de Nishima.

« Kitsura-*sum* ? Suivez-moi s'il vous plaît. »

Kitsura se leva bien vite et prit place dans le cortège, trois pas plus loin. Nishima alla la chercher et la tira par la manche.

« S'il vous plaît, ma cousine, nous sommes pressées. »

L'armée du désert avait formé ses rangs sous les murs nord de la capitale, ce qui avait provoqué la venue dans la ville des curieux et des sots. Ils avaient été attirés par la promesse d'un spectacle mais, une fois qu'ils avaient gagné les remparts ou les toits, ce qu'ils voyaient ne leur donnait pas envie de bavarder. Les soldats des Shonto qui avaient survécu à une terrible retraite se donnaient maintenant pour tâche d'améliorer l'état des défenses de la capitale, mais celle-ci n'avait jamais été conçue pour résister à une action concertée, et leurs efforts étaient largement vains.

Entre l'armée nomade et les murs de la ville, une estrade avait été dressée sous un auvent de soie couleur safran. Sur cette estrade, on avait placé un grand siège en bois, une sorte de trône. De chaque côté, les étendards dorés, ornés des dragons pourpres du khan, pendaient à des supports. Derrière, on avait installé des châssis de bambou, auxquels avaient été fixées des étoffes de soie, pourpres elles aussi, qui formaient un écran efficace.

Nul ne savait de manière certaine dans la ville si l'emplacement avait été retenu pour que le khan y acceptât la capitulation de la cité ou si, plus simplement, c'était de là qu'il entendait assister à sa chute. Peut-être l'endroit choisi convenait-il dans l'un et l'autre cas, mais beaucoup des habitants espéraient en la possibilité d'une reddition sans effusion de sang.

Shuyun gravit les marches permettant d'accéder au sommet de la porte que si peu de temps auparavant il avait empruntée pour entrer dans la ville. Shokan, Komawara, Hojo le suivaient de près. Tous s'arrêtèrent pour contempler une armée qui de toute évidence se préparait à lancer une attaque. Hojo hocha la tête.

« Dans la gorge de Denji, frère Shuyun, je me suis opposé à votre projet d'escalader les parois, et l'événement m'a donné tort. Mon espoir est de me tromper une fois de plus. Si le khan n'accepte pas vos propositions, mon frère, je ne pense pas que nous puissions retirer nos forces de la capitale sans essuyer de terribles pertes. Notre impératrice alors n'aurait pas à sa disposition les troupes nécessaires pour reprendre son trône. » Il baissa les yeux sur le petit moine. Son sentiment d'impuissance était manifeste.

Shuyun d'abord resta silencieux. « Priez Botahara, général Hojo, dit-il enfin. Je remets mon sort entre ses mains. »

Il fit volte-face et redescendit. On lui donna le drapeau vert des parlementaires, et un garde lui ouvrit une poterne dans le rempart. Au moment de passer, il fut rejoint par Komawara.

« Laissez-moi vous accompagner, frère Shuyun. Peut-être vous serai-je utile. »

Le moine le regarda en face et marqua une légère hésitation. Puis il secoua la tête, et sa main vint toucher le bras du jeune seigneur. « J'en serais honoré, seigneur Komawara, mais ce projet, c'est moi qui l'ai conçu, et il n'a pas obtenu beaucoup de soutien. Aussi souhaité-je mettre en péril aussi peu de gens que possible. Soyez remercié. »

Komawara s'inclina par deux fois, sommairement, comme il avait appris à le faire lorsqu'il avait suivi Shuyun dans le désert. Le moine lui rendit son salut et passa sous l'arche. La porte se referma derrière lui.

Un escalier menait au canal, où un sampan tirait sur ses amarres. Shuyun y monta et vite gagna à la rame l'autre rive. Des décombres étaient tout ce qui restait du pont détruit à l'aube. Il attacha le bateau à un rocher et gravit la berge en déployant son drapeau. Quelques pas de plus, et il se retrouva au-delà des pruniers en bordure de la rive. Ils avaient tous leurs feuilles à présent, et les fleurs qui constituaient leur parure printanière leur avaient été arrachées par le vent.

La puissante armée du désert n'avait plus l'air aussi lointaine. Shuyun inconsciemment se livra à un exercice respiratoire facilitant le calme. Tant de choses, se dit-il, dépendent de moi. Machinalement, il fit le signe de Botahara. Son drapeau vert voletait dans la brise tandis qu'il le hissait et lentement l'agitait pour le rendre plus visible.

Il traversa l'herbe haute d'un pré. Il avançait d'un pas résolu mais sans hâte en direction du pavillon où flottaient les étendards. Devant lui, des cavaliers se détachèrent de la masse grouillante et galopèrent à sa rencontre. Ils s'arrêtèrent assez loin de lui et l'examinèrent. Puis l'un d'eux fit demi-tour et pressa son cheval en direction des lignes barbares. Les trois cavaliers restants ne cherchèrent pas à se rapprocher. Sans le quitter des yeux, ils avançaient à son allure.

À cinquante pas de l'estrade, Shuyun s'immobilisa et attendit. Ce khan aspirait au trône de Wa : il ne savait donc pas quel protocole il convenait d'observer avec lui. Il décida que le meilleur parti à prendre était de voir comment le Barbare réagirait à sa présence. Calmement, il répéta une prière pour plus de force intérieure.

Une heure peut-être s'écoula, et brusquement on s'agita en bordure des lignes nomades. Des guerriers en armure lacée de pourpre s'avancèrent en direction de l'estrade, formant deux rangs opposés. Un sur deux arborait l'étendard doré du khan au bout de sa lance.

Le temps passa. Un groupe de cavaliers parut au bout de l'allée formée par les gardes à cheval. Ils venaient sans hâte, dans un froissement de soie, parmi les étendards. Shuyun resta à la même place. La méditation avait affermi sa volonté. Il ne réagit pas à l'arrivée prochaine du khan. Il attendit.

Ces cavaliers firent halte derrière l'estrade, et ils furent un long moment avant de réapparaître. Enfin six hommes en armure surgirent de derrière l'auvent et s'agenouillèrent de chaque côté du trône. On vit paraître des gardes qui eux aussi s'agenouillèrent, mais sur le sol et l'un derrière l'autre. Un de ces gardes fit deux pas en avant et invita Shuyun à s'approcher.

Alors qu'il se dirigeait vers l'estrade, un homme revêtu d'une robe où se mêlaient la pourpre impériale, le noir et l'or la contourna et vint s'asseoir sur le trône. Tous s'inclinèrent, à l'exception de deux gardes qui ne quittaient pas des yeux Shuyun s'avançant vers leur chef.

Plus près maintenant, le moine vit que les guerriers agenouillés sur l'estrade étaient des chefs de tribu barbares dont l'armure rappelait celle des combattants de Wa, mais était recouverte d'une tunique en peau de tigre. Ils portaient des casques chargés d'ornements.

L'homme qui avait pris place sur le trône portait la barbe et les cheveux tirés en arrière à la mode du désert. Le visage était basané et buriné, comme celui de tous les habitants d'un monde où la vie était dure, au nord de la frontière de Seh, mais Shuyun en approchant s'aperçut qu'il était jeune. Peut-être était-il plus âgé que Komawara, mais il avait certainement moins de trente ans.

À sa manière, le visage était beau et ne manquait pas de charme, avec sa mâchoire volontaire et ses lèvres charnues. En avançant de quelques pas, Shuyun comprit que ce qui lui avait d'abord semblé une parure était en réalité une mèche de cheveux blancs à la tempe, le signe distinctif d'une appartenance aux Tokiko, identique à celui que le prince Wakaro avait hérité de sa mère.

Une épée sur les genoux, le khan aux mains d'or regardait venir le petit moine. Le mépris se lisait sur son visage.

Shuyun continua à marcher jusqu'à ce qu'un garde, à dix pas de l'estrade, lui intimât l'ordre de s'arrêter. En l'absence de natte, il décida de rester debout, et c'est dans cette position qu'il s'inclina, le bout de la hampe de son drapeau appuyé sur le sol à côté de lui.

Pendant quelques instants, le khan dévisagea le moine. Puis il fit signe à l'un des chefs de tribu agenouillés sur l'estrade. Celui-ci s'éclaircit la voix puis s'adressa à Shuyun dans la langue de l'empire, si c'était avec un fort accent.

« Le khan, dit-il, désirerait savoir pourquoi votre délégation est si réduite dans une circonstance comme celle-là. Cela l'indispose. »

Shuyun donna sa réponse au khan lui-même. Il parlait la langue des tribus sans presque commettre d'erreur.

« On m'a demandé, déclara-t-il, d'être le porte-parole de l'impératrice de Wa. Il n'a pas été jugé nécessaire d'envoyer plusieurs émissaires, car notre message est simple. »

Le khan commença par regarder Shuyun puis s'exprima sans passer par un intermédiaire. Sa voix était forte et gutturale. Il maniait sans difficulté la langue des tribus. « Ce carillon, dit-il. Akantsu aurait-il perdu son trône ? »

Shuyun acquiesça. Le khan se tourna vers l'un de ses alliés. Puis :

« Mais, moine, qui donc règne à présent ? La fille de Shonto ?

— Oui, répondit Shuyun sans se troubler, l'impératrice Shigei. »

Le khan secoua la tête. « Le conseil de Wa, jeta-t-il, a perdu la raison s'il croit que je vais me contenter d'être le prince consort d'une impératrice Shonto. »

Le moine ne réagit pas. Le khan agita son fourreau dans sa direction.

« Et Komawara ? Est-il toujours vivant ?

— Oui.

— Cet homme, pour un natif de Seh, manie l'épée remarquablement. Il a abattu un guerrier, un chef qui avait accompli de grands exploits, et s'est jeté au milieu de ma garde avant de disparaître dans le brouillard. Mes hommes l'appellent le Cavalier des Nuages. » Il observa longuement Shuyun sans que celui-ci bronchât. « Je veux, dit-il, qu'on m'apporte la tête de ce Komawara quand l'impératrice me présentera en bonne et due forme la reddition de sa capitale. Qu'elle vienne en personne m'offrir son trône ! On dit qu'elle est d'une grande beauté, cette fille de Shonto. Est-ce vrai ? »

Shuyun resta muet tout en regardant le khan aussi fixement que celui-ci le regardait. « Je ne suis pas venu négocier la capitulation de l'empire, dit-il sans forcer la voix, mais vous sauver de la peste qui, à l'heure qu'il est, dévaste votre armée. »

Le khan jeta un coup d'œil aux gens qui l'entouraient puis répondit à Shuyun, cette fois dans la langue de Wa. « Nous avons purifié notre armée par le feu, moine, un résultat acquis, à moins que vous ne soyez venu propager la maladie parmi nous une fois de plus, après la nonne qui nous a été envoyée pour contaminer tous ceux qui la toucheraient, et des milliers d'autres par surcroît. »

Tesseko, pensa Shuyun. *Que Botahara la protège !* Il montra un chef assis à la gauche du khan. « Cet homme, dit-il, toujours dans la langue des tribus, a contracté la maladie. Regardez son visage, comme il est congestionné. Il s'efforce de contrôler sa toux mais n'y réussira pas bien longtemps. »

Les autres chefs jetèrent des regards inquiets à l'individu que Shuyun avait mis en évidence.

« Vous ne parviendrez pas, reprit le moine, à vous débarrasser de la peste par le feu. Elle est là, parmi vous, et ne peut être arrêtée que par les soins de mon ordre. Vous pourrez vous emparer du trône, mais vous ne le garderez que quelques jours. »

Il laissa à ses paroles le temps de faire leur effet. Autour du khan, on perdait vite de son arrogance. Il n'y avait ni honneur ni profit à espérer d'une mort causée par la maladie.

« L'impératrice, dit Shuyun, m'a délégué pour que vous ayez la vie sauve, alors que vous mourrez certainement si vous ne m'écoutez pas. En retour, elle vous demande seulement de déposer les armes. Nous vous garantissons un sauf-conduit jusqu'à la frontière du Nord. »

Le khan pointa vers le moine le bout de son épée engainée. « J'ai envoyé un émissaire devant les murs de Rhojo-ma avant sa chute. Il portait un drapeau vert comme toi aujourd'hui. Une flèche l'a tué, parce que les seigneurs de Seh ne voulaient pas entendre la vérité sur leurs sottises. L'impératrice espère-t-elle sauver son trône par un mensonge aussi grossier ? Elle doit me prendre pour un chasseur barbare qui n'a jamais mis les pieds dans une ville. Quand j'aurai conquis la totalité de Wa et me serai assis sur le trône du Dragon, elle aura une autre vision des choses et de son plein gré prendra place parmi mes concubines. J'avais conçu l'espoir de commencer mon règne en épargnant la capitale de l'empire. »

Il haussa les épaules. Un regard au chef de tribu qui avait parlé en premier, et il lui donna liberté d'agir. L'homme hésita, rien qu'un instant, puis se leva et dégaina son épée. Les gardes agenouillés près de lui l'imitèrent. Shuyun arracha la toile de son drapeau, le mit devant lui comme une arme pour se défendre et entra en méditation.

Les gardes se déployèrent de côté et d'autre, puis l'un d'eux bondit. Il visa les mains de Shuyun, mais la hampe entre celles-ci partit à la vitesse de l'éclair, et le malheureux se retrouva inerte sur l'herbe du pré.

Il y eut un moment d'hésitation. Shuyun ne le laissa pas passer. « Votre khan, dit-il, veut vous offrir en sacrifice à la peste pour pouvoir régner les derniers jours de sa vie. Ma congrégation peut vous sauver.... »

Un autre garde voulut lui porter une attaque, mais sa tentative fut brutalement contrée par un de ses compagnons qui le faucha, avant de s'en prendre à son voisin. Les chefs de tribu barbares sautèrent à bas de l'estrade et se joignirent à l'échauffourée. Shuyun sauva la vie à son partisan en lui épargnant un coup de sabre qui aurait signifié sa fin.

Soudain chefs et gardes d'un commun accord se précipitèrent sur le moine. On entendit vibrer la hampe tandis qu'elle fendait l'air. Shuyun désarma l'un de ses agresseurs et fit perdre connaissance à un autre. Un Barbare se joua de sa défense, si bien qu'il dut laisser tomber son bâton. Comme Komawara l'avait vu faire dans le désert, il agrippa le sabre de son adversaire et détourna le coup, tout en repoussant un nouvel ennemi d'un geste qui eut l'air d'avoir manqué sa cible. Un autre guerrier barbare eut droit au même sort, et brusquement l'assaut tout entier tourna court. Les Barbares immobiles regardaient le moine comme s'ils étaient en présence d'une apparition.

L'un des chefs fut pris d'un accès de toux. Alors que personne ne bougeait, il s'avança et plongea son épée dans le corps du khan, debout devant son trône de bois. L'homme qui avait rassemblé les tribus lentement s'affaissa. Il tomba à genoux, les yeux fixés sur Shuyun, le regard vide. Un garde vint qui à son tour enfonça son arme dans la poitrine du khan. Il s'effondra puis se coucha sur le flanc, le corps flasque.

Nul ne tenta quoi que ce soit pour venger ce crime. Le chef qui avait porté le premier coup soudain fut pris d'une quinte de toux qui lui déchira la poitrine. Les autres s'écartèrent. Plusieurs s'enfuirent. On entendit galoper des chevaux. Quand le malade se sentit mieux, il se tourna vers Shuyun. « Ainsi, dit-il, a fini l'homme qui pour sa plus grande gloire nous a fait venir ici et mourir en terre étrangère. Les autres feront ce qu'ils voudront, mais, pour ce qui est de mes hommes, ils déposeront les armes, mon frère. Comment savoir pourtant si l'armée du seigneur Shonto ne va pas nous tomber dessus pendant que nous serons sans défense ? »

Shuyun tout d'abord ne répondit pas. Puis il fouilla sous sa robe et en sortit le pendentif de jade au bout de sa chaîne. « Je vais jurer par le *denu* de Botahara. L'impératrice vous permettra de gagner sans dommage la frontière de Seh. »

Il montra l'endroit où ils se trouvaient. « Amenez ici vos armes. Séparez les malades des bien portants, et les religieux de mon ordre viendront. N'essayez plus de purifier par le feu, cela ne sauvera la vie à personne. Demain, les frères commenceront à arriver. D'autres suivront, qui descendront de là-haut. » Il désigna la montagne du Pur Esprit. « Cela demandera quelques jours. »

Les chefs de tribu le regardaient sans rien dire. De temps à autre, ils jetaient un coup d'œil en direction du khan, mais à l'évidence ils étaient confondus par ce qui venait de se produire. Shuyun fit un pas en avant puis hésita.

« Je voudrais examiner votre khan », demanda-t-il calmement.

Personne ne s'y opposa. Il alla donc s'agenouiller près du prince déchu. Aussitôt il fit le signe de Botahara.

« Son esprit s'est envolé », dit-il. Il dégagea l'épaule et mit la peau à nu pour montrer trois petites lésions. « Votre chef avait la peste et ne le savait pas encore. » Lentement il se releva. « Je reviendrai au lever du soleil. L'armée impériale sera maintenue en dehors de ce périmètre, mais ne vous inquiétez pas si vous voyez de petites patrouilles de cavaliers armés. Nous devons nous assurer que la peste ne s'étend pas. » Il s'inclina et reprit le chemin de la ville. Tout en marchant, il psalmodiait une longue action de grâce.

Soudain le tumulte grandit dans son dos. Il se retourna promptement. On entendait sur toute la largeur de la plaine s'entrechoquer des armes : les Barbares se battaient entre eux. La grande armée du désert, masse grouillante d'hommes et de chevaux, était en proie aux mêmes convulsions qu'une bête géante à l'agonie.

Des pas derrière lui. Il ne regarda pas. Komawara et Hojo arrivèrent à sa hauteur. D'autres s'arrêtèrent non loin.

« Que s'est-il passé, mon frère ? » demanda Hojo. Sa voix marquait beaucoup d'étonnement.

« Écartez-vous, général, répondit-il. J'ai été en contact avec la peste. »

On se conforma à ses désirs.

« Le khan n'est plus, tué par l'un des chefs de tribu qui l'accompagnaient. Ils se font la guerre maintenant, ceux qui sont d'accord pour déposer les armes et ceux qui voudraient venger la mort de leur prince.

— Au moins, dit Hojo, ils dépensent leur énergie sans dommage pour autrui.

— Triste journée, général. Le Kalam a toujours soutenu que la plupart des tribus suivaient le khan à leur corps défendant. » Il montra du doigt la bataille qui faisait rage. « Les innocents périssent, aussi nombreux que ceux qui sont venus tuer et brûler. »

Komawara eut un geste vers la ville. « Nous devons rentrer à l'intérieur de nos murs, Shuyun-*sum*. Nous ne pouvons rien pour ces gens-là, et il demeure possible qu'ils s'en prennent encore à nous. »

À contrecœur, Shuyun se détourna du spectacle et suivit le jeune seigneur. Des gardes des Shonto tenaient des bateaux amarrés. Shuyun attendit pendant qu'on emportait ses compagnons de l'autre côté du canal vers la porte ouverte de la capitale. Le bruit des combats venait se briser sur les remparts. Il lui fallait un bain dans des herbes appropriées, et brûler ses vêtements.

Debout au milieu des arbres, il ne parvenait pas à échapper au vacarme dans les rangs des Barbares. Il s'agenouilla dans le pré, mais ses efforts pour psalmodier n'aboutirent à rien. Il resta en proie au tumulte de l'effroyable bataille.

J'ai accompli, se dit-il, ce que tout combattant de Wa aurait volontiers donné sa vie pour réussir : j'ai agi de telle sorte que l'ennemi s'est détruit lui-même. Botahara me pardonne ! Je voulais seulement les guérir et sauver la population de la capitale.

Brusquement, il se vit entouré de gardes des Shonto. Ils restaient à distance, fascinés par le spectacle des combats qui faisaient rage. Près de lui, il entendit un pas plus léger.

« Shuyun-*sum* ? dit l'impératrice avec douceur. Même un acte de pure charité peut déclencher un désastre. Mais de le savoir ne nous empêchera jamais d'être charitable. Ces hommes des tribus agissent selon leur propre karma. Le Maître lui-même n'y pourrait rien changer. »

Quelqu'un se montra qui déposa la malle du moine à proximité. Shuyun leva la tête et découvrit le Kalam. Son visage était crispé, comme s'il souffrait.

« Shimeko-*sum*, murmura Shuyun. C'est elle qui a porté le mal parmi les tribus. »

L'impératrice lentement tomba à genoux tout en se couvrant la bouche de la main. « Elle n'aurait pas pu faire une chose pareille… à son insu. »

Tristement, Shuyun secoua la tête. « Il lui aurait été difficile d'agir ainsi par ignorance. Quand on a reçu une formation botahiste… » Il laissa en suspens le reste de la phrase.

« Impossible d'imaginer le karma que cela va lui coûter, dit Nishima. Vie après vie… »

Shuyun acquiesça.

« Pardonnez-moi de vous interrompre, Votre Majesté, intervint le général Hojo, qui se tenait à distance. L'endroit n'est pas sûr. Le conflit s'étend. Nous devons permettre à Shuyun de se purifier pour que tous nous retrouvions la sécurité à l'intérieur de nos murs.

— Shuyun-*sum*, dit l'impératrice en lui donnant son accord, vous seul aurez tenté de sauver les hommes des tribus. N'oubliez pas que vos intentions étaient pures. Les autres les auraient laissés mourir, avec la population de la capitale. Vous ne cherchiez qu'à bien faire.

— Merci de votre bonne opinion, Majesté », répondit Shuyun.

Nishima allait se relever quand elle s'arrêta. « Personne ne peut nous entendre, Shuyun-*sum*. S'il vous plaît, n'excluez pas tout à fait Nishi-*sum* de votre univers. Je... je... » Sa voix se fit plus sourde. « Il me faudra bien exister quelque part, en votre compagnie si possible. »

Elle se recula. Des gardes l'entourèrent aussitôt. Shuyun s'approcha de sa malle et en souleva le couvercle.

Quand il entra dans la capitale, les tribus nomades ne formaient plus un camp unique. Pour l'essentiel, les combats avaient pris fin, s'ils se ravivaient parfois brièvement entre des groupes isolés.

Les gardes des Shonto l'escortèrent jusqu'à l'un de leurs postes dans le voisinage. Il y retrouva l'impératrice en compagnie de Kitsura. Komawara, Shonto Shokan, Hojo, le Kalam et Rohku Saicha étaient venus veiller à ce qu'elle fût efficacement protégée. Chacun s'inclina bien bas devant le moine à son entrée, ce qui ne manqua pas de le troubler, étant donné les résultats de son entreprise.

« Un bateau nous attend sur le canal le plus proche, Votre Majesté. À pied, la distance n'est rien. Je m'en excuse, nous n'avons pas de palanquin.

— Vous vous excuserez seulement quand vous en aurez un, Masakado-*sum*, répliqua Nishima. Je ferai publier un édit par le conseil ordonnant la destruction par le feu de tous les palanquins de la capitale. »

D'un geste, elle montra la direction de la porte. Les gardes formèrent un cercle étroit autour de leur impératrice, de Kitsura et de Shuyun. Le moine se retrouva pris au piège et nez à nez avec la souveraine.

Dehors, sur l'avenue, deux longues rangées de soldats contenaient la poussée de la foule. On distinguait parmi eux le noir de la garde impériale, le bleu des Shonto, le violet des Butto. Les vestiges de l'armée mise en place par le gouverneur de Seh assuraient la sécurité de la femme que cette armée avait placée sur le trône.

À la vue de la nouvelle impératrice, tout le monde se prosterna, et un murmure courut d'un bout à l'autre de la rue comme passe un vent frais. Tant le nom de Nishima que celui du moine furent repris en chœur. Soudain des pétales de toutes les couleurs jonchèrent le chemin que le groupe allait prendre pour gagner le quai d'embarquement.

Butto Joda se tenait au sommet des marches auxquelles plusieurs bateaux s'étaient accostés. Il s'agenouilla et s'inclina profondément à l'approche de l'impératrice. On fit vite à monter à bord, Kitsura et Shuyun sur le même navire que la souveraine, les autres sur des sampans devant et derrière.

Shuyun sentit que Nishima poussait un soupir de soulagement lorsqu'on atteignit le milieu du canal. Les berges étaient noires des milliers de gens venus dans l'espoir de fuir les combats et qui s'étaient retrouvés au cœur des opérations. Tout à coup, ils ovationnèrent leur impératrice, le respect brusquement cédant à la joie d'être délivrés des Barbares.

Le moine entendit qu'on répétait son nom, comme la foule avait scandé celui de Komawara en l'honneur des nombreuses victimes qu'il avait faites dans les rangs ennemis. Une chaude main prit la sienne, et il vit sa jeune impératrice qui le regardait avec compréhension et compassion.

Les seigneurs de Wa, pensa-t-il, ont agi sagement. La femme qui est assise là est digne de gouverner l'empire. Pourtant, ses sujets ne comprendront jamais qu'elle a sacrifié sa paix intérieure à la tranquillité de son peuple.

62

Dans une petite salle d'audience près des appartements impériaux, Nishima avait réuni ses plus proches conseillers, ce qui signifiait que seul le grand chancelier, Kamu, figurait parmi les membres de son gouvernement.

Il était tard. On n'entendait plus rien du remue-ménage dans la campagne à l'extérieur de la ville. Pour la deuxième fois, les Barbares avaient allumé un énorme feu. Devant les remparts, on brûlait les cadavres de tous ceux qui étaient tombés dans la journée. Les dernières lueurs du crépuscule avaient montré une armée nomade complètement morcelée et, si le soulagement avait été grand dans la capitale, l'angoisse n'avait pas disparu. On attendait de savoir si les Barbares n'allaient pas reconstituer leur armée sous les ordres d'un nouveau chef. L'aube verrait sûrement les spectateurs affluer sur le haut des murs au nord.

Le général Hojo s'inclina profondément. « L'armée nomade, commença-t-il, s'est scindée en trois. »

Nishima faillit faire la grimace et agita un éventail de soie dorée pour manifester son mécontentement à l'officier des Shonto. « Masakado-*sum*, s'il vous plaît, je ne puis tolérer cette façon de procéder. Nous ne sommes pas en séance dans un conseil d'État. Ne parlez pas à Kamu-*sum* comme si je n'étais pas là. » Elle s'efforça de sourire quand même.

« Pardonnez-moi, Votre Majesté », dit le soldat en s'inclinant. Il reprit une position à genoux et se donna un instant pour rassembler ses esprits.

« Depuis la chute du khan ce matin, l'armée nomade a éclaté. Une compagnie comprenant les tribus les plus à l'est, s'il faut en croire le Kalam, a commencé à faire mouvement vers le nord. Certaines de ces tribus ont pris par le canal, mais beaucoup sont à pied et à cheval. Cela correspond peut-être au quart de l'effectif qui a survécu aux luttes intestines. Une fraction bien plus réduite se dirige vers le nord-est. Nous ne sommes pas certains de ce qu'ils veulent, Majesté, mais le frère Shuyun suggère qu'ils peuvent chercher à atteindre les temples qui se trouvent sur la montagne du Pur Esprit. Ils savent que les frères botahistes ont le moyen de les guérir. Le troisième groupe, de beaucoup le plus nombreux, est resté sur le terrain au nord de la ville, dans l'attente des guérisseurs que nous leur avons promis. »

Nishima salua ces nouvelles d'un hochement de tête. « Qu'en pensez-vous, général Hojo ? Des bandes armées aussi importantes lâchées sur notre territoire : il y a de quoi s'inquiéter. »

Hojo réfléchit un instant. « Si l'on ajoute à nos troupes ce qui subsiste des forces impériales, Majesté, nous pouvons compter sur environ trente mille hommes. C'est certainement suffisant pour contrer la menace de l'une quelconque des trois fractions de l'armée nomade, si c'est à peine ce qu'il faut pour faire face à sa totalité. Les Barbares sous nos murs ont déposé leurs armes, mais nous ne pouvons pas les laisser sans surveillance. S'ils ne reçoivent pas bientôt leurs secours… » Il prit un air dubitatif. « Trente mille guerriers barbares, qu'ils soient bien armés ou non, cela mérite considération. Et puis il faudra les nourrir. »

Il caressa sa barbe grisonnante. « Les compagnies en route vers les temples botahistes m'inquiètent. Nous avons fait parvenir des messages aux religieux pour qu'ils soient prêts à les attendre, mais il vaudrait mieux raisonner ces soldats, si ma préférence va à l'envoi d'un bon détachement capable de montrer comme serait sage une solution écartant l'emploi de la force.

» L'armée qui se dirige vers le nord me cause plus de tracas, Majesté. Elle est plus nombreuse, et ses buts apparaissent moins clairement. Songent-ils à prendre Seh pour ne plus en bouger ? Veulent-ils simplement retourner dans le désert ? Le Kalam pense qu'ils espèrent échapper à la peste et n'ont pas assez confiance dans les habitants de l'empire pour déposer les armes. Le frère Shuyun est persuadé que la maladie ne tardera pas à se manifester parmi eux dans un proche avenir. Nous avons envoyé des patrouilles pour mettre en garde quiconque parmi nos concitoyens se trouverait sur leur passage, mais qui sait ce dont peuvent s'aviser des hommes à l'agonie ? Si les frères botahistes acceptent de soigner des Barbares, peut-être sera-t-il envisageable d'emmener vers le nord un certain nombre de religieux sur les traces de ces fugitifs, dans l'espoir qu'ils comprennent la vanité de leurs efforts et permettent à la congrégation de les aider. »

Il s'inclina et se tut. Nishima le remercia et jeta un regard à la ronde en haussant les sourcils comme souvent son père le faisait. Komawara toucha les nattes de son front.

« Votre Majesté, je suis tout à fait de l'avis du général Hojo. Puis-je suggérer qu'aux troupes en partance pour le Nord nous adjoignions le Kalam ? Il appartient lui-même à une tribu de l'Est et pourra gagner leur confiance plus facilement que le commandant de soldats armés jusqu'aux dents. »

Nishima se tourna vers Shuyun, assis entre Komawara et son serviteur barbare. « Mon frère ? »

Shuyun s'inclina profondément avant de répondre. « Je vais demander au Kalam, Majesté, avec votre permission. »

Permission fut donnée, et il consulta calmement l'homme des tribus, qui lui répondit à voix basse. Puis il se retourna vers Nishima.

« Le Kalam me prie de vous dire qu'il fera tout ce qui est en son pouvoir pour servir l'impératrice. »

Le nomade eut droit à une inclination de tête de la part de la souveraine. En retour, il toucha le sol de son front. Son embarras était manifeste.

« Général Hojo, poursuivit Nishima, nous sommes toujours en guerre. Je ne juge donc pas nécessaire de prendre l'avis du Grand Conseil sur le sujet. Qui voyez-vous capable de mener à bien ces différentes opérations ? Nous devons éviter de nommer quelqu'un qui soit résolu à se venger des tribus. Voilà mille ans que nous souffrons de razzias et de batailles rangées à cause d'une querelle interminable avec les Barbares. Ne faisons rien pour attiser leur ressentiment. »

Hojo se tourna vers Kamu comme si les deux hommes tacitement se consultaient. « Pour ma part, décida-t-il, j'enverrais le seigneur Butto sur les talons de l'armée barbare au nord du canal. Il doit veiller là-bas à ses propres intérêts, et j'ajouterai, dame Nishima... Votre Majesté, que c'est un jeune homme très doué pour les négociations. Kamu-*sum* est parvenu aux mêmes conclusions.

» À coup sûr, le choix du seigneur Taiki s'impose pour la protection des temples. Son dévouement a été remarquable depuis que le frère Shuyun a sauvé la vie à son fils. Si je reste dans la capitale, je m'occuperai des Barbares qui sont demeurés sous nos murs, en prenant conseil du frère Shuyun, s'il le veut bien. »

Nishima regarda le moine, qui donna son accord. Butto Joda et Taiki étaient partis patrouiller au-delà du camp des nomades.

« Général Hojo, dit-elle, je vous confie tout cela. Mon souhait est d'être régulièrement informée. Nous devons rétablir la paix et la sécurité dans l'empire avant de commencer à nous attaquer aux autres calamités que nous a léguées le Yamaku. » Elle se tourna vers Kamu, qui consultait un petit rouleau de papier.

« Le problème des frères, Votre Majesté », dit-il.

Nishima se tourna vers Shuyun.

« J'ai parlé au primat de la capitale impériale, Majesté, dit-il. Le frère Hutto et le patriarche de l'ordre botahiste ont quitté Yankura il y a peu. Ils devraient arriver bientôt dans notre ville, peut-être dès demain. »

Nishima ouvrit son éventail. « Le maître suprême. Je croyais qu'il vivait en reclus sur une île au large des côtes.

— C'est vrai, mais le cours des événements peut l'avoir convaincu de la nécessité de sa présence ici.

— Quelle est la meilleure façon d'obtenir le soutien de ces gens-là ?

— Si vous n'y voyez pas d'inconvénient, je propose de m'entretenir moi-même avec le maître suprême et le frère Hutto. »

Nishima acquiesça. « Je ne me mêlerai plus de cette affaire, frère Shuyun, dès lors que je la sais dépendre de votre compétence. » Elle en revint à l'ancien intendant des Shonto. « Kamu-*sum* ?

— On manque de grain dans la capitale, Votre Majesté, et de bien d'autres choses encore. La foule commence à se masser devant les portes du palais et réclame de quoi manger. Jusqu'à maintenant, ils se sont bien conduits, mais le désespoir peut les faire changer de comportement.

— Il faut les nourrir, dit Nishima. Nous n'avons tout de même pas détruit tous les stocks de grain de l'empire en descendant le canal ? »

Kamu hocha la tête en guise de réponse et échangea un regard avec Hojo, qui préserva sa gravité mais dont les yeux pétillèrent de malice.

« Peut-être, dit ce dernier, existe-t-il quelqu'un de plus qualifié que les personnes présentes pour traiter du problème qui nous intéresse… si vous voulez bien m'excuser de m'exprimer de cette façon, se hâta-t-il d'ajouter à l'intention de tous sans distinction. Nous avons récemment eu des nouvelles de Tanaka, Majesté. Il arrive justement de Yankura. »

Nishima accueillit l'information avec un large sourire. Son personnel ne l'avait pas vue sourire ainsi depuis quelque temps. « Les Barbares ne l'ont pas trouvé en définitive ! s'exclama-t-elle joyeusement. Le colonel Tadamoto s'est trompé.

— Oui, dit Hojo, il leur a échappé. Notre brave marchand est indemne, du moins c'est ce qu'il prétend. Il y a sûrement des vivres dans l'empire, en dépit des efforts que font beaucoup de gens pour les dissimuler. Tanaka saura comment s'y prendre pour les tirer de leur obscurité, et il ne videra pas les caisses de l'État pour y parvenir. »

Nishima regarda Shokan, qui affectait de s'en affliger.

« Mon intendant, dit-il, le plus gradé de mes généraux, le commandant de ma garde, et maintenant mon marchand vassal ! Me laisserez-vous au moins les domestiques attachés à ma personne, peut-être mon jardinier ? Mais qu'y trouver à redire ? Tout pour mon impératrice.

— Seigneur Shonto, répondit gravement Nishima, je souhaite seulement vous emprunter Tanaka-*sum*, je dis bien Tanaka-*sum*, car effectivement je vais le promouvoir, ainsi que mon père l'a toujours fait. Je suis sûre qu'en peu de temps il aura extirpé de mon gouvernement toute la gangrène. Pour ce service, je vous rétribuerai généreusement, mon frère, et je rémunérerai aussi Tanaka-*sum* comme il convient. Quant à votre jardinier… » Elle fit comme si elle n'y avait jamais pensé et donnait à cette idée la considération voulue. « Peut-être pas cette fois, merci. »

Shokan lui témoigna sa reconnaissance d'un signe de tête. Elle se tourna vers Kamu, qui aussitôt prit un air sérieux.

« Ma liste n'a pas de fin, Votre Majesté, mais puis-je émettre l'idée que nous avons tous abattu beaucoup d'ouvrage en cette journée ? Le frère Shuyun doit préparer son entrevue avec la hiérarchie de son ordre, car leur coopération est essentielle à l'accord que nous avons conclu. Nous avons, après tout, engagé l'appui de la congrégation sans leur demander leur avis. Il se peut qu'ils aient pour ce genre d'opération moins de goût que nous ne l'espérons, Majesté. »

De son éventail, Nishima frappa le bord de son estrade. « Vous avez sans doute raison, grand chancelier. Il y a tant de dossiers qu'il nous faut examiner et tant de gens qui ont pris tant de risques ces derniers jours. Pourtant, j'ai peine à commencer à penser à ce répit, aussi longtemps que la paix ne sera pas sûre et que la peste ne sera pas maîtrisée. »

Elle eut un geste à l'intention de tous. « Je vous remercie. Frère Shuyun, j'aimerais parler avec vous de l'audience que vos supérieurs vont vous accorder, si vous n'y voyez pas d'inconvénient. »

Elle se leva, et chacun toucha les nattes de son front quand elle sortit.

Nishima n'était pas tentée par l'idée de vivre dans les appartements où avait résidé le Yamaku et n'était pas rassurée à la perspective de s'installer dans les salles abandonnées par les empereurs Hanama. Qu'il y eût ou non des fantômes, la chance finalement les avait fuis, et elle ne voulait pas qu'on le lui remît en mémoire. Heureusement, le palais comportait un nombre considérable de pièces parmi lesquelles choisir, et elle se retrouva logée, au moins temporairement, dans les appartements destinés aux parents de l'empereur venus le visiter. Les chambres avaient été laissées dans le même état que sous le règne des Hanama, sans excès d'ameublement, presque austères dans leur simplicité. Nishima fit étendre les tapis qu'elle avait rapportés de Seh sur les sols couverts de nattes de paille. Comme ses serviteurs et son personnel ne l'avaient pas quittée, la situation ne lui parut pas aussi déroutante qu'elle l'avait craint. Il lui arriva même d'oublier que son père ne faisait pas partie du moment présent, mais ces oublis étaient de courte durée.

Il faisait chaud maintenant par une soirée comme celle-là. Silencieusement, la chaleur était venue de la mer en remontant le fleuve, accompagnée de nuages. Le tip-top de la pluie apportait à la jeune impératrice une sorte de réconfort. Il l'isolait du monde extérieur. Devant ses appartements, une terrasse plantée de petits arbres répartis avec soin donnait sur le couchant. La pluie sur les pierres de cette terrasse tombait selon une cadence dont la douceur était en harmonie avec les sentiments de la souveraine.

Nishima portait les mêmes robes qu'à son habitude. Elle écartait les vêtements luxueux qui lui étaient destinés, bien que la couleur des siens fût le blanc, un blanc qu'elle n'avait pas choisi. Elle avait pris place à côté d'un écran entrebâillé donnant sur la terrasse et frottait un bâton de résine sur la surface noircie de sa pierre à encre. La pluie formait un rideau de perles en s'écoulant du toit de tuiles, où se reflétait la lumière de sa lampe. On aurait dit des colliers de pierres précieuses où étincelait une teinture couleur de bronze.

Il s'était passé tant de choses durant les deux derniers jours qu'elle n'avait pas l'impression d'appartenir à ce monde-là : sa vie changeait trop vite pour qu'elle pût suivre. C'était au-dessus de ses forces. La veille encore, elle était perdue dans le brouillard avec Kitsura et Shuyun, l'empire basculait, il était sur le point de glisser dans un abîme totalement inconnu. Et ce matin, Sa Seigneurie Nishima Fanisan Shonto avait mis le feu au bûcher funéraire du seigneur Shonto Motoru. Elle ferma les yeux. Maintenant, miraculeusement, l'empire était libéré. Un chef de tribu à moitié barbare, qui devait prendre le pouvoir, était tombé sous les coups d'un de ses acolytes, et Nishima était montée sur un trône laissé vide par la mort du Yamaku. Une ascension contraire aux plus profonds de ses désirs.

« Je suis l'impératrice », murmura-t-elle comme si d'énoncer ces mots-là à voix haute allait obliger son esprit à accepter l'information qu'ils contenaient, l'aider à comprendre la vérité, car elle ne se sentait pas du tout impératrice, elle en était sûre. Certes, elle avait entendu la foule sans cesse répéter son nom comme une litanie. Elle n'avait pas le souvenir d'une expérience qui l'eût laissée aussi froide, aussi seule.

Les yeux clos, elle voulut évoquer d'autres moments de sa vie, et il lui revint en mémoire une image, celle de falaises dominant la mer dans le fief des Shonto et sur lesquelles elle marchait. Elle revit l'herbe jaunie dont la couleur s'harmonisait si bien avec le bleu de la mer en été et le blanc des nuages nonchalants à l'horizon lointain. La brise était douce et tiède, rendant le rivage accueillant.

Sans rouvrir les yeux, elle frotta sa pierre à encre en se concentrant sur ce temps révolu, en essayant de le retenir, mais en vain. Les cris de la foule lui revenaient à l'esprit, mêlés au grondement du feu dans le bûcher funéraire, quand il avait commencé à prendre de l'ampleur.

Retour à la réalité : elle attrapa son pinceau, le plongea dans l'encre et avec soin choisit une feuille de papier de mûrier.

Le vent souffle,
L'herbe se plie à son passage.
C'est une herbe sans défaut, aux reflets d'or.
Mais que sait-elle de mes pensées
Ou du cœur
Qu'elle a déchiré ?

Elle resta un long moment à considérer les vers qu'elle avait écrits, étonnée, car ils lui semblaient être venus spontanément, comme c'est souvent le cas en poésie. La pluie au-dehors lessivait le monde.

On frappa à l'écran. Elle fit tourner son pinceau dans l'eau et le mit sur son support. « Entrez, dit-elle, je vous prie. »

Dans l'entrebâillement, une femme salua respectueusement puis s'inclina. On vit se dessiner le visage rond et les traits enfantins de dame Kento, l'air plus sérieuse que jamais.

Nishima se mit à sourire. « Kento-*sum* ! Cela me fait du bien de vous revoir. C'est un jour où les miracles n'ont pas de cesse. Comment se fait-il que vous soyez ici ? »

Kento s'inclina. « Ce n'est pas une longue histoire, Votre Majesté, et qui offre moins d'intérêt qu'on ne pourrait le supposer, en particulier pour qui a vécu des expériences comme celles que l'impératrice a connues ces derniers mois. » Elle regarda par-dessus son épaule. « Je ne manquerais pas de vous la raconter si le seigneur Shonto n'attendait pas maintenant la faveur d'être reçu.

— Du thé, et un récit qu'il faudra sûrement me faire. S'il vous plaît, priez Shokan-*sum* de venir me voir. »

Nishima plaça un petit presse-papiers en jade sur le bord de son poème et écarta un peu son coussin de la table. L'écran glissa, et Shokan s'agenouilla dans l'entrebâillement en courbant la tête.

Même mon demi-frère est tenu de me rendre hommage, se dit Nishima, car une impératrice n'a pas d'égaux. Quelle tristesse ! « Shokan-*sum*, entrez, je vous prie. »

Elle lui indiqua un second coussin quand il se redressa. Il avait la carrure imposante de son père et un talent identique pour faire sentir sa présence, même quand il n'était pas au centre de l'intérêt. Vêtu de somptueuses robes blanches, les ourlets bleus de ses tuniques de dessous apparents au bout des manches, au cou et dans le bas, il donna à Nishima l'impression d'avoir affaire à quelqu'un de beau. Le chagrin en ses yeux et le deuil dans la couleur de ses vêtements ajoutaient seulement à la noblesse de son aspect. En prenant place, il jeta à sa sœur un regard inquiet.

« Voilà une journée qui occupera les historiens pendant une centaine d'années. Puis-je dire que l'impératrice a débuté son règne sous de bons auspices, en faisant preuve à la fois d'habileté et de prudence ?

— Je vous y autorise, mais seulement si vous cessez de m'appeler "impératrice" à chacune de vos phrases. *Nishima,* s'il vous plaît, Shokan-*sum*. *Nishi* serait préférable, mais je n'ai guère d'espoir que vous consentiez à manquer à ce point à une sotte étiquette, même sachant le désir que j'en ai. »

Shokan s'inclina à demi. « Pardonnez-moi de vous le rappeler, Votre Majesté, mais ces formalités ont été en usage dans le palais impérial pendant toute notre histoire. Il m'est difficile de ne pas en tenir compte.

— Dans les séances du Grand Conseil, déclara-t-elle avec un sérieux imperturbable, je me ferai un devoir de parler de vous comme de *Shoki-sum*. »

Le jeune seigneur sourit et s'inclina profondément. C'était le nom qu'elle lui donnait quand il était enfant. « L'impératrice s'est servie d'un argument irréfutable. Excusez-moi, Nishima-*sum*.

— Nishi-*sum*.

— Nishi-*sum* », corrigea-t-il d'une voix soudain émue.

Elle lui prit la main. Ils restèrent un instant silencieux.

« Il m'a sauvé la vie, Shokan-*sum*, ma vie et celle de ma mère, ajouta-t-elle en pensant à ce qu'ils avaient tous deux en esprit. C'est mal de le dire, mais il m'était plus cher que mon véritable père, qui était distant et guindé. Votre père – notre père – n'a pas seulement permis à la maison des Fanisan de subsister, il m'a fait entrer dans votre famille. Je chéris le temps que j'ai passé près de lui. Il m'est infiniment précieux…

— Vous étiez sa joie, Nishi-*sum*, coupa Shokan à voix basse, s'il était cette fois maître de ses sentiments. C'est vous qu'il aimait le mieux. Vous étiez son rayon de soleil. »

Elle baissa les yeux. Ses doigts caressèrent la fleur de *shinta* brodée en blanc sur la manche de Shokan. Ils demeurèrent ainsi sans parler, écoutant la pluie tomber. Chacun était perdu dans ses souvenirs et réconforté par la présence de l'autre.

Une cloche sonna l'heure du hibou. Ils sortirent de leur torpeur. Elle leva la tête vers lui. « Vous êtes le chef de famille des Shonto à présent, Shokan-*sum*, un seigneur dont l'influence et la fortune sont considérables. Il me faudra penser à qui vous ferait la meilleure épouse. Il existe des alliances dont il nous faudra tenir compte, des provinces entières dont il nous sera nécessaire d'examiner les partis. »

Shokan se remit à sourire. « Des provinces entières ! Vous me rendez l'espoir, Nishi-*sum*. Peut-être, grâce à vos bons soins, ne passerai-je pas ma vie dans la solitude. »

Elle rit et lui pressa la main. « Vos fredaines ne sont pas aussi ignorées que vous le croyez, mon frère. N'oubliez pas qu'aucune des jeunes femmes de la capitale n'a de secrets pour Kitsu-*sum*. J'ai récemment entendu dire que vous étiez descendu des montagnes en compagnie d'une jeune personne originaire de là-bas. » Elle jeta à son frère un regard espiègle. « Je n'arrive pas à y croire.

— Quinta-*la*, dit-il.

— Quinta-*la* ?

— Ce sont les anciens qui l'ont envoyée. J'avoue ne pas en connaître la raison, mais elle est descendue dans la plaine pour un motif particulier. Peut-être est-elle l'émissaire de son peuple. Elle est en tout cas venue pour apprendre autant qu'elle le peut. Il n'y a pas à en douter.

— Vous ne lui avez rien demandé ? » Nishima était surprise.

Shokan sourit. « Si, mais persuader un indigène de parler d'un sujet sur lequel il entend rester muet s'avère plus délicat qu'on ne peut le supposer. Il existe aussi un problème de langue : nous nous comprenons imparfaitement. »

Nishima reconnut la difficulté. « Shuyun-*sum* parle leur langue. Peut-être pourrions-nous nous arranger pour les mettre en présence l'un de l'autre. Je serais très curieuse de rencontrer… Quinta-*la*, est-ce bien cela ?… de la rencontrer personnellement.

— J'ai prévenu les désirs de l'impératrice et demandé à Quinta-*la* d'attendre à côté… Nishima-*sum*.

— Vous l'avez laissée attendre pendant tout ce temps ?

— Les indigènes sont très patients, ma sœur.

— Pourtant nous ne pouvons pas l'obliger a faire antichambre de cette façon. Elle est votre hôte, mon frère.

— Ce n'est peut-être pas le mot dont elle se servirait, Nishima-*sum*, mais vous avez raison, je vais lui dire de venir. »

On appela une domestique, qui eut mission de ramener Quinta-*la* si elle y consentait. Presque aussitôt elle revint, accompagnée d'une jeune femme qui s'inclina jusqu'à terre, nerveuse à coup sûr, peut-être même effrayée.

« Vous pouvez vous relever et vous avancer, Quinta-*la* », dit Shokan en détachant ses mots et leur donnant un relief exagéré. Nishima eut l'impression que son frère mettait dans sa voix une chaleur évidente quand il s'adressait à cette jeune personne.

Quinta-*la* avait revêtu les robes de son pays, trop chaudes, pensa Nishima, pour la saison. Elle était très petite mais bien faite, semblait solide et en bonne santé. Il était difficile de dire de cette montagnarde que ses traits étaient fins. Pourtant, en dépit de la rondeur de son visage, elle était gracieuse, avec des lèvres bien dessinées. Nishima eut envie de la voir sourire.

« Votre Majesté, dit Shokan, j'ai l'honneur de vous présenter Khosi Quinta-*la*. » Nishima inclina la tête. « Quinta-*la*, l'impératrice de Wa. » La jeune femme salua gauchement.

« Nous sommes honorés, dit Nishima, que vous ayez fait ce long chemin, Quinta-*la-sum*. Les échanges sont si rares entre nos deux peuples.

— *La* marque déjà le respect, ma sœur », fit remarquer sobrement Shokan, amenant un sourire sur les lèvres de Nishima devant son erreur. Il fit un petit signe à Quinta-*la*.

« Tout l'honneur est pour moi, Votre Majesté, dit la jeune femme sur un ton rappelant celui d'un enfant récitant une leçon. Vous habitez un charmant village.

— Vous êtes très aimable », répondit Nishima en gardant son sérieux. Elle n'avait jamais entendu mentionner la capitale ou le palais de l'Île comme étant un village.

Shokan haussa les épaules. « Mes leçons de langue, dit-il, n'ont pas toujours porté leurs fruits. »

Des domestiques arrivèrent avec le thé. Nishima eut un pincement au cœur en se rappelant qu'il ne serait pas convenable qu'elle le servît elle-même : ils recevaient un hôte appartenant en quelque sorte à un État souverain.

Les montagnes dans lesquelles vivait Quinta-*la* faisaient partie de l'empire, mais n'y vivaient que les hommes des hautes terres, et les habitants de Wa ne considéraient pas ce qui se trouvait au-delà des premiers contreforts montagneux comme leur pays. Les gens des plaines n'utilisaient que quelques cols. Seuls un lac ici, une source là, en raison de leur accessibilité, faisaient pour eux partie intégrante de leur territoire.

Une servante mit du thé dans des bols avec une cuiller, puis se recula de quelques pas quand ce fut fait et ne bougea plus d'une semelle.

« On raconte, dit Nishima, qu'on trouve beaucoup de sources dans les montagnes, dont certaines sont très chaudes et bénéfiques pour la santé. »

Quinta-*la* sourit et lança un regard à Shokan, qui donna le mot qu'il avait appris correspondant à « sources ». La jeune femme acquiesça.

« Chaud, dit-elle. Shokan-*li* rouge comme le drapeau de l'empereur. » Elle montra Shokan, puis se toucha la poitrine. Nishima jeta un coup d'œil à son frère qui sirotait scrupuleusement son thé.

« Je vois, dit-elle. J'espère que mon frère vous a trouvé un logement convenable. »

Shokan prononça un autre mot dans la langue des montagnes. Quinta-*la* sourit, ce qui fit plaisir à Nishima.

« Dragons et nuages, Votre Majesté.

— L'une des chambres décorées par le Yamaku, expliqua Shokan. Quinta-*la* aime les écrans peints. »

On frappa à l'encadrement de la porte, et dame Kento réapparut. « Excusez-moi, Votre Seigneurie. Attendiez-vous votre conseiller spirituel ?

— Oui, certainement. S'il vous plaît, faites entrer. » Elle se tourna vers Shokan. « Je suis sûre, mon frère, que Quinta-*la* aimerait profiter d'une occasion de parler sa langue. Ne partez pas encore. Shuyun-*sum* maintenant est votre conseiller spirituel, Shokan-*li*. C'est un jeune homme remarquable, quelqu'un que vous seriez bien avisé de chercher à connaître. »

Shokan s'inclina légèrement. « Le frère Shuyun, dit-il dans un sourire, est, on ne saurait en douter, très attaché à l'impératrice, comme tant d'autres qui ont descendu le canal depuis Seh en votre compagnie. »

L'intéressé parut sur le seuil de la porte, épargnant à Nishima la nécessité de répondre.

« Je vous en prie, frère Shuyun, dit-elle, soyez à l'aise. »

Au nom du moine, Quinta-*la* ouvrit de grands yeux. Elle se tourna à moitié vers le jeune frère qui s'approchait, pour ensuite tomber prostrée sur le tapis, ce qui arrêta Shuyun comme en présence d'un spectacle insoutenable.

« Quinta-*la*, dit Shokan, ceci n'est pas convenable. Vous êtes devant l'impératrice. »

Insensible à ses objurgations, Quinta-*la* restait le nez dans le tapis et marmonnait dans sa langue à un rythme vertigineux. Nishima regarda Shuyun sans poser la question qui lui brûlait les lèvres.

« Je n'y comprends rien, Majesté », dit celui-ci. Il se tourna vers Shokan. « C'est bien la jeune femme des montagnes ? »

Shokan acquiesça en tirant Quinta-*la* par la manche. Avec douceur, Shuyun lui adressa la parole dans sa langue. Elle cessa de marmotter mais ne répondit pas et ne changea pas de posture. Toujours parlant à voix basse, le moine tendit une main et la toucha au poignet, ce qui parut lui faire passer un frisson dans le corps.

« Ne voulez-vous pas vous relever, Quinta-*la* ? » dit Shuyun.

Pas de réponse.

« Vous incommodez beaucoup l'impératrice et le seigneur Shonto. Moi-même, cela n'est pas sans me déranger. S'il vous plaît, ne voulez-vous pas vous mettre debout ? »

Un murmure, si faible qu'il aurait bientôt pu être un soupir, échappa à la jeune femme. Nishima lança à Shuyun un regard interrogateur.

« Elle dit ne pas être digne, Majesté », répondit le moine en laissant apparaître sur son visage les petits signes de tension nerveuse que Nishima avait appris à reconnaître.

« Pardonnez-moi, mon frère, Majesté, intervint Shokan. Je n'avais pas de raison de prévoir ce genre de manifestation. Je m'excuse. »

Shuyun reprit la parole dans la langue de la jeune montagnarde, avec un peu plus d'insistance cette fois, et, peu à peu, elle se redressa pour se mettre à genoux, bien droite, les yeux baissés.

« Quinta-*la* ne peut-elle nous expliquer ? » demanda Nishima au moine.

Il lui dit quelques mots dans la langue des montagnes, auxquels elle ne réagit qu'en fermant les yeux et en gardant le silence.

« Quinta-*la*, plaida Shokan, l'impératrice voudrait que vous répondiez à la question de Shuyun. Pourquoi refuser ? »

La jeune indigène ouvrit la bouche comme si elle s'apprêtait à parler, mais aucun son n'en sortit. Au bout de quelques instants d'efforts, elle balbutia : *« Cah Shu-yung. »*

Nishima interrogea le moine du regard, mais ce fut Shokan qui traduisit : « Le porteur. » Shuyun confirma de la tête.

« Comment comprenez-vous cela, Shuyun-*sum* ? » demanda Nishima. La réaction de cette étrangère la troublait profondément sans qu'elle sût très bien pourquoi. Elle se sentait inexplicablement irritée par Quinta-*la*.

« Je n'y comprends rien, Votre Seigneurie, excusez-moi. Le porteur : c'est bien mon nom, emprunté à la langue des montagnes comme vous le savez. Ce qu'il signifie pour Quinta-*la*, la raison pour laquelle elle réagit de cette façon, je l'ignore.

— Quand j'ai voyagé dans les montagnes, mon frère, dit Shokan, j'ai rencontré une femme qui faisait partie des anciens du village de Quinta-*la*, peut-être même des sages de son peuple. Mon sentiment alors était qu'on la considérait comme une visionnaire. On avait un peu peur d'elle, quoiqu'il soit plus exact sans doute de parler de respect. On ne lui témoignait pas d'hostilité. C'était très étrange. Comme je ne parle pas leur langue et ne comprends pas leurs coutumes, je ne savais que penser de cette personne. Alinka-*sa* – c'était son nom – m'a posé des questions sur la situation dans l'empire. Elle m'a aussi interrogé à votre sujet, frère Shuyun. Elle connaissait votre nom. »

Shuyun resta un moment sans rien dire, leur opposant un visage indéchiffrable, même pour Nishima, qui croyait commencer à comprendre les quelques signes qui trahissaient ses véritables sentiments.

« Alinka-*sa*, dit-il calmement. *Sa* est une forme polie qui démontre le plus grand respect possible. Il n'y a pas d'équivalent dans notre langue.

» *Alinka* signifie ginkgo, plus exactement feuille de ginkgo. L'arbre est banal chez nous, mais il ne pousse pas dans les montagnes, et les montagnards en font une sorte de mythe. *Alinka* désigne aussi un éventail. Je me souviens que nous avions dans votre jardin cherché à deviner l'avenir, dit-il à Nishima. Les pièces du *kowan-sing* nous ont été léguées par la même race d'hommes que les compatriotes de Quinta-*la* considèrent comme leurs ancêtres. *Alinka* a quelque chose de commun avec le premier *kowan*, l'éventail, ce qui est caché. Dans notre monde, il signifie aussi la tentation ou le désir. Connaître l'avenir est un de nos plus chers désirs. » Il se tourna vers Shokan. « Cette femme a-t-elle parlé de ce qui allait se produire ? »

Shokan eut un geste de dénégation. « Non, mon frère. Si elle voyait l'avenir, elle ne m'a rien dit de cette vision. » Il se tut, absorbé par ses pensées. Finalement, il leva les yeux sur Nishima. « Si elle avait connaissance du sort qui attendait notre père, elle ne m'en a rien dit, encore que maintenant je ne sache plus que penser. Elle m'a acquitté de ma dette, celle que j'avais contractée envers son peuple qui m'avait secouru dans les neiges, mais j'ignore pourquoi. »

Le thé s'était refroidi dans les bols, et Nishima soudain se remémora la servante agenouillée tout près. Elle lui fit signe de s'en aller.

Shokan sortit de ses songes quelque peu embarrassé. « Pardonnez-moi, dit-il, je rêvais. » Il regarda la jeune montagnarde.

« Peut-être ferais-je mieux maintenant de ramener Quinta-*la* chez elle. Seule, elle peut se montrer plus bavarde. »

Nishima y consentit d'un geste. Shokan s'inclina et toucha la manche de la jeune indigène. Une fois de plus, elle se prosterna devant Shuyun et, à l'instigation du seigneur des Shonto, recula vers la porte, oubliant tout à fait au passage de saluer l'impératrice.

Nishima se retourna vers Shuyun. Elle aurait aimé parler avec lui de ce qui venait de se passer mais n'en eut pas le courage. Elle avait peur de ce qu'elle risquait d'entendre. « Tout est-il amené à changer ? se borna-t-elle à demander calmement.

— Botahara nous a appris que le changement était inévitable et que lui résister… » Il ne termina pas sa phrase. « Il semble, hélas, que ce soit vrai, Nishima-*sum*. Vous voilà impératrice. Un grand empire dépend de votre sagesse. »

Elle faillit lui poser la question qui devenait dans son esprit de plus en plus impérative, mais n'y réussit pas. *Je suis devenue la souveraine, Shuyun-sum, mais vous, qu'êtes-vous devenu ?*

Elle se pencha, lui prit les mains. C'est au-dessus de mes forces, se dit-elle. N'en parlons plus. Des bras tendres l'enveloppèrent, et elle posa sa joue sur celle de Shuyun.

Quand elle ferma les yeux, l'image de Quinta-*la* prostrée revint la hanter. Cette jeune femme, pensa-t-elle, était bien davantage frappée de respect à la vue de Shuyun qu'à celle de l'impératrice de Wa. Elle lui rendait un véritable culte.

63

Sœur Sutso marchait à pas lents à côté du palanquin transportant la prieure. Les dimensions des couloirs qui sillonnaient le palais avaient quelque chose de plus impressionnant que le temple le plus vaste qu'elle eût jamais visité. Les matériaux, l'ornementation démontraient infiniment plus de magnificence.

Des huissiers du palais, des membres de la garde impériale, des seigneurs, de grandes dames, des soldats en uniforme bleu dépassaient les nonnes ou s'écartaient pour ne pas les gêner, bien que ce ne fût guère utile tant les couloirs étaient larges. À voir les physionomies, Sutso s'apercevait que dans ce palais prévalait une humeur particulière qu'elle ne pouvait parfaitement définir. La joie et la tristesse paraissaient loger sous le même toit, et les habitants manifester autant de signes de l'une que de l'autre.

Un regard en arrière, et elle vit que sœur Gatsa s'intéressait à deux dames de haut parage croisées sur son chemin. Gatsa-*sum* n'a pas moins belle allure qu'elles, pensa Sutso, peut-être est-ce même l'inverse qui est vrai. Auraient-elles aussi bon air vêtues des modestes robes des sœurs botahistes ? De toutes les nonnes de son groupe, Gatsa semblait certainement la plus en accord avec le cadre qui leur était offert.

Morima, en revanche, paraissait affreusement perdue et brouillée avec son environnement. Sutso eut un regard pour cette grosse religieuse qui fermait la marche dans leur petit groupe. Son embarras pouvait n'être pas entièrement dû à la situation dans laquelle elle se trouvait : elle n'avait pas encore surmonté la crise qu'elle avait traversée, et Sutso commençait à se demander si elle y parviendrait jamais. Elle s'étonnait que Morima-*sum* eût seulement été invitée à se joindre à elles.

Elle résista à une envie de tirer le rideau pour s'assurer que la prieure allait bien. Il fallait maintenir le simulacre, en particulier ici, donner l'illusion qu'elle était plus robuste qu'en réalité.

L'impératrice avait convoqué les sœurs la veille au soir, après que leur congrégation eut officiellement donné sa bénédiction à la nouvelle souveraine.

Seulement à leur arrivée au palais, elles avaient appris que le patriarche, le frère Hutto et d'autres membres éminents de la confrérie botahiste seraient reçus à la même audience qu'elles.

La prieure avait été la seule à ne pas s'émouvoir de cette information. Elle avait souri de son sourire béat et fermé les yeux, comme si elle s'apprêtait à dormir et à faire des rêves de paix et de beauté. Puisse Botahara accompagner ses pas ! songea sœur Sutso.

Devant les murs du palais, l'armée nomade, ou une partie de cette armée, avait déposé les armes et attendait maintenant, surveillée à distance par des patrouilles Shonto. La ville était pleine de rumeurs. On disait que le conseiller spirituel du seigneur Shonto, le frère Shuyun, était allé sur le terrain et avait vaincu le khan aux mains d'or en combat singulier. Les tribus ensuite s'étaient battues entre elles ; certaines avaient rebroussé chemin vers le nord, d'autres s'étaient rendues. Du coup, ce jeune frère initié avait alimenté encore davantage les spéculations parmi les sœurs. Sutso n'ignorait rien des espoirs que plaçait la prieure en ce jeune homme, et cela la tourmentait. Elle craignait l'effet que produirait une déconvenue sans appel. *Le désir,* pensa-t-elle. Botahara l'a bien dit. Et pourtant la prieure est bien plus proche de la perfection que tous les gens que je connais.

L'huissier qui les guidait prit à droite, et l'on déboucha sur un couloir qui se terminait par une série de doubles portes. Des gardes Shonto se tenaient agenouillés sur deux rangs devant ces portes, et deux jeunes moines novices à leur approche se mirent à balancer des encensoirs. Gardes et novices à leur arrivée s'inclinèrent tous. L'huissier fit ouvrir et les invita à entrer.

On découvrait au-delà une salle d'audience modérément spacieuse sans doute, selon les critères du palais, mais aussi vaste que ce que leur monastère offrait de plus grand. L'entrée de cette salle ne se trouvait pas à l'opposé de l'estrade, comme Sutso s'y attendait, mais sur un des côtés. Une douzaine de moines peut-être se tenaient agenouillés en rang d'oignons face aux portes qu'on venait d'ouvrir, et Sutso, en entrant, vit à sa droite un vieux religieux, seul, tourné vers l'estrade. C'est le frère Nodaku, pensa-t-elle, le maître suprême de la confrérie botahiste. Elle ne put deviner l'identité des autres.

Lorsque l'huissier les dirigea vers des coussins de soie disposés sur le parquet ciré, les frères s'inclinèrent. Sutso leur rendit leur salut et frappa discrètement au palanquin de la supérieure.

« Ouvrez mes rideaux, mon enfant », dit la voix aigrelette de sœur Saeja.

Sutso tira les rideaux. La prieure s'était redressée sur ses oreillers. Elle s'inclina devant le patriarche puis devant les autres moines, qui saluèrent à leur tour. Sutso rapprocha un coussin et s'agenouilla près d'elle. L'huissier qui les avait introduites battit en retraite, et les portes se refermèrent sur lui. Nul ne disait mot, ne trahissait quoi que ce fût de la surprise ou de la mauvaise humeur que, dans cette situation qu'ils n'avaient pas voulue, ils ne pouvaient que ressentir. Tous attendaient patiemment.

Une autre porte s'ouvrit près de l'estrade, et parut un nouvel huissier arborant sur son uniforme l'éventail au dragon du personnel de l'impératrice. Vite, sans faire de bruit, il gagna une place juste devant l'estrade et s'inclina devant l'assemblée des adeptes de Botahara.

« Maître suprême, dit-il avec beaucoup de solennité, mes sœurs, mes frères, le grand chancelier de l'empire de Wa. » Il réitéra son salut et s'esquiva par un des côtés de la salle.

Un vieillard manchot fit son entrée. Il avait revêtu les robes d'apparat de sa fonction mais, pour une raison quelconque, ne semblait pas à l'aise dans ces vêtements. Malgré son âge, on l'aurait plus volontiers imaginé à dos de cheval. Pour corroborer cette impression, on voyait que son visage avait récemment été exposé aux effets du soleil et du vent.

Kamu s'inclina devant l'assistance et prit place à genoux juste devant l'estrade, comme il y était tenu. Il tira de sa manche un document qu'il déroula avec une remarquable adresse contre sa cuisse, en se servant de son unique main.

« J'ai le regret, dit-il, de vous annoncer que l'impératrice ne sera pas des nôtres. Comme vous pouvez le supposer, la situation actuelle de l'empire réclame beaucoup de son attention. »

On ne pouvait espérer d'un monarque quelque chose qui ressemblât davantage à une justification. En pareille circonstance, on attendait des personnes de médiocre condition qu'elles présentent elles-mêmes des excuses si elles arrivaient à un moment où l'impératrice était appelée d'urgence ailleurs, quand bien même elle les aurait convoquées.

Kamu consulta son papier. « L'impératrice m'a demandé de vous assurer que l'attitude prise par la précédente famille impériale à l'égard des ordres botahistes sera revue. L'impératrice Shigei est une fidèle adepte de Botahara. Comme vous le savez, les Shonto depuis longtemps ont recours aux services de conseillers spirituels de confession botahiste et, jusqu'à une date récente, une ancienne novice était devenue la secrétaire personnelle de la souveraine. On ne lèvera pas d'impôts malencontreux sur les biens possédés par l'une ou l'autre des deux congrégations, et les lois promulguées par les Yamaku pour restreindre le nombre des cérémonies religieuses ouvertes au public seront abrogées. »

Kamu abandonna sa lecture. Le frère Hutto, primat de Yankura, s'inclina devant le chancelier. « Puisse Botahara sourire à l'impératrice Shigei et à sa descendance ! Puisse le Maître parfait guider les pas de la Fille du Ciel en ces temps difficiles ! »

Kamu le remercia en s'inclinant à demi. Sœur Gatsa parla à son tour.

« C'est avec une grande joie que nous avons appris la nouvelle de l'investiture de l'impératrice, grand chancelier. Botahara a répondu à nos prières en faveur d'un monarque protégeant ceux qui suivent la Voie. Nous lui demanderons de bénir l'impératrice Shigei et le règne des Fanisan. Permettez-nous aussi d'exprimer nos regrets pour la perte récemment subie par notre souveraine. Nous ne manquerons pas de prier le Maître parfait de considérer avec bienveillance l'esprit du noble Shonto Motoru, qui fut un grand seigneur et un ami des ordres botahistes. »

Elle jeta un regard froid au frère Hutto, comme pour lui dire : « Voilà qui est bien parler, mon frère. » Kamu remercia Gatsa.

« Tant vos bénédictions que vos prières sont les bienvenues en ces temps troublés. L'impératrice désire rétablir la sécurité dans l'empire, de manière à ce que sans encombre chacun puisse utiliser routes et canaux, et qu'un libre accès soit assuré aux temples de vos congrégations sous l'œil bienveillant de la souveraine. Tel est son désir, même si la tâche est immense et ne peut être menée à bien qu'avec l'appui de nombreux citoyens. »

Ah ! pensa Sutso, ils nous ont convoqués pour nous demander de l'argent. Elle ne sourit pas. Cette nouvelle famille impériale pouvait se révéler d'un commerce plus facile que les sœurs ne l'avaient espéré. On ne donne jamais d'argent sans attendre quelque chose en retour.

« L'impératrice, dit Kamu, a demandé au conseiller spirituel du seigneur Shonto, le frère initié Shuyun, de vous parler des besoins de l'empire. »

Il donna un signal dans la direction d'un écran qui s'ouvrit immédiatement. Sutso se tourna de ce côté, de même que toutes les personnes présentes. Il entra un petit moine, presque un enfant. Sans son pendentif, elle l'aurait sûrement pris pour un novice. Elle regarda la prieure, mais celle-ci l'ignora. Elle n'avait d'yeux que pour le jeune religieux. Elle fit le signe de Botahara.

Sutso se retourna à temps pour voir Shuyun achever ses salutations et s'agenouiller devant l'estrade, face au maître suprême. Le regard de la sœur alla du chef de la confrérie à l'adolescent si tranquillement assis devant lui. Impossible de dire quels yeux sont pénétrés de plus d'ancienne sagesse, se dit-elle, et elle sentit rayonner en elle un début d'émerveillement.

Shuyun baissa la tête devant Kamu et commença à parler. Sa voix était aussi douce que l'aile d'un papillon.

« C'est un grand honneur pour moi de me trouver ici au milieu de ceux auxquels est confiée la protection de la Voie. Si je puis citer le Maître parfait à des gens qui ont étudié ses paroles plus longtemps que je n'ai vécu, je dirai : "Le seigneur Botahara nous a appris que la compassion était le commencement de la sagesse." C'est aussi la leçon que j'ai reçue de mes maîtres. » Il s'inclina brièvement devant le frère Sotura, qui avait pris place parmi les plus éminents des religieux.

Les mots du frère Shuyun ont été choisis en vertu de leur simplicité, pensa Sutso, mais non comme le fait un enfant qui dispose d'un vocabulaire limité. Il procède comme un artiste, qui s'exprime en vers simples, capables néanmoins de rendre justice à une réalité complexe.

« Je ne prétends pas, reprit Shuyun, avoir atteint à la sagesse, mais j'apprends la compassion, et en conséquence j'ai fait un bout de chemin. Il y a peu de temps, Botahara a éprouvé ma compassion d'une manière à laquelle je ne me serais jamais attendu. Il est écrit dans les rouleaux sacrés qu'on ne peut restreindre les élans de son cœur aux membres de sa famille ou aux habitants de son village. La véritable commisération inclut nos ennemis. M'en souvenant, j'ai pu agir ainsi que Botahara l'avait voulu. J'ai pu montrer de la compassion aux ennemis de Wa. »

Il se tourna vers chaque visage successivement, à chaque fois retenant le regard un bref instant. De la part de quelqu'un d'aussi jeune, le geste était quelque peu irrespectueux, mais personne ne parut s'en soucier. Il joignit les paumes de ses mains comme pour une prière et poursuivit.

« Parmi les Barbares devant les portes de la capitale, la peste a commencé son affreux travail de destruction. S'ils déposent les armes, en retour je leur ai promis que nous, les adeptes de Botahara, qui pratiquons la compassion, nous les guéririons de cette maladie. » Il laissa planer ses paroles au-dessus de l'assemblée. « L'impératrice vous demande de m'assister dans cette tâche », dit-il simplement.

Nul bruit. On échangea des regards, mais sans prononcer un seul mot. Finalement, après un long moment de gêne, le maître suprême daigna prendre la parole.

« Ce ne sont pas là des gens qui suivent la Voie, frère Shuyun. Vous avez promis beaucoup sans le consentement de la hiérarchie de votre ordre. Les frères initiés ne peuvent s'exprimer au nom de la confrérie botahiste, même s'ils ont l'oreille de l'impératrice. Vous avez peut-être appris en matière de compassion, mais vous avez certainement oublié beaucoup de ce qui concerne l'humilité. »

Avant que Shuyun eût pu réagir, la prieure intervint, sa voix grêle s'insinuant dans une atmosphère chargée de tension. « Nous vous aiderons, dit-elle, frère Shuyun, de tous les moyens en notre pouvoir, mais la guérison de la peste est le secret bien gardé de vos frères. » Elle adressa au patriarche un regard interrogateur. Lui garda les yeux fixés sur Shuyun comme si elle n'avait rien dit.

« Frère Shuyun, reprit-il, nous sommes prêts à faire bien des choses pour assister la nouvelle souveraine. Nous sommes engagés par serment à donner nos soins à ceux qui suivent la Voie. Mais quand il s'agit de soigner des envahisseurs barbares qui ont passé au fil de l'épée plus d'un adepte du Vrai Sentier… Ce serait un geste charitable qui ne recueillerait pas beaucoup de suffrages parmi les habitants de l'empire, je vous le garantis. L'impératrice nous demande beaucoup. »

Le vieux moine donna son attention à Kamu, en ignorant l'initié assis en face de lui. « Grand chancelier, l'impératrice connaît bien les us et coutumes de l'empire, de même que ses conseillers, armés d'une longue expérience en ce domaine. Il m'est difficile de croire que le Grand Conseil attend des frères botahistes qu'ils guérissent des Barbares quand tant de fidèles de notre propre religion réclament notre attention… »

Sœur Sutso ne fut pas insensible à cette façon qu'avait le patriarche de ne pas terminer ses phrases. Il était facile d'en tirer des conclusions. Cela signifiait : *Qu'est-ce que l'impératrice est prête à nous offrir en échange d'un tel service ?* Les sœurs, pensa-t-elle, n'ont rien à proposer dans ce marchandage. Seuls les frères obtiendront des concessions de la part du Trône, tandis que nous regarderons sans rien dire, en simples témoins. Comme ils triomphent en pareil moment !

Kamu ne répondit pas. Il ne parut même pas s'apercevoir qu'on lui avait adressé la parole. Il se tourna vers Shuyun. La voix douce de l'initié se fit entendre.

« Prieure, parlez-vous sérieusement lorsque vous dites que vous m'aiderez par tous les moyens en votre pouvoir ?

— Oui, frère Shuyun, mais nous ne connaissons pas le secret de la guérison.

— Moi si », dit simplement le moine.

Le patriarche faillit hurler. « Je vous l'interdis, je vous l'interdis ! Vous enfreignez les lois de l'ordre botahiste. »

Shuyun regarda fixement le vieillard que la colère avait congestionné. « Si j'agis conformément à la parole de Botahara, comment puis-je contrevenir aux principes de notre ordre ? J'obéis aux exigences de la compassion, maître suprême.

— Où avez-vous appris pareille arrogance, Shuyun-*sum* ? demanda calmement le frère Sotura. C'est le bien-être de tous ceux qui suivent la Voie qui doit en l'espèce être pris en considération. N'essayez pas de décider là où vous n'avez pas de titre pour le faire. L'orgueil, frère Shuyun, sera un obstacle sur votre chemin. S'il vous plaît, excusez-vous auprès du maître suprême et laissez s'exprimer le grand chancelier. »

Le cœur de sœur Sutso se serra quand elle vit Shuyun s'incliner avec déférence devant le religieux. Mais sœur Saeja prit la parole :

« Ils ne savent pas qui vous étiez dans votre vie antérieure, frère Shuyun. On n'a jamais entendu parler d'un frère aussi jeune et déjà aussi talentueux dont on ne pouvait trouver les origines. » Sutso sentait dans la voix de la supérieure une excitation qu'elle gardait sous son contrôle. « Savez-vous ce que cela signifie, mon frère ? »

Shuyun se retourna vers Saeja, qui s'était redressée dans son palanquin. « Cela peut signifier bien des choses, prieure. Combien de temps vous faudrait-il pour rassembler les sœurs qui soigneraient les Barbares ?

— Vous serez chassé de votre ordre, reprit le patriarche en voulant sa décision irrévocable. Vous n'aurez plus droit à la lumière de Botahara. »

Shuyun s'inclina. « Puisse Botahara guider vos pas, prieure ! » En disant cela, il fit passer le pendentif au bout de sa chaîne d'or par-dessus sa tête.

« Tous ceux qui suivent la Voie vous fuiront.

— Shuyun-*sum*, dit Sotura en haussant le ton, réfléchissez à ce que vous faites. »

Il voyait Shuyun laisser tomber chaîne et pendentif dans le creux de sa main. Le jeune moine regardait l'or et le jade avec beaucoup de tristesse.

« Vous serez maudit par le Maître parfait », gronda le patriarche.

À ces derniers mots, Shuyun leva la tête. Avec un air de profond regret, il déposa le pendentif à terre. La chaîne glissa de sa main et tomba en tas à côté.

« Je serai béni par Botahara », dit-il.

Sutso frémit à la conviction qu'il avait mise dans ses paroles. Même Nodaku hésita en les entendant.

Lentement, le jeune moine se releva, si bien qu'il domina toutes les autorités de son ordre. Sotura le vit faire l'impossible : il montra du doigt le maître suprême.

« Priez pour être dans l'orbite de la compassion de Botahara, mon frère, car, si cela est, une chance vous est offerte encore de rentrer dans la Roue des Renaissances. »

D'un bond, Sotura fut debout. Trois pas exécutés à une vitesse impressionnante le rapprochèrent du jeune moine, et brusquement il recula, perdit l'équilibre comme s'il avait été frappé.

Shuyun avait levé la main, sa paume était ouverte, mais il n'avait pas touché son ancien maître.

« Pardonnez-moi, Sotura-*sum*, dit-il paisiblement, d'une voix empreinte de sollicitude. Séparez-vous de ceux qui ont perdu la Voie. Vous rappelez-vous cette leçon que vous m'aviez donnée alors que je n'étais encore qu'un enfant ? Du papillon enfermé dans votre poing que le *chi* rendait si puissant ? »

Il fouilla dans sa manche et en ramena quelque chose. Quand il ouvrit la main, on y vit une fleur blanche.

« Frère Sotura, votre ordre a perdu la compassion, qui est le commencement de la sagesse. Pour trouver le Vrai Sentier, il vous faut quitter cet ordre. »

Sotura ne pouvait détacher les yeux de la fleur que tenait Shuyun. « Mais vous ne m'avez pas touché », dit-il.

Le jeune moine acquiesça. Sotura de la fleur passa au regard de son ancien disciple. Un trouble profond se lisait sur son visage.

Sutso entendit un bruit à sa droite. Une main décharnée agrippait son épaule. La prieure quitta son siège et vint s'agenouiller à côté d'elle. Sutso se tourna et vit qu'elle pleurait. Puis elle toucha le sol de son front et entonna une prière d'action de grâce.

Shuyun fut alerté par cette psalmodie, et Sutso vit l'horreur se peindre sur le masque du botahiste. Les yeux du moine allèrent encore à son ancien maître, il retint son regard un moment, puis c'est tout juste s'il ne s'enfuit pas.

La supérieure était toujours prosternée. D'autres l'imitèrent, tant dans les rangs des frères que dans ceux des sœurs.

Botahara me vienne en aide ! se dit Sutso. *Aurais-je été en présence du Maître attendu sans m'en rendre compte ?*

64

L'impératrice de Wa était seule à un balcon d'où elle avait vue au nord sur la petite partie de son vaste empire qu'on découvrait depuis le palais de l'Île. La pluie du matin avait cessé, laissant un air purifié, un ciel où les nuages battaient en retraite et se contorsionnaient lentement sous l'effet d'un vent libérateur. L'ombre de ces nuages passait sans hâte au-dessus des prés et du flanc des montagnes lointaines, formant des dessins éphémères dont la reproduction défiait le pouvoir de l'artiste.

Le camp des Barbares se déployait dans une succession de taches grises et brunes sur une herbe verte que le soleil illuminait et délaissait tour à tour. En dehors du périmètre de sécurité imposé par les soldats Shonto, des badauds venus de la capitale et des environs avaient commencé à s'attrouper. Nishima les voyait s'agglutiner par endroits et, fascinés, risquer un œil en direction du camp. Beaucoup avaient apporté de la nourriture. On l'avait raconté à Nishima, et elle avait été surprise de l'entendre, car il était toujours aussi difficile de trouver dans la ville de quoi s'alimenter.

Cette brusque générosité ne reflétait pas nécessairement un grand changement dans l'attitude des habitants de Wa à l'égard de leurs envahisseurs. Le bruit courait que le conseiller spirituel des Shonto, le moine supérieurement doué qui avait défait l'armée nomade, était le Maître si longuement attendu. Seules la présence des soldats et la crainte de la peste empêchaient les curieux de se précipiter au-devant de celui dont ils espéraient qu'il était bien celui dont la venue avait été prédite.

Au spectacle de cette foule, Nishima ressentait un profond malaise, comme si elle était un élément de plus dans une conjuration de forces destinées à la séparer de Shuyun. Depuis trois jours maintenant elle ne l'avait pas revu, occupé qu'il était à soigner les Barbares, et elle était devenue de plus en plus nerveuse. Chaque journée semblait éloigner davantage le jeune moine et rendre son retour plus problématique. Elle arpenta le petit balcon de part en part, s'arrêta, regarda encore. Se contraignant à ne plus chercher inutilement parmi les minuscules silhouettes s'agitant dans le camp de Barbares, elle fixa son regard sur le nord-est.

Kamu lui avait dit que l'armée nomade en passant par là commencerait à soulever un nuage de poussière, une fois que le vent aurait asséché le terrain, et pourtant on n'en voyait toujours aucun signe, pas plus que de la troupe du seigneur Taiki envoyée à sa poursuite. Cette partie des forces barbares en déroute avait rasé un village la veille, même si les habitants l'avaient fui avant leur arrivée. Nishima pressa ses doigts sur ses tempes. Personne ne savait au juste ce que ces hommes avaient en l'esprit, libres comme ils l'étaient de leurs mouvements sur une terre étrangère. Qu'ils fussent en route vers les temples botahistes sur la montagne du Pur Esprit apparaissait toujours comme l'explication la plus plausible. À l'évidence, ils ne savaient pas que les frères ne s'inclineraient jamais devant la force, et qu'était très improbable l'hypothèse selon laquelle ils proposeraient sans discussion un remède.

Shuyun lui avait dit que la peste s'implanterait parmi les Barbares en fuite au bout de trois jours, si bien qu'il resterait peu d'hommes valides quand ils toucheraient au terme probable de leur voyage. Elle espérait que le seigneur Taiki les persuaderait de se rendre.

Son attention fut retenue par une file d'inconnus à pied qui contournaient le mur de protection formé par les soldats Shonto. Elle comprit qu'il s'agissait de frères botahistes. En nombre croissant, ils quittaient leur ordre pour venir servir celui dont on disait qu'il était le Maître et pratiquer la compassion au lieu de préférer la politique.

La confrérie, imaginaient ses conseillers, était déchirée par des luttes intestines. On avait dépouillé Shuyun de son pendentif, on lui avait tourné le dos et, seulement après cette décision hâtive, on avait compris son erreur. Les frères ainsi s'étaient aliéné la nouvelle souveraine et avaient abandonné aux sœurs le privilège de la faveur impériale. Ils pouvaient aussi avoir banni le Maître attendu de leur ordre.

Nishima secoua la tête. Comme son père l'avait souvent fait remarquer, jamais le frère Satake n'aurait agi aussi sottement s'il était devenu le supérieur de la confrérie botahiste. Elle se demandait si Shimeko n'avait pas eu raison lorsqu'elle disait que la congrégation s'était engagée sur le chemin de la décadence.

Un rapport complet sur le débat entre Shuyun et la hiérarchie de son ordre lui avait été communiqué par Kamu. Le chancelier parlait des actes et des paroles du moine avec fierté. Les frères faisaient rarement des erreurs de cette taille. Il avait dû leur être impossible d'imaginer qu'un jeune initié pouvait agir aussi librement, ignorer leurs menaces les plus graves et offrir à une congrégation rivale l'un des plus précieux secrets de leur ordre. Il n'avait fallu au frère initié Shuyun que quelques mois passés loin du monastère de Jinjoh pour se rebeller contre eux, et cela beaucoup plus ouvertement que Satake-*sum* ne l'avait jamais fait. Nishima considérait cela en partie comme une victoire personnelle, ou presque, mais la peur aussi la prenait. Le frère Shuyun semblait n'être sous l'ascendant de personne.

Shokan était intimement persuadé que les frères reviendraient sur leur refus de secourir les Barbares et feraient des pieds et des mains pour préserver un peu de l'avantage auquel ils avaient renoncé quand les sœurs avaient offert leurs services à Shuyun et au Trône. Il fallait peut-être voir un signe de l'importance des dissensions qui agitaient leur ordre dans le fait que cette rétractation se faisait toujours attendre.

On frappa à l'écran qui donnait accès au balcon. Nishima sursauta. Un garde Shonto parut lorsqu'elle permit d'entrer.

« L'audience, Votre Majesté », dit-il en maintenant les yeux baissés.

Un dernier regard aux lieux où Shuyun secourait l'armée du désert, et Nishima quitta la pièce qu'elle avait commencé à occuper pour avoir sous les yeux le camp des Barbares. Le garde aussitôt lui emboîta le pas.

Elle avait réussi à rompre avec l'usage traditionnel du palanquin, même si l'indignation qui s'ensuivit ne se limita pas à quelques ministres. Pour améliorer un peu les choses, elle avait accepté de se laisser porter dans les cérémonies officielles, si bien que le débat maintenant devenait principalement d'ordre sémantique : quelles occasions méritaient le titre de cérémonies officielles ? Nishima en était sûre, on s'ingéniait secrètement à élargir la définition de l'expression.

Comme Shokan le lui avait suggéré, elle essayait de vivre sa situation avec humour, mais ce n'était pas facile. Au palais de l'Île, l'administration ne se préoccupait que de traditions, de protocole et de menus détails d'une futilité inimaginable. Il était clair que cette administration avait depuis longtemps cessé de gérer les affaires de l'empire. Il fallait pour un autre état de choses remonter à la fin du règne des derniers empereurs Hanama. Cela devait changer, même s'il s'avérait nécessaire de remplacer tous les titulaires des principales charges.

Elle descendit un escalier monumental, saluée au passage par des courtisans et des fonctionnaires déférents. Leur destination commune était une salle d'audience privée à côté des appartements officiels de l'impératrice. Jusqu'à ce qu'elle eût pourvu les postes du Grand Conseil pour sa propre satisfaction, il restait beaucoup à faire à l'insu des hommes en place. Leur interposition dans certains domaines n'arrangerait rien. Nishima commençait à s'apercevoir qu'elle avait appris plus qu'elle n'aurait jamais supposé dans l'art de mener les hommes, à voir son père à l'œuvre. Nul n'avait été plus expert que Shonto Motoru à s'assurer la fidélité des autres et à obtenir ce qu'il cherchait de leur dévouement. L'intention de la nouvelle impératrice était d'assouplir autant que possible la rigueur du protocole pour pouvoir conduire les affaires de l'État sur le modèle paternel, dont elle connaissait l'efficacité.

Dans l'immédiat, il lui fallait rendre à l'empire sa stabilité perdue, et pour cela elle aurait besoin de l'aide de beaucoup de gens. Shokan et Kamu avaient mis en évidence que, pour commencer, elle devrait récompenser ceux qui avaient suivi son père depuis Seh et lui avaient apporté leur soutien lorsque cela impliquait de braver l'empereur. Mais la nouvelle impératrice savait reconnaître la fidélité et ne pas se montrer ingrate : les Shonto y avaient toujours réussi.

On l'avait informée de l'existence de soulèvements dans la province de Chou. Un cousin des Yamaku s'y était proclamé empereur et avait entrepris de rassembler une armée. C'était, à en croire Hojo, la révolte d'un fou, mais elle montrait qu'il fallait faire vite si l'on voulait éviter que le nouveau pouvoir fût contesté. La veille, un rapport était parvenu à Nishima, indiquant que la famille impériale des Yamaku avait cessé de vivre après avoir été rejointe par des réfugiés fuyant l'invasion des Barbares. C'était pitoyable et, si Hojo avait eu un soupir de soulagement, Shokan en privé avait confié à Nishima que l'événement n'avait pas l'importance que certains espéraient pouvoir lui donner. On craignait toujours l'apparition de prétendants au trône se disant fils, filles ou cousins des Yamaku. Même des parents éloignés des Hanama risquaient de faire valoir leurs droits, car ce genre de parenté fondait ceux de Nishima elle-même. Le sang royal n'était pas bien rare dans l'aristocratie de Wa.

Ils atteignirent les pièces que Nishima avait réservées à son usage personnel. L'impératrice au passage adressa un petit salut aux gardes Shonto qui courbaient le dos devant elle. La salle d'audience était déserte. Nishima prit place sur une estrade basse en arrangeant ses robes avec soin. Le blanc recouvrait la pourpre. Elle était heureuse de ne s'être heurtée à aucune réticence de la part de Shokan ni d'un autre sur ce point particulier. La coutume voulait que ceux qui avaient accompli de grands exploits pour le bien de l'empire fussent récompensés en grande pompe, mais Nishima pensait qu'autant d'éclat ne convenait pas à un pareil moment. Ce pouvait être remis à plus tard, lorsque la situation dans l'empire serait plus assurée. Ceux qu'elle allait recevoir ce jour-là n'étaient ni des courtisans ni des ministres. Ils n'attendraient pas que fussent publiquement reconnus les mérites de leurs moindres gestes. Cela peut passer pour de la dureté de cœur, mais Nishima savait au fond d'elle-même que, pour renforcer les liens qui l'unissaient à ceux qui avaient soutenu son père, elle devait faire en sorte que chacun se crût le favori de l'impératrice. Ce n'était pas sans la gêner mais ne l'empêchait pas de tenir la conduite qu'imposait cette conviction.

Je dois consolider mon pouvoir et asseoir ma légitimité, se disait-elle, mais sans pousser trop loin les calculs d'une froide manipulation. Puisse Botahara m'épargner cela !

Kamu entra et s'agenouilla devant l'estrade en touchant la natte de son front. L'impératrice salua son grand chancelier d'une inclination de la tête. Les administrateurs du palais n'avaient certes pas encore digéré la promotion de Kamu mais, là comme ailleurs, la fermeté portait ses fruits. Ces fonctionnaires comprenaient qu'ils ne gouverneraient pas l'impératrice.

« Kamu-*sum*, j'espère que les murmures incessants des bureaucrates du palais ne rendent pas trop difficile l'exécution de vos tâches.

— Des mouches qui bourdonnent, Votre Majesté. J'ai appris depuis longtemps à ignorer ce genre de chose.

— Peut-être est-ce l'un de vos nombreux talents qu'avec de la chance je finirai par acquérir, car j'avoue que ces bourdonnements parfois mettent ma patience à dure épreuve. »

Le vieil homme sourit. La nuée d'orage de son visage buriné devint une nébuleuse de petites rides. « Je n'ai pas appris la patience dans ma jeunesse, Majesté. Elle s'est accrue peu à peu au fil des ans. Ainsi, au cours de mes jeunes années, ai-je pris part à plus de duels peut-être que le seigneur Komawara. »

Il montra sa manche vide. « Voilà qui a surtout contribué à me rendre patient, Majesté. Sans quoi, par nature j'aurais peut-être été trop étourdi pour jamais acquérir cette qualité si précieuse. Mais vous êtes plus sage que je ne le suis, Votre Seigneurie », se hâta-t-il d'ajouter, soudain gêné par ce qu'il avait donné à entendre.

Nishima dissimula un léger frisson. « Espérons que je puisse apprendre à votre contact, Kamu-*sum*. Je supporterais certainement pareil handicap avec moins d'habileté et moins de grâce que mon chancelier. »

Kamu baissa les yeux, embarrassé peut-être. Il consulta un document.

« Je suis prête, dit Nishima en lui adressant un petit sourire aimable.

— Le seigneur Butto Joda, de la province d'Itsa, Majesté, annonça Kamu. Il se prépare à partir vers le nord à la poursuite des Barbares qui se replient le long du Grand Canal. »

Nishima acquiesça. Kamu fit claquer sa main sur sa cuisse, une fois seulement, ce qui eut pour effet un bruit étonnamment sonore.

Les portes de la salle s'ouvrirent. La pièce était petite. Elle avait été choisie à dessein pour éviter que les participants à l'audience n'eussent à traverser un grand espace à genoux avant d'approcher de la souveraine. En dépit de son exiguïté, cette salle n'était pas dénuée d'une certaine beauté. Les colonnes n'avaient pas été laquées mais avaient conservé le magnifique brun rouge de leur teinte originale, et l'envolée des chevrons au plafond conférait à un ensemble par ailleurs figé une sorte d'élan. Des écrans peints représentant des courtisans se promenant dans les jardins du palais décoraient l'un des murs. Nishima se félicitait de ne pas y voir des scènes de guerre.

La petite silhouette de Butto Joda courbant le dos parut dans l'encadrement de la porte, avant qu'il se rapprochât de l'estrade. À une distance appropriée, il s'arrêta et s'inclina de nouveau.

« Seigneur Butto, je vous en prie, soyez à l'aise », dit calmement Kamu.

Le vieux chancelier choisit ce moment pour disparaître en s'esquivant par l'ouverture d'un écran. Nishima faisait à Butto Joda le très grand compliment de le recevoir en privé, marquant ainsi sa faveur et sa confiance.

L'impératrice fixa son attention sur le jeune seigneur à genoux devant elle. Comme chez un enfant, se dit-elle, les traits sont fins si les yeux sont très beaux. L'aspect juvénile toutefois était démenti par une grande assurance. Il avait autant d'aplomb que beaucoup des hauts responsables de son administration. Je suis en présence d'un grand homme, se surprit-elle à penser, emprisonné pour l'instant dans le corps d'un adolescent. Elle lui sourit chaleureusement.

« Seigneur Butto, dit-elle, étonnée de constater que sa voix s'étranglait d'émotion, seigneur Butto, je suis honorée de vous exprimer ainsi qu'à votre maison la gratitude du gouvernement et du peuple de Wa. Au cours des troubles récents que l'empire a connus, vous avez fait montre d'une grande sagesse et d'un jugement exemplaire en plaçant l'intérêt de la province d'Itsa et celui de Wa au-dessus de ceux de votre propre famille. Pour combattre aux côtés de mon père contre l'invasion barbare et risquer en conséquence de passer pour un rebelle, il vous a fallu du courage et de la résolution. Au cours des batailles qui suivirent, seigneur Butto, votre vaillance n'a pas failli, et les guerriers dont vous étiez le chef n'ont jamais manqué à leur devoir. » Elle inspira profondément. « S'il est une chose qu'il est au pouvoir d'une impératrice de vous procurer, vous n'avez qu'à demander. »

Butto Joda garda les yeux baissés. Puis il leva la tête, rencontrant un instant le regard de la souveraine. « Votre Majesté, dit-il, ce fut pour moi un honneur comme je n'en ai jamais connu de me tenir aux côtés du seigneur Shonto Motoru quand il se battait, sans le soutien du gouvernement impérial, pour s'opposer à l'invasion barbare. L'épisode fut digne de tout ce qu'on peut trouver dans notre longue histoire, et dans mille ans d'ici on en parlera encore. Le nom des Butto sera célébré dans cette geste, bien qu'à vrai dire mon rôle ait été mineur. Que pourrais-je demander de plus beau ? Vos paroles m'honorent comme elles honorent ma maison. »

Nishima s'inclina profondément. « Vous parlez avec courtoisie, seigneur, et vos paroles me touchent. S'il vous plaît, seigneur Butto, veuillez accepter ces témoignages de notre estime. »

Elle frappa deux fois dans ses mains. Des gardes des Shonto parurent, porteurs d'une selle d'un cuir de qualité. Elle n'était pas rehaussée d'argent ni de pierreries, mais telle qu'un guerrier pût sur elle jeter son dévolu, fabriquée avec soin à partir des matériaux les plus nobles. Sur le côté droit, au-dessous du pommeau, on avait gaufré une fleur de *shinta*, et sur celui de gauche une fleur de *warisha*. Posée sur le siège, on voyait une bride, également de cuir, avec des rênes de soie aux fils mêlés de pourpre et de bleu. On apporta sur une perche un coffre à armure qui fut mis près de la selle. Des gardes en soulevèrent le couvercle et dévoilèrent une armure complète lacée du violet des Butto, avec une garniture où l'on retrouvait la même alliance de la pourpre et du bleu.

Enfin surgit un garde qui portait un coussin de soie sur lequel reposait le casque d'un guerrier. Il mit le coussin sous les yeux de Butto Joda.

« C'est le casque de mon père, dit Nishima. Puissent la pourpre et le bleu toujours vous remettre en mémoire la gratitude et la fidélité des Shonto et des Fanisan ! Puissent la fleur de *shinta* et la fleur de *warisha* symboliser les liens toujours plus puissants entre nos familles et la grande estime dans laquelle vous êtes tenu ! »

Des serviteurs placèrent une table basse à côté de l'impératrice. Elle y prit un pinceau.

« Seigneur Butto, la province d'Itsa requiert un gouverneur d'une grande sagesse pour y remédier aux ravages de l'invasion. Ce poste, je tiens à vous l'offrir en premier, car il n'est personne à qui je fasse davantage confiance. »

Simple formalité, car Kamu en privé avait d'abord proposé la charge à Butto Joda, de manière à ce qu'il pût refuser sans rebuffade pour l'impératrice.

Le nouveau gouverneur s'inclina. « Votre Majesté, c'est un grand honneur pour ma maison. J'accepte, et j'espère seulement me montrer digne de votre confiance.

— Seigneur Butto, lui répondit Nishima avec chaleur, le doute n'est pas permis. »

Elle parapha l'acte d'investiture qui faisait de Butto Joda le gouverneur impérial d'Itsa. Il lui vint en mémoire le souvenir de l'empereur s'entretenant dans les jardins du palais avec le nouveau gouverneur de Seh. Avant de reposer son pinceau, elle eut un moment d'hésitation mais, chassant cette pensée, elle s'obligea à continuer.

« Vous comptez poursuivre l'armée barbare dans sa retraite, seigneur Butto ?

— Je pars ce matin même, Votre Majesté.

— Puisse Botahara vous accompagner, seigneur Butto ! »

Le jeune homme s'inclina bien bas. « Je vous remercie, Votre Majesté », dit-il, presque dans un souffle.

Kamu était revenu silencieusement. Il salua Butto Joda reculant vers les grandes portes puis adressa à Nishima un sourire destiné à la rassurer. Il consulta ses documents.

« Le général Hojo Masakado », annonça-t-il en se frappant la cuisse.

Le général en chef des Shonto s'agenouilla sur le seuil et s'avança en réponse à une invitation de Kamu. Il semblait plus mal à l'aise qu'à la veille d'une bataille, nota Nishima. Il portait des robes brodées de couleurs très pâles, sur le blanc desquelles tombaient des fleurs de cerisier, en signe de deuil pour le décès de son seigneur lige.

Malgré son manque d'aisance dans un décor aussi protocolaire, avec sa barbe grise taillée avec soin et ses cheveux ramenés en arrière, le général ne manquait pas de présence. Cet homme goûtera moins de plaisir dans notre nouvel empire, pensa Nishima, car, si Botahara nous sourit, les Shonto feront moins souvent appel à sa compétence dans l'art de la guerre.

« Masakado-*sum*, dit-elle tandis que Kamu s'éclipsait une fois de plus, quand j'aurais le talent d'un grand poète, je ne pourrais pas trouver les mots pour exprimer ma gratitude ni vous honorer selon vos mérites. »

Elle sentit le cœur lui manquer en regardant le personnage à genoux devant elle. Ce sont les hommes qui aimaient mon père, songea-t-elle après un coup d'œil à Kamu qui sortait. Ils partagent mon chagrin et cachent leurs sentiments par égard pour l'empire et leur nouvelle impératrice. Elle évoqua l'un et l'autre à son arrivée dans la maison des Shonto : des étrangers, colossaux, intimidants. Mais comme tout cela avait vite changé ! Ils me taquinaient quand j'étais enfant, me gâtaient, m'adoraient, comme si je faisais partie de leur famille. Elle ferma les yeux et expira trois fois avec lenteur.

« Général, votre fidélité au seigneur Shonto Motoru et à sa maison, votre dévouement aux causes qu'il embrassait n'ont rien eu à envier à la loyauté de Fugimori envers son prince banni. Ils ont été aussi constants que le retour des saisons. Sans votre sagesse et votre bravoure, les efforts de mon seigneur pour retarder l'avance des Barbares auraient échoué, je n'en doute pas. Tout ce que vous me demanderez, je vous l'accorderai, Hojo Masakaso-*sum*, car l'empire vous doit beaucoup.

— Votre Majesté (il ne vint qu'une petite voix, et Hojo dut s'éclaircir la gorge avant de se reprendre), Votre Majesté, j'ai servi deux seigneurs Shonto, et mon souhait est d'en servir un troisième. Je crois que là est ma vocation. Si vous le permettez, je suivrai le seigneur Shonto Shokan.

— Mais c'est peu de chose, général. Cette fonction est déjà la vôtre. N'y a-t-il pas une autre faveur qu'une impératrice puisse vous accorder ? »

Il secoua la tête. « Je vous remercie, Majesté. Vos paroles m'honorent. Je suis comblé.

— Masakado-*sum*, mon père n'aurait jamais toléré de vous voir partir sans récompense, et je ne puis changer la tradition familiale. »

Comme précédemment, elle frappa deux fois dans ses mains. Un garde des Shonto parut avec un petit guéridon sur lequel était posé seulement un rouleau de papier. On mit le guéridon devant Hojo.

« Ceci est l'acte de propriété d'une maison dans la capitale, proche de la demeure de votre seigneur lige, général. On m'a dit que vous l'admiriez. Je vous la donne pour que vous puissiez souvent visiter la capitale et ainsi venir au palais, afin que je ne perde pas le plaisir de votre compagnie. »

Avant qu'il eût pu répondre, un deuxième garde se montra qui portait une épée à deux mains, comme si c'était un objet d'art précieux. Nishima lui fit signe d'approcher et, à sa grande surprise, se saisit de l'arme. Avec la grâce d'une Sonsa, elle se leva et descendit de l'estrade. Tenant l'épée à deux mains elle aussi, elle la tendit à Hojo, qui fut tellement abasourdi qu'il hésita un instant.

« C'était la préférée de mon père, dit Nishima comme pour le rassurer.

— Votre Seigneurie, mais c'est la Mitsushito ! » s'exclama Hojo, toujours sans la prendre.

Une impératrice ne descendait pas de son estrade pour offrir quelque chose à un soldat de ses propres mains. C'était du jamais vu. « Mais oui, Masakado-*sum*. Mon frère et moi espérons que vous l'accepterez. »

Elle la lui tendit de nouveau. Avec précaution, il la prit. Nishima le vit qui fermait les yeux. Elle s'attendait à le voir verser des larmes, mais le général était un guerrier et, au prix d'un grand effort, il se contrôla. Nishima eut un geste dans sa direction. Elle lui toucha le poignet. Puis elle retourna sur l'estrade, incapable de supporter plus longtemps cet embarras. Il s'inclina sans un mot et battit en retraite avant que l'impératrice eût déclaré mettre fin à l'audience.

Nishima s'accorda quelques instants de repos. Un signe à Kamu, et une fois de plus elle pratiqua un exercice respiratoire que lui avait enseigné le frère Satake.

« Le capitaine Rohku Saicha », annonça calmement Kamu.

Nishima accepta de le recevoir. Le capitaine des gardes des Shonto s'avança. Il avait revêtu l'armure légère sous laquelle Nishima l'avait souvent vu et remisé son casque sous son bras. En signe de deuil pour son seigneur lige, il avait mis une ceinture blanche, mais qui ne dissimulait aucune arme, ce qui fit comprendre à Nishima qu'on ne l'avait pas formellement autorisé à porter une épée en présence de l'impératrice. Grave omission quand l'intéressé était quelqu'un d'aussi fier.

Si l'on excepte la ceinture blanche et l'absence d'épée, Rohku avait la même tenue que lorsqu'il avait contesté la décision de Nishima de partir pour Seh.

Dans quelle situation ai-je mis ce pauvre homme ! pensa-t-elle.

« Saicha-*sum*, dit-elle, sans l'avoir voulu, je vous ai fait subir un terrible outrage. »

Elle frappa dans ses mains. Un garde parut. Pour la deuxième fois, il portait une épée dans son fourreau.

« Parmi toutes les armes de ce genre que possédait mon père, reprit Nishima, il en était trois seulement qu'il emportait volontiers dans les combats. La Mitsushito, j'en ai fait don au général Hojo. Celle-ci est une Kentoka, Saicha-*sum*. Je souhaite que vous la portiez en ma présence. »

Avec soin, Rohku posa son casque à terre. Il prit l'épée à deux mains. « Votre Seigneurie, pas un instant je n'ai pensé que vous m'aviez ôté votre confiance. J'ai seulement cru que vous étiez absorbée par les affaires de l'État et accablée par votre chagrin. Je porterai toujours cette épée pour vous protéger.

— C'est là mon espoir, capitaine Rohku, car j'ai longuement évoqué cette question avec mon frère. Trop de souverains ont été déposés par des commandants de leur garde félons et, dans un empire où rien n'est encore assuré, c'est un grave sujet de préoccupation. Le seigneur Shonto a suggéré qu'avec votre accord vous preniez le commandement de la garde impériale, Saicha-*sum*, et, si vous acceptez, je dormirai mieux. C'est vous qui déciderez en dernier ressort. Si c'est votre souhait de rester chez les Shonto, vous le ferez avec ma bénédiction. »

Soudain sa gorge se serra. Elle avait parlé des Shonto comme d'une autre famille que la sienne.

Elle étudia la physionomie de Rohku pesant le pour et le contre. Ni Shokan ni elle n'avaient pu décider de ce que serait son choix. Il était vrai que par le passé il avait eu à souffrir de l'avoir en charge, mais elle avait besoin de quelqu'un à qui se fier entièrement, et cela ne laissait que peu de candidats ayant l'expérience requise. Il ne suffisait pas d'être un guerrier ni un grand général. Un capitaine des gardes devait être méfiant par nature, et pourtant ne permettre à personne de le deviner. Il devait pouvoir se mettre dans la peau d'un tueur, car c'était ainsi qu'on assurait une sécurité sans faille.

« Votre Majesté, dit-il, je pense au seigneur Shonto. Il est mon seigneur lige, et l'on m'a confié sa sauvegarde. Il m'est difficile de l'abandonner.

— Si votre cœur vous l'interdit, Saicha-*sum*, alors restez près de Shokan-*sum*. Je n'avancerai qu'un argument contraire : votre maître a déclaré que le meilleur moyen d'assurer la sécurité des Shonto était d'écarter tout danger de la maison impériale. S'il vous plaît, songez-y. Je me rangerai à votre décision, maintenant ou plus tard. »

Elle attendit, essayant de déchiffrer sur ses traits ce qu'étaient ses pensées, mais il masquait ses sentiments en baissant obstinément les yeux et en dorlotant son épée sur ses genoux.

« Saicha-*sum*, mon père a fait le choix de se jeter dans la mêlée. Vous n'avez pas choisi pour lui. Il y a eu une flèche. Dans une bataille, il n'existe pas de protection contre les flèches. Nul n'est responsable de la mort du seigneur Shonto Motoru. »

Rohku hocha la tête. « Merci, Votre Seigneurie. »

Il ne leva pas les yeux. Nishima avait encore bien des choses à lui dire. Elle pouvait vanter les mérites du capitaine pour la part qu'il avait prise à la guerre contre les Barbares, parler des compliments que l'on devait à son fils, mais elle jugeait plus opportun de remettre cela à plus tard.

Elle fit signe à Kamu, qui observait par une fente entre les écrans. Il revint, s'éclaircit la voix puis inclina la tête en direction de Rohku, qui battit en retraite.

« Kamu-*sum*, dit-elle, si décerner des récompenses offre autant de difficultés, comment vais-je surmonter l'épreuve du reproche le plus insignifiant ?

— Majesté, si je puis me permettre… vous faites là quelque chose de délicat. Les hommes que vous avez reçus ont apporté leur soutien à votre père alors que le reste de l'empire assistait sans bouger aux efforts du Yamaku pour précipiter sa chute. Ils ont combattu une armée barbare d'une ampleur jamais vue à l'aide d'une petite troupe et se sont acquittés de leur tâche d'une manière qui ne peut que susciter l'étonnement. Ils sont devenus des figures de notre histoire. » Il montra la salle déserte. « Cette audience laisse prévoir une suite médiocre. Comment feront ces guerriers pour être à la hauteur de la réputation qu'ils se sont taillée ? Le capitaine à genoux devant vous restera dans les mémoires comme plus important que tous les seigneurs que compte à présent l'empire, à l'exception de quelques-uns. On parlera d'Hojo Masakado-*sum* avec autant de respect que de l'empereur Jirri. Je crois qu'à présent ils ne savent plus très bien qui ils sont, dame Nishima. Il y a quelques jours encore, c'étaient des hommes qui faisaient front à une invasion barbare alors qu'on ne leur donnait pas la moindre chance. Tous leurs efforts étaient tendus vers un seul but. Mais maintenant ?

» Vous les libérez de ce qui faisait leur raison d'être, Majesté. Ils ignorent où ils vont aller, ils ne savent plus qui ils sont. Aucun n'avait jamais songé à jouer un grand rôle dans notre histoire. Vous les encensez, Majesté, et à juste titre, mais vous les envoyez aussi dans l'inconnu. Comment vivre quand on est un grand personnage, une légende vivante ?

— Je ne sais pas, Kamu, dit-elle. Là-dessus mon ignorance vaut la leur. »

Il sourit. « Votre Seigneurie, pardonnez-moi de vous le dire, mais le seigneur Shonto avait coutume d'affirmer que trop longtemps vous refusiez de tenir dans l'empire la place qui vous revenait. »

Nishima lentement hocha la tête. « Si vous me faites régulièrement la leçon avec des citations de mon père, je vous donnerai en échange toute la richesse d'une province, Kamu-*sum*.

— Pardonnez-moi, Majesté, je ne voulais pas me montrer impertinent. »

Nishima leva les yeux à cette remarque. Elle n'arrivait pas à dissimuler sa confusion. « Kamu-*sum*, je ne cherchais pas à vous critiquer. Entendre les paroles de mon père prononcées par un de ses amis les plus sûrs… cela me brise le cœur et me réconforte en même temps. »

Elle se tourna vers la scène paisible représentée sur les écrans. « S'il vous plaît, Kamu-*sum*, demandez à dame Kento si elle veut bien se joindre à moi pour mon repas. »

Kamu s'inclina profondément et sortit en silence.

Nishima quitta l'estrade et traversa la salle. Il n'y avait pas de balcon, mais des fenêtres sans volets offraient une vue sur l'ouest, comme dans ses appartements. On n'apercevait pas le campement géant des Barbares, et cela la gênait. Que fait-il à présent ? se demandait-elle, que pense-t-il de moi ? De plus en plus, ces derniers jours, elle avait fini par se poser la vraie question : combien de temps encore va-t-il rester ? Il n'est plus moine de l'ordre botahiste, se disait-elle sans en tirer beaucoup de consolation. Il est davantage que cela, incontestablement. Qui suis-je pour me mettre en travers du chemin qui lui est proposé ? Question à laquelle elle ne pouvait répondre.

Un coup fut frappé à la porte derrière son dos, et dame Kento fit son entrée, suivie de serviteurs portant tables et plateaux. Nishima sourit à sa dame d'honneur et leva une main pour l'empêcher de saluer bien bas.

« Kento-*sum*, si vous me parlez comme à une impératrice ou me traitez comme telle, si peu que ce soit, je me jette du haut du balcon.

— Il en sera fait selon votre souhait, Votre Seigneurie, mais puis-je vous faire remarquer que cette pièce n'a pas de balcon ?

— En ce cas, je me jetterai du haut de l'élévation spirituelle à laquelle j'ai atteint. Si bas, je ne craindrai pas grand-chose. »

Elle sourit encore et brusquement montra les écrans peints. « Nous avons été conviées à rencontrer ces belles et nobles personnes. »

Kento eut un large sourire. « Vraiment ? Comme c'est aimable de leur part ! »

Ainsi que des petites filles s'amusant à faire semblant, les deux femmes rapprochèrent leurs tables des écrans et d'un bout à l'autre du repas s'imaginèrent en compagnie des personnages y figurant.

Beaucoup se virent affublés de noms ridicules. Nishima et Kento cancanèrent à leur sujet sans la moindre retenue, leur attribuant à tous les excès les plus indignes.

Sur ces entrefaites, une lettre leur arriva, de la main de Kitsura. Elle contenait un poème pastichant le style romantique qui faillit les faire hurler de rire. Les sentinelles à la porte durent se demander à quoi pouvaient bien s'occuper l'impératrice et sa dame d'honneur.

Tout se passait comme si une digue s'était rompue dans la tête de Nishima, libérant un torrent sous la forme d'un fou rire, bien qu'à la source on ne trouvât pas nécessairement de la joie. Seulement vers la fin du repas, le ton de la conversation devint plus raisonnable.

« Quand le seigneur Shonto fut déclaré rebelle, expliqua Kento, les gardes impériaux forcèrent les portes de la maison et emmenèrent les domestiques pour les interroger. Je m'étais enfuie avant leur arrivée. Les grilles étaient gardées par des soldats de l'empereur qui n'abandonnèrent pas leur poste avant que la bataille fût clairement perdue. Nos braves gardes revinrent dès qu'il leur parut possible de le faire, dame Nishima. Je ne puis les blâmer : nul ne savait vraiment ce qui se passait dans la capitale et, s'ils étaient sortis trop tôt de leur cachette… Les dégâts ont été moindres que ce que je craignais, s'ils ont excédé ce que j'avais espéré. Quoi qu'il en soit, la maison ressemblera bientôt à ce qu'elle a toujours été. » Elle joua avec sa coupe et parla les yeux baissés.

« Elle sera là pour votre plaisir lorsque le palais ne saura pas susciter l'harmonie en votre cœur, Votre Seigneurie.

— Kento-*sum*, c'est demain que j'y retournerais si je le pouvais, mais on ne peut empêcher que ce soit à présent la maison de Shokan-*sum*. »

Elle toucha la manche de sa compagne. « Kento-*sum*, vous êtes la dame d'honneur d'une certaine Nishima Fanisan Shonto, qui aujourd'hui contrefait les impératrices. Je serais heureuse de vous accueillir ici, tout en avouant ne pas pouvoir dire grand-chose en faveur de ma résidence actuelle. »

Elle fit la moue. « On n'y trouve ni humour ni entrain. On s'y conforme à des usages qui ne tiennent pas debout. Les résidents, tant hommes que femmes, ont des soucis et des pensées (elle montra les personnages peints) qui n'ont pas plus de profondeur que nos compagnons d'un jour.

— Dame Nishima, répondit Kento, je n'aurai pas l'audace de me mêler des affaires de l'empire mais, pour ce qui est de cette guerre engagée contre les conventions et… (elle chercha le mot) la débilitation de l'esprit, je combattrai à vos côtés. »

Nishima lui pressa la main. « Kento-*sum*, vous me remontez le moral. Je ferai de vous mon ministre officieux de la Joie, et les services que vous me rendrez vous vaudront mon éternelle reconnaissance.

— Pour commencer, pourvue d'une pareille charge, je crois que nous devrions trouver un mari à votre cousine. Cela améliorera son humeur, j'en suis certaine.

— Kitsura-*sum* ?

— Bien sûr. Elle ne rajeunit pas (elle prit le temps d'y réfléchir), même si apparemment elle gagne en beauté. Incontestablement, c'est un mari qu'il lui faut. À cette heure, elle vous cherche sans aucun doute un prince consort. Ce n'est que de l'autodéfense.

— Bah ! (même réponse toute prête que son père) et qui ferait l'affaire selon vous ? »

Kento reposa sa coupe sur la table. « Votre frère est certainement des seigneurs que je connais le plus approprié, Votre Seigneurie. »

Nishima émit une faible protestation. « Mais Shokan-*sum* connaît dame Kitsura depuis l'enfance.

— Ne la trouve-t-il pas ravissante ? »

Nishima y réfléchit sommairement. « On ne voit pas pourquoi il serait le seul homme de l'empire à ne pas être ému par ses charmes. Ce qui est indéniable, c'est qu'il ne me fait pas ce genre de confidences.

— À défaut du seigneur Shokan, pourquoi pas le seigneur Komawara ?

— Vraiment, Kento-*sum*, ce n'est guère à envisager.

— Mais, dame Nishima, songez-y : le seigneur Komawara est le héros de la guerre contre les Barbares. Il ne manquera pas d'en être généreusement récompensé : grands domaines, faveur impériale, poste de gouverneur un jour ou l'autre. Toutes les demoiselles de l'empire vont brûler de l'encens et répéter son nom le matin au réveil le premier jour de chaque mois. Je ne l'ai pas longtemps vu, mais n'est-il pas imposant, aimable, d'une vive intelligence ? C'est ce que tout le monde dit. »

Nishima sourit. « Il y a moins d'un an, notre héros était considéré comme le plus mal dégrossi des seigneurs de la capitale.

— En moins de temps que cela, on peut faire d'une dame une impératrice, Votre Seigneurie. Je l'ai vu de mes yeux. »

Cela déclencha l'hilarité de Nishima. Kento poursuivit :

« On le prenait pour un rustre, dame Nishima, alors qu'à présent on loue son ingénuité. Son âme est noble, peut-être pure.

— Par Botahara ! »

Ce fut au tour de Kento d'éclater de rire. « Vous ne paraissez pas disposée à laisser partir le seigneur Komawara, dit-elle. J'en reviens donc à votre frère. »

On entendit tinter une cloche. Nishima leva les bras au ciel, soulagée de mettre un terme à l'entretien. « Le devoir m'appelle. Avant une heure, je verrai ce fameux héros de la guerre contre les Barbares. Je suis persuadée que, si on lui demande ce qui lui fait plaisir, plutôt que de la main de Kitsura, il se satisfera d'une épée, d'une armure et du meilleur cheval de l'empire.

— L'impératrice est la mieux placée pour en juger », dit humblement Kento.

Nishima lui décocha un regard exaspéré.

De retour sur son estrade, tandis que les serviteurs faisaient disparaître toute trace du repas, elle réfléchit aux paroles de Kamu et de dame Kento. Il semblait que ce fût vrai : les compagnons de son père qui avaient combattu les Barbares quand la victoire paraissait impossible avaient acquis un statut de héros comme on n'en trouvait que dans les commencements de l'histoire et les récits de légende. Dire, pensa-t-elle, que Komawara est devenu un objet de désir pour les femmes de l'empire ! *Komawara !*

Kamu fit son entrée. Il s'inclina et s'agenouilla devant l'estrade puis sur l'un des côtés, comme l'exigeait sa fonction.

« Une lettre est arrivée de dame Okara, Votre Majesté. »

Il la prit dans sa manche et allait la poser au bord de l'estrade quand Nishima le devança pour s'en saisir au passage. Comme toujours, elle fut surprise de la simplicité de l'écriture du grand peintre. Elle glissa la lettre dans la poche de sa propre manche en pensant : ce sera ma récompense quand j'en aurai terminé avec mes obligations. Elle interrogea Kamu du regard.

« Le colonel Jaku Tadamoto. »

Ah oui ! se dit-elle, le frère de Katta. Il avait fait l'objet d'une longue discussion parmi ses conseillers.

Parce qu'il était connu pour avoir eu l'oreille de l'empereur Yamaku, le bannissement des provinces centrales, ou tout au moins de la capitale, était à son propos un arrêt certainement justifié. Pourtant son cas n'était pas si simple. Jaku Tadamoto avait échangé des lettres avec Jaku Katta, son frère, lorsque le Tigre noir avait ostensiblement pris parti pour Shonto et, à en croire Katta, c'était lui qui avait convaincu l'empereur de lever une armée lors du déclenchement de l'invasion barbare. Beaucoup croyaient en sa fidélité au Trône, s'il avait fini par mépriser celui qui l'occupait. Finalement, ce Tadamoto avait tenté d'empêcher son frère de commettre un régicide et puis s'était jeté entre Katta et un coup d'épée qui menaçait de mettre fin à sa vie. Il se contredisait sous bien des rapports, Nishima en était consciente. Rohku Saicha était d'avis que la connaissance qu'il avait des ténébreuses machinations du gouvernement impérial suffisait à le rendre trop précieux pour qu'on pût se passer de lui.

Elle n'avait pas résolu du sort qu'il fallait réserver à cet homme. Elle n'était pas prête à lui faire confiance, et pourtant rien ne démontrait qu'il constituait un danger.

Des gardes Shonto entrèrent et se placèrent tout près de l'estrade au moment où les portes s'ouvrirent à l'autre bout de la salle.

Un officier dans l'uniforme noir de la garde impériale s'agenouilla sur le seuil. Quand il se releva, Nishima sentit sa respiration s'arrêter. Elle l'avait déjà vu, la nuit où l'empereur était mort, mais blessé, hébété, alors qu'elle avait la tête ailleurs. Elle eut la surprise de constater qu'il ressemblait beaucoup à son frère Katta.

Néanmoins, c'était Katta en plus fin. Il n'y avait certainement pas d'insignifiance dans ses traits, pourtant nettement moins marqués que ceux de son aîné. On ne ressentait pas sa présence de la même façon. Katta était tout instinct, désir, force physique, tandis que Tadamoto donnait l'impression d'un penseur dont l'esprit était occupé de considérations de peu de rapport avec la réalité quotidienne. À vrai dire, il avait l'air d'un lettré, beau et franc. Et puis il y avait les célèbres yeux des Jaku. La différence ici était frappante : l'œil de Katta était froid et gris, celui de Tadamoto avait la chaleur et l'intensité du vert de la végétation.

Il se prosterna devant l'estrade puis s'agenouilla, les mains sur les cuisses. Sa physionomie ne laissait rien paraître, sinon peut-être une ombre de tristesse, mais cette ombre était si commune parmi les sujets de l'impératrice qu'elle n'offrait rien de remarquable. Voilà quelqu'un, se dit-elle, qui a appris à cacher ce qu'il est véritablement. Elle se demanda si de vivre au palais n'aurait pas bientôt le même effet sur elle.

« Le colonel Jaku Tadamoto », annonça solennellement Kamu sans abandonner sa place pour cette audience.

Nishima hésita, dans l'espoir de croiser le regard de l'officier, mais elle n'y réussit pas. Il avait l'air d'un homme abattu. Étonnant chez quelqu'un d'aussi jeune.

« Colonel Tadamoto, dit-elle avec douceur (la douceur semblait requise en la circonstance), j'espère que vous avez bien reçu ma lettre. » Elle lui avait envoyé sans l'ouvrir le message contenant l'adieu à la vie de Jaku Katta, le poème qu'il lui avait confié.

Tadamoto se secoua pour répondre, mais sans lever les yeux. « Oui, Majesté ; je vous suis redevable.

— Certes non, colonel. Le général Jaku Katta s'est fait l'allié de mon père quand peu de gens croyaient même en l'éventualité d'un danger barbare. » Elle s'interrompit mais ne le vit pas réagir. « Colonel Jaku, puis-je vous exprimer mes regrets pour la perte que vous avez subie ?

— Vous êtes très aimable, Majesté, je vous remercie.

— Si je puis faire quelque chose… Vous êtes le frère d'un allié de mon père.

— Majesté, j'étais le loyal serviteur du défunt empereur. J'ai accepté la reddition de l'armée du seigneur Shonto, et j'aurais certainement combattu les soldats de mon propre frère si j'en avais reçu l'ordre. Finalement, Katta-*sum* et moi avons croisé le fer. » Elle vit ses épaules s'affaisser.

« La loyauté, colonel, répondit-elle, est une chose que les Shonto comprennent. On ne peut séparer l'honneur de la loyauté, mais il en va autrement de l'affection. On peut honorer son seigneur lige sans l'aimer ; j'en ai souvent été le témoin. On peut nourrir pour son frère un tendre sentiment sans que l'honneur vous permette d'agir d'une manière compatible avec la loyauté. Je dois vous poser la question : votre loyauté allait-elle au Trône ou à l'homme, Yamaku Akantsu ? »

Il hésita. « Au début, Majesté, elle allait aux deux, mais je n'ai pas pu demeurer loyal envers l'homme. Finalement, je ne suis pas sûr d'être resté fidèle au Trône, car comment l'être quand celui qui l'occupe a précipité le pays dans la ruine ? Que dicte alors la loyauté ?

— Lorsque vous êtes allé vers les appartements de l'empereur, la nuit de sa mort, qu'aviez-vous en l'esprit ? »

Il secoua la tête, le visage tourmenté. « À vrai dire, Votre Seigneurie, je l'ignore. Je voulais le regarder droit dans les yeux, le mettre devant sa fourberie, la façon dont il avait trahi ses responsabilités. Au-delà, je ne suis sûr de rien. »

Nishima le regarda attentivement. « Vous avez bien parlé, Tadamoto-*sum*. La fidélité à un trône et la loyauté envers la personne qui l'occupe sont une seule et même chose, tant que le souverain reste digne de ses fonctions. Je ne vous blâme pas, Tadamoto-*sum*, car vos intentions étaient honorables. Peu de gens auraient agi avec plus de sagesse. »

Il s'inclina. « Vos paroles me réconfortent, Majesté.

— Le marchand vassal de mon père dit beaucoup de bien de vous. Tanaka-*sum* est persuadé que vous avez beaucoup souffert des manquements de l'empereur. Tanaka-*sum* est un homme dont j'estime le jugement.

— C'est quelqu'un de remarquable, Votre Majesté. Si l'empereur avait fait montre de la même prudence que votre marchand, l'empire aurait été bien gouverné, sans aucun doute. »

Nishima faillit sourire. « J'en suis persuadée. J'ai beaucoup de questions à vous poser, colonel Tadamoto, si vous n'y voyez pas d'inconvénient. Bien des circonstances dans ce qui s'est passé demeurent pour moi en partie inexpliquées.

— Je suis le serviteur de Votre Majesté, répondit-il, presque machinalement.

— Comme vous le savez, nul n'est véritablement averti des conditions dans lesquelles l'empereur est passé de vie à trépas. La femme qu'on a trouvée avec lui était-elle sa maîtresse ? »

Tadamoto inspira longuement avant de donner sa réponse. « Oui, Majesté.

— C'était une danseuse Sonsa, si je ne me trompe pas. Il me semble l'avoir vue évoluer dans un ballet imaginé à partir des peintures de dame Okara.

— C'est exact, Majesté.

— Comme c'est triste ! dit-elle, touchée visiblement par une disparition de plus. Elle dansait merveilleusement bien.

— À ravir, Votre Seigneurie.

— Ont-ils choisi de mourir ensemble à la manière de certains amants ? »

Tadamoto inspira longuement encore, mais malaisément, comme s'il combattait une douleur physique.

« Allez-vous bien, colonel ? Vous avez été gravement blessé.

— Je vais bien, Majesté. » Il marqua une nouvelle pause. « À des indices laissés dans la pièce, poursuivit-il, l'empereur était sur le point de prendre la fuite. On a trouvé l'armure complète d'un garde impérial. Akantsu lui-même avait revêtu la tenue d'un simple soldat. Les hommes affectés à sa sécurité témoignent qu'on préparait un bateau pour lui permettre de quitter la capitale. » Il s'arrêta encore, et Nishima se demanda s'il avait dit la vérité en affirmant qu'il allait bien. « Ma conviction est qu'Osha-*sum* a poussé l'empereur pour le faire tomber du haut du balcon et qu'il l'a entraînée à sa suite. Je ne crois pas qu'elle ait voulu le rejoindre dans la mort. »

Un instant, Nishima se tut. « Mais elle était sa maîtresse, colonel. Connaîtriez-vous quelque chose qui aurait échappé à mes conseillers ? »

Tadamoto maintenait la même rigidité. À coup sûr, il contrôlait sa souffrance, mais ce n'était pas une douleur physique. Il croisa son regard l'espace d'une seconde. Nishima détourna les yeux.

« Elle ne l'aimait pas, Majesté, dit-il d'une voix neutre mais fermement.

— Je vois. Et sa famille ? Où est-elle ?

— Je ne sais pas, Majesté. » Sa main esquissa un geste vague. « C'est le chaos dans l'empire. Il est difficile de déterminer précisément où les gens se trouvent.

— C'est hélas vrai, colonel. Mais quelqu'un doit s'occuper de la cérémonie funéraire. Pourriez-vous me suggérer un nom ? Avait-elle des amis dans la capitale ? »

Il joignit les mains sur ses genoux. « J'accepte de veiller aux ultimes besoins d'Osha-*sum*, Votre Majesté, si cela vous agrée. » Il s'efforçait de parler d'une voix calme, mais sans y parvenir vraiment.

« J'y consens volontiers. »

Un regard à Kamu, qui approuva imperceptiblement. Elle accorda à Tadamoto un instant de répit pour lui permettre de donner l'illusion de la sérénité.

« Je vous dirai sans détour, colonel Jaku, que mes conseillers ne sont pas unanimes sur le sort qui doit vous être réservé. La plupart de ceux qui appuyaient les Yamaku ne posent pas le même problème : ils seront exilés à l'autre bout de l'empire et dépouillés de leurs prérogatives : on ne doit pas faire confiance à des opportunistes. Mais en ce qui vous concerne, colonel, il se trouve des gens pour penser que vous étiez fidèle à Wa ainsi qu'au Trône et, comme je vous l'ai dit, les Shonto apprécient la fidélité. Vous vous êtes par ailleurs acquis une réputation pour vos capacités intellectuelles et votre connaissance de la cour et de ses intrigues. Est-ce vous qui avez persuadé l'empereur de rétablir l'ordre sur les routes et les canaux ? »

Il fit signe que oui.

« Pourquoi ?

— Les dynasties qui ont assuré la stabilité sont sans exception aucune celles qui ont duré le plus longtemps, Votre Seigneurie. Tout se passe comme si l'histoire jugeait, balayant les familles impériales qui négligent leurs devoirs – souvent avec un certain retard, je le crains. »

Nishima tira un éventail de sa manche et en frappa avec lenteur et régularité la paume de sa main. « Si l'on vous offrait un poste dans le nouveau gouvernement, colonel, l'accepteriez-vous ? »

Tadamoto ne cacha pas sa surprise, bien que la tristesse qui l'accablait ne disparût pas pour autant. « Votre proposition m'honore, Majesté », dit-il.

Un instant, les mots lui manquèrent. Nishima intervint pour combler cette lacune.

« Vous avez subi des deuils cruels, colonel. Vous avez sacrifié l'affection à une fidélité aux principes. Votre frère... » Elle n'alla pas au bout de sa pensée. « Si les principes de votre empereur étaient ceux auxquels vous vouliez rester fidèle, il est peu probable que vous vous retrouviez confronté aux mêmes problèmes, colonel. Mais nous reparlerons de cela quand vous aurez réglé les difficultés qui vous occupent. Si vous jurez de m'être loyal, colonel, je ne demanderai pas à mes gardes d'être présents lors de notre prochaine entrevue. »

Il leva la tête. Nishima put lire l'étonnement en ses yeux verts. Sa physionomie exprimait qu'il ne s'attendait plus à jamais faire l'objet en ce monde d'un geste de bonté.

« Majesté, je me suis agenouillé devant le souverain de Wa un nombre incalculable de fois, et pourtant ce n'est qu'aujourd'hui que j'ai pu entendre des paroles de sagesse et de compassion. Je vais vous jurer fidélité, Votre Majesté. Je sacrifierais volontiers ma vie pour que vous gardiez toujours le pouvoir, car le peuple de Wa n'a pas un moindre besoin de ces vertus que de nourriture et d'eau. »

Nishima s'inclina légèrement. « Nous en reparlerons, colonel Tadamoto. Si vous vouliez bien faire profiter Rohku Saicha, le capitaine de ma garde, du bénéfice de votre expérience, je serais votre obligée.

— Majesté, c'est moi qui serai votre obligé, et pour toujours. » Il se prosterna et recula hors de la pièce.

« Celle qui apporte le renouveau, commenta Kamu à mi-voix, redonne vie à l'honneur et à l'espoir. »

Nishima fit semblant de ne pas avoir entendu, mais les paroles de son chancelier lui plurent. « Cette danseuse Sonsa était sa maîtresse », conclut-elle.

Kamu acquiesça.

« Ai-je laissé la compassion m'aveugler, Kamu-*sum* ? Je crains que ce ne soit ma faiblesse.

— Je crois que, comme vous l'avez dit, Jaku Tadamoto était un homme honorable partagé entre l'honneur, la loyauté, l'amour. Au cours d'une vie passée au service des Shonto, je n'ai jamais été exposé à pareil déchirement. » Il fit le signe de Botahara. Le geste aurait été déplacé aux yeux de qui l'aurait moins bien connu. Il était destiné au père de Nishima. Elle l'imita.

« Puis-je suggérer, demanda Kamu, qu'après votre entretien avec le seigneur Komawara il soit jugé opportun de remettre à demain, ou à une date plus tardive, la suite de vos réceptions ?

— Vous me gâtez, chancelier, répondit-elle.

— Nullement, Majesté. On ne peut rebâtir un empire en un seul jour et, si l'on est tarabusté au point d'y perdre son calme, on ne peut plus rien faire de bon.

— On croirait entendre parler le frère Satake.

— C'est un compliment qui me va droit au cœur, Majesté. »

Elle sourit. « Je vais recevoir le seigneur Komawara, s'il vous plaît, grand chancelier. »

Kamu se frappa la cuisse et battit en retraite, emmenant les gardes Shonto à sa suite. Les portes s'ouvrirent, et Komawara, vêtu de robes blanches, s'agenouilla et courba le dos jusqu'à terre. Ses cheveux ont bien repoussé, pensa Nishima. Elle s'amusa d'une réaction aussi futile.

Le héros de Wa s'avança avec peine, comme si pesait sur ses épaules tout le poids de ses hauts faits. La douleur qu'elle avait remarquée sur son visage aux funérailles de son père n'avait pas diminué, et elle eut la nette impression que sa cause n'était pas d'ordre physique. Elle fut si remuée par ce qu'elle voyait qu'elle ne put parler tout de suite. Le héros de Wa, se dit-elle, a perdu son âme dans l'horreur qui accompagnait ses exploits. Brusquement, elle eut honte de ce qu'elle avait confié à dame Kento : *une épée, une armure et le meilleur cheval de l'empire*. Quant à moi, pensa-t-elle, j'ai renoncé à la vie dont je rêvais, mais lui, puisse Botahara le sauver, il a sacrifié jusqu'à son âme.

« Seigneur Komawara… »

Elle voulait lui exprimer la reconnaissance de son pays, mais tout à coup elle y vit une pose qu'elle était dans l'incapacité de garder. Sa voix trembla subitement.

« Votre âme, dit-elle, Samyamu-*sum*, est comme une pierre tombée au fond de l'eau. Comment en êtes-vous arrivé là ?

— Vous ne savez donc pas, Majesté, répondit-il d'une voix sans chaleur aucune, je suis devenu un héros. Pour cela, je n'ai pas écrit de poèmes, je n'ai pas joué de musique ni proposé de lois, le fruit d'une grande sagesse. Non, je suis devenu le plus grand boucher qu'on ait connu en dix générations. C'est pourquoi l'on me rend hommage à travers tout l'empire. »

Nishima se cacha le visage de sa main. Il sera plus facile, se dit-elle, de reconstruire Wa que de guérir les blessures de cet homme. Oh ! mon père, voyez ce que nous avons fait !

« Samyamu-*sum*, dit-elle avec autant de douceur que possible, que puis-je faire pour vous ? »

Un sourire amer passa sur son visage comme l'ombre d'un oiseau au vol rapide. « On dit que le seigneur Butto se prépare à poursuivre les Barbares dans leur retraite vers le nord. Je désire l'accompagner, Votre Majesté.

— Ne croyez-vous pas en avoir assez fait ? Ne voulez-vous pas laisser cette charge à d'autres ? »

Ses épaules remuèrent. « Mais, Majesté, aucun guerrier n'est mieux fait pour accomplir ce travail. Toute humanité en moi a disparu. Elle a été lavée par le sang des autres.

— Seigneur Komawara, je voudrais que vous demeuriez dans la capitale. S'il vous plaît. Vous avez fait plus que ce que tout souverain est en droit de vous demander. »

Shuyun, se dit-elle. Peut-être saurait-il ce qu'on peut faire pour un homme dans sa situation. Mais Shuyun était hors d'atteinte et Komawara à genoux devant elle, plaidant pour retourner au combat, pour aller au-devant de sa mort, elle en était sûre.

« Majesté, dit-il avec fermeté en croisant son regard, mieux vaudrait me donner une épée comme aux autres et m'envoyer dans le Nord. »

Elle rougit en faisant cela, mais s'obligea à le regarder droit dans les yeux. Il ne se déroba pas. Est-il donc inaccessible ? se demanda-t-elle. Ne reste-t-il rien du jeune homme que j'ai connu, à quoi je puisse faire appel ? « Seigneur Komawara… je ne vous intimerai pas l'ordre de rester dans la capitale, mais je vous le demande en grâce.

— Majesté, répondit-il, abasourdi, vous ne pouvez dire une chose pareille. Je me suis mal fait comprendre. Ma mission me convient. »

Elle secoua la tête en se raidissant. « Je vous le demande instamment. Je vous prie de le faire, en touchant le sol de mon front.

— Votre Seigneurie, gardez-vous-en ! »

Elle descendit de son estrade pour gagner l'espace qui les séparait, posa les mains sur le parquet et commença à s'incliner. Komawara se pencha et la saisit aux épaules.

« Vous êtes l'impératrice. C'est indigne de vous. »

Elle se redressa, se mit à genoux, lui prit les mains. « Si je vous laissais partir, vous pourriez trouver cette mort que vous cherchez ou achever l'anéantissement de votre âme. Je ne le supporterais pas, Samyamu-*sum*, je ne le supporterais pas. »

Comme s'il ne pouvait lutter contre l'émotion, il resta un moment silencieux. « Dame Nishima, je ne vous sers à rien ici… »

Elle sentit une larme lui couler sur les joues. Le voyant, il demeura bouche bée.

« Je reste, dit-il. Si c'est votre souhait, je reste. »

Elle lui pressa les mains. « Je sais que vous avez vu des choses affreuses… »

Il secoua la tête, comme dans un effort pour chasser de mauvais souvenirs. « Non, dit-il, et les mots ressemblaient à un soupir, non, j'ai fait des choses horribles. Vous ne devriez pas toucher à ces mains-là. »

Elle prit celle qui maniait l'épée, la porta à ses lèvres puis la serra contre sa joue. « Vous avez une belle âme, dit-elle, noble et généreuse. Nous la retrouverons. Je ne sais pas comment, mais nous la retrouverons.

— Mais moi-même, Majesté, dit-il d'une voix rauque, j'ignore qui je suis. »

Doucement, elle reposa sur les genoux de Komawara la main qu'elle lui avait prise. « Je sais en tout cas par où commencer », s'exclama-t-elle. Elle revint à l'estrade et sur une table enleva pinceau, pierre à encre, support de pinceau. Elle força Komawara à prendre la pierre. « Elle appartenait à ma mère, dit-elle.

— Dame Nishima, je ne saurais accepter. »

Il essaya de la lui rendre, mais elle l'arrêta. « Je puis vous en prier instamment, dit-elle avec fermeté, ce ne serait pas déchoir.

— Mais c'est un trésor.

— Ce n'est rien de tel. » Elle sourit malicieusement. « J'ai donné un palais à Hojo, une province à Butto. Vous n'allez tout de même pas me refuser une vieille pierre à encre. »

Cela ne réussit pas à le faire sourire à son tour, mais dans ses yeux une brève lueur parut indiquer que son obsession, l'espace d'une seconde, avait relâché son emprise.

Elle mit le support bien en évidence dans la paume de sa main. C'était un cygne finement sculpté dans le jade. « Un cadeau de mon père adoptif. »

Presque timidement, Komawara le souleva et le regarda sous tous les angles.

« Et ce pinceau, dit-elle en le lui mettant de force dans les mains, m'a été donné par une femme qui aurait pu être une poétesse si ses devoirs ne l'avaient pas contrainte à se tourner vers d'autres occupations. Si vous m'écrivez des poèmes, j'y répondrai.

— Majesté, vous avez mieux à faire qu'échanger des vers avec un méchant poète.

— J'ai en mémoire ce que vous nous avez dit dans le jardin de mon père, Samyamu-*sum*. Ne me parlez pas de votre manque de talent. Il n'est rien qui me plairait autant que cet échange. Ne voulez-vous pas m'aider à garder vivante une parcelle de mon existence passée ? »

Il regarda les instruments dont Nishima se servait pour écrire et acquiesça. « Merci, Votre Majesté. »

Il n'affichait pas un air moins égaré, mais son amertume paraissait moins acerbe, et il luttait contre sa colère rentrée. Non, le chagrin ne détruit pas l'âme, se dit-elle. Nous avons tous des raisons d'être tristes.

« Tout ce qui pourra vous être rendu, Samyamu-*sum*, dit-elle, je vous le rendrai, au centuple.

— Merci, Majesté. »

Son malheur était grand, elle le voyait bien, mais à certains signes on s'apercevait d'une réaction à ses paroles. Il a de l'affection pour moi, ce jeune homme, pensa-t-elle. Elle en fut touchée.

« Vous avez des obligations », dit-il avec calme en s'inclinant très bas.

Nishima jugea préférable de ne pas protester et de le laisser partir, chérissant la pierre à encre de sa mère. Quand les portes se furent refermées, elle resta en contemplation devant elles un instant, avant de se lever et d'aller regarder aux fenêtres. Elle attendait le retour de Kamu. Quand il ne vint pas, elle se rappela qu'elle en avait fini avec les affaires de la journée.

Ces entrevues s'étaient révélées différentes de ce qu'elle avait supposé. Elle était si jeune pendant les Guerres intérimaires que leurs effets ne l'avaient pas affectée. Elle n'avait pas vu les dégâts occasionnés. Elle s'était imaginée maintenant donnant des accolades et distribuant des récompenses. Or la physionomie de Tadamoto, celle de Komawara lui restaient en mémoire. Ils n'étaient pas suffisamment avancés en âge. Rien de semblable à un vétéran comme Hojo.

Elle regrettait que Kamu ne fût pas revenu. Il l'avait sagement conseillée. Encore un qui mérite des remerciements pour le rôle qu'il a tenu dans cette guerre insensée, se dit-elle. Quand elle s'appuya aux chambranles de la fenêtre, elle sentit dans sa manche la présence de la lettre d'Okara. Elle retourna s'asseoir sur un coussin de l'estrade, brisa le cachet et lut.

Mon impératrice,

Lorsque m'a été connue la nouvelle de votre ascension, mon cœur s'est réjoui, car je savais que l'empire aurait besoin de la sagesse d'un esprit ouvert comme le vôtre pour son rétablissement. J'espère ne pas me montrer impertinente, mais je me suis attristée aussi, car je connaissais votre désir d'une vie consacrée à l'art et à la contemplation. C'est un grand sacrifice que vous avez consenti, d'autant plus grand que vos dons ne sont pas minces. Comment se fait-il qu'une artiste de votre talent soit appelée à gouverner l'empire ?

Je suis persuadée, Majesté, que Wa aura besoin de cette âme d'artiste pour panser ses plaies après la trahison du Yamaku et les destructions de la guerre. L'art, l'art authentique, vous aide à acquérir compassion et sérénité. Puissions-

nous connaître un empire gouverné par la compassion plutôt que par la cupidité et la force brutale ! Puissent les beaux-arts être au cœur de notre vie !

Et puis, Majesté, m'est parvenue la triste nouvelle du deuil considérable que vous avez subi. Motoru-sum était un ami de toujours qui avait toute ma confiance. Sa disparition est une perte pour tous les habitants de Wa. Puisse Botahara veiller sur son âme !

Après les brumes de l'hiver
Va refleurir un empire :
Renouveau
Aux couleurs de l'esprit.

Puisse Botahara vous accompagner !
Okara.

Nishima replia sa lettre avec le plus grand soin avant d'adresser une prière à Botahara, lui demandant de protéger tous ceux qu'elle aimait.

65

Le frère Sotura déambulait lentement à travers le camp des Barbares, et il avait beau chercher avec tout le savoir-faire de l'expérience, aucun signe ne trahissait la moindre erreur de la part de Shuyun.

Il est étonnant, pensa-t-il. Jamais on ne lui a appris à faire face à une brusque apparition de la peste telle qu'elle s'est déclarée ici, et pourtant… Les nomades qu'il voyait semblaient en bon état, un peu sous-alimentés tout de même.

À l'ouest, des tentes abritaient les malades. Sotura prit par là, salué au passage par les nombreuses courbettes des guerriers barbares qui flânaient au soleil. Au milieu d'une infirmerie de fortune, il aperçut une nonne priant avec trois hommes des tribus. Elle cherche jusqu'ici à faire des convertis, se dit-il sans savoir très bien pourquoi cela l'incommodait.

Tout près, des soldats cuisinaient des aliments sur un feu à base de paille et de crottin, en apparence indifférents à la fumée comme à l'odeur. On changeait de place les chevaux, qu'on attachait à des piquets là où l'herbe était le moins piétinée. Nulle part on ne voyait d'armes, en dehors de couteaux à dépouiller le gibier. Comme c'est calme ! se disait-il, que c'est étrangement calme ! Et, effectivement, quand on parlait, c'était à voix basse. Pas de rires, pas d'appels. On se trouvait dans un camp militaire, et le silence était religieux.

Les occupants de ce camp se faisaient nettement plus rares à mesure qu'on se rapprochait des tentes des malades, mais les nomades montaient la garde, et il eut droit à des regards soupçonneux. Pourquoi garder les tentes des contagieux ? se demanda-t-il, et la réponse lui apparut : c'était à cause de Shuyun. On pouvait braver la contagion pour voir le Maître.

Beaucoup de frères de la Foi avaient abjuré leurs vœux pour rejoindre Shuyun et soigner les Barbares. C'est pourquoi les sentinelles ne virent pas un intrus en Sotura et ne lui posèrent pas de question.

Un bruit de toux lui parvint quand il enjamba des cordes qui soutenaient une tente. Une nonne passa en trombe à côté de lui. Il l'interpella. « Le frère Shuyun, ma sœur. Où puis-je le trouver ? »

Elle s'arrêta, l'examina avec soin, et même avec une certaine méfiance, avant de lui indiquer un abri de toile dans un espace libre. Il s'inclina pour la remercier. Il fut surpris en marchant dans l'herbe de constater qu'il était nerveux. Quatre guerriers barbares armés de bâtons étaient en faction. Ils l'empêchèrent d'avancer. Dans leur langue, il demanda le frère Shuyun.

« Le Maître est à son ouvrage, mon frère, répondit l'un d'eux. S'il vous faut des renseignements, mieux vaut vous adresser à sœur Morima. »

Morima ! Sotura faillit prononcer le nom à haute voix. Ainsi elle était devenue l'ombre de Shuyun.

« Je suis porteur d'un message de la congrégation des frères botahistes, dit-il. Il faut que je parle au frère Shuyun. »

Les Barbares se consultèrent du regard.

« Je vais demander », dit l'un. Il battit en retraite vers la tente. Dans la pénombre de l'entrée, Sotura le vit faire de grands gestes devant une jeune sœur. Elle jeta à Sotura un bref regard puis s'éclipsa. Un instant plus tard, Shuyun lui-même parut. Il s'essuyait les mains à un linge de coton. S'il était surpris de voir son ancien maître, il n'en montrait rien.

Une petite brise agitait la lourde étoffe des tentes. Au-dessus, le pavillon de la peste flottait à un grand mât, troublant l'étrange silence de son bruit saccadé. Quand il fut certain de ne pas être entendu, Shuyun ne tergiversa pas, comme s'il était réclamé par des affaires de la plus haute importance. Il ne s'en conforma pas moins à la plus stricte des politesses.

« Êtes-vous réellement porteur d'un message, frère Sotura, ou auriez-vous trouvé la compassion en votre âme ? »

Sotura fronça quelque peu le sourcil. Il ne lui était pas facile d'accepter d'être traité en égal. « Mais oui, j'ai un message,

Shuyun-*sum*, et un message de compassion. » Il croisa le regard de l'ancien novice. « Le maître suprême va envoyer nos frères à la rencontre des Barbares qui se dirigent vers la montagne du Pur Esprit. Nous leur proposerons de les guérir, si eux aussi veulent bien déposer leurs armes. »

Shuyun s'inclina profondément devant l'envoyé du patriarche. « Puisse Botahara célébrer votre nom, Sotura-*sum* ! »

Sotura ne réagit pas. « On m'a également demandé de vous donner ceci. »

Il tendit son poing fermé. Shuyun hésita un instant puis ouvrit la main. Il s'attendait à moitié à ce que Sotura rendît la liberté à un petit papillon bleu, mais au lieu de cela il sentit dans sa paume peser un froid pendentif de jade avec sa chaîne.

« Jamais jusqu'à présent on n'en avait rendu un, Shuyun-*sum*. J'espère que vous ne le refuserez pas. »

Le jeune moine examina le contenu de sa main. « Pourquoi, mon frère ? demanda-t-il.

— Beaucoup ont pensé que le maître suprême avait peut-être agi de manière trop impulsive. » Cela l'embarrassait d'admettre que son ordre pût être faillible. « Nous avons usé de notre influence. » Il montra le camp des Barbares. « Pensez aux autres frères qui vous ont suivi ici. S'ils voient que vous portez votre pendentif, frère Shuyun, ils vont reconsidérer leur décision. Je m'inquiète pour leurs âmes, Shuyun-*sum*, pour les leurs et aussi pour la vôtre. »

Le visage du jeune moine s'éclaira d'un sourire qui pouvait être de joie. « Votre sollicitude serait plus utile en se portant ailleurs, mon frère. Ceux qui sont venus ici guérir les Barbares de la peste vivent en accord avec la parole du Maître parfait. » Il souleva le pendentif par sa chaîne, si bien qu'il oscilla entre les deux moines. « Aucune pierre, dit-il, n'y changera quelque chose.

— Frère Shuyun, dit Sotura d'une voix que rendait cassante l'exaspération, ils viennent parce qu'ils croient que vous êtes le Maître attendu. Que leur répondez-vous ? »

Shuyun prit la main de Sotura, y fit tomber le pendentif puis la referma, sans cesser de la tenir comme pour exprimer une profonde affection. « Je leur réponds que je suis convaincu de ne pas l'être. »

Sotura ne savait plus que dire. « Si c'est vrai, que comptez-vous faire ? Vous avez tourné le dos à la foi botahiste.

— Mais le Maître est parmi nous, Sotura-*sum*. Je vais aller le trouver et entendre la Parole de la bouche de quelqu'un qui a atteint à ce dont nous ne pouvons que rêver. »

Sotura saisit l'ancien novice à l'épaule et ne le quitta pas des yeux. « Sauriez-vous donc où il est ? »

Shuyun acquiesça.

« Où ? »

Le jeune moine hocha lentement la tête. « Lorsqu'il voudra que vous le trouviez, il vous enverra un message, frère Sotura. »

Sotura le secoua sans brutalité. « Avez-vous reçu un tel message ? demanda-t-il sur un ton presque exigeant.

— Je crois que oui », répondit Shuyun en reculant pour se libérer de son ancien maître.

Un instant, celui-ci fixa son attention sur l'herbe à ses pieds. « Comment cela pourrait-il être vrai, mon frère ? Pourquoi n'a-t-il pas convié le maître suprême ou le frère Hutto ?

— Leur karma leur appartient en propre, mon frère, répondit Shuyun avec beaucoup de douceur et le visage empreint de sollicitude. Demandez-vous pourquoi vous n'avez pas été invité, Sotura-*sum*. Cette question vous ouvrira les portes de la sagesse. »

Sur ces paroles, il s'inclina devant son aîné et rentra sous la tente où il travaillait à guérir les ennemis de Wa.

Le lendemain, il fut interrompu dans ses travaux par sœur Morima. Sa silhouette se découpait dans le soleil tandis qu'il était penché sur un jeune nomade couché dans l'herbe sur des couvertures. « Frère Shuyun ? »

Comme tous ceux qui dans le camp avaient reçu une formation botahiste, elle persistait à l'appeler « frère », alors que les Barbares l'appelaient « le Maître ».

Il leva les yeux, ébloui par la lumière. Il ne pouvait pas la voir clairement mais savait qu'elle avait recouvré sa bonne mine et s'en réjouissait. Sa démarche était devenue légère tandis qu'elle vaquait à ses occupations. Sa crise spirituelle avait été dénouée par un geste de miséricorde.

« Ma sœur ? »

Elle montra le sud. « À l'extrémité du camp. La prieure, sœur Saeja, s'y trouve. Elle vous demande, mon frère, et viendra à vous si vous l'autorisez à pénétrer dans cette enceinte. »

Shuyun glissa quelques mots à l'oreille du nomade qu'il soignait et se releva en toute hâte.

« Je vais aller la voir, ma sœur. »

Il se dépêcha de traverser le campement en répondant d'un signe de tête aux nombreuses courbettes auxquelles il avait droit. Se détachant en bordure du terrain, il vit qu'un petit pavillon avait été dressé sur la ligne même de démarcation, purement imaginaire, que faisaient respecter les gardes Shonto. Aussitôt il se mit en chemin, sans savoir comment on allait réagir à sa venue. Il y eut un mouvement de foule. Il entendit son nom mille fois répété pendant qu'on murmurait des prières d'action de grâce. Les soldats ne furent pas pris au dépourvu par ces remous. En fait, ils paraissaient les avoir prévus, et il n'y eut aucun débordement.

Il s'arma de courage et s'avança. Devant la poussée de la foule et l'espoir qui animait les visages, il pensa : telle sera ma vie désormais; je ne pourrai me dérober. Plus près des sœurs, il reconnut certaines d'entre elles qu'il avait entrevues au palais : celle qui avait une forte mâchoire et une attitude arrogante, la petite qui veillait sur la prieure.

Quand il fut à deux pas des religieuses, elles s'agenouillèrent et s'inclinèrent profondément. La prieure ne quitta pas son palanquin cette fois, mais réussit quand même à se courber. Avant qu'il pût parler, sa voix éraillée se fit entendre.

« Nous avons honte de l'avouer, mais nous ne savons pas comment nous adresser à vous.

— Je serais honoré si vous m'appeliez Shuyun-*sum*, prieure », répondit-il sans hésiter.

La vieille dame y réfléchit un instant puis rejeta cette proposition comme inadéquate. « Maître Shuyun, c'est le Maître que nous recherchons », dit-elle simplement.

Shuyun sonda ces yeux affaiblis par l'âge, y vit luire l'espoir et fut désolé de le décevoir. « Peu le trouveront, prieure », répliqua-t-il, non sans regret.

Les sœurs échangèrent des regards embarrassés.

« Maître Shuyun, dit la vieille dame, l'espérance en ses yeux faisant place à une incertitude grandissante, êtes-vous celui dont on a parlé ? »

Shuyun lentement secoua la tête, navré de devoir le faire. La sœur expira longuement. Son visage s'amollit comme celui d'un enfant dont les espoirs sont soudain brisés et qui est prêt à fondre en larmes.

« En ce cas, comment se fait-il que vous soyez doté de pouvoirs comme dans notre histoire on n'en a jamais connu ? »

Shuyun baissa la tête. Quand il la releva, ses yeux semblaient humides, sa voix presque inaudible tant elle était grave. « Je suis le porteur, prieure. Je vais servir le Maître. »

Il y eut un long silence. Les nonnes ne détachaient pas leur regard du jeune moine, comme s'il était un personnage de légende venu les visiter.

« Mais ce peu de gens qui trouveront le Maître, reprit la prieure, qui sont-ils ? » Elle hésitait à poser la question comme si elle en craignait la réponse.

« Je ne suis pas sûr, prieure. »

La prieure s'inclina. « Maître Shuyun, n'emmènerez-vous pas avec vous quelqu'un des nôtres ? »

À nouveau, Shuyun baissa les yeux, mais un bref instant seulement, et, quand il releva la tête, il dit : « Si vous le permettez, j'enverrai un mot à sœur Morima, prieure. Je lui demanderai de m'accompagner, si cela se peut. »

Sur certains visages, il vit poindre la colère, la rancune, mais celui de la prieure s'éclaira subitement comme lorsque le soleil surgit de derrière un nuage.

« Au moins, je ne me serai pas trompée sur tout. Botahara vous bénisse, mon frère ! Je prierai pour vous.

— Prieure (son ton se fit très grave), prieure, Shimeko-*sum*, celle que vous appeliez sœur Tesseko, c'est son âme qui a besoin de vos prières. »

La prieure se tut un moment, recueillie. Puis elle inclina la tête une fois et son sourire revint.

L'impératrice était assise au balcon d'où l'on avait vue sur l'immense armée barbare. Elle avait fini de lire une lettre écrite par Tanaka, un rapport sur l'état du Trésor impérial. La situation n'était pas aussi désespérée que l'avaient suggéré les pires de ses craintes. Hojo avait si bien bouclé le palais lors de la chute du Yamaku que peu de serviteurs du Trône avaient pu s'enfuir avec des richesses qui ne leur appartenaient pas. Au fil des ans, Tanaka avait de manière exhaustive étudié tous les aspects de la corruption dans le gouvernement impérial, mais non de propos délibéré ; le mode de gestion du Yamaku l'y avait contraint. Il avait payé pour avoir des renseignements, acheté des hommes influents quand le besoin s'en était fait sentir, soudoyé des ministres et des bureaucrates. Cela faisait qu'il possédait une longue liste de gens dont il fallait se méfier et qu'il débarrassait la fonction publique de ses brebis galeuses. Mon père, pensait Nishima, aurait apprécié l'ironie de ce retournement de situation.

Elle sourit. Elle avait parlé de Tanaka à Shokan et découvert que le pauvre homme était bourrelé de remords. Il avait remis au colonel Tadamoto une liste détaillée (bien qu'incomplète) des avoirs commerciaux des Shonto, et maintenant avait l'impression d'avoir trahi la confiance mise en lui dans tous les domaines où il en avait bénéficié. Le stratagème lui avait peut-être sauvé la vie. Aussi Shokan applaudissait-il à son discernement. Mais cela ne consolait pas Tanaka. Il continuait à se désoler.

Le devoir, pensait Nishima. Il croit qu'il a manqué à ses devoirs, même s'il n'en est pas résulté de conséquences fâcheuses et s'il s'en est suivi beaucoup de bien : n'a-t-il pas préservé une existence précieuse ? Il lui vint à l'esprit d'envoyer au marchand un brevet lui conférant un titre de noblesse mineur et d'attribuer cette récompense au fait qu'il avait trahi la confiance des Shonto. Elle n'était pas sûre, malgré tout, qu'il goûterait le sel de la plaisanterie.

On frappa à l'encadrement des *shojis*. Dame Kento s'agenouilla entre deux écrans.

« Kento-*sum* », dit Nishima en souriant. Tout concourait à son plaisir en cette journée.

« Votre Seigneurie, le capitaine Rohku est satisfait de la sécurité qu'offre l'ensemble de vos appartements, des salles d'audience privée et des chambres des invités de l'impératrice. Il juge qu'elle peut s'y déplacer sans être flanquée de gardes du corps.

— Ce sont d'excellentes nouvelles, Kento-*sum*. Je devenais enragée à force d'être suivie partout où j'allais. S'il vous plaît, félicitez le commandant de la garde pour son zèle.

— Et dame Kitsura est là, Majesté.

— Ne la faites pas attendre, je vous prie. »

Dame Kento s'inclina et disparut. Vite, Nishima enroula son document et repoussa sa table de travail dans un coin. Elle se remit à observer la campagne. Shuyun avait fait parvenir un message plus tôt dans la matinée. Il annonçait pour le soir une visite au palais. Nishima y songeait avec plaisir et aussi avec crainte. *Combien de temps restera-t-il ?* se demandait-elle. C'était devenu une hantise.

Kitsura parut. Elle s'inclina dans l'entrebâillement.

Au-delà d'un onzième jour de deuil, Kitsura n'avait plus de blanc qu'une ceinture, portée en souvenir de ceux qui avaient perdu la vie lors des troubles récents et bien sûr de Shonto. Sa robe était vert foncé. On y avait brodé un motif de coquillages bordés d'or.

« On me dit que vous avez revu votre famille. J'espère qu'ils vont bien.

— C'est aimable à vous de le demander, ma cousine. Effectivement, leur santé est bonne. Ma famille vous assure de sa profonde affection. »

Nishima se pencha pour presser le bras de sa visiteuse. « Kitsu-*sum*, votre père, comment va-t-il vraiment ? »

Kitsura remercia sa cousine d'un petit sourire pour sa sollicitude et se mit à faire tourner une bague sur son doigt. « Il faut admettre qu'il se porte moins bien qu'il n'en donnait l'impression quand je suis partie pour Seh, mais il est étonnant, Nishi-*sum*, c'est indubitable. Parlant de votre ascension, il m'a dit que Wa perdait une grande artiste mais y gagnait une impératrice plus grande encore. Je crois qu'il voulait que vous le sachiez.

— Le seigneur Omawara est trop bon. »

Nishima souffrait pour sa cousine. Deux fois, elle avait perdu un père et savait ce que cela signifiait. Elle ne posa pas d'autre question.

« Du thé, Kitsu-*sum* ? demanda-t-elle pour détourner la conversation d'un sujet pénible, à moins que nous ne goûtions à quelques-uns des vins fins du palais. Je me suis laissé dire qu'on y trouvait un bon choix des crus les plus rares. D'après Shokan, le cellier vaut davantage que les coffres-forts.

— Le thé serait le bienvenu, ma cousine, merci. Une autre fois, malgré tout, ce sera avec plaisir que je dégusterai les trésors de votre cave. »

Nishima frappa dans ses mains. Une servante parut. On lui demanda du thé.

« J'ai pu bavarder avec Kento-*sum* en arrivant, dit Kitsura sur un ton dégagé. Elle est décidée à vous trouver un bon mari, Nishima-*sum*.

— À moi ? s'exclama Nishima, surprise. C'est pour vous qu'elle se met en peine.

— C'est ce que je craignais, s'écria Kitsura en riant. Je vous taquinais, ma cousine. Elle ne m'a pas parlé de maris pour vous. » Kitsura fit effort pour ne pas avoir l'air trop satisfaite de sa plaisanterie. « Et qui, dit-elle, mon impératrice a-t-elle choisi pour son humble et fidèle servante ?

— Votre impératrice n'a encore rien décidé, répondit Nishima en hochant la tête devant la facilité avec laquelle elle avait été dupée. Cela dépendra de la loyauté et de l'humilité dont dame Kitsura fera montre. »

Kitsura se mit à rire. « J'ai peur pour la félicité de mon mariage, ma cousine. » Elles s'amusèrent toutes les deux.

« J'admets, dit Nishima, que nous n'avons pas trouvé grand-chose hormis les noms qui s'imposaient, Shokan-*sum* et le seigneur Komawara. » En disant cela, elle observa sa cousine du coin de l'œil pour juger de sa réaction, mais celle-ci ne dévoila rien de ses sentiments. Le thé arriva. Nishima congédia la domestique pour achever elle-même les préparatifs.

« Le héros de tout Wa, Majesté. Je ne savais pas que vous portiez si haut ma fidélité et mon humilité. » Elle réfléchit un instant. « Il me faudrait habiter Seh, loin de mon impératrice bien-aimée.

— Et des plaisirs du palais », ajouta Nishima en versant du thé à la cuiller dans des bols.

Kitsura soudain se fit plus sérieuse. « Lorsque j'ai fait la connaissance du seigneur Komawara, ici, dans les jardins du palais, l'automne dernier, j'étais bien loin de penser qu'un jour son nom serait sur toutes les lèvres. On s'agenouille, on courbe le dos devant lui dans les rues. Jusqu'à des pairs de l'empire ! Je l'ai vu. Le seigneur Toshaki, dont on sait qu'il a presque forcé le seigneur Komawara à se battre en duel avec lui, ne le quitte plus d'une semelle. Et toutes les jeunes filles de l'empire brûlent de le rencontrer. Dans les premières réunions mondaines que vous organiserez, on verra davantage que nous n'imaginons de ces victimes de son charme. » Elle leva les bras au ciel. « Notre timide seigneur Komawara ! Qui aurait pu s'y attendre ? » Elle but une petite gorgée de son thé. « Naturellement, à toutes les femmes qui me le demandent, je dis que moi… que nous… avions tout de suite senti qu'il avait cela en lui. Je reconnais mentir effrontément, Votre Majesté. »

Nishima fixa le contenu de son bol. « Cela signifie-t-il que vous accepteriez le seigneur Komawara, dame Kitsura ? »

Dame Kitsura se mit à rire, mais d'un rire qui parut quelque peu forcé à sa cousine. « Je crois, dit-elle, que notre jeune héros devra décider par lui-même, Majesté. »

Le regard de Nishima s'attarda sur le camp des Barbares. « Le seigneur Komawara souffre d'une grave blessure à l'âme, dame Kitsura. Je ne sais pas trop ce qu'on peut faire pour lui. »

Kitsura sourit. « Je pense à plusieurs choses, dit-elle, impudence mise à part.

— J'avais à l'esprit plus spirituel, dame Kitsura.

— C'est un guerrier, Nishima-*sum*. Une cure de cet ordre ne répondrait peut-être pas à ses besoins. »

Nishima mit sa main en visière et chercha du côté des montagnes. Était-ce un nuage de poussière ? Elle avait eu des nouvelles le matin même : les frères avaient rencontré l'armée barbare avançant au petit bonheur et, avec le concours de Taiki, obtenu qu'elle déposât les armes. Shokan avait raison : la congrégation, tant bien que mal, essayait de réparer ses torts.

Les nomades qui battaient en retraite vers le nord sur le canal connaissaient un sort moins enviable. Beaucoup mouraient. Ils laissaient derrière eux une longue suite de tertres funéraires. Il en resterait moins d'une poignée quand ils franchiraient la frontière pour rentrer chez eux. C'était un désastre. Le Kalam, la veille, était revenu dans la capitale, envoyé par Butto Joda. Il était persuadé que les Barbares n'accepteraient jamais de se rendre. Quel orgueil ! pensait Nishima.

Kitsura s'était remise à parler, mais elle n'y avait pas fait attention. « … C'est ce que tout le monde dit, Nishi-*sum*. Mais est-ce la vérité ?

— Excusez-moi, Kitsu-*sum*, je pensais à autre chose. Pardonnez-moi, s'il vous plaît. »

Kitsura lui jeta un regard inquiet, mais ce qu'elle vit dut la rassurer car son inquiétude disparut. « Je parlais du frère Shuyun. Est-ce vrai, ce que tout le monde dit, qu'il est le Maître ? »

Nishima se donna le temps de la réflexion en versant du thé et en tisonnant les cendres du petit poêle. Cette question, elle évitait depuis des jours et des jours de se la poser, bien que tard dans la nuit elle se présentât à son esprit avec décidément plus d'acuité et troublât son sommeil comme ses veilles.

« Je ne sais pas, Kitsura-*sum*. Le frère Shuyun dit que non, mais Tesseko – Botahara donne la paix à son âme – croyait qu'il pouvait être le Maître et encore l'ignorer.

— Mais vous, que croyez-vous, Nishi-*sum* ? Que vous dit votre cœur ?

— Mon cœur ? » Sa voix laissa percer un rien d'irritation. « Je suis une impératrice, ma cousine. Je ne me laisse pas gouverner par mon cœur. »

Kitsura se tut un instant. Elle observait cette cousine dont le regard était tourné vers la campagne et dont l'humeur avait brusquement changé.

« Pardonnez-moi, dit Nishima en se retournant et en voyant qu'on la regardait avec attention. Veuillez accepter mes excuses. Il est indigne de moi de verser dans l'aigreur à cause d'un rôle que j'ai choisi de tenir. »

Kitsura lui prit une main dont la peau était parfaitement douce. « Que va faire Shuyun à présent ? demanda-t-elle. Suivra-t-il le seigneur Shonto ? »

Nishima secoua la tête. « Shokan-*sum* lui a rendu sa liberté. »

Kitsura pressa la main qu'elle avait prise. « En ce cas, il va sûrement vouloir rester près de vous. »

Nishima ferma les yeux.

« Ma cousine ? » insista Kitsura.

Nishima aurait voulu donner une réponse qui ne l'engagerait pas, mais rien ne vint. Elle sentit Kitsura se rapprocher d'elle. Une main se posa sur son épaule, la caressant doucement. Puis Kitsura se rapprocha encore et l'étreignit. Elles restèrent ainsi quelque temps. « Si vous vous mariez, Kitsu-*sum*, dit enfin Nishima, il faut me promettre de demeurer dans la capitale. Je ne pourrais tolérer de perdre quelqu'un d'autre encore.

— Vous avez ma parole, murmura sa cousine. Shuyun-*sum* est-il chez les Barbares ?

— Il sera de retour ce soir.

— Attendez-vous de moi quelque chose ?

— Non. Vous en avez déjà tellement fait. Souvent, quand nous étions sur le canal et dans Seh, vous m'avez redonné des forces. Je n'ai pas oublié.

— Savez-vous, dit Kitsura, et Nishima sentit la moquerie dans sa voix, qu'Okara-*sum* un jour m'a prévenue que nous devions apprendre à ne pas rivaliser l'une avec l'autre ?

— Nous, ma cousine ? »

Kitsura le confirma. « Mais bien sûr, corrigea-t-elle, maintenant vous voilà impératrice. Il s'ensuit que votre victoire est totale. Il ne reste plus un seul enjeu qui vaille que nous nous mesurions. »

Nishima n'esquissa aucun sourire. « Mon sentiment est qu'en devenant impératrice j'ai perdu plus que je n'ai gagné. »

Kitsura hocha la tête.

« Okara-*sum* parlait d'or, ma cousine, reprit Nishima.

— C'est bien mon avis, dit Kitsura au bout d'un instant. C'est tout à fait mon avis. »

Lentement elles se séparèrent.

« Je suis certaine, dit Nishima, que les monarques ne sont pas supposés avoir besoin de ces câlineries.

— Ils n'ont besoin de rien, ma cousine, mais… N'avez-vous pas lu les livres d'histoire ? Vous faites exception seulement en pouvant vous soustraire à pareil traitement de temps à autre. »

Le thé s'était refroidi, et ce qui restait dans le chaudron était trop fort. « Je vais en demander d'autre, dit Nishima.

— Merci, ma cousine mais... Je sais qu'il est contre tous les usages d'alléguer une excuse pour se dérober à la vue de sa souveraine... Mon père, voyez-vous, souvent se réveille tard dans l'après-midi et dispose alors d'assez de forces pour accueillir un visiteur.

— Il faudra lui transmettre toutes mes amitiés. »

Kitsura s'inclina profondément. Elle pressa encore la main de sa cousine et disparut à l'intérieur du palais.

Nishima se leva et fit les cent pas sur le balcon. Un instant, elle resta assise sur la balustrade, le regard fixé sur le camp, puis subitement elle retourna à sa table de travail. Elle frotta un bâton de résine sur sa pierre à encre et se mit à respirer tranquillement.

Lorsque Shokan avait appris qu'elle avait fait don de sa pierre à Komawara, il lui en avait envoyé une qui avait appartenu à son père. Elle l'avait reconnue sans hésiter. Cette pierre à encre était très ancienne et avait beaucoup servi. Nishima en était très entichée.

Elle ajouta quelques gouttes d'eau. Shuyun ne serait pas là avant plusieurs heures. Comme elle n'avait toujours pas reçu de poème de Komawara, elle décida de l'obliger à lui répondre. Ce serait l'impératrice qui lui écrirait.

Lorsque vint le crépuscule, Nishima s'estima satisfaite du poème qu'elle avait composé. Cependant, après plusieurs essais, elle opta pour quelque chose qui démontrait moins d'habileté que la dernière version à laquelle elle avait abouti. Elle ne voulait pas l'effaroucher une fois pour toutes. Elle se moqua de sa vanité mais, réflexion faite, se dit qu'elle prenait seulement en compte l'état dans lequel le jeune homme se trouvait. À l'avenir, quand il irait mieux, ces précautions ne seraient plus de mise.

Elle relut son ouvrage une dernière fois. Elle espérait avoir suffisamment en mémoire les vers que Komawara avait composés dans les jardins de son père longtemps auparavant.

Des horizons lointains me font signe dans le jardin d'automne.
On jette les vieilles pièces de monnaie

Parmi les muguets des brumes et de nouvelles amitiés.
Le Navire largue ses amarres
Pour se soumettre à des vents capricieux,
Aussi capricieux que le cœur est constant.

L'Éventail ouvert de la tentation
Vous apparaît-il
Déployé dans un ciel blanc ?
Tous, nous cherchons dans l'eau verte
L'image d'une nuée furtive,
Sachant qu'elle n'est visible qu'à l'âme sereine.

Nishima demanda une lampe et de la cire. Elle plia et cacheta son poème, puis hésita au moment d'imprimer la cire molle. Un instant de réflexion, et elle préféra la fleur de *shinta* au dragon à cinq griffes emprisonnant le soleil. Après tout, elle avait demandé à Komawara de l'aider à garder vivante une part de l'existence qu'elle avait menée jusque-là.

Le soleil avait disparu au sein d'un banc de nuages au-dessus des cimes à l'horizon. Il fit une brève apparition dans un flamboiement couleur de cuivre entre pics et nuées avant de s'éteindre, laissant ces dernières incandescentes comme des braises. Nishima se tourna pour regarder la scène lentement s'effacer.

Une servante frappa à l'encadrement d'un écran et s'inclina profondément. « Oui ? dit Nishima, l'esprit ailleurs.

— Le frère Shuyun, Majesté. »

Nishima aussitôt s'arracha à sa rêverie et s'efforça de dissimuler son plaisir à la domestique. « Je vais le recevoir ici. »

Vite, elle prit le coussin abandonné par Kitsura et le rapprocha. On pouvait difficilement attendre pareil comportement de la part d'une impératrice, et pourtant elle ne parvenait pas à s'empêcher de regarder du côté des écrans entrouverts et d'y guetter l'apparition du moine. Elle brûlait du désir de voir son visage, comme si la réponse à la question qui la hantait pouvait y être lue, avant même leurs premières paroles.

Shuyun entra, s'agenouilla. Il s'inclina tout de suite, ce qui fit qu'on ne vit rien de sa physionomie. La pièce, aux dernières lueurs du jour, baignait dans une lumière chaude et dorée, si bien que, lorsqu'il se redressa, Nishima découvrit sur ses traits plus de douceur et moins d'austérité qu'elle n'avait prévu. Cette lumière semblait l'illuminer, et l'illuminer du dedans.

Il s'est passé quelque chose, pensa-t-elle. Il suffit de le regarder : il a eu une révélation. Elle sentit une sorte de panique commencer à la saisir et s'efforça de ne pas y céder.

« Shuyun-*sum*, dit-elle en essayant de prendre une voix chaleureuse (mais les mots sortaient d'une gorge serrée et trahissaient sa nervosité), je vous en prie, venez près de moi. »

Il s'avança avec la grâce qui faisait la joie de la jeune femme et, bien qu'il se conduisît avec son sérieux habituel, elle lui trouva une légèreté qu'elle ne lui avait jamais connue. À sa grande surprise, il se pencha et lui prit la main. Un instant, elle se sentit sondée par ce regard qui semblait à la fois d'une sagesse antique et parfaitement innocent.

« Allez-vous bien, Votre Seigneurie ? »

Nishima hocha la tête affirmativement, sa voix soudain lui refusant tout service. Elle continua à le regarder droit dans les yeux, toujours à la recherche d'une réponse à sa question. Tout à coup, il mit sa main dans les deux siennes, et elle fut consciente de l'agréable picotement d'un courant de *chi*.

« Quelque chose vous a-t-il fait de la peine ? » demanda-t-il.

Au prix d'un certain effort, elle retrouva l'usage de la parole. « Sans mentir, je vais bien. L'apprentissage du gouvernement a laissé des traces peut-être. » Elle eut un geste pour signifier que cela n'avait pas d'importance.

« Les Barbares sont-ils guéris ?

— La guérison prendra du temps, Nishi-*sum*. Il faudra compter de nombreux jours. Mais il n'est pas trop tôt pour se demander ce qu'on fera de ces gens-là quand ils iront mieux. »

La conversation s'engageait dans une direction qui les éloignait de la discussion souhaitée, mais c'était avec un certain soulagement que Nishima y participait. Les nouvelles redoutées allaient en être différées.

« Kamu-*sum* a commencé à s'en occuper. Nous ferons remonter le canal aux Barbares, première étape vers leur retour. »

Shuyun y donna son approbation. « Pardonnez-moi de vous le dire, mais nous devrions ne pas nous en tenir là. Il faut que nous commercions de manière régulière avec les tribus et ouvrions des relations. Il faut envoyer des ambassadeurs avec des présents quand les chefs seront désignés et permettre aux nomades de vendre et d'acheter plus librement en deçà de nos frontières. » Son regard s'abaissa sur l'armée barbare, vite cachée par l'obscurité croissante. « Sinon, un jour ou l'autre, nous aurons un nouveau khan.

— Je suis sûre que vous avez raison, mon frère, répondit Nishima. Il ne sera pas simple de convaincre le Conseil que c'est la voie de la sagesse, tant est grande la colère causée par les Barbares, mais j'en parlerai aux gens qui me viennent en aide. On doit pouvoir trouver un moyen de persuader le Grand Conseil.

— Puis-je aussi suggérer, Nishima-*sum*, de faire du Kalam une sorte de médiateur entre les tribus et Wa ? »

Cela surprit Nishima, et elle sentit que les questions primordiales qu'elle devait poser lui échappaient de plus en plus. « Mais n'est-il pas vrai qu'il est tenu de ne pas vous quitter jusqu'à ce que la mort le libère de sa servitude ?

— C'est juste. *Tha-telor* comporte des exigences très strictes, mais le monde a tellement changé. J'ai abondamment parlé au Kalam, et il accepte le rôle que j'ai proposé, si c'est le souhait de l'impératrice. » Sans se départir de son calme, Shuyun poursuivit : « Il comprend maintenant qu'il ne peut pas m'accompagner dans mon voyage. »

Nishima expira longuement en regardant les mains qui emprisonnaient les siennes. « Je vois dans vos yeux que vous avez pris des décisions, Shuyun-*sum*, dit-elle calmement. Vous partez donc en voyage ? »

Il lui caressa la main. « Ce que vous voyez, Nishi-*sum*, est la force intérieure. Toute la vie, on m'a enseigné à la rechercher, mais c'est seulement maintenant que je l'ai trouvée. Je vais me mettre en quête de celui qu'on attend. Mon rôle est de le servir, comme le vôtre est de régner sur un empire. »

Nishima sentit que la tête lui tournait. Son corps était gagné par une sorte de paralysie, non qu'elle fût devenue insensible, mais trop, c'était trop. Trop d'émotions se bousculaient. Elle ne pouvait ni les différencier ni les dominer. Ce genre de réaction n'était pas nouveau pour elle : c'était comme si elle venait d'apprendre un décès de plus.

« Nous ne nous verrons plus ? réussit-elle à dire.

— Je ne sais pas, Nishi-*sum.* »

Elle percevait la douceur que sa voix avait prise. Il l'étreignit, mais elle resta amorphe dans ses bras, comme si ce dernier coup l'avait privée de ce qui lui restait de forces.

« Vous n'êtes donc pas le Maître ? C'est une certitude ? »

Elle sentit que sa tête s'inclinait pour le confirmer, tout près de la sienne. « Ce fut lorsque j'ai rencontré Quinta-*la* pour la première fois, qu'elle s'est prostrée et a récité une prière dans sa langue. Plus tard, j'ai saisi des bribes de ce qu'elle disait : *celui qui porte la parole.* Parmi les habitants de la montagne, il se trouve une prophétesse, une vieille femme. Votre frère lui a parlé. Elle lui a posé des questions à mon sujet.

» Dans le vieux manuscrit qui fait mention de la venue du Maître, on trouve également qu'il viendra quelqu'un porteur de la Parole. Les lettrés botahistes depuis longtemps se sont accordés à y voir une allusion de plus au Maître, mais c'est inexact. » Elle le sentit respirer profondément. « C'est à moi qu'il est fait référence, Nishima-*sum.* Je porterai la Parole du Maître. Il m'a demandé de venir. Cela fait quelque temps déjà, mais je n'ai pas tout de suite compris. »

Elle aurait voulu argumenter, contester la logique de ses affirmations, mais une autre voix en elle exprimait la conviction qu'il ne pouvait pas se tromper sur un pareil sujet.

Il est parti seul à travers champs, se dit-elle, *et il a arrêté l'invasion barbare. Parmi les plus haut placés des frères, il inspire le respect et la crainte. Les sœurs ne l'ont pas quitté depuis le jour où il est arrivé dans Wa. Et maintenant il va à la rencontre d'un homme qui a atteint à la perfection, comme si Botahara était revenu sur la terre. Quoi d'étonnant à ce que j'aie perdu l'importance que j'avais acquise dans sa vie ? Comment pouvais-je penser qu'il ne me quitterait pas ?*

« Il n'y a pas à y revenir, si je comprends bien, dit-elle en essayant de mettre de côté un sentiment d'injustice. Vous devez partir chercher le Maître.

— Peut-être n'ai-je pas encore trouvé dans sa perfection la force intérieure, répondit-il avec tendresse, car je ne sais pas comment prendre congé quand mon cœur est ici avec vous. »

Elle l'entoura de ses bras et le tint serré contre elle. « En ce cas, dit-elle, restez jusqu'à ce que vous le sachiez. »

Il veut que ce soit moi qui lui rende sa liberté, songea-t-elle dans un instant de lucidité.

D'un doigt, il suivit le galbe de son cou, sans parler comme elle s'y attendait. Des étoiles commencèrent à poindre dans le ciel, et même au couchant la lumière avait presque disparu. Du chaos de ses émotions, Nishima sentait monter une profonde tristesse qui submergeait tout.

Avant qu'ils eussent repris leur conversation, la nuit était tombée. Ce fut Shuyun qui brisa le silence.

« Je voudrais porter un cadeau au Maître, mais celui que je souhaite, il n'est pas en mon pouvoir de le lui donner.

— S'il s'agit d'une chose que je peux vous procurer, Shuyun-*sum*, il suffit de la nommer, dit-elle sans hésitation.

— En ce cas, je vous demanderai d'écrire un poème.

— Est-ce là le cadeau que vous comptez porter au Maître ? » Elle se recula légèrement, de façon à voir ses traits à la lumière de la lampe. Il souriait.

« Oui, c'est le présent qu'il désirera, je n'en doute pas.

— Shuyun-*sum*, cet homme est le témoignage vivant de l'existence de la Voie. Il approche autant qu'on peut le faire de la nature d'un dieu. Pourquoi donc voudrait-il un poème de moi ? »

Shuyun pressa son front contre le sien. « C'est pourtant ce qu'il souhaite, dit-il avec assurance.

— Mais qu'est-ce que je mettrais dedans ? Quels mots placer sous son regard ?

— C'est sans importance. Écrivez sur le crépuscule, sur votre accession à la dignité impériale, sur vos jardins. Ce qui compte est que le poème soit de vous et signé Nishima-*sum*.

— Vraiment, Shuyun-*sum*, la requête sort de l'ordinaire, c'est le moins qu'on puisse dire.

— Vous ai-je trop demandé ? »

Cela eut le don de la faire taire l'espace d'un instant.

« Non. Si ce que vous désirez est un poème, j'essaierai d'en écrire un digne d'un homme qui a atteint à la perfection, aussi impossible que cela puisse paraître. »

Il la serra dans ses bras puis, à sa grande surprise, la libéra et lui montra le chemin de sa table de travail.

« Vous ne vous attendez tout de même pas à ce que je m'exécute sur-le-champ ? Vraiment, Shuyun-*sum*, donnez-moi le temps d'y penser.

— Vous n'en avez pas besoin. Trois vers suffiront. J'irai jusqu'à dire qu'un seul ferait l'affaire. »

Il sourit encore, et elle commença à se demander s'il était sérieux. L'instant paraissait mal choisi pour plaisanter. Elle leva les bras au ciel, alla à sa table et se mit à préparer son encre. Pendant qu'elle y était occupée, elle sentit que ses doigts intervenaient dans l'agencement compliqué des agrafes qui maintenaient ses cheveux en place. Cela rendait presque impossible sa concentration, mais elle ne lui demanda pas d'arrêter, car cela signifiait à ses yeux qu'il existait entre eux le début d'intimité qu'elle avait toujours espéré le voir instaurer.

Ses cheveux tombèrent sur ses épaules et cascadèrent le long de son dos. Elle sourit. « Vous ne fixez pas votre attention, dit-il à son oreille. Votre maître serait déçu.

— Vous ne m'aidez pas, sachez-le. »

Il rit. « Je vais vous quitter et vous laisser travailler en paix.

— Il n'en est pas question ! Vous devez rester près de moi et tâcher de ne pas trop me distraire.

— Je peux être immobile comme une statue. »

Elle sentit l'espièglerie dans sa voix. « Je ne vous en demande pas tant. »

Au prix d'un effort de volonté, elle tira d'un classeur une feuille de papier de bois de mûrier et trempa son pinceau dans l'encre.

Il suffit de quelques années tranquilles
Pour que l'esprit s'endorme,
Et puis, en un seul jour,
Le monde change du tout au tout.
C'est le temps des héros,

Les légendes prennent vie,
L'immuable se transforme.
La guerre fait place à la paix,
Le désespoir à la joie.
Les vivants meurent
Et renaissent.

« Avez-vous fini ? demanda-t-il.

— Fini ? J'ai à peine commencé.

— Voyons. » Il se pencha pour lire par-dessus son épaule. « Nishi-*sum*, c'est parfait.

— Parfaitement abominable. Il me faudrait des heures pour en faire un poème.

— Non. Ne changez rien. C'est précisément ce que je porterai au Maître. Signez comme je vous l'ai dit.

— Mais, Shuyun-*sum*, j'aurais honte de laisser voir cela à quelqu'un. Et vous me demandez d'y mettre mon nom sans aucune espèce de cérémonie. Cela me paraît contraire à tous les usages. »

Il mit une main sur son épaule. « Le Maître n'est pas semblable aux autres. Ne le jugez pas en fonction des critères de l'empire. S'il vous plaît, signez. »

En secouant la tête, elle s'exécuta. La culture des moines, peut-être, se différenciait plus qu'elle n'aurait cru de l'idée que l'on s'en faisait. Elle souffla délicatement sur l'encre pour la sécher.

« Et maintenant, pliez en porte cochère. »

Elle obéit à contrecœur et lui tendit son ouvrage quand ce fut fait. « J'espère, dit-elle, que votre Maître ne pensera pas autant de mal de mes capacités à régner que de mon talent de poétesse. »

Il sourit et glissa le poème dans la poche de sa manche.

La nuit était plus fraîche maintenant, suivant une tendance commune à toutes les nuits à la fin du printemps. Elle lui saisit le poignet puis glissa une main dans sa manche plus haut que le coude, à la recherche de la chaleur.

« Il faut me faire une grâce à présent, dit-elle.

— Je suis votre serviteur », répondit-il avec sérieux.

Elle se leva, le fit se lever avec elle et, le remorquant, passa dans une petite pièce adjacente. Elle ouvrit un écran qui donnait sur une chambre. Aucune lampe n'y était allumée. Seule l'éclairait la clarté des étoiles s'insinuant par l'entrebâillement des *shojis*.

Elle lâcha la main de Shuyun, défit le nœud compliqué dans son dos et déroula sa ceinture. Cela fait, le moine l'aida à ôter ses robes de dessus, si bien qu'il ne lui resta plus qu'une épaisseur de soie. Les questions brûlantes furent évacuées par l'insistance du désir. Quand elle voulut dénouer la ceinture de Shuyun, ses doigts eurent tendance à ne pas lui obéir, et elle eut de la peine à respirer.

Ils replièrent les courtepointes et basculèrent dans le lit. Presque aussitôt, Nishima se libéra de sa dernière robe et se serra contre Shuyun autant qu'elle pouvait le faire.

« Si vous ne passiez pas la nuit à me résister, lui souffla-t-elle, je suis sûre que vous seriez moins pressé de me quitter. Vous pourriez rester ici quelques jours encore, à tout le moins.

— J'en ai peur », répondit-il.

Ils demeurèrent ainsi dans les bras l'un de l'autre un instant de plus, et Nishima vit qu'elle n'était pas seule à avoir le souffle court. Elle déposa un baiser sur le petit coin tendre à l'angle de son œil, et ses lèvres à lui touchèrent les siennes. Pour la première fois, il l'embrassait en retour. Nishima expérimenta une étrange sensation, presque un vertige, et elle comprit que l'un de ces baisers n'avait pas de fin et que sa peau vibrait à ce contact comme jamais jusque-là. Elle eut l'impression d'être traversée par de forts courants, d'émotion, d'énergie, de *chi*. Elle se sentit menacée de peur panique, mais cette peur fut balayée par un flot de tendresse, et elle s'y abandonna sans hésiter.

Bien plus tard, elle se retrouva enveloppée par la chaleur de son compagnon.

« Je ne veux pas m'endormir, gémit-elle. Je veux que vous sachiez tout ce qui est en mon cœur, mais j'ignore par où commencer. »

Il l'embrassa dans le cou. « Il n'y a pas de mots pour l'exprimer. Tout a été dit. »

Malgré son désir de ne pas fermer les yeux, elle dut s'avouer vaincue et sombra dans un sommeil profond et sans rêves.

Un vent léger dérangeait ses cheveux et finit par la réveiller. On était au début de la matinée, mais il faisait déjà grand jour. Nishima d'abord resta sans bouger, tout à ses souvenirs et à son plaisir, puis elle se tourna à la recherche de son amant.

Mais Shuyun n'était plus là. Où est-il donc passé ? se demanda-t-elle quand elle en prit pleinement conscience. Elle enfouit son visage dans la courtepointe et cessa de bouger, comme si de remuer risquait de tout modifier, et pour toujours. Si seulement elle pouvait s'abstenir de tout mouvement !

On entendit tinter une cloche. Nishima ouvrit les yeux à la lumière. Sur une table à son chevet, un sachet de brocart contenait un objet anguleux. Elle se redressa. Sur le sachet, il y avait un coquillage du bleu le plus fin qui soit et, logé dans sa cavité, un morceau de papier blanc, glissé de manière à ne pouvoir s'envoler. Il y était inscrit un seul caractère signifiant : « Celle qui apporte le renouveau. » Mon cœur va se rompre, pensa-t-elle, mon cœur sûrement va se briser.

Elle mit le coquillage sur l'oreiller, prit le sac de brocart, l'ouvrit. À l'intérieur, il y avait une boîte en bois très ordinaire.

C'est la fleur de l'Udumbara, se dit-elle. Elle commença par ne savoir que faire, puis, précautionneusement, elle mit la boîte de côté et se leva. Elle trouva ses robes et les passa sans bien fixer sa ceinture. Elle prit la boîte à deux mains et sortit sur le balcon. Là, elle se percha sur la barre d'appui en s'adossant à une colonne et s'efforça de rester calme. Un exercice respiratoire enseigné par le frère Satake l'aida à y réussir.

Enfin, quand au-dedans elle eut atteint à toute la sérénité possible, quand la douleur du départ de Shuyun se fut muée en une douce tristesse, elle ouvrit la boîte.

À sa grande surprise, elle n'y trouva pas de fleur sacrée, mais un papillon blanc coloré d'un peu de violet. Lentement, il battit des ailes puis, d'un seul élan, il prit son envol. Il fit d'abord le tour du balcon, se laissa porter par un courant d'air, redescendit puis voleta dans le jardin où il disparut bientôt. Longtemps après son départ, Nishima resta à l'attendre, dans l'espoir d'une dernière apparition, mais il ne revint pas. Elle reposa sa tête sur la colonne et ferma les yeux.

J'ai le cœur brisé, pensa-t-elle, et cependant plein de joie. Je ne sais si rire ou pleurer.

En rouvrant les yeux, elle s'aperçut que sur la soie du fond de la boîte reposait une fleur de *shinta* en papier à la ressemblance parfaite. Elle mit sa boîte sur la barre d'appui et prit la fleur. Au bout d'un moment de recherche, elle en trouva la clef et commença à la déplier. Au cœur de la fleur, il y avait un seul vers, écrit de la main de Shuyun avec son aisance et sa grâce habituelles.

> *Au-delà de l'avenir existe un autre avenir qui ne nous séparera plus.*

Elle évoqua l'envol du papillon et sourit.

Rien ne se passe jamais comme l'on croit, se dit-elle, et elle rit, tant que les larmes lui coulèrent sur les joues.

Ses gardes conduisirent l'impératrice sur un sol pavé. Ils s'arrêtèrent devant une barrière en bois très simple, sous une petite arche et un toit de tuiles. Très vite, l'un des gardes poussa cette barrière, et, quand il revint, ce fut avec quatre de ses camarades. Il fit signe à son officier, qui s'agenouilla et s'inclina devant l'impératrice. La sécurité était assurée à l'intérieur du jardin.

Nishima passa de l'autre côté. Elle entendit la barrière se refermer sur elle.

C'est le jour des séparations, se dit-elle.

Elle fit quelques pas dans le jardin et s'arrêta pour observer au nord le vaste camp des nomades. Elle savait que Shuyun n'y était pas, mais cela ne l'empêcha pas de chercher quelque temps parmi les milliers de fines silhouettes avant d'abandonner toute tentative.

Elle n'eut pas loin à aller pour aboutir au sanctuaire. À son intention, on y avait disposé une natte. Elle s'agenouilla. Sur une pierre brute, on avait gravé le nom de Shimeko.

Elle adressa une prière muette à Botahara, puis une autre au Maître.

Nous ne saurons jamais, rêva-t-elle, *nous ne saurons jamais si tu es tombée entre leurs mains sans l'avoir voulu, ou si tu avais résolu de brandir cette arme terrible au milieu de nos ennemis pour assurer aux autres la survie. Quand je pense à ton sort, Shimeko-*sum, *je suis* *confondue par son horreur. Parmi tous les braves, tous les héros de cette guerre insensée, toi seule es allée au combat sans armure, sans rien pour te protéger. Toi seule as mis en danger ton âme même. Puisse Botahara t'accorder le repos et veiller sur cette âme !*

Elle pria longtemps pour le pardon, puis se releva et alla remplir les devoirs de sa charge.

66

Ils avaient quitté la ville en secret à l'aube, déguisés tous les trois, et pris à travers champs avant de trouver la route étroite qu'ils recherchaient. Seulement à ce moment, ils rabattirent leurs capuchons pour se montrer en pleine lumière. Il y avait là un guerrier, un moine et un habitant du désert.

Rien ne donnait à penser qu'ils se hâtaient de gagner un rendez-vous. À vrai dire, ils semblaient avoir tout leur temps. Ils s'arrêtaient apparemment quand le cœur leur disait, et souvent mettaient un terme à leur étape avant le coucher du soleil. Alors qu'une portion non négligeable de la population de Wa se trouvait jetée sur routes et canaux, dans un effort pour aller ou revenir là où elle pourrait recommencer à vivre, ces trois voyageurs n'offraient rien de particulièrement remarquable, si ce n'est qu'à la différence des autres ils ne paraissaient pas obéir à un irrésistible désir d'arriver.

Bien sûr, le pays qu'ils traversaient ne fourmillait pas de réfugiés, au contraire du canal et des routes du Nord avec leur cortège de gens rentrant chez eux, ou même des chemins du Sud et de l'Ouest pris d'assaut par des malheureux cherchant à repartir du bon pied. Les trois voyageurs avaient pris une direction nord-nord-est et ne faisaient que peu de rencontres.

Shuyun s'était agenouillé, les jambes croisées, sur une natte en bordure de la rivière. Il avait passé une heure à méditer sur le soleil jouant parmi les feuilles alors que le vent agitait les branches. Il suivait les dessins changeants du feuillage avec la même attention que s'il s'était agi des tableaux d'un gracieux ballet.

Un peu plus loin, Komawara était penché sur une lettre qu'il lisait. Shuyun l'avait déjà vu plusieurs fois la tirer de sa manche pour l'étudier de près comme maintenant, mais Komawara n'en disait rien, et le moine sentait qu'il serait grossier de poser des questions là-dessus. Il était sûr de pouvoir noter chez son compagnon les premiers signes d'une guérison, indéfinissables certes, mais indubitables. Ses plaies sont aussi profondes que celles qu'inflige le fer d'une épée, se disait-il. On ne peut s'attendre à les voir se cicatriser du jour au lendemain.

Ce que Nishima avait fait, ses présents au jeune seigneur, démontrait selon lui une grande sagesse. Nul doute que Nishima ne fût la souveraine dont l'empire maintenant avait besoin. De penser à cette impératrice était pour lui source de bonheur et de joie. Elle m'a tout appris, réfléchissait-il, même si c'était sans s'en rendre compte.

Il reporta son attention sur la lumière qui mouchetait les fougères et le sol de la forêt de l'autre côté de l'eau. *L'Illusion.* C'était ce qu'on lui avait dit, ainsi qu'on l'avait nommé, et il lui avait fallu du temps pour comprendre ce que cela signifiait véritablement. Il avait souffert de tant d'idées fausses. Il se demandait ce que contenaient en réalité les manuscrits de Botahara.

Sur la terre meuble du sous-bois s'imprima le plus léger des pas, et Shuyun se tourna pour découvrir le Kalam avec des bols de thé. Il s'inclina avant d'en déposer un au bord de sa natte puis alla porter le second à Komawara.

Shuyun croisa le regard du jeune seigneur et d'un geste l'invita à venir le rejoindre. Komawara replia sa lettre et se trouva une place dans un coin de la natte du moine. Oui, on ne pouvait s'y tromper : autour des yeux, de la bouche, existaient bien des signes annonçant que cet homme peu à peu émergeait de son aigreur et de sa colère.

Shuyun le remarqua : le jeune aristocrate n'avait pas d'épée à la ceinture, et il n'en avait pas porté pendant leur voyage, ce qui était tout à fait inattendu de la part d'un guerrier de Seh. Bien sûr, une arme était fixée à sa selle, mais il n'y avait pas encore touché. À chaque arrêt, le Kalam l'enlevait et la gardait à portée de main pour la lui donner en cas de besoin. Des brigands couraient les routes, et beaucoup de gens naturellement honnêtes n'avaient d'autre ressource que de se faire bandits. Malgré tout, Komawara avait choisi de ne pas porter d'épée.

« Nous pourrions atteindre le pied de la montagne cet après-midi, mon frère, dit-il. Ce n'est pas aussi loin qu'on pourrait le croire.

— Oui. Demain matin, je devrai continuer seul, Samyamu-*sum*, en regrettant de ne plus vous avoir pour compagnon.

— Je crains que ma compagnie n'ait pas eu beaucoup d'agrément, Shuyun-*sum*. Je m'en excuse. »

Un instant, Shuyun soutint son regard et chercha à lire dans ses yeux. « Seigneur Komawara, voulez-vous dire que l'homme qui se propose de servir le Maître accepterait de trahir la vérité ? »

Il ne parlait pas sérieusement. Komawara eut un large sourire. « Excusez-moi, mon frère, s'il vous plaît. Je ne voulais insinuer rien de pareil. Mais, en toute franchise, je crains que ma compagnie n'ait pas été réjouissante.

— C'est possible, mais il n'empêche qu'elle m'a causé une grande joie. De tous les voyages que nous avons faits ensemble, c'est certainement celui-ci que j'ai trouvé le plus agréable. »

Komawara eut un petit rire. « Alors quoi, mon frère, n'avez-vous pas été bien aise d'escalader les parois de la gorge de Denji dans une totale obscurité ? La légende ne manquera pas de l'affirmer. »

Shuyun fit la grimace. « Ce seront vos chantres, seigneur Komawara, qui parleront d'intrépidité.

— Ah ouiche ! » Komawara but un peu de thé. « C'est une de mes hantises, mon frère, dit-il. Dans mon escalade de la gorge de Denji, j'étais terrorisé, autant que j'ai jamais pu l'être, et pourtant nulle ballade ne le racontera. » Puis, d'une voix tranquille : « Aucune pièce de théâtre ne dira le regret que j'éprouve à avoir ôté la vie tant de fois. »

Shuyun le regarda. L'angoisse se lisait à nouveau sur son visage. « Moi aussi, j'ai ôté la vie, Samyamu-*sum*. Le seigneur Botahara a commencé par être un grand général. L'esprit est capable de se hausser au-dessus de tout. C'est possible. N'imaginez pas que votre âme sera à jamais marquée de ce stigmate. Elle peut en être purifiée. Vous n'êtes pas un vulgaire spadassin, Samyamu-*sum*, capable de distribuer des coups de sabre sans se poser de questions. C'est ce qu'il y a d'effrayant dans une guerre : elle envoie se battre les plus innocents et les dépouille de leur innocence. C'est une expérience que nous avons en commun. Le seigneur Shonto, dame Nishima, Jaku Katta, vous-même, nous avons tous tenu un rôle dans cette terrible conflagration. Aucun de nous n'en est ressorti indemne.

» Le devoir exige beaucoup de chacun. Pour certains, c'est une vie de labeur. S'élever au-dessus de ce lot est aussi difficile que pour vous dominer ce que vous avez fait parce qu'on vous le demandait. Pourtant des esprits très éclairés ont connu à l'origine une condition des plus misérables. Je suis sûr que vous prendrez le dessus, Samyamu-*sum*, même si cela se révèle aussi difficile que les autres exploits qui ont fait votre réputation. »

Komawara respira profondément. « Merci, Shuyun-*sum*. J'espère que vous avez raison, comme vous avez eu raison en tant d'autres circonstances. »

Le Kalam vint s'asseoir sur un rocher tout près, où il savoura son thé en silence. Ils restèrent ainsi jusque dans l'après-midi, désireux d'être ensemble le plus longtemps possible.

Le lendemain matin, les trois voyageurs se retrouvèrent au pied de la montagne du Pur Esprit. Ils suivirent une route sinueuse dans des bois de bouleaux, de pins et d'érables. Ils restaient bouche cousue tout en avançant, car il y avait peu de chose à ajouter. Ils avaient survécu à une équipée dans le désert et à une guerre menée tout au long du Grand Canal : il n'était au pouvoir d'aucun mot d'exprimer la portée de tout cela. Accompagner Shuyun dans la première partie de son voyage suffisait à marquer son sentiment.

Ils finirent par rencontrer un sanctuaire au bord de la route. Elle se rétrécissait à cet endroit, et la pente s'accentuait. Comme s'il y voyait un signe, Shuyun s'arrêta et fit tourner son cheval pour se mettre face à ses deux compagnons.

« À partir d'ici, Samyamu-*sum*, dit-il, je dois continuer seul. »

Le moine vit le jeune seigneur s'évertuer à trouver ses mots, comme il avait souvent eu l'occasion de l'observer chez le Kalam. En l'occurrence, pensa-t-il, ce sera peine perdue.

« Puisse Botahara voyager à vos côtés, Samyamu-*sum* ! » dit-il.

Komawara réussit finalement à murmurer : « Puisse Botahara célébrer votre nom, mon frère ! »

Shuyun se pencha pour lui toucher le bras. « C'est fait, seigneur Komawara, dit-il, c'est déjà fait. » Et il sourit.

Se tournant vers le Kalam, il l'entreprit dans la langue du désert, son interlocuteur baissant la tête pour ainsi dire à chaque mot. Puis il fouilla dans sa manche et en extirpa un petit objet qu'il mit dans la main de son serviteur. Ses dernières paroles eurent le don de laisser celui-ci pétrifié et sans voix.

Shuyun alors s'inclina – geste que les autres imitèrent –, puis il commença à escalader la pente. Lorsqu'il fut sur le point de s'enfoncer dans le sous-bois, il fit tourner son cheval et agita la main, une seule fois. Après quoi, il disparut.

C'était peu de chose, mais cela réjouit le cœur de Komawara plus qu'il n'aurait pu le prévoir.

Côte à côte, seigneur et nomade prirent le chemin du retour. Ce ne fut pas avant plusieurs rih que le premier céda à sa curiosité.

« Si je ne suis pas indiscret, demanda-t-il, que vous a donné Shuyun-*sum* ? »

Le Barbare chercha dans un sachet fixé à sa ceinture et lui tendit l'objet. Dans la paume de sa main, il y avait une pierre d'un bleu profond, comme on peut en trouver dans le lit d'une rivière. Elle était lisse et de forme régulière.

« C'est l'âme d'un papillon, seigneur Komawara, dit-il avec apparemment beaucoup de respect. Le frère Shuyun m'a certifié qu'un jour j'en aurais la preuve.

— En ce cas, le doute n'est pas permis », répondit Komawara, et les deux hommes continuèrent leur route en cette fin de journée printanière, chacun perdu dans ses pensées.

Shuyun donna son cheval aux trois moines qu'il rencontra, et cette générosité inattendue lui permit de passer sans avoir aussi à leur donner son nom. La route serpentait parmi les arbres, côtoyant des temples et des monastères qui appartenaient aux sœurs ainsi qu'à l'ordre qui avait été le sien. On voyait au passage de nombreux sanctuaires et, comme tous les bons pèlerins, Shuyun s'arrêtait devant chacun d'eux pour y dire une prière.

Plutôt que de passer la nuit dans les lieux d'hébergement prévus pour les fidèles près des monastères et des temples, Shuyun choisit de dormir à la belle étoile, enveloppé dans l'unique couverture qui lui servait le jour à transporter son bol et les quelques ingrédients nécessaires à son activité de guérisseur.

À chaque pas qu'il faisait sur la montagne sacrée, il sentait qu'il s'affranchissait de la terre et accédait à un plan supérieur. Des nuages d'été venaient de l'océan. Parfois, l'un d'eux semblait coller à la pente, y adhérer jusqu'à s'étirer dans le vent telle une bannière effilochée. Puis, tout à coup, il se dégageait de cette emprise et reprenait son voyage en toute liberté.

Ils viennent à moi, songeait Shuyun en s'en amusant, moi qui suis le berger des nuages. Comme le moine dans l'ancienne pièce de théâtre, mon rôle consiste à rassembler les esprits nébuleux, ceux qui hésitent entre deux directions. Je chasserai l'Illusion, quand ce ne serait qu'au bénéfice de quelques-uns.

Le deuxième jour, il arriva devant le sanctuaire qu'il cherchait, l'endroit où Botahara avait abandonné son armée et renoncé à posséder quoi que ce fût, le lieu mentionné dans le rouleau qu'il avait reçu du frère Hitara. Là, il se trouva une place sur un grand rocher, et il commença jeûne et méditation. Ce sanctuaire se situait juste au-dessus de la limite des arbres, et seuls y survivaient quelques essences parmi les plus résistantes. Ces pins des montagnes étaient certes peu nombreux, mais chacun avait reçu un nom, car ils étaient déjà là mille ans plus tôt, lorsque le Maître parfait avait posé le pied sur ces mêmes pierres.

Beaucoup de pèlerins visitaient ce lieu saint, mais rares étaient ceux qui adressaient la parole à Shuyun, car la plupart avaient fait vœu de silence et imaginaient que les autres avaient souscrit le même engagement.

Le troisième jour du jeûne de Shuyun, le moine qu'il attendait finit par se montrer. En le voyant, il s'approcha et salua à la manière des frères botahistes. « Puisse le Maître parfait accompagner vos pas, frère Hitara ! dit Shuyun.

— Puisse le Maître vous saluer de votre nom, frère Shuyun ! » Le religieux que Shuyun avait rencontré dans le désert alla se percher à l'angle d'une roche.

« Mon espoir, frère Hitara, est que vous soyez venu me montrer la Voie.

— Seul le Maître peut y parvenir, mon frère, le Maître aidé de son porteur. Mais je vais vous guider sur une courte distance. »

En réponse, Shuyun s'inclina profondément. Ils partirent en passant entre deux hautes pierres posées comme les piliers d'une barrière sur un terrain stérile. On découvrait, saillants, les os grisâtres du squelette de la montagne, seulement dissimulés de loin en loin par des lichens vert foncé.

Lorsqu'ils laissèrent derrière eux les contreforts occidentaux du pic proprement dit, ce fut à l'horizon l'empire qui parut se dérouler sous le regard de Shuyun. Ils étaient à présent au-dessus des nuages et voyaient leurs masses informes, laiteuses, chacune en route vers le couchant et traînant à sa suite une ombre qui se profilait sur le paysage. Le Grand Canal était un fil d'argent divisant la terre de manière rectiligne, et la capitale de Wa un amas de pierres blanches se détachant sur le vert de la campagne et le bleu du lac. Shuyun un instant marqua une pause. Le frère Hitara le devança de quelques pas pour le laisser en paix.

Il lui était facile de s'emplir l'esprit de la présence de Nishima, et c'est ce qu'il fit en évoquant son humour, sa tendresse, son ouverture d'esprit. Il finit par lever une main en un geste d'adieu, se tourna et suivit Hitara.

« Adieu, mon maître, murmura-t-il. Je pars à la rencontre d'un autre que toi. »

Au soir tombant, ils eurent fini de contourner les contreforts rocheux, et Shuyun eut l'impression de se trouver vraiment dans la montagne, car l'empire avait disparu aux regards. La nuit venue, ils bivouaquèrent et méditèrent sur les étoiles, jusqu'au moment où la lune se montra. Ils reprirent alors leur chemin le long d'une corniche étroite qui s'enchevêtrait puis retrouvait un libre cours comme la tige de l'herbe des linteaux. Au lever du jour, ils avaient parcouru de nombreux rih.

Le frère Hitara lui aussi jeûnait, si bien qu'ils ne s'arrêtaient qu'occasionnellement pour boire. Le soleil des derniers jours du printemps avait de la force, mais l'air restait frais, et il soufflait toujours de la mer une petite brise qui rendait supportable leur allure soutenue. Vers la fin du deuxième jour, Shuyun comprit que seule sa mémoire exercée de botahiste lui permettrait de revenir en arrière sans se tromper, tant l'itinéraire choisi était embrouillé et dénué de points de repère.

Tard dans la journée, le frère Hitara descendit parmi les éboulis pour chercher quelque chose au flanc d'une paroi. Non sans mal, il trouva dans le rocher une brèche, invisible même à quelques pas. Ils se glissèrent par cette ouverture et aboutirent à un surplomb assez large pour admettre le passage de deux hommes marchant de front. Il contournait la paroi, de plus en plus pentu, pour finalement disparaître dans un nuage accroché à la montagne. La pierre semblait avoir vu les pas de tant de générations d'êtres humains qu'elle était devenue parfaitement lisse.

Hitara fixait des yeux ce chemin d'un air satisfait, comme s'il était rassuré de le voir encore là, ou heureux d'avoir pu le retrouver.

« Vous devez ici abandonner vos sandales, frère Shuyun, dit-il, car pour vous c'est le début de la Voie. Chaque fois que la plante de vos pieds touchera la pierre, il vous faudra rendre grâce, car ont été peu nombreux ceux qui ont suivi ce chemin.

— Frère Hitara, dit Shuyun, je ne sais comment vous exprimer ma gratitude. »

Hitara lui jeta un regard étrange, presque moqueur. « Tout l'honneur est pour moi, frère Shuyun. J'ai tenu un petit rôle dans l'accomplissement d'une prophétie. J'en remercie Botahara chaque fois que j'emplis d'air mes poumons. Peu de gens peuvent éprouver la même satisfaction. » Il leva les bras au ciel comme pour embrasser le monde dans son entier. « Que puis-je demander de plus à cette vie ? »

Il s'agenouilla et baisa la pierre à l'entrée du chemin. Puis il se releva et s'inclina devant Shuyun. « Nous nous reverrons, frère Shuyun. Puisse le Maître vous donner sa bénédiction !

— Il me faut vous dire ma reconnaissance pour m'avoir donné son message – même si je dois avouer qu'il m'a fallu des mois avant de saisir ce dont il s'agissait.

» La nuit tombe, mon frère. Ne voulez-vous pas bivouaquer avec moi jusqu'au matin ? »

Brusquement, Shuyun trouvait bizarre d'être laissé seul. Ce chemin, il l'avait longtemps cherché, et il lui semblait plus redoutable qu'il n'aurait cru. Hitara montra le flanc de la montagne.

« La lune m'éclairera, frère Shuyun. Je suis appelé par de nombreuses tâches. Je vous conseillerais pourtant d'attendre l'aurore pour continuer. La Voie est étroite. »

Il s'inclina encore une fois et entama allègrement l'ascension de rochers branlants. Shuyun se trouva une pierre plate et commença à méditer. Plus tard, au clair de lune, il psalmodia. Sa voix se répercutait dans les montagnes comme celle d'une centaine d'hommes.

Aux premières lueurs de l'aube, il se leva et ôta ses sandales. À l'instar d'Hitara, il s'agenouilla et baisa la pierre avant de marcher dessus. S'il avait eu de l'eau à sa disposition, il se serait lavé les pieds.

Le sentier, le long d'un contrefort montagneux, menait à une ravine entre deux sommets. Shuyun franchit une crête rocheuse et découvrit pour son bonheur un ruisseau où courait une eau fraîche. À partir de là, le chemin épousait les contours de la crête. Des deux côtés, la roche dévalait jusqu'à des vallées verdoyantes bien en dessous. À sa droite apparaissait un petit lac couleur turquoise.

À la fin de la journée, Shuyun trouva un ruisselet qui descendait d'une paroi en zigzaguant. Il y avait là un sanctuaire de pierre grossièrement construit. Il y passa la nuit comme la veille, à prier.

À l'aube, il reprit sa route en suivant l'étroit sentier qui s'enfonçait plus profondément dans ces antiques montagnes. Parfois un pin cagneux surgissait miraculeusement de ce désert de pierre, parfois aussi se présentait une fontaine d'eau claire. Nulle part ne se découvrait le signe que d'autres avaient emprunté ce chemin : pas trace de feu, de bivouac, et pourtant la route à suivre était aussi évidente, aussi offerte que le tracé d'une rue dans la capitale. Qui donc est passé par là ? se demandait-il. Comment ont-ils pu être aussi nombreux ?

Le troisième jour, le sixième de son jeûne, il arriva dans une vallée qui donnait l'impression d'être suspendue entre deux sommets. Assez de terre s'y était accumulé pour permettre de pousser tant à l'herbe qu'à des arbres, des sapins hauts et effilés, comme il n'en avait jamais vu. En contournant un gros bloc de pierre, il surprit une sœur botahiste, qui ne tarda pas à se remettre de sa frayeur. Elle sourit, s'inclina, multiplia les signes de bienvenue, mais sans dire un seul mot. Elle ramassait des pommes de pin qu'elle mettait dans un panier, ainsi qu'une petite plante dont Shuyun ignorait le nom. Elle avait évidemment fait vœu de silence, c'est pourquoi le moine sourit à son tour et passa son chemin en restant sur le même sentier.

Cette vallée est le but de mon voyage, se dit-il, et cette conviction se fit jour en son esprit comme s'il savait depuis longtemps déjà. Le Maître est là, pensa-t-il.

Il longea la rive d'un petit lac et traversa un bouquet d'arbres. Sans que rien l'eût laissé prévoir, il tomba sur une maisonnette rustique entourée d'une palissade de planches non dégauchies.

À la barrière, deux frères étaient agenouillés. Ils s'inclinèrent profondément en voyant Shuyun, apparemment moins surpris de la venue d'un étranger que la sœur partie s'approvisionner. L'un des deux se leva et entra discrètement.

Les frères disparus de l'ordre botahiste, se dit Shuyun. Le frère Hitara en fait partie. Le grand mystère de la congrégation. Ils sont venus servir le Maître. Mais comment ont-ils su ? Comment l'ont-ils trouvé ? Ont-ils reçu des messages comme celui qu'Hitara m'a envoyé ? Découvrir le but de leur voyage ne résolvait pas l'énigme.

Comprenant que le moine qui était resté n'avait pas l'intention d'ouvrir la bouche, Shuyun se tourna pour contempler le lac et respirer les bonnes odeurs de la vallée portées par la brise. C'était un parfum délicat.

Je l'ai trouvé, se dit-il en sentant que son âme s'élevait, comme si elle prenait son essor dans le vent. Nous avons attendu mille ans…

« Frère Shuyun. »

C'était une voix de femme. Il découvrit qu'une sœur le regardait, avec un intérêt non dissimulé. Elle était plus âgée que lui sans pour autant approcher l'âge de la prieure Saeja, et son agilité était la même que celle du jeune moine.

« Bienvenue dans notre maison, dit-elle d'une voix aussi juvénile que ses mouvements étaient lestes. C'est la demeure de la paix.

— Je sens, répondit-il, que je suis arrivé, ma sœur, mais je me demande où. »

Elle sourit. Les pattes d'oie au coin de ses yeux lui donnaient un air agréablement espiègle. Shuyun ne put que s'amuser du contraste entre ses rides et son expression.

« Cette vallée, dit-elle, ce lac n'ont pas de nom. » Elle montra la pente derrière la maison. « Cette montagne non plus n'a pas de nom. C'est la demeure du Maître, maintenue en état depuis des centaines d'années. Et maintenant il est là. S'il vous plaît, mon frère, suivez-moi. »

Shuyun la suivit dans un jardin. En faisant durer le temps pour donner au moment présent toute sa valeur, il poussa la barrière. Une allée sablée menait au porche de la maison, mais la nonne ne la prit pas. Elle choisit un autre chemin qui serpentait parmi des arbres inconnus du moine et arriva devant une deuxième barrière. Elle l'ouvrit, regarda puis la maintint grande ouverte pour son visiteur.

« Il vous attend, mon frère », dit-elle.

Soudain Shuyun se sentit pris de vertige. Il réussit à garder le contrôle de lui-même au prix d'un grand effort. Au moment où il passa la barrière, la nonne fit quelque chose de tout à fait inattendu : elle se pencha pour le toucher. Ce n'était pas un geste d'affection ni destiné à le rassurer. Elle désirait simplement un contact. *Je suis le porteur de la Parole,* se dit-il. Je joue un rôle dans une prophétie.

Il embrassa la scène du regard sans découvrir personne. D'abord, il resta immobile à prier, puis il se mit à marcher sur le sentier. Ses pieds nus étaient pleins de vie et de sensibilité, comme si le caractère sacré de la terre y faisait circuler le *chi*.

Le jardin était de petites dimensions. De grandes pierres y étaient disposées parmi des arbres et des arbrisseaux peu communs. L'altitude imposait certainement des limites à ce qui pouvait pousser, d'où l'impression d'une végétation clairsemée. Malgré tout, l'ordonnance était savante, et Shuyun ne laissa aucun détail lui échapper.

En contournant un rocher, il vit un homme. Il était assis sur un coussin posé sur une pierre plate et basse qui constituait une estrade naturelle. Devant, on avait ratissé le sable. Shuyun s'arrêta net, incapable de faire un pas de plus.

Le Maître était penché sur un rouleau de papier. Il avait la même tenue que les moines de l'ordre botahiste, avec un pendentif et une ceinture violette. Il n'était pas aussi âgé que beaucoup des religieux que Shuyun avait déjà rencontrés, et cela le surprit alors qu'il n'y avait pas lieu de s'en étonner. Il paraissait avoir vécu soixante-quinze ans peut-être, mais cela dans son existence présente, bien qu'on pût lui prêter au moins dix années de plus. Il était de taille moyenne sans physiquement beaucoup se distinguer du reste des hommes. Peut-être les yeux étaient-ils moins proches l'un de l'autre que ce qui s'observait le plus fréquemment, les pommettes plus hautes, ce qui donnait au visage moins de rondeur que communément chez les habitants de Wa.

Le Maître leva la tête et sourit à Shuyun. Son sourire ressemblait à celui de la prieure Saeja. Il était plein de compassion, s'il s'y mêlait une trace d'humour et l'indulgence de l'âge, dans son cas le fruit de nombreuses vies passées.

« Bienvenue », dit-il d'une voix mélodieuse. Dans ce simple mot, Shuyun fut certain d'entendre un écho, tant des accents de Shonto que de ceux de Nishima.

En commençant à enrouler son manuscrit, d'un geste il invita Shuyun à s'approcher. Celui-ci, ne sachant pas trop ce qu'il devait faire, décida de marcher vers lui, avant toutefois de s'agenouiller et de s'incliner quand il fut à trois pas de la roche plate.

Durant plusieurs minutes, le Maître ne détacha pas son regard du jeune moine qu'il avait devant lui, et son expression de satisfaction ne varia pas. Shuyun d'une certaine manière eut le sentiment d'être un fils bien-aimé de retour au foyer après une longue absence.

« Frère Shuyun, c'est avec joie que nous vous accueillons dans notre demeure.

— Tout l'honneur est pour moi… frère Satake. »

Le visage du vieil homme s'éclaira d'un large sourire. « Motoru-*sum* n'a pas pu vous renseigner.

— Il ne l'a pas fait, mon frère. »

Le Maître se mit à rire. « Vous serez tout à fait le bienvenu. Je regrette seulement de ne pas rester longtemps. »

Shuyun ne sut pas trop quel sens attacher à ces paroles. Il chercha quoi dire. « Je vous apporte un présent, frère Satake. » Il sentit son âme s'apaiser, comme s'il était devant quelqu'un qu'il connaissait de longue date.

« C'est très aimable à vous, frère Shuyun, même si je n'ai besoin de rien.

— C'est un poème, mon frère.

— Ah ! un poème fait toujours plaisir. »

Shuyun chercha dans sa manche et en tira le papier fait de bois de mûrier. Il se pencha pour le poser sur l'estrade, mais Satake le devança et le lui prit des mains. Lentement il le déplia. À en juger d'après l'expression de son visage, on aurait pu penser qu'il n'avait jamais rien reçu de plus gratifiant. Il termina sa lecture puis rit à gorge déployée.

« Nishi-*sum*, Nishi-*sum* ! » dit-il comme si l'impératrice était dans le jardin avec eux. Il leva la tête. « Ce présent me réjouit le cœur, frère Shuyun. Je vous en remercie. Elle va bien ? »

Shuyun hocha la tête affirmativement.

« Elle me manque parfois, ajouta le Maître avec émotion.

— J'ai bien peur de devoir le dire aussi. »

À nouveau, le vieil homme le regarda sans être gêné apparemment de le dévisager ainsi. « Il y a bien des siècles, dit-il, qu'un adepte du Sentier octuple n'avait pas foulé les chemins de Wa, frère Shuyun. »

Shuyun, au prix d'un certain effort, s'arracha à ce regard. « Je ne suis pas sûr, dit-il, de savoir ce qu'est le Sentier octuple, frère Satake, mais je me suis beaucoup éloigné de la voie prescrite par mon ordre. »

Le visage du Maître devint grave. « Vous êtes parti pour la guerre, lui rappela-t-il, aux côtés d'une personne dont j'ai eu la charge, Shonto Motoru. Vous avez été dépouillé de votre pendentif et exclu de votre ordre. Vous avez affronté la menace des Barbares. Vous avez pris une impératrice pour maîtresse – tout cela durant les quelques mois qui ont suivi votre départ du monastère de Jinjoh ? »

Shuyun était embarrassé pour répondre. Les chefs d'accusation étaient des plus graves, et pourtant à chaque mot le ton employé pour les énoncer se faisait plus léger. Le Maître finit par éclater de rire.

« En des dizaines d'années, dit-il, mon frère, j'en ai fait moins. » Il sourit de son beau sourire. « Seul peut-être Botahara aura vécu plus pleinement avant d'accomplir ce qu'il était venu faire. » Il rit encore. « Nishi-*sum*, dit-il comme s'il grondait un enfant bien-aimé, faire cela, et avec mon porteur ! »

Il regarda Shuyun une fois de plus, et son humour parut briller dans son regard.

« Ici, nous avons œuvré tout autrement, mon frère. » Il montra le rouleau de papier qui avait été sa lecture. « Nous rétablissons le texte du grand ouvrage de Botahara. »

Shuyun leva les yeux, certain d'avoir laissé deviner sa surprise. « Comment cela se peut-il, mon frère ? »

La question parut amener une lueur de satisfaction dans les yeux du vieil homme. « Il y a des fidèles même parmi les frères botahistes, Shuyun-*sum*. Même parmi les hypocrites et les menteurs. Les rouleaux sont en leur possession depuis quelques années.

» C'est ainsi que nous avons pu nous mettre à l'ouvrage. La tâche est plus ardue qu'il n'y paraît, car la langue a évolué et s'est augmentée, mais la connaissance particulière que j'ai du passé nous a permis de parvenir presque au terme de l'entreprise : rétablir la Parole de Botahara telle qu'on doit la connaître. » Il sourit à Shuyun. « Et celle de Satake telle que je l'ai confiée au papier. »

Il souleva le rouleau qu'il lisait, comme pour démontrer son poids.

« Cette parole, vous la porterez. Votre chemin sera semé d'embûches, mon frère, n'en doutez pas. »

Shuyun ouvrait de grands yeux, confronté au rouleau que Satake tenait entre les mains. *L'écriture de Botahara,* se disait-il, *si proche de moi que je pourrais la toucher.*

Subitement, le visage du vieil homme devint grave. « Vous n'avez pas encore arrêté le sable, frère Shuyun.

— Non, frère Satake, reconnut Shuyun. J'avoue avoir peur. »

Le Maître hocha la tête. La compréhension se lisait dans ses yeux. « Comme moi, dit-il, autrefois. » Il posa doucement le rouleau et l'enveloppa de brocart. « Dites-moi ce que vous ont appris vos maîtres, les Shonto. »

C'est ce que je pensais, réfléchit Shuyun. Nishima m'instruisait, son père aussi.

« J'ai beaucoup appris, frère Satake… à moins que je n'aie rien appris du tout. J'hésite. »

Le Maître ne répondit rien. Il se contenta d'observer avec soin ce jeune moine en attente devant lui. Un instant, Shuyun se pencha sur le sable de l'allée comme pour en étudier les dessins et chercher un ordre dans le chaos du monde.

« C'est l'Illusion, frère Satake. Ce qu'on m'a appris sonnait faux. Le monde n'est pas illusoire, c'est un plan de l'existence sur lequel nos âmes prennent forme. On m'a enseigné que croire en l'Illusion était source de beaucoup de chagrin, que joie et plaisir n'avaient pas de réalité, qu'ils étaient faits pour nous attirer et nous enfermer, par le truchement du cycle perpétuel des renaissances, dans le monde de l'Illusion. »

Brusquement, il leva les yeux. « Mais à présent je suis persuadé que c'est faux. Joie et plaisir sont aussi réels que douleur et chagrin, et l'on doit apprendre ce qu'ils ont à nous communiquer, comme le novice doit s'initier à la règle. L'Illusion existe dans l'esprit de ceux qui ne croient pas véritablement qu'ils peuvent progresser de ce plan à un autre, qui ne savent pas qu'il existe une leçon qu'ils doivent assimiler. Pour transcender ce monde-ci, il faut y renoncer une fois pour toutes. Il ne disparaîtra pas aussitôt pour autant ; nous devons d'abord nous accomplir avant d'en sortir. Ce monde continuera d'exister pour toutes les âmes à venir. Mais il nous faut nous libérer de l'Illusion, percevoir le chemin qui mène au plan suivant. Je le dis alors que pour moi tout reste à faire, frère Satake. »

Le Maître sourit. Shuyun eut l'impression d'être un disciple dont l'instructeur est satisfait. « Vous êtes requis par d'autres obligations, mon frère. Votre heure viendra. » Il montra la montagne. « Lorsque je ne serai plus parmi vous, Shuyun-*sum*, vous devrez aller au-devant des fidèles. Les hommes de la montagne attendent votre venue comme les tribus du désert celle de la pluie. Ce sera le début d'une longue tâche, frère Shuyun. Votre route vous mènera occasionnellement parmi les hypocrites et les menteurs. Les noms de certains d'entre eux vous sont déjà connus. »

Il leva les yeux vers un nuage dans le ciel. « Vous serez le Porteur, Shuyun-*sum*. Vous serez le Berger. » Il sourit au jeune moine, d'un sourire empreint d'une profonde sérénité. « Botahara, dit-il, accompagnera vos pas. »

Je suis allé jusqu'au pied de la montagne sacrée
Et l'ai vu qui montait au milieu des nuages,
Celui dont l'âme est en paix.

Là, j'ai fait demi-tour.
Mon âme à moi était tel un torrent tumultueux.
Mais aujourd'hui je rêve des yeux noirs d'une femme
Au-dessus de son éventail.

Si la paix peut restaurer un empire,
Ne peut-elle sauver une âme en détresse ?

Le seigneur Komawara Samyamu,
prince consort de l'impératrice Shigei.

Ainsi s'achève
LE BERGER DES NUAGES
qui fait suite au
FRÈRE INITIÉ
et conclut le récit.

Achevé d'imprimer en avril 2005
par l'Imprimerie Bussière
à Saint-Amand-Montrond (Cher)
pour le compte de
la Librairie L'Atalante

N° d'imprimeur : 50199
Dépôt légal : avril 2005

IMPRIMÉ EN FRANCE